當代西方前沿文論

PTSD、女性主義、酷兒理論、第三空間

陸揚 著

結合哲學與心理學，
探索文學流派的興起與嬗變

20 世紀文學理論流派 × 近五十年跨學科批評研究

◎ 各名家文本分析，四種不同身分的闡釋方式與懷疑
◎ 女性主義的崛起，從《第二性》審視後天塑造氣質
◎ 作者已死，讀者應透過「評注」發現作品新的意義

目錄

目錄

第七章　創傷批評

第八章　空間批評

第九章　解構批評

目錄

導言

在英文語境裡，文學理論（literary theory）嚴格來說，應指文學性質的系統研究和文學文本的分析方法。就後者而言它更接近文學批評（literary criticism）這個術語。事實上，在當代西方前沿文論方面，更為通行的也是「批評」一語。過去的半個世紀裡批評不再是作品後面亦步亦趨的跟班，而煥然成為引領一切人文學科前進方向的新銳標識，大有從前第一哲學舍我其誰的王者氣派。就此而言，它就是「理論」。如《霍普金斯文學理論與批評指南》（*The Johns Hopkins Guide to Literary Theory and Criticism*, 2012）就交叉使用「理論」與「批評」，對兩者描述方式及描述對象上的差異，幾無區分。哈澤德．亞當斯（Hazard Adams）等人一版再版的《柏拉圖以來的批評理論》（*Critical Theory Since Plato*），則是將批評作為修飾詞，加諸理論之上，其重心也還是在「批評」上面。我們怎樣提綱挈領，來描述過去半個世紀特別是四分之一個世紀裡西方當代文學理論的大體面貌呢？

我們今天大致可以將起點定位在1966年約翰霍普金斯大學召開的「批評和人文科學的語言」研討會。但是理論和批評的大好時光，應是在1980年代。1979年收入德希達和耶魯大學四位名教授德曼、布魯姆、米勒、哈特曼一人一篇長文的《解構與批評》（*Deconstruction and Criticism*）出版，代表著美國文學批評走出新批評之後迷茫失落的徘徊低谷時期，解構主義批評的霸權得以確立。雖然嗣後以格林布拉特為代表的傅柯傳統新歷史主義異軍突起，但是直到2004年德希達去世，解構批評基本還是保持了一路風行的態勢。是時西方文論的一個基本特徵是，理論與哲學、語言學、社會學、精神分析甚至自然科學盤根錯節，糾葛難分，結果是天馬行空，無所不及，就是繞過了文學作品本身。喬納森·卡勒《論解構》（*On Deconstruction: Theory and Criticism after Structuralism*, 1982）中說，當今文學理論中不少最引人入勝的著作，並不直接討論文學，而在「理論」的大纛之下，緊密連繫著許多其他學科。所以這個領域不是「文學理論」，它也不是時下意義上的「哲學」，所以還不如直呼其為「理論」。在《框架符號：批評及其機制》（*Framing the Sign: Criticism and Its Institutions*, 1988）一書中他又說，過去批評史是文學史的組成部分，如今文學史成了批評史的組成部分。這應是當時「理論」和「批評」一路走紅現象的形象寫照。

但「理論」的好光景持續時間其實不長。1997 年，卡勒本人的一本小書《文學理論入門》（*Literary Theory: A Very Short Introduction*）中，理論的熱情已是明日黃花。作者稱曾經是無邊氾濫的理論大都與文學本身不相干：理論是德希達、傅柯、伊瑞葛來、拉岡、巴特勒、阿圖塞和斯皮瓦克，它們幾無例外游離在文學之外。這本小冊子 2011 年再版，作者又增補了〈倫理與美學〉一章。2011 年，卡勒在清華大學外文系作講演〈當今的文學理論〉，延續他當年《論解構》中的話題，開門見山重申當今的文學理論高談闊論，天馬行空，就是很少涉及文學。但即便如此，過去的半個世紀裡，這些新進理論依然是斬獲不凡：

> 在理論的巨大影響下，在諸如馬克思主義、精神分析、女性主義、解構主義、新歷史主義和酷兒理論等理論模式或實踐的影響下，西方的文學研究自 1970 年代起經歷過了一次重大的轉化。理論使事物發生了永久性的改變。到 21 世紀初，理論已經不再新潮，於是我們時常會聽到理論死亡的論調。[001]

[001] 喬納森·卡勒：〈當今的文學理論〉，生安鋒譯，《外國文學評論》2012 年第 4 期。

卡勒鼓吹理論有年，他對「理論死了」的解釋其實也是相當樂觀的。在他看來，當年摧枯拉朽的理論不再風行風靡，是因為它們已經事實上被傳統收編，進入了大學的課程體系，所以其是耶非耶自可以心平氣和地加以評估，不必橫眉以待，視為公敵了。即便如此，卡勒還是樂意指點迷津，枚舉了當代西方文論的六種發展趨向，分別是敘事學、德希達後期思想研究、倫理學轉向特別是動物研究、生態批評、「後人類」批評、返歸美學。卡勒也為過去未來的當代西方文論勾勒了許多張面孔。現在進行時是前述敘事學、德希達後期思想研究等六張。再加上馬克思主義、精神分析、女性主義、解構主義、新歷史主義和酷兒理論，也是六張。兩者相加，就是十二張面孔。

20 世紀流行過的文學理論流派多不勝數。按照英語字母排列，計有唯美主義、實用主義、認知文化理論、文化研究、社會演化論、解構理論、性別研究、形式主義、德國闡釋學、馬克思主義、現代主義、新批評、新歷史主義、後殖民主義、後現代主義、後結構主義、酷兒理論、讀者反應批評、俄國形式主義、結構主義與符號學，加上生態批評等等，不一而足。這些理論大多與文學本身無多相干，其流行不衰據說是可以為文學批評提供高屋建瓴的跨學科靈感。無論如何，注重前沿問題，保持歷史意識，尤其是注重文學本身，避免海闊天空迷失在無關乎文學的形而上學裡，這或許應是一切文學理論需要銘記的宗旨。

西方當代前沿文論的原創理論，有很大一部分是來自法國，這就是眾說紛紜的「法國理論」。「法國理論」之所以加上引號，是因為它已經不是純粹的法國土產文化，而很大程度上成了美國化的產物。它的原文不是法語 théorie Française，而是英語 French theory，具體是指過去半個世紀裡，羅蘭·巴特、德希達、波德里亞、拉岡、德勒茲和瓜塔里、傅柯、李歐塔、阿圖塞、克莉斯蒂娃，以及愛蓮．西蘇這一批大家雲譎波詭、天馬行空的艱澀文字。這些法國名字在它們的美國化旅途中，是不是多為「過度解碼」了？追蹤「法國理論」美國化，然後勢不可擋全球化的路程，我們或者可以探討以下一系列問題：在法國本土起步階段多在邊緣徘徊的這些新進理論，何以偏偏在美國星火燎原，紅遍學界？何以理論的旅行必走學院派路線？約翰霍普金斯大學、耶魯大學、康乃爾大學這些理論的重鎮，在傳布「法國理論」的過程中又是如何舉足輕重，推波助瀾？在這一過程中，文學與文化如何交集匯聚起來，糾葛難分？文化在「法國理論」的旅行中，扮演了怎樣的隱身與顯身角色？很顯然，這裡的話題遠不是國別研究可以解決的。

1966 年為後來風光無限的各類後現代話語的起點，這一年本應是美國的結構主義之年。同年，羅蘭．巴特的《批評與真實》（*Critique et Vérité*）、拉岡的《文集》（*Écrits*）和傅柯的《詞與物》（*Les Mots et les Choses: Une Archeologie des Sciences Humaines*）相繼問世。就在這一年裡，約翰霍普金斯的比較文學教授理查．麥克希和後來英年早逝的尤金尼奧．多納托（Eugenio Donato）於 10 月 18 日至 21 日在巴爾的摩校園召開了迎接結構主義時代到來的那場著名研討會。百餘人規模的會議上，最引人注目的無疑是到場的十位法國明星。他們是巴特、德希達、拉岡、勒內．吉拉爾、伊波利特（Jean Hyppolite）、戈德曼（Nelson Goodman）、莫哈澤（C. Morazé）、喬治．普勒特（G. Poulet）、托多洛夫，以及讓－皮耶．韋爾南（Jean-Pierre Vernant）。會議的本意是致敬李維史陀，但是因為年輕的德希達出其不意發難大師，這次會議後來追敘起來，反而陰差陽錯被認為是開啟了「後結構主義」時代。後來的故事可以證明，假如我們斷言後現代的大多數靈感和原生態理論是來源於法國理論，應當不是誇張。但「法國理論」在其本土大多數時候被夾在哲學與文學之間，地位尷尬，兩面不討好。它終究是假道美國文化的全球化途徑，傳布到了世界各地。故所謂「法國理論」，作為經過美國包裝後法國各派前衛理論的總和，實際上也展現了理論旅行過程中一種變異的必然性，即透過創造性的誤讀誤解，美國的新帝國主義霸權文化成了「法國理論」全球化傳布的再生產基地。

但是，法國新銳理論的遊戲世界作風很顯然也並非是一路暢通。即便當年名傳一時的「耶魯學派」，四位主將裡除了始終是同床異夢的哈羅德·布魯姆，傑佛瑞·哈特曼後來也以現象學名義轉而抨擊解構主義。如果說這四人有什麼共同點的話，那就是反傳統、反偶像、去政治化和文本中心主義。除此之外，那就是他們都是德希達的朋友了。假如把「耶魯學派」僅僅視為解構主義乃至「法國理論」的一個美國版本，那就未免小看了美國本土批評的反彈力量。法國作家佛朗索瓦·庫塞特（François Cusset）後來在他的《法國理論》一書中回顧道，如果說美國對法國理論的再創造、它在法國本土的冷落以及它的全球普及，這裡面有什麼可以借鑑的話，那就針對我們太為熟悉的那些兩極分化表徵和二元對立話語，殊有必要重建一種延續關係，諸如法國現象學對後結構主義多元論、美國的社群主義對法國的普世主義等等，不一而足。它們表面上勢不兩立，骨子裡卻在暗送秋波。所以：

正是在這裡，而不是在其他地方，到20世紀末葉，在美國有她自己的許多理由建立起一個大學機器，來研究某種觀念生產，研究一個多元化的年輕國家，如何總是心安理得，時刻準備嘗試「追新求異」，以及同一時期美利堅帝國的歷史性勝利，和世紀末美國知識菁英當中醞釀起來的新極端意識形態（西方對少數族裔），直到它可怕的自由市場能力，將一切試圖疏離在外的反對力量挪為己用，但是這一切，很快變成一場遊戲，純粹娛樂而已。[002]

質言之，「法國理論」誠然是借道美國實現了全球化的文化霸權，但是一旦威脅到美國自身的價值觀念，它似乎是無堅不摧的批判鋒芒，立時就化解為娛樂和遊戲。1996 年發端於紐約、次年戰火直接燒到法國本土的「索卡爾事件」（Sokal affair），便是最好的說明。

當代西方前沿文論的一個特徵，是與文化研究總是有著各種糾葛。但是文化研究本身也還存在不少問題。比如，當文化研究的理論分析替代階級、種族、性別、邊緣、權力政治，以及鎮壓和反抗等話題，本身成為研究的對象文本時，也使人擔憂它從文學研究那裡傳承過來的文本分析方法，反過來壓倒自身，吞沒了它的民族志和社會學研究的身分特徵。文化研究很長時間以游擊隊自居，沉溺於在傳統學科邊緣發動突襲。就方法論而言應是李維史陀結構主義人類學所謂的「就地取材」（bricolage）方法。但誠如麥奎根（Jim McGuigan）在其《文化方法論》（*Cultural Methodology*, 1997）序言中所言，這樣一種浪漫的英雄主義文化研究觀念，早已一去不返。經過葛蘭西轉向，假道阿圖塞引入馬克思的意識形態概念之後，文化研究熱衷於在各式各類文化「文本」中發動意識形態批判。這樣一種「泛抵抗主義」，對於文學自身價值的是非得失，引來反彈應是勢所必然。

文學研究與文化研究的紛爭結果，應是文學研究全面勝出。曾經攻城掠地、無堅不摧，滲透到每一個人文學科的文化研究，如今似乎喪師失地，逐一交回了當年的勝利果實。伯明罕當代文化研究中心的兩位創始人理查．霍加特與斯圖亞特．霍爾，也分別在 2014 年謝世。霍加特去世甚

[002] François Cusset, *French Theory: How Foucault, Derrida, Deleuze, & Co. Transformed the Intellectual Life of the United States*, English trans. Jeff Fort (Minneapolis: University of Minnesota Press, 2008), pp. 334-335.

至沒有得到中國媒體的關注。但是很顯然，重振雄風的文學研究已經難分難解地與文化研究理論交織起來，不可能回到傳統的審美研究和社會背景闡釋路線。反顧 1990 年代以來西方主流前沿文論發展的基本走勢，以及「法國理論」和文化研究對審美主義批評傳統產生的實際影響，有一些問題應是亟待澄清的。比如，新潮理論此起彼伏的過程中，文學研究與文化研究乃至文化批判之間究竟是什麼樣的關係？文學審美主義究竟又是處在什麼樣的地位？此外，文化研究走進大學之後，既有學科何以反不如那些非主流「文本」來得有吸引力？

文化研究的起起落落導致當代西方文論中審美主義的重新崛起。這一定程度上是在緬懷當年浪漫主義、唯美主義和敘事學的榮光。像希利斯·米勒、哈羅德·布魯姆等幾經洗禮的理論中樞，依然還是一再強調經典作家作品的審美品質。布魯姆在他《西方正典》（*The Western Canon: The Books and School of The Ages*）一書「哀傷的結語」中，就自稱他是一位年邁的體制性浪漫主義者，堅持文學的審美品味同政治站邊格格不入：

> 要麼是審美價值，要麼是種族、階級和性別的多元決定。你必須選擇，因為倘若你相信所有屬於詩、戲劇或小說與故事的價值，不過是為統治階級服務的神話話語，那麼，你何必還要讀下去，倒不如直接去拯救受剝削階級於水火呢？有一種意見認為，你不讀莎士比亞，去讀那些受侮辱受傷害者出身的作家，就是幫助受侮辱受傷害的人，這是我們學院派提出的最奇怪的謬見之一。[003]

布魯姆聲稱美學無關意識形態。假如堅持美學本身就是一種意識形態，就像伊格頓那部在中國一版再版的《美感的意識形態》（*The Ideology*

[003] Harold Bloom, *The Western Canon: The Books and School of The Ages* (New York: Harcourt Brace & Company, 1994), p. 522.

of the Aesthetic）書名所示，按照布魯姆的看法，那就不可救藥地落入了「憎恨學派」的窠臼。

美國學者麥克·克拉克主編的文集《審美的報復：今日理論中文學的地位》（*Revenge of the Aesthetic: The Place of Literature in Theory Today*, 2000）主題亦是審美主義。該書收集史丹利·費許（Stanley Fish）、希利斯·米勒、沃爾夫岡·伊瑟（Wolfgang Iser）、莫瑞·克里格等一批名家的十一篇文章，分別就文學中的「符像化」（ekphrasis）問題、美感中的真與偽、克里格與保羅·德曼等人的詩學比較，以及什麼是文學人類學等引人入勝的文學和美學話題，展開陳述。特別是主編克拉克除了貢獻自己的文章，還撰有洋洋灑灑的長篇序言，細述二戰以來美國文學批評經過的風風雨雨。克拉克指出，二戰之後，在文學史家和新批評家的激烈較量之餘，審美價值與文學文本的優先地位得以確立。從1950年代末到1970年代初，以文學理論成為一門特色鮮明的專注於文學形式及語言的獨特學科，代表了它在美國大學制度中站穩了腳跟。但是轉眼之間結構主義登場，馬上又演變成後結構主義。而後結構主義在克拉克看來，除了羅蘭·巴特和早期傅柯，鮮有直接討論傳統意義上，特別是新批評專門意義上的文學問題的：

但是，隨著後結構主義在美國的傳布，它很快被希利斯·米勒、傑佛瑞·哈特曼、保羅·德曼和其他人改造成為更專門意義上的文學研究。在他們手心裡，法國理論家們普遍的反人文主義傾向，以解構主義的形式，集中聚焦到文學問題上面，它的顛覆目標是美國文學批評最重要的信念之一：詩的語義獨立和自身目的的一致性，它們被理解為一個封閉的、內在連貫的語言系統。[004]

[004] Michael Clark, *Revenge of the Aesthetic: The Place of Literature in Theory Today* (Berkeley: University of California Press, 2000), p. 2.

應當注意這個當年「耶魯四人幫」的名單裡，獨獨缺了哈羅德·布魯姆的大名。這可見布魯姆一心擺脫與解構主義的干係，是大體得到學界認可的。但是說到底，在當今的「理論」語境中重申文學和美學的基本權利，是激發新的視野、新的方向，是面向未來而不是回到過去。

鑑於此，本書分為「理論」批評、四種闡釋模式、大眾神話批評、文化研究、性別批評、情感理論、創傷批評、空間批評、解構批評、新歷史主義批評、「法國理論」在美國凡十一章，對西方當代前沿文論展開廣角描述。這個描述肯定不是全面的。過去四十年裡，當代西方文論雖然有各種文選不斷面世和更新，但是試圖一網打盡的綜合性論著寥若晨星。如果這不能說明別的，那麼它應能顯示面面俱到來介紹尚在進行時態的各家各派文學理論的寫作方式，也許已經變得不合時宜，至少已經未必可行了。

但文選卻是另外一派風光。美國批評家、曾任奧克拉荷馬大學英文系主任的文森·雷奇主編的《諾頓理論與批評選集》（*Norton Anthology of Theory and Criticism*），從古希臘的高爾吉亞（Gorgias）一直收錄到哥倫比亞大學性別研究學者朱迪斯·霍伯斯坦（Judith Halberstam），光目錄就縱橫交錯、密密麻麻排了二十餘頁。該書 2001 年初版，2010 年第二版，2018 年又出了第三版。任教於達拉斯德州大學的顧明棟為該書第二版推薦了李澤厚《美學四講》的一個片段，使李澤厚成為入選此部文集的僅有的一位中國作者。顧明棟在《文匯報》上刊文稱《諾頓理論與批評選集》是「美國乃至於當今西方世界一部最全面、最權威、最有參考價值的文藝理論選集」。他這樣回顧了主編雷奇與他連繫的經過：2008 年 3 月初的一天，他收到一個郵件，來自久聞其名但素昧平生的美國學者雷奇教授，《諾頓理論與批評選集》的主編。有感於過去的文論選集一直是西方思想家的一統天下，在修訂《諾頓理論與批評選集》新版時，編輯委員會決定改變西方中心主義的局面，在新版中收入中國、印度、日本、拉美國家和阿拉伯世界的文論家。是以雷奇邀請他擔任文選的特別顧問（special consultant），給他的任務一是負責推選一位中國文藝理論家，二是從選中的理論家的著作中挑選一篇代表作，三是撰寫一個 2,000 字左右的小序，最後是提供一個整理過的書目並注釋選好的文章。[005]顧明棟還介紹了他怎樣先是推薦劉勰、陸機、葉燮被逐一否定，最終李澤厚被接受下來的經過。雷奇本人當年撰寫的《解構批評》（1982）一書曾經廣為流布，是美國解構批評的代表性導論著作。以解構的視野來編選文論選集，突顯新進意識勝過關注傳統經典，應是在情理之中。

本書的敘述框架由是觀之，是在導論和專題之間作了一個折中，一方面並疆兼巷，另一方面努力關注末節細行，故而始於理論，也終於理論。希望讀者朋友們喜歡。

[005] 顧明棟：〈原創性是學術最高成就的體現〉，《文匯報》2010 年 7 月 7 日。

第一章

「理論」批評

一、從文學理論到「理論」

「理論批評」這個術語是本書的概括，來指一切以「理論」為題的相關描述和敘述，這些論述一定意義上，也是一種「元理論」。不過這個概括並不是空穴來風，更談不上標新立異。「理論」一語從 1980 年代初葉開始，就涵蓋批評，變成高架在文學頭頂的形而上學。但隨著當時流行的後現代話語淡出視野，曾經風光十足的理論開始出現危機。一時間「理論死了」、「理論之後」的說法此起彼伏，層出不窮。但幾乎是轉瞬之間，「理論」便起死回生，不但重整旗鼓，捲土重來，而且從原本被認為是恰當或者不恰當地主要指文學理論，似乎天經地義地演化成了同時兼指文學理論和文化理論。本章擬以美國近年文學理論和批評的發展線索為背景，來解析「理論批評」的可能性和必然性。

《諾頓理論與批評選集》的主編、美國批評家文森．雷奇 2014 年出版過一本篇幅不大的《21 世紀文學批評》。該書分為十章，標題分別是「我相信什麼，為什麼」、「反理論」、「批評閱讀的使命」、「理論的今天和明天」、「理論十字路口」、「法國理論第二春」、「雅克．德希達第二春」、「再談後現代主義」、「21 世紀理論所好」及「理論展望」。光從這個目錄看，理論在當代西方前沿文論中占據著毋庸置疑的主導地位。關於為什麼要用「理論」一語來概括 21 世紀方才顯山露水的文學批評走向，雷奇的解釋是，因為當代各家各派的文學批評，大都就是源出於理論，他找不到別的更好的語詞來替代「理論」，比方說「文化研究」，他說：

> 我想不出有其他語詞。「文化研究」像是個挑戰者，可是它不合適；它的形態太不確定，何況它缺乏歷史基礎和「理論」的精確性。相比來看，「理論」是一個中性術語，而「文化研究」先天帶有一種模模糊糊勾

連社會科學的傾向。[006]

這是說，「理論」作為文學理論的暱稱，雖然隨著文學研究與文化研究之間邊界的日益模糊，甚至出現嘗試將「文化研究」與「理論」等而論之的傾向，但它依然還是獨一無二的正在形成的新興學科。即便是邊際更廣泛、更模糊的「文化研究」，挑戰「理論」的名義，也還是力不從心。理論具有歷史的傳統，更具有哲學的基礎和背景。僅此而言，理論本身作為批評敘述的對象，應是提供了一種新的文本模態。過去四十年裡，美國文學批評圍繞「理論」是是非非的紛爭，該是最好不過地顯示了這一點。

耶魯大學威廉·燕卜蓀（William Empson）文學教授保羅·弗萊（Paul H. Fry）在他 2012 年出版的講座文集《文學的理論》中，一開篇談的也是理論。他說，理論很多地方相似於哲學，特別是形而上學，因為它提出的都是具有普遍性的基本問題，而且構建體系。但是反顧 20 世紀的文學理論，它的一個顯著特點，恰恰是在散布懷疑主義，對傳統的慣例和威權發起挑戰。有鑑於這裡談的是文學理論，當然首先涉及「文學」（literature）這個概念的定義問題。也就是說，文學是什麼？對於這個基本問題，弗萊指出，理論可以提供許多定義。例如從形式方面言，有循環、對稱、形式性、重複等；從模仿方面言，有「自然」、心理、社會政治，以及模仿的均衡不均衡、和諧不和諧等。還可以矚目於文學與其他話語之間的認知論差異，即它是不是真實地反映了世界；其他話語如此，文學是不是構成例外。如此等等，不一而足。

保羅·弗萊說，他從 1970 年代末 1980 年代初，就開始教授文學理論導論課程。彼一時期是理論冷冷熱熱正在迅速崛起的特殊時期，以至於開

[006] Vincent B. Leitch, *Literary Criticism, in the 21st Century* (London: Bloomsbury, 2014), p. 7.

設一門面面俱到的導論課程，被認為是不可能的事情，是對理論的背叛。當其時，保羅·德曼也在開設文學理論課程，但是德曼將它講解成了闡釋的藝術。今天理論的印記已經褪色，理論的熱情也已退潮，當然方法論又當別論，但是對文學史的關注，卻重又突顯出來。是以文學理論的導論課程，跟文學批評史密切連繫起來。弗萊介紹說，自己通常從柏拉圖講到托馬斯·艾略特（Thomas Eliot），或者從柏拉圖講到 I. A. 理查茲或 20 世紀早期另外哪一位重要人物，文學和批評貫穿起來講。但是，文學理論畢竟大不同於文學批評，他對此給出的說明是：

在一方面，文學批評視為理所當然的東西，文學理論恰恰是缺失的。文學理論不涉及評價，它只是把評價或欣賞當作任何讀者的反應經驗中理所當然的東西，如上所言，而更願意來關注跟描述、分析和思考有關的問題。或者更確切地說：為什麼以及如何特定的讀者在特定的條件之下重視、忽視文學的價值，或者拒絕做出回答，這確實就是文學理論的研究對象，或至少是受到理論影響的方法論對象。而為什麼我們應當，或者不應當重視文學或哪些個別作品，則只屬於批評的領域。[007]

這裡所說的重視或忽視文學的價值，是說即便理論本身並不明確言說價值，也無妨它指涉價值。誠如文藝復興詩人菲利普·錫德尼（Philip Sidney）的名言，「詩歌什麼也不肯定，所以它從來不說謊」，弗萊強調說，這句格言保羅·德曼是會無條件贊同的，不論是關於理論，還是關於批評。

「理論」作為「文學理論」的代名詞或者說暱稱，其流行在西方文學批評界認真算起來，已經有四十年光景。這個暱稱的奠基人之一是美國批評

[007] Paul H. Fry, *Theory of Literature* (New Haven: Yale University Press, 2012), p. 6.

家喬納森．卡勒（Jonathan Culler）。早在 1982 年，卡勒在他日後幾度再版的《論解構》中，就高談闊論渲染「理論」，雖然卡勒表面上似乎是在諷刺其時獨步天下的「理論」天馬行空，跨越諸多學科界限，無所不及，偏偏就是視而不見作為批評對象的文學文本，可是他的冷嘲熱諷，反過來恰恰是推波助瀾，變本加厲地將理論的熱情推向高潮。此書的副標題，就是「結構主義之後的理論與批評」。多年以後，在他的文集《理論中的文學性》（*The Literary in Theory*）一書中，卡勒開門見山談的依然還是理論：

> 理論死了，有人告訴我們。近年來，報紙和雜誌似乎熱衷於宣布理論的死亡。學術出版物也加入了這場大合唱。以「高雅理論的終結」為題的文章層出不窮，著作名稱如《理論之後》、《理論之後的生活》、《理論剩下什麼》、《後理論閱讀》等流行不衰，難得看見樂觀一些的書目：《理論的未來》或《理論大有所為》。[008]

但是卡勒對理論的熱情一如既往未見消歇。卡勒指出，對理論的敵意固然是由來已久，但是以上標題並不是悉數出自敵視理論的作者，事實上近年有關「理論」產生的大多文字，早已經不囿於人文學科和文學，而是在競新鬥奇趕流行。就像一首老歌唱的那樣，「在堪薩斯城，一切都是最新的」。他在該書第一條注釋中回顧說，當初結構主義批評登錄美國，尚未見普及，轉眼之間，它的代表人物羅蘭．巴特、拉岡（Jacques-Marie-Émile Lacan）和傅柯（Michel Foucault），就變身為後結構主義者。而李維史陀（Claude Lévi-Strauss）則因為 1966 年約翰霍普金斯大學著名會議「批評和人文科學的語言」上，名不見經傳的德希達（Jacque Derrida）突然向他的結構主義人類學發難，而未得榮列這個流光溢彩的後結構主義者名單。

[008] Jonathan Culler, *The Literary in Theory: Cultural Memory of the Present* (Stanford: Stanford University Press, 2007), p. 1.

喬納森·卡勒 1944 年出生於克里夫蘭，1966 年在哈佛大學獲學士學位，讀的是歷史與文學。旋即獲得獎學金，赴牛津大學聖約翰學院攻讀比較文學，1968 年再獲學士學位，1972 年獲現代語言博士學位。卡勒的博士論文《結構主義：語言模式的發展及其在文學研究中的運用》，便是他那本大名鼎鼎的《結構主義詩學》（*Structuralist Poetics*, 1975）的底本。卡勒先後在一些高等院校及研究機構中任職，1975 年當過耶魯大學的法國和比較文學訪問教授，同年獲美國現代語言學會的洛威爾獎。卡勒現為康乃爾大學 1916 級英文和比較文學教授，長期執掌該校比較文學系，是當今西方文學批評界的一位領軍人物。妻子是他的同行、1982 年《論解構》一書中多有提及的美國解構主義批評家辛西婭·切斯。

卡勒的立場是鮮明的，那就是所謂理論死了，是有些人好高騖遠，駭人聽聞。他指出當今文學系裡理論依然是熱門課題，招聘職位也不在少數，甚至一些以往與理論少有關係的領域，如中國研究、中世紀研究等，也開始關注起了理論話語。一些問題如文學與大眾文化、文學與政治、文學與全球化影響等，都牽涉理論。要之，理論不光是堆積在學位論文中的一系列名字，如巴特勒、德希達、傅柯、詹明信、斯皮瓦克（Gayatri C. Spivak）、齊澤克（Slavoj Žižek）等，而毋寧說，不論是文學研究還是文化研究，不論是英國、法國、德國還是美國的文學與文化研究，它們就生存在理論的話語空間之中。不過卡勒也不滿今天美國出版商急功近利，將理論當作牲口市場，熱衷於出版各類理論導論、理論文集、理論指南，就是少見優質專著面世，以至於理論幾乎是形同幽靈。卡勒表明他的立場是：

與其將理論視為揮之不去的古堡幽靈，我更願意用個平淡一些的意象，把理論看作一個話語空間，今天的文學與文化研究就是發生其間，即便我們有意來忘卻它，也是枉然，一如我們試圖忘卻我們在呼吸的空氣一樣。我們無可避免地處在理論之中。倘若說文學與文化研究中情勢行將劇烈改觀，那麼也不是因為我們將理論拋諸腦後，而是因為理論論爭業已使我們明白，文學與文化研究從今以後應當成為，比方說，認知心理學的一個分支，或者新觀點、新架構下的同時也更為大度的歷史研究，或者本身成為一種藝術實踐。[009]

由此可見卡勒對於「理論」的熱情，其實是一如既往的。在歌唱理論同時也不乏反諷的《論解構》出版二十五年之後，卡勒本人對於理論的說明，是否有所變化呢？

卡勒在這裡強調的，依然是理論跨學科的多元性質。但是對於理論本身，卡勒給予了進一步的說明。他指出，當年在《論解構》中，他是把「理論」界定為這樣一些著作，它們不但成功挑戰，而且重新定位了本領域之外的思想。今天人們使用「理論」這個詞，依然是指那些能夠在本學科之外發揮影響的話語，因為它們對人們普遍關心的問題，提供了令人信服的新概括。這些問題包括語言、意識、意義、自然與文化、心理功能、個人經驗與更大結構之間的關係等等。可見舉凡理論，必然是跨學科性質，是以哲學、語言學、人類學、政治學、社會學、史學、心理學、性別研究、電影理論等，一併被融入文學與文化研究之中，是情理中事。理論具有反思性和分析性，其價值在於見人所不見、言人所未言。就文學理論而言，作為文學性質或特定文體的分析，卡勒認為今天它的功能在無可奈何地衰微。概言之，今天的文學和文化研究，更多被使用的，正是上述跨學科的廣義「理論」，而不是專門意義上的文學理論，即便今天流行的

[009] Jonathan Culler, *The Literary in Theory: Cultural Memory of the Present* (Stanford: Stanford University Press, 2007), p. 3.

「理論」一語，按照卡勒《論解構》以來一以貫之的說法，它不過是文學和文化理論的暱稱。

收入《理論中的文學性》中的同名第一篇文章，卡勒一開始就談了他本人與「理論」的因緣。卡勒說，他第一次參與後來簡單叫作「理論」的相關研究，是在1960年代，那是結構主義的好時光。結構主義當中，就有著與日俱增的理論研究傾向，理論被認為是無所不能的，可以涵蓋文化的一切領域。對於結構主義批評來說，流動不居的表象之下的那個深層結構，就是「理論」，它是理解語言、社會行為、文學、大眾文化、有文字或沒有文字的各種社會，以及人類內在心理的關鍵所在。正是「理論」，鼓舞了結構主義語言學、人類學、符號學、精神分析和文學批評等一切人文學科的繁榮。

理論如日中天的大好時光是在1980年代。這一點卡勒1982年出版的《論解構》一開篇就說得明白。《論解構》的副標題是「結構主義之後的理論與批評」，理論與批評並提，而且居先，而這本書的框架，是明白無誤的文學批評。這或可說明，當是時理論就是批評，而且是比批評更重要的批評。作者開篇就為理論張目，指出傳統認為文學理論是僕人的僕人，其目的在於給批評家提供工具，而批評家的使命，則是遊刃有餘地使用理論工具，闡釋經典、服務文學。要之，理論成了批評的批評。對此卡勒針鋒相對地指出，近年已有與日俱增的證據顯示，文學理論應另作別論。原委是當今文學理論中許多最引人入勝的著作，並不直接討論文學，而在「理論」的大纛之下，緊密連繫著許多其他學科。所以一點不奇怪，這個領域不是「文學理論」。它也不是時下意義上的「哲學」，因為它不但談黑格爾（Georg Wilhelm Friedrich Hegel）、尼采和伽達默爾（Hans-Georg Gadamer），同樣也談索緒爾（Ferdinand de Saussure）、佛洛伊德和拉岡。它或者可以稱為「文本理論」，假如認可德希達「文本之外一無所有」這個解構主義命題的話。不過：

> 最方便的做法，還不如直呼其為「理論」。這個術語引出的那些文字，並不意在孜孜於改進闡釋，它們是一盤叫人目迷五色的大雜燴。理察·羅蒂說：「自歌德、麥考利、卡萊爾和愛默生的時代起，有一種文字成長起來，它既非文學生產優劣高下的評估，亦非理智的歷史，亦非道德哲學，亦非認知論，亦非社會的預言，但所有這一切，拼合成了一個新的文類。[010]

這個新的文類，就是卡勒此時此刻鼎力推崇的理論。卡勒注意到，在「理論」大纛下的許多著作，都是偏離了自己學科的母體在被人研讀。如學生讀佛洛伊德，卻不顧後來的精神分析與他分道揚鑣；讀德希達，卻對哲學傳統一無所知；讀馬克思，卻不同時深入政治和經濟狀態的研究。但是這並不妨礙卡勒給予「理論」高度評價，用他自己的話說，「理論」麾下的那些著作，都有本事化陌生為熟悉，洞燭幽微，讓讀者用新方式來思考自己的思想和行為習慣。應該說卡勒所言不虛，他本人這本高揚「理論」的《論解構》，在中國就成功扮演了解構批評的示範角色。

二、理論與文化研究

但是短短十五年之後，卡勒在他出版的一本小冊子《文學理論入門》中，已經注意到理論過剩了。同樣是在開場白中，作者指出，有人告訴我們理論極大地改變了文學研究的性質，可是這裡說的理論，其實不是文學

[010] Jonathan Culler, *On Deconstruction: Theory and Criticism after Structuralism* (Ithaca: Cornell University Press, 2007), p. 8.

理論，即系統敘述文學性質和研究方法的學問。理論的確在無邊氾濫，可是這些理論，大都同文學了不相干：

> 他們耿耿於懷的，恰恰是周圍太多非文學問題的討論，太多與文學鮮有干係的泛泛之論的爭辯，太多晦澀艱深的精神分析、政治和這些文本的閱讀。理論是一大堆名字（大都是外國人）。比如，它意味著雅克·德希達、米歇爾·傅柯、露西·伊瑞葛來、雅克·拉岡、朱迪斯·巴特勒、路易·阿圖塞、佳亞特里·斯皮瓦克。[011]

可見十五年之後，卡勒心目中的「理論」同樣是浩瀚無邊，同樣是游離在文學之外。所以說明理論是什麼，我們讀到的同樣還是《論解構》中的解結構、解中心模式。時過境遷，理論在走下坡路的無奈心態，已是躍然紙上了。

理論之路的這個轉變自然不是空穴來風。如果說卡勒 1980 年代初的《論解構》是為德希達解構主義這一當時最高端的新潮理論做普及示範，那麼到 1990 年代末的《文學理論入門》，理論的示範很顯然是高深路線轉向了通俗路線。例證之一，便是該書題為「文學與文化研究」的第三章的有關論述。卡勒以文化研究為 1990 年代人文學科中最顯著的事件，而且指出它與文學有著最直接的關係：一些文學教授可能拋棄了米爾頓（John Milton）轉向瑪丹娜（Madonna Louise Ciccone），拋棄莎士比亞轉向肥皂劇，總而言之整個拋棄了文學鑽研，改事文化研究。這一切，同文學理論又有什麼關係？

「理論」一語的希臘詞源是 theoria，意為沉思冥想、精神感知。這樣來看，它的反義詞是實踐。英國文學批評家雷蒙·威廉斯（Raymond Wil-

[011] Jonathan Culler, *Literary Theory: A Very Short Introduction* (New York: Oxford University Press,1997), pp. 1-2.

liams）的《關鍵字》（*Keywords: A Vocabulary of Culture and Society*）裡對此有交代：「17 世紀，理論和實踐普遍被區分開來，如培根 1626 年出版的《新亞特蘭提斯》（*The New Atlantis*）。此外如『哲學……分為兩個部分，即冥思者與實踐者』（1657）；『理論給人愉悅，實踐則不然』（1664）；『理論脫離實踐鮮有所為』（1692）。」[012] 要之，文學理論該是關於文學的沉思冥想和精神思辨，假如它超越了文學自身，那又有什麼關係？卡勒的解釋是，理論誠然是極大地豐富了文學研究，使得它充滿活力，但就像理論並不僅僅是文學理論，它可以高屋建瓴指導文學研究，一樣可以指導文化研究。而且，有鑑於文化研究與理論一樣，內涵外延錯綜複雜，汗漫無邊，理論同文化研究的關係，說起來比同文學研究還更要親近一點：

> 如果你一定要問，這個理論究竟是什麼「理論」，那麼回答就是諸如「表達實踐」、經驗的生產與表徵，以及人類主體的建構之類 —— 簡言之，某種程度上就像最廣義的文化。令人驚訝的是，誠如文化研究的發展所示，它錯綜複雜的跨學科性質、它之難於界說清楚，一如「理論」自身。[013]

由此可見，「理論」遭遇「文化研究」就其極盡多元化的發展態勢而言，在當今重歸「審美」的文學本位立場來看，基本上就是難兄難弟。但即便是難兄難弟，也不等於沒有分別。這分別在於「理論」是理論，文化研究是實踐。所以據卡勒的定義，文化研究便是我們簡言之稱作「理論」的東西，訴諸實踐的過程。

就卡勒對文化研究的血統溯源來看，文學理論當仁不讓是文化研究的父親。卡勒認為現代文化研究發端於兩種歐洲理論。一是法國的結構主

[012] Reymond Williams, *Keywords: A Vocabulary of Culture and Society,* Reviewed Edition (New York: Oxford University Press, 1983), p. 316.

[013] Jonathan Culler, *Literary Theory: A Very Short Introduction* (New York: Oxford University Press,1997), p. 42.

義，以羅蘭．巴特 1957 年出版的《神話學》（*Mythology*）為標記。二是英國的馬克思主義文學理論，以理查．霍加特（Richard Hoggart）的《識字的用途》（*The Uses of Literacy: Aspects of Working-Class Life*, 1957）和雷蒙．威廉斯的《文化與社會：1780 — 1950》（*Culture and Society 1780-1950*, 1958）為代表。《神話學》中羅蘭．巴特對一系列文化活動和文化對象做符號學解讀，涵蓋職業摔角、汽車廣告、洗滌用品，直到被神話化的法國葡萄酒、愛因斯坦的大腦等。而《神話學》這本隨筆文集的目的，即是破解大眾文化的神話，揭示它們的潛在程序與隱藏在背後的意識形態含義。這是典型的結構主義批評，同時也是文化研究的先驅。而霍加特與威廉斯，卡勒指出，他們的上面兩部著作，意圖是發掘並探究一種工人階級的大眾文化，在文化長久被等同為高雅文學的傳統中，這個工人階級的大眾文化已經湮沒失聲。從底層起筆，自下而上來敘寫歷史，這也是馬克思主義的理論視野。

有鑑於文化研究格外關注身分認同的不確定性和身分形成的多元性因素，而將少數族裔、移民和婦女研究收納進來，由此文化變身為一種動盪不定的意識形態建構，卡勒重申說，這勢必涉及文化研究與文學研究的關係，令這一關係進一步複雜化：

> 從理論上言，文化研究是包羅萬象的：包括莎士比亞與說唱音樂、高雅文化與低俗文化、過去的文化與今天的文化。但是在實踐中，由於意義源出於差異，人們來做文化研究，總要先定位一個相反的對象。那麼針對什麼為好呢？由於文化研究是從文學研究中脫胎而出，答案便經常成為「針對文學研究，傳統意義上的文學研究」。[014]

[014] Jonathan Culler, *Literary Theory: A Very Short Introduction* (New York: Oxford University Press, 1997), p. 46.

這是因為傳統意義上的文學研究將作品釋為作者的成就，一心探究偉大作品的複雜性、審美性、洞見性和普遍性。但問題在於，卡勒強調說，文學研究其實本身也不是鐵板一塊，不論它是傳統的也好，非傳統的也好。而且隨著理論橫空出世，文學研究學科內部紛爭益發尖銳。文學研究能不能守住傳統的邊界，以及打破邊界以後究竟能夠開放到什麼程度，這無疑不但事關文化研究，同樣也事關理論，不論是文學理論也好，還是文化理論也好。

卡勒認為這裡涉及兩個方面的問題：第一是文學經典的問題，第二是文化研究的方法論問題。

首先，就文學經典問題而言，卡勒提出，倘若文化研究併吞了文學研究，文學經典會遭遇什麼命運？要是肥皂劇替代了莎士比亞，那該責怪文化研究嗎？文化研究不關心文學經典，鼓勵研究電影、電視和其他文化形式，是不是就會扼殺了文學？而當理論鼓動我們讀文學作品的同時，也一道來讀哲學和精神分析文本，因而引誘學生偏離經典時，是不是也該受到同樣的指責？回答是否定的。因為：

> 理論重新點燃了對傳統文學經典的熱情，它打開大門，接納英美文學「偉大作品」的更多讀法。莎士比亞的有關論述從來沒有這樣豐富過；人們從每一個想像所及的角度來研究他，用女性主義、馬克思主義、精神分析、歷史主義和解構主義的術語來闡釋他。文學理論還把華茲渥斯從自然詩人轉變為現代性的核心人物。真正被忽略的，是文學研究被用來「覆蓋」各個歷史時期與各種文類時，那一些「次要」作品。[015]

換言之，在卡勒看來，文化研究時代經典非但沒有衰落，反而是得到

[015] Jonathan Culler, *Literary Theory: A Very Short Introduction* (New York: Oxford University Press, 1997), p. 47.

了多元視角的更多重視。真正「受害」的是經典的周邊作家和作品，如莎士比亞同時代的克里斯多福．馬羅（Christopher Marlowe）、博蒙（Charles de Beaumont）和弗萊徹（John Fletcher）等。想當初，馬羅的名聲遠蓋過莎士比亞，以至於直到 20 世紀，還有人懷疑他是今天掛在莎士比亞名下三十七部劇作的真正作者。要不是這位大氣磅礡、跟莎士比亞同年出生的天才劇作家二十九歲英年早逝，他恐怕就是今日莎學中莎劇著作權的候選人之一。這也可見經典的形成，自有各各不同的奇崛軌跡。卡勒判定文化研究鞏固而不是削弱了經典的地位，當非信口開河。

其次，關於文化研究的方法論問題，卡勒認為它跟文學研究是息息相通的。當文化研究還是文學研究中的逆子時，它將文學分析用到了其他文化對象上面。而文化研究一旦羽翼豐滿、自成體統，它還會如此看重文學分析的看家方法，比如細讀和文本分析嗎？這似乎也難以一言定論。卡勒談到近年理論界在辯論有沒有社會總體性這麼個東西，總體性作為社會和政治的總體結構，如果它確實存在的話，文化產品與文化活動跟它又是什麼關係？對此卡勒舉例說，英國的開放大學有一門「大眾文化」課程，1982 － 1986 年間，大約有 5,000 名學生選了這課。課程裡有個單元叫「電視警察系列劇與法律和秩序」，從社會－政治局勢的變革角度，分析警察電視劇的發展。這個系列劇談到 1960 年代以來，英國發生「霸權」（hegemony）危機，國家無法輕易獲得支援，需要武裝自己來對付工會的武力，以及愛爾蘭共和軍的「恐怖分子」。霸權通常是文化協商和妥協，這個霸權模式卻充滿了攻擊性。如 *The Sweeney* 和 *Professionals* 這類政治題材的電視劇，以便衣警察來對付恐怖主義組織，是以暴制暴的典型。卡勒認為這可以說明，文化產品就是社會－政治潛在建構的徵候。而假如文學研究被歸入文化研究，以上例子的「徵候闡釋」就可能成為一種規範，結果是文化的因素退居幕後，閱讀的快感登上前臺。而說到底，正是文學研究，使此種閱讀實踐成為可能。

卡勒最後指出，文學理論與文化研究之間的迷亂紛爭，固然充滿了對菁英主義的怨言，以及對大眾文化可能會給文學帶來滅頂之災的擔憂，但是有必要在這片喧囂中，區別出兩類問題。其一事關研究不同文化對象的不同價值問題。研究莎士比亞比研究肥皂劇不再是想當然的價值要高，它需要論證，比如，在知識和道德培育方面，不同的研究會有什麼不同結果？卡勒認為這類問題其實不好回答。在德國集中營裡的納粹分子中，有的是文學、藝術和音樂的鑑賞家，這也令上述問題的解答益發複雜化。

第二類問題涉及研究各式各類文化對象的方法。不同闡釋和分析方法的優劣高下何在？是將文化對象闡釋為複雜的多元結構呢，還是釋為社會總體性的徵狀？對此卡勒指出，雖然鑑賞型闡釋親近文學研究，徵狀型闡釋親近文化研究，但兩種批評模式對於兩種文化對象，其實都是適用的。細讀非文學文字並不意味著欣賞對象的審美價值，反過來就文學作品來提文化問題，也不意味著它們不過就是哪個時代的文獻。總之，理論遭遇文化研究，該是你中有我，我中有你。這是不以批評家的意志為轉移的。

泰瑞．伊格頓（Terence Eagleton）2003 年出版、2009 年中譯本面世的《理論之後》（*After Theory*），將「文化」和「理論」並提為「文化理論」，在開門見山表明「文化理論」的黃金時期已經遠去後，條分縷析來逐一剖析它的不是。遺憾的是，伊格頓的這本《理論之後》，也還是與文學鮮有干係，倒不如被讀作文化研究的一種政治反思。所以，它本身也還是「理論之後」的一種理論。理論遭遇文化研究之後，改弦易轍，走普通平常的日常生活路線，是一大選項。「瑣小敘事」、一如真實世界的「深度和廣度」、「莫名迴避的新話題」，這一切都指向理論從形而上學走向文化研究的必由之路。不過，從伊格頓的理論自信來看，其實也足可見到被他判定消逝遠去的那一種後現代宏大敘事作風。後理論時代中理論之無所不在，一如後現代時代現代性之無所不在。

三、經典與誤讀

理論大都是從經典之中爬梳剔抉、披沙揀金概括而成，理論本身也有自己的經典。那麼經典又是什麼？從詞源上看，經典一語不妨視作中國古代文論早已有之的本土話語。許慎《說文》說，「經，織也」；又說，「典，五帝之書也」。《爾雅．釋言》則說，「典，經也」。可見經和典古代同義，同時經典這個概念，早在秦漢時期，已經有了今天這個詞所具有的權威著述的意義。曹丕《典論．論文》說：「蓋文章經國之大業，不朽之盛事。年壽有時而盡，榮樂止乎其身，兩者必至之常期，未若文章之無窮。」這可視為中國傳統文論文以載道的典型表述。「文」通「紋」，故以「文」指涉的紋理章華和以「經」所指的經緯布織一樣，都是將意義寫入對象的肌體脈絡之間，無論它是一個文本，還是超越文本，都升揚到超乎個人榮樂年壽的經國濟世層面。

但是經典在今日文學批評中的流行含義，作為這個學科所經歷的見仁見智的西學東漸範疇化的一個結果，主要是對應於英文中的 classic 和 canon 這兩個概念。classic 源出拉丁文形容詞 classicus，指的是羅馬皇帝瑟爾維烏斯．圖利烏斯（Servius Tullius）按照財產劃分的五個公民等級中，最高的一個級別。換言之，它的本義是階級的劃分。西元 2 世紀的古羅馬作家奧魯斯．格利烏斯（Aulus Gellius），應是第一次用形容詞 classicus 來描繪作家。而在此之前，西塞羅（Marcus Cicero）已經在政治和軍事語境之外，用「階級」一語的名詞形式 classis 意指哲學家的等級劃分。但 classicus 一語現代所具有的經典含義，則主要是發生在文藝復興學者普遍使用該詞來指古羅馬和希臘作家之後。故此，在這裡「經典」和「古典」同義。對此，霍華森（M. C. Howatson）和齊爾弗斯（Ian Chilvers）所編的《牛津古典文學詞典》（*The Oxford Companion to Classical Literature*）作如是說明：

> 這個詞從文化的角度上看，有時候用於狹義的、時間上的指義，用來描述我們認為是最好時光的希臘和羅馬文明。所以，古希臘的古典或者說經典時期，大都被定位在西元前 5 到前 4 世紀，大致是從西元前 480 年打敗波斯人開始，直到西元前 323 年亞歷山大大帝去世為止。涉及羅馬，則指西元前 1 世紀的羅馬帝國，和到奧古斯都去世為止的下一個世紀。[016]

由是觀之，我們的古典文學就不是古代和經典兩種文學的結合，反之經典就是古典，它意味著自身是一個歷時性的概念。

就近年在學界更為流行的 canon 這個對應「經典」的概念來看，歷時的意味顯然並不似 classic 這般濃重。一般認為 canon 最初是宗教的概念，源出希伯來語 qaneh，本義是用作度量的一根葦草。尺度可以衡量物品，同樣可以度量文字，故經過度量得以認可的文字，即為上帝的意旨，是為神聖的文字。canon 一語意指文學經典，同樣由來已久。按照美國批評家艾布拉姆斯（Meyer Abrams）的說法，文學經典（canon）作為與宗教平行的世俗的經典，意味著一個作家對某一種文化的反覆影響、他的名字在一種和數種文化中的反覆出現，以及他的作品在中學和大學課程中的反覆使用。這當然同樣需要時間檢驗，但是檢驗的時間無須太長，有一個世紀也

[016] M. C. Howatson and Ian Chilvers, *The Oxford Dictionary of Classical Literature* (Oxford: Oxford University Press, 1993), p. 129.

就夠了。故艾布拉姆斯認為20世紀的作家如普魯斯特（Marcel Proust）、卡夫卡（Franz Kafka）、湯瑪斯．曼（Thomas Mann）和詹姆斯．喬伊斯（James Joyce），甚至更為晚近的納博科夫（Vladimir Nabokov），都在歐洲經典（canon）裡占據了一席之地。同理，其他作家如葉慈（William Yeats）、T. S. 艾略特、維吉尼亞．吳爾芙（Virginia Woolf），以及羅伯特．佛洛斯特（Robert Frost），則是至少鞏固了在他們自己國家中的經典地位。比較上述作為古典的經典，很顯然，艾布拉姆斯陳述的文學經典（canon），毋寧說是共時態的。

但艾布拉姆斯也認為經典的邊界是變動不居的。即是說，有時候一個作家位居邊緣，甚或壓根就無緣於經典，但是時光流轉，趣味更替下來，完全有可能突然躍居中心。著名的例子如約翰．多恩（John Donne），艾布拉姆斯指出，此人從18世紀開始，一直被認為是一個風格詭譎的詩人，但是到1930年代以降，經T. S. 艾略特、克林思．布魯克斯（Cleanth Brooks）和新批評追捧，儼然就成為一代反諷大家，奠定了他在英國文學中的經典地位。反過來看，一個作家一旦被確認為經典，即便遭受非議，似也無傷大雅。例如雪萊，新批評家受F. R. 利維斯（Frank Leavis）趣味的影響，於褒揚多恩的同時可勁貶損雪萊，但結果是雪萊再一次被置於輿論關注焦點，反而鞏固了他的經典作家地位。由此可見，經典可以是開放的，同樣也可以是動態的。

對於經典在當代所歷經的「衝擊焦慮」，我們發現艾布拉姆斯的敘述，和同一時期哈羅德．布魯姆（Harold Bloom, 1930-2019）《西方正典》（*The Western Canon: The Books and School of the Ages*）中的類似概括，可謂聲氣相求。艾布拉姆斯指出，無論是解構主義、女權主義，還是新歷史主義，都關注經典的重新確認問題。他這樣描述了傳統經典所面臨的挑戰：

一個廣為流行的指控，是認為偉大著作的傳統經典，不僅是文學，而且是人文研究的一切領域的經典，其形構根據都是出於意識形態，以及菁英和特權階級的政治利益和價值，而這個階級是白人、男人、歐洲人。其結果，經典主要就是由表現種族主義、父權、帝國主義的作品組成，反之黑人、拉美血統人、其他少數民族、婦女、工人階級、大眾文化、同性戀，以及非歐洲文明的利益，或者是被邊緣化，或者是被排除在外了。常有所聞的呼聲是「開放經典」，使它變成「多元文化」而非「歐洲中心」性質，因而充分代表婦女、少數族裔、非異性戀者，以及其他少數人團體的關注和文學成就。[017]

但是很顯然，艾布拉姆斯本人肯定不會欣賞上述之反叛經典的「少數人話語」，而更願意為經典來做辯護。對此，我們或許可以將他歸入他自己所謂的「溫和」的經典辯護立場。即是說，不管階級、性別和其他特殊利益關係在經典形成過程中產生什麼影響，它們並不能代表導致經典產生的全部複雜因素，而在這些因素當中，舉足輕重的是經典作品本身的知識和藝術特質，能否久經考驗，且傳布久遠的人文價值。經典本身處在不斷淘汰和更新的過程中，它可以將多元的種族和階級利益考慮進來。但顯而易見，經典的擴充應當是長久之計，而不是一朝一夕的心血來潮。

由此我們來看哈羅德·布魯姆可謂相當「激進」的經典和誤讀理論。激進的一個原委或許是他曾經是解構主義的代言人，因而不但捍衛經典，而且鼓吹誤讀。就此而言，他和艾布拉姆斯是大有不同的。布魯姆 1930 年出生在紐約，1955 年開始執教耶魯大學，1988 年又兼職紐約大學，是半個世紀活躍在美國文壇的風雲人物。布魯姆著於 1994 年、後來很長一段時間流行不衰的《西方正典》，就其書名選取 canon 而非 classic 而言，

[017] M. H. Abrams, *A Glossary of Literary Terms* (Fort Worth: Harcourt Brace College Publishers, 1993), p. 21.

可見作者更願意取經典的共時性的含義。但《西方正典》本身堪稱一部學術暢銷書，它面向的對象是大眾讀者，而不是學術菁英。布魯姆本人更是頻頻露面，遊刃有餘地遊走在媒體的聚光燈下。這也很使人懷疑，他疾言厲色的經典捍衛立場，本身是不是一種脫口秀？

《西方正典》開篇就說，經典的原意是指我們的教育機構所遴選的書，雖然近年流行多元文化主義政治，但經典的真正問題依然是，今天求知心切的讀者想看什麼書？這個問題顯然是不容樂觀的。布魯姆承認，今天大學中都將設立文化研究系，這是大勢所趨，無可拂逆。但是文化研究充其量事關大眾化政治，經典的確認，卻取決於菁英立場的審美趣味。故經典這個宗教起源的詞彙，在布魯姆看來如今成了文本之間為求生存的相互鬥爭。而選擇的標準，布魯姆給出的答案更是明確無誤，那就是審美選擇永遠是經典構成方方面面的指導原則，雖然，布魯姆也意識到在政治全面滲透到文學批評之中的今日，要堅守他的如是主張，殊為不易。

布魯姆堅決捍衛經典的立場之所以出名，主要並不在於他高揚文學的審美特徵，就此而言，他的立場和艾布拉姆斯基本上是如出一轍。布魯姆之所以在捍衛和解構經典的當代論爭中脫穎而出，主要是因為他一反艾布拉姆斯貌似溫和的中庸之道，而以擇其一點，不及其餘的典型的解構主義作風，將他所謂的「從文化唯物主義（新馬克思主義）、新歷史主義（傅柯）到女性主義」等的「少數人話語」，悉盡打入他所謂的「憎恨學派」（school of resentment）。而「憎恨學派」之所以怨氣沖天，在布魯姆看來，是因為他們從文化和社會的視角來讀作品，如此便無一例外地將經典看作「死去的歐洲白人男性」的意識形態，迴避和壓抑經典中的審美和藝術想像因素。但是布魯姆也承認，這在今天的高等教育機構中，已經是普遍的風習。

那麼，經典在其被解構、篩選和重新確認的當代語境中，是不是同樣涉及「影響的焦慮」這個布魯姆時刻不忘伸張他發明專利的批評概念？布魯姆不無悲哀地發現，「憎恨學派」對此也是極不以為然：

> 「憎恨學派」反覆堅持說，這個觀點只適用於「死去的白人歐洲男性」，不適用於女性和我們優雅地稱之為「文化多元主義者」的人。故此，女性主義的啦啦隊長們宣稱，女性作家彼此親密地合作一如被褥縫紉工人；非裔和拉丁裔文學活動家走得更遠，強調他們從未有過任何汙染毒害之痛，他們人人都像早晨的亞當一樣純潔。他們覺得自己從來就是這般模樣：自我創造、自我生殖，權力也是與生俱來。這些說法若是出自詩人、劇作家和小說家之口，都是正常的也情有可原，雖然那是自欺欺人。但如果是所謂的文學批評家出此宣言，那麼這類樂觀的大話既不真實也不有趣，而且既有悖於人類天性，也不符合想像性文學的本性。[018]

這段話的言外之意是，作家和詩人為標舉獨創性，否認影響的焦慮情有可原，但是批評家不可以否認影響的焦慮，因為它涉及人類的天性和文學的本質。現在的問題是，哈羅德·布魯姆自己身為當今文壇屈指可數的一位資深批評家，他本人是不是能夠在經典和誤讀之間，擺脫所謂的影響的焦慮呢？

「一切閱讀都是誤讀。」這是保羅·德曼的座右銘。進而視之，它還是當年「耶魯學派」解構主義文學批評的一個標識。按照布魯姆後來的說法，他對解構主義一類反傳統理論，從來不感興趣。其實不光是反客為主的解構主義，布魯姆同美國的批評主流，一向也是格格不入，早年布魯姆反對新批評，但是他的文學思想，與解構主義未必有魚水之歡，故而布魯

[018] Harold Bloom, *The Western Canon: The Books and School of The Ages* (New York: Harcourt Brace & Company, 1994), pp. 7-8.

姆與解構主義同床異夢，自然不足為奇。解構主義批評鼓吹語言的意義飄忽不定，無從捉摸，作者總是言不由衷，南轅北轍。但布魯姆堅持推崇想像，否定文學是白紙黑字的自由遊戲。「一切閱讀都是誤讀」這個典型的解構主義命題，由是觀之，順理成章就給布魯姆納入了「影響的焦慮」的軌道。《誤讀圖示》（*A Map of Misreading*）的導論部分開篇就說：

> 本書根據我前一本書《影響的焦慮》所提出的詩歌理論，來為怎樣讀詩提供詩歌實踐批評的指導。閱讀，誠如我的標題所示，是一種延遲的且幾乎是無所不能的行為，要是說重了，那就永遠是一種誤讀。如今文學語言越來越斬釘截鐵，文學意義卻變得越來越模糊不清。批評或許並不總是一種判斷行為，但它總是一種確定行為，它所要確定的，便是意義。[019]

那麼如何閱讀詩歌？布魯姆的解答是，不錯，閱讀總是一種誤讀。但誤讀不等於海闊天空，為所欲為。布魯姆推崇的誤讀，是創造性的誤讀，用他自己的話來說，它是對先時文本的修正。其實早在兩年前出版的《影響的焦慮》（*The Anxiety of Influence: A Theory of Poetry*）中，布魯姆已經在開始闡發他的誤讀理論。所謂影響的焦慮，毋寧說本身是對佛洛伊德的一種誤讀。布魯姆把 1740 年到當代的詩都稱為「浪漫的」，致力於研究這一時期中一些「強悍」（strong）詩人對另一些「強悍」詩人的影響。具體說，華茲渥斯（William Wordsworth）和惠特曼（Walt Whitman）的傳統固然到今天還雄霸詩壇，但是影響的焦慮追溯起來，真正的源頭是米爾頓和愛默生（Ralph Waldo Emerson）。後來的詩人大凡是強悍之輩，即是說，具有自己獨創意識的話，必然就要殫精竭慮，擺脫前輩詩人的影響。影響和反影響，這就像兩個巨人在角力，本身是極具有浪漫主義色彩的。那如何走出影響的焦慮？唯有誤讀。所以西方文藝復興以來的詩歌史，活脫脫就是一

[019] Harold Bloom, *A Map of Misreading* (Oxford: Oxford University Press, 1975), p. 3.

部蓄意歪曲、扭轉、修正的歷史，舍此如今模樣的現代詩歌，將不復存在。

布魯姆的文學批評思想一般分為三個時期。從1959年出版第一本書《雪萊的神話製造》（*Shelley's Mythmaking*）開始，布魯姆在他批評生涯的第一時期，就顯示了對正統文學觀念的強烈反叛。接下來問世的《幻想的伴侶》（*The Visionary Company: A Reading of English Romantic Poetry*, 1961）和《布萊克啟示錄》（*Blake's Apocalypse: A Study in Poetic Argument*, 1963），同樣都是以英國浪漫主義詩人為題，都引起巨大迴響，成就了布魯姆的卓越聲名。這一時期布魯姆批評的主要標的，是T. S. 艾略特的形式主義。艾略特譴責浪漫主義詩人盲目崇拜自然，無視詩歌法則的看法，差不多被新批評奉為金科玉律。布魯姆則針鋒相對，提出浪漫主義詩歌的真諦不是盲目崇拜自然，反之是對抗自然。即是說，浪漫主義詩人並非一心一意期望融入自然，而是顯示強悍個性，挑戰時代。

《誤讀圖示》和《影響的焦慮》一樣，是布魯姆第二時期，也就是所謂耶魯學派時代的代表作。此一時期布魯姆將他的浪漫主義詩歌對抗論，發展成為一種雄心勃勃的「對抗性批評」（antithetical criticism），堅持文藝復興以降，詩歌就有一種「影響的焦慮」，即是說，後輩詩人作詩總是處心積慮，來壓抑進而對抗前輩詩人的影響。故批評家的使命，即是透過種種「誤讀」手法，追蹤此一壓抑。從結構上看，《誤讀圖示》可以分為兩個部分，前一部分作者「誤讀」了不少強悍的前輩理論，其中包括大名鼎鼎的維柯（Giovanni Vico）、尼采和佛洛伊德。後一部分，則是布魯姆把他的「誤讀」結果，運用到了具體的詩人和作家上面，這些被布魯姆看中的作家和詩人當中，分別有勃朗寧（Robert Browning）、米爾頓、愛默生、惠特曼和華萊士．史蒂文斯（Wallace Stevens）。

引人注目的是布魯姆對佛洛伊德的「誤讀」。他認為佛洛伊德精神分析的核心不是「昇華」，而是壓抑。換言之，是壓抑而不是昇華，真正促成了想像。對此布魯姆說，他標舉壓抑，不過是要說明，對抗性批評必須在昇華和詩的意義之間打入一個楔子。《誤讀圖示》的中心論點，是揭示昇華與隱喻一樣，都是防禦限定，而壓抑則和誇張攜手，它們是防禦表現而非限定，所以與浪漫主義所說的創造性想像，十分相似。比如，佛洛伊德說，壓抑作為一個防禦過程，是把諸如記憶和慾望等種種本能的表現，發落到無意識之中。但這一過程，在布魯姆看來，恰恰正是創造了無意識。這一點顯然是給佛洛伊德忽略過去了。故在布魯姆看來，無意識有如浪漫主義的想像，是天馬行空，沒有確定所指的，所以無意識也與想像一樣，無法加以界定，因為它是一種昇華的隱喻，或者說誇張，一種精神的投射。對於詩歌來說，壓抑的榮光就是被打入無意識的記憶和欲望，它們在語言中無處可去，只能向崇高昇華，自我在它自己的活動裡欣喜若狂。

誤讀是一種修正。這是布魯姆反覆加以強調的。由此我們看到布魯姆的一個關鍵術語「修正主義」（revisionism）。「修正主義」意味著什麼？布魯姆說，修正主義顧名思義，是意在重新審視、重新估價、重新瞄準。重新審視是限定，重新估價是替代，重新瞄準則是表現。後輩詩人和作家在審視、閱讀前輩作品時，每每能發現他人所未發現的東西，而此種獨特的發現，實際上又是對前輩作品意義的限制和確定，是限定了只有他一人看到的意義範域。對前輩的重新評價是用新的評價替代了舊的評價，因而拓展了前人作品的意義領域。而重新瞄準，便是後輩作家對前人作品中心點的重新選擇和闡釋。總而言之，它們都是創造性的誤讀。

布魯姆到他文學批評的第三個時期，即以 1990 年出版《J 書》（*The Book of J*）以來，昔日彌漫在其「誤讀詩學」中的宗教情結直接亮相前臺。《J 書》的主題就是誤讀。作者聲明該書有意糾正兩千多年來對《摩西五經》的系統誤讀。可是布魯姆本人的《舊約》閱讀難道就不是一種誤讀，更確切地說，一種理直氣壯的誤讀？《J 書》的作者是誰？正統猶太人篤信五經是歷史上的摩西寫成，不存在所謂的 J 書及其作者，但是布魯姆回應道，《J 書》作者確有可能是虛構的，可是摩西就不虛構嗎？那麼這位《J 書》的作者，是不是像荷馬那樣，其真實身分是三千多年前活動在耶路撒冷附近的某一個個人或者集體？甚至，他會不會是女性？或者，她就是那個大名鼎鼎的拔示巴？拔示巴是禍水紅顏，害得大衛實在不輕。可是我們不會忘記拔示巴是所羅門的生母，沒有拔示巴，就沒有所羅門。所以這一切都是上天的安排。在哈羅德·布魯姆看來，假如設想《J 書》的作者是一位婦女，假如設想《J 書》的這一位女性作者不是別人，就是以色列鼎盛時期的第一位外族王后，那麼《摩西五經》中對希伯來族長每每是充滿反諷，對某些族長的妻子以及諸如夏甲（Hagar）、他瑪（Tamar）一類異族女性，則特別顯出偏愛的敘事風格，思想起來，便也是情有可原了。所以問題還是在於修正誤讀：

> 我們如何來開始更為嚴謹地閱讀一個被人誤讀一生的作家。無論是從社會方面還是從個人方面來看，研究 J 的體制性誤讀，所涉內容都是極其廣泛的，因為猶太人、基督徒、穆斯林和世俗文化的成員們，都在閱讀此人。[020]

那麼，怎麼才算「更為嚴謹地閱讀」？布魯姆的看法是不再將《聖經》視為文學文本，把它與《哈姆雷特》（*Hamlet*）、《神曲》（*Divine Comedy*）、《伊利亞德》（*Iliad*），和華茲渥斯詩歌、托爾斯泰小說一類作品相提並論；相反，無論是信眾也好、史學家也好，都會在《聖經》和《古蘭經》、《摩門經》之間找到更多的相似性。這裡或許我們可以再一次見到文學的尷尬地位，它不但無法望哲學的項背，而且低於歷史。至少布魯姆已經是暗示了這一結論。

[020] Dawid Rosenberg and Harold Bloom, *The Book of J* (New York: Grove Weidenfeld, 1990), p. 11.

可是假如我們來「誤讀」，也就是「修正」一下布魯姆本人，那又怎樣？而且，我們難道沒有在《誤讀圖示》裡面，讀出布魯姆對他的猶太同胞德希達的一種欣賞來嗎？我們讀到布魯姆在用猶太教神祕主義來與德希達作比較，認為德希達高揚文字，發明「延異」（différence），都是以希伯來的作風，修正了柏拉圖的邏各斯中心主義（logocentrism）傳統，所以，德希達的許多作品裡，都可以見到《摩西五經》那些偉大的神祕闡釋家的影子。在猶太文化的框架裡，還有什麼更高的恭維呢？這樣來看，「誤讀」真是勢所必然，哪怕是讀《誤讀圖示》本身的作者呢！

四、「理論的終結」

對理論的質疑與理論的一路高歌同步。早在 1982 年，當時在加州大學柏克萊分校英語系擔任助理教授的史蒂芬·納普（Steven Knapp），和他的副教授系友華爾特·麥可斯（Walter Michaels）就連袂在《批評探索》（*Critical Inquiry*）上發表〈反對理論〉一文，呼籲抵制好高騖遠自娛自樂，偏偏就忽略了作品分析，甚至文學本身的文學批評「理論」熱。兩人開篇給「理論」定義如下：

> 我們說的「理論」，是指文學批評中的一個特定工程：透過訴求說清楚總體上闡釋是什麼東西，來主導特定文本的闡釋。這個術語時常被用於文學話題，如敘事學（narratology）、文體學（stylistics）、韻律學（prosody）等，卻與對個別作品的闡釋全無直接干係。儘管這些話題也很廣泛，在我們看來它們本質上是經驗性的，我們反對理論的論證，將不涉及這些話題。[021]

[021] Steven Knapp and Walter Benn Michaels, "Against Theory", *Critical Inquiry 8*, no. 4 (Summer, 1982): 723.

很顯然，納普和麥可斯兩人反對「理論」的因由，首先是「理論」不問西東，熱衷於四面八方打著旗號嚇唬人的跨學科傾向。我們記得這一點恰恰是同一年出版的《論解構》中喬納森．卡勒刻意標舉的當代文學理論的新特徵。

納普和麥可斯認為當代的理論主要有兩種傾向。一方面，一些批評家用文學作品的閱讀來論證闡釋的客觀性和有效性。另一方面，有鑑於上述方法在闡釋家之間存在分歧，另一些批評家就乾脆投靠另一種理論，鼓吹正確的闡釋根本就沒有可能。兩人說，在他們看來，上面兩種傾向犯了一個同樣的錯誤，而這個錯誤說到底也是理論本身的錯誤。所以他們寫這篇文章，不是批判哪一種理論模式，而是呼籲壓根就不要去費心糾纏理論。兩人的這篇文獻，是最早發難理論的學院派聲音。

理論的大好時光宣告結束被認為早在 1980 年代和 1990 年代之交已見端倪。1990 年，美國韋恩州立大學以「理論的終結」為題開了一次研討會，會議提交的 17 篇文章 1996 年集結出版，該校傑里．赫倫等人主編，托雷多大學的華勒斯．馬丁作序。馬丁回顧說，1970 年代，理論的敵人是文學史家、新批評家、反對派、政治活動家以及一些表達大眾輿論的著名期刊，如《紐約書評》（*The New York Review of Books*）、《紐約評論》等。納普和麥可斯的〈反對理論〉一文，則開啟了一個攻擊理論的新時代，堅決反對文學理論漫無目的、憑空杜撰，進而宣稱批評理論完全就是將人引入歧途，應當徹底拋棄。對於 1980 年代這段理論曾經享有的大好時光，馬丁所見又有不同：

> 從 1989 年到 1990 年，理論預料之中的衰老加速了。一些文集紛紛面世，討論理論的狀態和理論的局限，如斯坦恩．霍根．奥爾森的《文學理論的終結》（*The End of Literary Theory*）、湯瑪斯．多徹蒂的《理論之後》

（*After Theory*）和保羅·鮑維的《理論的結果》。但是理論誕生（1960年代）、成熟（1970年代）和衰落（1980年代）的故事，並沒有阻止思索之作，如《文學理論的未來》（*The Future of Literary Theory*）和《文學理論的不同未來》（*Literary Theory's Future[s]*）。[022]

馬丁開列的證據是，「理論」早在1980年代，就危機四伏、四面楚歌了。「理論」興起於1960年代，成熟於1970年代，衰敗於1980年代。這個概括和卡勒的美好判斷，顯然是大不相同的。馬丁本人提供的文章是〈從理論的終結到終結的理論〉。他的觀點是，理論日薄西山，代之而起的是批評家對意識形態和歷史再度闡釋的濃厚興趣，而這也是1960年代之前，理論替代形式主義，成為文學批評正統時期的狀態。但是形式主義也好，理論也好，它們對文學研究本身都是弊大於利，因為根據1930年代人文主義和馬克思主義以及迄至今日的老左派、新左派和新右派的觀點，文學應當堅定地建立在社會的，以及倫理的和政治的語境之中，唯其如此，文學的獨特性將不復是空中樓閣。

馬丁將理論興起的象徵，定位在1968年德希達提交的一篇文章〈論人的終結〉。他指出這篇文章德希達本來是應約談一談當代法國哲學的近況，可是文章的第二和第三部分，卻是在闡述如何閱讀黑格爾、胡塞爾（Edmund Husserl）和海德格（Martin Heidegger），揭示他們並沒有引導人走出形而上學，反而是改頭換面回到了人文主義。他引用德希達該文中的話說，從第二次世界大戰起，人文主義或者說人類主義，就成了基督教、無神論的存在主義、右派或左派的人格主義等的共同基礎。他認為這是理論的萌生時期，顯示了哲學和政治的無限循環，即每一次否定和革新，都可以被闡釋

[022] Wallace Martin, "Introduction", in *The Ends of Theory*, eds. Jerry Herron, Dorothy Huson, Ross Pudaloff and Robert Strozier (Detroit: Wayne State University Press, 1996), p. 14.

為回歸和壓抑。理論由是觀之，它是哲學的一種時間投影，在回顧過去的同時，試圖將它納入現在的、共時的構架，由此來解釋將來，引領實踐。

今天回顧 1968 年德希達那篇文獻，馬丁發現德希達當年對法國未來的預言，後來準確無誤地實現了。他預言理論家會「轉換登場」，對此我們也至少可以枚舉羅蘭．巴特、傅柯、德勒茲（Gilles Deleuze）和瓜塔里（Pierre-Félix Guattari）、李歐塔（Jean-François Lyotard）等。四面八方都是形形色色的尼采理論，特別是在所謂的後結構主義時代。這樣來看理論，特別是 1960 年代和 1970 年代的理論形式，馬丁認為，普遍的特徵便是共時性的分析壓倒了歷時性的分析。

理論的成熟時期，被馬丁定位在詹明信 1970 年代後期關於馬克思主義和歷史主義的一批著述，以及 1981 年的《政治無意識》（*The Political Unconscious*）。他認為 1970 年代詹明信面臨的問題是史無前例的。詹明信為了在他的文學批評中重寫歷史和政治，不得不在至少兩條線上同時出擊。一方面在理論戰線上，他抗擊後結構主義，捍衛從前人文主義大廈的殘垣斷壁；一方面在血統譜系上，堅持他從沙特（Jean-Paul Sartre）、盧卡奇（Lukács György）和法蘭克福學派那裡繼承過來的黑格爾傳統的馬克思主義，反對阿圖塞（Louis Pierre Althusser）肢解這個體統。這個兩面出擊如何能夠成功並且為廣大讀者接受？馬丁感慨除非是天才或者時勢造英雄，談何容易！

馬丁認為詹明信的功績在於重構意識形態，由此來辯證理解歷史、表徵和闡釋，把它們放到一個無所不包的共時結構，即馬克思主義的「主導代碼」中來做辯證分析。同時在方法論上，鼓吹總體性。他引用詹明信《政治無意識》中的話說，如果我們不將人類經驗的所有成分串聯起來，設定一個單一的集體大歷史，那麼過去和現在都將變得毫無意義。問題是，詹明信這樣雄心勃勃地重建歷史性，在馬丁看來是又回到了共時系統上面。比如資本主義：

雖然從一種生產方式過渡到另一種生產方式，卻發生在資本主義時代的內部，真正的變革是無從談起的。資本主義的不同階段——就像文學中示範的那樣從浪漫主義到現代主義，提供了演化的表象，卻是事先就辯證地標記出來了。資本主義，誠如霍克海默和後來其他許多作家所見，作為「一個社會關係的自我再生產系統」，它也許是建立在各種緊急控制回饋機制上面，透過這些機制，管理和統治自動調節來化解壓力。[023]

這裡歷史必然性的共時性模式，據馬丁所見，其結果是自相矛盾的。即是說，倘若萬事的發生都是勢所必然，倘若一切皆為命定，那麼也就沒有可能醞釀革命，沒有可能開闢其他道路。詹明信的總體性理論這樣看來，一方面恢宏不凡，另一方面自身內部反反覆覆游移無定。比方說，批評家很難確定何以現代主義不好，後現代主義很好；或者反過來認為現代主義更好，後現代主義是退步。是不是萬事沾染審美，就可以免遭政治歷史磨坊的無情碾壓？這一切也都必然導致歷史主義到新歷史主義，最終是理論的終結。

五、卡勒與納普

後來移師約翰霍普金斯大學任教，並當過喬治·華盛頓大學兩屆校長的史蒂芬·納普，本人的專長是浪漫主義批評，1993 年他出版過一本後來引起卡勒莫大興趣的書：《文學的興趣：反形式主義的局限》（*Literary Interest: The Limits of Anti-Formalism*）。該書導言中說，西方文學理論自柏

[023] Wallace Martin, "Introduction", in *The Ends of Theory*, eds. Jerry Herron, Dorothy Huson, Ross Pudaloff and Robert Strozier (Detroit: Wayne State University Press, 1996), p. 109.

拉圖以降，周而復始在探究文學話語究竟有哪些特徵，將它與其他話語區分開來。或如亞里斯多德所示，是因為它有著特定的主題，即人類行動的或然性形式。那麼我們是不是應當像浪漫主義理論家那樣，來分析所謂文學生產所特有的精神機制？或者是不是就應當追隨 20 世紀的理論家們，嘗試將文學的獨特性定位在文學語言，或者更準確地說，定位在所謂文學語義學的特定性質裡面呢？

納普認為文學理論即便困難重重，也遠談不上壽終正寢。這和他當年〈反對理論〉中的立場恰恰相反。但是理論的前景絕非一路坦途，他承認這般殫精竭慮，將文學理論與其他理論，或者文學話語與其他話語分離開來，實際上是困難重重，幾無可能。其結果不過是推波助瀾，在文學批評家和理論家當中證明所謂的文學獨一無二的特質，不過是鏡花水月。他說：

> 所以經常有人指出，比方說，本世紀早些時候新批評家和其他「形式主義」批評家用狹隘的學院術語，對文學與非文學話語做出區分，目的是鼓勵英語系及其相關出版工業的突飛猛進大發展，為它們提供合法性辯護。從更廣泛的政治角度來看，是意在為一種被理想化的文化活動提供辯護，將它從社會衝突中孤立出來。[024]

這段話的意思是清楚明白的，那就是我們對文學理論的期望過高了，要它獨自化解社會矛盾，擔綱社會進步，文學肯定是力不從心的。文學理論被寄予莫大期望，因而面臨窘境，簡而言之這也是「理論」的窘境。

但是納普上述否定性闡述其實是他的修辭策略，他最終虛晃一槍，反過來為文學的獨特性，同時也為傳統的文學理論作了肯定性辯護。這辯護在喬納森．卡勒看起來有點出人意料。是以在〈理論的文學性〉這篇文章

[024] Steven Knapp, *Literary Interest: The Limits of Anti-Formalism* (Cambridge, MA: Harvard University Press, 1993), p. 2.

裡，卡勒以大段篇幅與納普打起了筆仗。卡勒沒有忘記納普正是當初發難理論的始作俑者，是〈反對理論〉這篇發難文獻的兩位作者之一，何以十一年之後，反過來肯定了文學理論的獨特性？他注意到納普《文學的興趣：反形式主義的局限》一書扉頁上印著這樣的話：存在著文學話語那樣一種特殊東西嗎？它跟其他思想和寫作模式判然不同？是不是文學作品表達事物的方式，換了另外任何一種方式都無能為力？這樣一種本能認知可有什麼途徑來加以辯護嗎？這些問題好像是明知故問說反話，然而叫人大吃一驚的是，納普居然都作了肯定回答。文學就是一個所謂叫作文學的東西，文學的獨特性確鑿無疑，文學確實與眾不同。這些問題納普最終都作了肯定回答，委實是叫卡勒始料不及。

當初反對「理論」的先鋒如今反戈一擊，固然是出乎意外，但是納普將文學理論的獨特性寄託在「文學興趣」上面，其闡釋理路卻令卡勒不敢苟同。卡勒指出，納普承認我們對文學語言的興趣要高過對作者意圖的興趣，但是文學的獨特性並不在於文學語言之中，而是在於將內容鑄入一個與作品自身語言和敘述結構難分難解的新「場景」。是以作品的內容由外到內，將闡釋問題轉化為文學興趣的資源。這也就是說，只有當闡釋問題不光成為興趣的資源，而且這興趣與作品獨特文學性之獨特複雜結構同步起來，它們才成為文學興趣的資源。

為了說明這一點，卡勒舉了美國詩人羅伯特·佛洛斯特的一首兩行詩，〈祕密端坐〉：

> We dance round in a ring and suppose,
> But the Secret sits in the middle and knows.
> （我們圍一圈跳舞邊猜想，
> 但是祕密坐中央盡知詳。）

羅伯特·佛洛斯特的這兩句詩是卡勒舉的例子，不是納普舉的例子。卡勒說，這裡的問題是：「詩人這裡在說什麼，又在做什麼？」一旦這個闡釋問題轉化，來探討說話人或詩歌所為，跟詩歌內部虛構人物「我們」和「祕密」所為之間的關係，它就成為獨一無二的文學興趣的資源了。詩歌裡，我們跳舞猜想和「祕密」端坐盡知詳適成對照。那麼詩歌本身對這對照持什麼態度？它是在嘲諷人類行為的徒勞嗎？但是探問詩歌本身的立場，我們也需要了解詩歌自身是不是參與了跳舞猜想和端坐知詳。詩歌自己到底是在猜想呢，還是悉盡知詳？卡勒承認這個問題的回答有點複雜。詩歌很顯然是無所不知，可是作為一個語詞結構，它除了表達人類的猜想行為，還可以是別的什麼東西嗎？卡勒說：

> 倘若我們來問詩裡「知詳」的地位是什麼，可以發現那個被認為無所不知的主體「祕密」，是修辭和猜想活動的產物，使它從「知詳」的對象，變成「知詳」的主體。所謂祕密，是指我們知道或者不知道的東西。詩歌這裡大寫「祕密」又把它擬人化，透過轉喻，使它從被知詳的位置，移位到知詳者的主體位置。知詳者故而被表現為修辭猜想和假設的產物，修辭猜想使知識（某個祕密）的客體，變身為它的主體（「祕密」）。[025]

卡勒的論證有些糾結，但是意思是清楚的。那就是羅伯特·佛洛斯特的這首詩說祕密無所不知，可又同時表明這是修辭猜想的行為結果。言語必有所作為，詩也不例外。他不滿意的是納普將文學的興趣定位在文學的內在結構上面。假如依照納普的觀點，那麼怎樣來讀佛洛斯特的這兩句詩呢？卡勒自己也來猜測了一番。他認為，納普會主張這裡的文學興趣，是處於佛洛斯特在詩裡履行的行為，和詩所表達的行為之間。佛洛斯特本人

[025] Jonathan Culler, *The Literary in Theory: Cultural Memory of the Present* (Stanford: Stanford University Press, 2007), p. 28.

倒是在跳舞猜想呢，還是坐在中央，胸有成竹？這兩者有什麼區別？我們難以確定佛洛斯特如何站邊，是不是一如難以確定「我們」和「祕密」之間的迷離關係？

卡勒認為這就是納普的方法問題所在，即透過強調作者意圖，引導我們來探究佛洛斯特在做什麼，而不是詩歌在做什麼。他認為納普的方法既於事無補，也沒有必要。更中肯的做法應當是探究說話人或者詩歌本身在做什麼，由此來考察它與詩歌中相關行為之間的關係。簡言之，批評和闡釋的中心應當是文本，而不是作者。是以雖然納普也暗示我們對文學作品的興趣通常要高於對於作者意圖的興趣，然而終究還是將文學的獨特性，定位在了錯誤的地方。這當中涉及的文本、作者和闡釋，是下面一章我們將要展開的另外一個話題了。

以上所述，可以說是概括了「理論」在今天人文話語中的現狀。理論本應高屋建瓴、鞭辟入裡，具有勢不可擋的王者風範。理論來自實踐，但是它的目的不但是歸納實踐，最終還期望能夠引導實踐。雖然後結構主義以降，文學理論日趨玄虛，一如劉勰《文心雕龍》裡的描述，「慷慨者逆聲而擊節，醞藉者見密而高蹈」。不但高蹈，而且詭祕，無所不顧就是偏偏對本該是它批評對象的文本視若不見。這使得當年卡勒原是反諷加上自嘲，戲擬「理論」一語來概括各路大軍奉獻的似是而非、似非而是的「文學理論」，竟然一語成讖，陰差陽錯地開闢了一個風生水起的「理論批評」傳統。文森・雷奇將理論與文化研究比較的意義，由是觀之，便是既然幾乎在同時崛起的文化研究已經星火燎原，確立了它跨科學性質的準學科地位，在「理論」歷經浴火、重振旗鼓之際，建立「理論批評」這樣一門與實踐結合更為密切的關於理論本身的學科，當不是奢望。

第二章
四種闡釋模式

一、小說家的闡釋

闡釋（interpretation）是「闡釋學」（Hermeneutics）的實踐過程。後者得名於希臘神話中傳達大神宙斯意旨的神行太保赫爾墨斯（Hermes）。今天它從狹義上說是文學作品的意義解讀；從廣義上說則可視為一切文本，包括文學文本與非文學文本、語言文本與非語言文本的主題、架構、意指和審美乃至言外之意、象外之意的解析。前輩人文主義批評家、當年《鏡與燈》（*The Mirror and the Lamp: Romantic Theory and the Critical Tradition*）的作者 M. H. 艾布拉姆斯，在他多次再版的《文學術語詞典》中，曾就「闡釋學」的來龍去脈有過一個簡要說明：

> 「闡釋學」這個術語最初是指專用於聖經的闡釋原理的形成。這些原理既融合了指導聖經文本合法閱讀的規則，也匯合了文本所表達意義的各種注釋和詮釋。但是從 19 世紀起，「闡釋學」漸而用來指普遍性的闡釋理論，即是說，涉及所有文本，包括法律、歷史、文學以及聖經文本意義生成的原理和方法建構。[026]

艾布拉姆斯對闡釋之學的這個概括，在今天看來也不無啟示。換言之，闡釋不光涉及意義的解讀，而且事關解讀原則，即闡釋模式和闡釋理論的有意識或無意識建樹。唯其如此，本章將以艾柯、羅蒂、卡勒與張江四人為例，分析闡釋的四種模式。它們分別是小說家的闡釋、哲學家的闡釋、批評家的闡釋和理論家的闡釋。

1990 年，安貝托．艾柯（Umberto Eco, 1932-2016）出版了一部文集，取名為《闡釋的界限》（*The Limits of Interpretation*）。僅就書名來看，它與

[026] M. H. Abrams, *A Glossary of Literary Terms* (Fort Worth: Harcourt Brace College Publishers, 1993), p. 91.

艾柯當年一夜成名的《開放的作品》（*Opera Aperta*），已是迥異其趣。當年艾柯提倡作品開放論，被認為是將闡釋的權力一股腦交給讀者。隨著時過境遷，艾柯在功成名就，特別是假《玫瑰之名》（*Il Nome Della Rosa*）暢銷天下之後，發現讀者異想天開、天馬行空的過度闡釋，不免叫人啼笑皆非。乃有心重申作者的權力，或者至少，作品的權力。是以該書導言中，艾柯開篇便引述了 17 世紀英國自然哲學家，同時肩挑劍橋和牛津兩家學院院長的賈斯特主教約翰·威爾金斯（John Wilkins）《墨丘利，或神行密使》（*Mercury; or, The Secret and Swift Messenger*）中的一則掌故。是書 1641 年出版，墨丘利的希臘名字是赫爾墨斯，專門傳達宙斯旨意的神行密使。闡釋學一語，就得名於這位奧林匹斯山上的神使。故事說的是：從前有個印第安奴隸，主人讓他去送一籃無花果外加一封書信。半道上，這奴隸偷吃無花果，飽食一頓之後，方將剩下的果子交付收信人。對方主人讀過信札，發現收到的果子跟信上數量不符，責備奴隸偷吃，將他罵了一通。這奴隸置事實於不顧，賭咒發誓果子就是這些，信上寫得不對。後來奴隸再一次送果子並書信一封，信上照例清楚寫明果子的數量，奴隸照例又來偷嘴。不過這回在開吃之前，為防止再次被罵，他取出信來，壓在一塊大石頭底下，心想書信看不到他偷吃，便不會再來洩密。沒料想這一回挨罵比上回更甚。他不得不承認錯誤，衷心欽佩這書信真是神力無限。於是他死心塌地，從此老老實實，恪盡職守，再不敢耍小聰明。[027]

威爾金斯講的這個故事顯示了文字確鑿無疑的符號功能。在艾柯看來，它在當代闡釋家中啟示其實各不相同。事實是今天批評家們大都反對威爾金斯的言必有所行的立場，認為文本一旦與作者和作者的意圖分離開來，與它當時發生的語境分離開來，便具有無限的闡釋潛能。是以沒有哪

[027] John Wilkins, *Mercury; or, The Secret and Swift Messenger*, 3d ed. (London: Nicholson, 1707), pp. 3-4.

個文本有確鑿無疑的本原意義和終極意義。文本在它發生之初，它的本原意義和終極意義，就遺失不見了。

那麼，威爾金斯又會怎樣回答這些當代批評家？他的答覆又能不能讓當代批評家信服呢？艾柯說，我們假定印第安奴隸的主人大概會如此修書：「親愛的朋友，我奴隸帶來的這個籃子裡有 30 個無花果，那是我送您的禮物，期盼如何如何……」收信的主人就會確信書信提到的籃子，必是印第安奴隸手提的籃子；提籃子的奴隸，必是他朋友給了他籃子的奴隸；信上提到的 30 個無花果，指的也必是籃子裡的果子。但是威爾金斯的這個寓言絕非無懈可擊，比如說，假設的確是有人給了一個奴隸一個籃子，可是半道上這奴隸被人殺了，換了另外一個主人的奴隸，甚至 30 個無花果，也被掉包換上了 12 個其他來路的果子，那又當何論？不僅如此，假設這新奴隸將這籃子送到另外一個收件人手裡呢？假設這個新的收件人壓根就不知道哪位朋友如此惦記著他，要送他果子呢？如此這般推演下來，意義的確證確實就是沒有邊際了。

但是文學的想像確實就是無際無涯。艾柯帶領他的讀者繼續設想到，倘若不光是最初的信使給人殺了，殺手還吃光了果子，踩扁了籃子，將書信裝入一個小瓶，扔進了大海，直到七十年後，給魯賓遜發現，那又怎樣呢？沒有籃子，沒有奴隸，沒有果子，唯有書信一封。艾柯接著說：

> 即便如此，我打賭魯賓遜的第一個反應會是：果子在哪裡？只有在第一個反應之後，魯賓遜才會夢想到究竟有無果子，有無奴隸，有無寄件者。以及可能是壓根就沒有果子，沒有奴隸，沒有寄件者；夢想到說謊的機器，以及他成為何其不幸的收件人，與一切「超驗意義」斷然分離了開來。[028]

[028] Umberto Eco, *The Limits of Interpretation* (Bloomington: Indiana University Press, 1994), p. 4.

艾柯這裡的意思是清楚的。那就是文本的闡釋語境可以無窮無盡延伸下去，哪怕是多年之後成為笛福（Daniel Defoe）小說《魯賓遜漂流記》（*Robinson Crusoe*）裡的又一段情節。但是有一點同樣不容忽視，那就是任何一個文本，必有一個最初的字面意義。唯有在這個字面意義之上，任何闡釋的延伸才有可能。誠如艾柯所言，假若魯賓遜懂英語的話，他必定明白這信裡講的是無花果，不是蘋果，也不是犀牛。

還可以進一步想像。艾柯這回假定撿到瓶子的是一位天資過人的語言學、闡釋學、符號學的學生。這位學霸推斷下來，又有新的高見：其一，信件是密碼，「籃子」是指軍隊，「無花果」指 1,000 個士兵，「禮物」則指救援。故這封信的意義就是，寄件者派出一支 3 萬兵士的大軍，來救援收件人。然而即便如此，士兵的人數也還是限定的，那是 3 萬，而不是其他人數，比如說 180，除非一個無花果代表 60 人。其二，無花果（fig）可以是修辭意義上的用法，就像今天我們所說的，某人競技狀態良好（in good fig）、身穿盛裝（in full fig）、身體不佳（in poor fig）等等，無花果在這裡是比喻，同某人飽餐了頓無花果，或者像個好果子、壞果子之類沒有關係。但是艾柯提醒讀者，即便是比喻用法，也得明白喻體是無花果，而不是蘋果，不是小貓。

最後，艾柯假定這一回收件人是一位精通中世紀文本闡釋的批評家。有鑑於艾柯本人對中世紀美學和藝術情有獨鍾，且建樹豐厚，其博士論文〈湯瑪斯 · 阿奎那的美學〉堪稱中世紀美學的一部百科全書，這讓人懷疑他是不是夫子自道，或者以身說法。艾柯說，這位擅長中世紀寓意解經的批評家，會假定瓶子裡的資訊是出於一位詩人手筆，他會從字面上充滿詩意的私人代碼裡，嗅出隱藏其後的第二層意義。如「無花果」提喻「水果」，「水果」隱喻「正面的星體影響」，「正面的星體影響」又喻指「聖恩」。如此環環延伸下去，亦是無窮無盡。但是艾柯強調說，在這個中世紀闡釋模式的例子裡，批評家雖然可以海闊天空，大膽假設，但是他堅決相信，這許多形形色色、互相衝突的假設當中，究竟也會有某種可行的標準，而使某一些假設較之另一些假設更見情理。這當中無關信札作者的意圖，但是必關涉最初資訊的歷史和文化語境。

在艾柯看來，正是文本發生之初的文化和歷史語境，構成了日後一切闡釋的發生點。是以闡釋終究是有邊界的，後代的闡釋家和批評家，沒有權力聲稱威爾金斯掌故中的這封書信可以無所不指：

> 它可以意指許多東西，但是有一些意義，假設起來就是荒誕不經的。我並不認為它可以意指有人急於表明，它指的是拿破崙死於 1821 年 5 月；但是挑戰這類天馬行空的閱讀，也可以成為一個符合情理的起點，以推定那條資訊至少有什麼東西是不能信誓旦旦胡作結論的。它說的是，從前有一籃子無花果。[029]

從前有一籃子無花果。包括奴隸、果子的數量，這都是以上書信的「字面義」。艾柯指出，雖然文本究竟有沒有「字面義」的說法學界多有爭執，但是他始終以為，語詞在詞典中的首要釋義，以及每一位讀者對於眼前語詞的本能反應，便是一個特定語言單元的字面義。

《闡釋的界限》發表的同一年，艾柯在劍橋大學的「丹諾講座」上作了題為「闡釋與歷史」、「過度闡釋文本」和「在作者與文本之間」三個講演，然後美國哲學家理察．羅蒂、批評家喬納森．卡勒，以及英國小說家和批評家克莉絲蒂娜．羅斯分別給予回應，並最後由艾柯一併作答。七篇文獻由東道主劍橋大學英國文學教授斯特凡．寇里尼編為文集《闡釋與

[029] Umberto Eco, *The Limits of Interpretation* (Bloomington: Indiana University Press, 1994), p. 5.

過度闡釋》，1992 年出版。文集導言中，寇里尼回顧了闡釋的歷史。他指出，闡釋當然不是 20 世紀文學理論家發明的活動，它在西方早有根深源長的歷史，緣起於對上帝之言的意義確證。18 世紀施萊爾馬赫（Friedrich Schleiermacher）和狄爾泰（Wilhelm Dilthey）確立的現代闡釋學中，對於文本意義的追索，亦已具有高度的自我意識。

第一篇講演中，艾柯開門見山宣布他 1962 年出版的闡釋理論成名作《開放的作品》，是給人誤讀並誤解了：

> 在那本書裡我宣導做主動的闡釋者，來閱讀那些富有美學價值的文本。那些文字寫成之際，我的讀者們注意力主要集中在整個作品的開放性方面，而低估了這個事實，那就是我所支持的開放性閱讀，是作品引出的活動，目的在於進行闡釋。換言之，我是在研究文本的權利和闡釋者的權利之間的辯證關係。[030]

艾柯重申了他 1989 年在哈佛大學皮爾斯國際會議上的發言立場：符號指意過程沒有邊界，並不導致得出結論闡釋沒有標準；闡釋具有無盡的潛能，並不意味著隨心所欲跑野馬，也不意味著每一種闡釋行為都能有個幸福結局。即是說，讀者光注意到是書鼓吹作品的開放閱讀，卻忽略了他其實提倡開放性必須從文本出發，因此會受到文本的制約。

艾柯明確反對「過度闡釋」。一如無花果的故事所示，他指責當代有些批評理論斷定文本唯一可靠的閱讀就是誤讀，文本唯一的存在方式是由它所引出的一系列反應所給定，就像托多洛夫（Tzvetan Todorov）所說的那樣，文本不過是一次野餐，作者帶語詞，讀者帶意義。他反駁說，即便真是這樣，作者帶來的語詞，也是一大堆叫人犯難的物質證據，讀者是不

[030] Umberto Eco with Richard Rorty, Jonathan Culler, Christine Brooke-Rose, *Interpretation and Overinterpretation* (New York: Cambridge University Press, 1992), p. 23.

能躲避過去的，無論他保持沉默也好，吵吵鬧鬧也好。艾柯說：

> 要是我沒有記錯，就是在英國這個地方，多年以前，有人提示言辭可以用來行事。闡釋文本，就是去解釋這些語詞為什麼透過它們被闡釋的方式，能夠來做各種各樣的事情（而不是其他事情）。[031]

艾柯這裡指的應是約翰·奧斯丁（John Austin）。奧斯丁出版的一本小書《如何以言行事》（*How to Do Things with Words*），後來成為言語行為理論的第一經典。是書的宗旨是，言語行為的目的是誠懇交流，不可以無的放矢、信口開河。言語如此，文本亦然。美國當年與希利斯·米勒（J. Hillis Miller）圍繞解構批評展開過論爭的批評家艾布拉姆斯 1989 年出版過一部文集，便是借鑑奧斯丁，取名為《文有所為》（*Doing Things with Texts*）。換言之，文本必須有所作為，以便能夠「以文行事」，而不是一味誇誇其談，不知所云，任由能指（signifier）墮落為鬼符幽靈一般、與世隔絕的白紙黑字。我們不妨看艾布拉姆斯是怎樣描述文本的：

> 傳統批評家一直把他們的批評對象看作某個文學「作品」，其形式是由作者刻意設計，其意義來自作者使用語詞媒介的意向。另一方面，法國的結構主義者們則將文學產品非個人化，不復視其為「作品」，而是「文本」，所謂書寫（écriture）這一社會機制的一個門類。作者被認為是某種非個人的力量，其寫作行為是將先已存在的語言和文學體統草草注入一個特定文本。此種寫作的闡釋，便是取決於某種非個人的「lecture」（法語：閱讀過程）行為，它透過將先時亮相中形成的各種期望加諸語言系統的功能，來授予白紙黑字以它們不過原本固有的意義以及同外部世界的關係。[032]

[031] Umberto Eco with Richard Rorty, Jonathan Culler, Christine Brooke-Rose, *Interpretation and Overinterpretation* (New York: Cambridge University Press, 1992), p. 24.

[032] M. H. Abrams, *A Glossary of Literary Terms* (Fort Worth: Harcourt Brace College Publishes, 1993), pp. 284-285.

以上文字出自艾布拉姆斯1990年代初葉《文學術語詞典》第六版新撰條目「文本與書寫」的開端部分。這是從結構主義到後結構主義瞬息變化的新銳理論暢行時期。誠如他緊接著譏諷說，大多數後結構主義者主張，認為文本有固定意義那只是幻想，所有文字像種子一般播撒開去，進入一個多元分化、自相矛盾的開放天地。就闡釋的邊界限定來看，艾布拉姆斯確實與艾柯兩人是同仇敵愾、聲氣相求的。

關鍵似乎在於文本的意圖。艾柯區分了「文本意圖」（intentio operis）和「讀者意圖」（intentio lectoris），主張兩者之間應當保持一種辯證關係。但問題在於：

> 倘若說我們知道了「讀者意圖」是什麼意思，那麼似乎就更難來抽象界定「文本意圖」指的是什麼東西。文本的意圖並不見於文本的表面。或者說，即便它呈現在文本表面上，那麼呈現的方式也是以被竊的信的形式出現的。我們必須決定來「看」它。故此，言說文本的意圖，只會是讀者方面猜測的結果。[033]

文本這樣來看，便是一個經過構思的裝置，目的是為了生產它的標準讀者。雖然這個讀者並不是做出「唯一正確」猜測的讀者，但是文本卻可以預見一位標準讀者，來對它發動無限的猜測。既然開放性闡釋必須從文本出發，故而必然受文本的制約，但是文本本身如何作為闡釋的起點，如何制約可靠和不可靠的無邊闡釋，這恐怕終究還是須由讀者和批評家做出判斷。艾柯的第二篇講稿〈過度闡釋文本〉中提出來的這個「標準讀者」（model reader）的概念，意義真是非同尋常。在艾柯看來，文本被創造出來的目的，就是促生它的「標準讀者」。雖然這個標準讀者未必是面面俱

[033] Umberto Eco with Richard Rorty, Jonathan Culler, Christine Brooke-Rose, *Interpretation and Overinterpretation* (New York: Cambridge University Press, 1992), p. 64.

到、四平八穩的唯一正確讀者，但是他也大不同於未及深思熟慮考究文本的「經驗讀者」。「標準讀者」的功能，說到底在於立足文本，勾勒出一個「標準作者」，能夠最終吻合於文本的意圖。如是文本就不光是用以判斷闡釋合法與否的工具，而且成為在論證自身合法性的過程中，逐漸建構起來的一個客體。艾柯不無嘲諷地承認，這其實是一個老而又老的「闡釋學循環」，但是它雖然古老，卻並不顯得勉強。

問題是，這個從「標準讀者」到「標準作者」的文本意圖建構路線，究竟有多大令人信服的可操作性？ 1990 年的「丹諾講座」時，艾柯早已功成名就，不但為是時形形色色後現代理論中獨樹一幟的符號學諸侯，更以《玫瑰之名》、《傅柯擺》（*Il Pendolo di Foucault*）兩部學院派暢銷小說而名揚天下。在此豐厚的文化資本上，改弦易轍來宣導回歸傳統，正當其時。但我們發現，艾柯自己也承認，標準讀者和標準作者之間的關係，委實是奇崛突兀，每每叫人措手不及。艾柯本人身為符號學家，其《玫瑰之名》究竟所指為何，讀者本能地會追蹤到莎士比亞《羅密歐與茱麗葉》（*Romeo and Juliet*）第二幕第二場裡茱麗葉的兩句著名臺詞，「名字又有什麼？那叫作玫瑰的東西／隨便換個名字還是一樣芬芳」，進而是中世紀名與實孰先孰後的經院哲學傳統。即便我們讀艾柯的小說，以及看 1986 年改編的同名電影，第一感覺便是作者和導演的玫瑰所指分明就是敘事人阿德索畢生難忘的那個女孩。是艾柯自己不願將玫瑰的闡釋定於一尊，乃自覺不自覺採用德希達的「延異」策略，張聲造勢、散布疑雲、高深莫測。待到 2016 年作者本人過世，玫瑰之名最終成了一樁不折不扣的懸案。

艾柯顯而易見不滿是時如日中天的解構主義闡釋模式。第三篇講演〈作者與文本之間〉，開篇就批評德希達長文〈有限公司 *abc*〉，認為德希達圍繞約翰．奧斯丁言語行為理論對美國分析哲學家約翰．瑟爾（John

Searle）展開的反擊，是斷章取義，對瑟爾文本作遊戲式的任意切割，更稱這樣一種令人眼花撩亂的哲學遊戲，好比芝諾（Zeno of Elea）「飛矢不動」的相對主義。所以不奇怪，回顧過去數十年間文學批評的發展進程，艾柯感慨道，闡釋者即讀者的權利，被強調得有點過火了。是以殊有必要限制闡釋，回歸文本，從鼓吹作品無限開放的神祕主義路線，或者說當代的「文本諾斯底主義」，回到長久被棄之如敝屣的作者意圖和寫作的具體語境上來。

但是作者意圖又如何？寫作的具體語境又如何？艾柯告訴我們這樣一則逸事：

> 有一次在一場辯論中，一位讀者問我「最高的快樂在於滿足你擁有的東西」這句話是什麼意思。我心中一慌，發誓說從來沒有寫過這個句子。我這麼肯定有許多理由：首先，我並不認為快樂在於滿足你擁有的東西。其次，一個中世紀人物不可能認為快樂就在於擁有你實際上擁有的東西，快樂對於中世紀的心靈來說，是一種有待透過現世苦難來實現的將來狀態。故而我重申我從來沒有寫過那個句子。問我的人直愣愣看著我，不相信作者居然會認不出自己所寫的東西。
>
> 後來，我自己碰到了上面這個句子。它出現在廚房中阿德索歡愛過後欣喜若狂的描寫裡。[034]

這是艾柯以身說法，告訴我們有時候作者自己都不知道自己寫了什麼。艾柯多次舉例，談到有讀者發現《玫瑰之名》中威廉和伯納德都談到過「性急」，問他這對勢不兩立的人物口中的「性急」之間，可有什麼玄機呼應，這當時就叫他張口結舌。《傅柯擺》中主人公之所以取名卡索邦

[034] Umberto Eco with Richard Rorty, Jonathan Culler, Christine Brooke-Rose, *Interpretation and Overinterpretation* (New York: Cambridge University Press, 1992), p. 78.

（Casaubon），是因為他當時想起了伊薩克・卡索邦（Isaac Casaubon），這位 17 世紀的古典學者證明了《赫爾墨斯書》（*The Corpus Hermeticum*）是西元 3 世紀前後所撰，而不是在先以為的早在摩西時代即已成篇。此外，在小說即將完成時，他純出偶然，發現卡索邦還是喬治・艾略特（George Eliot）《米德爾馬契》（*Middlemarch*）中的一個人物。對此，艾柯承認《傅柯擺》裡主人公的名字是故弄玄虛，以滿足少數絕頂聰明的讀者的需要。而身為自己作品的一個「標準讀者」，艾柯交代說，他自有義務專心致志透過這個名字來品味伊薩克・卡索邦的博學，反之避免把它與喬治・艾略特這個相對平淡的 19 世紀女作家連繫起來。是以他在自己的《傅柯擺》中安排了以下對話：「卡索邦。這不是《米德爾馬契》中的一個人物嗎？」「我不知道。文藝復興時期有個文獻學家也叫這個名字。」標準讀者也好，標準作者也好，其間的是是非非果然是玄機四伏、雲譎波詭。

很顯然，《玫瑰之名》遭遇到了過度闡釋，其「過度」的程度是令作者本人也瞠目結舌的。我們可以從西元 1 世紀猶太哲學家斐洛（Philo Judaeus）開啟的寓意解經傳統談起。斐洛熱衷於用希臘哲學來解《舊約》。上帝 6 日創造世界，第 7 天休息，是為假日。由是觀之，7 就是一個無比神聖的數字。斐洛說他很懷疑天下有誰能夠恰如其分地歌頌數字 7 的至高神聖性質，因為 7 的美妙超越了一切言辭。比如說：

> 1、2、4 相加構成了 7，其中有兩個數與和諧有特殊關係，即二重和四重。前者產生音域的和諧，而四重則產生雙倍的和諧。除此之外，7 還可接受其他劃分，就像置於軛具之下的牲畜。首先，7 可以分成 1 和 6，然後，可以分成 2 和 5。最後，7 可以分成 3 和 4。這些數目和比例最具有音樂質素。例如 6 和 1 構成 6 與 1 之比。如我們將要證明的，當我們從數目過渡到和諧的比例時，這個比例形成音程中最大的音距，從最高的音符

到最低的音符。5 比 2 展現出和諧中最完全的力量，幾乎超越和諧。這個事實最清楚地在音樂理論中得到確證。[035]

我們不難發現，這基本上是畢達哥拉斯學派的音樂宇宙學思想，與上帝創世的神聖意志究竟有多大關聯，那只有斐洛自己知道。是以斐洛解經以上帝之言為「邏各斯」，謂如《出埃及記》（*Exodus*）中摩西所言，上帝的話就像朝露，無一遺漏沐浴了所有的靈魂。很顯然，這都可見到當其希臘化時期，希伯來文化與希臘文化交匯合流的鮮明特徵。

斐洛想像力高漲，後代不論是基督教神學還是哲學闡釋學，對他有開創之功的寓意解經模式，大都不以為然，即便這一傳統經希臘教父奧里金、拉丁教父聖奧古斯丁，直到聖多瑪斯·阿奎那（St. Thomas Aquinas）和但丁（Dante Alighieri）的拓展，早已成為神學乃至詩學闡釋的不二之道。但是即使是字面義的闡釋，實際上也很少拘泥於作者的意向或者文本記述的歷史事實。西元 4 世紀亞歷山大主教、希臘教父亞他那修（Athanasius）被認為是字面義解經的代表人物。但是亞他那修晚年在一封信中闡釋《聖經》裡著作權通常歸在大衛名下的《詩篇》（*Psalmois*），一樣是把《詩篇》看作無所不有的超級文本，乃至宣稱《聖經》各卷書中的主題、人類從靈魂到思想的一切形式的經驗，在這裡應有盡有。反過來，《詩篇》的內容也不斷見於《聖經》的其他各卷，《詩篇》照他看來，因此是亦文亦歌，是抒情亦是敘事，總而言之，表現出了人類的全部存在，從靈魂到思想的一切狀態和運動，都無一遺漏：

因為無論是有悔改和懺悔之必須，或者是苦難和考驗降臨我們，或者是某人遭受迫害，或者被陰謀算計，他都能得到保護；進而視之，如果某

[035] 斐洛：《論〈創世記〉》，王曉朝、戴偉清譯，商務印書館，2012，第 48 頁。

人墮入極度的憂傷和煩惱之中，如果他的煩惱就是《詩篇》裡面專門描述過的，《詩篇》既然把他從他的敵人手裡救出來，他便或者欣然前行，或者感恩讚美上帝。因為一切對於可能發生的事件，他都在神聖的《詩篇》裡得到了教諭。[036]

所以《詩篇》也是一個文本。文本之外一無所有，這是說，文本充分而公正地再現了活生生的世界。在文本世界裡面，同樣是天網恢恢，疏而不漏，因果報應，絲毫不爽。照亞他那修的說法，基督教世界大到上帝的神聖之光，小到個人的迷途憂傷，都在《詩篇》裡面得到了最充分的表達。與斐洛和奧里金（Origen）好高騖遠的寓意解經傳統不同，亞他那修解《詩篇》，假如從詩學的角度來看，或許是一種相對比較講究實證的闡釋路徑，在尼采和傅柯相繼論證上帝死了之後的今天，它恐怕可視為一種更受歡迎的閱讀模式 —— 它終究大體還是在聖經裡面兜圈子。

回過頭來再看艾柯。當時，艾柯這位第一流的後現代主義小說家正志滿意得，沉浸在圍繞十年前《玫瑰之名》激發的闡釋大戰成就感裡。《玫瑰之名》布滿隱喻、十面埋伏，其背景是作者早有許多著述在先的中世紀神學，而且順理成章脈絡直追亞里斯多德據信佚失不聞的《詩學》（*De Poetica*）第二卷。這樣一部本身神祕主義無以復加的學院派經典小說，艾柯期望有人幫他正本清源，不復雲裡霧裡不著邊際，應該是在情理之中。事實上，講座的第三講「在作者與文本之間」，艾柯就在反覆念叨《玫瑰之名》遠遠超越原初修道院凶殺案情節裡面的名實辯證。比如他說到小說俄文版的譯者寫過一篇文章，提到法國小說家埃米爾．昂里奧（Émile Henriot）1948 年出版的《布拉提斯拉瓦的玫瑰》（*La Rose de Bratislava*）

[036] Athanasius, "Letter to Marcellinus", in *Classical and Medieval Literature Criticism*, vol. 4, ed. Jelena O. Krstovic (New York: Thomson Gale, 1993), p. 347.

裡也有追尋神祕手稿和圖書館失火的類似情節，故事發生在布拉格。而《玫瑰之名》開頭也提到過布拉格。更有甚者，《玫瑰之名》裡有個圖書館員名叫貝倫加（Berengar），昂里奧小說中也有個圖書館員，名叫貝恩加（Berngard Marre）。這裡面是有借鑑還是純屬巧合？艾柯說，即便他坦言自己壓根就沒讀過，甚至沒聽說過昂里奧這部小說，也無濟於事。不過他倒是高興批評家不斷在他作品中讀出自以為他刻意隱藏，可是實際上他本人根本就是一頭霧水的新材料。這樣一種狡猾的讀者和貌似狡猾實則天真的作者之間的較量，的確是其樂無窮。

但是哪位小說家能有艾柯的學識才情呢？哪位批評家又能像艾柯本人那樣，以自己的暢銷小說為後盾，遊刃有餘，在文本的開放與約束之間左右逢源呢？或許美國「五年級生」作家丹·布朗（Dan Brown）2003 年出版的《達文西密碼》（*The Da Vinci Code*），算得上是後來居上。布朗是音樂人出身，以高科技來追蹤中世紀諾斯底神祕主義中的一種另類宗教史，正可以比肩當年艾柯《玫瑰之名》中設置的重重機關懸念。郇山隱修會、費波那契數（Successione di Fibonacci）、聖殿騎士團、墨洛溫王朝的直系基督血緣，甚至羅浮宮館長垂死之際留下遺言「哦，惡龍魔鬼！噢，瘸腿聖徒！」（O, Draconian devil! Oh, lame saint!）來供人打亂字母，重新拼成「李奧納多·達·文西！蒙娜麗莎！」（Leonardo da Vinci! The Mona Lisa!）……所有這些匪夷所思的情節線索，遠超過一切自命不凡的批評家的想像力。闡釋再過度，我們發現，比較小說家自己的異想天開或者說過度想像，也還是顯得望塵莫及。

想像力進一步高漲下來的情節是，據信耶穌最後的晚餐使用的聖杯，被《達文西密碼》破解為女人的子宮。這是因為它們都是容器，形狀有所相似。那麼，子宮與微言大義又有什麼干係？干係是子宮喻指女人。具體來說，它指的就是同耶穌有過交集的抹大拉的馬利亞。《馬可福音》有三處提到過抹大拉的馬利亞，其一是耶穌給釘在十字架上，極度痛苦中氣斷之時，當時除了目睹慘狀的百夫長，「還有些婦女遠遠地觀看，內中有抹大拉的馬利亞」（15:41）。其二是「過了安息日，抹大拉的馬利亞和雅各的母親瑪利亞並撒羅米，買了香膏，要去膏耶穌的身體」（16:1）。這是說抹大拉的馬利亞即最早得聞天使報知基督升天的三位女性之一。其三是「在七日的第一日清早，耶穌復活了，就先向抹大拉的馬利亞顯現，耶穌從她身上曾趕出七個鬼」（16:9）。這是說，耶穌曾經作法，為馬利亞治過病。而據丹．布朗言之鑿鑿的交代，這位抹大拉的馬利亞不是別人，她就是耶穌的妻子，兩人不但成婚，而且留下了子嗣。這類連諾斯底教經卷都未敢染指的奇譚逸聞，作家是不是可以隨心所欲設置為作品的情節線索？這個線索比較艾柯《玫瑰之名》中的亞里斯多德《詩學》第二卷假設，其或然性又當幾何？質言之，小說家敘寫歷史事件，是不是同樣需要接受一個史學真實的限制，抑或憑藉虛構的名分可以無所不至，特別是當作品宣示虛構就是真實之時？

布朗這部在神學界引起軒然大波的《達文西密碼》，銷量直逼《哈利波特》，遠超當年《玫瑰之名》。假如說《哈利波特》是魔幻小說，其真實性自有虛構自身的邏輯來予以言說，那麼像《達文西密碼》和《玫瑰之名》這類以符號學和另類歷史讀解等專門知識為背景的驚悚小說，其作品撲朔迷離的意義恐怕最終得從歷史自身的必然性與或然性中考究。普通讀者並不是文化白痴，當然會有自己的判斷力。也許只能說，作品本身天馬行空想像力高漲，或者說，文本自身的過度想像，遠超過讀者闡釋之異想天開。

二、哲學家的闡釋

理察·羅蒂（Richard Rorty, 1931-2007）的報告題名為「實用主義者的進途」。這位美國實用主義哲學的已故代表人物，對艾柯的呼應首先是從小說《傅柯擺》談起的。羅蒂說，他讀艾柯的《傅柯擺》，感覺艾柯顯然是在諷刺科學家、學者、批評家和哲學家，譏嘲他們認定自己是在破解密碼，去蕪存菁，剝開表象，揭示真實。所以《傅柯擺》是一部反本質主義小說，它戲弄了這樣一種觀點，所謂平庸的表面之下掩蓋著深刻的意義，只有幸運的人，才能破解複雜代碼，得見真理面貌。

進一步看，羅蒂認為《傅柯擺》是結構主義的升級版。結構對於文本來說，好比骨骼之於肉體、程式之於電腦、鑰匙之於鎖鏈。艾柯本人早年的《符號學理論》（*A Theory of Semiotics*），有時候讀起來，就像在努力破解代碼的代碼，揭示隱藏在千頭萬緒的各種結構背後的普遍結構。是以《傅柯擺》跟《符號學理論》的關係，就是維根斯坦（Ludwig Wittgenstein）晚年著作《哲學研究》（*Philosophical Investigations*）跟早期著作《邏輯實證論》（*Tractatus Logico-philosophicus*）之間的關係。就像晚年維根斯坦擺脫了擱置不可言說之物的早年幻想，艾柯的《傅柯擺》，也是在努力擺脫充斥在他從前著作中的各式各樣的圖示學究主義。

那麼，實用主義者的進路又當何論？羅蒂描述的這個進程，其實一半也是在夫子自道。他說，在起初，追求啟蒙之餘，人會覺得西方哲學中所有的二元對立，諸如真實和外觀、純粹光照和彌漫反射、心靈和身體、理性的精確和感性的凌亂、秩序有定的符號學和漫無邊際的符號學等，都可以擱置一邊。不是將它們綜合為更高的實體，也不是加以揚棄，乾脆就忘卻它們。你只消讀尼采，就到達了這一啟蒙的初級階段，會明白所有這些二元對立，不過是隱喻了他們對於極權、控制的想像，和他們自己微不足道的現實地位之間，存在多麼大的反差罷了。

再進一步，羅蒂說，人再讀尼采的《查拉圖斯特拉如是說》（*Also Sprach Zarathustra*），不禁啞然失笑，加上一點佛洛伊德的知識，馬上就會開始醒悟，那不過是改頭換面揭示男人不可一世恃強欺弱，逼迫女人就範，抑或是孩子不願長大，期望回到父母懷裡重當嬰兒。而到最後一步，羅蒂的說法是，實用主義者會開始明白在先的那麼多反轉，不是盤旋上升走向啟蒙，相反不過是偶然遭遇落到手裡的書籍，眼見它們意蘊各各不同而自相牴牾的緣故。這個境界很難到達，因為實用主義者總是會做白日夢，幻想自己就是世界歷史的救世主。但是實用主義者一旦擺脫白日夢，他或她就最終能夠將所有的描述，包括他們身為實用主義者的自我描述的評價標準，根據它們作為目的工具有沒有用來進行評價，而不再顧及對被描述對象的忠實程度了。

根據這個實用主義者的進途來讀艾柯，羅蒂發現這位後現代符號學小說家與自己其實也曾志同道合來著，那就是兩人早年都是野心勃勃的代碼破解者。羅蒂說，他二十七八歲的時候，對查爾斯．皮爾士（Charles Peirce）的符號三分法迷得不行，想必艾柯年輕時候也鑽研過這位形而上學符號學家。要之，他願意將艾柯引為一個同道實用主義者。不過，一旦他閱讀艾柯的文章〈讀者意圖〉，這種意氣相投的感覺，就蕩然無存了。因為在這篇跟《傅柯擺》大體是在同一時期寫作的文章裡，艾柯提出堅持在「闡釋」文本和「使用」文本之間做出區分。這個區分，實用主義者是不能接受的。羅蒂說：

根據我們的觀點，任何人用任何東西做任何事情，也都是使用它。闡釋某樣東西，了解它，切入它的本質，如此等等都不過是描述的不同方式，描述使它得以運作的某個過程。因此想到我讀艾柯的小說，有可能被艾柯視為在使用，而不是在闡釋他的小說，我甚感不安。同樣不安的還有艾柯沒有考慮到文本的許多非闡釋性使用。[037]

很顯然，羅蒂反對艾柯主張文本的闡釋和使用可以分別論證的立場，反之將它們視為一途。他認為艾柯的「闡釋」和「使用」兩分法，就像批評家 E. D. 赫希（E. D. Hirsch）要把意義（meaning）和意味（significance）區分開來，以前者為進入文本本身，後者為將文本與其他事物連繫起來。似這般將內與外、事物的非理性與理性特徵區分開來，羅蒂說，像他這樣的反本質主義者，都是不能接受的。

羅蒂表示不解艾柯為什麼要將文本和讀者判然分立開來，為什麼津津樂道來區分「文本意圖」和「讀者意圖」。艾柯這樣做，目的何在呢？這是不是有助於區分艾柯本人所說的「內在的文本一致性」（internal textual coherence）和「無法控制的讀者衝動」（the uncontrollable drives of the reader）？羅蒂指出，艾柯說過後者「控制」前者，所以檢查什麼是「文本意圖」，最好的方法便是將文本視為一個一致的整體。要之，這個區分就成為一個壁壘，讓我們肆無忌憚的欲望，隨心所欲地將萬事萬物納入罟中。羅蒂表示欣賞艾柯提出的循環闡釋模式，指出這是一個古老然而依然行之有效的循環闡釋論，即是說，以文本闡釋的結論，為同一文本新一輪闡釋的起點，而所謂文本，正是由這樣一輪又一輪的循環闡釋累積而成的。艾柯的這一循環闡釋觀點，實際上也使他本人耿耿於懷的文本內部／外部的區分，頓時變得含混模糊起來。

[037] Richard Rorty, "The Pragmatist's Progress", in *Interpretation and Overinterpretation* by Umberto Eco with Richard Rorty, Jonathan Culler, Christine Brooke-Rose (New York: Cambridge University Press, 1992), p. 93.

那麼，文本的內在一致性即意義，又該如何理解？羅蒂認為，文本的一致性不是在被描述之前就事先存在的東西，一如斑斑點點，只有將它們連接起來，才能見到意義。所以意義不過在於這樣一個事實：我們對某一系列符號或者聲音感興趣，將它們串聯起來進行描述，換言之，把它們跟我們與感興趣的外部事物連繫起來。比如說，我們描述的可以是一系列英語詞彙、非常晦澀、喬伊斯的手稿、值100萬美元、《尤利西斯》(*Ulysses*)的早年版本等等。由是觀之，文本的一致性既不內在也不外在於任何事物，它不過是關於這個事物迄今已有相關言說的一種功能。這一點在哲學上固然不言而喻，即便轉向爭議更多的文學史和文學批評，亦是如此。對此羅蒂說：

> 我們當下說的東西，必然跟先前我們或他們已經說過的東西，即對於這些符號的先期描述，有著合理的系統的推論連繫。但是在我們講述(talking)某物和言說(saying)某物之間劃一道界線，除非是因為某個特定目的、事出彼時我們正好具有的某種特定意圖，那是沒有道理的。[038]

羅蒂的「反本質主義」立場至此清晰無疑：文本的意義是產生在文本進途不斷的闡釋過程之中，而闡釋本身是一個完整的、不可分裂的過程。是以羅蒂驕傲地聲稱，對於他們實用主義者來說，認為事物原本就存在，可由特定的文本「真正」解說出來，或者嚴格運用某一種方法揭示出來，那是荒誕不經的。其荒誕一如古老的亞里斯多德概念，那就是認定天下事物有一個內在的不朽的本質，與其偶然的、相對的外觀，適成對照。

[038] Richard Rorty, "The Pragmatist's Progress", in *Interpretation and Overinterpretation* by Umberto Eco with Richard Rorty, Jonathan Culler, Christine Brooke-Rose (New York: Cambridge University Press, 1992), p. 98.

三、批評家的闡釋

喬納森．卡勒為《闡釋與過度闡釋》（*Interpretation and Overinterpretation*）文集貢獻的文章，旗幟鮮明地題為「為過度闡釋辯」，它對羅蒂的觀點進行了全面反駁。卡勒指出，羅蒂在這本文集中的文章，主要是回應了艾柯以前的文章〈文本意圖〉，這是和「丹諾講座」上他的系列講演，題旨有所不同的。他本人則希望來談艾柯現在提供的講演的話題：「闡釋與過度闡釋」。對於羅蒂的立場，卡勒是明確表示不敢苟同的，認為羅蒂堅信一切老問題、老差異，在他那幸福的一元論面前，都可以迎刃而解，煙消雲散。他用羅蒂自己的話諷刺羅蒂說，只消認定任何人做任何事情，都是在使用它，一切問題便都不成問題，何其簡單！但這樣做實際上於事無補，對於安貝托．艾柯和其他批評家提出的問題，包括文本如何挑戰我們的闡釋框架等，都沒有做出實際回答。這些問題依然存在，並不因為實用主義者羅蒂讓我們放寬心且投身於闡釋，就化解不見。

卡勒指出，闡釋本身是不需要闡釋的，它總是與我們相伴。但是就像大多數知識活動一樣，闡釋一旦走向極端，就需要闡釋了。不溫不火的闡釋呼應共識，它雖然在一些場合中也有價值，但是沒有多大意思。而他所要強調的是「極端闡釋」。換言之，闡釋語必驚人，與其四平八穩，不如走極端路線。卡勒引用了 20 世紀初素有「悖論王子」之稱的英國作家 G. K. 卻斯特頓（G. K. Chesterton）的名言：批評要就什麼也別說，要就使作者暴跳如雷。這似乎是在鼓吹走極端，究其一點，不及其餘。但這類解構批評態勢，充其量不過是一種姿態，真要訴諸實踐，談何容易！或許德希達以「藥」解構柏拉圖、以「文字」解構盧梭、以「不許寫詩」解構奧斯丁，可以算是樣板。雖然後人很難效法，但是這些樣板本身，已經成為批評和闡釋的經典案例。關於闡釋，卡勒表明立場說：

我認為文學作品的闡釋生產，既不應被視為文學研究的至高目的，更不應該是唯一目的。但倘若批評家有志於解決問題，提出闡釋，那麼他們就應當盡其所能，運用闡釋壓力，思路能走多遠，就走多遠。許多「極端」闡釋，就像許多平凡闡釋一樣，無疑都難以有什麼結果，因為它們被認為是信口開河、冗長累贅、漫無目的、令人生厭。但是倘若它們偏執極端，在我看來，比較那些力求「完美」或四平八穩的闡釋，就有更多的機會來揭示以往未能注意或未及反思的關係和內涵。[039]

卡勒這裡堅持了他一以貫之的批評立場：闡釋不是文學研究的最高目的，更不能視其為唯一的目的；但是批評家有意嘗試，那麼好的闡釋必出驚人之言，言以往所不言。這樣雖然未必名垂青史，就像平庸的批評和闡釋大都也是默默無聞一樣，但是當有更多希望脫穎而出。唯其如此，卡勒認為，大量被誤以為是「過度闡釋」或者說輕一點，過度理解的東西，究其目的正是力圖將作品文本與敘事、修辭、意識形態等機制連繫起來，而且，艾柯本人就是這方面的傑出代表。所以我們是在社會生活的不同領域去發現意義得以生成的系統和機制。這個系統和機制，毋寧說也就是一種語境。

針對羅蒂對艾柯的指責，卡勒為艾柯做了辯護。他指出，在羅蒂看來，解構主義是錯誤的，因為它不願意接受讀者有使用文本的不同方式，其中沒有哪種方式對文本的見解「更為基礎」。他反問說，解構批評說過文本的意思就是讀者要它表達的意思嗎？說過文本有著有待發現的各種結

[039] Richard Rorty, "The Pragmatist's Progress", in *Interpretation and Overinterpretation* by Umberto Eco with Richard Rorty, Jonathan Culler, Christine Brooke-Rose (New York: Cambridge University Press, 1992), p. 110.

構嗎？在這一點上羅蒂並不比他批評的艾柯更高明。艾柯至少有助於解釋解構批評何以主張文本可以顛覆既定範疇，讓人希望落空。故而艾柯對邊界的關注，這樣來看是被人誤解了。艾柯其實是要說文本為讀者提供了極其寬闊的視野，然而這個視野終究是有邊界的。那麼，解構對於闡釋又意味著什麼？卡勒重申道：

> 恰恰相反，解構主義強調意義是被語境束縛的 —— 這是文本內部或文本之間的一種關係功能 —— 但是語境本身是無際無涯的：永遠存在引出新語境的可能性，所以我們唯一不能做的事情，就是設立界限。維根斯坦問：「我可以說『布布布』，來指如果天不下雨我要出去散步嗎？」他回答道：「只有在一種能用某樣東西意指某樣東西的語言中，才有可能。」[040]

這還是在重申他 1982 年的《論解構》中文本的意義取決於語境，然而語境無際無涯的解構主義闡釋觀。卡勒指出，維根斯坦的自問自答似乎是設立限制，表明「布布布」永遠不可能意指「如果天不下雨我要出去散步」，除非語言有所不同，是在另一種完全不同的語言裡面。但是語言運行的方式，特別是文學語言，卻是打破了此類貌似堅固的邊界。誠如當年《論解構》中卡勒本人所言，一切將語境代碼化的企圖，總是能被植入它意欲描繪的語境之內，產生一個遁出原初模式的新語境。是以維根斯坦說人們不能說「布布布」來意指「如果天不下雨我要出去散步」，反倒似非而是地使這樣做成了可能，至少引誘人往這方面去想，特別是對了解上述語境的讀者而言。

卡勒說意義取決於語境，這個觀點的語境是對德希達〈簽名事件語

[040] Richard Rorty, “The Pragmatist’s Progress”, in *Interpretation and Overinterpretation* by Umberto Eco with Richard Rorty, Jonathan Culler, Christine Brooke-Rose (New York: Cambridge University Press, 1992), p. 121.

境〉（*Signature Event Context*）一文中對英國分析哲學家約翰．奧斯丁的質疑。〈簽名事件語境〉討論的也是意義的生產和傳達問題。德希達開篇就說：

> 是不是確鑿無疑相對於「交流」（communication）這個語詞，存在一個獨特的、單一的概念，一個可以被嚴格掌握和傳達的概念，一個可以進行交流的概念？根據某種奇怪的話語形態，我們首先必須問一問「交流」這個語詞或者說能指，是不是交流或者說傳達了某個確定的意義、某個可予辨明的意義、某種可予描述的價值？[041]

對於這個問題德希達本人的回答是，當我提出這個問題，我實際上已經是在期待「交流」這個語詞的意義了：我預先認定了交流就是意義的載體和傳達工具，而且是單一的一種意義。而假如「交流」有數種意義，並且這些頭緒紛繁的多重意義無法歸併簡化的話，那麼交流從一開始便也無從談起，而且同它相關的意義、傳達這些語詞，一併將墮入五里霧中。要之，交流作為一個語詞，作為一個不至於叫人不知所云的清晰語詞，打開了語義新天地。它不再拘泥於傳統語義學、符號學甚至語言學，而是伸展到形形色色的非語義領域。它最終將在語境中來得到說明。

但是德希達實際上並不支持語境無限延伸的立場。固然，不言而喻，「交流」這個詞的多義背景可以最終還原到「語境」這個限制裡來，但語境也是一種「事件」結構，它還帶有一系列先決條件需要具體分析。故最為關鍵的問題是，語境的先決條件是不是終究可以清晰測定？要之，是不是存在一個嚴謹的、科學的「語境」概念？語境這個概念難道不是含混難辨，涉及一系列確鑿無疑的哲學假設嗎？對此德希達的解答是：

[041] Jacques Derrida, "Signature Event Context", in *A Derrida Reader: Between Blinds*, ed. Peggy Kamuf (New York: Columbia University Press, 1991), p. 82.

現在，用最簡明的方式來說，我願意闡明為什麼語境從來就沒有能夠絕對確定過，或者毋寧說，它的確定方式從來就沒有明確或飽和過。這一結構上的非飽和性，將會導致兩個結果：

1．代表著（語言學或非語言學意義上的）語境這個日常概念理論上遠談不上充分，諸如它被用於許多研究領域，以及由此系統聯想到的所有其他概念，一樣是模糊不清。

2．勢必涉及一種概括，以及文字這個概念的一種位移。後者因此不復能被歸結為交流的範疇，至少被狹義理解為意義傳輸的交流。[042]

很顯然，在德希達看來，即便以語境來界說意義，也最終將牽涉雲譎波詭的文字領域，就像言語 / 文字這個二元對立的解構撼動了西方形而上學的根基，語言表情達意的困頓，說到底也還是一個哲學問題。

卡勒始終在反覆重申他的過度闡釋辯護立場。他最後指出，艾柯的第二個講演「過度闡釋文本」裡，將過度闡釋比作「無節制奇蹟」，認為它高估了雞毛蒜皮細節的重要性，因而導致批評家對文本大惑不解。但是在他本人，卡勒說，恰恰相反他覺得這是深入語言和文學資源的最好契機，與其避之不及，不如說求之不得。換句話說，過度闡釋需要不凡天資，這天資不但無須避免，而且需要加以培養。假如因噎廢食，對文本和闡釋中自由遊戲的奇蹟狀態視而不見，那會是非常遺憾的事情。因為在今天過度闡釋也好，過度想像也好，個中的奇蹟狀態其實是稀有之物，雖然艾柯本人的小說和符號學探索作了許多可敬的示範。

多年之後，卡勒將他這篇講稿改寫後，編為《理論中的文學性》第七章，並增加羅蘭．巴特《*S/Z*》的例子，作為過度闡釋的例子。巴特步步為

[042] Jacques Derrida, “Signature Event Context”, in *A Derrida Reader: Between Blinds*, ed. Peggy Kamuf (New York: Columbia University Press, 1991), p. 84.

營，逐字分析巴爾札克（Honoré Balzac）小說《薩拉辛》（*Sarrasine*），可不就是「高估了雞毛蒜皮細節的重要性」！

從安貝托．艾柯挾《玫瑰之名》的餘威，以反對過度闡釋之名行鼓勵過度闡釋之實，到丹．布朗《達文西密碼》演繹小說家闡釋歷史詭譎離奇之遠超過批評家闡釋小說，再到喬納森．卡勒重申語境沒有際涯，再度捍衛過度闡釋立場，我們見證了作品文本的意義淵源如何神出鬼沒，游移在讀者、作者和語境之間。而語境的代代更新，令經典作品的意義得以與時俱進，常新不敗。大凡偉大的作品，必有神祕內涵。納博科夫（Vladimir Nabokov）的文章〈好讀者與好作者〉就作如是說。納博科夫說，作家是說書人、教育家、魔法師，而三者中尤以魔法師為要。是以好讀者必得具備藝術家的熱情和科學家的韌勁，非此不足以欣賞偉大作品。假如按照從偽狄奧尼修斯（Pseudo-Dionysius）、庫薩的尼古拉（Nicholas of Cusa）、埃克哈特大師（Meister Eckhart），到海德格和德希達的「否定神學」的理路，我們整理意義的脈絡，果真也許說它是什麼，常常反不如說它不是什麼來得更清楚。是以尼采以降的口頭禪「上帝死了」，在德希達看來毋寧說即是上帝不復能夠在語言中充分展示自身。但是，上帝什麼時候又何曾在語言中如魚得水，充分展示過自身？要之，人類期望用語言來言說上帝，抑或邏各斯，抑或哪一種終極意義，他所面臨的闡釋困頓，勢將一如既往。

四、理論家的闡釋

「丹諾講座」27 年之後，時任中國社會科學院副院長的張江教授在《文藝爭鳴》上發表文章，質疑艾柯在該講座上的闡釋邊界論言不由衷，口是心非，忘記了他當年《開放的作品》如何鼓吹文本的開放性、模糊性和闡釋的無限功能，由此為接受美學和讀者中心論的形成和發展推波助瀾，居功至偉。然而在「丹諾講座」上，張江說，艾柯又努力探討對闡釋範圍進行科學限定，堅決反對「過度詮釋」，並且從揭發雲裡霧裡近似諾斯底主義的闡釋神祕主義入手，批評闡釋可以無限延伸的說法，進而立場鮮明地提出，一定存在著某種對闡釋進行限定的標準。要言之，艾柯懸崖勒馬，從 1962 年出版文集《開放的作品》鼓吹文本無限開放，到 1992 年刊布與羅蒂等人的論辯文集《闡釋與過度闡釋》，呼籲終止闡釋漂泊，終究是修成正果，回到了文本自身。對於艾柯的這一迷途知返的闡釋界限論，張江在給予充分認可的同時，注意到也強調了艾柯的小說家身分：「我們必須注意，並且要突出強調，身為符號學的創始者，艾柯不僅是一位文藝理論家，同時也是蜚聲世界的小說家，是真正的創作實踐中人。」[043]

張江認為凡事不可絕對，在一個時期突出強調相對薄弱方面，甚至矯枉過正在所難免。故他撰此長文以證艾柯的文本觀自相矛盾，更多重申文本無限開放的非法性，其實是在中國本土文論構建偏離正途的語境下，講了一句矯枉過正的話。但是批評文本的絕對開放，並不是要回到絕對的封閉。張江的結論如下：

> 我們從不認為文本的最後意義是單義的；從不否定讀者包括批評家對文本做廣義的理解和闡釋。我們的主張是，文本是自在的，不能否認文本自身所蘊含的有限的確定意義；文本是開放的，不能否認理解者的合理闡釋與發揮。確定的意義不能代替開放的理解，理解的開放不能超越合理的規約。我們的結論是，在確定與非確定之間，找到合理的平衡點，將闡釋展開於兩者相互衝突的張力之間。各自的立場都應該得到尊重，無須對具體文本闡釋過程中的各個方向有限的過度誇張加以過度責難。[044]

[043] 張江：〈開放與封閉：闡釋的邊界討論之一〉，《文藝爭鳴》2017 年第 1 期。
[044] 張江：〈開放與封閉：闡釋的邊界討論之一〉，《文藝爭鳴》2017 年第 1 期。

這個結論呼應了張江呼籲有年的「強制闡釋」批判立場，不過已經顯得相當溫和。它認可文本的自足性和開放性，只是希冀有所平衡規約，不至於天馬行空、隨心所欲。可以說，針對20世紀西方文論海闊天空卻不屑於深入作品文本分析，或者究其一點不及其餘的各路後現代闡釋大軍，張江的上述立場無疑是值得充分重視的，因為它將我們拉回到了文本本身。

張江將艾柯《闡釋與過度闡釋》文集中三篇文獻的立場歸結為四個方面：其一，批評文本的無限開放性，諷刺那是諾斯底主義的神祕蹤跡。其二，批評所謂語言不可能具有確定意義的神祕主義。其三，肯定作者意圖，反對將讀者意圖強加於作品和作者。其四，文本闡釋方面，堅決反對無限索隱的讀者中心論，呼籲闡釋應當有所限定。這四個方面，張江認為，和艾柯當年《開放的作品》呼籲開放、抵制封閉的主調南轅北轍、格格不入。足見艾柯言不由衷，不能自圓其說，《闡釋與過度闡釋》中口誅筆伐的神祕主義闡釋路線，指的不是別人，就是他自己的《開放的作品》。

張江的艾柯批判，可以從他一夜之間天下盡知的「強制闡釋論」（imposed interpretation）說起。作為2014年中國文藝理論界的一個代表性事件，張江提出了「強制闡釋論」。這個命題聽上去很像哪一種舶來理論。但它其實是中國話語。從大的背景上看，自1996年「索卡爾事件」以降，各路大師已經在陸續喟嘆「理論」時過境遷，風光不再。或者反戈一擊像哈羅德．布魯姆，或者多少出於無奈如泰瑞．伊格頓，紛紛重拾審美主義，投誠實證批評。在這個背景之下，強制闡釋論應運而生。它本身不是一個理論學派，因為其主要宗旨並不是鼓吹「強制闡釋」，恰恰相反是針鋒相對，指責20世紀的西方文論從總體上說，落入了「強制闡釋」的窠臼。所以更確切地說，強制闡釋論應該叫作「反強制闡釋論」。有鑑於此，我們首先有必要弄清楚何為強制闡釋。

2014 年，張江在《文學評論》上刊出全面批判西方當代文論的〈強制闡釋論〉。當年鼎力籌劃日常生活審美化論爭的《文藝爭鳴》，第一時間予以轉載。緊跟著《文藝研究》2015 年新年伊始，先聲奪人，刊出了一組筆談文章。它們分別是張江的〈關於「強制闡釋」的概念解說：致朱立元、王甯、周憲先生〉、朱立元的〈關於「強制闡釋」的幾點補充意見：答張江先生〉、王寧的〈關於「強制闡釋」與「過度闡釋」：答張江先生〉和周憲的〈也說「強制闡釋」：一個延伸性的回應，並答張江先生〉。由此迅速在中國學界策動熱情回應，幾乎是在一夜之間，學界莫不爭言「強制闡釋」。張江的〈強制闡釋論〉開篇就說，從 20 世紀初開始，當代西方文論以獨特的力量登上歷史舞臺，在百餘年時間裡徹底顛覆了古希臘以來的理論傳統，以前所未有的巨大動能衝擊並解構了歷史和理論對文學的認識。特別是近三十年來，一些後來的學者因為先天不足，以訛傳訛，惡性循環，極度放大了西方文論的本體性缺陷。故文章提出「強制闡釋」的概念，希望以此為線索，辨識歷史，尋求共識，為當代文論的建構與發展提供一個新的視角。張江給「強制闡釋」下了如下的定義：

強制闡釋是指，背離文本話語、消解文學指證，以前在立場和模式，對文本和文學作符合論者主觀意圖和結論的闡釋。其基本特徵有四：第一，場外徵用。廣泛徵用文學領域之外的其他學科理論，將之強制移植文論場內，抹殺文學理論及批評的本體特徵，導引文論偏離文學。第二，主觀預設。論者主觀意向在前，前置明確立場，無視文本原生含義，強制裁定文本意義和價值。第三，非邏輯證明。在具體批評過程中，一些論證和推理違背基本邏輯規則，有的甚至是邏輯謬誤，所得結論失去依據。第四，混亂的認識路徑。理論構建和批評不是從實踐出發，從文本的具體分析出發，而是從既定理論出發，從主觀結論出發，顛倒了認識和實踐的關係。[045]

至此我們清楚了，在張江看來，「強制闡釋」的要害，就在於脫離作品，海闊天空，無所不至，可是要就避而不談文學本身，要救異想天開、恣意曲解。而場外徵用、主觀預設、非邏輯證明、混亂的認識路徑，構成了強制闡釋的四大弊端。最有代表性的，是場外徵用。對此張江的解釋是，20 世紀以來的西方文論，除了形式主義與新批評，基本上都是借助其他學科的理論與方法構建體系，這些理論本來是無關文學的，現在把借用過來的概念、範疇甚至基本認知模態，直接加之於文學理論，不啻是張冠李戴、指鹿為馬，直接侵犯了文學理論與批評的本體意義。

張江的這個解釋可以呼應喬納森．卡勒的相關立場。卡勒的聲譽主要不在於提出原創性理論，反之向以深入淺出複述新進理論而蜚聲，當年他的《結構主義詩學》和《論解構》，分別就是結構主義和解構主義這兩個批評主潮中當仁不讓的入門經典。卡勒 2011 年在清華大學外文系所作的著名講演「當今的文學理論」中，一如既往表達了他對當代西方文論的迷惑和信心。之所以說這篇講演「著名」，是因為它馬上被譯成中文，在《外國文學評論》、《文藝理論研究》等中國的一線刊物相繼刊布。卡勒延續他《論解構》一書中的話題，開門見山重申當今的文學理論高談闊論，天馬行空，說它什麼都行，只是極少是「文學理論」。他以下這段反反覆覆講了無數次的話，足以成為「場外徵用」的最好注腳：

那些常常被看作是「理論」的東西，就「學科」而言，其實極少是文學理論，例如它們不探討文學作品的區別性特徵及其方法論原則。諸如弗

[045] 張江：〈強制闡釋論〉，《文學評論》2014 年第 6 期。

里德里希·尼采、西格蒙德·佛洛伊德、佛迪南·索緒爾、克勞德·李維史陀、雅克·德希達、雅克·拉岡、米歇爾·傅柯、路易士·阿圖塞、朱迪斯·巴特勒以及很多其他理論家的理論著作都根本不是在研究文學，最多不過是稍微牽涉一點文學而已。[046]

在卡勒看來，這些當代西方文學理論界如雷貫耳的名字，他們的著作壓根與文學沒有關係，最多不過是與文學稍稍相關而已。但是，即便如此，它們毋庸置疑是在給文學提供方法論的靈感。文學批評何以熱衷汲取其他領域的理論？卡勒認為，這當中的緣由之一，是以往的文學研究理論化程度不高，文本細讀固然重要，但是搭建方法論構架，探究分析對象的是其所是，進而更多注意我們的預先假設和語言功能問題，亦是勢在必行。

但是，此一時也彼一時也。卡勒也承認，西方的文學研究自 1970 年代以降，歷經理論薰陶而發生根本上的變化，但是進入 21 世紀理論不復新潮，開始讓人興趣索然。究其原委，卡勒認為這主要是理論已經穩固進入大學課程體制，不再攻城掠地，具有激動人心的革命力量，所以顯得陳腐，甚至不復具有因為臭名昭著帶來的反面轟動效應。即便如此，卡勒還是樂意指點迷津，我們看到他分門別類，不厭其詳，枚舉了當代西方文論的六種發展趨向，它們分別是敘事學、德希達後期思想研究、倫理學轉向特別是動物研究、生態批評、「後人類」批評、返歸美學。

這六大趨勢預言或許難免挂一漏萬，但是敘事學與審美主義重振雄風，應該是文學本體批評所樂見的。問題是，理論的創新和復興，哪怕是讓它苟延殘喘生存下來，能在多大程度上避免「場外徵用」？警惕場外徵

[046] 卡勒：〈當今的文學理論〉，生安鋒譯，《外國文學評論》2012 年第 4 期。

用又會在多大程度上殃及我們樂此不疲的跨學科研究？甚至，以新進理論闡釋以往作品，一如張江舉證的那樣，生態批評讀愛倫．坡（Edgar Allan Poe）小說《厄舍老屋的倒塌》（*The Fall of the House of Usher*），想像力高漲以至於讀出能量和熵乃至宇宙黑洞收縮，究竟怎樣努力，才能做到恰如其分重新認知而不是改寫歷史文本？兩者的界限又在哪裡？它是否已經超出理論本身的陳述能力？

張江指出，主觀設置的演練路徑是從結論起步逆向遊走，批評只是按圖索驥，為前置結論尋找根據。對於主觀設置可能導致文學批評走火入魔，張江舉美國女權主義批評家伊萊恩．肖瓦爾特（Elaine Showalter）的著名文章〈闡釋奧菲莉亞：女性、瘋癲和女性主義批評的責任〉為例。奧菲莉亞天真善良純潔，可是父親波洛涅斯、哥哥雷歐提斯以及戀人哈姆雷特，這三個她最親的男強人一併棄她而去，她除了神經錯亂，裝瘋或者真瘋，還有其他什麼選擇？甚至，奧菲莉亞溺水自盡，是不是因為女版伊底帕斯情結作祟？即是說，出於對父親的忤逆內疚，只因她曾經慶幸丹麥王子殺死老父，掃平了自己情慾道路上的障礙。肖瓦爾特這類觀點在女性主義批評中廣為流傳。張江不以為然的是奧菲莉亞替代哈姆雷特成為主角，可憐莎翁的經典劇碼由此被徹底顛覆。以往所有被忽略的細節，亦由此被賦予特定含義重作闡釋，如奧菲莉亞頭戴野花，就既是處女，同時也是妓女的象徵；她身亡時穿著紫色長裙，那是「陰莖崇拜」；至於溺水，那就更不用說，是回歸了生命的本原。諸如此類，不一而足，所以：

我們不否認女性主義批評的理論價值和有益認識。它提出了一個認識和闡釋文學的新視角，對文學批評理論的生成有重要的擴容意義。我們要質疑的是文學批評的客觀性問題：文學的批評應該從哪裡出發？批評的結論應該產生於文本的分析還是理論的規約？理論本身具有先導意義，但如果預設立場，並將立場強加於文本，衍生出文本本來沒有的內容，理論將失去自身的科學性和正當性。[047]

這裡張江似乎陷入了一個悖論：舉凡理論，永遠都是在孜孜不倦地追求客觀性、科學性和正當性；可是這不懈追求的目標，常常到頭來發現不過就是鏡中之花、水中之月。

那麼，理論自身的科學性和正當性究竟又如何闡釋？對此張江胸有成竹，醞釀有時後，2017 年他在《學術研究》雜誌上刊出〈公共闡釋論綱〉，從建構共通理性的角度入手，提倡文本解讀的一種「公共闡釋」。張江說，從海德格、伽達默爾（Hans-Georg Gadamer）到德希達、羅蒂這一脈的當代西方主流闡釋學，是張揚叔本華、尼采和柏格森等人的傳統，以非理性、非實證、非確定性為總目標，走上一條極端相對主義和虛無主義的道路。反之，曾經長期流行的哲學本體論闡釋學，則江河日下、漏洞與裂痕百出。所以殊有必要重新討論闡釋，包括闡釋是公共行為還是私人行為，文本是否可以任意闡釋而無須公共認證，公共闡釋的歷史譜系和理論依據何在。這些問題認真思考起來，很像意在建構一種以闡釋本身為對象的元闡釋學。張江為他的公共闡釋下了一個言簡意賅的定義：「公共闡釋的內涵是，闡釋者以普遍的歷史前提為基點，以文本為意義對象，以公共理性生產有邊界約束，且可公度的有效闡釋。」[048]

這個定義高屋建瓴，具有睥睨世界、舍我其誰的哲學氣派，但是它與前面艾柯《闡釋的界限》開篇引述的無花果故事，多多少少似有所勾連。這個勾連的環節不是別的，就是文本。兩人同樣不滿意當代文學與理論奉解構主義為圭臬的「過度闡釋」，同樣在躊躇不決文本的「本真意義」究

[047] 張江：〈強制闡釋論〉，《文學評論》2014 年第 6 期。
[048] 張江：〈公共闡釋論綱〉，《學術研究》2017 年第 6 期。

竟有無可能。誠如張江自己的解釋，他說「以文本為意義對象」，是指讀者須得承認文本的自在意義，文本及其意義是闡釋的確定標的。這個作為意義對象的文本，毋寧說，便是艾柯念念不忘的「從前有一籃子無花果」。

張江提綱挈領，指出他的以上公共闡釋定義具有六個特徵。其一，公共闡釋是理性闡釋。即是說，闡釋的生成、接受、流傳均需以理性為主導；非理性的精神和行為可以參與闡釋過程，但必須經由理性邏輯的篩選。其二，公共闡釋是澄明性闡釋。它將晦澀難解的文學和歷史文本細細澄清，以使大眾讀者也能夠領略它們的艱深含義。其三，公共闡釋是公度性闡釋。所謂公度性，是說立足公共理性建構公共視域，強調闡釋與對象、對象與接受、接受與接受之間，是可以共通的。其四，公共闡釋是建構性闡釋。它反過來在最大公度性中提升公共理性，擴大公共視域。其五，公共闡釋是超越性闡釋。它超越於個體闡釋，將之最大限度地融合於公共理性和公共視域，昇華為公共闡釋。其六，公共闡釋是反思性闡釋。它與文本對話交流，在交流中求證文本意義，達成理解與融合。所以公共闡釋不是強加於文本的強制闡釋，而是在交流中不斷省思和修正自身，構成新的闡釋共同體。

公共闡釋的六個特徵，如果跟上面羅蒂等人的三種闡釋思路作一比較的話，我們發現它可以溝通艾柯闡釋應有適當界限的觀點，也可以呼應羅蒂將闡釋視為一個完整的、不可分裂的過程的說法，但是它肯定大不同於事實是針鋒相對於卡勒的過度闡釋論。就後者而論，闡釋究竟是屬於私人性質，還是公共性質，應是張江和卡勒分歧的一個關鍵環節。

但是公共闡釋說到底也是一個權力問題。在與英國社會學家約翰．湯普森（John B. Thompson）的一次訪談中，張江明言他的公共闡釋思想可以得出如下結論：高張想像的私人性個體闡釋不是說不可以存在，但是它必須接受公共理性約束，唯其如此，闡釋的私人理解可望昇華為公共理解。總而言之：

第一，闡釋首先是一種權力，誰要掌握這個世界、掌握共同體、掌握群眾，就必須擁有這個權力。第二，有了這個權力還不等於實現了這個權力，而是必須讓越來越多的人接受自己的闡釋，而且要在這個過程中認真聽取共同體的意見，在相互對話交流中不斷修正自己的闡釋，讓自己的個體闡釋變成公共闡釋，即一種有理性、有傾向、目標大致一致的闡釋，如此才能夠實現自己的政治目的。[049]

當年馬修·阿諾德（Matthew Arnold）鼎力鼓吹文化如何光明燦爛，又給人甜美娛樂，寄望它在 19 世紀工業革命的動盪時代中力挽狂瀾，引領社會進步，是以被葛蘭西稱為資產階級傑出的有機知識分子。張江批判「強制闡釋」，宣導「公共闡釋」，從葛蘭西的視野來看，正可視為不遺餘力，在為無產階級的文化領導權張目。

綜上所述，本章介紹了以艾柯、羅蒂、卡勒和張江為代表的四種闡釋模式，假若以闡釋家的某一主導身分為標識，或者我們可以分別名之為小說家、哲學家、批評家和理論家的闡釋模式。在小說家如艾柯，闡釋的語境可以無窮無盡，然文本必有其字面意義。文本發生之初的文化和歷史語境，構成日後一切闡釋的發生點，是以闡釋應有邊界。在哲學家如羅蒂，闡釋就是使用，要看它是不是實用，而不在於它是不是名副其實，構成所謂的真理。故闡釋是一個不斷進取的、不可分裂的完整過程，不存在所謂的原初的、本真的意義。在批評家如卡勒，闡釋語必驚人，與其不溫不火四平八穩，不如走極端路線。所以「過度闡釋」情有可原，因為它說到底

[049] 張江、約翰·湯普森：〈公共闡釋還是社會闡釋〉，《學術研究》2017 年第 11 期。

是力圖將作品文本與敘事、修辭、意識形態等勾連起來。在理論家如張江，闡釋必須具有公共性，私人性質的個體闡釋可以存在，但是必須接受公共理性的約束，以昇華為公共理解，舍此不足以言闡釋。故闡釋說到底是一個權力問題，是實現文化領導權的關鍵組成部分，無須諱言闡釋的政治目的。

很難說這四種闡釋模式孰優孰劣。就它們無一例外都成為當代闡釋思考的主流理路來看，可以顯示以闡釋本身為闡釋對象的「元闡釋」，正方興未艾。就我本人來說，我或許會傾向於卡勒的立場：闡釋除非有見人所不見的驚人之言，不是好的闡釋。闡釋同理論一樣，凡言闡釋，必跨學科。信口開河、冗長累贅、漫無目的固不足道，但是深入語言和文學資源的最好契機，或許就潛藏在幾成眾矢之的的「過度闡釋」背後，倘若它能夠得到文本呼應的話。

艾柯重申闡釋當有邊界，貌似公允合理，但是挑剔下來的話，很使人懷疑他在小說家和符號學家雙重身分功成名就之際，是在改頭換面重彈「意圖謬誤」（intentional fallacy）的老調，或者說，含蓄地伸張作者的權利。就羅蒂的闡釋不在於有理無理，而在於好用不好用而言，往好處說是強調實踐是評價闡釋的唯一標準，往壞處說便是在為讀者中心主義和實用主義哲學作辯解，或者說，轉彎抹角地重拾「感受謬誤」（affective fallacy）。卡勒的立場是闡釋非有見人所不見的驚人之言，不是好的闡釋，這明顯是在為「過度闡釋」辯護，似不足道也。但卡勒沒有說錯，闡釋與理論一樣，凡言闡釋，必跨學科。張江的公共闡釋模式，則是毋庸置疑地重申了柏拉圖以降的文學政治學傳統。亞里斯多德針對柏拉圖為詩進行辯護，伸張的同樣也還是文學審美愉悅的普遍性或者說哲學性。19 世紀弗里德里希．施萊爾馬赫提出「普遍闡釋學」的概念，以之為破解形形色色的一切文本的理解之道。之後狄爾泰更是以闡釋學為解釋人文科學所有學科的基礎所在，認為自然科學的目標系透過統計和歸納資料的「解釋」達成，人文科學的目標則是建立一種普遍的「理解」理論。正如前面艾布拉姆斯所言，「闡釋學」最終是用來指普遍性的闡釋理論建構，對象所指不僅有文學文本，同樣包括法律、歷史、神學以及一切人文科學的文本。在這一背景下，闡釋的公共性和普遍性，無論如何強調都不為過。但這並不意味著抹殺闡釋的個性。只是凡是往事，皆為序章，誠如羅蘭·巴特《*S/Z*》開篇題記所示，百分之一機遇的靈感契機，是建立在百分之九十九的汗水付出之上的。巴特的題記本來是諷刺結構主義殫精竭慮破解代碼的雄心，跟羅蒂所見同為一路，但是期望出奇制勝，一鳴驚人，又談何容易。

第三章

大眾神話批評

一、大眾文化的歷史

在敘述大眾神話批評之前，可以先從大眾文化的歷史說起。大眾文化的一個廣為流行的傳統定義，是後工業社會主導意識形態聯手壟斷資本，自上而下、唯利是圖，大量炮製的低品質文化產品。這個以阿多諾（Theodor Adorno）「文化工業」批判理論為其原型的大眾文化認知，迄至今日廣有影響，甚至可以名之為大眾文化主流意識形態。由是觀之，大眾文化的歷史，充其量不過是一百年間的故事。但是，假如我們將這一段歷史上溯兩千五百年，情況又怎樣呢？

美國史學家諾曼．坎托和麥克．沃思曼 1968 年出版兩人主編的《大眾文化史》（*The History of Popular Culture*），收集各個時代的文化敘述文獻，便是將大眾文化的歷史上溯到古代希臘。該書按照歷史的線索，將大眾文化的發展階段分為七個時期。第一個時期是從古希臘體育和戲劇繁榮時期到西元 450 年，以羅馬帝國的滅亡為代表，這是古典時期。羅馬也有自己的大眾文化，比如讓人欲罷不能的鬥獸場、澡堂和宴飲的文化。第二個時期是中世紀，從 450 年到 1350 年。中世紀未必是「黑暗世紀」，這一時期的宗教生活，包括後來十字軍東征的社會基礎和對哥德式教堂的痴迷，以及亞瑟王一類傳奇的流布，甚至大學生活，都可以見到一種「大眾文化」的基礎。第三個時期是早期現代，1350 年至 1700 年。這是文藝復興的輝煌時期，宮廷生活、貴族生活、政治生活，以及新興資產階級的日常生活，都成為大眾文化的考察對象。與此同時，藝術趣味則歷經了從文藝復興到巴洛克的轉變。第四個時期為啟蒙與革命時期，1700 年至 1815 年。這個時期的娛樂是暴力和死亡，酗酒和賭博也暢行其道，俱樂部、咖啡館和沙龍這些最初的「公共領域」，正是在此一時期破土而出。第五個時期是工業社會的形成時期，1815年至1914年整整一百年。假如把大眾文化定義為工業社會最有代表性的文化產品，那麼這一時期當仁不讓就是大眾文化實至名歸的「經典化」時期。這個時期人心不古、世風日下的道德淪落，被小說家揭露得淋漓盡致，文學在普及的層面上第一次成為名副其實的大眾文化。波西米亞文化一路走紅的同時，體育成為大眾的鴉片。針對人性和風化的墮落，鼓吹古道熱腸、修身立命的大眾傳媒開始現身。與此同時，國家主義和帝國主義的狂熱甚囂塵上。第六個時期謂之現代世界，1914年至1955年。這是一個被汽車改變了生活方式的時代，更是爆發兩次世界大戰的時代，女權主義開始覺醒，高等教育也迅速發展。在大眾娛樂方面，電影一馬當先，它很快就確立了大眾文化的霸權。第七個也是最後一個時期是當代世界，從1955年到該書面世的1968年。此一時期生活品質的提高為人矚目，在這個大眾消費社會中，文化消費與日俱增，旅遊和休閒產業羽翼漸豐，足球成為體育家族的新貴。電視異軍突起，開始分享電影的市場。當然，性革命也是一個繞不過去的話題。

由上可見，坎托和沃思曼所構架的大眾文化史，毋寧說就是一部跨越兩千五百年的城市風俗文化史。兩人進而給他們筆下的大眾文化作了一個充滿詩意的表述：

> 大眾文化可視為人類所有這些活動，以及所有因其自身目的而被創造出來的人工製品，這一切都使他的身心得到解放，離開了生活的悲慘重負。大眾文化確實就是人們非工作狀態中的活動，人類由此追求娛樂、興奮、美和滿足感。[050]

[050] Norman F. Cantor and Michael W. Werthman (eds.). *The History of Popular Culture* (New York: The Macmillan Company, 1968), p. 36.

這很難說是大眾文化的一個定義。假如我們把它看作一個定義，那麼很顯然《大眾文化史》的兩位編者就是在編織大眾文化的烏托邦願景。它似乎是把大眾文化定位在藝術創造上面，同時又順應民主潮流，解構藝術的菁英姿態，把它看作每一個人的天賦權利。但是實際上，如上所見，大眾文化即便被理解為充滿創造性的城市民間文化，它的含義很顯然也遠不限於哲學家多會和遊戲對舉的藝術。

在坎托和沃思曼看來，大眾文化首先是多元化的而且是相容並包的，其中並沒有哪一種文化形式高居霸權地位，頤指氣使統治所有的其他文化形態。同樣沒有哪一種普世公理，說明文化首先是特權和富人階級的專利，然後降貴紆尊，下放到黎民百姓頭上。比如中世紀流行騎士風，但那是貴族圈子裡的流行，與普通農民的消遣和娛樂就關係不大。反過來下層階級的趣味標準，也有可能一路上升，最終進入頂層階級的生活。還有一種情況是，一個時代僅見於藏汙納垢之地的某些趣味，透過社會系統的過濾，可以流行不衰成為後代時尚的風向儀，將社會名流、演藝人員、工人階級，以及對此種流行的來源懵然不知的年輕人一併俘獲過來。如 20 世紀中葉高中女生的衣著打扮，在 18 世紀整個就是蕩女氣質。而假如說這一切使我們的美好生活欲望層層加碼無止境成長，那麼大眾文化毋寧說就為我們對娛樂、休閒和刺激的追求，提供了一個合法的框架和組織結構。

基於以上視野，我們可以來看西方最早的大眾文化之一，古希臘的奧林匹克運動會。古希臘物質出產並不豐富，戰爭倒是家常便飯，波希戰爭打了四十三年，伯羅奔尼撒戰爭打了二十八年，醫學條件和衛生狀態也簡陋粗鄙，人的壽命大都短暫。但坎托和沃思曼認為，古代世界雖然物質條件匱乏，戰亂頻仍，但是唯其如此，希臘人對於遊戲的期盼，尤有一種如飢似渴的熱誠。「進而視之，當社會的複雜程度還不足以提供作為生活特殊方面的專門娛樂，文明的最基礎成分，就成了大眾文化的資料。」[051]

《大眾文化史》中第一篇選入的就是著名古代體育史學者伽迪納（E. Norman Gardiner）的〈希臘人的遊戲〉一文。體育和祭祀慶典，可視為奧運會世俗和神聖的兩個起源。古希臘的祭祀節慶層出不窮，但奧運會無疑是最大的盛會。競技和體育取悅死而復生的神祇，又展現了勝利的榮光。而這一切輝煌，都是在主神宙斯的監護下，從容展開。可以說，正是古代奧運會的這一浸潤在宗教迷狂和虔誠中的神性，使它有可能使全希臘所有城邦的代表相聚一堂，在同一規則下展開競賽。換言之，它是大眾的而不是貴族的遊戲。但顯而易見，奧運絕不僅僅是遊戲。遊戲作為體育的起源之一，足以顯示體育是朝氣勃發而不是暮氣沉沉的運動，但遊戲是娛樂，競技是比拚。遊戲疲乏了可以甘休，競技即便精疲力竭，也絕不能甘休，它要克服一切體能上的障礙，甚至突破身體的極限。故而無論是業餘還是專業的運動員，都要經過艱苦的訓練。它是違背自然的快樂之道，以痛苦為快樂。

所以荷馬史詩寫到拳擊和摔跤，都使用了「憂傷的」這個形容詞，這也是荷馬用來形容戰爭的語詞。但是荷馬筆下的英雄們都熱衷於此道，這是為什麼？競技的比拚不似動物捕食，有獵物作為報償。奧運會從它的原始形態開始，最高的嘉獎就是精神而不是物質。固然，勝出的運動員可以得到一頭牛、一個女人、一張桌子，抑或一個獎盃，但是最高的獎勵是一個花冠，它是最高榮光的展現。就此而言，驕奢淫逸、萎靡不振的國度與奧運精神無緣，物質條件太為貧瘠，為內憂外患焦頭爛額的國度，同樣無以奢望奧運的榮光。奧運的最初項目是跳、跑、投擲、搏擊，它們充滿陽

[051] Norman F. Cantor and Michael W. Werthman (eds.) *The History of Popular Culture* (New York: The Macmillan Company, 1968), p. 1.

剛之氣，推崇體力和武力，這正是荷馬的傳統。說到底，古希臘的奧運會，是給希臘城邦的所有選手，提供了無須面對死亡就能極盡榮耀的絕好機會。這個機會同樣是給予大眾而不是少數特權階級的。

大眾的權利意味著它應是平等的權利。在種族、階級和性別這當今文化研究的三個焦點之中，奧運的平等精神至少涵蓋了種族和階級兩端。運動員早在奧運會開幕前一個月，就來到聖地艾理斯，投身最後的強化訓練。觀眾則不分等級階層和膚色地區，四面八方蜂擁而至。無論是農夫漁夫還是王公貴冑，所有人享有同等權利，沒有保留席位。賽場之外，舉目望去，儼然就是一個大集市，毗鄰一個野營大基地。但見演說家滔滔不絕比試口才，詩人充滿熱情朗誦荷馬，雕塑家躍躍欲試尋找新的素材，政客和兵士、農民和藝術家、貴族和庶民，在這裡的身分差異難得地消弭模糊了。參賽的運動員是清一色的男性，婦女被禁止參賽，但是觀眾之中並非沒有女性的影子。已婚婦女不允許出席奧運，但是未婚女孩可以到場觀看，而且，很可能其中一些女孩是瞞過家長，擅自跑過來看熱鬧的。

古希臘奧運會上最激動人心的比賽項目今已不存。這個專案應是典型的菁英競技，它是四駕戰車的比賽。因為裝備價值不菲，非貴族的經濟實力難以承受。雖然古奧運的賽車場今已渺無蹤影，但是從古代作家的文字裡，我們知道戰車是一字排開在起跑線上，通常是輕巧的兩輪車廂，前方和左右各圍有一欄，其間僅容車手一人站立。中間兩匹馬駕轅，邊上兩匹拉套，車手一襲白色長袍，右手持馬鞭，左手拉韁繩。一旦號角吹響，快馬加鞭，風馳電掣奮力向前。索福克里斯（Sophocles）《厄勒克特拉》（*Electra*）裡，描述過十輛戰車並駕齊驅的壯觀，而實際上，同時上場參賽的戰車，最高可以達到四十輛。四十輛戰車在這方寸之地橫衝直撞，驚心動魄可想而知。將近九英里的賽程中，事故頻出是意料中事，每每是能夠順利通過二十三個彎道的戰車，最有希望得勝。得勝的是車手，更是戰車的主人。荷馬時代主人親自駕車，但是到奧運會鼎盛時期的西元前 5 世紀，王公貴族僱傭職業車手來參賽，已成慣例。最高的嘉獎同樣是從宙斯神廟後面野生橄欖樹上採摘下來的橄欖枝冠，置於黃金和象牙鑲嵌的桌子上。裁判在歡聲雷動中，高聲宣讀得勝者的名字。這就是希臘文化的榮光，它足以讓後代一切急功近利的輝煌相形見絀。而正是歡聲雷動的希臘大眾的參與，最終傳承了希臘奧運的榮光。

由是觀之，大眾文化有沒有可能被定義為自下而上實至名歸的大眾的文化？答案應是肯定的。就文學而言，它的魅力早已經深深潛入我們的集體無意識，即便它陷入魚龍混雜、偷梁換柱的市場漩渦，一時被人冷落，我們仍然願意相信它假以適當契機，時刻可以重振雄風。坎托和沃思曼的《大眾文化史》收錄了社會學家 C. 格雷納（César Graña）《波西米亞與布爾喬亞：19 世紀法國社會》（*Bohemian Versus Bourgeois: French Society and the French Man of Letters in the Nineteenth Century*）一書中的一個章節。作者以巴黎為法國文化的象徵，指出它不但擁有令人嘆為觀止的博物館、植物園、歷史紀念碑，還有數不勝數的作家和科學家的沙龍，和培育出著名文學同人圈子的咖啡館，以及二十七家劇院。而人口倍於巴黎的倫敦，只有八家劇院。街頭的景觀同樣出彩，摩洛哥舞女、暹羅孿生子、機械人等等教人目不暇接，滿足了大眾如火如荼的廉價獵奇心理。巴黎更是文學的天下。是時文學期刊如雨後春筍般層出不窮。文學說到底是年輕人的夢想。有作家堅信巴黎有六千個年輕人願意為藝術獻身。巴黎的文學從業者，也位居世界之冠。大仲馬曾經諷刺文學是最不可救藥的青年流行病。每一個孩子都會在五年級的時候開始投身一場古典悲劇，到七年級的時候夢醒過來。即便在職業階層和商界人士當中，也多有人在悄悄重溫當年校園裡未竟的文學大夢。格雷納引 1940 年代一位作家的文字，道是哪一個編輯要是頭腦發熱刊出廣告歡迎來稿，那他準定就是死到臨頭了。因為鋪天蓋地滾滾而來的，只會是文學青年的習作、全職太太們的哀怨以及外省書記員和稅收員們的業餘遐想：

每日裡他的郵箱滿滿當當吐出稿件的洪流，它成了一場災難。要想逃離也是徒勞無功的……門鈴響了，那是文稿。他離家出走，門前臺階上是一部文稿。他掉轉頭進屋避開正門，後門口又是一包稿件。[052]

這位編輯就這樣成了文化大生產的犧牲品。19 世紀是文學替代哲學、小說家替代牧師擔當人類精神導師的文學世紀。文學在以它的悲天憫人情懷為苦難人生編織夢境，由此成為文化經國濟世宏大敘事的第一載體，在它的基礎結構裡，我們看到了大眾文化的支撐。這個時代我們是熟悉的，雖然它已經似乎一去不復返了。說到底，即便是極有想像性和創造性的純文學，最終也得在市場之中完成。美國藝術批評家萊斯利·費德勒在其《文學是什麼？》（*What was literature?: Class Culture And Mass Society*）一書中說：

誠如所有的作家心知肚明的，這意味著即便我們大多數人，包括我自己羞於承認，文學和文學作品，都是只有在從書桌走到市場之後，才告完成。這是說，在被包裝、宣傳、廣告和賣出之前，文學都是不完整的。不僅如此，作家們同樣明白，他們自己好比尷尬的處女，朝著世界高喊:「愛我吧！愛我吧！」直到如這個行業的術語所言，「銷出了她們的初夜」。[053]

[052] César Graña, "Bohemian Subculture", in *The History of Popular Culture*, eds. Norman F. Cantor and Michael W. Werthman (New York: The Macmillan Company, 1968), p. 433.
[053] 萊斯利·費德勒：《文學是什麼？》，陸揚譯，譯林出版社，2011，第 16 頁。

二、美國小說中的愛

費德勒是大眾神話批評的代表人物。大眾神話批評在當代西方前沿文論中，是一個大眾又小眾的話題。說它大眾，是因為它的批評對象不是別的，就是大眾文學，或者說通俗文學。說它小眾，是因為它主要對應於萊斯利．亞倫．費德勒（Leslie Aaron Fiedler, 1917-2003）明顯有別於學院派風格的後現代文學批評。萊斯利．費德勒是誰？這個問題中國的文學界可能感到陌生。不過它並非沒有由來。萊斯利．費德勒本人 1982 年出版的《文學是什麼？》一書中，第一章就是〈萊斯利．費德勒是誰？〉。值得注意的是，《文學是什麼？》（*What Was Literature?*）的書名用的是過去時，它是不是意味著文學已經是明日黃花，一個業已消失的悠遠的故事？或者說，而今文學已經不復存在，或者至少不復是原本模樣的文學？作者說，他在課堂上滔滔不絕，講授形形色色的各式各類的作品四十餘年，而今卻發現正在捫心自問：他所操持的這個職業，是不是推波助瀾，一勞永逸將詩歌和小說不幸分隔成了高雅文學和低俗文學，或者說，分成了正宗文學和邊緣、次等文學兩個部分？費德勒自稱他長久以來身兼文學批評家和英語教師兩職。教英語是職業選擇，費德勒說，至少在美國，沒有人存心來當批評家，不論他的天分是高是低，並無例外。所以他寧可稱自己為一個同時也寫作的教書匠。

萊斯利．費德勒是美國猶太裔批評家和作家，後現代文學批評早期領軍人物之一。《牛津英語詞典》（*OED*）毫不含糊稱他是將「後現代主義者」（postmodernist）這個術語用於文學批評的第一人。費德勒精通日語和義大利語，也曾經全世界周遊演講，頻頻亮相媒體，算得上與今日大牌學術明星有類似作風的先驅。據他回憶說，自己早年家貧，是自籌學費進了紐約大學。求學期間他熱衷社會主義，醉心托洛斯基（Leon Trotsky）的學說。諸如此類的種種離經叛道行為，肯定不會受到校方歡迎，以至於畢業之際，沒有教授願意給他寫封推薦信，舉薦他進研究生院進一步深造。1938 年，費德勒得到威斯康辛大學的一筆獎學金，在那裡完成了碩士和博士學業。碩士論文是用馬克思觀點解讀喬叟（Geoffrey Chaucer）的《特洛伊勒斯與克瑞西達》（*Troilus and Cressida*），博士論文則是闡釋約翰·多恩詩歌的中世紀淵源。就此而言，費德勒應該屬於學院派，同後來走學術明星路線的安貝托·艾柯有相似處。艾柯的博士論文是〈湯瑪斯·阿奎那的美學〉，後來風靡世界的暢銷小說《玫瑰之名》、《傅柯擺》等，亦多有中世紀知識背景。但是費德勒暢銷的是他的文學批評卻不是小說，他也寫過相當一批小說，大多反應平平，遠不如他近似駭人聽聞的批評來得普及且激發起強烈迴響。

珍珠港遭襲後，萊斯利·費德勒參加海軍，學習日語，美軍太平洋戰場付出慘重傷亡攻下硫磺島後，在折缽山峰奮力插上國旗，當時在場的日語傳譯者，就是海軍上尉萊斯利·費德勒。1945 年退役後，費德勒意外得到哈佛大學教職，教授文學課程。1964 年，布法羅大學英語系出於標新立異，或者說創新考慮，在全美國範圍內招募作家和批評家。費德勒應聘兼職任教，一年以後，他辭去蒙大拿大學的教職，在布法羅大學任教。萊斯利·費德勒著述繁多，不但大量生產語不驚人死不休的批評文字，而且也寫小說。他的批評著作主要還有《美國小說中的猶太人》（*The Jew in the American Novel*, 1959）、《誘惑文學指南》（*A Literary Guide to Seduction*, 1963）、《等待終結：從海明威到鮑德溫的美國文學場景》（*Waiting for the End: The American Literary Scene from Hemingway to Baldwin*, 1964）、《莎士比亞筆下的陌生人》（*The Stranger in Shakespeare*, 1972）、《無意的史詩：

從〈湯姆叔叔的小屋〉到〈根〉》(*The Inadvertent Epic: From Uncle Tom's Cabin to Roots*, 1978)、《怪胎:祕密自我的神話與意象》(*Freaks: Myths and Images of the Secret Self*, 1978)、《屋頂上的費德勒》(*Fiedler on the Roof: Essays on Literature and Jewish Identity*, 1991)等。費德勒也發表了包括《最後一個猶太人》(*The Last Jew in America*)、《裸體槌球戲》(*Nude Croquet*)等不少長、短篇小說。但是他在本土文學圈子裡幾乎是無人不曉的名聲,無論是推崇有加也好,抑或聲名狼藉也好,大體悉盡在於他那些離經叛道的批評文字。1988 年,他當選為美國文學藝術院院士。

1948 年,費德勒刊於《黨派評論》的叛逆論文〈回到小船上來吧,親愛的哈克〉(*Come Back to the Raft Ag'in, Huck Honey!*),讓他一夜成名。這篇長文的第一句話就是,「在責任和失敗探究再一次成為吾人文學首要考量的時代,黑人與同性戀理當成為文學的普遍主題,或是情有可原」[054]。黑人和同性戀,換言之,種族與性別,從此成為費德勒文學批評兩個鍥而不捨的關鍵字。這篇文章引起軒然大波的,是判定被海明威譽為美國最偉大小說的馬克·吐溫(Mark Twain)的《哈克歷險記》(又稱《頑童歷險記》,*Adventures of Huckleberry Finn*)的一個隱而不露的主題,是兩個男人之間的同性戀關係。而此一同性戀主題不但集中見於《哈克歷險記》,同樣還是美國小說的流行主題,它表現為兩個男人結伴出逃荒野,不願意待在女人統治的規矩文明世界裡。文章固然一時成為眾矢之的,費德勒本人日後回憶當時引起的轟動,還是津津樂道,引為得意之筆。後來,費德勒的傳記作者馬克·溫切爾對於傳主這篇處女作的評價是:「半個多世紀之後再來讀《回到小船上來吧,親愛的哈克》,我們每每會忘記這一點,那就是在這之前,很少有批評家從種族、性別和性的角

[054] Leslie Fiedler, "Come Back to the Raft Ag'in, Huck Honey", *Partisan Review 15,* (1948): 664.

度，來探討美國經典小說。」[055] 即是說，哈克和吉姆，一個白人，一個黑人，共同逃避女人的文明世界，闖入蠻荒曠野之中，顯示了跨種族男人和男人之間的斷袖心結。而這個心結恰恰是美國小說經久不衰，又總是被掩飾下來的主題。

《美國小說中的愛與死》（*Love and Death in the American Novel*, 1960）是萊斯利．費德勒影響最大的著作。美國小說中的愛，即是跨種族的男同情誼，這個主題順理成章再次現身。這部初版篇幅超過 600 頁之巨的文學批評大著，稱從美國革命起，美國文學就一直無以面對成年人的性這個問題，而且怕死。這一立論當時使這本書的作者聲名狼藉。在費德勒的這部大眾神話批評代表作裡，雙男主角並不罕見，不止馬克．吐溫筆下的哈克和吉姆，其他從費尼莫爾．庫珀（James Fenimore Cooper）開始，在費德勒看來，美國的長篇小說整個充滿了此一潛在主題，典型的如梅爾維爾（Herman Melville）小說《白鯨記》（*Moby-Dick* 或 *The Whale*）中的敘事人以實瑪利（Ishmael）和黑人水手魁魁格（Queequeg）。不僅如此，該書中費德勒還提出一個著名觀點，那就是每一個美國男性經典作家，就像任何一個美國男人一樣，都是長不大的孩子，用他的話說，那就是「說起美國小說家之所以無以健康成長，那是因為他們身不由己回歸到一個通常與童年相關的狹小經驗世界，一遍又一遍在寫同一本書，直到沉默無言，或者拙劣地模仿自身」[056]。這是說美國小說不成熟。因為不成熟，所以不敢面對成人的性；因為不成熟，所以怕死。此一立論在當時被視為奇談，批評界幾乎群起而攻之。

《美國小說中的愛與死》被認為潛心解構了美國小說的傳統觀念，顯

[055] Mark Royden Winchell, *Too Good to Be True: The Life and Work of Leslie Fiedler* (Columbia: University of Missouri Press, 2002), p. 53.

[056] Leslie Fiedler, *Love and Death in the American Novel* (New York: Penguin Books, 1960), pp. xix-xx.

示了它如何源於歐洲小說的既定形式，又如何最終同它分道揚鑣。飽受非議的章節之一是該書第十一章中的一條註腳，其中費德勒探究了梅爾維爾《白鯨記》主人公白人青年以實瑪利和他新結識的黑人水手魁魁格的首次遭遇，當夜兩人在烏煙瘴氣的客棧裡同榻共寢。梅爾維爾本人在《白鯨記》中的有關描寫是，第一人稱的敘事人以實瑪利說，他覺得朋友之間推心置腹說知心話，除了在床上以外，實在是找不出一個更相宜的地方。據說夫妻就是在那裡彼此打開心坎裡的祕密的。所以「我」也這樣跟魁魁格成了情投意合的一對，躺在床上，共度心靈的蜜月：

我們就這樣躺在床上，不時地聊聊天、打打盹，魁魁格還時時把他那雙刺花的棕腿一會兒親暱地擱在我的腳上，一會兒又縮回去。……魁魁格擁抱著我，讓他的額頭緊緊地貼在我的額頭上，燈一吹熄，我們便各自翻過身去，翻了一陣，很快睡著了。[057]

一如在馬克．吐溫的《哈克歷險記》中讀出白人孩子哈克和黑人奴隸吉姆之間的同性戀嫌疑，梅爾維爾《白鯨記》中的以上文字中，費德勒也斬釘截鐵地讀出了跨種族同性戀的暗示。此類暗示或許在今天固不足道，但是在 1960 年代，它肯定是一個非常敏感的話題。

費德勒本人在《文學是什麼？》一書中，對此有過一個解釋。他回憶說，他收到過西雅圖一家報紙的一張剪報，推薦《哈克歷險記》新近的一次戲劇改編，說它是一出「精彩的家庭娛樂」，然後又說，向萊斯利．費德勒致歉。還有《紐約時報》的一個中年評論員寫信給他，敘述他與兒子相處困難，然後是兒子「溜之大吉，隨著黑鬼吉姆或者萊斯利．費德勒，逃到了小船上面」。費德勒說，這兩個例子，都表明對他的攻擊反應人數

[057] 梅爾維爾：《白鯨記》，曹庸譯，新文藝出版社，1957，第 79、86 頁。

之眾，遠超過真正讀過他文章，甚至他文章討論的那部小說的讀者，他們大都是道聽塗說，只道他膽大包天，竟敢暗示哈克和吉姆是板上釘釘的同性戀者。而他實際上則是說，一個社會在意識層面上，假如對「同性的愛」充滿恐懼和猜忌，假如在白種和非白種美國人之間相互暴力以對，那麼勢必會有白人美國作家，來重述同樣的田園牧歌式的反婚姻神話：一個「文明世界」的難民和一個黑皮膚的「野人」之間，兩個男人之間，必會產生一段熱烈而又純潔的終生愛情，或者是發生在荒山野嶺，或者是發生在捕鯨船上，或者是發生在小船上面，反正隨便哪裡都行，就是不能在「家裡」。這不僅是指《哈克歷險記》，同樣也指其他經典小說，如《皮襪子的故事》（*Leather-Stocking Tales*）和《白鯨記》。

事實上，費德勒以男性同性戀主題來闡釋美國小說的癖好，一直未有消減。

三、大眾神話批評

費德勒自稱是半個馬克思主義者、半個佛洛伊德主義者。《文學是什麼？》中，費德勒交代他是直接面對美國的種族神話中那些負面的東西，特別是種族滅絕屠殺的噩夢，以及深藏不露的厭惡女人症（尤其厭惡白種女人），認為它們構成了跨種族大男子主義的美夢。故此，他的小說裡也充滿了這一類種族和地方衝突的主題，諸如《回歸中國》（*Back to China*），以及第三部中篇《美國最後一個猶太人》（*The Last Jew In America*）等。可是，最叫人始料不及的，是他的 1972 年出版的《莎士比亞筆下的陌生人》（*The Stranger In Shakespeare*）。費德勒指出，職業莎學家的興趣大都在將《奧賽羅》（*Othello: The Moor of Venice*）、《威尼斯商人》（*The Merchant of Venice*）和《暴風雨》（*The Tempest*）用作課堂分析文本，而不像普通讀者那樣，更喜歡看莎劇就厭女癖、反猶主義之類說了些什麼。所以以上三部作品中的種族衝突主題，肯定對他們的口味。費德勒認為，學院派批評家對他的所有作品，基本上都是公開將它罵得狗血噴頭，暗地裡又將文章的洞見截留下來，以備自用。故此他雖然漸漸成為「新秀」，成為一個風頭十足的「有爭議的」批評家，可是幾乎他的每一本書，在學術和文學評論圈子裡，惡評都要勝過好評。這個他自謂的「不解之謎」，使他覺得有必要擺脫官方批評家，來接近他的「好讀者們」，蓋因這些好讀者們像他一樣，一遍又一遍回過頭來讀馬克·吐溫、斯托夫人（Harriet Stowe）和狄更斯（Charles Dickens）這類通俗作家，卻從來不讀熱衷於為這些作家貼標籤的一切批評文字。費德勒這樣描述了他走上電視的經過：

我有時候想到，這樣做的一個方法，當是繞過印刷文字，回歸「古老的」公共演講，就像「肖托夸公共集會」（Chautauqua）那樣。或者更進一步，利用今天的優勢，來個新瓶裝老酒，特別是電視上的脫口秀。比如，1960 年代「梅夫·格里芬秀」（The Merv Griffin Show）播出的時候，有一陣裡面有個上年紀的女演員、一個當紅流行歌手，還有個總是保持立正的喜劇演員客串傻瓜，就在這個當下，通常艾倫·金斯堡、諾曼·梅勒，或者時不時還有我，也會出場。畢竟，我從十三四歲開始，就在一個角落裡做過街頭演講，從那以後就學會了如何交流，而且，我在大學裡向來喜歡幫大班上課，那感覺和公共講演也差不多……到如今，我已經再也不在課堂外面信口開河。那時候真是誰請我講，我就開講，比如蒙大拿州懷特費許（Whitefish）的那些讀書會，抑或每個月如同 「皆大歡喜俱樂部」這樣的組織聚會，在那裡幾乎每個人都在拚命織毛衣，而我則在高談闊論，比方說，《為芬尼根守靈》（*Finnegans Wake*）。[058]

「肖托夸集會」是指19世紀末葉美國吟遊式的教育改革運動，因發源地在紐約的肖托夸而得名。肖托夸集會著重借助說古論今的表演來寓教於樂，其宗旨毋寧說是再現古代公共演說面對面的交流模式，雖然現代傳播技術的突飛猛進導致此種模式沒落不顯，但是當今電視傳媒樂此不疲的脫口秀節目，未始不是它的一個變種。費德勒上文言及的當年誰請他講，他就開講，以及自己在臺上高談闊論，婦女聽眾在底下拚命織毛衣的場景，叫人忍俊不禁之餘，也可以想見大眾文化當年的窘境。用費德勒自己的話說，便是即便某人辭別低層次的脫口秀，步入高層次的研討會，他依然不失為一個「娛樂者」。甚至好長一段時間他不敢承認，他寫理查森（Samuel Richardson）、狄更斯和馬克．吐溫的暢銷小說評論，其實是和B級電影、電視情景劇，以及他本人講堂秀上的「大眾文化」一類，如出一轍。

就方法或者說學派而言，費德勒主要以他的神話批評蜚聲。但是他所說的神話，與榮格和弗萊所說的原型批評關係不大，用《文學是什麼》中他自己的話說，他是試圖在狄更斯、費尼莫爾．庫珀、斯托夫人等人的作品中，找出特別打動他的東西。這些東西可以叫作「神話」或者「原型」，可是即便如此，也還是詞不達意。對此，他表示明確反對所謂文學批評便是理性、客觀地來言說「秘索思」（mythos）的立論，認為這將使批評成為「邏輯」，而不是「神話」。要之，它就意味著詩向哲學稱臣，藝術向科學繳槍。所謂「秘索思」（mythos），在亞里斯多德《詩學》中即是情節。它是悲劇六個要素中居於首位的第一要素。其後分別是性格（ethos）、思想（dianoia）、言辭（lexis）等。「秘索思」由是觀之它是詩和

[058] Leslie Fiedler, *What Was Literature?: Class Culture and Mass Society* (New York: Simon and Schuster, 1982), p. 19.

虛構的專利，正可呼應專美理性的「邏各斯」。費德勒本人就寫過一篇題為〈太初有道：邏各斯與秘索思〉的文章。這個標題口氣真是夠大的。太初有道中的「道」，希臘文是 Logos，故太初有邏各斯是天經地義，但是費德勒想要說明太初同樣可以先有秘索思。這裡見到的，不妨說還是柏拉圖《理想國》中即稱由來已久的哲學和詩的爭執。

這樣來看費德勒的「神話批評」，可以說是一種「大眾神話批評」，是他所謂大眾文化批評和神話批評的兩相結合。用他自己的話說，它就是一門破解神祕的特殊的科學。誠如「秘索思」不但是後來通譯的「神話」，而且還是文學和一切高張想像藝術的代名詞，此種神話批評，說到底是一種將神話轉化為神話母題，而將非理性加以理性化的策略。換言之，它是致力於將黑夜轉化為白晝、煉金術轉化為化學、占星術轉化為天文學、魔鬼轉化為心理學。破解神話，破解原型，這對於美國小說來說意味著什麼？從後面費德勒對斯托夫人的「神話批評」，自可見到分曉。

大眾神話批評首先是大眾文化的批評。所以不奇怪費德勒大言不慚高談闊論文學和金錢的關係。《文學是什麼？》中題為「文學和錢財」的第二篇章，敘述的即是這一主題。身為美國批評家中的一個異數，費德勒的誇誇其談或許顯得駭人聽聞，但是它並不是無的放矢。文學的本質是悲天憫人的靈魂湧動，它不屑於做金錢的奴僕，這一點相信誰都願意認可。可是作家也是凡人，是凡人就不可能不食人間煙火。成功的或者不成功的作家圍繞錢財收益的恩恩怨怨，敘述下來，真也是驚心動魄。圍繞文學與金錢的話題，費德勒以身說法，顯示文學不可能超凡脫俗，或者說，文學超凡脫俗的表象之下，自有令人一唱三嘆的悲歡離合的故事。這裡面的孰是孰非，自然是一言難盡。

如前所述，費德勒認為其實所有的作家都心知肚明，文學和文學作品，都是只有在從書桌走到市場之後，才得以完成。所以不奇怪，出版順利多產、功成名就的作家，看不起那些還沒有「銷出初夜」的「可憐處女」，還是行話說得明白，變成老處女的絕望情緒，迫使他們走向了「自費出版」。不僅如此，費德勒發現，出版順利的作家不光是鄙視自費出版、憐憫無從出版的作家，而且有一種內疚，很像那些出賣自己肉體的人的內疚。由內疚而產生怨恨，怨恨讓他心想事成的仲介和同謀。一如妓女憎恨皮條客、嫖客和老年恩主，商業行銷成功的作家，也憎恨經紀人、編輯、出版商、評論家和電視脫口秀的主持人，而最終是憎恨到可憐的受眾身上，只因為他們購買了他所出賣的東西。

這個作家自哀自怨的譬喻，不消說是典型的佛洛伊德的作風。進而視之，對於學者和學術刊物之間的關係，甚至學術進展常常是不可或缺的專案基金資助，費德勒也有一番揶揄。他指出，有一些學者是學究類型，或者是因為勢利眼，或者因為有心保持高姿態，對於那些發放稿酬的雜誌，大抵是不屑一顧。這類刊物包括《紐約書評》、《泰晤士報文學增刊》（*The Times Literary Supplement*），乃至《時尚先生》（*Esquire*）和《花花公子》（*Playboy*）等。但是他願意坦白，他的名字出現在所有上面這些刊物之上。問題是，除非甘願束手待斃，眼光朝天的學者們也總得在哪裡發表文章啊，於是瞄準了少有人讀的高級權威刊物，諸如《美國現代語言協會雜誌》（*PMLA*）。費德勒自稱從來沒有在 *PMLA* 投過稿。可是誰都明白，這類高端雜誌雖然不發稿費，但是一旦在上面發表文章，就保證了終身教職，而終身教職保證了高收入。一個圈子兜下來，最終還是回到了收入上面。進一步看，費德勒的諷刺所向是，倘若這些已經是錢囊鼓鼓的學究們堅持不懈，一心一意生產他們那些有回報、沒有市場的產品，他們還很有可能得到各種項目和基金資助。但就這些基金當中聲望最高者而言，費德勒指出，最初大都是靠洛克斐勒（Rockefeller）家族、古根漢（Guggenheim）家族和福特（Ford）家族累積起來的，即是說，都是些最骯髒的美國式錢財。僅此而言，學術清高的姿態，在費德勒看來，也就形跡可疑了。而正是文學和學術放下姿態，促成了美國文化的成功轉型：

美國文化正是在這一關口走向成熟的：藝術以往的貴族資助人紛紛退位，代之而起的是大規模的受眾，以及新媒介的主人們，他們靠應對受眾的口味，變得腰包充盈起來。這些媒介首先是印刷，以及小說這個第一個真正的大眾化體裁，這是典型的美國的形式，身在其中的美國作家們，就是因為自身緣故和滋養了他們的文化，而得到世界性聲譽的。它作為一種大量製作和大量傳布的商品，為它的實踐者們敞開了通向財富和名譽的大門。[059]

從文學史上看，費德勒發現，在霍桑（Nathaniel Hawthorne）、梅爾維爾這一批久經世故的資深男性小說家開始寫作之前，就已經有其他較少裝腔作勢的作家，特別是女性作家們，炮製出了「暢銷書」。她們的趣味和幻想與大眾讀者不謀而合，而是時的大眾讀者群，主要是女性讀者群。所以不奇怪，當時大多數美國人喜聞樂見的書，並不是今天課堂上講授的《白鯨記》或《紅字》（*The Scarlet Letter: A Romance*），甚至不是《哈克歷險記》，而是一系列雖然風格難分彼此，卻是能夠動人心弦的小說，它們始於蘇珊娜·羅森（Susanna Rowson）的《夏綠蒂寺》（*Charlotte Temple*），直到 19 世紀的高峰、斯托夫人的《湯姆叔叔的小屋》（*Uncle Tom*），以及 20 世紀頂峰、瑪格麗特·米契爾（Margaret Munnerlyn Mitchell）的《飄》（*Gone with the Wind*）。費德勒指出，《飄》雖然從未被學院

[059] Leslie Fiedler, *What Was Literature?: Class Culture and Mass Society* (New York: Simon and Schuster, 1982), p. 28.

派批評家們認可，而且難得在文學系列為必修課程，可是今天市場上它仍然好銷。而在更大的世界範圍的受眾群裡，《飄》的聲名顯赫，恐怕是蓋過了任何一部美國小說。

反過來看，真正藝術家的形象被掘金社會毀於一旦，也大有人在。在費德勒看來，它始於艾德格．愛倫．坡。在坡之後，最顯著的莫過於梅爾維爾，我們記得他最後是如何在海關裡艱難度過不幸的歲月，沒有出版、沒有榮譽，完全被人遺忘。還有法蘭西斯．史考特．費茲傑羅（Francis Scott Fitzgerald），他死在寧可要財神也不要文學的好萊塢破落郊區，那裡的人們根本不會明白，這個一敗塗地的酒鬼編劇，光彩將遠蓋過那個時代的大多數製片人、導演和明星。費德勒指出，坡、梅爾維爾和費茲傑羅之所以窮愁潦倒，不是因為他們鄙視金錢，隔絕市場，反之恰恰是因為他們不顧死活，在做「發財致富」的美國夢，個中辛苦，真是不堪回想。比如，費茲傑羅是以兜售急就章的暢銷小說、短篇小說起家，賣給家庭雜誌，價格也隨著他的名聲扶搖直上。而到末了，則是將一般美國人辛苦一生都不敢想像的大筆家產揮霍一空。坡亦然，在其短暫的寫作生涯裡，長期充當僱傭文人。驅使這兩個作家追逐金錢夢的那些奇思怪想，費德勒發現在坡的《金甲蟲》（*The Gold-Bug*）和費茲傑羅的《像里茲飯店一樣大的鑽石》（*The Diamond as Big as the Ritz*）這類小說中，表露得再清楚不過。這是一個追求罪惡財富的夢想，也是一個一切喪失殆盡的噩夢。

費德勒對此的感嘆是，這一類作家，不論是像梅爾維爾那樣，到頭來走火入魔、離群索居，還是像坡和費茲傑羅那樣，壯志未酬身先死，他們的悲哀，不在於他們高貴地拒絕提供市場所需，而在於他們努力了，但是失敗了。甚至馬克．吐溫的財富經歷，思想起來也是意味深長。比如，一般讀者都傾向於同情馬克．吐溫晚年的孤獨和悲傷，以及他一生經過的許多挫敗。可是，費德勒指出，雖然馬克．吐溫就像鍍金時代的一切其他資產階級企業家一樣，破產是家常便飯，他終究能夠供起一棟金碧輝煌的豪宅，以及他那可怕的無度揮霍。到最後馬克．吐溫是如此富有，以至於覺得能夠與自己平等對話的人，只有亨利．羅傑斯（Henry Rogers），標準石油公司（Standard Oil）的副總裁，以及大名鼎鼎的安德魯．卡內基（Andrew Carnegie）。而具有諷刺意味的是，馬克．吐溫巨大財富的基石，卻是《哈克歷險記》持續不斷地大獲成功。可是《哈克歷險記》講了什麼？費德勒指出，那毋寧說是美國反成功故事的經典版本。作者叫我們來愛逃跑的哈克，為了證明我們的愛，我們購買他出現其中的小說。不光是逃離學堂、教堂和家庭，而且逃離金錢，對於《湯姆歷險記》結尾時他和湯姆無意中發現的那一堆寶藏，哈克壓根就沒有半點興趣。再反過來看，馬克．吐溫本人的童年又是什麼樣？費德勒說，吐溫童年時代可沒有像哈克那樣，「箭一般衝出去，奔向前方那廣袤的領土」，反之是待在家裡，長大成人，聽憑妻子、女兒「馴服」自己，最後靠寫了一個偏偏做出所有相反選擇的不朽孩子，名利雙收。文學和金錢的關係，如此回味起來，真也叫人啼笑皆非。

《文學是什麼？》一書的副標題是「經典文學與大眾社會」。文學的經典或者可以解構。而依照費德勒的佛洛伊德路線，來看文學史上那些如雷貫耳的作品，如索福克里斯的《伊底帕斯王》（*Oedipus the King*）、尤里比底斯（Euripides）的《美狄亞》（*Medea*）、莎士比亞的《亨利四世》（*Henry IV*）和《馬克白》（*Macbeth*），它們之所以名傳久遠，不僅僅是因為它們寓教於樂，向我們展示了道德的美妙的形式，而且是因為它們以白日夢的方式，允許我們像伊底帕斯那樣殺父娶母、如馬克白那樣謀殺國王、像美狄亞那樣殘殺我們自己的孩子，以及似法斯塔夫那樣，滿口謊言、偷搶拐騙、喬裝改扮，逃避一場正義的戰爭。這個邏輯足以令佛洛伊德本人和他的學生厄內斯特．瓊斯（Alfred Ernest Jones）以伊底帕斯情結來解讀《哈姆雷特》的異想天開的故事，顯得黯然失色。費德勒的文學批評走的是大眾文化通俗路線，本人在電視上頻頻露面，為求語出驚人，即便觸犯眾怒，也在所不惜。請注意這是在 1980 年代，大眾文化遠沒有它今天這般坐享其成的好風光。

四、讀斯托夫人

萊斯利．費德勒以《湯姆叔叔的小屋》為 19 世紀美國種族和性別神話暢銷書的鼻祖。斯托夫人《湯姆叔叔的小屋》最初刊於一家廢奴主義週刊《國家時代》（*National Era*），從 1851 年 6 月 5 日起始，一共連載了 40 期。次年，由於故事大獲成功，刊物主編約翰．朱厄特終於說動斯托夫人，決定出版小說單行本。其結果當年就一版再版，銷出 30 萬冊。不僅是在美國，而且走紅世界。據統計它是有史以來，除《聖經》之外的第一暢銷書。小說很快被翻譯成各國語言，同時被改編為形形色色的「湯姆劇」，遠渡重洋，毫不誇張地登上了幾乎每一個國度的舞臺。

從情節上看，《湯姆叔叔的小屋》以逆來順受的黑奴湯姆為核心，其他人物圍繞湯姆展開，善善惡惡，感傷凶殘，唯基督教的普愛精神可望解救苦難。小說除了眾所周知的廢奴主題，同樣給人深刻印象的是它的母性女權主義和基督教福音主題。就前者而言，斯托夫人鼓吹女人道德上天生高出男人一等，所以對於萬惡的奴隸制，女人的道德優勢委實還是救星。她所樹立的伊莉莎、小伊娃等人，差不多都是至善至美的女性人物，其光彩照人的女性之道，足以拯救充滿罪惡的男性奴隸制世界。就後者而言，

《湯姆叔叔的小屋》差不多就是19世紀美國的一部廢奴福音書，湯姆口口聲聲基督饒恕勒格里，即便到生命的最後一刻，分明也是無怨無悔此生的苦難，因為有耶穌與他同在。我們看斯托夫人是怎樣描寫湯姆之死的：

「誰，——誰，——誰能夠把我們與基督的愛分開呢？」他極力掙扎著用一種虛弱的聲音說；然後，便含笑長眠了。

喬治敬畏不已地坐著，一動也不動。他似乎覺得這地方就是一塊聖地；他合上死者的眼睛，站起身來，心裡只有一種想法，——即他那樸實的老朋友說出來的那種想法，——「做一名基督徒多麼了不起啊！」[060]

湯姆昔時的好主人，白人喬治少爺晚到一步，未及搭救湯姆的性命。即便如此，如上所見，喬治少爺面對湯姆之死的第一感受，也還是做個基督徒多好！甚至，接下來年輕氣盛的喬治一拳打倒活活鞭笞湯姆至死的勒格里，在斯托夫人看來，這個場景中的喬治，儼然就是當年殺死毒龍的聖喬治的化身。顯而易見，基督教話語通貫著整部小說。斯托夫人堅信基督教教義與奴隸制格格不入，是以不乏批評家將《湯姆叔叔的小屋》譏為一篇布道。湯姆叔叔被斯托夫人寫成高貴的英雄，他有正義感，有道德感，還有基督教居高臨下的優越感，所以甚至勒格里這個十惡不赦的奴隸主，喪心病狂而求之不得的，也是湯姆的屈服而不是他的死亡。故而除了沒有高貴的血統，湯姆受難記幾乎就是耶穌受難、蘇格拉底受難的翻版。可是，按照今日流行的後現代種族批評讀解，湯姆的母性也好，基督教情愫也好，或許就不過是一個見了白人便鞠躬，一心討好白人的「高貴主人公」罷了。

就中國而言，林紓的譯本《黑奴籲天錄》是中國翻譯的第一部美國小

[060] 斯托夫人：《斯托夫人集》（上），斯克拉編，蒲隆等譯，生活．讀書．新知三聯書店，1998，第566頁。

說。林紓涉筆是在「辛丑合約」簽訂的 1901 年，小說面世已經整整半個世紀過去。但是林紓對小說的基督教主題壓根就是無動於衷，他看中的是中國有可能像美國的黑人一樣，面臨亡種亡族的悲慘命運，是以中譯本跋中最後他說：「今當變政之始，而吾書適成。人人既蠲棄故紙，勤求新學；則吾書雖俚淺，亦足為振作志氣，愛國保種之一助。海內有識君子，或不斥為過當之言乎？」[061] 這當然不是過當之言，變政、新學、愛國保種，這就是《湯姆叔叔的小屋》半個世紀之後顯示的中國主題。事實上，與李叔同等人共創春柳社的曾孝谷，1907 年改編的《黑奴籲天錄》五幕劇，還是中國現代戲劇史上的第一部話劇劇本，開啟了以對話和動作演繹情節的新劇傳統。1907 年，春柳社在日本東京上演此劇，演員當中除了曾孝谷，還有同樣是中國話劇奠基人的李叔同和歐陽予倩。就此而言，《黑奴籲天錄》作為重洋東渡的中國湯姆劇，作為中國現代話劇的發端，其歷史意義遠超過湯姆叔叔本土那些形形色色的同類舞臺嘗試。

在《文學是什麼？》一書中，費德勒認為《湯姆叔叔的小屋》開啟了美國種族和性別神話的暢銷書傳統。該書的副標題「經典文學與大眾社會」，與馬修·阿諾德的《文化與無政府狀態》（*Culture and Anarchy*）和 L. R. 利維斯（F. R. Leavis）的《少數人文化與大眾文明》（*Mass Civilization and Minority Culture*）一脈相承，顯示的都是高雅文化與大眾文化的對立。但是，如果說在阿諾德和利維斯，此一高雅和低俗的兩分是督促知識分子義不容辭，向無政府狀態的大眾社會普及菁英文化，那麼費德勒則是反其道行之，恰恰是要說明大眾社會無時不在顛覆經典文化。顛覆的途徑，則是典型的佛洛伊德路線，用費德勒的說法是，文學就像夢境，傾向於表達被壓抑的東西，故此在父權時代，文學向母權大獻殷勤；在基督教

[061] 林紓：〈《黑奴籲天錄》跋〉，載許桂亮選注《林紓文集》，百花文藝出版社，2006，第 2 頁。

時代，文學在為魔鬼伸張權利；在推崇異性戀和小家庭的時代，文學叫我們認可男人憎恨女人，反過來女人蔑視男人。所以最是被普遍禁忌的東西，差不多也就是最普遍的文學，比如吃人、亂倫、強姦和被強姦的渴望。由是觀之，費德勒承認，一方面《湯姆叔叔的小屋》雖然將家庭、婚姻和母親都視為最偉大的商品，在他所受的教育看來，它只能屬於「亞文學」；另一方面，這部小說的性別和種族神話，推究起來，自然也就是雲詭波譎了。

費德勒認為在《湯姆叔叔的小屋》這樣一部探討奴隸制和各州權力的小說裡，作者營造出了一個「烏托邦」式的母性家庭神話，而且勢所必然地形成了它的經典模式。他指出，斯托夫人描述的人間天堂，推測起來是教友會的家居，它是母性的，儼然就是亞當和夏娃墮落之前的伊甸園場景。而且居民基本都是白人，黑人的身分只能是奴隸和奴婢。不僅如此，充斥這個神話文本字裡行間的，不是古典的抑或《聖經》裡的名字，反之是「母親」、「家」這樣一些語詞，一切都顯出動人的母性，一切都是那麼容光煥發、發自心底的愉悅，因為那就是家 —— 家呀……故此，費德勒認為，《湯姆叔叔的小屋》之所以大獲成功，正是在於將奴隸制度美化成一個家園氣氛十足的母性烏托邦，而使小說贏得了無數女性讀者的心，這些讀者一般對男性的政治世界無動於衷，這個世界就像斯托夫人筆下的奴隸制，是「家園」和「母親」們的天敵。所以美國黑人一旦獲得自由，費德勒諷刺道，都會渴望一種歡樂大結局：父母和孩子團圓、丈夫和妻子團圓，團圓在形形色色的一夫一妻制的基督教家庭裡。

不僅如此，費德勒注意到，對於斯托夫人來說，喬治也好，獲得解放的黑人也好，最好的出路還不是在美國本土當家做主，而是再移民到非洲去。這並不是後來馬克．吐溫筆下哈克和吉姆的作風，哈克和吉姆一心想著逃離「家園」，逃往那塊「遙不可及」的土地，至於那土地是在什麼地方無關緊要，或者乾脆說，那純粹就是一個烏托邦，而且肯定是在美利堅合眾國的土地之上。但是，斯托夫人為被解放黑奴指點的方向恰恰相反：不但嚮往家園，而且皈依宗教。這樣來看，《湯姆叔叔的小屋》的種族意識，甚至判然不同於20世紀後半葉一心「尋根」的黑人民族主義者，他們壓根就不是仇恨奴役他們、折磨他們的基督教文化，而是打算向黑色大陸上他那些尚未得救的同胞們傳播基督福音，給非洲這塊黑色大陸帶去「家園」文化和「愛跟寬恕的崇高教義」，換言之，昔日的美國黑奴，搖身一變成了文化殖民主義者。

問題是，斯托夫人筆下蓄奴之南方，究竟有多少歷史的真實性呢？費德勒指出，斯托夫人畢生沒有到過真正的南方，而且寫作此書並不是在她距離蓄奴州肯塔基不過一河之隔的辛辛那提府上，而是在更加遙遠的新英格蘭家中，本著一個逃亡黑奴的筆記，閉門造車構思了湯姆叔叔的故事。出於大眾文化批評的敏感，費德勒更熱衷於告訴讀者《湯姆叔叔的小屋》的暢銷對於斯托夫人的生計意味著什麼。他指出，此時的斯托夫人遠沒有到生計無憂的地步，事實上她的家庭經濟有賴於她的寫作收入，故而她覺得光是描寫一個鞭子底下的黑人男性，遠遠不夠。為了同樣打動萬萬千千的美國母親，進而打動她們數量更眾的丈夫和兒子們，殊有必要站在烏托邦家園和母性的立場，來聲討萬惡的奴隸制。而與此同時，她也給她的男性讀者作了一個小小讓步，安插了一條支線，寫湯姆和他先時主人之子「喬治少爺」之間的溫情關係。雖然這個白人男孩信誓旦旦，永世不渝來愛這個老黑奴，而且也的確遵守了諾言，可是，他到底是晚來一步，沒能從瘋狂的西蒙．勒格里手下救出湯姆。

《湯姆叔叔的小屋》面世之初就飽受爭議，爭議主要來自南方。如南方小說家威廉·西姆斯（William Gilmore Simms）就攻擊小說是一派胡言，是誹謗和犯罪。更有人指出，斯托夫人本人壓根就沒有到過南方種植園，所以她小說裡的細節描寫，是極為可疑的。此外，根據斯托夫人兒子的回憶，1862 年林肯接見斯托夫人，稱她是「引發了這場大戰的小婦人」（So this is the little lady who started this great war.）。但是史學家們發現，斯托夫人在會見林肯數小時後寫給丈夫的一封信裡，並沒有提到林肯的這句名言。林肯究竟是有沒有說過這句話，也變得疑雲密布起來。此外，斯托夫人寫《湯姆叔叔的小屋》，靈感很大一部分來自馬里蘭州一個菸草種植園的黑奴喬賽亞·漢森（Josiah Henson）的自傳，漢森 1830 年逃往加拿大獲得自由，並作回憶錄。斯托夫人本人也最終承認了她之受惠於漢森。漢森在加拿大安大略省德雷斯頓的居所，藉斯托夫人的光，從 1940 年代開始，就被冠名為「湯姆叔叔的小屋歷史遺跡」，他本人在美國馬里蘭州蒙哥馬利郡莫瑞為奴時所住的小屋，今天依然存在。斯托夫人在她 1853 年出版的〈《湯姆叔叔的小屋》導引〉中，提及多種該小說的素材來源，但是後來有人指出，斯托夫人事實上是在小說出版之後，才發現這些「參考文獻」的。由此可見，這部小說的智慧財產權問題，似乎也是不無問題。

五、種族與性別神話

費德勒對此的看法是，斯托夫人這部偉大的漿糊作品能夠引發南北戰爭，那是令人匪夷所思的神話。之所以說它是漿糊作品，不僅因為以上疑慮，還因為斯托夫人的遣詞造句在費德勒看來完全不值一道，即便她用詞精當，如描寫伊娃之死的場景，就傳統意義上的審美標準來看，也還是貧乏得一塌糊塗。故而斯托夫人筆下最具有神話色彩的戲劇性場面，通常也是寫得「最糟」的部分：激烈近似於歇斯底里，病懨懨的甜言蜜語讓人噁心反胃。可是說來奇怪，它們是如此感人，不但超越了趣味的標準，而且令是真是假變得毫不相干。故而糾纏斯托夫人究竟是不是經過一道道編輯糾正蹩腳句法，潤色加工下來的又一個福樓拜（Gustave Flaubert），那是毫無意義的，即便它是一部漿糊作品，那又怎樣？文體上的缺陷，絲毫無損這部小說的神話魅力。另一方面，費德勒意識到，斯托夫人這本「夢幻小說」裡，固然處處都有政治涵義，但是就像所有的夢幻一樣，在光天化日世界裡，其結果不是行動，而只能是文學：《湯姆叔叔的小屋》就是這一類作品，它可以幫助北方和南方的美國人，從不同角度來認知這場他們身不由己捲入其中的戰爭，然而它並不是南北戰爭的起因。

費德勒更感興趣的是種族和性別的「神話」。在《湯姆叔叔的小屋》中他讀出的是施虐和受虐狂情結和跨種族強姦。他指出，斯托夫人固然是上流社會的淑女，對於黑人和白人之間的性關係，並非諱莫如深。事實上，跨種族強姦在她那部施虐－受虐狂名著裡面，是一個重要主題，其令人矚目程度，不下於暴力、壓迫和血腥鞭撻的主題，而斯托夫人在他看來，又給鞭撻注入了強烈的色欲成分，以至於幾成另一種性強暴模式。但是出於策略考慮，費德勒發現，斯托夫人不得不排斥其他模式，專心來寫白種男人對黑人女孩，以及主子對奴隸的強姦和強姦慾望。如小說近結尾處，在描寫湯姆被西蒙．勒格里暴打致死的同時，馬上又轉換到勒格里尋遍他破敗農莊府邸，搜捕從前的黑奴情人凱西凱西和女兒艾米琳的場景，雖然凱西如今老邁且又瘋瘋癲癲，但是他們美麗的混血女兒艾米琳，勒格里還一心盼望她能做他的繼承人呢！費德勒甚至認為，《湯姆叔叔的小屋》中一切有涉強姦的情感，都被轉移到了小說最後湯姆受難的原型場景，施暴人經過小說深思熟慮的神話學倒置，成為作品中的第一號男子漢，這就是那個萬惡不赦的盎格魯－撒克遜血統的勒格里。此時怒不可遏的勒格里，決心要伸張他身為絕對主人的絕對權力，我們讀到他對著湯姆倒下的軀體吼道，湯姆難道不是他的嗎？難道不是他想怎樣，就能對他怎樣嗎？在費德勒看來，這正好似將一個酷似婚內謀殺強姦的案例，推向了高潮。

再來看小說主人公湯姆叔叔的性別。費德勒發現那更是神話。湯姆叔叔在斯托夫人的小說中，是一個甚至都能夠拯救勒格里的人物。所以，儘管作者把父權家長看作天經地義，湯姆卻是代表了她心中對於「女性」寬恕的無限渴望，將愛化為無窮的救贖，如此地獄也就搖身一變成為天堂，一如湯姆咽氣之前，一樣將他無限的愛給了置他於死地的勒格里，湯姆說，勒格里沒有真正傷害他，他不過是打開了天國的一重重門哪。這是典型的被打左臉送上右臉的基督教寬恕精神，在費德勒看來，那是再雄辯不過地證明了他就是這部小說裡的絕對「好母親」。不僅如此，湯姆叔叔就像他的作者一樣，還是一個白人母親，儘管他長著黑面孔，且又笨手笨腳。所以，《湯姆叔叔的小屋》的小說結構中，有一個一目了然的等式，那就是：女人＝母親＝奴隸＝黑人。或者簡化下來：女人＝黑人，黑人＝女人。費德勒認為，這個等式，該是最確切不過地道出了斯托夫人對於種族和性別關係的看法。不僅如此，有鑑於斯托夫人是個可敬的基督教女士，不願意給予此類場景過多細節描寫，因而給讀者留下了巨大的色情想像空間：不僅滿足了大眾讀者的義憤需求以及施虐－受虐挑逗的渴望，而且建立了黑人和女人、女人和黑人之間的等式，由此完成了從廢奴主義到女權主義的進步。很顯然，這等種族和性別雙管齊下的闡釋，不但遠遠超出了斯托夫人本人的想像，即便今日見多不怪的後現代讀者，恐怕也是要瞠目結舌的。

湯姆的性別角色在費德勒看來，是女性而不是男性，更確切地說，是出演了跨種族的白人母親角色，這在小伊娃之死的著名場景中同樣表現得再清楚不過。唯因湯姆的性別角色是女性，是母親，斯托夫人才敢放手來寫他如何將美麗的小伊娃，這個白人女孩蒼白脆弱的身體，抱在他黑皮膚的男性懷中，而不引發跨種族強姦的噩夢。費德勒甚至發現，從肖像學的角度看，湯姆手抱小伊娃的畫面，與後來形形色色「反湯姆小說」中描繪黑人暴徒手抱昏迷不醒的白人女孩，走向蹂躪和死亡的場面如出一轍，只不過是語調有所改變罷了。故此，這裡使人想起死在李爾王懷中的考狄莉亞，以及爺爺懷中的小耐麗。但是，無論是莎士比亞還是狄更斯，都是處心積慮避免暗示充斥謀殺場景的亂倫情結。可是這一切對於斯托夫人的神話，都顯得毫不相干，因為在斯托夫人筆下，湯姆代表的不是去了勢的悲憤的父親，而是一個童女基督的男性神聖母親。換言之，在這裡小伊娃變成了十字架上下來的耶穌，湯姆則變成了手抱耶穌屍體的聖母瑪利亞。

費德勒指出，斯托夫人並不是塑造黑人形象的第一個美國作家。像詹姆斯．費尼莫爾．庫珀、艾德格．愛倫．坡以及赫曼．梅爾維爾這樣一些早先的著名作家，都在其小說中寫過黑人形象。但比較來看，費德勒認為早期作家筆下的黑人大都了無生氣，無法從紙面上跳到公共領域裡來。另一方面，早在斯托夫人開始寫作之前，就有白人扮演的黑人滑稽樂隊，長命不衰，表演廣為流傳的種植園生活套數，在這裡黑人都是按照黑臉小丑的模式來作塑造，他們的功能就是被白人逗著玩，爆爆笑料。費德勒強調斯托夫人本人就受了這些黑人笑劇的影響。但是它們同樣沒有能夠點燃全世界的想像，因為問題在於，美國黑人倘若僅僅是出演喜劇角色，他們就不可能在情感上面，充分激發起對萬惡奴隸制的同仇敵愾。所以：

同樣不奇怪，湯姆這個死在皮鞭下的黑奴殉道者形象，這個足夠年老不足以構成性威脅，足夠虔誠不足以引發暴力復仇恐懼的形象，何以就吸引了白人世界的一片深切幻想，他們黑人起義的噩夢餘悸未消（至少在 1791 年至 1804 年的海地暴動之後），需要確信無疑，清洗他們的罪孽，眼淚也就夠了，但願不要以血還血。[062]

綜上所述，據費德勒的闡釋，斯托夫人正是借助於當今成為後現代批評關鍵字的種族和性別意識，而使《湯姆叔叔的小屋》成為 19 世紀第一號暢銷小說，因而在以後的一生裡享盡殊榮。這裡考究起來，似乎有一種偶然中的必然性。即是說，性別和種族，遠不僅僅是後現代批評的熱門話題，而毋寧說是有一種亙古如斯的不朽魅力，即便它是深深潛藏在讀者和作者的潛意識裡面。相比起來，無論是斯托夫人的才情還是她的趣味，在費德勒看來都是不足道的。他指責斯托夫人顛三倒四，比如他為拜倫夫人辯護，而辯護到後來卻在攻擊拜倫（George Gordon Byron）的亂倫情結。同理，她對拜倫一方面崇拜得五體投地，另一方面又義正詞嚴地予以鄙視。所以晚年的斯托夫人終於是迷失神智。但是她的作品不朽：

甚至在她去世之前，她率先想像出來的那些不朽的人物，湯姆、伊莉莎、托普西、伊娃，就已經不屬於她了。他們進入了大眾娛樂，而不是高雅文學的世界。在大眾娛樂世界，所有商品都是共有的。在她最後的歲月裡，她的故事家喻戶曉、婦孺皆知，可是讀她的小說，方才知曉洞悉這故事的人是越見稀少，他們都是在看全世界遍地開花的「湯姆劇」。她出於好奇心，有一回親臨現場，躲在一個私人包廂裡，貼著拉上的窗簾張望過去，雖然《湯姆叔叔的小屋》小說本身，字裡行間在譴責詛咒抽菸、蓄奴和酗酒的同時，也一樣對戲劇和歌劇斥責不誤。[063]

[062] Leslie Fiedler, *What Was Literature?: Class Culture and Mass Society* (New York: Simon and Schuster, 1982), pp. 166-167.
[063] Leslie Fiedler, *What Was Literature?: Class Culture and Mass Society* (New York: Simon and Schuster, 1982), p. 177.

可見，斯托夫人的趣味誠然足夠高雅，但是《湯姆叔叔的小屋》的成功，絕不是因為作者的趣味高超。甚至認真推敲起來，斯托夫人的政治立場也絕非無懈可擊，如她堅信白人和黑人天生就是兩種人，這是不是一種「種族主義」立場？此外她的被解放黑奴回歸非洲傳教，將黑奴非洲變成一塊基督教新大陸的宏偉願景，往好的說是種烏托邦空想，往壞的說豈不又是一種新殖民主義？但是這一切都沒關係，在費德勒看來，斯托夫人的貢獻是無論她出於什麼初衷，究竟是將美國黑人推向了世界，把他們從歷史、人口學和經濟學中抽象出來，轉化為文學原型。這就是他所說的文學「神話」的魅力。這當中如上所見，《湯姆叔叔的小屋》最終是在大眾娛樂而不是在高雅文學的世界中長存不朽。而大眾娛樂和大眾文化，據費德勒言，說到底是以一種集體無意識的必然性，總是先已潛伏進了每一個高雅純淨的靈魂，所以是為「神話」。對那些粗製濫造的戲劇不屑一顧的斯托夫人，情不自禁，親臨現場偷窺大多是即興表演的「湯姆劇」，不過是一個例子而已。

第四章

文化研究

一、文化研究的得失與困境

我們有沒有可能來討論文化研究的文學意義和文學內涵？這看起來的確有點匪夷所思。因為文化研究有意識叛逆高雅藝術，對經典文學和大眾文化一視同仁。它非但拒絕對文學頂禮膜拜，而且埋怨它的文學父親被伊底帕斯情結糾纏不休，恨不得將他這個蠢蠢欲動的嬰兒腳跟穿釘，扔到荒山野林中去。但是文化研究的兩個基本方法文本研究和符號學分析，都是來自文學。不論從歷時態還是共時態的意義上言，文化研究毫不誇張地說，它是從文學的母體中脫胎而出的。我們不妨舉例來作分析。

這個例子是美國性別研究學者安・斯尼陶（Ann Snitow）早在 1979 年刊於《激進史評論》（*Radical History Review*）雜誌，五年後又收入《欲望：性政治學》一書的〈大眾市場的羅曼史〉一文。文章分析的是瓊瑤小說的北美姐妹「禾林」（Harlequin）小說。此為從 1958 年開始起步，1970 年代風靡北美的女性浪漫小說，由多倫多的禾林出版公司出版。雖然百餘位作者各各不同，題材也不盡相同，但是有一點相同，即作者讀者都是女性圈子。禾林小說結構精巧，套路大同小異，那就是年輕溫柔的窮女孩遇到老於世故的高富帥。年齡差異一般是男方大女方十至十五歲。女方自然渴望浪漫，但是偏偏男方心懷鬼胎，只想逢場作戲，不思認真婚娶。不過終究苦盡甘來，有情人終成眷屬。珍・奧斯丁（Jane Austen）《傲慢與偏見》（*Pride and Prejudice*）的著名開篇是，「有一條普遍的公理：每一個有錢的單身男人，都要娶個太太」。現在禾林小說的構架倒了過來，是每一個窮困的年輕女子，都要找一個英俊多金的老公。這個傳統往上推，不用說便是 18 世紀英國流行一時的感傷小說，如理查森的《帕梅拉》。

禾林小說是大眾文化，雖然讀者可觀，命運卻與《傲慢與偏見》一類經典有天地之別，不但學界懶得搭理，圖書館也不屑收藏。這樣來看，斯尼陶同樣是女性味道十足的分析文章，就格外引人矚目。作者說，女性的慾望是模糊的、被壓制的。在使性慾浪漫化的過程中，快感就在於距離本身。等待、期盼、焦慮，這一切都指示著性體驗的制高點。一旦女主人公知道男主人公是愛她的，故事也就結束了。雖然最後的婚姻來得並不容易，女主人公處心積慮，方才修成正果。文章最後說：

雖然有人會不喜歡禾林小說女主人公的那種間接的性的表達，但是這些小說的魅力正在於，它們一再地堅持，對於女人來說，好的性行為應該和感情、和社會連繫在一起。這樣，禾林小說就不會被禁止了。有人可能會不喜歡女主人公總是把社會規範作為自己性的前提，但看到性不是像在肉體關係中那樣，作為首要的事情來表現，而是像一齣社會劇那樣表現性，是很有趣的。[064]

這也許是 1970 年代的風情，在嗣後性別理論挾後殖民主義的批判視野中，已經顯得小家子氣，但是禾林小說作為大眾文化，或許比奧斯丁和理查森的同類經典更真實地反映出了女性生活中對浪漫的期待。

曾經有一度，當代西方文論學術範式的變遷猶如時尚流轉。從 1960 年代開始，這個我們熟悉的路線大體是：先是新批評從形式主義中脫胎而出，然後有結構主義和一眨眼視結構主義為明日黃花的後結構主義。然後是解構主義從旁門左道走向正統，一時批評幾乎無不言解構。新歷史主義登場，大有取代解構批評的態勢。然而新歷史主義燎原之時，文學本身邊緣化趨勢日甚，終究是不了了之。與此同時，大抵從 1980 年代開始，文化研究悄悄攻城掠地，借著批評和理論的頹勢，迅速攻下了文學研究的半

[064] 安．斯尼陶：〈大眾市場的羅曼司〉，嚴輝譯，載陸揚、王毅編《大眾文化研究》，上海三聯書店，2001，第 180 頁。

壁江山。或者更確切地說，當文學研究驚嘆自身生存危機之時，文化研究自然而然就成了這危機的代罪羔羊。這在前面卡勒闡發「理論」時便見端倪，卡勒每言理論之於文學研究，必也並提文化研究，便是例證。

文化研究對於文學研究的衝擊，我們記憶猶新的一個例子是美國批評家希利斯·米勒（J. Hillis Miller, 1928-2021）的「文學終結論」。米勒 1986 年出任美國現代語言協會主席，同年離開長年執教的耶魯大學，移師加州大學厄灣分校。2005 年，獲美國語言協會終身成就獎。米勒近年多次訪問中國，就文學研究面臨文化研究衝擊的窘迫現狀作過數次講演。其文化研究反客為主，成為今日學院學術主流的描述，在中國學界備受爭議。特別是米勒的這兩段話：

「文學」只是最近的事情，開始於 17 世紀末、18 世紀初的西歐。它可能會走向終結，這絕對不會是文明的終結。事實上，如果德希達是對的（而且我相信他是對的），那麼，新的電信時代正在透過改變文學存在的前提和共生因素（concomitants）而把它引向終結。

文學研究又會怎麼樣呢？它還會繼續存在嗎？文學研究的時代已經過去了。再也不會出現這樣一個時代 —— 為了文學自身的目的，撇開理論的或者政治方面的思考而單純去研究文學。那樣做不合時宜。我非常懷疑文學研究是否還會逢時，或者還會不會有繁榮的時期……藝術和文學從來就是生不逢時的。就文學和文學研究而言，我們永遠都耽在中間，不是太早就是太晚，沒有合乎適宜的時候。[065]

米勒的這些話，曾一度被認為是文學終結論的一個宣言。中國學者如童慶炳教授，就針鋒相對發表了〈全球化時代的文學和文學批評會消失

[065] 希利斯·米勒：〈全球化時代文學研究還會繼續存在嗎？〉，《文學評論》2001 年第 1 期。

嗎——與米勒先生對話〉，予以堅決反駁。這當中應當有誤讀的成分。就前一段文字來看，米勒應是從媒介和市場的角度來定義文學。15 世紀，德國的谷騰堡發明印刷術，不僅意味著《聖經》有了廣為傳布的可能，同樣意味著人文主義的傳播如虎添翼，不再是菁英知識分子的專利。其後現代小說出現並成功進入市場流通體制，在米勒看來正是文學自足的代表所在。這個代表簡言之，就是紙面印刷的文學媒介。但是到了 20 世紀末葉，很顯然在米勒看來文學的媒介發生了變化，身為當年同與德希達聲氣相求的「耶魯學派」的主將之一，米勒援引德希達的話說，當今電信技術王國中，所謂文學的時代作為一個整體將不復存在，哲學、精神分析學都在劫難逃，甚至連情書也不能倖免。簡言之，文學的傳統載體在電信時代電子媒介的衝擊之下，已是在劫難逃，是以有文學有可能走向終結一說。

早在 1997 年，同樣是刊於《文學評論》雜誌上的題為「全球化對文學研究的影響」的文章裡，米勒就系統闡述過他全球化時代的文學研究展望。它認為全球化的主要特徵是電子媒介替代書面印刷媒介，導致人類知識經驗發生變異，其對文學研究產生的影響，至少可以見於三個方面。其一是新的全球化文化中，文學在舊式意義上的作用越來越小。一度由小說提供的文化功能，如今已轉由電影、流行音樂和電腦遊戲提供。其二是新的電子媒介在文學研究內部引起變革。電腦寫作與打字機寫作，更不用說用筆來書寫，大不相同，它能夠輕而易舉地擴展、重構、剪裁。網路上獲取資料的便捷性，正在使圖書館中皓首窮經變成明日黃花。這一切都改變了文學學者和批評家的存在方式。其三是多元文化和多元語言的前提下，目光盯住一國或者一種語言的文學，被認為是不合時宜的。這一方面米勒主要是自嘲他向來研究英語文學，而且基本上是英美文學，如今看起來似乎有披上帝國主義外衣的嫌疑。

全球化對於文學研究的影響，米勒將之定位為文化研究的興起。「文化」、「歷史」、「語境」和「媒體」，「性別」、「階級」和「種族」，「自我」和「道德力量」，「多語言主義」、「多元文化主義」和「全球化」，米勒指出這些術語已經成了新歷史主義、文化研究、電影和媒體研究、婦女研究和性別研究、同性戀研究等各種後現代「少數話語」的口頭禪。而對文化研究來說，文學不再是文化的特殊表現方式，反之文學只是形形色色文化產品中的一種，不僅要與電影、錄影、電視、廣告、雜誌等平起平坐，甚至還要與日常生活的種種習俗為伍，顯示自己並不比穿衣、行路、做飯或縫衣更多或更少光彩。但即便如此，米勒堅信文學研究仍然有其必不可少的價值。例如，文學幫助我們了解過去，它提供一種無可比擬的能力，可以使人感覺到生活在喬叟時代、莎士比亞時代、艾蜜莉·狄金生時代是什麼樣子。同時，語言現在是，而且可以確信將來仍然是我們交流的主要方式，而文學研究作為理解修辭、比喻和講述故事等種種語言行為的必不可少的方法，勢必一如既往地塑造我們的生活。

米勒當年還寫過一篇題為「跨國大學中的文學與文化研究」的長文，對今日全球化語境中，大學裡文學和文化研究的定位表示憂慮。文章開篇就說，今日大學的內部和外部都在發生劇變。大學失卻了它 19 世紀以降德國傳統堅持不懈的人文理念。今日的大學之中，師生員工趨之若鶩的是技術訓練，而技術訓練的服務對象已不再是國家而是跨國公司。對此米勒提出了一系列問題：

> 在這樣沒有理念的新型大學裡，文學研究又有什麼用？我們是應當、理應還是必須依然來研究文學？現今文學研究義務的資源又是什麼——是誰，是什麼要求我們這樣做？我們為什麼要研究它？為了什麼目的？文學研究在今日大學的教學和科研中依然具有社會功效，還是它純粹已是夕

陽西下，苟延殘喘，終究要消失在日益成型、全球化社會中一路走紅的那些實用學科之中？[066]

反觀近年來美國的文學研究，米勒承認一個最重要的變化便是文化研究的興起。變化大致始於 1980 年代，以後的歲月見證了以語言為基礎的理論研究紛紛向文化研究轉向。米勒認為這裡有多種原因。一些外部的事件誠然是發揮了舉足輕重的作用，如越戰和民權運動，但是至為關鍵的一個因素，則是傳播新技術與日俱增的影響，即人所說的電子時代的到來。據米勒分析，自然而然義無反顧轉向文化研究的年輕學者們，恰是大學教師和研究人員中，被電視和商業化流行音樂薰陶長大的第一代人。他們當中許多人從孩提時代起，花在看電視和聽流行音樂上的時間，就遠較讀書為多。這不一定是壞事，但確實有所不同。

關於文化，米勒指出，這裡「文化」一語的含義已不復是阿諾德所說的一個民族所思所言的最好的東西，而確切地說應是全球消費主義經濟中的傳媒部分。這一新型文化很快替代了從前的書本文化。所以毫不奇怪年輕一代的學者們更願意研究他們熟悉的東西，雖然他們依然還戀戀不捨在書的文化之中。而文學研究的不景氣，事實上也在推波助瀾，逼迫文學專業的學者看準門道改弦更張，轉而來研究大眾文化、電影和流行刊物。米勒承認所有這些新潮 —— 文化研究、婦女研究、少數人話語研究等，其目標都是值得稱道的。但有關著述大都零亂，故將它們整理出來，設置到課堂課程之中，予以分類、編輯、出版，還只是浩大工程的第一步。而另一方面，對文化多元主義的分檔歸類，恰恰有可能是損害了這些文件原生態的巨大的文化挑戰力量。

[066] J. Hillis Miller, "Literary and Cultural Studies in the Transnational University", in "*Culture*" *and the Problem of the Disciplines*, ed. John Carlos Rowe (New York: Columbia University Press, 1998), p. 45.

但是文化研究的生命力似乎遠不如文學研究來得堅韌。不過是在須臾之間，曾經喪師失地的文學研究開始收回領土，至今尚未站穩學科腳跟的文化研究，開始面臨生存危機。在中國，幾乎與米勒引發「文學終結論」同步，緊接著文化研究而至的，一度似乎是審美主義。文學彼時流行的時尚是文學重歸審美。再現、表現、模仿、典型，乃至審美本身，當代中國文學理論被認為是西方話語的一統天下，以至於學者對中國古典文論的「失語症」憤憤不平。此一重歸審美的時尚，也有相應的西方理論後援，其中一馬當先的，就是在 2004 年翻譯面世的哈羅德．布魯姆的《西方正典》。該書中譯本序言中，作者這樣描述當今文學研究與文化研究的糾葛：

在現今世界上的大學裡文學教學已經被政治化了：我們不再有大學，只有政治正確的廟堂。文學批評如今已被「文化批評」所取代：這是一種由偽馬克思主義、偽女性主義以及各種法國／海德格式的時髦東西所組成的奇觀。西方經典已被各種諸如此類的十字軍運動所代替，如後殖民主義、多元文化主義、族裔研究，以及關於各種性傾向的奇談怪論。[067]

布魯姆自稱他的英雄偶像是以標舉古典主義趣味著稱的 19 世紀英國批評家山繆．詹森（Samuel Johnson）。可是又說，即便是詹森，在如今大學的道德王國裡，也難以找到一席之地。很顯然這還是「政治正確」的老話：文化研究在他看來涉及各種各樣的價值判斷，偏偏就是無關審美的價值判斷。所以文學批評的當務之急，便是重歸審美。

《西方正典》的英文初版是在 1994 年，那正是文化研究如火如荼的鼎盛時期，無怪乎作者開篇就說，我們的每一所大學中都將設立文化研究系，這趨勢就好比一頭公牛不可拂逆。值得注意的是，該書正文中並沒有

[067] 哈樂德．布魯姆：《西方正典》，江甯康譯，譯林出版社，2004，第 2 頁。

「偽馬克思主義」、「偽女性主義」的說法，十年之後，布魯姆在中譯本序中為站邊文化批評的馬克思主義和女性主義分別加上一個「偽」字，以顯示他本人對真正的馬克思主義和女性主義沒有成見，或許一半是向我們的主導意識形態獻上一份恭敬，一半是不想開罪這個人口最龐大國度的他本人性別之外的另外一半讀者。

文化研究自身應當說也是存在問題的。比如，當文化研究的理論分析替代階級、種族、性別、邊緣、權力政治，以及鎮壓和反抗等話題，本身成為研究的對象文本時，也使人擔憂它從文學研究那裡傳承過來的文本分析方法，反過來壓倒自身，吞沒了它的民族志和社會學研究的身分特徵。文化研究很長時間以游擊隊自居，沉溺於在傳統學科邊緣發動突襲。就方法論而言應是李維史陀結構主義人類學所謂的「就地取材」（bricolage）方法。但誠如吉姆・麥奎根在他主編的一部文集《文化方法論》的導論中所言，這樣一種浪漫的英雄主義文化研究觀念，早已一去不返。他這樣描述了是時文化研究面臨的學科和方法論困境：

> 文化研究的研究生們通常都是在其他學科的掩蓋下，諸如歷史、文學批評、社會學等，來進行他們的活動。在過去，不但研究資助機構對該不該承認文化研究左右為難，就是文化研究的自我定義，也總是跟學院的合法性針鋒相對，把自己看作知識游擊戰的組成部分，在正規學科的邊界上開戰。這樣一種文化研究的浪漫英雄概念，如今毫無疑問是一去不返了。[068]

一去不返的原因，首先是文化研究在教育體制內獲得始料不及的進展，以至於在人文學科中出現了所謂的「文化轉向」。不但人文學科，甚

[068] Jim McGuigan, *Cultural Methodology* (London: Sage Publications, 1997), p. 1.

至波及自然科學。《文化方法論》這部文集出版是在 1997 年，在麥奎根看來，這正是文化研究這門準學科或者說邊緣學科的大好時光，所以必須直接面對方法論問題。而有鑑於文化研究的方法本來是從人文學科和社會科學中集聚而來，本身具有極大的多元性，事實上也使任何大一統方法論的追求，變得不可能了。

美國哲學家道格拉斯．凱爾納（Douglas Kellner）的文章〈批判理論與文化研究〉排在上述文集的首位。凱爾納一如既往聚焦他追蹤有年的法蘭克福學派批判理論，但是將霍克海默（Max Horkheimer）、阿多諾和馬庫色（Herbert Marcuse）的批判理論放到伯明罕文化研究傳統的視野中來分析，進而溝通兩個學派之間的缺失連結，可以說是一種開創性的文化批評。凱爾納指出，法蘭克福學派的資本主義文化批判在英國文化研究的主流中，大多數時候是遭到冷淡的待遇而給忽略了。冷淡待遇的原因是法蘭克福學派仇視大眾文化和消費主義，被認為顯示了一種傲慢的菁英主義立場。但是反過來，英國的文化研究傳統到 1980 年代是不是日漸傾向於「民粹主義」，高估了觀眾和消費者的能動性？凱爾納的分析，事實上後來也多為其他相關評論援引。

文化研究的方法論也並非無跡可尋。從當年雷蒙．威廉斯和霍加特為代表的文化主義，到斯圖亞特．霍爾（Stuart Hall）的結構主義，經過葛蘭西轉向並假道阿圖塞引入馬克思的意識形態概念之後，文化研究熱衷於在各式各類文化「文本」中發動意識形態批判。這樣一種「泛抵抗主義」，對於文學自身價值的是非得失，引來反彈應是勢所必然。就此而言，布魯姆的《西方正典》沒有說錯，文化研究向來就具有明確的政治維度，或者說，以日常生活來顛覆霸權政治的維度。

二、文化研究與結構主義

文化研究是結構主義，這是喬納森．卡勒的命題。這個命題的來龍去脈，還得從「理論之後」文化研究的生存狀態說起。生活也好，生活方式也好，它們並沒有成為文化研究的護身符。立足生活方式來重申文化研究，也絕非一路坦途。當文化研究兼收並蓄，後來居上，在各個領域透過民族志方法來啟動意識形態批判，它會不會重蹈在它前面的「理論」的覆轍？或者更確切地說，文化研究會不會再現「理論」置之死地而後生的光榮歷程？關於這個問題，我們可以來看伊格頓和卡勒幾乎同時，然而大相徑庭的兩種闡釋進路。

「理論之後」怎麼辦？這是當時的一個時興話題，也是泰瑞．伊格頓《理論之後》的一個主題。但是它並非無的放矢，而可以視為為文化研究何去何從提供了一個理論背景。「理論之後」之所以加上引號，說明這個概念本身應是可以質疑的。作者開篇就說，文化理論的黃金時代早已過去，拉岡、李維史陀、阿圖塞、羅蘭．巴特和傅柯已經是數十年之前的故事，就是雷蒙．威廉斯、露絲．伊瑞葛來（Luce Irigaray），以及布赫迪厄（Pierre Bourdieu）、克莉斯蒂娃（Julia Kristeva）、德希達、西蘇（Hélène Cixous）、哈伯瑪斯（Jürgen Habermas）、詹明信和薩依德（Edward Said）這一班大師們篳路藍縷的早期著作，也都早已成為明日黃花。伊格頓認為自此以還，很少有著述可以比肩這些開創性人物的雄心壯志和獨創新見。這或許是學界流行的「理論死了」說法的由來，因為上面這些理論的父親和母親們，大都也已謝世而去了。真可謂滄海桑田，情隨事遷，讓人感慨繫之。

我們不難發現，伊格頓列數的以上這些理論大師們，大都跟文學有著這樣那樣的密切緣分。可是伊格頓閉口不談文學，統而論之將上述人等的著述，一併稱之為「文化理論」。這就好像當年拉岡、傅柯、德希達先是被推崇為後結構主義的三駕馬車，然後供奉為後現代理論的宗師那樣，及至理論衰落，由伊格頓拉過文化，讓他們變身成了文化理論的領軍人物。這樣來看，與其說是「理論死了」，不如說是我們正在經歷知識範式的流變。就像伊格頓所說的那樣，事實上，我們已經不可能回到索緒爾之前那個所謂前理論的天真時代了。《理論之後》一書中的最後一段話值得注意。伊格頓指出，沒有理論，便沒有人類的精神生活，所以我們永遠不可能生活在一個「理論之後」的時代。固然，後現代主義的思想方式可能已是強弩之末，但是：

> 說到底，正是理論使我們確信，宏大敘事已是明日黃花。也許回過頭來，我們能夠將理論本身視為它曾經十分痴迷的瑣小敘事之一。而在這一點上，是以一種新的挑戰姿態，展示了文化理論。如果它意在闡說一個雄心勃勃的世界歷史，那麼它也肯定有著自己相應的資源，這些資源的深度和廣度，一如它所面臨的局勢。它耗不起再來老生常談階級、種族、性別的同樣敘事，即便它們是不可或缺的話題。它需要冒一冒有備之險，衝破使人窒息的正統教義，探究新的話題，特別是那些迄至今日，它一直在莫名迴避的話題。[069]

可見理論改弦易轍，走平凡的日常生活路線，是勢所必然。瑣小敘事、一如真實世界的深度廣度、莫名迴避的新話題，這一切都指向理論從文學、哲學走向文化研究的一種必由之路。換言之，理論從曲高和寡的後現代話語過渡到「普通平常」的文化研究，自有一種必然性。

[069] Terry Eagleton, *After Theory* (London: Penguin Books, 2003), pp. 221-222.

從「理論」到文化研究的進路，在喬納森·卡勒看來，正可以視為對結構主義的回歸。這在他排在《理論中的文學性》第三編第十一章的〈事奉文化研究〉一文中，有一個來龍去脈的交代。該書篇目體系上分為三編，分別題名為「理論」、「概念」和「批評實踐」。可見〈事奉文化研究〉，就是屬於作者心目中的文學批評實踐這一類屬。

身為長期事奉文學理論的批評家，卡勒對文化研究的感情是複雜的。他指出，文化研究在美國已然是一個流行學科，但是流行程度僅限於出版商和書店，而在教育體制中並無太多存在感。一方面文化研究系寥若晨星，另一方面也很少有院校授予文化研究的碩士學位或博士學位。所以文化研究作為一個學科，毋寧說是屬於學者和出版商的學科。書店、雜誌特別是出版社，透過出版和展列文化研究名下的書籍來刺激欲望，給文化研究造勢正名，卡勒認為，這跟當年理論走紅年代的光景幾乎是如出一轍：「同樣是這些文化機構推波助瀾，幫助『理論』變成為一個舉足輕重的領域，雖然迄至今日，依然很少見到以理論為名的研究專案和學位。」[070]

卡勒認為文化研究緣起於對學科邊界的不滿。一部作品究竟應當歸屬社會學呢，還是電影理論、婦女研究抑或文學批評，還是全都沾邊？文化研究對這些問題含混應對，不作定斷，以便將不同院系的學生一併吸引過來。但是近年雖然有許多文集和導論紛紛面世，要說清楚「文化研究」究竟是什麼東西，還是非常困難。他以勞倫斯·格羅斯伯格（Lawrence Grossberg）、卡里·尼爾森（Cary Nelson）和寶拉·特雷克勒（Paula Treichler）主編的經典文集《文化研究》（*Cultural Studies*）為例，諷刺格羅斯伯格等人的文化研究定義說，這部文集開篇就宣稱文化研究不是一個

[070] Jonathan Culler, "Doing Cultural Studies", in *The Literary in Theory: Cultural Memory of the Present* (Stanford: Stanford University Press, 2007), p. 241.

領域，也不是一種方法，因為文化無所不包，當然也可以用各種各樣互不相干的方法來加以研究。所以文化研究是：

> 一個跨學科、超學科，有時候是反學科的領域，它運作在兩種傾向的張力之中，其一是擁抱一個廣義上的、人類學的文化概念，其二是擁抱一個狹義上的、人文主義的文化概念。[071]

卡勒這裡引述的是格羅斯伯格等人著名的文化研究定義，這個定義將文化研究定位在傳統高雅文化與愛德華·泰勒以降普及開來的人類學文化定義之間，應是可以為學界普遍接受的共識。但是卡勒認為這個定義古怪又繞口，而且語法上不合邏輯。光從字面上看，「張力」一語就含糊其詞，實際上傾向於鼓吹二元對立，讓人作非此即彼的選擇。可是格羅斯伯格跟他同事主編的這部《文化研究》文集，導論部分接下來又說，文化研究是投身於研究整個社會的藝術、信仰、制度和交流實踐。轉眼之間，又不涉及選擇問題了。

卡勒強調文化研究在美國的土壤跟在它的發祥地英國有所不同。在美國站邊文化研究，似乎就意味著抵制文學研究，至少意味著避開經典作家的研究。文學研究由此也成為抵抗文化研究的大本營。但是英國的情況不同，卡勒指出，在英國文化研究是緣起於大眾文化的研究。這裡的大眾文化指的是工人階級和中下層階級的習俗和消遣，具有政治色彩。所以在英國，文化研究是無產階級經驗的延續。英國的國家文化認同密切連繫著高雅文化的豐碑，如莎士比亞和英國文學的傳統，研究大眾文化，便是抵制本國的高雅文學和文化傳統。但是美國的情況不同。美國的國家認同恰

[071] Larry Grossberg, Cary Nelson, and Paula Treichler (eds.), *Cultural Studies* (New York: Routledge, 1992), p. 4. See Jonathan Culler, "Doing Cultural Studies", in *The Literary in Theory: Cultural Memory of the Present* (Stanford: Stanford University Press, 2007), p. 241.

恰相反是反高雅文化的，所以馬克·吐溫的《哈克歷險記》似乎就是最偉大的美國小說，因為從頭到尾哈克就是要逃離波莉阿姨的「教化」，逃離「文明」生活。這可見在美國的國家認同中，高雅文化是沒有地位的。美國小說中真正的美國人，總是逃離文化的男人。所以不奇怪，在美國研究大眾文化，並不是一種激進的政治抵抗姿態。

關於文化研究與文學理論或者說「理論」的關係，卡勒提出這當中的一個關鍵問題是，文化研究是當代理論的對立呢，還是恰恰相反，它就是當代理論的具體化？他發現一些從事文化研究的學生，特別是研究邊緣文化的學生，會把文化研究看作理論的對立面。可事實是他們的文化研究領域，諸如種族、性別、後殖民、雜合、女性主義、酷兒理論、電影以及網路空間（cyberspace）等等，本身都滿載著理論負荷。所以，即使文化研究針鋒相對於「理論」來定義自身，它的研究對象和方法，無一不是事關理論。

進而言之，文化研究不是別的，它毋寧說就是「理論」的研究。卡勒的相關論述是，文化研究無所不包，以至於很難為自己下一個明確的定義，這和當年「理論」定義自身面臨的困境，也是不謀而合。什麼是理論？卡勒重申在美國「理論」因為和文學院系的密切聯絡，它經常就是「文學理論」。但是「理論」並不是傳統意義上的文學理論，並不是文學性質、文學語言的獨特性等這類問題的解答。如理論關注的許多核心內容，像傅柯的歷史研究、拉岡的精神分析、德希達的解構哲學等，都僅僅是擦邊文學而已。理論之無所不包，一如文化研究。而如前所述，假如將理論定義為可以激發本學科之外興趣的東西，那麼萬事萬物盡可納入其中，諸如瘋狂、垃圾、旅遊、妓女等，但凡能夠引起其他學科的興趣，都可以堂而皇之地進入理論。而這一切也都是文化研究的典型對象 —— 它們都是意指實踐，都揭示了人類主體的構成。可見文化研究與理論，委實是息息相通的。卡勒這樣描述了美國文化研究特有的「理論」風範：

> 倘若文化研究是「理論」之所以為理論的實踐——我想這一點肯定言之有理——那麼問題就不復是文化研究與理論的總體關係，而毋寧說便是那些研究各種文化實踐與人工製品的各類理論話語，具有哪些效益和優勢。我覺得這會是一場有益的辯論，至少在今天的美國，關於理論話語和方法的爭論，經常不是指向特定的文化實踐，而是呈現為某種抽象的評價，常常訴諸總體理論的特別是政治的結果。[072]

卡勒認為他自己從事經年的「理論」批評，就是一種文化研究實踐。他提出文化研究大體有兩種假設，其一是研究大眾文化（popular culture）如何從烏合之眾文化（mass culture）中脫穎而出；其二是我們叫作「理論」那東西的實踐，簡言之，它就是理論。但是除此之外，卡勒認為還可以有跟上面兩種進路並行不悖的第三種假設：文化研究是結構主義。他以身為例作了闡述。這個例子是他 1988 年出版的《構架符號》（*Framing the Sign: Criticism and Its Institutions*）一書。卡勒說，與文學批評和理論相比較，他更傾向於把這本書的內容歸類到文化研究名下。該書中有些篇目是談垃圾和旅遊的，它們雖然有時候也是文學作品中的話題，可是敘述重點並不在文學，而在於運行其後的社會結構。如論「垃圾」這一章，他的興趣在於討論價值體系，特別是兩種互不相容價值體系的交互作用：一種是短暫無常的，競新鬥奇；一種是持續持久的，老而彌堅。他的垃圾分析，就展開在兩種價值體系的交叉點上。

要之，文化研究說到底就是回歸結構主義。兩種價值體系及其交互運

[072] Jonathan Culler, “Doing Cultural Studies”, in *The Literary in Theory: Cultural Memory of the Present* (Stanford: Stanford University Press, 2007), p. 247.

動，在卡勒看來，即是運行在批評對象背後的社會結構，它們是文學批評的話題，更是文化研究的話題，而這個話題最終將把人引向在美國受到不公正待遇的結構主義。由此引出文化研究的第三個假設：文化研究就是，也應當是結構主義。結構主義在美國轉瞬之間被後結構主義替代，似乎永遠是卡勒一個揮之不去的心結。有鑑於「理論」通常結緣後結構主義，「理論」之後強勢崛起的文化研究，卡勒斷言，便不妨說是對結構主義分析的回歸。如此便有助於我們理解社會和文化生活中的意義生產機制。

卡勒作如是說並非空穴來風。卡勒本人當初以《結構主義詩學》（*Structuralist Poetics: Structuralism, Linguistics, and the Study of Literature*）一舉成名，對結構主義始終有一份獨特的感情。但是結構主義對於文化研究本身，也是最為舉足輕重的本土範式之一。卡勒高度推崇斯圖亞特·霍爾 1980 年刊於《傳媒、文化與社會》雜誌上的著名文章〈文化研究：兩種範式〉，認為它代表著文化研究與早期威廉斯和霍加特的文化主義範式分道揚鑣，確立了馬克思主義結構主義的中心地位。早期文化主義範式是以大眾文化為工人階級的生動表現；霍爾以降的結構主義範式，則以大眾文化為統治階級意識形態的意義編碼。卡勒沒有說錯，結構主義不似文化主義具有鮮明的工人階級文化立場，而更多表現為一種被認為不帶有任何個人的色彩的指意（signifying）實踐。結構主義與符號學結盟，它是典型的「法國理論」，也是典型的文學方法。結構主義的文化研究，目標即是探究現象之下潛在結構的關係系統。這並不意味著「政治」含義缺場。霍爾大力引進的阿圖塞結構主義意識形態理論，就是直接改造了馬克思的意識形態學說。

霍爾本人應該是文化研究從文化主義到結構主義範式轉換的一個象徵。霍爾當初在伯明罕當代文化研究中心內部油印流通的長篇論文〈電視話語的編碼與解碼〉，其意義和影響遠不止於文化主義向結構主義符號學的轉化。霍爾指出，電視形形色色的生產實踐和結構，其「對象」都是某一種「資訊」的生產，即是說，它是一種特殊的符號載體，就像語言和其他傳播形式一樣，是在話語的語義鏈內部，透過代碼的運作連結起來的。這是說，索緒爾的符號學理論，一樣適用於電視生產的分析。問題是，符號形式一旦構築成功，其資訊必須轉譯入社會結構，以達到傳播和交流的目的。所以：

> 既然研究不可能限定在「僅僅追述內容分析中冒出來的線索」，我們就必須認識到，資訊的符號形式在傳播交流中具有一種特殊優勢：「編碼」和「解碼」的契機是舉足輕重的，雖然比較作為整體的傳播過程，它們只是「相對自足」。電視新聞是無法以這種形式來傳達原始的歷史事件的。它只能在電視語言的視聽形式之中，化為所指。當歷史事件透過語言符號來作傳達的時候，它須服從語言得以指意的一切錯綜複雜的形式「規則」。[073]

這意味著事件本身必須首先變成一個「故事」，然後才能還原為可予傳播的歷史事件。在這裡電視製作人怎樣編碼和電視觀眾怎樣解碼，對於事件的意義得到怎樣的傳播，自然就是至關重要的了。

但是卡勒判定文化研究是結構主義，意向所指並不是霍爾的結構主義符號學，反之是傅柯式的非結構主義的結構主義。他指出，傅柯否認自己是結構主義者，但是他的著述不然。像《性史》（*Histoire de la Sexualité*）等著作，都是把被認為是天經地義、自然而然的話語，解析為權力主導下的語言和結構使然。後結構主義諷刺結構主義意味著追求科學，但事實上

[073] Stuart Hall, “The Television Discourse —— Encoding and Decoding”, in *Studying Culture: An Introductory Reader*, ed. Ann Gray (London: Arnold, 2002), p. 28.

結構主義著作跟文化研究相似，總是會身不由己地投入到被它們分析的對象之中。是以李維史陀這位結構主義大師承認他的皇皇四卷本《神話學》是關於神話學的神話。羅蘭．巴特《S/Z》事無巨細地分出五種代碼來分析巴爾札克的《薩拉辛》，貌似一舉突破了文本的藩籬，可是巴特暗示他的突破其實是任意武斷、漫無章法的。卡勒用法文原文引了巴特的這一句話：「La littérature c'est ce s'enseigne. Un point. C'est tout.」（文學就是所教的東西。）他認為巴特這句話是至理名言。什麼是文學？文學不是先已經存在，等著批評家去分析的什麼東西；文學就是批評家自己介入其中的學院話語的產物。由此卡勒再次重申，文化研究即是結構主義：

> 因此，我的第三個假設便是：文化研究從本質上說，是改頭換面回歸了結構主義的未竟事業，這個回歸突顯了結構主義長久被忽略的一些方面。但是我敢說，這個假設恐怕比前面兩個假設更要不得人心。[074]

卡勒似乎是在自嘲。但是我們不難發現，他其實是為自己與文化研究的不俗緣分感到自豪。

三、文化研究的美學維度

闡述伯明罕傳統的文化研究具有什麼美學內涵，以及跟美學有什麼潛在關係，是一個頗費思量的話題。之所以作如是言，是因為文化研究總體上看走的是非美學甚至反美學路線。雖然它是從文學研究中脫胎而出，如雷蒙．威廉斯批評 F. R. 利維斯對文學寄予了太多的期待，但是文化研究既與文學研究分道揚鑣，對文學研究的審美主義路線，長期以來是不屑一

[074] Jonathan Culler, "Doing Cultural Studies", in *The Literary in Theory: Cultural Memory of the Present* (Stanford: Stanford University Press, 2007), p. 249.

顧的。不少人指責文化研究沒有深度，刻意避開審美體驗。本書將予說明，文化研究並不是膚淺的機會主義行為，並非與美學只有文本分析、符號分析這些技術層面的連繫，而在精神層面上了無相干。相反，它與美學從來就有著千絲萬縷的連繫。

文化研究的主要方法之一是「文本分析」，這也是文學和美學研究的一個基本方法。這個方法走到極端，便是「文本之外一無所有」這個當年解構主義的口頭禪。但是，這個口頭禪影響儘管幾乎波及後現代批評的方方面面，卻似乎並沒有涉及文化研究。這是不是因為文化研究以文化現象與文化實踐為對象，避免了從能指到能指的後現代話語陷阱？這很顯然也是一個美學問題。而當文化研究的理論分析替代階級、種族、性別、邊緣、權力政治，以及鎮壓和反抗等話題，本身成為研究的對象文本時，是否意味著它從文學研究那裡傳承過來的文本分析方法，反過來壓倒自身，淹沒了它的民族志和社會學性質的身分特徵？思考這些問題，都涉及意義的生產、傳播和接受過程，個中的文學和美學意蘊，當是不言而喻的。

如前所述，文化主義和結構主義可以概括文化研究前期的基本方法。「文化主義」（culturalism）是斯圖亞特．霍爾發明的術語，用來命名文化研究的前驅和初創階段。文化主義以文化研究三位奠基人的四部著作為標記。這四本書是理察．霍加特的《識字的用途》（*The Uses of Literacy*, 1957）、雷蒙．威廉斯的《文化與社會：1780 － 1950》和《漫長的革命》（*Long Revolution*, 1961），以及 E. P. 湯普森（E. P. Thompson）的《英國工人階級的形成》（*The Making of the English Working Class*, 1963）。假如說 1964 年伯明罕當代文化研究中心（CCCS）的成立代表著文化研究作為一門準學科的誕生，那麼我們不難發現，這四部開拓性著作，都還屬於文化研究的「史前史」。霍加特和威廉斯突破的是利維斯主義的菁英文化傳統，湯普森突破的則是馬克思主義經濟決定論的理解。分別而言，霍加特和威廉斯可以說是背靠 F. R. 利維斯的「少數人文化與大眾文明」傳統，一路走向了文化研究，是以兩人時常被人稱為「左派利維斯主義」。E. P. 湯普森是馬克思主義歷史學家。他之所以成為文化主義三足鼎立的代表人物，據曾經繼霍爾主掌伯明罕中心的理察・強森說，是因為一種文化研究的方法將三個人串聯了起來，那就是相信透過研究一個特定社會的文化，有可能重建這個社會中男男女女共用的行為模式和觀念格局。很顯然，這是一種強調人文動因的方法。文化主義主張文化是普通平常的，它就是我們日常生活的總和。所以霍爾會說：「在英國文化研究內部，文化主義是最生氣勃勃、最富有本土色彩的一脈。」[075] 實際上，霍爾本人的前期研究，經常也被歸納在「文化主義」的旗下。

以文化為生活方式的總和，威廉斯進而以「情感結構」（structure of feelings）為全部生活方式的組構原則。情感結構意味著社會經驗的一個個鮮活的個案，它寄寓在一種特殊的生活、一個特殊的社群之中，其栩栩如生的鮮明特徵不證自明，無須外部分析來加以說明。《漫長的革命》中威廉斯指出：

> 我建議用來描述這一現象的術語是「情感結構」：它就像「結構」一詞喻示的那樣，堅定而又明確，但是它運作在我們行為的最精緻、最捉摸不定的部分。某種意義上說，這一情感結構就是一個階段的文化；它是那個普遍機制裡的所有要素的一個活生生的特定果實。[076]

威廉斯認為，正是這些情感結構，潛移默化形成了系統的觀念信仰，以及意義傳達模式，雖然它們本身是活生生的生活經驗。故此，情感結構

[075] Stuart Hall, "Some Paradigms in Cultural Studies", *Annali 3* (1978): 19.
[076] Raymond Williams, *The Long Revolution* (London: Chatto & Windus, 1961), p. 48.

一方面是指文化的正式構造，另一方面又是指文化被感受經歷的直接經驗，具體說，它就是某個特定階級、社會和集團的共用價值，或者說，一種集體文化無意識。對於美學來說，毋寧說威廉斯在這裡展示了一種全新的情感經驗和情感視野。

威廉斯用他的「情感結構」分析過許多19世紀小說。他指出，19世紀作家經常出奇制勝，用奇蹟發生來解決彼時社會中所謂倫理和經驗之間的矛盾。諸如男男女女解脫沒有愛情的婚姻，或者是打發伴侶上西天，或者讓伴侶發瘋，都是轉瞬之間的故事。再不就是大筆遺產從天而降，一貧如洗的主人公頓時變成巨富。抑或現存社會秩序中一籌莫展、處處碰壁的人物，可以漂洋過海，到遙遠的異國他鄉去實現雄心壯志。或許最好的例子莫過於狄更斯《塊肉餘生記》（*David Copperfield*）中的密考伯先生。這個總是在異想天開的無可救藥的樂天派，在19世紀的英國社會裡窮困潦倒，一事無成。可是小說結尾處消息傳來，說是後來去了澳洲的密考伯，在那個罪犯流放發配的國度，終於心想事成，做成了事業。遙遠陌生的澳洲莫非就是白日夢主義者的樂土？用威廉斯「情感結構」的視角來分析，那便是這些異想天開的故事，都表現了一種共用的情感結構，是19世紀社會中潛伏在主流文化之中的無意識和意識訴求。故此這裡文化分析的使命，便是在以文學為主要載體的文獻文化之中，來尋找真實的生活。文獻文化的主要意義，由此可見，便也在於當這些情感結構的當事人歸於沉默之後，繼續在給我們提供此種生活的第一手材料。至此我們不難發現，威廉斯的上述情感結構的文化唯物主義分析，首先是一種文學批評的方法，確切地說，它也就是我們傳統所說的文化批評。

結構主義代表著霍爾時代的到來。霍爾借鑑的結構主義符號學，本身也是一種美學的語法。霍爾本人係從新左派走向文化研究，但始終對新左派不把馬克思主義看作是一種解決之道耿耿於懷。所以不奇怪，雖然文化研究誕生之初就標舉馬克思主義，它與馬克思主義的關係其實頭緒複雜。是以我們可以理解文化研究在文化主義和結構主義這兩種早期範式之後，最終選擇了葛蘭西和阿圖塞等人的「重讀」馬克思作為理論基礎。葛蘭西的「霸權」理論和阿圖塞的意識形態理論，跟結構主義一樣，都是歐洲大陸外來的方法，但是它們很快反客為主，成為文化研究的主導範式。

連接理論代表著文化研究進入後現代階段的新近時期。大致從 1980 年代中期開始，文化研究開始受到形形色色的後現代思潮的衝擊。女性主義、性別問題、種族問題、傅柯傳統的權力分析，以及拉岡傳統的精神分析等，不一而足。伯明罕中心曾經引以為豪的男性白人工人階級和青年亞文化研究，幾成眾矢之的。故而霍爾從後馬克思主義那裡借用來「連接」（articulation）概念，用來強調文化的文本和實踐並非清楚明白、一勞永逸地生產意義，反之意義總是被分析對象與其他元素「連接」的結果。在題為「後現代主義與連接」的一次訪談中，霍爾有過一個著名的比喻：文化好比卡車的車頭，可以與各式各樣的不同車廂連接起來。的確，到了文化研究的第三個時期，它不但聚焦種族、階級和性別問題，而且從準學科發展成為一門「反學科」（anti-discipline），從方方面面與後現代理論展開對接，諸如後殖民主義、大眾文化理論、話語理論、學科質疑等，無所不有。另一方面，它又或者發動挑戰，或者直接參與，同樣多方位與文學批評、比較文學、音樂、藝術史、電影研究這些傳統人文學科連接起來。雖然，文化研究從來沒有擁抱過「文本之外一無所有」這類典型的後現代命題，但是它四面出擊，展開連接的結果，也使文化的「文本」普遍泛化，不但經典文學和藝術與廣告、新聞、音像製品一視同仁成為分析對象，甚至食品、玩具、時裝、休閒這類消費品和消費行為，也一樣可以展開文化研究的文本分析。

很顯然，文化研究這裡面的審美經驗，不屬於德國傳統的菁英主義美學。比較康德的非功利、無目的的純粹美學，它或者更屬於布赫迪厄《區隔》中那種走進廚房，把手弄髒的反康德主義社會學美學。但是，即便文化研究出現泛文本化的趨勢，它的主流路線依然是清楚的，那就是對於流行藝術和大眾文化的關注。像好萊塢電影、搖滾樂、低俗小說、濫情電視劇等，文化研究大都能以寬容的心態，來作受眾分析，認真探索消費行為中的商品文化，能夠發掘出怎樣的積極意義。這和法蘭克福學派對大眾文化的悲觀態度，截然不同。

這一切與美學又有什麼關係？自然是有關係的。加拿大女王大學哲學教授黛波拉·奈特（Deborah Knight）在為《牛津美學手冊》（*The Oxford Handbook of Aesthetics*）寫的「美學與文化研究」條目中，即作如是說：

> 文化研究很少談美，也視而不見文學批評的邏輯，但是，它依然自有其同審美觀念的內在連繫。說到底，文化研究具體方案激發的民族志視野，不但考量受眾如何「使用」大眾和通俗藝術形式，以及這類藝術形式如何影響這些受眾的生活方式，它通常一直也還是透過審美的觀念，來得以展開的。[077]

這樣一種文化研究的美學理解，也許與我們對美學的習慣認知不盡相同。奈特舉例說明，這主要在於我們傾向於要就從浪漫主義角度來理解美學，視之為一種反叛甚至革命姿態；要就從早期現代主義視角來看美學，高舉非功利旗幟，鼓吹為藝術的藝術。伊格頓的《審美意識形態》（*The*

[077] Deborah Knight, "Aesthetics and Cultural Studies", in *The Oxford Handbook of Aesthetics*, ed. Jerrold Levinson (New York: Oxford University Press, 2003), p. 792.

Ideology of the Aesthetic），在奈特看來，就是一個被先入之見蒙蔽的例子。它洋洋灑灑檢閱了德國中心的美學理論，從康德談到尼采和馬克思，再到班雅明（Walter Benjamin）和阿多諾。特別是將鮑姆加登（Alexander Baumgarten）本質上是生理主義的美學敘述視為正統，所以通篇談的都是審美與身體之間的關係。這樣一種美學理論不適用於文化研究，不足為怪。

關於文化研究與美學的關係，奈特提出五個建議：第一是必須認真對待價值、趣味、鑑別和判斷問題，拋棄成見。故休謨（David Hume）的〈趣味的標準〉和布赫迪厄的《區隔》（*The Distinction*），一樣值得認真來讀。第二是必須繼續重視倫理學與美學的關係，雖然它首先是一個哲學問題。第三是必須繼續認真對待所有類型的意識，包括大眾藝術與非傳統的藝術形式；須知一個時代的高雅藝術，有可能變成另一個時代的媚俗藝術。第四是有必要重開美的討論，無論它是行為的美、人的美、器物的美，還是藝術作品的美。第五是必須重視布赫迪厄所謂的「知識階級」，反思與藝術和美相關的知識在當今的文化轉型時代，是如何傳播的，且又服務於怎樣一些目的。這些建議，對於深入探討美學與文化研究的「連接」可能，是值得考量的。

文化研究的美國接受，似乎也不似喬納森．卡勒描述的那樣悲觀。文化研究和美學連接，並不一定導致日常生活審美化討論。因為文化研究的初衷不是關注時尚，相反恰恰是提倡研究平民大眾的文化形態。美學和文化研究的是是非非，其中很大一塊內容也是文學研究和文化研究之間的紛爭。對此我們可以來看美國的相關敘述。賓夕法尼亞州立大學的麥克．貝魯貝（Michael Bérubé）教授，在其主編的《文化研究的美學》（*The Aesthetics of Cultural Studies*）中，開篇就講了一個這樣的故事。他說，1991 年，不過就在伊利諾大學香檳分校 1990 年那場影響深遠的文化研究會議「文化研究今日及未來」一年之後，他的同事卡里·尼爾森就寫了一篇模仿解構主義標題的文章〈總是先已文化研究〉，怨聲載道，只一片愁雲慘霧。他引了尼爾森文章中的這一段話：

在過去的二十年裡，幾乎所有席捲美國人文學科的思想運動，沒有哪一門像文化研究那樣，被認為是如此膚淺、如此機會主義、如此缺乏反思、如此缺乏歷史感……文化研究成為這樣一個概念，它拖著長長一段爭取自身定義的鬥爭歷史，誕生在階級意識與學院批判之中，且對它自身的理論進展疑神疑鬼，對於美國的英語系來說，它不過就是將我們已經在做的事情重新包裝一下。[078]

尼爾森本人是伊利諾會議包括勞倫斯·格羅斯伯格在內的三個發起人之一。他的悲觀主義態度，貝呂貝很顯然是不願意認同的。她指出，在他寫下這些文字的 2003 年，她在納悶，當年尼爾森發牢騷之際，有誰會意識到，那是大錯特錯了？不錯，過去的十二年裡文化研究的確有人認為是所謂膚淺、機會主義、缺乏反思和歷史感，那也是事出有因。即是說，在 1991 年，伊利諾的文化研究會議實際上多遭非議，如指責它術語太多、英國中心主義，甚至變成一個「霍爾節」。這樣看來，尼爾森感到美國本土的研究受了冷落，有所抱怨也該是情有可原了。

美國的文化研究課程很多放在英語系開設。在貝呂貝看來，之所以上述抱怨情有可原，那是因為在 1990 年代初，一些英語系的文學教授對文化研究期望太高，把它看作正在到來的「下一件大事」，即便在這之前他

[078] Cary Nelson, “Always Already Cultural Studies: Two Conferences and a Manifesto”, *Journal of the Midwest Modern Language Association* 24 (1991, Spring): 24-38. See Michael Bérubé (ed.), *The Aesthetics of Cultural Studies* (Malden: Blackwell Publishing, 2004), p. 1.

們基本上就沒聽說過文化研究是什麼東西。可是尼爾森等人不會想到，文化研究的美國接受，甚至更要「機會主義」得厲害。即是說，到 1990 年代末，對於一些英文系教授來說，文化研究不光意味著他們「已經在做的事情」，而且意味著另一些教授已經「不再在做」的事情。這並不是說退回到後現代流行之前那個陽光燦爛的世界，意義清澈透明，一目了然，而是重申審美。文化研究曾經似乎是不屑一顧的審美愉悅和快感經驗，再一次變成理直氣壯的話題。

關於文化研究出現回歸審美主義傾向，貝呂貝枚舉過近年出現的一批著述。其中有兩部值得注意。

一部是哈佛大學英文系的美學教授愛琳・史卡利（Elaine Scarry）1999 年出版的《論美與篤行正義》（*On Beauty and Being Just*），作者指出各路新進理論一味盯住政治正確，談美成為明日黃花，但實際上美與正義並不矛盾。從荷馬、柏拉圖到普魯斯特，我們可以發現審美並非無關政治，反之它賦予我們更為強烈的正義感。故而無論理論界也好，家庭也好，博物館也好，課堂也好，重申美是勢所必然。

另一部是 2000 年，加州大學歐文分校比較文學教授麥克・克拉克（Michael Clark）主編的文集《審美的報復》。這部書編者撰有洋洋灑灑的長篇序言，細述二戰以來美國文學批評經過的風風雨雨，相當引人注目。序言開篇就說：

> 收入這本集子的文章強調文學文本中審美價值與形式特質的重要性。這個主題在今天已被本末倒置，因為很多時候，審美問題是給一個僅僅二十年前，依然還可以叫作「文學」理論的領域替代了。[079]

[079] Michael Clark, *Revenge of the Aesthetic: The Place of Literature in Theory Today* (Berkeley: University of California Press, 2000), p. 1.

這裡很顯然指的是 1980 年代「理論」玄之又玄，名之為「文學」理論，實際上與文本基本沒有關係的那一段前衛話語的大好時光。克拉克指出，二戰之後，在文學史家和新批評家的激烈較量之後，審美價值與文學文本的優先地位得以確立。從 1950 年代末到 1970 年代初，文學理論成為一門特色鮮明的專注於文學形式及語言的獨特學科，代表著這一優先地位在美國大學制度化的完成。之所以說文學理論成為一門獨特學科，是因為它一方面不同於文學批評從傳記到歷史的實證主義，也不同於哲學和社會科學的大多數理論形式。故經過溫塞特（Sigrid Undset）、韋勒克（René Wellek）和莫瑞．克里格（Murray Krieger）等人開拓性的著述，以及一批選本的出現，文學理論往上直接追溯到柏拉圖和亞里斯多德詩學，成為一門其他分析視野不能替代的獨特學問。

克拉克認為轉捩點發生在 1970 年代初，是時結構主義的大規模引進，以及轉瞬之間解構主義的悄悄登場，特別是斯皮瓦克作長序的德希達《論文字學》英譯本的面世，在當時都是轟動性事件。其結果是從黑格爾一海德格傳統孵化出來的後現代主義排擠掉英美批評的康德傳統審美主義。後面的故事是眾所周知的。直到 1996 年「索卡爾事件」爆發，美國的人文話語基本上是後現代主義的一統天下。《審美的報復》有一個副標題「今日理論中文學的地位」，在編者看來，在當今的文學理論中重申美學、詩學和審美理論的重要地位殊有必要，因為它們將激發新的視野、新的方向，是面向未來而不是回到過去。

回歸審美並不意味著拋棄文化研究。或者如貝呂貝所言，它將引導我們再一次審視這些並不算新近的老問題：「政治動因的批評能否有興趣來言說文化產品的『形式』？這類批評中審美評價又擔當什麼角色？我們如何理解審美作為一個經驗王國的出現，以及它與現代性各種制度的關係？」[080]「審美的報復」看來並非是姍姍來遲。美學在西方高等教育體制中大體是一門邊緣傳統學科，但是它在中國 1980 年代解放思想、百廢待興的文化氛圍中異軍突起，以至於「美學」一詞用途之廣，一如今天的「文化」。言及文化研究與文學研究的關係，克拉克認為下面這些問題可以激發我們進一步的思考：霍爾視文化研究為意義生產、流通、交換之社會過程的集合，同時秉承葛蘭西瞄準權力關係，鼎力構建一種流動不居的跨學科的文化政治學，這一旨趣如何影響文學的研究？文化研究的美國之旅何以很大程度上是一個去政治化、去理論化的過程，而與傳媒文本和大眾文化受眾研究更緊密地結合起來？曾經求學霍爾門下的格羅斯伯格，與霍爾本人的文化研究立場又有什麼異同？何以文化研究在澳洲顯得如魚得水？它為什麼同樣撇開政治，更多專注於傳媒及傳媒政策研究？率先將後結構主義符號學用於傳媒分析的約翰·費斯克（John Fiske），和當今文化研究的中堅人物托尼·班奈特（Tony Bennett）等，其複雜的教學旅行路線中，他們的文化理論發生了哪些變異？如此等等。這一切都涉及意義的生產等許多問題。如果說它們或隱或顯展現了文化研究同文學研究的對接，那麼，顯而易見，它們同樣無可爭辯地顯示了文化研究的美學維度。

四、現代性、日常生活與文化研究

新疆大學鄒贊教授曾經以「現代性、日常生活與文化研究」為題，跟我做過一個訪談，文字當時刊於《吉首大學學報》2013 年第 6 期，並為中國人民大學複印資料《文化研究》2014 年第 4 期轉載。考慮到個人化

[080] Michael Clark, *Revenge of the Aesthetic: The Place of Literature in Theory Today* (Berkeley: University of California Press, 2000), p. 9.

敘述對於文化研究不是陌生話題，以及或許可以拼合成為文化研究中國接受的一個剪影，是以略作刪節，轉錄於下，以供批判。

鄒贊：陸教授您好！身為文化研究在中國大陸的積極宣導者和推動者，您在引介西方文化理論和編寫文化研究教材方面取得了令人矚目的成果。我們先談談教材方面的情況。迄今為止，您撰寫的以「文化研究」命名的教材有三部，其中兩部冠以「文化研究導論」之名，分別針對研究生和大學生。2007 年出版的那本導論被教育部推薦為「研究生教學用書」，但從該書後來所受到的歡迎程度上看，實際上讀者顯然遠遠超出了研究生這個層面，成為熱銷的文化研究入門必讀書。在此之前，艾琳．鮑德溫（Elaine Baldwin）等人合著的《文化研究導論》（*Introducing Cultural Studies*）被譯成中文，並因宏闊的跨學科視角受到好評。相比這部「舶來」的教材，您的那本《導論》緊扣「文化」、「文化研究」、「大眾文化」幾組關鍵字，有意味地嵌入現代性理論的思想史脈絡，並且辟專節述評當代中國文化研究的理論與實踐。您是如何建構這部教材的基本框架和本土問題意識的？

陸揚：我先從我跟《文化研究導論》的另一位作者王毅的合作說起吧。這本書後來成為中國第一部以「文化研究」為名的本土教材，具有偶然性。王毅是我碩士生階段的師妹。那時候我們在廣西師範大學跟賀祥麟教授讀世界文學。賀老師指定給我們的教材之一，是兩本巨大的影印本《諾頓世界名著選》。從荷馬史詩開始，每一次上課賀老師總是正襟危坐、高高在上，滔滔不絕一路往下串講。串講肯定是講不完的。實際上一直到我們畢業，也沒有講完上卷的四分之一。他還讓我們複印一部紙片已經發脆的英國文學史，以及《高文爵士與綠衣騎士》（*Sir Gawain and the Green Knight*）來讀。那時候複印機械粗糙，印出來黑乎乎一片，可是我們自以為手裡捧著海內孤本，珍惜得不行。賀老師的測驗方式之一是聽寫冷僻詞，比如伊莉莎白時代花一個小錢站在天井裡看戲的 groundling。我們一敗塗地，無奈只有仔細讀書。王毅後來在澳洲跟文化研究的領軍人物洪美恩讀博士，留在了澳洲。我們的合作始於後來內容被悉數收入《文化研究導論》的一本小冊子《大眾文化與傳媒》，上海三聯書店 2000 年出版。次年還是在上海三聯，我和王毅選編了一個讀本《大眾文化研究》。這個讀本面世較之羅剛和劉象愚主編的《文化研究讀本》晚了一年，但是具有它自己的特點。除了文章出處和注釋無一遺漏作了交代，它還是一部解決了版權問題的譯文集。我們的程序是王毅先與選定篇目的作者、出版社、刊物連繫，委婉說明這個選本旨在文化交流，無利可圖，希望對方授予版權。作者的態度總是爽快，無奈版權大都不在作者手裡，故還是免不了與出版社來往。《大眾文化研究》選定了十八篇文章，王毅與十八個版權所有方來回拉鋸，較量下來，所幸功成過半。剩下來王毅自感無能為力的，一概交由我來交涉。我則坦率告訴對方，這本文集的宗旨是向中國讀者介紹西方的文化研究，它是不盈利的，假如一定要申求版稅，那麼它就只有夭折。這一步可謂置之死地而後生。但即便如此，有一家英國某大學的出版社，硬是不肯讓步，非要將它的一篇討論女性時裝的文章賣上數百英鎊。反反覆覆下來，竟是無可奈何，最後不得不通知上海三聯，撤下已經排好的譯稿。今天回顧起來，這個過程如果不能說明別的，那麼它至少可以說明，智慧財產權意識是如何在利益和權利的夾縫之間登陸中國的文化研究的。

復旦大學出版社的那一本《文化研究導論》，最初是作為專著來寫的。但是既然冠名以「導論」，那就難免求全心理。結果是它雖然被教育部推薦為研究生教學用書，實際上一年年更多是大學生在用它做文化研究課程的教材。反倒是我主編的《文化研究概論》，那是大學生層面的，而且得到許多名家友情相助，反而不及這本《導論》普及。

鄒贇：您最近又在高等教育出版社推出了另一本面向大學生的《文化研究導論》，這部教材在觀照視角上有什麼不一樣嗎？我覺得向大學生介紹批判學派的文化理論很有現實意義，尤其有助於增進其讀解大眾文化文本的能力，這是否也是您編撰這本教程的初衷？

陸揚：高等教育出版社的那一本《文化研究導論》，首先要感謝雲慧霞博士。是她議定選題、請來專家，讓我竭盡愚鈍之力，編寫出了高教社的這一本文化研究本土教材。連書名《文化研究導論》，都是拜雲慧霞所定。我當時念及我和王毅已經撰寫過一部《文化研究導論》，而且是教育部 2005 年推薦的研究生教學用書，還有過猶疑。不過此導論非彼導論也。它也不同於 2007 年我主編的那本《文化研究概論》。總而言之它是一本新書。除了介紹伯明罕的文化研究傳統，像文化身分、青年亞文化、身體政治、粉絲文化和網路文學等，也都分門別類作了系統闡述。該書後記中我說：「有整整一年光景，為編成這本教材，我寢食不安，待到半年前終於交出全部文稿，有種如釋重負的感覺。」又說：「幾經反覆，讀畢清樣，自有一種欣喜，那是眼見自己的孩子將要誕生的欣喜。」可見當時是投入很深的，當中的甘苦也只有自己知道。

鄒贇：從伯明罕大學當代文化研究中心建制以來，跨學科、超學科甚至反學科成為「文化研究」的重要特徵，或許正是這種不拘限於某一傳統學科的開放性，賦予了文化研究攻城掠地、具有戰略縱深的游擊策略和巨大活力。在當代中國大陸文化研究的格局中，上海一些大學打破慣例，成立了文化研究科系，這些努力當然很有價值，為有志於從事社會文化分析的學人提供了機會，但同時也有學者對文化研究的學院機制化表示擔憂，因為一旦將文化研究納入科系體制，這種以批判性、實踐性為品格的學術思潮很有可能在學院體制的規訓下喪失自身的特色，反過來被英語文學、大眾傳媒、社會學等學科收編。您如何看待文化研究在當下中國的學科化趨勢？針對學科化的文化研究，批判何以可能？

陸揚：你的擔憂不無道理。在中國文化研究應是在上個世紀末葉，率先從文藝學這個中文系的二級學科中脫胎而出的，由此涉及文化研究是不是搶占了傳統文學研究的地盤，一時紛爭迭起。有意思的是，2008 年訪問過中國的英國傳播學者柯林．斯巴克斯（Colin Sparks）在其〈文化研究的演進〉一文中，卻認為文學研究的危機並非如人通常所言，全然是因為目光只盯住經典作家和經典作品，排斥了大眾文化的研究。即便是馬修．阿諾德和 F. R. 利維斯這些批評家，說他們一味鼓吹菁英主義路線，也是多少受了冤枉，雖然這一指責對於他們的追隨者，也許倒是所言不虛。這三人都非常關注文化，特別是高雅藝術與文學與社會體制的關係。所以危機的真正原因在於政治，即要不要民主的問題。斯巴克斯說，文化研究整個接過了文學批評的方案，卻高揚民粹主義，與父親劃清界線，而後者自有種種制度上的強烈動機，將這個新生兒扼殺在襁褓之中。換言之，文學研究抱怨文化研究半路殺出，搶了它的飯碗，文化研究還覺得在受壓迫呢！但是斯巴克斯描述的情勢似乎並不適合中國。中國的文化研究就其理論層面上言，雖然在各個一級學科中全面開花，相關課程紛紛開設，但總體上它還處在可有可無的邊緣弱勢地位，遠沒有到理直氣壯與傳統學科較勁的程度。

鄒贇：1980 年代以來，「文化研究」圍繞 3A 軸心開啟了全球播撒之旅，當北美、亞太一些國家和地區的文化研究方興未艾時，伯明罕當代文化研究中心遭遇拆並重組，萊斯特大學的大眾傳播研究中心也被關閉，兩個批判理論的重鎮遭此變故，表面看是因為教學課程與科研產出之間的矛盾，內在實質則應該追溯到新自由主義的政治經濟語境。您認為我們可以從英國文化研究的兩大事件中獲得什麼樣的經驗？

陸揚：當年伯明罕大學文化研究和社會學系的撤銷，名義上的理由是它沒有透過科研考評，雖然它教學評估得了最高分。伯明罕中心的最終消失，或者可以顯示科研第一的高等教育辦學方針，在發達國家中亦是被貫徹得無情無義。萊斯特大學關閉它享有盛譽的大眾傳播研究中心，一樣叫人頗費猜測。這一股流行一時的關閉之風，被認為是標記了英國嘗試大學重組的一個開端。重組的目標是提高財務狀況良好的研究機構的競爭力，同時使政府對大學事務的參與可以惠及每一個國民。

伯明罕中心留下了什麼樣的遺產？它對於文化研究的發展前景又意味著什麼？曾經任職中心的麥克．格林（Michael J. Green），後來在〈當代文化研究中心〉一文中就伯明罕中心的早期研究成果，歸納過以下四個主題：

其一是強烈、複雜且持之以恆的文化差異。如 E. P. 湯普森談早期工人階級怎樣自覺形成，威廉斯則著眼於勞工運動，講工人階級的集體主義成就，這裡面話題都是工人階級，但是文化各各不同。而青年亞文化則普遍被認為是階級或「父母」文化內部，壓力釋放的集中宣洩路徑。

其二，強調文化是從日常生活之中發現和汲取意義。這和戰後英國的政體形勢是背道而馳的。比如勞工黨的英國「人民」節被吸睛的加冕禮取而代之，BBC 熱衷走教育路線、輕視平民娛樂等。

其三，強調形形色色的教育和傳播新形式，從根本上說都是不民主的。例如威廉斯《漫長的革命》中，就提出要進行第三次革命，將能動積極的求知過程普及到所有民眾，而不是局限在少數人集團。

其四，緬懷鄉土文化。關於英國文化何去何從的辯論中，不但否定大英帝國主義，同樣不願意效法頤指氣使的美國商業文化，以及悄然無言的瑞典式社會民主模態。反之有意預示一個充分重視地方鄉土色彩的英國文化，甚至威爾斯文化。我們注意到，那裡正是威廉斯的家鄉。

從格林以上歸納的伯明罕中心文化研究的四個主題可以看出，英國「新左派」側目政治生活的特點，強調文化是社會生活中共用的意義生產和流通。不但工人階級文化，對於日常生活和本土文化，也都給予了充分重視，反之把大眾傳媒的語言和形象，看作特定階級和集團假公濟私的虛假表徵。換言之，它們所表現的，並非「共用」的價值觀念。所以這樣來看，大眾傳媒一方面是主導意識形態的宣傳陣地，一方面也是受眾自覺不自覺的抵制場地。文化研究就在這一動態的抵制和協調過程中，書寫著顛覆資本主義既定秩序的努力。

鄒贊：如果從細部著眼，會發現英國伯明罕學派經歷了由文學到社會學的轉向，伯明罕的幾位先驅者像威廉斯、霍加特等人都是文學批評出身，伯明罕的第二代傳人則大多並非文學專業出身，其研究取向也明顯向社會學偏移。有關「文學研究」與「文化研究」關係的論爭曾經是當代中國文藝理論界的熱點話題，文化研究對於社會學的僭越也引來正統社會學家的強烈抵制，但文化分析毫無疑問已經成為社會學研究的重要範式，戴安娜·克蘭（Diana Crane）主編的《文化社會學：浮現中的理論視野》（*The Sociology of Culture: Emerging Theoretical Perspectives*）就是這方面的代表性著作，那麼文化研究對於社會學的研究轉向有著怎樣的意義呢？

陸揚：社會學和文化研究的關係應該是最密切的，可是它們之間的恩怨是非似乎也是一言難盡。霍爾後來回憶說，中心成立之初收到過一封社會學系的來信，信中說，別以為你們在做社會學研究，你們的工作跟社會學一點關係都沒有。一般來說，在澳洲這樣一些學科分野比較模糊的國家，文化研究和社會學融合較好。而在美國學科分類明晰，文化研究又大都在人文學科裡安營紮寨，文化研究和社會學的關係就容易見到分歧來。美國的文化研究主要是在高等教育體制內部發生發展，這一點不同於英國伯明罕文化研究傳統發端於成人教育的路向。英國的成人教育和開放大學傳統自有它的淵源，這個淵源其他國家未必一樣具備。就此而言就像中國的成人教育一定程度上效仿美國，迄今不成大的氣候，中國的文化研究與美國相似，迄今主要還是在大學機制裡展開。但即便是在美國，文化研究在大學裡的地位其實也有些尷尬，幾乎鮮有例外，它大都作為跨學科課程教授，或者成立研究中心，總之是處在邊緣。這和社會學穩固的學科地位，尚不可同日而語。

文化研究歷經從文學到社會學的轉向是學界的共識。文化曾經是文學和藝術的一統天下，無論是文本還是行為思想，文化分析幾乎是清一色的美學的標準。反之大眾文化展現的就是商業趣味、低劣趣味，或者說純粹就是沒有趣味，是審美趣味的墮落。霍加特和威廉斯都強調文學藝術只是文化的一種表現形式，文化應當包括更為廣泛的社會生活的意義和實踐構成。所以語言、日常風俗和行為、宗教和各種意識形態，以及各類文本實踐，悉盡成為文化研究的絕好對象。《漫長的革命》就顯示了由文學到社會分析的文化轉向，視小說和戲劇為公共文化程度提高的直接產物。這與哈伯瑪斯的公共領域思想，幾無差別。後來霍爾評價威廉斯此書是將文化的定義從文學整個轉向了人類學的方向，使文化從靜態的結果變成動態的過程，其中社會的歷史的因素變得舉足輕重。

伯明罕中心的第二代傳人又有不同。無論是霍爾，還是大衛．莫利（David Morley）、桃樂西．霍布森、迪克．赫布迪基等，主要都不是文學批評家而是社會學家。認為文化的意義不是自由漂浮的，而是必然要連繫到權力結構來加以分析。如霍爾等人就明顯受惠於法國結構主義，偏重於對文化意義作不帶感情色彩的符號學分析。另一方面，文化既然不再囿於文本，而同社會實踐和制度結構密切連繫起來，階級、性別、種族問題同樣成為文化研究的核心問題，阿圖塞的意識形態理論、葛蘭西的霸權理論，甚至傅柯的「歷史考古學」，也就順理成章成為文化研究的理論資源。總體來看，文化研究立足文本分析的所謂「符號學轉向」，也對傳統社會學方向提出了挑戰。

鄒贊：我注意到，您當初是學習外國文學專業的，後來視域涉及西方美學、解構主義和文化研究，您在引介西方文化理論、編撰文化研究教材時始終緊密連繫思想史、文化史的脈絡，哲學意味比較明顯，這在您早期與王毅合著的《大眾文化與傳媒》中就表現出來了，比方說對哈伯瑪斯、德塞都（Michel de Certeau）等人的專章研究。您主持翻譯了韋爾施（Wolfgang Welsch）的《重構美學》（*Undoing Aesthetics*），其中提出的審美泛化論旨在重構日常生活的審美地圖，被視為國內學者有關「日常生活審美化」論斷的重要思想來源之一。身為這場論爭的見證人和參與者，請您談談「日常生活審美化」與1980年代美學熱的關係，文化研究對於新世紀中國文藝學美學研究範式的「生活論轉向」有何參照意義。

陸揚：你的問題首先涉及文學和哲學的關係。哲學的天性是把目光緊盯住理性世界。而就描述情感和想像世界來說，文學當仁不讓地擔當起了這個使命。哲學雖然在今日的市場經濟全球化語境中，同其他人文學科一樣在迷失自身，但是它雄風猶在。比如我們依然習慣說「從哲學的高度來看」怎樣怎樣，幹嘛不說「從文學的高度」？可見文學在哲學面前天生矮了一頭。可是文學自有一種悲天憫人的情懷，為哲學所不能言。其次，關於日常生活審美化，我主持過一個相關的國家社科基金專案，後來出了一本書《日常生活審美化批判》。過去十年裡曾經出盡風頭的日常生活審美化爭論，不妨視為文化研究在中國的文學學科體制裡，一個成功的本土化實踐。它終成燎原之勢，全仗陶東風聯手《文藝爭鳴》的策劃。這當中媒體功不可沒。今天日常生活審美化的話題已經時過境遷，顯得遙遠。不過我們會記住文藝學成功「創新」的這一段喧囂歷史。

鄒贊：中國社會日常生活的進程與西方後現代文化理論之間顯然存在懸殊的語境落差，我們所謂的「批判日常生活」是否不言自明地將言說空間限定在都市日常生活？您能以上海為例，談談都市日常生活批判的當下意義嗎？

陸揚：我在《日常生活審美化批判》裡系統介紹了列斐伏爾（Henri Lefebvre）1947 年的《日常生活批判》（*Critique de la vie Quotidienne*）和 1974 年的《空間的生產》（*La Production de L'espace*）。前者的影響在於哲學，後者的影響更多在於後現代都市文化地理學。上海是我出生的城市。幼年夏日在長樂路昏黃的路燈底下乘涼、下棋，圍圈聽大人講駭人聽聞的故事，回想起來很像霍加特《識字的用途》中緬懷的那種工人階級鄰里文化。上海的空間日新月異在國際化，實際上是美國化。再具體說就是空出老城讓位摩天大樓，外遷居民一波波扎根近郊遠郊。這和巴黎市中心火車開出去十分鐘，就能見到一望無際、與藍天相接的綠色田野，完全不同。上海昔日熙熙攘攘的一些繁華地段，像八仙橋、老西門，今天只見拓寬了的空曠馬路，和幽靈般鱗次櫛比的寫字樓。再往上看，上海的三官廟一類本土民俗，基本上也已消失得無影無蹤。但是上海畢竟是在孽火中重生了。它的國際胸懷也在改寫年輕一代上海人的集體無意識。他們不復在盲目的自負中丟人現眼、在盲目的客氣中壘砌隔膜、在盲目的精明中失策敗北。他們正直、善良、坦誠，腳踏實地進退從容，不大會去追逐鏡花水月、一夜暴富的白日夢。假如說都市空間改造可以怎樣影響日常生活方式，那麼不妨說新一代的上海性格，就是它的一個直接產物吧。

鄒贊：20 世紀末，我們的大眾文化批評基本上是挪用法蘭克福學派的文化工業思想，諸如「社會水泥」、「精神鴉片」、「麻痺劑」等，後來更傾向於伯明罕學派文化理論，尤其是霍爾的「編碼－解碼」模式，莫利的民族志受眾分析，費斯克的大眾快感、符號抵制、游擊戰術等理論，側重於發掘文化生產與文化消費之間的權力協商關係。法蘭克福學派的大眾文化批判思想對於今天中國風光無限的流行文化與文化產業還有參照意義嗎？這兩大著名批判理論之間是否存在深層次的勾連？

陸揚：關於文化批判中法蘭克福學派同伯明罕學派的關係，我主編的《文化研究概論》裡有一個說明。大體是說這兩個學派在怎樣看待大眾文化的商品形式上，有顯著分歧。霍爾有一句名言是「普通人並不是文化白痴」（Ordinary people are not cultural dopes）。這個口號和當年雷蒙．威廉斯提出的「文化是普通平凡的」，可視為文化研究一先一後、一脈相承的兩個標識。霍爾本人就認為法蘭克福學派批判理論中有明顯的菁英主義傾向。伯明罕傳統的後起之秀托尼．班奈特，在他的兩篇文章中也議及法蘭克福學派的文化工業理論，這兩篇文章是〈傳媒理論、社會理論〉和〈「大眾」的政治與大眾文化〉。班奈特承認法蘭克福學派將意識形態重新提到馬克思主義的日程上來，是一大貢獻，但是同樣認為法蘭克福學派沒有就如何改變現實提出建設性的看法，這就使大眾文化的研究實際上難以為繼，變得毫無意義。班奈特說，研究大眾文化同時又對它採取敵對立場，滿心想要用「高雅文化」來替代之，這一觀點不僅是改良主義批評家如 F. R. 利維斯所持的立場，而且說來奇怪，它在阿多諾、馬庫色和法蘭克福學派的其他馬克思主義者當中同樣風行不衰。這就幾近嘲諷了。可是反過來看，判定阿多諾一心想用「高雅」文化來替代「低俗」文化，是不是也顯得牽強？伯明罕中心致力於將文化的確定性落實到每一種具體的文化實踐上面，是不是同樣存在弊病，比如它是不是把工人階級的文化浪漫化了？

鄒贊：伊格頓提出「理論之後」，預見了一個後理論時代的到來，理論生產和思想話語所遭遇的瓶頸狀態，致使一些學者開始擔心文化研究的未來，大張旗鼓地準備「生產」理論，以啟動文化研究的介入功能。您如何評價「後理論時代」文化研究的發展走向？

陸揚：2011 年在法國開會，曾經擔任巴黎國際哲學學院主任、長期研究法國戲劇家阿爾托（Antonin Artaud）的伊芙琳．格洛絲曼（Évelyne Grossman）的一番話當時引起與會者的不少感慨。她說理論是謙卑的，因為人性本身是脆弱的。這不僅僅是身分認同方面的問題，還涉及人的非人性問題。法國中學裡就告訴學生，16 世紀是人文主義時代，在這之前，人不占據世界中心，占據宇宙中心的是上帝。但是人果真就能替代上帝的中心位置嗎？人是從動物演化而來的，人的本性之中是不是原本就包含著動物性即非人性？所以後現代理論流行，在她看來根本就在於人性是脆弱的，而且脆弱得神祕莫測。我們這個星球上不斷發生的災難、戰爭、暴力和死亡，就是例證。這樣來看，德希達晚年痴迷猶太神祕主義，阿爾托總是說上帝就在我的背後，都是期望最終能給理論找到一個支撐點。今天流行的口頭禪是「理論死了」，但是理論作為實踐的對舉，它可以與時尚一樣新進，應當同樣可以與時尚一樣普及。就此而言，理論引導我們回歸文化，應是一條必然之途。這裡面文學和哲學經世濟國的夙願誠然曾經是主流所在，但是它們也一樣波及我們生生不息的日常生活。

鄒贊：荷蘭建築師雷姆．庫哈斯（Rem Koolhaas）提出了構建「通用城市」（Generic City）的設想，這種融會多用途、多元文化、超大規模的都會烏托邦不僅是一次城市規劃的革命，也是日常生活與空間問題的革命。對比柯比意（Le Corbusier）的「光明城市」構想，請您簡要評價庫哈斯的「通用城市」寓言。

陸揚：庫哈斯 1995 年出版的文集《S, M, L, XL》中收有〈通用城市〉一文，文章斷言進步、身分、建築、城市、街道等等這一切都已經是明日黃花。城市的歷史已經結束，我們身為城市的居民，可以謝幕了。什麼是通用城市？庫哈斯的描述是：通用城市擺脫了中心的羈絆，也擺脫了身分的束縛。它什麼也不依靠，純粹就是盡現實所能，應現實所需。它是一個沒有歷史的城市。可以包羅萬象容納每一個人，一切順理成章，無須刻意保養。倘若哪一天顯得過於狹小，它可以擴展；倘若哪一天它顯得過於陳舊，它可以自我毀滅，新生再造。它無所不在，令人興奮又使人乏味。就像好萊塢的攝影棚，每個星期一的早晨，都能生產新的身分。

通用城市存在嗎？在庫哈斯看來，新加坡就是一個通用城市，它成功消除了一切本土的地域特徵，一切都是現代，一切都是當代。對於正在經歷城市化進程的當代中國來說，庫哈斯以他在中國珠江三角洲目睹一座座城市十年之間平地而起的親身體驗，得出結論說，在珠三角一個建築設計平均時間只需十天、三個人、三臺蘋果電腦。

勒．柯比意曾經提出過以汽車為中心的光明城市概念。當光明城市的綠地被蠶食乾淨，變身通用城市恐怕也就不遠了。通用城市暢行其道的結果，庫哈斯說，那就是好萊塢影片中展現的瘋狂的世界末日：人們窮嘶極喊，在賣東西、預言未來，還是呼喚上帝？錢包被偷了，大夥在追罪犯。牧師祈禱安靜。孩子們拖著發育不良的雙腿狂奔亂突。牲畜在嚎叫，雕像紛紛倒塌。女人在尖叫……芸芸眾生如今已成一片混亂的烏合之眾。海洋決堤。好，現在關掉聲音。我們看到什麼？我們看到一片死寂中男男女女似幽靈在移動。幸好我們聽不見他們的絕望呼號。安靜，城市不復存在。我們可以離場了。

這一切聽起來很像一個似曾相識的故事，《舊約》的〈創世紀〉中，就有上帝毀滅所多瑪的記載。庫哈斯不會是出演上帝角色，來為城市作災難預言吧！

五、CCCS 中的女性學者

回到伯明罕中心的話題上來。文化研究的發端和發展中，一個代表性事件，是伯明罕當代文化研究中心（CCCS）的成立。中心是 1964 年正式成立的，可視為與文學研究分道揚鑣結出的果實。它的第一任主任是伯明罕大學英文系教授理察．霍加特。兩年之前，霍加特榮膺伯明罕大學歷史上第二個英國文學教授職位，然後自己籌措經費，最終與英文系的高雅文化分庭抗禮，成立了這個專門招收成人教育研究生的當代文化研究中心。1964 年中心成立之際，只有主任霍加特、「義務」助理斯圖亞特．霍爾，以及一位祕書。中心是從成人教育起步的，最初是清一色的研究生教學。

伯明罕當代文化研究中心成立的初衷之一，是為亞文化族群，特別是工人階級文化和青年亞文化族群做出辯護，它的研究對象是階級、文化和傳播學，政治上屬於新左派。1960 年代後期風起雲湧的社會和政治運動，給中心提供了大量的批判資源。但文化研究並不是一開始就作為一門學科出現的，依斯圖亞特．霍爾的說法，它深深植根於英國的新左派政治之中。霍爾甚至把伯明罕當代文化研究中心的成立，視為新左派政治在大學體制裡尋到的一個避難所。霍爾後來在他題為「文化研究的興起和人文學科的危機」的文中回憶說：

> 我們因此是來自一個遠離英國學術中心的傳統，我們對文化變革問題的研究，諸如怎樣理解它們，怎樣描述它們，怎樣從理論上來說明它們，以及它們產生怎樣的社會影響和結果，最初都是在骯髒的外部世界裡得到認可的。文化研究中心是光天化日之下對話無以為繼之後，我們退隱其中的一方土地，它是其他方法的政治。[081]

霍爾稱他們當中有些人，特別是他本人，曾經打算再也不回大學，再也不去「玷汙」大學的門扉。但霍爾並沒有如其所言與大學分道揚鑣，他最後是在開放大學的教職上退休的，用他自己的話說，這是為文化研究實際工作的需要做出的妥協。究竟是或不是妥協無關緊要，關鍵是文化研究的政治內涵，僅此一例就表現得相當充分了。

伯明罕當代文化研究中心的成立，象徵著高等教育體制內部，致力於考察工人階級和邊緣群體日常生活的文化研究，有了一席立足之地。但是文化研究鮮明的跨學科性質，也使得它本身的學科定位，迄今還是眾說紛紜。中心一開始的三人小組團隊編制，一直延續到霍爾出任第二任主任。當時霍爾麾下，也不過是分別從歷史系和英語系過來的兩個助手。霍爾主掌 CCCS 的時期，是文化研究如日中天的時代。中心的工作人員大體保持在六至十人之間，研究的方式主要是中心成員聚焦大眾傳媒、大眾文化和亞文化等話題提交論文，組織討論。這些文章後來大都發表在中心自己簡易印刷的內部刊物《螢幕》之上。中心的研究方法是典型的跨學科的方法，除了馬克思主義的批判視野、來自文學的文本分析，以及來自人類學

[081] Stuart Hall, "The Emergence of Cultural Studies and the Crisis of the Humanities", October 53 (1990): 12.

和社會學的民族志研究這三大主要方法論，從霍爾開始方法上從霍加特和威廉斯的文本分析主流，逐漸轉移到法國理論的影響，包括結構主義符號學的方法、結構主義意識形態的方法、後結構主義特別是拉岡的理論方法，以及很快流行不衰的後現代傳媒理論。女性主義、種族理論等，也都是中心所嫻熟的研究方法。

多年以後，回顧以階級、種族和性別三大母題展開文化批判的CCCS，本身怎樣怠慢了女性意識，是很有意思的事情。中心早期研究中女性意識的相對缺場，主要是指中心早年女性學者屈指可數，她們不滿在亞文化和傳媒研究這兩個中心的主要領域裡，基本上是男性在自說自話。如麥克羅比 1980 年發表的早期文章〈結算亞文化〉就指出，伯明罕中心的亞文化研究關注的都是吸睛的街頭男孩，或者其他場所的男性叛逆行為，而女孩則遠沒有這樣的風頭，她們只不過是墮落群體的參與者而已。所以說到底，這樣一種男性視角，純粹就是讓女性隱身，因為亞文化研究的男性偏見，邊緣化了家庭這一類語境，而正是在這類傳統語境中，女孩有可能以平等形式參與、能得到平等對待、享有平等協商的權利。故在她看來，中心保羅．威利斯威利斯（Paul Willis）和迪克．赫布迪基（Dick Hebdige）等人的亞文化研究，都將女孩排斥在外，導致了嚴重的性別缺場。應該說，早期伯明罕中心文化研究女性作者的這一怨言並非空穴來風。文化研究在其發端初期，對女性的問題的關注確實是個薄弱環節。別的不說，雷蒙．威廉斯那本被認為是文化研究的必讀書《關鍵字》（*Keywords: A Vocabulary of Culture and Society*），既沒有收入「女性主義」，也沒有收入「性別」詞條，對於女性的聲音，基本上是忽略了。

1978 年，伯明罕中心的「婦女研究組」出版了一部文集《婦女異議：婦女服從面面觀》（*Women Take Issue: Aspects of Women Subordination*），

它可視為早期女性主義文化研究的一部代表作，其中的一些作者，如夏綠蒂．布朗斯頓（Charlotte Brunsdon）、桃樂西．霍布森和安吉拉．麥克羅比等，以後都成了女性主義文化研究的領軍人物。作者們一路敘寫下來，很顯然是頗有難色：身為伯明罕中心的一個小組，她們的職責究竟是應當全面來談文化研究展開她們的女性主義批判，還是從一開始就單純聚焦「婦女問題」？不僅如此，這幾位銳氣逼人的文化研究年輕女學者，雖然是在學院體制內部講述學院派的故事，心底裡卻是有心跳出學院，擺脫走學術明星路線的宿命。因為這只能意味著「合作以及政治上的中立」[082]。所以當務之急，便是建構新的目標，提供新的方法，展開新的批判，探索新的連接。如第六章裡，作者麥克羅比在探討青年亞文化時發現，女孩無論怎樣叛逆，到頭來終還是乖乖地認同了她的傳統女性身分，家庭潛移默化讓她學到「真正有用的知識」，那就是無論新潮女孩對婚姻和家庭持怎樣的批判態度，骨子裡卻還是將它們看作人生的必由之路。甚至女孩之間的友誼，多多少少也是一種策略，希冀藉此可以找到男孩。由此可見，男權中心主義是怎樣無孔不入甚至滲入了女性的無意識層面。

值得注意的是，早期 CCCS 的女性學生或者學者們，最終獲取的都是碩士學位。對此 1970 年代在伯明罕中心做電視研究的英國文化批評家夏綠蒂．布朗斯頓，在她題為「夜間蟊賊：1970 年代 CCCS 的女性主義故事」的文章中，開篇就套用珍．奧斯丁《傲慢與偏見》的開場白說，「有一條公理，那是 1970 年代在伯明罕大學當代文化研究中心工作的婦女無不認同的，那就是從來沒有一個女人在這裡獲得過博士學位」[083]。或許

[082] Women's Studies Group, Center for Contemporary Cultural Studies, University of Birmingham, *Women Take Issue: Aspects of Women Subordination* (London: Hutchinson, 1978), p. 9.

[083] Charlotte Brunsdon, "A Thief in the Night: Stories of Feminism in the 1970s at CCCS", in *Stuart Hall: Critical Dialogues in Cultural Studies*, eds. David Morley and Kuan-Hsing Chen (London: Routledge, 1996), p. 276.

就像一切傳統學科一樣，在當時文化研究這個新興學科的前輩們看來，女性主義依然也還是屬於低層次的研究，夠不上博士學位的層次。布朗斯頓深感她要推進女性視野的電視研究，在 1970 年代的這個文化研究的大本營，也是阻礙重重。甚至，阻礙後來乾脆就演變成冷漠。但即便如此，女性主義的著作依然艱難地在學科劃分和類別史研究的夾縫裡，不斷萌生出來。

一個例子是桃樂西·霍布森在其評論同名熱播肥皂劇的《十字路口》（*Crossroads*）一書中，深入討論了家庭語境對觀眾情緒的影響。1981 年，因為電視臺改組，製片人有意「推陳出新」走豪華路線，做出一個後來發現是得不償失的決斷，那就是修改劇情，解僱了《十字路口》劇組唯一的一位全職演員、飾演女主角梅姬的妮爾·戈登。當時觀眾反應強烈，質問這部電視劇究竟是為誰製作？究竟是電視臺出了毛病，還是電視臺老闆出了毛病？而且說到底，《十字路口》的主人是誰？是廣大電視觀眾呢，還是一意孤行的製片人？對此霍布斯評論說，電視節目是由作者、製片人和演員創作的，但節目只存在於它被觀眾觀看或者說「消費」的過程之中。像《十字路口》這樣長年累月播放的肥皂劇，它的「所有權」究竟是觀眾呢，還是製片人？現在的問題是，電視觀眾將這部電視劇當成了自己的所有物，製片人臨時換將，激起了公憤，這能怪觀眾嗎？實際上電視節目無時無刻不在告訴觀眾「這是你們的電視」、「你們的晚間娛樂」，這難道不是故意讓觀眾造成所有權的錯覺？無怪乎觀眾要一口咬定那是「我們的梅姬」「我們的《十字路口》，我們的肥皂劇」，而「正是在這類言論之中，暗示出大眾娛樂節目的一種集體所有權，這是許多其他節目看不到的」[084]。很顯然，霍布森感同身受的觀眾情緒是女性觀眾的情緒，這一

[084] John Hartley et al, *Making Sense of the Media* (London: Commedia, 1985), p. 31.

情緒的發生語境，也是家庭的語境。或者毋寧說，女性觀眾是醉翁之意不在酒，是在有意識和無意識之間，於節目中見到了她們自己的家庭問題。《十字路口》究竟屬於誰？這裡的所有權問題不僅僅事關這部叫作《十字路口》的肥皂劇，而且事關她們在家庭日常生活中的地位，事關她們在日常家庭生活中擁有多大的發言權。

霍布森的《十字路口》研究屬於早期女性主義文化研究的代表作品，充分強調了女性聲音和家庭語境在文化領域的重要性。但是這樣一種相對來說還比較傳統的視野，被認為沒有能夠深入揭示公共與私人空間之間的邊界，如何在父權制歷史中建構起來，因而貶低了婦女，連帶她們的家務和採購工作，以及她們自己的社交圈子，也一併為男性文化不屑一顧。

文化研究向來關注文化形式與權力形式之間的關係，文化的理解可以各各不同，如它可以是特定的文本，是建構民族、階級或性別的實踐，同樣可以是不同傳播模式之間的互動機制。但是儘管視野不同、語境不同導致所見相異，有一點可謂是異中之同，那就是文化研究的互動，必然矚目社會不平等現象。由此，文化研究與視性別歧視為社會不平等根源的女性主義，應該說是緣分匪淺。雖然如此，反顧文化研究的歷史，一開始它給予女性主義的關注其實不多。

第五章

性別批評

一、男同社會性欲望

與文化研究聲氣相求的性別批評，可以毫不誇張地說，它大體就是女性自己的批評。之所以說「大體」，是因為其麾下的酷兒批評，也還是波及男性。本書所說的性別批評，交叉但有別於當代西方更為流行的以「行為」（performative）為代表的性別研究，後者的批判鋒芒波及廣義上的社會與文化，強調性別是後天的文化建構，而不是自然天生。性別批評可以看作為女性主義批評的延伸，主要圍繞文學批評和理論展開。但是它事實上也不可能繞開性別研究的相關內容，如它關注的不光是女性，同時還有性別乃至性的建構。故而性別批評不是僅僅把權力關係看作男性對女性的統治與壓制，它同樣是多元化和多方位的批判話語。

性別批評在當今的西方文論中，或許尚未及構成一個流派。緣由之一是這裡的「批評」一語假若按照約定俗成的認知，理解為文學和文化批評的話，那麼我們可以發現，性別批評作為女性主義批評的後現代狀態，以及作為男同性戀和女同性戀研究，進而言之 LGBT（女同性戀者、男同性戀者、雙性戀者及跨性別者）研究的委婉說法，它並不經常以文學文本為其批評對象。假以時日，這個現象可能會有所改觀。但同樣不容忽視的是，性別批評，甚至其極端形式酷兒批評的起步，是從典型的文學批評開始的。

如 19 世紀的女權主義運動，在一些性別批評家看來，就是專為白人女性設計的，與黑人和其他少數族裔女性並不相干。由此性別批評與後殖民批評，又見到了連繫。西方 1990 年代以降，法國從西蒙．波娃（Simone de Beauvoir）西蒙．波娃到克莉斯蒂娃、西蘇等人的生理傳統女性主義批評和英美米列（Kate Millett）、肖華特（Elaine Showalter）等人的社會批判女性主義批評合流，導致的一個結果，是今天女性問題很少被視為孤立的問題，而與不同社會和不同文化更密切地連繫起來。其中一個傾向便是後殖民女性主義批評家強調「女人」不是單獨由性別界定，其他因素如宗教、階級和性取向，在「女人」的定義中一樣是舉足輕重的因素。故不同群體女性的問題和目標，亦大相徑庭。

性別批評的起點，通常被定位在當年執教紐約大學英語系的伊芙・塞吉維克（Eve Sedgwick, 1950-2009）1985 年出版的《男人之間：英國文學與男同社會性欲望》（*Between Men: English Literature and Male Homosocial Desire*）。七年之後，作者為此書添加了一個新版序言。序言中塞吉維克開篇便告訴讀者，當年寫作此書的時段裡，她本來很可能是在食品店裡打工，那是一個工作機會稀少、女性主義批評幾成眾矢之的的時段，她的終身教職又渺無蹤影，唯獨這本書的寫作，成了莫大的快樂。這段不無心酸且又自豪的個人回憶，可以讓我們看到塞吉維克當年寫作這部後來讓她迅速成名的大著，是怎樣帶有深刻的個人印記。作者交代說，她寫作此書主要是有兩個考慮。首先她心裡的主要讀者是其他女性主義學者，她寫作此書時女性主義學術還在單打獨鬥，遠沒有形成聲勢浩大的獨立學科。而她本人身為一個非常挑剔又多產的解構主義讀者，被抬升到這個宏大理論波濤洶湧的中心地位。其次，與許多其他女性主義者一樣，她也希望她的女性主義研究能夠有所不同。特別是各式各樣制度、觀念、政治、族裔和情感方面的偶然性被削足適履，井井有條地歸納到婦女研究領域，以至於主題、範式、展開研究的政治動力，甚至研究者本人，都是清一色地指向女性，這是叫她深感不安的。所以她要另闢蹊徑。這個蹊徑就是「男同社會性欲望」（male homosocial desire）。

塞吉維克在該書導論中，開宗明義交代她有意討論英國文化中一段相對比較短、比較新，也較易理解的一段時光，具體說是 18 世紀中葉到 19 世紀中葉小說所反映的這一段時光。這一時期無疑是光彩奪目的，在此期間經濟、意識形態和性別態度都發生了嗣後影響深廣的變化。但是最重要的是「男同社會性欲望」相隨發生變化，呈現出了新的形態。何謂「男同社會性欲望」？塞吉維克給予的解釋是：

「男同社會性欲望」：書名中的這個術語旨在同時表達歧視和悖論。「同性社會性欲望」，讓我從頭說起，是一種矛盾修飾法。「同性社會性」歷史上和社會科學中時有所見，它描述同一性別中人們之間的社會結合。它是一個新詞，很顯然是根據「同性戀」推演而來，同樣很顯然也有別於「同性戀」。事實上，它被用於「男性結合」這類活動，在我們的社會裡，它可能意味著強烈的恐同症，即對同性戀的恐懼和仇恨。將「同性社會性」拉回到「欲望」和潛在的情色軌道，那麼，也就是假設同性社會性和同性戀之間的某種延續關係，是完好無損的。[085]

這裡塞吉維克有意用「男同社會性欲望」這個術語來同時表達歧視和悖論。它的前提是「同性社會性欲望」，這不是新鮮的話題，指的是同一性別中人的社會紐帶。但是這個概念固然是來源於「同性戀」，卻跟「同性戀」有所不同，一旦涉及社會性，它會引起我們的恐懼和憎惡感，這就是人所說的「恐同症」。所以要將「同性社會性」拉回到「欲望」軌道上來，以打破同性社會性和同性戀之間的看起來是牢不可破的延續關係。

塞吉維克指出，雖然在大多數人看來，上述同性社會性和同性戀之間的延續關係，今天是搖搖欲墜了，但是她覺得這種連繫依然完好存在，不是存在於基因遺傳之中，而是說男人們依然是在用它來塑造社會身分。這

[085] Eve Kosofsky Sedgwick, *Between Men: English Literature and Male Homosocial Desire* (New York: Columbia University Press, 1985), p. 1.

也是「男同社會性欲望」這個概念的由來。塞吉維克指出，這個概念雖然多有矛盾，很難清楚定義，而且本身充滿了對於同性戀的歧視，但實際上它是和其他表面上一目了然的關係，諸如友誼、師徒、競爭等，緊密連繫在一起的，而這些無一例外涉及與女性的關係，以及作為一個整體的性別系統。男性社會欲望當然與男性同性戀比肩而生，但是兩者之間牢不可破的紐帶，在塞吉維克看來，卻不在於性器官的接觸，而在於寫真男人和其他男人之間的更具有社會性的關係。

塞吉維克是女性，她對男人和男人之間的情感了解又有多少？塞吉維克自稱她對這個問題是有清醒意識的。1992 年在給《男人之間》新撰寫的序言中，她交代說，該書出版若干年後，有一次她遇到麥克．林奇（Michael Lynch），這位男同性戀研究的先驅告訴她說，他讀《男人之間》，第一個反應是：「這個女人想法倒是不少，可是她對男同性戀其實一無所知！」塞吉維克坦承他沒有說錯，自己多年來在女同性戀圈子投身於女性主義文化和批評，在真實生活中，公開的男同性戀者，她只認識一個人。她對此的辯解是，到 1990 年代，學界對男女同性戀的研究已經精細入微，訴諸行為，而且有酷兒研究嶄露頭角，以往的性別、種族和性定義的邊界縱橫交錯，壁壘已經紛紛瓦解。所以，她雖然個人經驗可能單薄，但還是依然為這本書感到自豪。

之所以用「欲望」（desire），而不是用「愛」（love）來突顯「男同社會性欲望」裡面的情色成分，塞吉維克解釋說，是因為在文學批評中，「愛」經常是指向某一種特定情感，「欲望」則用以命名某一種結構。所以用欲望這個詞，更適合深入「力比多」（libido）的精神分析層面。「欲望」不是指特定的情感狀態，它波及更為廣泛的社會情感力量。塞吉維克引美國古典學家肯尼斯．多佛（Kenneth Dover）多有爭議、傳布廣泛的《古希臘同性戀》（*Greek Homosexuality*）一書，強調該書中提供的考古和哲學文學文獻等證據，都表明同性戀古已有之，在希臘文化中廣為流布，也是合法的行為。不同階級、不同公民階層以及不同年齡的年長男人追求少年，在古希臘文學和哲學中的描寫，浪漫一如後代異性之間的情感。但這裡涉及社會問題，蓋少年方面是處於被動狀態，同時隨著少年進入成年，角色便也發生位移。對此塞吉維克注意到：

因而這種愛情關係，因為對象暫時受壓迫，具有強烈的教育功能；多佛引用柏拉圖《會飲篇》（*Symposium*）中包薩尼亞（Pausanias）的話，「有人幫他（男孩）提高心靈和性格的話，他為這人提供任何服務，都是正確的」。這裡除了色情成分，還有師徒關係。男孩是學徒，他要學習雅典公民的德行，也會繼承他們的特權。這些特權包括支配男性和女性奴隸的權力，還包括支配一切階級的婦女的權力，包括他自己的階級。[086]

在這個古希臘時代烏托邦中，塞吉維克讀到了女人和奴隸的並立狀態。在她看來，古希臘的同性戀教育，即是男性文化掌握著性別權力，婦女在其中的地位如同奴隸。正因如此，塞吉維克用「男同社會性欲望」來解釋西方文化中「男性紐帶」的形成。她引述李維史陀在其著作中多次將女性描述為男人之間的交易「禮物」，認為父權的社會組織方式，正是透過男人將女人作為禮物互相交換，因而平息競爭，形成同盟。女性在男性的社會交易中，從西方文化的源頭開始，就淪落為交易方式。簡言之，即便是女性同性社會性紐帶和同性戀紐帶之間的關係，比起男性同性社會性紐帶和同性戀紐帶之間的關係，也是極不對稱、極不平衡的。

塞吉維克本人對馬克．吐溫《哈克歷險記》和莎士比亞《羅密歐與茱

[086] Eve Kosofsky Sedgwick, *Between Men: English Literature and Male Homosocial Desire* (New York: Columbia University Press, 1985), p. 4.

麗葉》等一系列作品的分析，即是著力揭示女性如何成為父權制文學中的「社會膠水」，而使男人們的「男同社會性」關係得以成為可能。按照她的看法，傳統文化是以異性戀為規範的，故同性戀，特別是文學中的同性戀情是隱身的，必須透過異性人物的仲介，然後才有可能被接受。如霍桑《紅字》裡海絲特（Hester Prynne）、丁梅斯代爾（Arthur Dimmesdale）和齊林渥斯（Roger Chillingworth）三個人的關係。《白鯨記》中裴廓德號（Pequod）水手們生死與共的兄弟情誼，便也被讀出另一種意蘊來。此外，塞吉維克認為狄更斯和亨利．詹姆斯（Henry James）的小說中都有同性戀的副線，主張假如不對同性／異性戀的現代定義作批判分析，一切西方文化的理解，都是不全面的。為此，她還發明了「反恐同」（antihomophobic）這個術語，認為男性同性戀欲望在後代社會裡給同性憎惡替代，是父權社會對男性同性戀的壓迫，它同時也是對女性的壓迫。

《男人之間》第二章以「戀愛中的天鵝」為題，分析了莎士比亞的幾首十四行詩。她發現在非小說文本中，有兩部作品表現出了強烈的男性同性戀的互文性。一部是惠特曼的《草葉集》（*Leaves of Grass*），另一部就是莎士比亞的十四行詩。莎士比亞的 154 首十四行詩不同於《草葉集》的地方，塞吉維克認為，是它們家喻戶曉的普及性。只可惜作為男同性戀的經典來普及流傳，距離它們最初的社會、情色和敘述語境，卻是已經過去數百年了。154 首十四行詩是不是一個系列？什麼時候寫的？寫給誰的，是幾個人？它們是自傳體嗎？為什麼出版？塞吉維克指出，這些問題歷來眾說紛紜，對於大多數讀者來說，這些十四行詩的對象往簡單裡說，只有四個人：詩人、俊美青年、對手詩人、黑膚女郎。這個簡化版的理論，事實上也是塞吉維克本人讀莎士比亞十四行詩的直觀感受。所以這些詩歌的男同社會性欲望分析，也就不奇怪以此作為範型了。

塞吉維克認為莎士比亞十四行詩是該書第一章中提出的性慾三角和性別不對稱理論的絕好例證。所謂性慾三角，是指兩個人同時愛上一個對象之後，三個人之間的錯綜複雜的關係。她說，根據法國哲學家勒內．吉拉爾（René Girard）的追隨者們的讀法，莎士比亞十四行詩的敘說人對於俊美青年和黑膚女郎一樣鍾情有加，而在最後一組詩裡，兩人成了情敵；敘說人的觀點，也是莎士比亞的觀點。然而鮮有批評家注意到，這些詩裡的性慾三角和性別不對稱，對仗得多麼工整。她舉了第 42 首的例子：

That thou hast her, it is not all my grief,
And yet it may be said I loved her dearly;
That she hath thee, is of my wailing chief,
A loss in love that touches me more nearly.
Loving offenders, thus I will excuse ye:
Thou dost love her, because thou know'st I love her;
And for my sake even so doth she abuse me,
Suffering my friend for my sake to approve her.
If I lose thee, my loss is my love's gain,
And losing her, my friend hath found that loss；
Both find each other, and I lose both twain,
And both for my sake lay on me this cross:
But here's the joy; my friend and I are one;
Sweet flattery! then she loves but me alone.
（你擁有她，那並非我全部悲哀，
可是我對她曾經愛得那般深沉；
她擁有了你那才讓我傷心欲絕，

愛的失落啊愈發讓我痛不欲生。
愛情的罪犯們，我且寬恕你們：
你愛她，只因為你知道我愛她；
她作踐我悉盡是為著我的緣故，
為我緣故折磨我朋友來取悅她。
失去你，我所失是我情人所得，
失去她，我好友便宜撿了個漏；
你倆各得其人，我是一丟丟兩個，
兩個都為我緣故讓我背十字架：
但快樂在其中：好友與我同在；
謝天謝地！她卻只愛我一個。）

塞吉維克認為，從這首詩裡可以看出，為什麼像莫瑞．克里格這樣的批評家，會堅持說莎士比亞十四行詩寫情寫愛什麼都寫，就是閉口不談性別。至少從第 1 首到 126 首，即傳統被認為是寫給一個青年男子的，就是這樣。她反對克里格堅持要將莎士比亞十四行詩，解讀為在敘寫新柏拉圖主義的貞潔愛情。她說：「可是這首十四行詩並不是新柏拉圖主義，甚至不是柏拉圖主義，而即使是在這裡，為求一種一廂情願而且有助康復的對稱平衡觀念，情人之間、情愛之間『偶然』差異的修辭性消抹，也是一以貫之，非常徹底。」[087] 簡言之，莎士比亞這首十四行詩在塞吉維克看來，形象佐證了她的「情慾三角」和「性別不對稱」之間形影不離的對稱關係。正所謂「朋友如手足，情人如衣裳」。

[087] Eve Kosofsky Sedgwick, *Between Men: English Literature and Male Homosocial Desire* (New York: Columbia University Press, 1985), p. 30.

二、女性主義文化研究

性別批評的一個主旨，由是觀之，即是探究今天的性別視野與作品時代的性別視野，有著何種差異，以及此種差異背後的社會與文化緣由。性別批評與傳統女性主義批評的差異，一般認為表現在性別和性取向兩個方面。與女性主義批評關注「性別」差異不同，性別批評則更關注「性取向」問題，更注重作品中或隱或顯的男性和女性的同性戀情結。但是性別批評從廣義上看，不妨說就是女性主義批評的當代範式。是以我們的敘述，亦從西方女性主義文學和文化批評的當代走向說起。

女性主義與文化研究從大體上看，可視為美國話語和英國話語的一個連接。撇開從西蒙・波娃開始，到克莉斯蒂娃和愛蓮・西蘇等人「生理女性主義」的法國傳統不談，言及女性主義的政治意蘊，美國話語當仁不讓是它的主流，以至於美國社會學家班・艾格（Ben Agger）將女性主義文化研究的緣起，定位在美國批評家凱特・米列 1970 年出版的《性政治》（*Sexual Politics*），認為自此以還，不但是將文學批評，同樣也將文化研究寫上了女性主義的中心日程。[088] 英國話語是指當年伯明罕中心下傳的文化研究傳統，雖然，中心早期集中在亞文化研究方面的第一批著述中女性意識的相對缺場，被認為是一種缺憾，但是女性主義與文化研究結緣，非嫁接伯明罕話語不成體統，這也幾成共識。

那麼，什麼是女性主義文化研究？它本身能不能構成一種自足的文化理論？抑或只是文化研究其他模式的補充？可以說，大多數女性主義者願意認同女性主義文化理論是一個自成一統的體系，它最基本的特點之一，便是一致對外，特別是反對男性新左派，攻擊它自說自話、畫地為牢。她

[088] Ben Agger, *Cultural Studies as Critical Theory* (London: The Falmer Press, 1992), p. 7.

們認為主流男性文化批判的一個致命弱點，便是女性聲音的沉默。這樣來看米列的《性政治》，這本以英國的 D. H. 勞倫斯（David Herbert Lawrence），美國的亨利 · 米勒和諾曼 · 梅勒（Norman Mailer），以及法國的讓 · 熱內（Jean Genet）等作家為靶子的名著，便是透過揭示男性作家刻意貶低女性 —— 他們筆下的女性形象極不可靠，在顛覆「菲勒斯（phallus）中心主義」文化霸權的同時，也極大地鼓勵了女性言說自己的歷史和當下經驗。如是而觀，女性主義文化研究從女性主義文學批評之中脫胎而出，可謂順理成章。

凱特 · 米列在《性政治》2000 年再版序言中，回顧了當初寫作此書的初衷。她指出，該書出版三十年以來，她有充分的時間來思考在新版本的序言裡該說些什麼。三十年來社會發生了巨變，在美國以及整個西方，都經歷了洶湧澎湃的女性主義第二波浪潮，雖然也有逆流，但是透過聯合國的介入，男權中心社會的改革在穩步推進。但是：

> 在 1970 年，我的主要興趣是用現代術語，為我的那一代人重申和重建男權中心的歷史事實，將它視為一個建立在身分、氣質和角色之中的控制性政治機制，一個由社會使然，卻將自身表現為自然和必然之道的信仰體系。[089]

米列所說的當初她對男權中心文化彷彿是天性一般自然而然地蟄伏在我們的潛意識裡耿耿於懷，是不是言過其實了？或者說，隨著社會的進步，這一看法已經成為明日黃花？

按照英國文化研究學者約翰 · 斯托雷（John Storey）的歸納，20 世紀風起雲湧的女性主義，至少有四種類型：激進女性主義、馬克思主義女性

[089] Kete Millett, *Sexual Politics* (Chicago: University of Illinois Press, 2000), p. 11.

主義、自由派女性主義，以及所謂的雙重體系理論。四種體統雖然一致對外，反對壓迫，可是對於壓迫根源的定位，以及與之相應的解決方法，所持立場卻是各不相同的。

首先，就激進女性主義來看，婦女受壓迫是歷史上占據統治地位的父權制文化使然，是一個性別對另一個性別的壓迫。其次，就馬克思主義女性主義來看，婦女受壓迫的罪魁禍首不在性別差異，而在於資本主義，男性支配女性，一如資本支配勞動。再次，自由派女性主義不似激進女性主義和馬克思主義女性主義那樣耿耿於懷於制度的罪錯，無論它是父權制也好，資本主義也好，總之認為問題在於男性對女性存在偏見，比如法律之中，以及一些特定的生活領域排斥女性，這裡都可以見到這一男性的偏見。最後，雙重女性主義是糅合馬克思主義女性主義與激進女性主義的立場，認為女性受壓迫，是父權制和資本主義兩相連接的結果。這個歸納當然不是完全的，其他形形色色的女性主義也還數不勝數，這一點斯托雷本人也不否認。所以，要說女性主義究竟可以怎樣分類，只能說它是呈現「多元化」狀態了。

澳洲傳播學與文化研究學者克里斯．巴克（Chris Barker），在其《文化研究：理論與實踐》（*Cultural Studies: Theory and Practice*）一書中給出的女性主義分類，則是廣義分為自由派女性主義、差異女性主義、社會主義女性主義、後結構主義女性主義、黑人女性主義與後殖民女性主義六種。自由派女性主義前面已經有所交代，按照巴克願意接納的闡釋，它是把男性和女性的差異，看作社會、經濟和文化結構使然，而不是生理差異的結果。故此，這一派女性主義伸張女性在經濟、法律等一切西方現存秩序中的平等機遇。社會主義女性主義應相當於馬克思主義女性主義，它認為階級與性別之間的交互連繫，包括性別不平等的根源，悉盡在於資本主義的再生產。

所謂差異女性主義，它不是呼籲男女平等，反過來是強調男女天生有別。這些差別既是與生俱來的，也是不可改變的。不管它們被釋為文化的差異也好，還是心理的或生理的差異也好，差異恰恰是優勢而不是劣勢，可以證明女性在創造力和價值觀方面，都高於男性一籌。但是這一將差異籠統定位在男性和女性之間的立場，事實上也多遭非議。比如說，它是不是犧牲了婦女個體和個性的差異，而過分強調了壓迫的普遍形式？按照批評者的說法，並非所有的女性都受同一模式的父權制壓迫，何以就將她們表述為清一色的無助又無力？至少在黑人女性主義者看來，差異女性主義就是掩蓋了種族和殖民主義歧視，掩蓋了白人女性和黑人女性之間的支配關係，實際上是將女性單單定義為白人女性。誠如斯皮瓦克《文化理論與大眾文化》一書中的名言「低賤者無言」，在後殖民語境中，婦女受帝國主義、宗主國男性和本土男性的三重壓迫，窮苦的殖民地女性根本沒有知性語言來言說苦衷，也沒有宗主國和本土男性來傾聽她們的聲音。

後結構主義女性主義一定程度上也是後現代主義女性主義的同義詞。它對性與性別持反本質主義立場，堅持它們由社會與文化構成，既不是生理差異使然，也不必一股腦怪罪十惡不赦的資本主義。這意味著女性特質和男性特質都不是一成不變的東西，而是為文化和話語所建構。即是說，女性特質和男性特質都是描述和規訓人文主體的方式。故此，文化、表徵、語言、權力以及衝突等，都成為後結構主義女性主義的關鍵字，我們不難發現，這些關鍵字，恰恰也是文化研究的關鍵字。

女性雜誌批評是文化研究中文學批評的重要組成部分。如英國傳媒研究學者珍妮絲·溫西普（Janice Winship）1987 年出版的《走進婦女雜誌》（*Inside Women's Magazines*）一書，就考察了英國 1950 年代的家庭週刊和

1980年代的時尚刊物，強調思考女性和婦女，除了政治等因素之外，不可能離開「母性和家庭生活、美容和時尚、愛情和羅曼史、烹飪和編織，以及浪漫小說、菜譜和婦女雜誌」[090]。溫西普是女性主義文化理論家，以女性主義者的身分來分析女性雜誌，是不是會有偏見？或者不說偏見，至少會有某種先入之見吧。事實上，溫西普本人也承認這個問題確實叫她為難。比方說，大眾文化的分析很難設想可以離開政治的批判，但是另一方面，她又深感單純否定婦女雜誌，等於是否定每週津津有味閱讀這些雜誌的千百萬女性讀者。不僅如此，她本人也喜歡它們，覺得它們好讀又好用，而且她知道，她肯定不是唯一一個婦女雜誌的女性主義「密友」。

那麼，什麼叫作好讀又好用？溫西普的回答是，對於女性主義者來說，婦女雜誌提出的一個重要問題，就是我們如何接管它們的女性陣地，為自己創造出新的自由不羈的嶄新形象來。即是說，長久以來女性雜誌是在男性文化的蔑視之下發展起來的，承認女性雜誌有它自己的權利，這意味著女性雜誌可以創造一個「另外一個世界」，另辟天地來給女性一個喘息的空間。在溫西普看來，她的女性雜誌分析，目標之一即是解釋這類雜誌的魅力從何而來，與此同時，批判性地分析它們的局限和變革潛能。

溫西普認為浪漫小說、肥皂劇都是確鑿無疑的「女性文化」，其受眾數量之廣便足以證明，這些文本在廣大的「普通」婦女中間是多麼流行。她指出，婦女雜誌自從18世紀誕生以來，就源源不斷在給廣大讀者提供教誨和娛樂。教誨當然不是說教，而是指日常生活中男性多半不屑一顧的生活指南。故而雖然它與宏大敘事的政治比較，多少顯得小家敗氣，然而它們迄至今日依然艱難地生存了下來，依然鍥而不捨地在給它們的女性讀者提供實用指南，指導她們如何在一個男性文化中生存下來。女性雜誌的

[090] Janice Winship, *Inside Women's Magazines* (London: Pandora, 1987), p. 6.

娛樂，不消說很大程度上來自美輪美奐的各式廣告，但是快樂也並不一定就要掏腰包購買。溫西普回憶在寫作此書的那個炎熱的七月裡，她怎樣從一幅雜誌廣告上獲得巨大的視覺快感，雖然全無購買產品的意願。廣告上一個女子如夢似幻地潛入連接著浴缸出水口的藍色大洋。她說：

我們讀出了這些廣告夢境中的詞彙，非常喜歡。我們一頭栽進它們創造的虛構世界。但是我們十分清楚，這些商品並不會帶來它們許諾的虛構天地。這沒有關係。我們不必費心買呢還是不買，單單透過圖像，我們就恍惚體驗了這樣的美好生活。這是對於你並不擁有，以及不可能擁有的經驗的一種補償。[091]

這一並不真實擁有的虛構體驗，也許就是前面溫西普所言的婦女雜誌給女性讀者展示的她們自己的「自由不羈的嶄新形象」。由是觀之，婦女雜誌的廣告就像雜誌本身一樣，提供了一個好夢成真的平臺，即便它是虛擬的好夢、虛擬的成真，那又有什麼關係？

約翰·斯托雷對此也深有同感。他注意到溫西普列舉了婦女雜誌的種種「虛構」策略：它們可以是廣告的視覺虛構，也可以是時裝、烹飪、家庭的虛構天地，乃至名副其實的虛構，諸如浪漫連載小說、五分鐘故事等，還有名人逸事，甚至普通男男女女的衣食住行的報導。而婦女雜誌的行銷策略雖然「每一種虛構各各不同，都殊途同歸將讀者吸引到雜誌的世界中來，而最終進入一個消費世界」[092]。當然，快感也並不是非得掏腰包購買，上面溫西普從一張廣告圖片上「恍惚體驗」到「美好生活」，即是一例。故此，斯托雷強調婦女雜誌可以說是建構了種種女性的「虛構集

[091] Janice Winship, *Inside Women's Magazines* (London: Pandora, 1987), p. 56.

[092] John Storey, *An Introduction to Cultural Theory and Popular Culture* (London: Prentice Hall, 1997), p. 162.

體」，編者按口口聲聲「我們」怎樣「我們」怎樣，便是明證。在斯托雷看來，婦女雜誌的女性讀者讀日常世界中林林總總的逸聞，心情是悲喜交加的。他引用溫西普的概括，指出這一亦悲亦喜的張力，是源自意識形態的束縛，它將女性束縛在狹窄的個人平臺上，對於公共事務的參與，這個平臺顯然是力不從心的。

三、女性雜誌批評

比較來看，安吉拉·麥克羅比（Angela Macrobee, 1951-）的女性雜誌分析，更能代表伯明罕傳統的女性主義批評傳統。在麥克羅比看來，早期伯明罕中心保羅·威利斯（Paul Willis）和迪克·赫布迪基等人的青年亞文化研究，如前所述缺失性別意識，導致研究中女孩子的文化生活缺場，由此開始了她以後同樣傳為經典的女性視角青年亞文化研究，細心考察羅曼史、流行音樂和時尚籠罩下的工人階級女孩的文化生活。她先後發表的一系列文章中，包括早年的油印稿，其中之一便是對當時流行少女雜誌《傑姬》（*Jackie*）的文化分析。她的這一批文章，後來相當一部分被收入她 1991 年出版的《女性主義與青年文化》（*Feminism and Youth Culture*）一書。

《女性主義與青年文化》收入作者在伯明罕當代文化研究中心讀書和研究時出產的一批具有開創意義的論文，大體反映了 1970 年代以來，英國女性主義文化研究的方法論發展線索。這些論文如果說有一個大體相同的主題，那麼不妨說，它們都是強調文化文本及其消費者，是如何支持並且顛覆生產了它們的文化霸權。如早期的論文〈女孩與亞文化〉（1978）、〈清算亞文化〉（1980）、〈工人階級女孩的文化〉（1979）等，便是與「正統」的社會學研究針鋒相對，反對將青春期女孩描述成青年亞文化中索然無味的附庸。麥克羅比的言外之意是，忽略女孩在文化中扮演的角色，任何文化研究都不可能是完整的。女性聲音的沉默，女性在男性研究視野中的缺場，這一切不光是麥克羅比致力於解析的現象，同樣也是 1980 年代初女性主義文化研究普遍耿耿於懷的心結。故而真正的女性主義文化研究，必須促成主體和客體之間的對話。那麼此一對話如何進行？麥克羅比的回答是，推動女性主義者出演公共知識分子，積極參與各種政治活動，並且，同時關注她們的價值所在和局限所在。唯其如此，這一研究視域中必然會湧現出許多新的問題，傳統的階級分析的方法，將被證明過於簡單，未必是一劑包治百病的良藥。

麥克羅比後來收入《女性主義與青年亞文化》中的長文〈《傑姬》雜誌：浪漫個人主義與少女〉，1978 年問世，像中心當時大多數的研究成果一樣，是 CCCS 的油印版。作者開篇就交代了她為什麼選擇《傑姬》作她的青年亞文化研究對象，那就是有感於它在英國少年雜誌中獨占鰲頭的發行量。《傑姬》1964 年創刊，發行量從最初的平均每年 35 萬冊，上升到 1968 年的 45.1 萬冊，直至 1976 年的 60 餘萬冊。這個數字足以給人深刻印象。甚至，雜誌選取「傑姬」這樣一個明朗又時尚的女孩名字，而且還是暱稱，來給自己命名，也是意味深長。它意味著一種身分認同：一個理想化的女孩，現代又可愛。這就是《傑姬》的自畫像。《傑姬》以女孩為主要客群，讀者平均年齡是十三至十五歲。

《傑姬》作為一家炙手可熱的青春期刊，是典型的大眾傳媒也是大眾文化。故而對於《傑姬》的分析，首先關係到怎樣來看大眾文化。麥克羅比歸納了對大眾文化的四種視角，逐一予以評說。

第一種視角是大眾文化天生是低劣、庸俗、膚淺的代名詞，天生次於高雅文化，比如小說《簡・愛》。她認為這一立場本身有問題，因為那是將高雅文化當作包治百病的良藥，所謂人類精華價值的寶庫，擔負著提升情感、純化精神的教化使命。但是它沒有歷史依據，純屬主觀臆想。它無法解釋何以一種文化形式在一個階級中比在另一個階級中更受歡迎。

第二種視角是第一種立場的翻版，而且變本加厲。具體說，它是一種陰謀理論，把大眾文化看作統治階級利用娛樂麻痺工人階級心甘情願來當順民的陰謀產品。這樣來看《傑姬》，它就是統治階級發布的青春期女孩意識形態的代言人。當然，麥克羅比一樣明確表達了她的反對態度，認為這種看法不但是非歷史的，而且不能解釋社會結構中政治、傳媒、法律、教育、家庭等不同部分的相對獨立性。

第三種視角是消費主義角度。認可大眾文化的積極意義，認為大眾文化所表達的，正是工人階級青年和部分中產階級青年的共同價值。即是說，工人階級青年拒絕中產階級的「高級」文化，轉向了切實有效的市場形式。這是典型的青年亞文化視角，青年選擇奇裝異服、奇異髮型、搖滾樂、摩托車，都是挪用現成物品，顯示新的叛逆意義，由此來解構中產階級道德。麥克羅比承認這一視角與她的《傑姬》研究有相似處，但是認為不足以解釋《傑姬》這類少女雜誌的風格。換言之，《傑姬》遠沒有飛車黨、光頭黨這類青年亞文化的離經叛道氣概。

第四種視角是媒體的立場。麥克羅比引用霍爾〈諸如此類〉一文中分析電視怎樣報導政治事件時所言，節目不過是一個窗口，它是反映而不是打造政治辯論。故而電視節目不過是提供客觀諮詢，相信受眾自會「理性」判斷，得出自己的結論。這樣來看《傑姬》雜誌，它就只是反映了少女們的現實興趣，投其所好順便給些建議罷了，它並沒有影響女孩子們的思考。這該是典型的大眾文化意識形態。它到底是高估了受眾的判斷能力，還是低估了受眾的識別能力呢？

麥克羅比本人更看重的是市民社會。她指出，《傑姬》的背景是一個強大且巨大的私人出版機構，它出版發行大量報紙、雜誌和連環畫，由此涉及市民社會的方方面面。麥克羅比認為，正是在這一私人領域或者說市民社會中，《傑姬》雜誌明確地追求少女們的價值認可，使她們在女性氣質、休閒、消費這些文化層面上，潛移默化服從了主流秩序。

那麼，什麼是主流秩序？這裡是休閒的意識形態。麥克羅比指出，雖然《傑姬》的讀者們不過是十多歲的少女，還沒有走上工作崗位，但是《傑姬》一樣讓她們實現了資本主義社會中休閒的三個基本目的：一、勞動力體力的再生產；二、勞動意識形態的再生產；三、消費品中實現剩餘價值。《傑姬》鼓勵健康的身體和「睡眠美容」，既是鼓勵進一步的消費，又是一種強大的意識形態力量。要之，選取《傑姬》作為樣本，麥克羅比指出，我們同樣可以看到休閒在商業和私人領域的開發利用，以及它所擁有的完成資本主義意識形態的資本空間。工作可能是乏味的，而且總是與必須、強制和威權相關，但是工作是為了休閒。休閒是心靈的避風港，是一片個性可望得到自由表達的自由天地。看來，《傑姬》就是展現了這樣一個美好的休閒世界。

麥克羅比以休閒意識形態為女性主義雜誌迎合的主流秩序，並非空穴來風。亞里斯多德就把休閒定義為一種人生的至高境界，是人生的最終目標所在。如《政治學》卷八第三章中他說：

自然本身，誠如人經常說，要求我們不光能夠勝任工作，同樣能夠善於休閒。因為，我必須再次強調，人類所有活動的第一原理，就是休閒。工作和休閒兩者皆為必須，但是休閒要勝於工作，而且是工作的目的所在。[093]

---

[093] Aristotle, *Politics*, 1337b, 30-35.

休閒高於工作，它是人類所有活動的第一原理。這些話是不是顯得誇張？但毋庸置疑，它們大體上正是古希臘哲學的共識。道理很簡單：工作是為了休閒，可是休閒自身就是目的。休閒就是為了休閒，它沒有任何其他目的。休閒由是觀之，它是一種人生的態度，是一種充滿睿智的古代先哲的人生境界。它與遊手好閒、無所事事斷不可相提並論。只有工作，沒有休閒，將不是完美的人生；而哲學和一切知識，說到底，都是誕生在休閒的人生之中。這可視為希臘哲學誕生的基本背景。

那麼，我們如何休閒？在亞里斯多德看來，休閒中我們要做的不應當僅僅是娛樂，因為假如休閒就是娛樂，那麼娛樂就成了人生的目的。我們的辛勤工作中需要娛樂，因為娛樂使人放鬆，解除辛勞。但是休閒高於娛樂，它本身就給人生帶來快樂和幸福，而享受這種快樂和幸福的，都不是疲於奔命的忙碌之輩，而是擁有閒暇心境的人。所以休閒與幸福一樣，令所有的人都覺得與之相伴的是快樂而不是痛苦。休閒可以說是為了更好地工作，但是工作最終還是為了休閒。可以說，這一以休閒為終極目的和知識起源的希臘哲學語境，後代是很難予以重建了。

麥克羅比認為《傑姬》雜誌有很好的休閒意識形態推廣策略。即是說，它抓住少女讀者群這一段結婚生子之前的特定時光，這時候她們還沒有走上家庭和工作的崗位，有充分閒暇來享受幻想的快樂，而不必直接與國家機器發生關係。故而大規模的消費品、流行音樂、酒吧、迪斯可舞廳，以及少年雜誌，填滿了許諾提供更大自由的休閒空間。它和國家組織的意識休閒不同，國家的休閒意識形態注重道德、紀律訓練和團隊精神，但是《傑姬》的休閒意識形態逍遙在自由和浪漫之間，一切多麼生動有趣。正是在這樣一種溫和且溫馨的休閒空間裡，慣於以漂亮女孩幸福微笑做封面的《傑姬》雜誌，完成了私人領域中「心靈」和情感的內部空間轉向：

文章和專題被小心翼翼地排序，不會讓「沉重」的專題連在一起出現，黑白的圖片固執地占兩頁半或三頁。中間總是插進彩色廣告或美女圖片，吸引讀者直接參與讀者來信和提問欄目，使得雜誌能被反覆閱讀。……進入《傑姬》的世界，就意味著進入了一個沒有歷史、亙古不變的空間，學校或家庭工作等真實世界關心的東西被束之高閣了。[094]

現在的問題是，對於《傑姬》的讀者，那些十三至十五歲的青春少女們，《傑姬》這家在女性雜誌中獨樹一幟的流行少女雜誌，是在休閒的框架裡不加區別地向她們灌輸各種資產階級意識形態，還是有意識將她們引向一種先已存在的女性文化？麥克羅比認同後者。她指出，這一女性文化作為主流意識形態的組成部分，占據著《傑姬》少女讀者們的生活，浸染著她們的衣著行為和交談方式。這一意識形態斷言，她們將來的角色是妻子和母親。

鑑於麥克羅比以上的判斷，我們可以進而來看她對《傑姬》雜誌的羅曼史代碼的分析。針對《傑姬》的女性文化意識形態特徵，麥克羅比參照羅蘭·巴特的符號學理論，分出羅曼史、私人生活、時尚和美容，以及流行音樂四種代碼，對雜誌的內容作了細緻分析。今天來看，這些分析對於理解當年伯明罕中心文化研究的女性主義批判視界，是有代表性的。下面我們來看麥克羅比是怎樣破解其中的羅曼史代碼的。

麥克羅比指出，《傑姬》的圖文故事，和通常出現在兒童週刊上的那些連環畫、冒險故事、時空旅行、格鬥故事和陰謀故事大同小異。但是《傑姬》的素材與上面這些流行故事有所不同，那就是它們總是和羅曼史有著這樣那樣的連繫。那麼，《傑姬》提供的羅曼史究竟有哪一些特徵？

[094] 見安吉拉·默克羅比：《女性主義與青年文化》，張岩冰、彭薇譯，河南大學出版社，2011，第71頁。作者名本書譯為安吉拉·麥克羅比。

這些特徵又意味著什麼呢？很顯然，《傑姬》的羅曼史自有它的一些程序。這些程序莫若說也是大眾文化中女性形象的一種原型。

就羅曼史的主角來看，麥克羅比指出，男主角都比這本雜誌的少女讀者們年長一些，他們都是聰明且通達世事的年輕成年人，而不是青春期的小孩子。這可以說明將要展開的故事是嚴肅的，不是兒戲。每一個人物，也都符合公認的美麗或者英俊標準。進而視之，《傑姬》羅曼史的主人公類型，近似於流行的浪漫電影，是天真的女性和強硬的男性。女孩子大都屬於「中庸」類型，整潔且規矩，很少離經叛道。男孩子則通常展示一種精心設計的淩亂，可能有點邋遢，但是不超出可接受範圍。甚至人物的姿態，也是在運用電影語言：擁抱，碰釘子的女人獨自面對日落，然後月亮升起來……

麥克羅比注意到《傑姬》中的人物也有程序。如男孩可以歸結為四種類型。第一種是會尋開心、愛調情的男生，這讓所有的女孩都無法拒絕；第二種是邋裡邋遢、漫不經心的「滑稽」青年，他可以激發女孩子的母性情感；第三種多情、羞澀、敏感，甚至帶點藝術家氣質；最後一種是野性十足的不良少年，通常出現在摩托車上，富有攻擊性，十分性感。女孩子性格少有變化，大體也可以分為四種類型：一是金髮碧眼、安靜溫順的可愛且輕信類型，她可能最終得到心儀的男孩，也可能被悲慘地拋棄；二是膚色淺黑的狂野俏皮類型，她通常是金髮女孩的密友，會耍方法施詭計得到想要的男孩；三是「潑婦」類型，雖然在女人當中不得人心，對於男人卻是魅力四射，無可抗拒；四是無特點、開朗且好脾氣的心不在焉類型，她太過平凡，可是好事偏偏就在她身上發生。事實上，自 1964 年《傑姬》雜誌創刊以來，上述人物類型，幾乎就一直沒有變化過。

羅曼史發生的環境，則局限在一個狹小的情感世界，家庭或社區背景之類，一概消除。這裡是最典型的私人領域，每一個圖片故事，都圍繞一個人物，情節就在他或她周圍狹窄的社會空間——咖啡館、迪斯可舞廳或街上展開，一段情節很少超過兩三個人物。一些故事似乎發生在倫敦，但是大多數故事沒有具體地點。有時候，咖啡館、摩托車和狹窄的街道，會顯出小鎮的乏味。有時候，女孩歷經一段破碎羅曼史之後，會退避鄉村療傷，可是一旦喘過氣來，她必回到城市。因為羅曼史永遠發生在城市。然而，這些少男少女們生活其中的城市裡，人口出奇稀少，沒有外國人、沒有黑人少年、沒有老人、沒有兒童，也沒有已婚夫婦，而且少有家人和兄弟姐妹，它們的居民，幾乎是清一色的適婚青年人。由此我們可以解讀出《傑姬》的羅曼史代碼：閨中密友不值一提，只有結婚方是功德圓滿，婚姻意味著幸福，單身意味著不幸，異性戀的浪漫故事唯我獨尊，有情人終成眷屬。

這就決定了《傑姬》雜誌上的男孩和男人，不能是性的對象，只能是浪漫對象。概言之，《傑姬》羅曼史的中心和視覺衝擊點，就在於擁抱、求婚和婚禮。女性的事業由此構成，其行動被「定格」為一系列「靜態畫面」，像文本一樣被人「閱讀」。性慾被改頭換面地偽裝成浪漫擁抱這類代碼，浪漫成為女孩子對男人性慾的唯一回應，花前月下的浪漫風情使性顯得骯髒下流，毫無吸引力。反之女孩子的性，彷彿是與生理需要毫無關係的什麼東西。女孩面對心懷鬼胎的男人，只能被親吻、擁抱。這就夠了。除了浪漫還是浪漫，社會問題、社會階級、外國人和戰爭，這一切都被放在過去，都被束之高閣了。

所有這一切羅曼史代碼意味著什麼？它意味著《傑姬》的女孩世界裡毫無自尊，意味著女性之間除了鉤心鬥角的猜忌，毫無友誼可言。羅曼史說到底是結婚狂的羅曼史。男女主人公被從現實社會中抽離出來，什麼也不需操心，只需彼此尋找。尋找的不是快樂，而是婚姻。正因如此，一種極端的個人主義大行其道，因為大家心知肚明，男人可以熱火朝天地愛一個女孩，也可以猝不及防就被另一個女孩橫刀奪愛。意識到這一點後，所有的女孩就彼此為敵，即使自己最好的朋友，也不敢相信，只有找到如意郎君，才告甘休。甚至，「要拴住他，她還必須努力，因而她的極端的個人主義必須持之以恆。然而，這是一種雙刃的個人主義，因為在與男友的關係中，她需要在一開始就放棄她的自我，在浪漫關係的氛圍中，她不得不自願聽從於他的要求」[095]。多年以後，麥克羅比這樣回顧她當年的《傑姬》研究：

我記得我是如何分析這家期刊上一週又一週將少女想像成覓偶狂。她找呀找呀，除非套住一個「傢伙」，戴上戒指，否則永遠不得消歇。即便大功告成之後，她仍然得保持警惕，以防備他移情別戀。這些故事女性主義批判實在是已經說濫了，以至於她們總結出一種前女性主義的女性氣質：「時刻警惕」追尋如意郎君。這樣子做一個女孩，誠如我們當中許多人指出的那樣，真是種恥辱，卑躬屈膝，叫人忍無可忍。[096]

如此卑躬屈膝的少女形象對於女性主義來說，真是莫大的恥辱。所以麥克羅比說那是一種「前女性主義的女性氣質」，換言之，它甚至都還沒有開始具備女性主義意識。但是麥克羅比也注意到，到1980年代，這類少女肖像已經是蕩然無存。可是隨著有意識標舉「政治不正確」的女性主義大眾文化繁榮起來，它又死灰復燃了。

死灰復燃是說，突然之間，隨著憤怒的女性主義漸行漸遠，這一類敘

[095] 安吉拉·默克羅比：《女性主義與青年文化》，張岩冰、彭薇譯，河南大學出版社，2011，第111頁。

[096] Angela McRobbie, *The Use of Cultural Studies* (London: Sage Publications, 2005), p. 191.

述帶著報復的快意，變本加厲捲土重來，而且伴隨一絲諷刺意味，暗示這一回的新女性畫像，可是經過女性主義的思考之後，方才重又勾畫出的。懼怕結不了婚、懼怕被束之高閣、懼怕老了沒人要、懼怕太晚了生不成孩子，總而言之，孤獨的恐懼逼得如今這些女孩幾近瘋狂，厚顏無恥地追逐男人。對此麥克羅比稱從《慾望城市》（*Sex and the City*）到《艾莉的異想世界》（*Ally McBeal*），再到《單身日記》，女性主義可謂似幽靈一般，無所不在，甚至是近乎仇恨地潛伏在這些一路流行的影視作品之中。比如，女主人公們可能像女性主義者一樣，熱衷於性的技巧，一如《慾望城市》所示；也可能既然男朋友靠不住，回過頭來認同女性的友誼，甚至以同性戀自居，或者至少有一些女同性戀的密友。可是有一點她們沒有說出口，那就是她們再不能像凱特·米列那樣，求諸性政治來闡釋自己的性生活和情感生活。這是一個去女性主義的後女性主義時代，取而代之的關鍵字是後現代、大眾文化。

如果說麥克羅比的《傑姬》研究可以代表早期青年亞文化研究中的女性主義雜誌研究視野，那麼她本人後來的著名文章〈閉嘴跳舞吧：青年亞文化與女性主義的變化模式〉裡對後起之秀《十七歲》（*Just Seventeen*）雜誌的分析，可以說是揭示了 1990 年代的性別批評特點。

〈閉嘴跳舞吧〉這篇文章收錄在 1999 年出版的一部文集《女性主義與文化研究》（*Feminism and Cultural Studies*）裡，是作者對早年女孩亞文化研究的一個回顧。作者開篇就說，她非常急於來寫一寫青年。這個話題顯得近在咫尺，又遠在天涯。因為她老了。她有一個十五歲的女兒，來寫她們那一代人的文化，她感到是偷偷摸摸闖進了她的私人空間。經常地，身為一個青年亞文化研究的社會學家和身為一個女孩的家長，兩種立場會發生微妙的衝突。想起她 1970 年代在伯明罕中心那些試探性的女孩文化研究的早期文字，恍如隔世。一定程度上，這也就像赫布迪基 1987 年的文章〈不可能的目標：走向一種崇高社會學〉中所坦白的那樣，每當他被鄰家青年的高聲音樂吵得夜不能寐，忍無可忍，最終深更半夜著衣外出，去憤怒交涉時，他也有理由來反思他當年的青年亞文化分析文字。就她本人而言，凌晨時分著衣外出，將倫敦北郊空置倉庫裡鋭舞派對上的女兒揪回家，也不是新鮮事情。

那麼，今天像麥克羅比這樣成熟一代的女性文化研究學者，如何來做女孩的亞文化研究？麥克羅比對此的交代是，儘管身為一個母親，她的焦慮已經瀕臨恐懼，但她依然感到殊有必要繼續她的研究。探究女孩子們，同樣還有男孩子們，如何體驗他們周圍的社會，以及反過來如何把這一體驗表達出來。有鑑於青年是社會裡一個舉足輕重的組成部分，麥克羅比指出，她所從事的工作便將是：

> 從豐富複雜的英國社會變革景觀中，通觀柴契爾時代以往，在青年文化和青年大眾傳媒領域選取若干典型案例。這些案例無不直接參與了變革 —— 變革同樣顯示了女性氣質新模式的出現，這些新模式反過來，告訴我們如今我們生活其中的這個社會，有一些真正意味深長的東西。[097]

這些「女性氣質新模式」是意味深長的，因為它不光是對社會而言，同樣適用於文化研究既定方法的反思。麥克羅比認為，如此反顧 1970 年代中期的女孩亞文化研究模式，就不難發現，這些模式應是需要有所修正的。

《十七歲》也是週刊，1983 年 10 月創刊，目標讀者同樣是情竇初開的十多歲少女。它很快嶄露頭角，風頭蓋過《傑姬》，發行量為同類雜誌之

[097] Angela McRobbie, "Shut Up and Dance: Youth Culture and Changing Modes of Femininity", in *Feminism and Cultural Studies*, ed. Morag Shiach (Oxford: Oxford University Press, 1999), p. 66.

冠。但是風水輪流轉，1994 年，青少年暢銷月刊《糖》（*Sugar*）面世後，它的受眾明顯分流，1997 年隨著銷量減少，《十七歲》也改為月刊，最終在讀者流失三分之一後，於 2004 年 4 月停刊。後來證明，《糖》的風光歲月同樣有限。過去的十年裡，發行量從 25 萬冊持續下滑到 11 萬餘冊，雖然東家有心力挽狂瀾，2010 年 10 月還進行了重新改版，包括加大版面和改進紙張材質，可是曾經風光無限的《糖》，最終也不得不在 2011 年 3 月宣布停刊。停刊的緣故似乎是無可奈何的：青少年受眾如今更青睞手機和網路平臺，瀏覽免費媒體，紙質文本作為資訊和娛樂的載體，正面臨空前的挑戰，無論它承載的內容是高雅文學，還是從《傑姬》到《十七歲》，再到《糖》這樣的少女雜誌。

麥克羅比指出，以《十七歲》為代表的新一代少女雜誌，揭示了一種完全不同的女性氣質建構模式。它的目標受眾與《傑姬》相似，定位於大體上十至十六歲的女孩子。但是人物相同、讀者相同，旨趣卻是大不相同。《十七歲》裡的女孩不復是羅曼史的犧牲品，不復是愛情的奴隸，她不再可憐巴巴地被男孩晾在電影院外面，不再疑神疑鬼猜忌所有女孩，只怕她們成為她的競爭對手，亦不再心驚膽戰唯恐「分手」，甚或終身沒有「著落」。《十七歲》不再醉心於羅曼史，它對羅曼史可以不屑一顧了。

麥克羅比採用打通文本壁壘，使之內外溝通的方法，來分析《十七歲》展示的女性氣質模式變遷。包括年輕的編輯們帶給雜誌的新觀念、新視野，也包括雜誌不同版面和欄目之間的差異和張力。這是她追蹤不斷變化的社會觀念來進行文化研究的路數，對於測量女性氣質大眾文化表徵的變化參數，這是一個可行的方法。她注意到，同樣作為少女雜誌，改弦易轍拋棄《傑姬》模式的羅曼史，經過了細緻的市場調查研究。調查研究的結果顯示，如今女孩子們非比往昔，她們不願意被隨意貶損，不喜歡那些自己在其中出演「男孩狂」的犯傻愛情故事。此外，一個重要因素是，《十七歲》雜誌的編輯和職員大都是新近畢業的年輕女生，她們熟悉女性主義與文化政治的張力，是以能夠商業和政治雙管齊下，將雜誌打造成又好看又能面對「真實問題」的暢銷讀物，從此告別過去女孩雜誌低聲下氣的自卑風格。所以，從《傑姬》到《十七歲》這一少女雜誌風格的轉變，說到底也是現實生活中女性主義訴求目標轉變使然：

> 像《傑姬》這樣依舊刊出老一套被動女性的雜誌，只會流失讀者。由此可見，今天年輕的消費女孩們，已經多少可以發揮力量，來左右市場了。只要雜誌表現她們自己的形象，只要這些形象與她們在文本之外的自我相協調，她們就會購買。故此，如果我們有意更全面地描述女性氣質的轉變，那麼女性氣質的其他轉換模式，諸如學校、家庭以及其他休閒處所的女性氣質模式，便也同樣必須連繫雜誌和大眾文化中日新月異的文本表徵，來加考量。[098]

比較起來，《十七歲》的女性氣質顯然要寬鬆得多。雖然它依然在追求美，追求時尚消費，追求幸福。《十七歲》的女性氣質當中更多了自尊的成分，可是美容和美體，依然是無條件的律令，因為它們意味著愛情，愛情就等於幸福。模特兒如今是從真實世界中選取，不復是清一色又瘦又高的那種女孩，她們當中有黑人，有混血兒，也有亞裔姑娘。甚至對於女性氣質的定義，也有了新的見解。新的女性氣質被不斷建構和重構，不斷定製出來。《十七歲》的女孩子不再唯男孩馬首是瞻，她們更多的是關心自己，盡情享受奢侈品的消費。在愛情之中，《十七歲》的女孩要求平等以待，否則，完全可以「拋棄他」。但即便如此，麥克羅比發現，《傑姬》

[098] Angela McRobbie, "Shut Up and Dance: Youth Culture and Changing Modes of Femininity", in *Feminism and Cultural Studies*, ed. Morag Shiach (Oxford: Oxford University Press, 1999), p. 76.

的羅曼史陰影也並非一去不復返。《十七歲》的女孩似乎在經受另一種奴役，一種「物役」的羅曼史在暢行其道。你不時可以看到咄咄逼人、穿著馬丁靴的狂野女孩呼之欲出。這些女孩的目標不是在申求平等，反之是變本加厲地張揚她們自信、自強且又性感逼人的新一代女性氣質。

《十七歲》雜誌女性氣質的這一轉變，在麥克羅比看來，顯示了1990年代後現代文化的影響。羅曼史的元敘事已經遠去，鋪天蓋地的資訊撲面而來，幻想的原材料成了流行歌手、電影明星和電視名流。明星的花邊新聞和八卦取代了純情的羅曼史故事。另一方面，《十七歲》也並非專門跟愛和性作對，而是鼓勵女孩認真思考，自己究竟是不是想要異性伴侶，想要性愛。換言之，這一新的女性氣質模式將展示一切相關資訊，告訴她們如何避孕，如何預防愛滋，以及最重要的，如何珍惜愛情。女孩之間不再彼此提防，互為仇敵，反之同性別和異性別的朋友一樣值得珍視。很顯然，這是一種更為開放和平等的女性氣質，進而，性別關係。

四、女性身體的衣著閱讀

女性的身體閱讀與男性有所不同，這似乎自古而然。身體作為當代空間理論關注的一個焦點，它同樣也是空間批評屬意的題材。但是女性對於身體的閱讀，更經常地展現出強烈的性別意識，進而視之，性別意識背後的社會變遷軌跡。美國批評家瑪格麗特・希岡尼特等1994年出版的女性主義批評文集《重組的領域：文學空間女性主義探微》（*Borderwork: Feminist Engagements with Comparative Literature*），從這個角度上看，對於考察傳統女性主義文學批評在當代西方的新走向，應當具有代表意義。

文學空間關注的一個重要主題是身體。梅洛－龐蒂（Merleau-Ponty）

早在他 1945 年出版的名著《知覺現象學》（*Phenomenology of Perception*）中，就認真探討過身體的空間意義。在他看來，身體不僅僅是空間之中的一個客體，就像天下萬物莫不在無遠弗屆的空間中各就其位一樣，這是身體外在的空間關係，最多把身體看作一架精密的複雜機器。而根據現象學的視野，我之所以能夠認知，是因為我有我的身體。換言之，身體的空間性不在於方位（position），而在於情境（situation）。是以「我不在我身體的前方，我就在我身體之中，或者說，我就是我的身體」[099]。由是觀之，身體就成為他知覺現象學的先驗和必然條件。哲學如此，文學亦然。

瑪格麗特·希岡尼特（Margaret Randolph Higonnet, 1941-）生於紐奧良，1970 年在耶魯大學獲比較文學博士學位，曾任美國比較文學協會主席，現為康乃狄克大學榮譽教授。希岡尼特和瓊·坦普爾頓（Joan Templeton）主編的題名為「文學空間女性主義」的文集，開篇引了 18 世紀德國詩人諾瓦利斯（Novalis）和 20 世紀英國小說家維吉尼亞·吳爾芙（Virginia Woolf）的兩句話作為題記。諾瓦利斯的話是：

但得遍覽天下景，始覺他鄉為故鄉。

維吉尼亞·吳爾芙的話是：

事實上，身為女人，我沒有祖國。身為一個女人我不需要祖國。[100]

希岡尼特認為這兩段話形象地突顯了比較文學和女性主義兩種批評視野在空間認知方面的差異。她指出，空間今天對於比較文學研究和女性主義研究，都是一個挑戰性話題。比較文學批評看重的是「天下景」，須得

[099] Maurice Merleau-Ponty, *Phenomenology of Perception,* English tran. Colin Smith (London: Routledge Publication, 2012), p. 84.

[100] Margaret R. Higonnet and Joan Templeton (eds.), *Reconfigured Spheres: Feminist Explorations of Literary Space* (Amherst: University of Massachusetts Press, 1994), p. 1.

遍覽不同的文化與文學，只有這樣，方有可能以「他鄉為故鄉」。但是女性主義批評家不同，她們關心「家裡的天使」這類意象，這意味著首先須得衝破家庭的囚禁。讀者可以回應吳爾芙說，歷史上究竟又有多少女人切切實實獲得過公民權，但是地圖上的方位，應無疑問也是歷史上的方位，不論對於男性作家還是女性作家的接納，其實都是一視同仁的。也許我們同樣可以說，以上希岡尼特援引的兩段題記，未嘗不是象徵了男性作家和女性作家對於空間母題的習慣性表達。

希岡尼特指出，「空間」一語的內涵給當代女性主義批評提供了豐富素材，它意味著物理空間、社會空間和政治空間的交疊糾纏，許多邊界紛紛倒塌，以至於地圖繪製也變成炙手可熱的高利潤行業。這當中的種種變革，則強化了本土素材的文化意義，在家庭、教育和工作領域，尤其明顯。性別與地理方面的研究新拓展，更在社會、經濟和美學方面，在地圖繪製和人口統計歷史上留下了不均衡蹤跡，性別、種族、年齡和階級的分野，隨之分崩離析。這一切影響人類學、歷史、建築等多種學科，其中當然也包括文學，對此女性主義批評自然是可以大有作為。誠如希岡尼特所言：

> 女性主義文學批評已經開始採用新的地圖繪製方法，來追蹤作家怎樣在文本內部將性別刻寫進空間的符號表徵，無論是透過物理界限也好，還是流放或驅逐，抑或財產和領土，以及對接在個人和公共身分之間的身體也好，形象各異，殊途同歸。假如說一個 17 世紀作家，可能在「溫柔圖」（carte du Tendre）上來鋪陳兩性關係，那麼 20 世紀批評家，已經開始審視性別地圖交疊其他身分地圖的方式方法了。[101]

[101] Margaret R. Higonnet and Joan Templeton (eds.), *Reconfigured Spheres: Feminist Explorations of Literary Space* (Amherst: University of Massachusetts Press, 1994), p. 2.

希岡尼特引經據典，說明傳統的性別定義中，男尊女卑是自古而然，甚至男為聖、女為褻，男為生、女為死。但是女性主義批評的空間重組，不是要把以往的價值等級簡單顛倒過來，而是去深入分析作品中以及我們閱讀代碼中的某些性別文化「地圖」。比如在現代西方文學中，公共和私人領域的隔閡，不同階級、職業和性別的服裝限制，居住隔離的法律敘述和現狀變遷等，也就都是典型的空間問題。

對於女性主義批評而言，空間視角下最醒目的，無疑是身體。女人的專有空間是家庭，女人在公共生活中拋頭露面，那是醜聞，如以發表《婦女和女性公民權利宣言》而蜚聲的 18 世紀法國女權主義之母奧蘭普．德古熱（Olympe de Gouges）。甚至康德的《關於美感與崇高的觀察》（*Observations on the Feeling of the Beautiful and Sublime*），希岡尼特發現，也在大談女人「天生」柔弱，不適應公共事務。是以女人的身體，或者被緊身胸衣包裹成骷髏模樣，或者以模仿美第奇（Medici）的維納斯雕像為榮，小巧頭顱、狹肋骨、寬大臀部，加上月經和懷孕，女人的身體同樣被限制在特定的狹小空間裡，跟男人委實不同。而在身體的表徵方面，衣著無疑是最令人矚目的。美國批評家伊娃．斯塔特勒（Eva Maria Stadler）對英國 18 世紀小說女主角的服飾分析，在希岡尼特看來，便是分隔男性和女性、公共和私人空間的一個標記。女人的衣著不但書寫著自己的階級、性別身分，是處女、主婦、妓女還是寡婦，而且還是她的財產和財產指數。所謂衣如其人，自古而然。

身體在西方哲學中可謂時乖運蹇。柏拉圖便以《斐多篇》（*Phaedo*）靈魂的自由對比身體的不自由，判定身體的七情六慾就像囚籠，禁錮了自由不羈的靈魂。所以死並不可怕，它不過就是靈魂擺脫身體的束縛，重新歸到它的自由天地。但是近年來身體反客為主，成為各路後現代理論的一個闡釋焦點。美國實用主義哲學家理察・舒斯特曼（Richard Shusterman）便宣導一種「無言的哲學」，或者說無言的思考。既然無言，那麼身體登場，便是順理成章了。舒斯特曼這樣定義他的「身體美學」（somaesthetics）：它不再拘囿於語言哲學和形而上學、不再孜孜以求定義形形色色的藝術本體論，而是探討心靈哲學的新方向，由此不光對於美學，對於哲學也將意味著一場革命：

> 除了重新定位美學探討的方向，身體美學有意在更為廣泛的意義上來改變哲學。透過規劃身體訓練，將理論與實踐組合進來，它從堅持社會向善的實用主義角度來看待哲學，復興古代的哲學觀念，即視其為一種具象化的生活方式，而不僅僅是一個抽象理論的語詞領域。[102]

問題是，哲學歷來被認為是抽象取義的第一哲學，如今呼籲哲學擁抱具象，豈不背離它的天性？事實上，這也是身體美學為當今主流分析哲學有所不屑的主要原因。對此舒斯特曼的解釋是，所謂哲學具象化，其基本前提是拋棄形而上學路線，認真看待物理身體在人類經驗和知識中的價值維度。

由此我們可以來看伊娃・斯塔德勒收入上述文集中的文章〈衣著社會邊界：早期寫實小說中女性身體的衣著〉（*Addressing Social Boundaries: Dressing the Female Body in Early Realist Fiction*）。衣著服飾作為一個文學話題，將女性身體和社會秩序之間的關係空間化了。衣著是社會規範在身體上的標記，能夠將她的社會尊卑和私人空間，一目了然地公布出來。18世紀初的小說家如丹尼爾・笛福、皮耶・馬里沃（Pierre Marivaux）和塞繆爾・理查森（Samuel Richardson），就都在特定的文化系統中，運用服

[102] Richard Shusterman, *Thinking Through Body: Essays in Somaesthetics* (New York: Cambridge University Press, 2012), p. 3.

飾語言，來構架女性人物的社會、心理和性心理狀態。是以衣著總是恰到好處將我們在社會空間中的地位標示出來，男人如此，女人亦然。它是社會物質文化的優秀指標，不但展示時尚風俗，而且由表及裡，讓人進而得以探究外表背後的社會階層。

斯塔德勒注意到，16 世紀伊莉莎白女王頒布過限制奢侈服飾的相關法令，就社會階級與衣著的關係作了規定。這一方面約束了貴族的闊綽排場，另一方面也對中產階級婦女的服飾開銷作了明確限制。到 18 世紀，這個英國歷史上貴族和資產階級社會地位持續轉化的動盪年代，衣著作為社會身分的象徵，變得格外敏感。不但敏感，而且風行談論衣著。她注意到 1747 年出版的《倫敦商人》（*The London Merchant*）中，就將創造人類的普羅米修斯比作「裁縫」。是時倫敦和巴黎的公共空間裡，衣著服飾應是嚴格刻寫進了主人的社會代碼。她引美國社會學家理查．桑內特（Richard Sennett）《公眾人的沒落》（*The Fall of Public Man*）一書中的資料，重申在 18 世紀中葉，法國的限制奢侈法即明文規定社會不同階層服飾衣著亦應不同。如丈夫是勞工，不得穿成店主妻子模樣；商人的妻子，衣著打扮不得與貴婦類似。而在私人領域，則身體自由活動，以寬鬆睡衣為多。衣著的區別，在啟蒙時代，協助分隔出了公共和私人領域的邊界。

正因為衣著服飾不但展現個人性格，而且展現社會身分，斯塔德勒指出，18 世紀初葉相當一部分「寫實」（realist）小說處心積慮鋪陳衣著描寫，特別是女性的衣著描寫，便也是在意料之中。她引羅蘭．巴特《時裝系統》（*El Sistema De La Moda Y Otros Escritos*）中的看法，強調衣飾細節以及衣飾描寫，不但具有現實主義的歷史參照價值，而且緊密服務於人物塑造。所以衣著既是一種制度語言，又是活生生的個別言語行為。而對於女性，衣著的功能尤其意味深長：

衣著服飾透過社會交際和性交際的編碼，斡旋調劑了人際關係和社會關係。不僅如此，衣著在展示性吸引力的同時，又遮擋在婦女的身體和外部世界的暴力威脅之間。正是以這一方式，衣著界定、調停，甚至保護了婦女的性別空間。[103]

這是說，女性的衣著是誘惑也可以是保護，它是社會關係也是鮮明個性的外顯。本著這一認知，斯塔德勒對 18 世紀上半葉三部小說展開了服飾分析。它們是笛福的《摩爾．弗蘭德斯》（*Moll Flanders*, 1722）、馬里沃的《瑪麗安娜的一生》（*La Vie de Marianne*, 1731-1741）和理查森的《帕梅拉》（*Pamela: or, Virtue Rewarded*, 1740）。

這三部小說是文學史上三部大名鼎鼎的感傷小說。雖然作者都是男性，但是讀者當中女性受眾已經占據主流。資產階級登上歷史舞臺，取代貴族階級在政治和經濟領域嶄露頭角，這一階級和階層轉化的必然性，實際上在小說中也反映了出來。在斯塔德勒看來，這三部小說都是細緻刻劃出身低微的女主角，在父權社會中嘗試伸張自我的故事。小說都以女主人公的名字命名，都是第一人稱女性視角，或者採用書信形式，或者是託名回憶錄，娓娓而談展開敘述，來對抗 18 世紀女性地位，來挑戰 18 世紀英國和法國原本就多有矛盾的女性成見。是以三部小說中的衣著，分別在現實與虛構之間構成獨具一格的對話：在《摩爾．弗蘭德斯》是社會面具，在《瑪麗安娜的一生》是示愛策略，在《帕梅拉》是權力的黃粱美夢。

我們可以來看斯塔德勒對《摩爾．弗蘭德斯》的服飾分析。笛福這部小說是在《魯賓遜漂流記》出版兩年之後面世的，是時作者已經功成名

[103] Eva Maria Stadler, "Addressing Social Boundaries: Dressing the Female Body in Early Realist Fiction", in *Reconfigured Spheres: Feminist Explorations of Literary Space*, eds. Margaret R. Higonnet and Joan Templeton (Amberst: University of Massachusetts Press, 1994), p. 21.

就，奠定了小說家的名聲。值得注意的是，《摩爾．弗蘭德斯》小說初版時並沒有署名，而是以自傳形式印刷發行，直到 1770 年，將近笛福 1731 年去世三十年後，方由出版商歸在笛福名下。小說的素材，據信也是來自笛福本人的相關訪談。這一點並非無足輕重，它可以表明小說並非向壁虛構，而是滋生在豐富的 18 世紀社會資源之中。天生美貌的摩爾出生在監獄，母親犯盜竊罪，多虧肚子裡這個孩子才逃過絞刑，後來被流放到新大陸維吉尼亞。摩爾從三歲起被一位好心的夫人收養，長大後在富貴人家當了女僕。夫人的兩個兒子都喜歡上了她。可是大兒子誘騙她上床，卻始亂終棄，不肯與她結婚，反而勸說她嫁給了自己的弟弟。五年後摩爾守寡，開始冒充富家女釣金龜婿的曲折人生。這個人生的曲折程度一如小說初版時占據三分之一封面的副標題所示：「她生在新門監獄，童年之後一生跌宕六十載，當過十二年妓女，結婚五回（有一回是跟她親弟弟），做了十二年小偷，八年戴罪流放維吉尼亞，最後發財，過正經日子，臨終乃作懺悔」。

斯塔德勒指出，《摩爾．弗蘭德斯》寫的是 17 世紀末葉倫敦一個孤立寡與的弱女子。摩爾野心勃勃，極端自私，可是她是社會的犧牲品。她遊蕩在倫敦都市的公共舞臺上，服飾衣著是她世俗財產的一個指數。摩爾的母親當初之所以被扔進新門監獄，就是因為偷了「三塊上好的荷蘭麻布」。[104] 小摩爾沒有朋友，沒有衣裳穿，無援無助。一旦自理，小摩爾的感受便是「有了錢買衣服穿」，周圍太太們的慷慨和善意，也是透過舊長襪、舊裙子、舊長袍這類禮物表達出來。她賺錢的方式，便也是製作內衣、縫補製品、打扮頭髮，如此等等，不一而足。在這裡，斯塔德勒注意到，衣著服飾在個人的財產裡，尤其僕人和工人階級裡，占據了非常顯目

[104] Daniel Defoe, *Moll Flanders*, ed. Edward Kelly (New York: Norton, 1973), p. 8.

的地位。甚至在摩爾開始行竊生涯之後，行李裡面也盡是各式各類的服裝織物，諸如亞麻布、蕾絲、綢緞、天鵝絨等。數年之後，摩爾境況大有改善，煥然變身為有錢人，小說寫她的財富有「現金 700 鎊，還不說各種衣衫、首飾，一個盤子和兩塊金錶，都是偷來的」。我們可以發現，《摩爾・弗蘭德斯》中的衣著描寫，重心不在時尚，而在財產。斯塔德勒指出，這顯示了 18 世紀初葉「時尚的商業化」。它的背景是英國中產階級異軍突起，在過去一個世紀裡主導了消費模式的發展，從倫敦式的便宜、流行服裝模式，轉向巴黎式的昂貴、專有時裝樣式。

斯塔德勒注意到笛福的衣著描寫，雖然具有濃郁的現實主義風格，可是寫到服飾和織物的名稱，還是處在小學生水準。衣著主要著眼於它們的堅固品質、柔韌滑爽度等，特別是數量多寡，而很少關注品質諸如質地、色彩、設計，以及是不是合身等。衣著外表不光是財富的標記，在一個等級分明的社會裡，它們還是生活條件和社會地位的外顯。笛福的敘述足以表明，這一點 18 世紀的婦女們很顯然是心領神會，而有意識在公共空間，像「模特兒」一般展示操縱自己的身體。即便是道德內涵，都可以清晰無疑地書寫進衣飾之中。摩爾要將孩子送個好人家，一眼就相中了一個品德高尚的農婦，不光因為她慈眉善目，還因為她「上好的衣著打扮」。不過既然社會身分可以編碼融入服飾，那麼服飾編碼也自可模仿達成。是以固然淑女身分可以由楚楚衣裳和閃閃金錶彰顯出來，衣著和掛飾，一樣也能將竊賊打扮成公爵夫人模樣。

摩爾早年孤苦伶仃，當妓女維持生計，進而期望改善社會和經濟地位。她天生麗質，衣著更是為她天生美豔錦上添花。她自己也說過，身為一個姑娘，「在這世上頂頂喜歡的，就是漂亮衣裳」。不過斯塔德勒注意到，小說第一部分，衣著描寫並不多也不突出，然而一旦摩爾過了最好年華，身體誘惑今不如昔時，便仰仗衣著變性重整旗鼓，開始了全新的小偷生涯。她對摩爾的「跨界衣著」特別感興趣：

> 跨界衣著，透過模糊性別和階級的邊界，好似一塊保護螢幕，使得她在達官貴人和富貴人群中遊刃有餘。新的外表對應著新的名字、新的身分和新的社會地位。確實，當摩爾身著華服，戴上金錶，喬裝打扮，扮作男人時，衣著指向權力，在社會等級內部，發出虛假的穿著整合資訊。[105]

可以說，沒有魚龍混雜的「跨界衣著」，也就沒有摩爾小說中雲譎波詭的跌宕人生。斯塔德勒發現「跨界衣著」也有局限。她引了摩爾改扮男裝後的心理矛盾，感覺做什麼都不順手，因為「穿了套違背天性的衣裳」。違背天性即違背自然，這是摩爾最大的心結。跨階級穿著是社會和文化編碼穿越。跨性別穿著對於摩爾，甚至對於笛福，則事關「天性」。事實上，摩爾對偷竊、欺詐、重婚、做妓女和遺棄孩子都滿不在乎，小說中唯一一處同樣讓她感到「有違天性」的地方，是跟她弟弟亂倫。可見性別易裝，對於天不怕地不怕的摩爾，究竟還是一樁叫她心驚膽戰的罪孽。

斯塔德勒指出，摩爾在她的化裝舞會裡是遊刃有餘的。化裝舞會上，階級的性別的界限消弭不見，各路人馬你來我往，它是社會角力的競技場。雖然小說中沒有出現正式的化裝舞會場面，但是摩爾的化裝故事，細數起來展現了雙重的道德寓意：一方面，敘述身為主人公晚年懺悔的老婦譚，是重申《聖經》教誨，譴責跨性別衣著；另一方面，故事裡的年輕聲音，則是在跨性別衣著中自得其樂，如小說中摩爾說她穿上男裝「個子筆挺，人又體面，就是面孔稍許太光滑了點」。此外，透過駕輕就熟的變

[105] Eva Maria Stadler, "Addressing Social Boundaries: Dressing the Female Body in Early Realist Fiction", in *Reconfigured Spheres: Feminist Explorations of Literary Space*, eds. Margaret R. Higonnet and Joan Templeton (Amberst: University of Massachusetts Press, 1994), p. 24.

裝，摩爾成功轉化成為女僕、女乞丐、寡婦和淑女等不同角色。斯塔德勒的總結是：

摩爾歷險記揭示了都市社會變型期間的匿名性和流動性，這個社會裡人們只要外表過得去，想扮誰就扮誰，想去哪就去哪。她易裝跨越階級和性別，是是非非固然一言難盡，但是她的衣著和相關生涯，也展示了婦女可以亮相的不同角色。笛福透過衣著、性別角色和階級流動的自由轉換，攪亂社會階層分隔，開啟了婦女享有更大權力的遠景。[106]

這個總結無疑是相當樂觀的。比較馬里沃的《瑪麗安娜的一生》專寫17、18世紀貴族沙龍圈子裡的華貴服飾，對傳統性別角色和道德風俗幾無質疑，笛福著力描寫都市下層社會的行頭和場景變幻，這在當代女性主義批評看來，不但揭示了18世紀階級和性別空間的流動特徵，也預演了現代性的亮相。

我們可以再來看斯塔德勒對理查森著名書信體感傷小說《帕梅拉》的服飾分析。小說全名是《帕梅拉：或名貞潔得回報》，它寫的是十五歲使女守衛貞操，堅決抵抗主人B先生圖謀不軌，天長日久終於讓B先生真心感動，跨越階級，娶得貧家美人歸的故事。關於帕梅拉的貞潔究竟是待價而沽，還是事出真誠，小說面世之初就多有爭議。菲爾丁（Henry Fielding）就戲擬其名，寫過一部《沙美拉》（*Shamela*）諷刺《帕梅拉》是虛情假意不要臉的道德說教。從衣著的角度來看，斯塔德勒指出，衣著不但是帕梅拉社會地位的象徵、性和門戶交易的工具，而且直接連繫著她的身體和寫作。

[106] Eva Maria Stadler, "Addressing Social Boundaries: Dressing the Female Body in Early Realist Fiction", in *Reconfigured Spheres: Feminist Explorations of Literary Space*, eds. Margaret R. Higonnet and Joan Templeton (Amberst: University of Massachusetts Press, 1994), p. 25.

斯塔德勒列舉了小說的一些相關細節。帕梅拉寫給父母的信中明白交代她喜歡寫作，可是B先生反對帕梅拉「塗塗寫寫」，覺得這跟她性別不符，乃至抱怨說：「妳對妳那枝筆，可是比針線更上心哪。」[107] 有一回丟了封信，帕梅拉不得不將她那些文字藏到已故老夫人的化妝間裡，就藏在「便桶底下」。有一回擔心B先生過來，手忙腳亂就將一封信塞進了胸襟。這些細節在斯塔德勒看來，都顯示了衣著、寫作和身體之間的親密關係。甚至在監禁中，帕梅拉也偷偷藏匿筆和墨水，想方設法繼續寫信。擔心書信被人發現，帕梅拉將信件縫進了衣裳內襯裡。待到B先生一定要看信，帕梅拉的書信越藏越貼身：「就縫在我的襯裙裡，就在屁股上面。」在這裡，斯塔德勒發現，帕梅拉的寫作和她的身體，其實就是合二為一了。

斯塔德勒指出，帕梅拉後來幾乎成為日記形式的書信，是她人格的延伸，也是身體用來抵禦外部世界侵犯的武器。一旦解除武裝，向B先生悉盡亮相，這些密密層層縫在衣著襯裡中的書信大白於天下，馬上成為女主人公純潔貞操的鐵證。美德勝利，得到了美好回報。如果說帕梅拉透過衣著，建立了一個她自己的私人空間，那麼她透過寫作，則是在這個世界裡為她自己的身體和人格圈出了一個位置。她的樸實衣著，由此也成為美德的象徵。從最初B先生只想占小女僕的便宜，到最後有情人終成眷屬，斯塔德勒發現帕梅拉的衣著有著三個時期的典型特徵。首先是帕梅拉對自己的質樸衣飾表示自豪，那是卑微家庭出身的標記，她以此來抵禦B先生為非作歹；其次是帕梅拉一開始拒絕B先生求婚，想像自己站在鏡子面前，恥於看見犧牲誠實換來的戒指；最後是婚禮前一天，她再一次穿上了老夫人留下的衣著，「照著鏡子，看到自己又變成了一個淑女」。

[107] Samuel Richardson, *Pamela, or Virtue Rewarded*, eds. T. C. Duncan Eaves and Ben D. Gimpel (Boston: Houghton Mifflin, 1971), p. 55.

帕梅拉完成從貧困階級到上流社會的跨越之後，斯塔德勒注意到小說中還有一大段衣著描寫。當時馬車全新裝備，僕人也穿上新制服，拉了兩位新人一起去見鄰里鄉親。帕梅拉說：「我穿的衣服以前說過的，是一套繡白花的金邊衣裳，好漂亮的頭飾，戴上了那條鑽石項鍊，還有耳環，有很多……我說，我太珠光寶氣了，有些首飾就不要佩戴了吧；可是他說，那樣人家會覺得他怠慢了我，妳不是我的妻子嗎？是呀，我是覺得，大家就是會這麼說的，不過他寧願他們隨便怎樣信口開河，也不願他們說我沒有把你同等相待，身為他的妻子，沒有一視同仁他可能娶到的任何其他女人。」

斯塔德勒大段援引了《帕梅拉》結尾部分上述衣著描寫。她給予的評論是：

拜訪鄰居變成了一次凱旋遊行，這當中的華貴服飾和其他財富點綴，不但展示了帕梅拉的社會地位，也賦予她的身體以新的意義。比較早年她以衣著來維護和保護人格，一旦嫁為鄉紳妻，帕梅拉一反常態，就像摩爾·弗蘭德斯和瑪麗安娜那樣，則是讓衣著服飾來宣示了她的公共形象。[108]

質言之，在《摩爾·弗蘭德斯》和《帕梅拉》這類早期現實主義小說中，衣著在主人公的自我塑造中有著舉足輕重的地位。18世紀是社會動盪和階級轉化的偉大時代，資產階級將替代貴族階級，成為歷史敘述的中心。正是在這一大動盪的時代背景中，斯塔德勒讀出了服飾語言的兩重性：衣著一方面是階級和經濟地位的標記，勾畫出社會等級的邊界；另一

[108] Eva Maria Stadler, "Addressing Social Boundaries: Dressing the Female Body in Early Realist Fiction", in *Reconfigured Spheres: Feminist Explorations of Literary Space*, eds. Margaret R. Higonnet and Joan Templeton (Amberst: University of Massachusetts Press, 1994), p. 33.

方面，衣著又可以透過贈予、買賣和互換，攪亂社會分層。衣著分隔出女性角色在公共空間中的地位，然而衣著與女性身體的關係，卻又是各各不同！

至此，我們或許可以和男性的身體閱讀作一比較，比如傅柯。《規訓與懲罰》（*Surveiller et Punir: Naissance de la Prison*）第一章〈犯人的肉體〉是這樣開篇的：

> 1757 年 3 月 2 日，達米安（Damiens）因謀刺國王而被判處「在巴黎教堂大門前公開認罪」，他應「乘坐囚車，身穿囚衣，手持兩磅重的蠟燭」，「被送到格列夫廣場。那裡將搭起行刑臺，用燒紅的鐵鉗撕開他的胸膛和四肢上的肉，用硫黃燒焦他持著弒君凶器的右手，再將熔化的鉛汁、沸滾的松香、蠟和硫黃澆入撕裂的傷口，然後四馬分肢，最後焚屍揚灰」。
>
> 1757 年 4 月 1 日的《阿姆斯特丹報》描述道：「最後，他被肢解為四部分。這道刑罰費了很長時間，因為役馬不習慣硬拽，於是改用 6 匹馬來代替 4 匹馬。但仍然不成功，於是鞭打役馬，以便拉斷他的大腿、撕裂筋肉、扯斷關節。」[109]

我們可以發現，男性的身體閱讀血腥而殘暴，官能刺激無所不用其極。就傅柯的以上閱讀紀錄來看，其血腥甚至連小說家的虛構如莫言的《檀香刑》，都望塵莫及。它或許雄辯地證明了梅洛－龐蒂的命題：這個世界的存在中心，就是身體。誠如傅柯所言，即便對犯人的身體懲罰到後代愈益文明，從肉體酷刑轉向規訓和監禁，但是精神控制的對象，依然還是身體。比較來看，女性身體閱讀綿密而細緻，無論是希岡尼特的女性主義

[109] 福柯：《規訓與懲罰》，劉北成、楊遠嬰譯，生活．讀書．新知三聯書店，2003，第 3 頁。

文學空間地圖學，還是斯塔德勒的女性身體衣著分析，都有意避開宏大敘事的浮誇浮躁，更多注重細節的陳列。斯塔德勒寫摩爾透過變裝實現社會等級的虛擬跨越，帕梅拉在衣著上刻寫人物的私人和公共空間意識，都是遊刃有餘、無微不至，刻劃出衣著作為身體的周邊，如何反客為主，彰顯出主體的社會空間認同與權力位移。僅此而言，女性的身體閱讀與男性自不相同。這個顯而易見的閱讀差異，應可質疑性別認同不是天然生成，而是後天文化使然的後現代主義性別觀念。

五、後現代女性主義

後現代女性主義或者可視為當代西方風起雲湧的性別研究的另一個名稱。如前所述，性別研究關注的不僅僅是文學批評，它就像文化研究具有明顯的跨學科性質，波及文學、社會學、人類學、哲學以及電影研究等多種學科，性別研究也一樣具有濃重的跨學科研究特徵，涉及性別社會學、拉岡的精神分析理論、傅柯的性史理論、德希達的解構主義，以及朱迪斯·巴特勒的後女性主義理論等多種資源，故種族、民族、身分認同、性學、心理學等，對於它都不是陌生的知識。

什麼是「性別」？有關理論眾說紛紜，莫衷一是。假如說在女性主義文化研究的視野中，對於這個話題有什麼共同識見的話，那就是性別完全是文化使然，而不是自然生成。即是說，性別的自然屬性，僅僅局限於男女生物性別的差異。除了生理上男女有所不同，而且這不同看起來是可望的將來也少有可能改變，其他一切差異，都是文化生成，所以很自然也可以加以改變。這樣來看，性別就是後天的文化的產物，而不是先天與生俱來的。比如，美國社會學家茱蒂絲·羅伯（Judith Lorber）在其《性別不平等》（*Gender Inequality: Feminist Theories and Politics*）一書中，就針對性別理論中性別、生物性別、性向這三個關鍵字，作過以下區別：

「性別」（gender）：一種社會地位、法定稱謂和個人身分。透過性別生成的過程，性別分化及其相關規範，以及角色期待，都被築入社會的主要機制之中，諸如經濟、家庭、國家、文化、宗教，以及法律，總而言之，是性別分化之後的社會秩序。「男人」和「女人」是言及性別時所用的稱謂。

「生物性別」（sex）：基因、荷爾蒙、環境和行為的一系列錯綜複雜的交互作用，在身體和社會之間產生迴文效果。言及生物性別，通常我們說「男性」、「女性」和「雙性人」。

「性向」（sexuality）：情慾和情感投入，以及幻想，就是形形色色或長或短的親密關係中發生的那樣。言及性向，我們說同性戀、異性戀和雙性戀。[110]

這個區分很顯然帶有女性的細膩和特有視野，一如女性主義文化研究從不隱瞞它的反男權中心主義的立場。羅伯認為當代女性主義更多關注「性別」、「生物性別」和「性向」之間的交互關係。上述三個概念之中分別包含的對立項男人和女人、男性和女性，以及同性戀和異性戀，也日趨多元化。比方說，新近研究表明，男性和女性在生理上，都有男性和女性的荷爾蒙在起作用，那麼這就意味著生物性別應是一個連續的統一體，而不是斷然兩分。不僅如此，羅伯還認為，性向的研究表明，無論是同性戀還是異性戀，都未必是相伴終身的性向，這就為變性提供了理論依據。此外雙性戀，在羅伯看來，無論就情感上而言，還是從性關係上來看，也是

[110] Judith Lorber, *Gender Inequality: Feminist Theories and Politics* (New York: Oxford University Press, 2005), p. 9.

相當普遍，不足為怪。

羅伯認為這一切都顯示出鮮明的後現代女性主義傾向。所謂後現代女性主義，是指進一步挑戰性別範疇的傳統兩分性質，認為它們並不是固定不變的，主張無論是生物性別，還是性向和性別，都是變動不居的多元範疇，其存在必然密切連繫著身分認同及其展示。所以，在後現代女性主義看來，以往女性主義的全部策略，都是建立在「女人」這個一成不變的範疇之上，後現代女性主義則以顛覆潛藏在兩元性別、兩元性向和兩元生物性別中似乎是與生俱來的社會等級秩序為己任。

由此一系列第三者術語，諸如「自然雙性別」（intersex）、「雙性向」（bisexuality）和「性別跨越」（transgender）等，紛紛開始登堂入室。所謂「自然雙性別」顧名思義，是指人生下來就具有兩性的生理特徵，可能是在基因層面上的混合，也可能同時具有雙性的生殖器官。自然雙性別曾經是畸形人的同義語，它在多大程度上有可能得到平反昭雪，恢復名譽？「雙性向」究竟是異性戀還是同性戀的補充？我們能在多大程度上為它伸張權利？「性別跨越」是指無法認同出生時按其性器官被指定的性別，進而認同另外一種性別的人。他們可能接受也可能不接受荷爾蒙治療或變性手術。由此出現多種多樣的跨性別者，諸如身體變性者（transsexual）、變裝者（cross-dresser）、扮裝者（transvestite）等。這和傳統被認為是性變態的異裝癖還不相同，後者不是基於不認同自己的自然性別，而是透過易裝來滿足性幻想，前者則是出自心理性別與自然性別的尖銳衝突。

這一切意味著什麼？美國性別批評家朱迪斯．巴特勒 2004 年出版的《消解性別》（*Undoing Gender*）一書中，有一段話或可見到端倪。巴特勒說：

> 如果說十年或者二十年前，性別歧視被默認為是指向婦女的，那麼現

在這已不再是理解這一概念的唯一框架了。對婦女的歧視仍在繼續——如果我們在考慮不同程度的貧困和文化程度問題時，將範圍從美國延伸到全球的話，我們會發現這個問題在貧困婦女和有色人種中尤其嚴重——因此，重視性別歧視的存在仍然很重要。但在今天，性別也指性別身分，這在有關性別跨越（transgenderism）和身體變性（transsexuality）的政治學和理論中已成為特別突出的問題。[111]

可見，在後現代女性主義看來，性別歧視的對象，已經從籠統的婦女，轉移到形形色色的「第三者話語」了。由此關注這些邊緣群體的生存狀態，維護他們的權利，讓他們不再受到歧視，事實上也成為後現代女性主義的新的使命。

後現代女性主義認為身體和身分的形成都有偶然因素，受著時間、環境和文化的限制。由此來看女性主義，誠如它的另一個中譯名「女權主義」所示，它是旨在給歷史上長期受壓迫的婦女伸張權利。但是假如女人和男人、女性和男性，以及異性戀和同性戀並非是可以截然兩分的範疇，那麼女性主義的研究還有什麼意義？「婦女」既然它自身的概念都模糊不清，不平等的資料又從何而來？假如被壓迫者自己的身分都是在不斷游移變化，女性主義又如何來保護她（他）們的權利？有鑑於此，後現代女性主義的激進觀點並非一路風行，即便女性主義陣營內部，反對意見也比比皆是。

但是從另一方面看，後現代女性主義作為一種視野、一種方法，其出現應有它的必然性。茱蒂絲·羅伯這樣為後現代女性主義辯護：

後現代女性主義認為，既然堅持一切都是文化的建構，後現代主義就

[111] 朱迪斯·巴特勒：《消解性別》，郭劼譯，上海三聯書店，2009，第6頁。

有可能讓女性主義擺脫性別規範、身體理式和異性戀規範的束縛。運用後現代的方法來解構文化怎樣生產了形象和價值的符號社會世界，後現代女性主義揭示了性別、性向和身體是被不斷生產和再生產出來的。[112]

這還是性別、性向、生物性別是為文化使然，而不是天生使然的老話。

後現代女性主義同樣關注「男性特質」和「女性特質」的社會建構。如前所述，根據性別理論，以往女性主義的全部策略，都是建立在「女人」這個一成不變的範疇之上，所以它有意顛覆潛藏在兩元性別、兩元性向和兩元生物性別中似乎是與生俱來的社會等級秩序，建構起一套新的性別批評話語。這裡「男性氣質」和「女性氣質」的重新審視，就突顯在了前臺。我們不會忘記西蒙．波娃當年《第二性》（*Le Deuxième Sexe*）中的一句名言：女人不是天生使然，而是後天成就的。這句話後來成為女性主義乃至性別批評的金科玉律。

這樣來看，性別研究中的兩個核心概念：男性特質（masculinity）和女性特質（femininity），指的就不是永遠不變的男人和女人的生理屬性。作為性別研究中的兩個關鍵字，通俗地說，男性氣質和女性氣質大體就相當於我們再熟悉不過的男子氣和女人味。傳統認為男性氣質意味著勇武剛強、堅忍不拔、雷厲風行、獨立自主，不但總是執掌權柄，而且普遍有一種四海之內皆兄弟的江湖義氣。它每每對多愁善感、悄言蜜語、家庭瑣事不屑一顧。這一點英國社會學家安東尼．紀登斯（Anthony Giddens）在他《親情的轉化》（*The Transformation of Intimacy*）一書中，也有述及。他指出：

[112] Judith Lorber, *Gender Inequality: Feminist Theories and Politics* (New York: Oxford University Press, 2005), p. 266.

至少在西方文化中，今天男人是第一次發現他們自己是男人，即是說，是擁有一種疑雲密布的「男性特質」的男人。在過去的時日裡，男人認為他們的活動構成「歷史」，反之女人的存在幾乎不值一道，她們的行為是一成不變的。[113]

在紀登斯看來，男人主導公共領域，將「理性」當作他的專利，是要付出代價的。這代價就是漸行漸遠的親情。親情需要交流和語言的技能，而男孩自幼父母教以獨立，培育他獨當一面去闖世界，對女性的情感依賴，可以說自小就有意識或無意識地被遮蔽起來了。

男子氣以犧牲親情為代價，這樣來看，男性的內心其實不似外表那麼強大。克里斯·巴克曾分別引用 1998 年和 1999 年的資料顯示，在美國 48%的男性一定程度上都感到壓抑，多多少少具有自殺、酗酒、吸毒和暴力犯罪傾向。而在澳洲，調查資料顯示男人一般來說，普遍比女人更肥胖，更多染上分心這一類「精神失調」，人類免疫缺陷病毒（HIV）呈陽性的機率是女人十倍，出事故的機率是女人五倍，更多酗酒或吸毒，自殺的機率是女人六倍。[114] 而這一切，追根究柢都可以上溯到家庭生活中的壓抑，尤其是自卑情結，而自卑又大都來自對男性特質，即大丈夫男子氣文化期待的失落。當男人面對家庭、社會和文化的壓力，發現自己不像男人，結果每每是災難性的，而且災難絕不限於男性自身。巴克認為，特別是當今後工業時代，當可以標舉男性特質的傳統「硬性」產業如鋼鐵工業等風光不再，這一性別危機意識更是變本加厲，愈益突顯。這樣來看，男人的暴力、亂性和賭博等，都可以視為一種尋找自我身分、提升自我形象的補償和防禦機制，以補償和抵制家庭關係中被壓抑的羞辱和屈辱。這是

[113] Anthony Giddens, *The Transformation of Intimacy* (Cambridge: Polity Press, 1992), p. 59.
[114] Chris Barker, *Cultural Studies: Theory and Practice* (London: Sage Publications, 2000), p. 228.

精神分析性別理論中一個相當有代表性的看法。

男性氣質如此，女性氣質又怎樣？女人展現寬廣的母性。可是母性是自然生成，還是文化使然？此外，母性是不是區分男人和女人的象徵？有沒有女性自己的獨特文化，可以和男性的父權文化分庭抗禮？這些問題都不是沒有疑雲的。女性主義文化研究的趨勢是，在強調婦女物質和心理上的弱勢是文化使然的同時，推舉一種可以和男性文化分庭抗禮的女性文化。與男性氣質相比，女性氣質多被比作自然。還有什麼比自然更好的東西呢？

從文化批判的角度看，女性主義文化研究批判靶的所向，是傳統文化中女性的柔弱形象。比如，婦女多被描述為男人的性慾對象，被認為適合做家務、帶孩子、照料他人，故相比男性比較循規蹈矩，比如大多是異性戀，整體而言，女性就是次於男性的低等性別。這個傳統可以上溯到柏拉圖。柏拉圖《理想國》中頻頻以男性比喻哲學，以女性比喻詩，不妨說就是開啟了這一性別歧視的先河。

但問題的另一方面是，比起在我們的文化中長久占據霸權地位的男性氣質，女性氣質之所以開始受到重視，是因為長久以來它壓根就沒有得到重視。所謂男人重行動，女人重外觀。外觀的東西總是膚淺的，充其量停留在核心價值的邊緣。不僅如此，當代流行的女性氣質話語，本身多有重重矛盾。如英國女性主義批評家，任教里茲大學的艾芙拉特·賽龍（Efrat Tseëlon）在其《女性氣質的假面舞會》（*The Masque of Femininity*, 1995）一書中，認為傳統女性是把自己在日常生活中的角色，表現為五種悖論，正是透過這五種悖論，我們對婦女的形象來進行文化解讀：

一是端莊的悖論：女人被建構為誘惑，可是又因為誘惑而受到懲罰。

二是口是心非悖論：女人被建構為算計，可是又因為缺乏本質和本真而被邊緣化。

三是可見度悖論：女人被建構為風景，可是文化上又視而不見。

四是美的悖論：女人外表美麗，內心醜陋。

五是死亡悖論：女人象徵死亡，又在戰勝死亡。[115]

英國文化研究學者艾琳·鮑德溫等人所撰的《文化研究導論》一書中，即引述艾芙拉特·賽龍的上面五個悖論，認為它們足以說明當代的女性氣質是建構出來的，用賽龍的術語來說，那就是一場「假面舞會」。以美的悖論為例，女人對身體外表的關注顯然勝過男人。魅力幾何，這無論是對於男人怎樣來看女人，以及女人怎樣來看自己，都是至為要緊的事情。男人也關注外表，可是男人關注外表顯得無足輕重，假如關注失度，反而被人笑話「娘娘腔」。但是女人不同，女人生來愛美。有鑑於美只是光顧少數幸運女子，而且人生美豔短暫，所以許多女性殫精竭慮，熱衷於透過化妝品、節食、整容和植入手術，甚或抽脂等來延緩醜的威脅。所以說到底：

青春美貌的文化評價，意味著衰老的過程逼迫婦女們奮起抗爭所謂的「醜」。倘若婦女們太過於熱衷對抗變老，她們又會招致不友好的評論，怪她們不願「得體地」屈從歲月流逝。這類推理完全是文化的，而不是自然的邏輯，故而由此產生的標準並不具有普遍性，而只有文化上的特殊性。說到男人，邏輯和標準似乎判然不同。[116]

這和前面麥克羅比從《傑姬》中讀出的女性氣質，基本上是如出一轍。其對女性的貶低是不言而喻的。女性氣質被認為是女性特有的一系列心態、行為和出演之社會角色的特徵。它們究竟是先天生成，還是後天在

[115] Efrat Tseëlon, *The Masque of Femininity: The Presentation of Woman in Everyday Life* (London: Sage, 1995). See Elaine Baldwin, et al. Introducing Cultural Studies (London: Pearson/Prentice Hall, 2004), p. 295.

[116] Elaine Baldwin, et al. *Introducing Cultural Studies* (London: Pearson/Prentice Hall, 2004), p. 295.

社會中建構起來，抑或是兩者兼而有之？事實上不同的女性主義立場也有不同的回答。假如認可女性氣質同時兼有生理和文化屬性，而不純粹是與生俱來，那麼它就意味著不但女性而且男性，以及變性人士，都可以擁有女性氣質。同樣，傳統認為女性氣質就是多愁善感，溫情脈脈，富有同情心，這在後現代女性主義的性別批評看來，已經是陳腐觀念了，一如從《傑姬》到《十七歲》，就是見證了女性氣質從依附類型向獨立類型的轉換。

六、操演性別

在 20 世紀末葉的性別批評中，朱迪斯．巴特勒（Judith Butler, 1956-）的「性別操演」理論異軍突起。朱迪斯．巴特勒生於美國俄亥俄州的克利夫蘭一個匈牙利－猶太和俄國－猶太家庭，外祖母一族大都死在納粹集中營裡。巴特勒從小學習希伯來文，後來自稱在猶太倫理學課程上，受到了最初的哲學訓練。1978 年她從耶魯大學哲學專業畢業獲學士學位，1984 年獲碩士學位。之後在維思大學（Wesleyan University）、喬治．華盛頓大學、約翰霍普金斯大學等多處執教，1993 年開始執教於加州大學柏克萊分校比較文學系。在 20 世紀末葉的性別批評中，朱迪斯．巴特勒的「性別麻煩」理論引起廣泛關注。這一理論的前提是，女性主義者大都同意婦女是男人書寫的文學與文化史勾勒出來的，不是久久失聲，就是被恣意歪曲，故而如今婦女有權利發出自己的不同聲音。

但問題在於，婦女不光是一個社會範疇，同樣還是一種自我意識，那麼應該如何定義？巴特勒的看法是，這要求婦女建構一種共同的身分，無論她們怎樣抵制思想和經驗的抽象客觀模式，怎樣感覺自己的身體，怎樣營造她們的母性認同和母性思維，怎樣感受她們非線性的性快感，以及怎樣生產她們飄忽不定、頭緒紛亂的文字。要之，當女性主義理論試圖解答婦女的世界何以是一個被男性文化所邊緣化、所歪曲和忽略的世界時，首先需要弄清楚的問題是，是不是有一種特定的女性特質，或一系列特定的女性價值觀念？進而，婦女這個範疇，是不是意味著可以與它自身脫胎而出的男性文化分道揚鑣？

這些問題思考下去，必然就導致「性別麻煩」。朱迪斯．巴特勒 1990 年出版的《性別麻煩》（*Gender Trouble: Feminism and the Subversion of Identity*）一書，已經成為性別理論的經典。該書 1999 年再版序言中，作者開篇就告訴我們，十年之前，她完成《性別麻煩》的書稿，交付勞特利奇出版社，可沒想到它有如此廣大的讀者群，更沒想到它會在女性主義理論中掀起大波，會挑戰性地「介入」女性主義理論，被視為酷兒理論的奠基作之一。她回憶說，她寫作此書的時候，明白自己是處在一個與女性主義的某些形式格格不入的地位，即便她知道筆下這個文本，也還是女性主義本身的一個部分。

巴特勒承認她的理論受到法國後結構主義的影響，也注意到她自己的著作以及霍米．巴巴（Homi Bhabha）、斯皮瓦克、齊澤克等人的著作是屬於文化研究還是屬於批評理論，學界持續爭論不休。但是她覺得這類問題也許不過是表明了文化研究和批評理論之間，曾經何其森嚴的壁壘，如今是瓦解崩潰了。而這一切終究是受惠於叫人一言難盡的「法國理論」：

> 《性別麻煩》根源在「法國理論」裡，它本身是種稀奇古怪的美國建構。只有在美國，那麼多迴然不同的理論才會攜手並進，彷彿組合成了某一種團體。雖然本書被翻譯成了多種語言，特別是對德國的性別和政治討論發生了巨大影響，它如果最終也有此榮幸的話，它進入法國會較進入其

他國家遲晚得多。我說這些，是強調這本書裡顯而易見的法國中心主義，跟法國，以及理論在法國的生活，相去何其遙遠。[117]

即便相去遙遠，朱迪斯·巴特勒承認，她是有意識以一種融會貫通的方式，來讀形形色色的法國知識分子，如李維史陀、傅柯、拉岡、克莉斯蒂娃等，這些大家彼此少有聯絡，他們的法國讀者，也很少彼此交叉閱讀。是以這些新進理論在此書中的呈現，完全是美國版本，跟它們的法國語境相去遙遠。簡言之，《性別麻煩》本身，便也是法國理論「美國化」的產品。

但即便性別、性向和生物性別都是文化和社會使然，其中的個人因素，同樣不容忽視。在朱迪斯·巴特勒看來，這裡都涉及「操演性」（performativity）的概念。所謂「操演」，靈感來自德希達樂於引用的英國分析哲學家約翰·奧斯丁的言語行為理論，在中文中的翻譯各異，計有行為、表演、操演、述行等多種譯法。巴特勒引用傅柯《規訓與懲罰》中的觀點，認為靈魂並非如基督教宣傳的那樣，是被囚禁在肉體中，反之靈魂是身體的監獄。她認為傅柯的《規訓與懲罰》改寫了尼采《道德的譜系》（*Zur Genealogie der Moral*）中的話語內在化理論。她指出，在傅柯看來，統治階級對於犯人施行的策略，不是硬性壓制他們的欲望，而是逼迫他們的身體循規蹈矩，以使森嚴法律成為他們的本性、作風和必需。法律不是深入內心給內在化了，而是給組合進了身體。身體就是法律的展現。法律是犯人們的自我本質、靈魂和意識的意義、欲望的法則。然而它是那樣自然而然地無所不在，從不表現為身體的外部控制。巴特勒引了傅柯的這一段話：

[117] Judith Butler, *Gender Trouble: Feminism and the Subversion of Identity* (New York: Routledge, 1999), p. x.

> 要說靈魂是一種幻覺，或某種意識形態效果，那就錯了。恰恰相反，靈魂是存在的，它具有一個實體，它永遠是透過權力作用於那些被懲罰人眾，在身體周圍、在身體上面、在身體內部生產出來。[118]

這就是說，內在的靈魂不是寄宿在身體內部，而是刻寫在身體上面。就像接下來傅柯所說的那樣，一些基督教的比喻就暗示，靈魂是身體的牢籠。

靈魂如此，性別亦然。巴特勒指出，性別認同不是內在天生的，而是「操演」出來的。人們的行為、姿態和欲望生產出來一種內在本質的效果，加諸身體上面，由此在身體的性別符號中，編織進無所不在的性別的操演性質。這意味著不存在天經地義的本體論式的性別身分。所謂的性別天性，不過是形形色色的社會話語和權力，不斷操演下來作用於身體的結果。而倘若性別的內在本性不過是後天編織而成，倘若真實性別的概念不過是刻寫在身體表面的一種幻象，那麼性別就無所謂真偽，而不過是某一種基本身分認同的真實話語效果罷了。

所以性別是一種表演，它總是發生在一個懲罰的語境之中，比如，我們通常會懲罰那些沒有「端正」自己性別的人。由於性別並沒有某一種可以外化的「本質」，也沒有哪一種它在不懈追求的客觀理想，由於性別不是既定事實，反之是許多性別行為，促生了性別的概念，故此，巴特勒強調說，性別是一種通常隱蔽掉其起源的文化建構。就性別的「操演性」來看，操演者與操演行為是難分難解的，就好比你無法把跳舞的人和舞蹈分離開來。個人和社會，也渾然成為一體，難以分辨孰先孰後。這就是「性

[118] Michel Foucault, *Discipline and Punish: The Birth of the Prison*, English trans. Alan Sheridan (New York: Vintage, 1979), p. 29. See Judith Butler, *Gender Trouble: Feminism and the Subversion of Identity* (New York: Routledge, 1999), p. 172.

別麻煩」，性別不得不一次次透過操演來確認自身及相關社會規範。這裡面離經叛道的反傳統意義，是顯而易見的：

如果性別總要尋找因由，總是有所動作，身體顯現或生產其文化意義的各種各樣方式都是表演性質的，那麼就沒有先在的性別身分來衡量它的動作和屬性，也就沒有真或偽、真實或歪曲的性別行為。所謂真正的性別身分，將被證明不過是一種規範下來的虛構。[119]

在《性別麻煩》的1999年再版序言中，巴特勒進一步解釋了她的「操演性」概念。她說，近年來她的許多著作，都是在澄清和修正她《性別麻煩》中提出的操演性概念。操演性究竟是什麼東西？之所以很難說清楚，不僅僅是因為她本人對於這個概念的看法漸漸發生改變，特別是聽到中肯的批評意見之後，而且許多人對它青睞有加，將之納入了自己的理論框架。而她最初的靈感，則是來自德希達讀卡夫卡的〈在法律門前〉。有人坐在法的門前，期待權威意義的展開，雖然法律的大門到老也沒有向他開放，然而正是在這期待之中，權威成就了自身。巴特勒認為我們對於性別的期待，多少相似於德希達看中的上述卡夫卡的典故，性別好像是我們內在的本質，我們期待有一天可以揭開這本質究竟是什麼東西，可是，我們期待到老，得到的終究還是期待！由此來看性別的操演性意味著什麼，巴特勒說：

首先，性別的操演性是圍繞這個轉喻運行的，即是說，我們期待性別本質，由此生產出被認為是外在於性別的東西。其次，表演性不是一個單獨行為，而是一種重複、一種儀式，是透過身體語境中的規劃而得功成，

[119] Judith Butler, *Gender Trouble: Feminism and the Subversion of Identity* (New York: Routledge, 1999), p. 180.

一定程度上，是被理解為一種文化使然的短暫時段。[120]

這意味著，我們視之為自己「內在」特徵的東西，不過是我們期待的目標，是透過我們特定的身體行為即表演來達成的，說極端了，它就是水中之月、鏡中之花。

巴特勒以男扮女裝、男女異裝，以及女同性戀中「男角」（butch）和「女角」（femme）性向角色轉換等為例，說明在這些文化實踐中原初的性別身分概念，經常是給戲仿了。這類被戲仿的性別身分要不是貶低婦女，如男扮女裝和男女異裝的例子，就是不加批判地挪用異性戀社會中的性向角色，如女同性戀身分認同中的「男角」和「女角」。但是說到底，它導致的是性別消解：「它給予我們一條線索，揭示最初的身分，即符合性別的原初意義，與後來性別經驗之間的關係，有可能得以重組。」[121]

重組意味著什麼？巴特勒的回答是，她之看重以上性別概念的戲仿，並不意味著有一個本原，作為嗣後戲仿身分的藍本。事實上戲仿就是本原，本原就是戲仿。就像用精神分析理論來看性別的概念，它不過是緣出幻象的幻象，最初的性別身分，不過也是一個沒有藍本的模仿。更確切地說，它毋寧說就是表現為模仿的一種生產。巴特勒的這一性別麻煩的邏輯，我們不難發現，與解構主義的策略正是不謀而合的。

2004 年出版的《消解性別》一書中，巴特勒進一步生發了她的性別解構立場。據她說，性別和性一樣，都是不斷轉換、了無定準的東西。性在本質上並非是自由狂野的，而毋寧說是在一個充滿束縛的空間裡不斷表現出來的種種可能性。正如性作為文化意義的一種傳載方式，是在遵守規範

[120] Judith Butler, *Gender Trouble: Feminism and the Subversion of Identity* (New York: Routledge, 1999), pp. 14-15.

[121] Judith Butler, "Gender Trouble, Feminist Theory, and Psychoanalytic Discourse", in *Feminism/Postmodernism*, ed. Linda J. Nicholson (New York: Routledge, 1990), p. 337.

與抵消規範之間來進行的，性和性別的關係，也並不是說你「是」什麼樣的性別，就決定你「有」什麼樣的性取向。故此：

> 我們試圖以日常方式談論這些問題，陳述我們的性別，坦白我們的性取向，但是無心地，我們被牽扯進了本體論和認知論的迷霧中，我是某種性別的人嗎？我「有」某種性取向嗎？[122]

換言之，性和性別是一個我們身不由己陷入其中，而且未必能夠自決的哲學問題。這個有違於我們基本常識的結論，真是足以叫人大吃一驚。

巴特勒強調她重申性別具有操演或者說表演性，這不僅僅意味著快感和顛覆，而是必然事關現實和制度的政治內涵。比如，怎樣的性別表達形式會被認為是罪行和病態？為什麼針對變性主體的暴力不被視為暴力，甚至，暴力是出於本應給這些主體提供保護的政府？這一切似乎都在呼喚新的性別形式出現。但是，即便這新的性別形式出現了，又會怎樣？它會怎樣影響我們的日常生活方式？而且，我們如何區分哪些性別新形式是有價值的，哪些沒有價值？對此巴特勒終究還是語焉不詳。但是歸根結柢，消解性別並不意味著終結性別差異。生理性別也好，文化性別也好，朱迪斯．巴特勒希望說明的是，性別差異不是一種前提、一種假設、一種用來建樹女性主義的根基。事實上它永遠不可能有一個清晰的陳述，它永遠讓陳述為難。它曾經是一個現代性問題，同樣是一個更為複雜的後現代性的問題。總而言之，性別是內心深處的假象，它變成天生事物的一個途徑，即是透過建構而成為一種靈魂和肉體的必然性。

朱迪斯．巴特勒的這一性別「操演性」的思想，對於性別批評影響很大。巴特勒本人的著作，已被奉為這個領域的經典。性別批評研究文學作

[122] 朱迪斯．巴特勒：《消解性別》，郭劼譯，上海三聯書店，2009，第 15 頁。

品如何構建了女性特質、男性特質、母性、婚姻等一系列概念的文化標準，如何在性別和性取向的徘徊之間，與作品和人物的社會認同、倫理認同和國家認同連繫起來，從它鼎力推崇的解構主義邏輯來看，批評家也許心存疑慮，他（她）們會不會恰恰落入「去女性」的身分認同困境呢？但是從另一個方面看，朱迪斯·巴特勒針對傳統性別定義的解構主義熱情，似乎多少還是太樂觀了一些。比方說，生理性別對於我們基因的影響，對於我們身體欲望指向的規束，在文化和社會前赴後繼的建構、解構和重構面前，就那麼不堪一擊嗎？這個問題的答案肯定不是「操演」一語可以簡單解決的。

這一切跟文學理論又有什麼關係？關係是有跡可循的。不但有跡可循，而且毋寧說這也是西方當代文學理論的一個寫照。耶魯大學英語教授保羅·弗萊 2012 年出版的《文學的理論》（*Theory of Literature*）一書，是他 26 篇耶魯講座的結集。其中第 23 章〈酷兒理論與性別操演性〉中，弗萊分析了巴特勒的著名文章〈模仿和性別不服從〉。他的分析大體與巴特勒本人的文章相似，在不厭其煩地解釋性別是文化和社會建構，而不是天生使然的觀點，通篇似乎無關文學理論，雖然他這本書書名就叫作《文學的理論》。但是弗萊認為，巴特勒這篇文章結尾處說，「假如艾瑞莎對著我唱歌」，那就事關文學理論了。他的分析是這樣的：

你們有時候也許會問我說的這一切跟文學理論又有什麼干係。一點不錯。可是我希望你們注意，巴特勒在文章的結尾部分說，「假如艾瑞莎對著我唱歌」，那就是提供了一個寓言式的文本應用例子。「你使我感到」——不是一個「天生」的女人，因為沒有天生的東西。「你使我感到像一個天生的女人」，「你」假定是一個正統異性戀者，教我做一個女人真正是什麼樣子。這裡「像」沒有給加上著重符號，因為現在的意思是我（「你」）使她覺得如影隨形，彷彿她，身為一個女同性戀者，是天生的。或者假如她對著一個變裝女王來唱：只有變裝的男人才能說，她感覺她自己就像是天生的。這個歌詞文本的閱讀，顯而易見就是受惠於文學理論。[123]

〈模仿和性別不服從〉發表於2009年，文章一如既往在重申作者的性別操演理論。上文中的艾瑞莎即艾瑞莎·弗蘭克林（Aretha Franklin），年長巴特勒一個甲子許的美國流行音樂黑人歌手。巴特勒舉例說，當艾瑞莎唱「你使我感到自己像一個天生的（natural）女人」時，她似乎一開始是暗示她生理性別中的某些自然潛能，透過她參與「女人」的文化角色，得以實現了，這個「女人」是異性戀所承認的對象。她身為生理事實的「性」（sex），和異性戀場景中的公開「性別」（gender），兩者之間是沒有斷層的。雖然艾瑞莎看起來很是高興她的自然氣質得到了肯定，但是滿腹狐疑而且是自相矛盾地感覺到，這肯定從來就沒有保證，它只是建立在異性戀承認的前提之上：

說到底，艾瑞莎唱道，你使我感到像一個天生的女人，是暗示這是一種隱喻替代，一種欺瞞行為，是一種崇高的轉瞬即逝的參與，參與異性戀變裝者日常運作所產生的本體論幻想。

但是，假如艾瑞莎對我來唱又會怎樣？或者說，假如艾瑞莎對著其操演一定程度上肯定了自我的變裝女王來唱，又會怎樣？[124]

是啊，假如艾瑞莎對著巴特勒來唱，你使我感到像個天生的女人，巴特勒會感到怎樣？她會對她自己的變裝女王身分有須臾疑慮嗎？抑或讓她益發深信不疑，性別不過是一種模仿，一種表演？

[123] Paul H. Fry, *Theory of Literature* (New Haven: Yale University Press, 2012), pp. 310-311.

[124] Judith Butler, "Imitation and Gender Insubordination", in *Literary Theory: An Anthology*, eds. Julie Rivkin and Michael Ryan (London: Blackwell, 2017), pp. 959-960.

七、酷兒理論

前面巴特勒所說的文本接受語境的變化，包括酷兒理論的崛起。酷兒理論在 1990 年代從女性主義研究和 LGBT 研究中脫穎而出，成為自成一體的性別理論。所謂 LGBT，是女同性戀者（lesbian）、男同性戀者（gay）、雙性戀者（bisexual）和跨性別者（transgender）的集合稱謂。性別批評的理論背景很大程度上應是近年方興未艾的酷兒理論（queer theory）。關於酷兒理論，我曾在〈西方當代文論的五副面孔〉一文中作過這樣的介紹：酷兒理論奉傅柯為聖徒，它與主要以 LGBT 族群為對象的酷兒研究（queer studies）還有區別。酷兒理論雖然也是緣起於女性主義對自然性別的挑戰，以及同性戀研究之深入考察性行為和身分的社會建構性質，但是酷兒研究主要關注同性戀行為的不平等地位，酷兒理論視野則更廣泛，其宣導對一切性行為和性向身分都展開批判分析。美國性別批評家大衛．哈爾柏林（David M. Halperin）在其《聖傅柯》（*Saint Foucault: Towards a Gay Hagiography*）一書中，即給「酷兒」下過這樣一個定義：

> 酷兒從其定義上說，是指一切與規範、法理和主導文化格格不入的東西。它並不必然特別專指任何對象。它沒有一種本質的身分。因此「酷兒」界定的不是哪一種實證性，而是一種直面規範的關聯式結構。[125]

哈爾柏林因其性別批評和酷兒理論建樹獲得多種榮譽，本人毫不掩飾他的同性戀傾向。《聖傅柯》一書的導論中，哈爾柏林交代了他寫作此書的因由。這個因由得從任教伊利諾大學的美國哲學家理察．摩爾（Richard Mohr）1992 年出版的《同性戀觀念》（*Gay Ideas: Outing and Other Con-*

[125] David M. Halprin, *Saint Foucault: Towards a Gay Hagiography* (Oxford: Oxford University Press, 1995), p. 62.

troversies）談起。他指出，摩爾是書批判的許多觀念中，其中之一便是性別是社會所建構的這一觀念。這個觀念雖然在男女同性戀研究和文化研究當中非常流行，但是並不符合他心目中的「同性戀」正確範式，是將人引向泛泛之談的酷兒時尚，而不是專門的同性戀研究。當中的影響，首先是來自傅柯。傅柯是同性戀者，1984 年因愛滋辭世，他的生平和著作，成了許多男女同性戀者，以及各式各樣的文化研究激進學者的不二經典。他引了摩爾《同性戀觀念》中的這一段話：

> 在男女同性戀研究學科的學者中間，幾乎是舉世公認，社會因素在一定程度上在同性戀中發揮決定性作用，同性戀是由文化所建構的，或者說是文化的產物。確實，這個尤其得到米歇爾·傅柯支持的文化決定論的變種 —— 同性戀社會建構論 —— 在男女同性戀研究內部，業已成就了聖徒一般的地位。[126]

像這樣以同性戀文本為對象展開的同性戀的批評文字，可視為酷兒批評的典型文本。如上所言，哈爾柏林從不諱言他的同性戀性向，是這一領域功成名就的人物。傅柯被他冠名為聖徒，摩爾以上著作是因由之一。

哈爾柏林接著說，摩爾是書中提到了他 1990 年的著作《同性戀 100 年》（*One Hundred Years of Homosexuality*），以作為支持同性戀社會決定論的依據。沒錯，在《同性戀 100 年》裡，他運用某種社會建構的方法，來分析古希臘社會的男性色情，但是摩爾曲解此書，由此來佐證他「對聖傅柯頂禮膜拜」，則為他始料不及，而且在好幾章裡面，摩爾都提到了他的名字作為反面例子，所以他要來反駁一下。首先關於傅柯，就他所知，從來沒有提出過諸如同性戀為什麼發生、它是生理使然還是社會使然這一

[126] See David M. Halprin, *Saint Foucault: Towards a Gay Hagiography* (Oxford: Oxford University Press, 1995), p. 3.

類經驗性問題。傅柯寫性的歷史是從話語角度來寫，而不是從所謂的科學角度來寫，而且從來沒有像摩爾所說的那樣，公開「聲援」過同性戀是社會建構的這樣的觀點。對於天生同性戀傾向和社會條件之間的關係，哈爾柏林也引傅柯訪談錄中的材料，強調傅柯事實上也一直表示無可奉告。

可是崇拜傅柯又怎麼樣？哈爾柏林指出，摩爾對他冷嘲熱諷並非空穴來風，原委是傅柯作為公共知識分子的形象已經不復光鮮，以至於今天讀者很難用一種理性的、非病理學的態度來看待他。傅柯是當今時代最傑出、最有原創性的思想家之一，如今名聲變得雲譎波詭起來，反倒使他逐漸改變了對傅柯的態度，從隔開一段距離的崇拜者，變成全身心的認同者。他指出他沒有見過傅柯，對傅柯生平的了解，也限於讀過的三本近年的傅柯傳記，他在寫《同性戀 100 年》的時候，並不崇拜傅柯，但是現在不同了，「傅柯真的是個聖人」，他的性生活和道德生活，都是完美無缺的。哈爾柏林說，他對傅柯的崇拜裡沒有私人的成分，就像崇拜他讀過的一切其他偉大作家一樣，不論是古代作家還是現代作家。但是：

> 假如傅柯沒有完美的人生來證明我的崇拜果然不虛，我肯定不會認為他一生就是知識和政治生活的典範。我相信他在身為一個同性戀知識分子，來掌握他的整個政治境遇方面，其遊刃有餘是自古以來第一人。不僅如此，傅柯對他自己的境況的正確理解，使他得以針對困擾著他自己實踐的話語和制度狀況，構想出雖然是非系統的，卻是行之有效的抵抗模式。[127]

在哈爾柏林看來，傅柯是身體力行實踐了他為邊緣話語張目的政治主張，這就是為什麼傅柯的生平，甚至比他的著作更是持續不斷地影響了整整一代學者、批評家和活動家的原因。

[127] David M. Halprin, *Saint Foucault: Towards a Gay Hagiography* (Oxford: Oxford University Press, 1995), p. 7.

酷兒理論正是在追隨傅柯的道路上應運而生。紐西蘭學者安娜瑪麗．雅各斯（Annamarie Jagose）1996 年出版《酷兒理論導論》（*Queer Theory: An Introduction*），代表著男女同性戀的研究，過渡到進而來研究「性認同」（sexual identity）這樣深入下去越說越沒有邊際的概念。雅各斯追蹤了 19 世紀的男女同性戀描寫，並引述巴特勒和哈爾柏林等人的觀點，指出酷兒理論開闢了一種新的思維方式，不僅挑戰諸如異性戀、同性戀這類傳統的性認同，而且鋒芒直指性別、男人、女人這樣自古以來天經地義的概念。關於酷兒概念的由來，她的介紹是：

> 酷兒研究關注性、性別和慾望的錯亂匹配。對於大多數人來說，酷兒的主要指向是那些所謂的男同性戀者和女同性戀者。但是還有很多人不知道，酷兒的指向除了男女同性戀者，還有易裝、雙性同體、性別模糊，以及性別校正手術。[128]

這表明了酷兒研究是來源於同性戀研究，但是又超越了同性戀研究，涉及了性別操演的各個方面。她提醒讀者，男同性戀和女同性戀，本身是兩個差異極大的領域，相提並論並不恰當。是以酷兒研究，打破的不僅是同性戀／異性戀這個二元對立，而且期望能在種族、階級、宗教等領域有所突破。也許問題是，當酷兒理論意欲超越性別批判，將形形色色的社會不平等一網打盡時，它是不是同樣面臨著一個身分迷失的問題？

這個問題可以引導我們回到酷兒研究的中心問題。即是說，假如酷兒理論是廣泛抵抗理論的另一別稱，它自己的身分認同問題，同樣將成為一個問題。是以酷兒理論可以有它自己的特定關注對象，這個對象或者說酷兒研究的核心問題，便是「性」（sexuality）。我們可以發現，「性特徵」

[128] Annamarie Jagose, *Queer Theory: An Introduction* (New York: New York University Press, 1996), p. 2.

作為英語 sexuality 的中文對譯，肯定是不完備的。可是英文中的 sex 一語可以加一個尾碼，來強調它的本質或者說哲學屬性，而中文假若如法炮製，在「性」後面再加一個「性」，成了「性性」，在我們的語言使用習慣裡，有些不知所云。sexuality 一般認為是指人類跟性相關的行為和表達，從生物、生理、色欲、情慾到情緒、精神層面，不一而足，你願意怎麼理解，就可以怎麼理解。但是中文裡要找出這樣一個相對的詞彙，迄今看來還是很難。前面茱蒂絲・羅伯在《性別不平等》中，將 sexuality 闡釋為「性向」，但是這個闡釋是受特定語境限制的。或者可以翻譯成「性特徵」，但是依然似有以偏概全之嫌。按照語言約定俗成的原則，下文姑且以加引號的「性」來翻譯 sexuality，同時後面附上英文，以顯示此「性」（sexuality）有別於他「性」（sex）。

保羅・弗萊在他《文學的理論》一書中，即以「性」（sexuality）為中心，講解了酷兒理論和性別操演。什麼是「性」（sexuality）？弗萊說，這個問題會讓大家愣上一愣。因為 sexuality 這個詞還比較新近，過去的合法語言中，是沒有這個詞的。過去的日子好也罷，不好也罷，那時候人們並不討論 sexuality，人們談的是 sex。不論是正常的行為也罷，異常的行為也罷，有 sex 這一個詞，也足夠應付了。但是「性」（sexuality）一語具有更多社會維度，傾向於去肉慾化。按照弗萊的說法，「性」（sexuality）暗示了一種更為本真的存在，比自我更要自我。他引用傅柯《性史》中的一段話，談了什麼是 sexuality。弗萊援引的傅柯原話，是這樣的：

簡言之，聯姻調度適應於社會群體的某種自我調節，其功能在於維護這個群體；所以它跟法律有著天然連繫，即是說，法律反映了關於家庭的當前社會假設，比如，家庭不是兩個結婚的男同性戀者帶上孩子。「生殖」這個詞的意思，也是這樣。「性」（sexuality）的調度其目的不在於生殖，而是在於增值、創新、增加、創造，以日漸細微的方式，穿透身體，在於以一種越來越全面的方式，控制人口。[129]

弗萊指出，傅柯這裡提出了兩種調度模式，一是聯姻調度，一是「性」的調度。前者是對一種特定文化裡，核心繁殖單位的界定，那通常是家庭，它把亂倫和可能導致亂倫的相關行為，排除出去了。後者「性」的調度，我們理解為傅柯是在談「性」（sexuality）。傅柯比較靦腆，他洋洋灑灑的《性史》，並沒有公開來談什麼是「性」。「性」的調節無不受任何國家機器和法律制度的壓抑，給它施加壓力的還有各種各樣的輿論。由此導致的生育控制或同性戀，就跟聯姻調度構成了微妙衝突。弗萊重申傅柯的中心觀念是權力，權力控制話語，使之成為知識，而使普通人不知不覺、心甘情願奴役其中。由此回到前面的問題：什麼是「性」？弗萊以傅柯為例的解釋是：

傅柯非常靦腆。他在談「性」，他寫了三卷本性的歷史，但是他沒有來談「性」本身，談在這裡「性」自身意味著什麼。他在談「性」的調度，在談權力－知識如何建構了「性」，讓我們唾手可得，使之成為我們欲望表達的日常操演，卻又不讓我們須臾洞見我們不懈追逐之物的本相：「性」的性質。它依然迷失在權力向量的交鋒之中。[130]

按照弗萊的說法，這還是傅柯論「性」帶給我們的遺憾，到巴特勒，什麼是「性」這個問題，本身已經不成其為問題。我們覺得這個問題單純明瞭，不帶任何偏見，可是本來無一物，何處惹塵埃！

[129] Paul H. Fry, *Theory of Literature* (New Haven: Yale University Press, 2012), p. 301.
[130] Paul H. Fry, *Theory of Literature* (New Haven: Yale University Press, 2012), p. 302.

第六章

情感理論

一、情感轉向

「情感轉向」（affective turn）算得上當代西方文論中異軍突起的一個課題。它或許發端於性別研究，可以代表女性主義發展趨向的新近一波熱潮，但是它的觸角很快從社會學、心理學和文學批評這些本土地塊蔓延開去，影響到人文學科和社會科學的幾乎全部領域。

紐約城市大學社會學教授派翠西亞·克勞馥（Patricia Clough）聯手珍·哈雷（Jean Halley）主編的《情感轉向》（*The Affective Turn: Theorizing the Social*, 2007）一書，可以被視為以上「轉向」的一個縮影。該書收入社會學尤其是婦女研究領域的十二篇相關論文。亮點之一是邀來《帝國》（*Empire*）的兩位作者之一、美國杜克大學文學批評和政治哲學教授麥克·哈特（Michael Hardt），寫了一個題為「情感有什麼用」的小引。關於「情感轉向」意味著什麼，哈特說，就像過去數十年裡的其他「轉向」，諸如語言學轉向、文化轉向等，情感轉向旨在綜合各路情感研究，突顯其中最具有發展潛力的部分。而從美國來看，哈特發現，有兩路前輩的相關研究值得特別重視：其一關注身體（body），這是最新近的女性主義理論；其二關注情感或者說感情、情緒（emotion），最顯見不過的便是酷兒理論。總之，情感轉向有助於我們拓寬視野，在舊問題中見到新的意義。情感有什麼用？用哈特的話來說，它們至少有以下用途：

專注於情感（affects），當然讓我們關注身體和情緒問題，但是由此也導向一個重要的位移。情感視野受到的挑戰，首先是在它所探求的綜合之中。這是說，第一，因為情感一視同仁指向身體和心靈；第二，因為它們涉及理性和熱情。情感要求我們，如這個術語所示，進入因果性的王國，但是它們對因果性的看法與眾不同，因為它們同時屬於因和果這兩邊。換言之，它們既闡說了我們影響周圍世界的能力，也闡說了我們被它影響的能力，同時還有兩種能力之間的關係。[131]

這話說得有點玄乎。上文中的「熱情」（passions），在史賓諾沙（Baruch Spinoza）哲學中指的是被動的情感即快樂、痛苦和欲望，與理性適成對照。此外，因果律是我們解釋世界的基本規律。當一樣東西宣稱自己既是因又是果，再加上還是因果之間的關係，我們就頗費猜測，不知道究竟該如何來給它命名了。

這裡 affect 這個英語詞，作為「情感理論」的關鍵字，既然它又是主動的因，又是被動的果，很顯然它強調的是一種動態，而非簡單的靜態完成式。是以中文語境裡，當情感理論作為西方當代前沿文論之一開始它的普及之途，有人將它譯為「情動」，這是突出這個詞的動態；有人譯為「情 - 感」，這同樣也是照顧到主動和被動兩個方面。的確，認真推敲起來，affect 譯作「情感」，可以理解為情感的激發、施與和感受等諸多方面，特別是這諸多方面的綜合。顯而易見，它和我們通常譯作「情感」的另外兩個英語詞 feeling 和 emotion，都有不同。就像 affect 這個詞，傳統詞義的第一釋義還是「影響」。但是，考慮到語言約定俗成的釋義習慣，在新的中文對譯定型下來之前，我們不妨一如既往地把 affect 叫作「情感」，只是要記住此情感不同於彼情感也。

麥克．哈特這裡所說的「情感」（affects），用的是複數，指代也不用「它」而用「它們」，可見情感理論也好，情感轉向也好，將毋庸置疑地把古往今來的一切情感體驗，不論它們是主動的也好被動的也好，身體的也好理智的也好，正軌的也好越軌的也好，抑或它們中間一切錯綜複雜

[131] Michael Hardt, “Foreword: What Affects are Good For”, in *The Affective Turn: Theorizing the Social*, eds. Patricia Ticineto Clough with Jean Halley (Durhan and London: Duke University Press, 2007), p. 9.

的關係也好，包括其中。但是追本溯源，affect 之為情感，作為一個哲學術語，確切地說是指主動的情感施與和被動的情感接受和調節。它是一個名詞也是一個動詞。這在史賓諾沙《倫理學》（*The Ethics: Ethica Ordine Geometrico Demonstrata*）中，早有清晰的表述。

派翠西亞．克勞馥本人的著名文章〈情感轉向：政治經濟、生物媒體和身體〉，將「情感轉向」的起源定位在 1990 年代初葉到中葉，認為此一時期批判理論家和文化研究學者對後結構主義和解構主義表示失望，認為它們對主體死亡這個時代現象的態度真正是冷若冰霜，故而對於情感，其實也沒什麼作為。她引加州大學歐文分校比較文學教授芮．特拉達（Rei Terada）《理論中的情感：「主體死亡」之後的情感》（*Feeling in Theory: Emotion after the "Death of the Subject"*, 2001）一書中的觀點，強調理論界興趣轉向情感，是延續了文化、主體、身分，以及身體這些所謂後現代話語中的老牌話題。由此觀之，它不過是進一步開拓了後結構主義和解構主義所關切的主體與自身斷裂、主體意識遭遇毫無由來的各式情感等諸如此類的老問題。應該說克勞馥所言不虛。特拉達《理論中的情感》一書的主題之一，便是情感被認為是依賴於主體。德希達、德曼、德勒茲等人熱衷描述的「主體的死亡」，不消說也意味著情感的死亡。但是克勞馥此書有意反其道而行之，致力於透過闡說「主體死亡」與情感存在的一種正面關係，來拓展情感研究這一尚處在萌芽狀態的跨學科新興理論。在解構主義閱讀的基礎上，有沒有可能來建構一種非主體的情感呢？

排除笛卡爾哲學以降的主體意識，那麼剩下來的就是身體。克勞馥指出，身體固然是從後結構主義到解構主義各路理論軍馬的關注熱點，但是情感轉向將突顯身體與生俱來的強大活力，不僅在於生理，而且在於文化。她指出，情感轉向發軔之初，很多批評家和理論家習慣從感受出發，一個圈子兜下來，最後回到主體，終結於主體意識到的情感狀態。但是她願意重申德勒茲和瓜塔里、史賓諾沙，以及柏格森的傳統，視情感為先於個人的身體力量，根據它同外部世界的關係而增強或減弱身體的活動。我們不難發現，這正是受惠於史賓諾沙《倫理學》中的情感性質論述。故批評家的使命，即是來努力探究和掌握這一幾乎是不易察覺的情感動力。反其道而行之的結果，克勞馥提出了一個新的身體概念，她將之命名為「生物媒體」（biomedia）的身體。

克勞馥解釋說，是今天數位時代和大規模的基因物質生產催生了她的「生物媒體」身體構想，指出它是對自我再生有機體身體概念的一大挑戰。以身體為自我再生的有機體，克勞馥認為那是 19 世紀工業社會的傳統，強調能量，忽略了環境的資訊影響。而比較有機體的身體概念，生物媒體的身體同樣可視為時代的產物，對此她說：

> 就像有機體的身體一樣，生物媒體的身體也是一種物質力量組構的特定歷史模式，它誕生於資本投資，在各式話語的風風雨雨中錘鍊成長，包括生物與生理話語、熱力學與複合物話語、亞穩態（metastability）與非線性理性話語、改裝身體話語、工作與再生產話語等等，不一而足。生物媒體是一個身體，以及它能做什麼，即它情感何在的定義——它指向自我組構中的政治－經濟和理論投入，這一組構內在於物質或物質的資訊流通能力，以給出身體的形式。[132]

這段話可以視為克勞馥「生物媒體」的一個定義。雖然定義的表述比較晦澀，但是大體可以明確它是高度發達的技術社會，特別是數位時代的一個產物。顧名思義，它是生物技術和傳媒資訊的融合，由此在經驗、哲

[132] Patricia T. Clough, "The Affective Turn", in *The Affect Theory Reader*, eds. Melissa Gregg and Gregory J. Seigworth (Durhan: Duke University Press, 2010), pp. 207-208.

學和虛擬層面上促進身體物質重新組合起來，構成完整的生命本身。

勞倫斯・格羅斯伯格在他題為「情感的未來」的一篇訪談中，回顧了自 1980 年代以來對德勒茲產生的濃厚興趣，從讀德勒茲和瓜塔里的《反伊底帕斯》（*L'anti-Œdipe: Capitalisme et schizophrénie*）開始。他喜歡德勒茲和瓜塔里的犀利的反康德哲學，認為它連接到另外一種現代性，或者說，一種現代性的多元性。他表示他不願意像一些學者那樣，對於德勒茲和瓜塔里以及傅柯，是擇其一點，不及其餘，至少某些關於「治理性」（governmentality）的著作，就是這等做派。反之他願意以多元開放的視野來接受他們的詞彙和工具。而在他看來，德勒茲和瓜塔里從《反伊底帕斯》到《千高原》（*Mille Plateaux*），顯示的一個突出問題，便是探究是何種機制，以不同方式從虛擬之中生產出真實或者說現實。在被問及「情感」（affect）是否一如理論所言有助於當代人擺脫困境時，格羅斯伯格的答覆是肯定的，認為大凡發生的事件為表達所無能為力，那麼我們便可以將之描述為「情感」（affect）。他指出，《千高原》中有專門章節討論指意問題。不同的機械組裝產生不同的效果。這是傅柯的觀念，是德勒茲的觀念，也是史賓諾沙的觀念。這些效果（effects）中有一些有用的部分可以組合起來，叫作情感（affect），但是接下來的工作不可或缺，那就是分析指意的特定範域，以及由此產生的特定機械效應。這樣來看，情感轉向應是水到渠成。對此格羅斯伯格說：

> 另一方面，有一個重要問題，那就是為什麼「affect」，以及諸如情緒（emotion）、身體等其他概念，在大西洋現代思想的主流中長久被人忽略。我認為這方面的回答就像女性主義者表明的那樣，部分無疑在於婦女低人一等的聯想，其前提是性別差異透過一系列二元差異來顯現自身：理性對情緒、心靈對身體等。我認為這是部分的回答，但僅僅是部分。另一

方面，一筆勾銷作為理論範疇的情感，並不局限在歐洲現代主義之中，另一方面，歐洲現代主義中也有一些契機，一些重要的契機，其中某種affect概念（通常異於單純的emotions，或較後者更要廣泛）理論化的努力也顯示了對主流傳統的關鍵性中斷。我覺得我們必須以更複雜、更多元連接的方式來思考這段歷史。[133]

這段話是訪談，所以表述比較隨意，例如用了太多的「另一方面」，但是傳遞的意思很清楚，那就是情感理論過去長久被忽視，但是如今它開始張口說話了。它將敘述出一段讓我們主流文化大吃一驚的情感自己的歷史。在這段歷史中意志的作用顯得蒼白，我們的身體在主動和被動、在身體和身體之間激發傳染的情感，將義無反顧地伸張自己的理論權利。它可能是唯物主義的、自然主義的，甚至矯枉過正是機械主義的，但是沒有疑問，它終將彰顯有異於歐洲主流傳統的另一種現代性。

德勒茲和瓜塔里被認為是從史賓諾沙到當代情感批評的仲介。有一篇名為「德勒茲論史賓諾沙的情感概念」的講稿在網路上傳播有時。此稿係奧克拉荷馬州立大學英語教授提摩西・墨菲英譯，是1978年1月24日德勒茲在萬塞訥巴黎第八大學史賓諾沙課程的授課稿。德勒茲一開始表達了對《倫理學》的翻譯不滿，認為史賓諾沙的拉丁文本中，affectio和affectus一視同仁都給翻譯成法語affection，是災難性的錯誤。正確的譯法應該是用affection對應affectio，用affect對應affectus。這也是他這篇講演遵循的原則。德勒茲重申了《倫理學》卷三題名為「情感的總定義」一章中的觀點：情感並不源生於觀念的比較，觀念並不主導它同情感的關係，它們是性質不一樣的兩樣東西，情感是從一種完美狀態到另一種完美狀態

[133] Lawrence Grossberg, "Affect's Future: Rediscovering the Virtual in the Actual", in *The Affect Theory Reader*, eds. Melissa Gregg and Gregory J. Seigworth (Durhan: Duke University Press, 2010), p. 317.

的活的過渡，它雖然受制於觀念，但是本身並不存在於觀念之中，而是構成情感。正因如此，德勒茲強調身體遭遇所產生的愉快或不愉快的情感轉變，使承受情感的力量，成為一種強度或者說強度的閾限。有鑑於世界上所有的身體都互不相容，當我們內在的強度吻合外在事物的強度，第三種知識便應運而生，這就是愛。用德勒茲本人的話說，這是一個充滿了純粹強度的世界。

二、情感的起源和性質

既然「情感轉向」的視野可以包括古往今來的一切情感話題，我們發現各路軍馬幾無例外將此一轉向的理論來源，追溯到 17 世紀荷蘭哲學家史賓諾沙身後出版的名著《倫理學》。《倫理學》第三部分的標題就是「論情感的起源和性質」。作者開篇就說，今天人們談情感，話題常常不是順從自然，反倒是超越自然，大多數人自以為人的自我有絕對力量控制自己的行為，故不將人類的軟弱無力和變化無常歸因於自然力量，反之歸因於多被嘲笑、蔑視的人性缺陷。誰能雄辯地指出人類理智的弱點，便被尊為先知。但是就他所知，還不曾有人解釋過人類情感的本性和力量，以及理智可以如何克服人的情感。為此他開宗明義，表示反對笛卡爾的情感哲學，指出笛卡爾雖然相信人的心靈有絕對力量來控制自己的行為，一方面努力用情感的本因來解釋人類情感，一方面又認為心靈可以達成對情感的絕對主宰。這等於什麼也沒有說。故史賓諾沙給他倫理學構架的這一情感研究部分，定下的主旨是：用幾何方法來研究人們的缺陷和愚昧，用普遍的自然規律和法則來考察仇恨、憤怒、妒忌等一切情感的本性和力量，說明它們都是出自自然的必然性。

很顯然，在史賓諾沙看來，人是大自然的造物，世間萬物，莫不遵從自然的規律。是以笛卡爾人憑藉理性可以跳出自然因果的思想，為他所不屑。如同《倫理學》前面部分考察線、面和體積一樣，史賓諾沙認為幾何學的原理同樣適用於考察人類的行為和欲望。從因果和主動／被動兩種視野出發，史賓諾沙給情感下了如下定義：「我把情感理解為身體的感觸，這些感觸使身體活動的力量增進或減退，順暢或阻礙，而這些情感或感觸的觀念同時亦隨之增進或減退，順暢或阻礙。」[134]

這個定義中，「情感」的拉丁文是 affectus，英語中 affect 和 emotion 兩詞通譯。假如說這裡 affect 是情感的學術名稱，那麼 emotion 毋寧說就是它後來居上的通俗名稱。所謂「感觸」，史賓諾沙用的是 affectio 一詞，英語同樣或譯作 affections，或翻譯成 modifications。簡言之，它是指身體根據它同外部世界，比如另一個身體的關係狀態來修正調節自身，加上相應變化的相關的觀念，這就是生理和心理並舉的情感。故此，史賓諾沙進一步解釋說，所有這些情狀中若有一能成充分動因，那麼它就是主動的情感，反之，就是 passion，是被動的情感，也就是《倫理學》賀麟先生中譯本裡大體一以貫之沿用下來的「情緒」。

鑑於此，史賓諾沙推出的第一個命題是：「我們的心靈有時主動，有時被動；只要具有正確的觀念，它必然主動，只要具有不正確的觀念，它必然被動。」[135] 對此他的說明是，所謂正確的觀念，指的是觀念出自神。但是另一方面，我們心靈中的不正確觀念，在神卻是正確的。這裡涉及《倫理學》第二部分命題十一的繹理。即是說有鑑於人的心靈是神無限理智的一個部分，故而當人說我們的心靈看見這物那物時，他不過是說神具

[134] 斯賓諾莎：《倫理學》，賀麟譯，商務印書館，2015，第 97 頁。
[135] 斯賓諾莎：《倫理學》，賀麟譯，商務印書館，2015，第 98 頁。

有這個或那個觀念，因為神不但是人的本性即心靈本質所在，而且同時借人的心靈而具有個別事物的觀念。是以人的心靈有時候一葉障目，不能正確地認識事物。由此得出的推論，即是心靈具有的不正確的觀念越多，便越受情慾支配而不能自我控制，那是被動情感。反之，心靈具有越多正確的觀念，人便越能自我控制，那是主動情感。故命題二：「身體不能決定心靈，使它思想，心靈也不能決定身體，使它動或靜，更不能決定它使它成為任何別的東西，如果有任何別的東西的話。」[136]

史賓諾沙對於這個命題的說明，依然與自由意志了不相干。個中原委是一切思想的樣式都以神為本因，決定心靈思考的另一種觀念樣板，而不可能是身體。反之身體行為同樣無涉思想，其靜止與運動，必起因於另一物體。而此一物體的靜與動，又取決於第三個物體，如此環環上推，最終還是追溯到神，而與心靈沒有關係。所以，身體不能決定心靈使其思想，心靈也不能決定身體使其或動或靜。一切終將歸因於神或者說自然的法則。這裡史賓諾沙討論情感因果、主動和被動，毫無疑問是提出了一種身心平行二元論。

史賓諾沙的情感理論以對情感的細緻分類而蜚聲。比較笛卡爾《論心靈的情感》中推出的六種基本情感，以及霍布斯《利維坦》（*Leviathan*）中言及的七種基本情感，史賓諾沙的歸納更要簡約。他論斷人類的情感可以概括為快樂、痛苦、慾望這三種最基本情感。命題五十六即為：

刺激我們的對象有多少種類，它們所引起的情緒就有多少種類：快樂、痛苦、慾望，和一切由這三種情緒組合而成的情緒（如心情的波動），以及從這三種情緒派生出來的情緒（如愛、恨、希望、恐懼等）。[137]

[136] 斯賓諾莎：《倫理學》，賀麟譯，商務印書館，2015，第 99 頁。
[137] 斯賓諾莎：《倫理學》，賀麟譯，商務印書館，2015，第 144 頁。

史賓諾沙這裡所說的「情緒」，也就是通俗層面上的情感，即英文中的 emotion。affect 在上文中則是作動詞用，即開頭的「刺激」一語。賀麟先生在譯《倫理學》這一部分時，雖然考慮到哲學的嚴謹，有意識用情緒、情感、感觸、刺激等不同語詞來對譯史賓諾沙的 affectus 和 affections，但是實際上中文語境裡咬文嚼字鑽下去，只能流於文字遊戲。是以本書盡可能按照語言約定俗成的通則，沿用「情感」一語來展開敘述。從以上欲望、快樂、痛苦三種原始情緒，或者說基本情感出發，《倫理學》中史賓諾沙根據它們的不同組合，一共列舉了 48 種情感。擇要舉例如下：

1. 欲望（cupiditas）是每一個人的本質自身，就人的本質被認作為人的任何一個情感所決定而發出某種行為而言。

2. 快樂（laetitia）是一個人從較小的圓滿到較大的圓滿的過渡。

3. 痛苦（tristitia）是一個人從較大的圓滿到較小的圓滿的過渡。

4. 驚異是心靈凝注於一個對象的想像。

6. 愛是為一個外在原因的觀念所伴隨著的快樂。

12. 希望是一個不穩定的快樂。

13. 恐懼是一種不穩定的痛苦。

23. 嫉妒是一種恨，此種恨使人對他人的幸福感到痛苦，對他們的災殃感到快樂。

44. 好名是追求名譽沒有節制的欲望。[138]

誠如每個人的本質和本性各不相同，每個人的欲望也各各不同。所以，一切情感都和快樂、痛苦、欲望相關聯。《倫理學》中史賓諾沙逐一界說 48 種情感，對近年情感理論的心理學建構影響巨大。快樂、痛苦和

[138] 斯賓諾莎：《倫理學》，賀麟譯，商務印書館，2015，第 150 － 162 頁。

慾望就像可以調配出萬紫千紅的三原色，48 種情感說到底都可以還原到上述三種基本情感的不同組合，是這三種原始情感派生而來的。

由於情感都是由特定的對象引發，對象性質不同，被影響產生的情感性質也互不相同。像上述之愛、恨、恐懼、心情波動都是如此。史賓諾沙對於命題五十六的說明便是，有多少種影響我們的對象，就會引起我們多少種欲望。而在愛和慾望的情感中，有一些是最突出的，如好吃、酗酒、性慾、貪財和野心。它們是如此強大，以至於我們看不出有與它們相反的情感。固然，我們會提倡反對好吃、好酒和好色的節制、清醒和貞操，但是節制、清醒和貞操不是情感，而是表示心靈克服這些情感的力量。而說到底，有鑑於上帝的活動力量是無限的，一切增強生命活動力量的情感，都導致更大的圓滿。情感永遠是在與他人互相牴牾和協調的關係之中，變化呈現出不同狀態來。唯其如此，史賓諾沙在反對笛卡爾所謂在大自然中可以享有獨特法則這一理性主義立場的同時，接續了笛卡爾的另一個傳統，那就是希冀從第一因來解釋人類的情感。簡言之，人類的所有情感，都將是自然規律的產物。正因為反對以自由意志來解釋情感，史賓諾沙標舉神或者說自然法則來證明情感的緣起和流變。這一自然主義的情感理論，無疑給近年「情感轉向」饋贈了一個科學主義的傳統。但是問題依然存在：首先，人類的精神現象的所有譜系，如何以及是否足以由外部因素來作充分解釋？其次，人類的慾望和情感既然作為自然的一個組成部分，它們如何與我們的內心經驗互動互生？這一切，將由史賓諾沙的後繼人做出不同應答。

在麥克・哈特看來，史賓諾沙主要是在兩個方面影響了當代情感轉向研究。其一是以身體的行動能力平行於心靈的思考能力；心靈不可能無條件決定身體的行動，反過來身體也不可能無條件決定心靈的思考。這對於當代心／身二元關係的思考，無疑提供了一個更深入研究的動力。其二是行動能力與感觸能力的連繫。既然心靈的思考能力有關外部觀念的接受，身體的行動能力有關對其他身體的感受，且感觸情感愈深，行動能力愈強，那麼史賓諾沙的情感（affect）概念，就是同時包括了主動和被動、施與和感受兩個方面。換言之，情感可以是取決於內因的行動，也可以是取決於外因的熱情即被動的情感，或者說情緒。這又回到了心／身二元論中間的複雜關係。故此：

> 史賓諾沙的這一情感視野給予當今研究的中心挑戰，因此在於這個事實，即情感橫跨在心靈與身體、行動與熱情的分野之上。情感給這兩種分野 —— 心靈的思考能力和身體的行動能力之間、行動力量與感觸力量之間，都提供了一種疑竇叢生的連繫。[139]

之所以是疑竇叢生，是因為心靈將不復具有對身體和情感的壓倒控制力量。身體和情感將開口言說自身。當我們的心靈有所思之際，身體能不能馴服配合有所行，就籠罩在了一片密密層層的疑雲之中。

三、《千高原》的情感

克勞馥認為「生物媒體」的身體構想，是延續了加拿大社會學家布萊恩·馬蘇米（Brian Massumi）的情感研究傳統。馬蘇米 2018 年在蒙特婁大學傳播系的職位上退休，研究領域包括藝術、文化研究、政治哲學等諸多領域，其著作被譯成不下十五種語言，本人也在世界範圍頻頻講演，被認為是在美學和政治之間，構建了許多橋梁。馬蘇米以用英語譯出多部

[139] Michael Hardt, "Foreword: What Affects are Good For", in *The Affective Turn: Theorizing the Social*, ed. Patricia Ticineto Clough with Jean Halley (Durhan and London: Duke University Press, 2007), pp. 10-11.

法國當代名著著稱，包括李歐塔的《後現代狀況》（*La condition Postmoderne: Rapport sur le savoir*）和德勒茲、瓜塔里的《千高原》。他 1995 年發表的〈情感的自治〉後來被收入他 2002 年出版的文集《虛擬的寓言》（*Parables of the Virtual*），該文成為情感研究的經典文獻。

〈情感的自治〉一開頭舉了一個非常有趣的例子：有人在屋頂花園上堆了一個雪人，午後的陽光中它開始融化，那人看著。過了一會兒，他把雪人帶到山裡的寒冷地方，它不化了。那人跟雪人說了聲再見，就離開了。馬蘇米說，這是德國電視節目當中的一個無聲補白短片，非常簡單。可是這個短片引來家長們抱怨，說是孩子被嚇著了。由此引起一個研究團隊的注意，可是他們的研究失敗了，因為他們對研究的對象其實無知。馬蘇米介紹說，研究團隊用了短片的三個版本：第一個是最初的無聲版；第二個根據「事實」配音，步步說明情節進展；第三個是「情緒版」，大抵相當於事實版，唯在關鍵時刻提高音調，調動情緒。然後讓幾組九歲的孩子觀影，讓他們幫三個版本打分，評一評它們的「愉悅性」。結果是事實版無一例外愉悅性最低，而且最容易忘卻；愉悅性最高的是無聲原版，分數比情緒版略微高一丁點兒；情緒版給人印象最深。馬蘇米指出，這個研究結果讓人糊塗，研究讓孩子們根據「快樂－悲哀」以及「愉快－不愉快」的標準來打分，「悲哀」的場景被打了「最愉快」的高分，愈悲愈好。從報告的語氣來看，結果讓研究人員吃了一驚：快樂和悲哀的差異並沒有預想的那麼巨大，孩子和成人的差異亦然。這個研究當中唯一的好處，是突顯了圖像的接受中，情感舉足輕重（the primacy of the affective）。馬蘇米指出，假如承認這一點，而且展開來說，那麼我們就會注意到：

> 情感舉足輕重是「內容」和「效果」之間的溝壑標記出來的：表面上看，某個圖像的力量或持久度跟內容沒有任何直接的邏輯連繫。這不等於

說兩者之間沒有連繫或沒有邏輯關係。圖像內容在這裡的意思，是一個交互主體性語境中它所指向的傳統意義，它的社會語言學資質。這個指向固定了圖像的確定「性質」。圖像效果的力量或持續性，可以稱之為它的「強度」（intensity）。[140]

馬蘇米強調說，上述研究表明性質和強度之間沒有契合關係。如果它們之間有關係，那也是另一個故事。

馬蘇米本人在為《千高原》所作的英譯序中，指出《千高原》旨在建構一個平滑的思想空間。這在哲學史上早有先例。史賓諾沙稱之為「倫理學」，尼采把它叫作「快樂的科學」，阿爾托叫它「桂冠無政府狀態」。在布朗肖（Maurice Blanchot），它是「文學空間」；在傅柯，那就是「外部思想」。而德勒茲與瓜塔里這本書的特點之一，便是兩人張揚的游牧思想並不限定在哲學，或者說，此種哲學可以有形形色色的多重形式。如電影製片人和畫家，就其打破常規，探索了各自領域的潛在內涵而言，同樣也是哲學思想家。而在嚴格的形式層面上來說，正是數學和音樂，創造了平滑空間中的最平滑形式。所謂平滑空間，馬蘇米指出，德勒茲和瓜塔里的這個概念界定出了這樣一種空間，其間從任何一點出發，都可以直接通向任何一個其他的點，而不必經過中間的點。因為它們超越了數學的範疇，是以引導出一系列真正的哲學問題。德勒茲和瓜塔里不復囿於習俗和領土的游牧思想，正是這樣一種平滑空間的典型產物。

《千高原》英譯本的「翻譯注解與致謝」中，馬蘇米開篇談的便是情感。以下一段話為各家情感理論敘述所必錄，是從史賓諾沙到德勒茲和瓜塔里情感理論的一個經典性說明：

[140] Brian Massumi, “The Autonomy of Affect”, in *Parables for the Virtual: Movement, Affect, Sensation* (Durhan: Duke University Press, 2002), p. 24.

情感／情狀（affect/affection）。這兩個詞都不是指個人感覺（德勒茲和瓜塔里筆下的 sentiment）。l'affect（史賓諾沙的 affectus）是施與情感和感受情感的一種能力。它是一種前個人的張力，對應於身體的一種經驗狀態向另一種狀態的過渡，指示身體行動能力的增強或減弱。l'affection（史賓諾沙的 affectio）被認為是兩個身體遭遇的每一種此類狀態，其一是施與情感的身體，其二是感受情感的身體（最廣泛的意義上說，還包括「精神的」或觀念的身體。）[141]

《千高原》第 12 章〈論游牧學：戰爭機器〉中，德勒茲和瓜塔里以德國劇作家海因里希．馮．克萊斯特（Bernd Heinrich Wilhelm von Kleist）所撰悲劇《潘賽西莉亞》（*Penthesilea*, 1808）為例，闡述了希臘文化中的情感特徵。潘賽西莉亞是希臘神話中的亞馬遜女王，因為狩獵中不慎殺死姐姐希波呂忒，萬念俱灰，只求一死，乃率十二位亞馬遜女兵，加盟特洛伊。戰場上潘賽西莉亞奮勇殺敵，先是對陣埃阿斯，直至阿基里斯親自出馬。阿基里斯的標槍迅疾如雷電，當胸洞穿了潘賽西莉亞連帶她的坐騎。揚揚自得的阿基里斯方才還在嘲笑對手自不量力，可是挑開屍身頭盔，發現絕色美貌，頓時大驚失色，悲不自勝。德勒茲和瓜塔里認為，《潘賽西莉亞》中，阿基里斯已經與他的力量分離開來：戰爭機器已經傳到亞馬遜人一邊，她們沒有國家，清一色的女性，她們的正義、宗教和愛都是按照戰爭模式結合起來的。亞馬遜女戰士們猶如閃電，出沒在希臘和特洛伊這兩個國家「之間」，一路所向披靡。由此來看，潘賽西莉亞就是阿基里斯的化身，兩人對陣壓根就是天意，阿基里斯身不由己聯姻戰爭機器，同樣也身不由己瘋狂愛上潘賽西莉亞，這就背叛了作為舊國家和新國家化身的阿伽門農和尤利西斯。

[141] Brian Massumi, "Notes on the Translation and Acknowledgment", in *A Thousand Plateaus: Capitalism and Schizophrenia*, by Gilles Deleuze and Félix Guattari, English trans. Brian Massumi (Minneapolis: University of Minnesota Press, 1987), p. 16.

德勒茲和瓜塔里進而指出，克萊斯特的這部悲劇通篇都在歌頌戰爭機器，在一場一開始就注定失敗的戰鬥中，以它來對抗國家機器。問題是，在國家得勝之時，戰爭機器是不是又命中注定陷入這個兩難選擇之中：要不成為國家機器規規矩矩的戰爭組織，要不轉而反抗自身，成為一個孤獨男人和孤獨女人的雙重自殺機器。兩人注意到，國家思想家如歌德和黑格爾，都把克萊斯特視為怪物。所以克萊斯特一開始就沒戲。可是，為什麼最是神祕莫測的現代性偏偏青睞於他呢？這就涉及情感的問題：

克萊斯特這齣戲的祕密不復在於內在形式內部的內容，相反，它生成為一個形式，同一於始終外在於它的外部形式。同樣，情感也從某個「主體」的內在性中脫穎而出，劇烈投射到純粹外在性的周圍環境之中，它賦予情感以難以置信的速度，如離弦之箭：愛或恨，它們都不復是普通情感，而成為情狀（affect）。這些情狀是生成－女人、生成－動物戰士（熊、母狗）的無數例證。情狀如箭般穿透肉體，它們是戰爭武器。情狀的解域速率，甚至夢境（漢堡王子的夢、潘賽西莉亞的夢），也透過某種接力和插入系統，給外在化了，後者都是屬於戰爭機器的連接。[142]

這裡德勒茲與瓜塔里在談戰爭機器中情感的高度強化和激化，認為它正是克萊斯特這部悲劇的成功秘訣。情感在這裡不復是普通的心理的情感或情緒即 feeling 或 emotion，而是充分強調主動和被動的 affect 和 affection。我們不論約定俗成依然把它叫作情感也好，還是以示區別把它叫作情狀也好，從外部環境的影響來解釋情感，這正是史賓諾沙的傳統。德勒茲和瓜塔里稱讚克萊斯特在文學中首次發現了情感的這一外在性來源。故而緊張不安，便是「這情感對我太強烈」；閃電，便是「這情感的力量席

[142] Gilles Deleuze and Félix Guattari, *A Thousand Plateaus: Capitalism and Schizophrenia*, English trans. Brian Massumi (Minneapolis: University of Minnesota Press, 1987), p. 356.

捲我而去」。要之，「自我」不過就是一個其行動和情感都徹底給去主體化的人物，甚至他是生是死都無關緊要。

情感既然在去主體化哲學中得到界定，必然更多帶上一層神祕意味。《千高原》第 12 章「一位巫師的回憶，I」一節中，德勒茲和瓜塔里對情感本身有一個定義。兩人讀到德國前浪漫主義作家卡爾．莫里茲不是為死去的小牛感到身有責任，而是有感於一些死去的牛犢給了他難以置信的感受，感受到一個未知的神祕自然，那不就是情感（affect）嗎？「因為情感不是一種個人感覺，也不是一種特徵；它是某種集合力量的實現，將自我拋入跌宕劇變，令它旋轉不休。」[143] 這是說動物給予人的狂暴情感，用德勒茲的術語說，它有如可怕的龍捲風，將人引向聞所未聞的生成。

同一章中，「一位史賓諾沙主義者的回憶，II」中，德勒茲與瓜塔里明確表示向史賓諾沙的《倫理學》致敬。兩人指出情感就是生成：

> 情感就是生成。史賓諾沙問：身體能做什麼？我們將身體的緯度叫作情感，它是在某個特定力度，或者毋寧說在這一力度的極限內部得以運作。緯度係由某種能力麾下的高強度部分組成，經度則由某種關係麾下的廣延部分組成。我們會避免根據其器官和功能來界定身體，同理，也會避免根據「種」或「類」的特徵來界說它。相反，我們會嘗試計數它的情感。這一類研究叫作道德體系學，史賓諾沙也正是在這個意義上，寫了一部真正的「倫理學」。[144]

德勒茲和瓜塔里這裡有意將他們的生成理論嫁接到史賓諾沙倫理學情感譜系上面。兩人重申在外部力量的高強度網絡中來界說情感，並以統計

[143] Gilles Deleuze and Félix Guattari, *A Thousand Plateaus: Capitalism and Schizophrenia*, English trans. Brian Massumi (Minneapolis: University of Minnesota Press, 1987), p. 240.

[144] Gilles Deleuze and Félix Guattari, *A Thousand Plateaus: Capitalism and Schizophrenia*, English trans. Brian Massumi (Minneapolis: University of Minnesota Press, 1987), p. 257.

情感為身體定義的先導。我們不會忘記，史賓諾沙《倫理學》就總結了 48 種情感，然而終歸為欲望、快樂、痛苦三種原始情感。

德勒茲在其〈道德體系學：史賓諾沙與我們〉一文中，進一步闡發了史賓諾沙情感如何互動在不同身體之間的基本觀點。他重申情感就是一個身體影響其他身體，和被其他身體所影響的能力。但這一能力是與心靈的知識獲得有關的。我們的知識怎樣給整合到情感的施與和感觸能力中，用德勒茲的話說，便是「快速和慢速的一種複雜關係，它見於身體，同樣見於思想。這是一種施與情感與感受情感的能力，從屬於身體或思想」[145]。有人這樣比較德勒茲和 19 世紀美國心理學家威廉．詹姆斯（William James）的相關情感思想。按照威廉．詹姆斯〈情感是什麼？〉（*What is an Emotion?*, 1884）一文中的描述，其理論可以歸納如下：（a）我感覺到一頭獅子；（b）我身體發抖；（c）我害怕。換言之，身體本身感覺到了情感的觸發點，由此導致運動即發抖，然後將之命名為一種認知狀態即害怕。但是德勒茲的序列有所不同：（a）情景的感知；（b）身體的感觸即情狀；（c）意識或心靈的情感。[146] 德勒茲的圖式或者流於抽象，但是很顯然，史賓諾沙所知與所行、心靈與身體之間的複雜平行關係，無疑得到了更進一步的闡釋。

四、《紅字》的情感

勞倫．貝蘭特（Lauren Berlant, 1957-2021）在康乃爾大學獲博士學位，從 1984 年開始執教於芝加哥大學英語系，為該校性別研究中心主

[145] Gilles Deleuze, "Ethology: Spinoza and Us", in *Incorporations*, eds. Jonathan Crary and Sanford Kwinter (New York: Zone Books, 1992), p. 626.

[146] Elspeth Probyn, "Writing Shame", in *The Affect Theory Reader*, eds. Melissa Gregg and Gregory J. Seigworth (Durhan: Duke University Press, 2010), p. 77.

任，《批評探索》（*Critical Inquiry*）等雜誌的編委，並以「國家傷感性」為主題的三部曲蜚聲。第一部是《國家幻想的解剖：霍桑、烏托邦與日常生活》（*The Anatomy of National Fantasy: Hawthorne, Utopia, and Everyday Life*, 1991），第二部是《美國女王去華盛頓城：論性與公民》（*The Queen of America Goes to Washington City: Essays on Sex and Citizenship*, 1993），第三部是《女性抱怨：論美國文化中傷感性的未竟事業》（*The Female Complaint: The Unfinished Business of Sentimentality in American Culture*, 2008）。三部論著中，第一部《國家幻想的解剖》被公認是情感理論作品分析的扛鼎之作。

該書題為「我是別處的公民」的導言中，貝蘭特開篇第一句話是「國家激發幻想」。她注意到 1849 年霍桑丟掉了他在海關的聯邦稽查員飯碗，誠如《紅字》題為「海關」的前言所交代的那樣，霍桑的想像力像野馬一樣開始奔跑，感覺自己就像法國大革命的犧牲品，在斷頭臺上身首分離，落得一個「政治死人」的下場。由此又聯想到華盛頓．歐文（Washington Irving）的短篇小說《沉睡谷傳奇》（*The Legend of Sleepy Hollow*）裡面那個無頭騎士，感覺那真是美國革命的幽靈，揚揚自得策馬過來，手裡抓著自己的腦袋 —— 那真是唐吉訶德的長矛，誰要擋路，就一槍過去。所以不奇怪，霍桑甚至考慮過為《紅字》取名「一個斷頭稽查官的遺稿」，並告白讀者，就當它是一個在墳墓那裡寫出來的東西，給予原諒吧。

霍桑以上交代《紅字》寫作序曲的前言裡，貝蘭特讀到的是美國這個國家，為已經不再有腦袋來頂戴的霍桑，賜下一頂殉道桂冠。而這將直接影響他的寫作、他的知識、他的情感，以及他本人的身體。「斷頭臺」的比喻尤其吸引貝蘭特，霍桑當時說的是，假如斷頭臺不光是個比喻，而是千真萬確的事實，落到公職人員身上，那他絕對相信，獲勝黨派必會激動不已，不惜把他們的腦袋統統砍掉。霍桑又說，在他免職落難之際，有一兩個星期新聞界還頻頻在報紙上出他的洋相，讓他覺得陰森森的就像歐文筆下的無頭騎士，恨不得活埋了。不過好在真實情況是，自己的腦袋還好好地長在肩膀上呢，而且凡事有利有弊，如今他有了閒暇，買來筆墨紙張，收拾乾淨久被冷落的書桌，又可以開張寫作啦。

貝蘭特讀《紅字》的上述前言，感受是小說的作者為他的公職而自豪，因丟了工作沮喪不已，氣不過自己如此依賴著這個象徵意義和真實意義上的國家，於是情不自禁，要來冷嘲熱諷一番。霍桑這部意有鬱結不得通其道，故述往事思來者，令其聲名鵲起的《紅字》，由是觀之，用貝蘭特的話來說，就是一部國家認同的幻想型作品。就在這部作品的前言裡面，霍桑完成了從官員到作家的身分轉換：

> 不僅如此，在「海關」裡，霍桑總是獨闢蹊徑地走在身分轉換的邊緣之上：他把自己塑造為一個「本土」故事作家、一個歷史國家的無頭犧牲者、一部丟了腦袋的國家小說、一個得意揚揚的美國無頭作家，以及更進一步，一個美國古老逸事的「編輯」，這些逸事後來變成了《紅字》。[147]

貝蘭特指出，在她這本《國家幻想的解剖》裡，「美國」是一種假定的關係，是一系列集體實踐的展示，也意在探討作為國家主體的芸芸眾生，為什麼不光是先已經分享了歷史或政治忠誠，同樣也分享了一系列的情感形式。就好像霍桑在他的小說前言裡口口聲聲在說「我們」——這是指作者和消費他作品的讀者，清楚顯示讀者未及翻開他的《紅字》，就已經在美國名下與他綁定在一起了。因為「我們」繼承了國家的「政治」空間，這裡政治指的不光是法律、領土、遺傳基因和語言經驗，同樣

[147] Lauren Berlant, *The Anatomy of National Fantasy: Hawthorne, Utopia, and Everyday Life* (Chicago: The University of Chicago Press, 1991), p. 2.

也指以上一切因素錯綜複雜的綜合空間，貝蘭特將其命名為「國家符號」（National Symbolic）。在這個特殊空間裡，法律主導著公民領域，主導著他們的權利、責任、義務。但是貝蘭特強調說，「國家符號」還有其他的目標，那就是透過「國家幻想」，來規範欲望、控制情感。國家意味著什麼，上文已有交代，那麼幻想又當何論？貝蘭特解釋說：

> 至於「幻想」，我是指國家文化如何變成本土文化——透過形象、敘述、紀念碑，以及藉個人／集體意識得以流通的諸多場地。它無關國家形式的邏輯，反之是許多同時發生的「字面義」和「隱喻義」，直白的或未有言說的。[148]

所以不奇怪，在貝蘭特看來，批評家紛紛將霍桑的斷頭比喻，釋為作者公民權閹割的一個喜劇性象徵，由此強調霍桑如何將國家比作一隻凶悍的母禿鷹，擔心他對「她」依賴過渡，會丟失自己的男子漢氣概。由此，身體／國家的閱讀模式得以確立。根據這一閱讀模式，霍桑這部立足於身體／國家兩分的《紅字》，便一方面深入了集體幻想的設置，另一方面又探究了國家符號實踐如何將貌似一盤散沙的素材集結起來。在貝蘭特看來，霍桑掌控美國的方式，是儼如法官逐一評判盤根錯節、糾葛一體的不同立場：國家的和地方的，法律的和人道的，集體的與個人的，抽象的公民和具體、不同性別的公民，以及烏托邦與歷史、記憶與失憶、理論與實踐等，不一而足。貝蘭特指出，這不僅是《紅字》的風格，也是霍桑 1850 年代「美國」小說的一貫意識形態實踐，包括他的《帶七個尖角的房子》（*The House of the Seven Gables*）、《福谷傳奇》（*The Blithedale Romance*）等。

[148] Lauren Berlant, *The Anatomy of National Fantasy: Hawthorne, Utopia, and Everyday Life* (Chicago: The University of Chicago Press, 1991), p. 5.

《紅字》開篇寫兩個世紀之前，清教小城波士頓某夏日早上的一個場景。對於生活在 19 世紀的霍桑來說，這的確就是「古老逸事」：年輕牧師丁梅斯代爾教區裡，高挑美貌的海絲特．白蘭懷抱嬰兒，胸掛代表通姦者（adulteress）的紅色 A 字，在古老的絞刑臺上罰站三小時示眾。海絲特舉目望去，在人群中看到了一個雙肩不平的博學學者，那是她多年杳無音信的丈夫。海絲特回監獄後神情亢奮，獄卒帶來了自稱羅傑．齊林渥斯醫生的陌生來客。海絲特一如既往拒絕說出誰是女兒的父親，但是答應幫決意復仇的齊林渥斯隱瞞身分。拘留期滿後，海絲特帶著女兒棲居城郊一處荒棄茅屋，靠一手好針線活度日。我們知道一直在盡力庇護海絲特的丁梅斯代爾，就是孩子的父親。眼看閨女珠兒日漸長大，久受罪責折磨卻無以吐露，加上一旁齊林渥斯步步緊逼，牧師的健康每況愈下。齊林渥斯憑藉自己的醫生身分，像狼狗一般追蹤牧師，終於確認丁梅斯代爾就是珠兒的父親。數日後，海絲特與丁梅斯代爾樹林相會，海絲特提議兩人私奔歐洲，丁梅斯代爾也一時心動。選舉日，牧師布道完畢，隨遊行隊伍來到絞刑臺上，當眾懺悔罪業，隨即咽氣，倒在海絲特懷裡。多日後，大多數在場人眾說，他們親眼看到牧師胸口有個清晰的紅字烙印。同年，失卻復仇對象的齊林渥斯，彌留之際留下遺囑，留給珠兒大筆遺產。海絲特回到她的茅屋，胸前又掛上紅字。海絲特死後葬在丁梅斯代爾近旁。兩座墳墓合用一塊墓碑，上有銘文：郁黑的土地上，紅字 A。

以上逸事假如薄伽丘來寫，那是牧師巧言令色誘騙良家婦女的故事。假如福樓拜寫，那又是一個清教主義名義下的包法利夫人。假如司湯達（Stendhal）來寫，恐怕是紅顏禍水可憐兩條男人性命。換了托爾斯泰，大概會是安娜懺悔重生的故事。但是霍桑把這則當地流傳的「古老」逸聞寫得如此悲愴肅穆、迴腸盪氣。《紅字》之所以成為近年情感理論情有獨鍾的經典對象文本，自有它的緣由。除了貝蘭特以「國家幻想」的批評展開敘述，即就情感本身的鞭辟入裡的解析，小說中也多有精彩段落。如「尾聲」部分，霍桑寫到丁梅斯代爾死去後，以復仇為餘生唯一目的的齊林渥斯，頓時精神委靡下來。這個不幸的人眼看他復仇一步步走向成功，可是一旦復仇取得全面勝利，邪惡的目的失去物質的支援，這個沒有人性的人本身突然變成了可憐蟲。由此引出一個值得進一步深究的問題：愛與恨從根本上說是不是同一個東西？霍桑說，這個問題真是叫人情不自禁要來深究下去，他對此的解答是：

這兩種情感發展到極點，每一種都變得親密無間、心心相通；每一種都會讓一個個體依賴另一個個體來獲求情感和精神生活的食糧；每一種都會讓那個熱情澎湃的情人，或者那個同樣充滿熱情的仇人，一旦情感對象消失之後，倍感失落、孤單淒涼。因而從哲學角度來看，這兩種熱情本質上似乎是同為一物，只是其一碰巧是在聖潔的光輝裡為人所見，其二偏偏是在昏暗陰森的光線裡被人目睹。在精神世界裡，老醫生和牧師——兩人都成了對方的犧牲品——也許不知不覺之間，會發現他們的世俗和憎惡心結，已經轉化成了金色的愛。[149]

霍桑以「愛」作為一切情感的本原，即便對於小說本身來說，似乎也是過於樂觀了一些。是以齊林渥斯沒有被寫成大奸巨惡，即便他被賜予又老又醜的相貌，而且被復仇扭曲了心神。他最後留給珠兒巨額遺產，使這小女孩一夜成為新大陸最富有的繼承人，可見他心底裡終究是存有溫情。但丁的《神曲》中，敘事人也是在遍歷地獄、淨界、天堂三界後，最終體悟到世界本是由「愛」編織而成，基本與《紅字》一樣，用「愛」來歸納

[149] Nathaniel Hawthorne, *The Scarlet Letter* (Columbus: Ohio State University Press, 1962), p. 260.

作品的主旨，即便多少也還是一樣顯得言不由衷。

但是霍桑上面這段話使我們「從哲學角度來看」，由此看到 17 世紀荷蘭哲學家史賓諾沙。

在史賓諾沙看來，情感與身體、與觀念密切連繫。它改變身體的情狀，使之亢奮、痛苦、嫉恨，直至瘋狂。身體如此，觀念亦然。一如霍桑寫丁梅斯代爾遭受肉體和靈魂的雙重煎熬，同時卻又美名遠揚，特別因了他超乎常人的情感傳布及溝通能力，被視為道德化身。雖然，霍桑最終是用「愛」和「恨」來概括丁梅斯代爾和齊林渥斯的情感，但誠如上文所示，這兩種情感按照史賓諾沙的定義，都算不上是對情感際會有恰當正確動因的「主動的情感」，反之是不恰當、不正確觸發情感的「被動的情感」，即霍桑上文所說的熱情（passion）。《紅字》由是觀之，便也同樣可以讀作一個由紅字 A 書寫出原罪和拯救的亞當夏娃的故事，失樂園之後如何情感氾濫，復歸平靜的故事。

霍桑光顧著寫這兩位主人公的美好外貌了。像海絲特和丁梅斯代爾那樣美好的身體，怎麼可能成為邪惡的淵藪呢？反之齊林渥斯的畸形身體可以看作扭曲內心的外顯。霍桑寫他歲數其實不是很大，可是又處處稱他為那個老頭、老醫生。可見霍桑自己心裡也有矛盾。假如認可婚姻是神聖的，齊林渥斯九死一生來到妻子身邊，猛然發覺妻子胸口掛著通姦紅字，赫然站在眼前示眾，他的憤怒可想而知。即便憤怒是基督教的七宗原罪之一，細想起來也該是情有可原。假如認可婚姻不過是一紙文書，踐約毀約悉聽尊便，那麼齊林渥斯與海絲特最多不過有點露水情分，要來挑戰海絲特與英俊牧師的偉大私情，是不自量力也是自取其辱。所以這兩個男人都是被熱情沖昏了頭。用霍桑本人的話說，一個是「熱情澎湃的情人」（the passionate lover），另一個是「同樣充滿熱情的仇人」（the no less passionate hater），終究是要耗盡心力，同歸於盡。《倫理學》中，史賓諾沙以快樂、痛苦、欲望為人類的三種最基本情感，在此基礎上，盡可以構築起林林總總、形形色色的各式各樣情感。而以丁梅斯代爾為代表的愛，和以齊林渥斯為代表的恨，亦最終可還原為快樂和痛苦兩種原始情感。誠如史賓諾沙所言：

愛不是別的，乃是為一個外在的原因的觀念所伴隨的快樂。恨不是別的，乃是為一個外在的原因的觀念所伴隨的痛苦。我們又可以看出，凡愛一切的人，必然努力使那物能在他的面前，並努力保持那物，反之，凡恨一物的人，必然努力設法去排斥那物，消滅那物。[150]

小說家很少會關心哲學。但是霍桑有意提醒讀者，《紅字》裡這兩個男人代表的兩種熱情，從本質上看也許是同一種東西。快樂、痛苦、慾望三種原始情感固然都是「被動的情感」，但是一旦觀念正確，即是說，由上帝引領出心中的正確觀念，在史賓諾沙看來，終究能夠被動變身主動、否定變身肯定。而這樣一種神聖的情感，我們發現，最終是在小說結尾處由海絲特領略到了。

五、國家幻想與國家符號

貝蘭特的分析又有不同，它的核心之一是「國家符號」。《國家幻想的解剖》第一章〈美國、後烏托邦：霍桑家鄉的身體、景觀與國家幻想〉裡，作者一開頭就引了馬克思《路易·波拿巴的霧月十八日》（*The Eighteenth Brumaire of Louis Bonaparte*）中的一段話作為題記：「一個民族和一個婦女一樣，即使有片刻疏忽而讓隨便一個冒險者能加以姦汙，也是不

[150] 斯賓諾莎：《倫理學》，賀麟譯，商務印書館，2015，第 97 頁。

可寬恕的。這樣的言談並沒有揭開這個謎，而只是把它換了一個說法罷了。」[151] 貝蘭特認為，馬克思這裡揭示了一種革命的美學，它是根據其與符號形式的關係，來解釋群眾運動的政治內容。故而國家就像女人這樣的比喻，主要不是指女人怎樣表現出國家民族氣質，而是涉及運動得以形成的技術問題。貝蘭特繼續引述馬克思的話：

資產階級革命，例如 18 世紀的革命，總是突飛猛進，接連不斷地取得勝利的；革命的戲劇效果一個勝似一個，人和事物好像是被五彩繽紛的火光所照耀，每天都充滿極樂狂歡……[152]

貝蘭特說，資產階級革命正當得上《路易・波拿巴的霧月十八日》中的一句話，那就是「辭藻勝於內容」。即是說，這些言過其實的漂亮辭藻，恰恰揭示了資產階級革命缺乏自覺的政治意識。它們要求公眾「相信」這些華麗場面「表達」了資產階級革命的政治主體性，而革命的政治內涵又反過來偷梁換柱，被置換成了一種超越時間和地域空間的情感活動。貝蘭特認為，這裡我們首先感受到的是一種極度興奮的譫妄症，如影相隨緊伴著資產階級的形象生產。

因此，貝蘭特指出，當馬克思將民族和國家與一個新的意象，一個婦女的意象結合起來，由此揭示國家的羸弱謎底時，並非意在透過婦女的脆弱性來表達民族國家的無意識問題，亦非意在透過婦女比喻來「解決」國家問題，而是換個形式再次提出問題，進而提煉了問題本身。這一「提煉」沒有提供明確答案，而是開拓了新的探索路徑：就馬克思借用性別比喻來重申國家問題而言，便是表明，殊有必要來估價歷史經驗的政治形式

[151] 馬克思：〈路易・波拿巴的霧月十八日〉，《馬克思恩格斯文集》，第 2 卷，人民出版社，2009，第 475 － 476 頁。

[152] 馬克思：〈路易・波拿巴的霧月十八日〉，《馬克思恩格斯文集》，第 2 卷，人民出版社，2009，第 474 頁。

與主體條件之間謎一樣的關係。是以貝蘭特開宗明義，聲明《國家幻想的解剖》開篇第一章，就是透過分析國家認同得以形成的特殊條件，諸如主導文化或者說「官方」文化，漸而意識到自己是國家「公民」的人物等，來重申和拓展馬克思所關心的語言與主體之間的複雜互動關係。故此，她提出的「國家符號」這個概念，指的便是國家空間製造的話語實踐，以及將特定地理／政治疆域內的個體與集體歷史綁定在一起的「法律」。而這個國家符號的傳統徽記、它的英雄、它的儀式，以及它的敘事，提供了國家主體或者說集體意識的入門臺階，它們最終將順理成章地改寫自然法，以使國家符號不僅給公民的主體經驗和政治權利打上深刻印記，而且波及他們的私人生活，乃至身體本身的生活，簡言之，他們的情感生活。

這一從馬克思論資產階級「辭藻勝於內容」的例子，延伸到《紅字》文本本身的「國家符號」分析。在貝蘭特看來，首先小說中清教生活的心理學，就是緣起於公民的國家文化認同，與其詞彙、記憶和身體之間的脫節關係。她指出，在麻薩諸塞州這塊殖民地第一任總督約翰．溫斯洛普（John Winthrop）的政治經濟學延伸出來的情感理論裡，「愛」不過就是指涉某種社會控制形式的技術詞彙。國家需要它的臣民來愛法律，然後愛契約，透過司法景觀，將個人轉化為民法的「集體主體」。就海絲特、丁梅斯代爾、齊林渥斯這三個核心人物來看，他們有中規中矩的國家記憶，但是與此同時，又有針鋒相對，即便是被暫時壓抑下去的反記憶。而要來探究反記憶的譜系學，莫過於深入「身體」的語言和空間。身體被認為是個人得以變成為法律主體的物質載體，刻寫著歷史意義，同當下的政治與制度問題沒有關係。但是貝蘭特引傅柯的話，指出身體的歷史不是憑空而來，而是以往欲望、失敗、挫折等病態經驗的印記所累積造就。這樣來看，《紅字》中的身體，就不光是心靈的神祕寫照，所謂病理症狀敘說出主體的無意識。它同樣顯示出歷史和欲望的蹤跡，遊走在集體和個人身分認同之間的歷史與欲望的蹤跡。

上述蹤跡也是國家幻想被私人化的歷史軌跡。就海絲特·白蘭而言，貝蘭特指出，這段軌跡首先表現在女主人公不時回到她蒙受羞辱的絞刑臺上來。絞刑臺是國家幻想的司法象徵。貝蘭特發現，小說中，至少有三個地方，將它彰顯為國家符號力量的中心地位。絞刑臺由此成為一個公共空間，展覽個人如何終究屈服於他或她所屬的國家法、民法和教會法，正所謂殺雞儆猴。三個場合中，情勢的變化不但影響法律的主體，而且影響法律本身，由此展示出一種特殊的語言分裂，而被敘事人概括為瘋狂。

第一個場合是海絲特在眾目睽睽之下，胸掛紅字出現在絞刑臺上。在這個巨大的清教主義懲罰機器裡，貝蘭特發現，國家真是不遺餘力，連懵懵懂懂一無所知的學童，都放了半天假，來觀看海絲特的三個鐘頭懲罰示眾。市場裡人頭攢動，正可見到公眾對政治生活的熱心參與程度。貝蘭特注意到霍桑刻意寫了人群中婦女們嘰嘰喳喳的反應：「人群中的重點是在婦女身上，在這個始初場景裡，這一側重點突顯了『人民』的表徵，這是游離在表面上『代表』了他們的政府和總督之外的『人民』，因為婦女沒有選舉權。」[153] 由是觀之，麻薩諸塞這塊所謂民風純正的殖民地，滿城居民趨之若鶩來看熱鬧，就顯示了其公共權力領域的特點。

再看海絲特的出場。貝蘭特認為，霍桑這裡安排的場景也用意深遠，展現出對女主人公不同的評判視角。故第一章〈監獄門口〉，敘事人是出於歷史學家和道德家視角，根據天地良心的自然法邏輯來做出判斷。第二章〈市場〉則回到懲罰場景：波士頓的居民目不轉睛，全都緊盯著那扇滿是大

[153] Lauren Berlant, *The Anatomy of National Fantasy: Hawthorne, Utopia, and Everyday Life* (Chicago: The University of Chicago Press, 1991), p. 103.

頭鐵釘的橡木門。這裡的公眾凝視行為，在貝蘭特看來，展示了一種集體主體性，即是說，小說用以開場並且結尾的政治和司法集體視角——從眾人觀看海絲特示眾到最後丁梅斯代爾眾目睽睽之下死在海絲特懷裡，足以說明《紅字》中的主體性不是一種個人功能，而是屬於歷史、屬於社會。

第二個場合是圍繞紅字的超自然氛圍。同樣是在絞刑臺上，貝蘭特認為它始於鎮上最年長牧師約翰·威爾遜駭人聽聞的罪惡論。眼見海絲特緊咬牙關，不發一語，威爾遜滔滔不絕談起了罪惡，而且疾言厲色大談紅字 A，以至於「它在人們的想像中激發出新的恐懼，似乎是用地獄的火焰將它染成了猩紅色」[154]。對此貝蘭特指出，這裡的地獄意象傳達的是清教和法律話語的超自然主義，它雖然目不可見，卻是懲罰和示眾民法景觀的詞語版本。她又引第二章中最後一句話「那些目送她的人竊竊私語，說是那個紅字放出一道血紅色光線，閃爍在監獄裡黑漆漆的走道裡」，認為這暗示了小說中清教主義世界觀的超自然表現，本身就是法律的化身和延伸。而另一方面，紅字在眾人心中又最終轉化為了上帝的書寫，令人肅然起敬。紅字作為一種話語的基礎，因此並不在於簡單指涉上帝法律或者國家法律，同樣在於它縈繞在人們心中，成為想像的載體，為日常語言的使用和誤用提供了場地。貝蘭特強調說，字母 A 這個能指的靈活性，對於法典的符號力量來說，至為重要。

最後是絞刑臺上展示的法律的性別身分。貝蘭特指出，從一開始，小說就表明法律的性別是男性，一如圍觀人眾裡市民回答不速之客齊林渥斯，麻薩諸塞的地方長官們一直認為，這女人年輕漂亮，雖然罪當死刑，可是他們憐香惜玉，下不了狠心。而被懲罰的海絲特，則面對全場死死盯住她的冷漠的眼睛，強作鎮定，保持著一個女人所能做到的最好狀態。類

[154] Nathaniel Hawthorne, *The Scarlet Letter* (Columbus: Ohio State University Press, 1962), p. 69.

似的描述多不勝數，足以說明法律的施與和被施與，都超越個體，被概括為男性對女性的壓迫。故此，主體也好，女人也好，公民也好，不是被「官方歷史」，而是被修辭的歷史整合在了一起。就像《紅字》題為「海關」的前言所交代的那樣，這個政府機關的林林總總，莫不具有隱喻意味。加上文學和聖經的聯想，以及當地的風土人情，這一切所構成的流行話語，莫不刻寫著男尊女卑的性別印記。

關於海絲特，她的動機、見解和欲望，貝蘭特發現小說敘事人反覆陳述了她主觀「所知」和「客觀」真情之間的溝壑。如在絞刑臺最初示眾過後，小說第五章寫到海絲特「這個她自身脆弱和男人無情法律的可憐的犧牲品，還沒有徹底墮落」，可同時反覆說她自欺欺人，沉溺在半真半假的幻想裡。而且因為自以為感覺到了丁梅斯代爾的溫暖眼神，又「犯了新的罪過」。總之，海絲特是在清醒和迷糊之間左支右絀，她的主體性在敘事人看來，是極不可靠的。不光是紅字 A 的意義不確定，她的精神和道德信念也風雨飄搖，疑雲密布。而這一不確定性誠如小說交代，最終是讓她「幾近瘋狂」 —— 在敘事人看來，她精神失常了。對此貝蘭特指出：

> 簡言之，海絲特在掙扎。但是殊有必要記住，她掙扎在兩個領域的雙重法律之下：清教主義的法律和敘事人的法律。首先，她為清教法律的清洗活動給出了自己的身體，以支持「良心」的開發，對於「大眾」的心靈和身體而言，它就是法律義務的覺悟。在市場示眾蒙羞三年之後，她「官方的」身體便成為許多互不關聯的事物，諸如罪過、法律、良心、集體認同、社會等級的鮮活化身。如此定位下來，海絲特實質上便與她的同胞、她的姐妹公民們別無二致。[155]

[155] Lauren Berlant, *The Anatomy of National Fantasy: Hawthorne, Utopia, and Everyday Life* (Chicago: The University of Chicago Press, 1991), p. 114.

這是說，海絲特的形象代表了廣大婦女的主體性及身體糾結。不光是海絲特，廣大婦女同樣是苦苦徘徊在公共領域的主導話語和國家之外的地方知識之間。在貝蘭特看來，這最終也反映了霍桑的態度：霍桑的公民觀念和性別觀念，就這樣在官方和大眾、國家和地方、集體和個人，以及烏托邦和歷史的交集中，呼之欲出。誠如《國家幻想的解剖》一書副標題「霍桑、烏托邦和日常生活」所示，在貝蘭特看來，霍桑是將包括婦女命運在內的地方政治，看作是國家政治烏托邦的一個他者鏡鑑。

第七章
創傷批評

一、克羅琳達的哭聲

創傷批評與情感理論有著千絲萬縷的連繫。一定程度上看，它或者可以被視為情感批評的一個主要支脈。但是創傷理論和情感理論一樣波及社會生活的方方面面，它們毋寧說是展現了西方當代文論中兩個雙線並進的內省趨向。西方文化中的「創傷」（trauma）一詞，詞源至少可以追溯到古希臘。《新約．路加福音》中，耶穌講了一則寓言，說是有一個人從耶路撒冷去耶利哥，落在強盜手裡，被剝去衣裳，打個半死，拋在路邊。有祭師和利未人相繼路過，視若不見，唯獨有個撒瑪利亞路人，見此慘狀動了慈悲心，乃「上前用油和酒倒在他的傷處，包裹好了，扶他騎上自己的牲口，帶到店裡去照顧他」。文中的「傷處」（traumata），即是「創傷」一語的淵源，雖然它指的還是肉體上的創傷，而不是現代意義上痛苦更甚的精神上和心理上的傷痛。

創傷與文學的情緣由來已久。但創傷之所以為創傷，不僅僅在於身體承受的磨難，心靈上的傷痛和壓抑應是更為直接的動力。16 世紀義大利詩人塔索（Torquato Tasso）的英雄史詩《耶路撒冷的解放》（*La Gerusalemme Liberata*）中的一個片段，經過佛洛伊德的引證，成為創傷與文學關係的代表性形象。佛洛伊德說：

> 史詩的主人公唐克雷蒂，在一次決鬥時，無意中殺死了他心愛的克羅琳達，彼時她偽裝披掛著敵方騎士的盔甲。把她埋葬後，他一路走進一片陌生的樹林，那是讓十字軍軍團聞風喪膽的魔法樹林。他一劍砍向一棵大樹，可是樹幹傷口裡流出血來，還有克羅琳達的聲音，她的靈魂給囚禁在樹裡，他聽到她在泣訴，他又把他心上人砍了一刀。[156]

[156] Sigmund Freud, “Beyond the Pleasure Principle”, in *The Standard Edition of the Complete Psychological Works of Sigmund Freud*, 24 vols (London: Hogarth, 1953–1974), vol. 18, ch.3. See Cathy Caruth, *Unclaimed Experience: Trauma, Narrative, and History* (Baltimore: The Johns Hopkins University Press, 1996), p. 2.

1996 年，凱西．卡魯斯（Cathy Caruth, 1955-）出版當代西方創傷文學理論的發軔之作《不被承認的經驗：創傷、敘事與歷史》，該書開篇便將創傷與文學的關係，追溯到佛洛伊德〈超越快樂原則〉（*Jenseits des Lustprinzips*）中唐克雷蒂和克羅琳達的創痛片段。卡魯斯說，佛洛伊德發現一些人生活中有種莫名痛苦的格局，有些人九死一生之後，噩夢般的恐怖場面總會不斷重複襲來，他完全不能自製，像是被命運捏在手心裡面玩弄。最典型的例子，莫過於文藝復興時期義大利詩人塔索的著名史詩《耶路撒冷的解放》中克羅琳達的哭聲。她指出，在佛洛伊德看來，這個例子足以說明，在我們心理生活中確實存在一種時時無端來襲的強迫性重複行動，它超越了快樂原則。而在卡魯斯看來，佛洛伊德引述的十字軍騎士唐克雷蒂先是在戰場上刀砍他心愛的姑娘，然後又無意之中再度傷害她的這個情節，絲毫不爽地表現了創傷經驗重複自身的方式，顯示它如何鍥而不捨，透過倖存者的無意中的行為，違背他自己的意願，時不時捲土重來。這也是佛洛伊德所謂的「創傷神經官能症」。

凱西．卡魯斯是西方當代創傷文學批評的一個領軍人物，執教於美國康乃爾大學英語與比較文學系。1988 年卡魯斯在耶魯大學獲得博士學位，學位論文經過修改擴展，1991 年題名為「經驗真理與批判小說：洛克、華茲渥斯、康德、佛洛伊德」出版，這是她的第一部著作。以創傷為題，卡魯斯的相關著作有《不被承認的經驗》（*Unclaimed Experience: Trauma, Narrative and History*, 1996），還有《文學與歷史的灰燼》（*Literature in the Ashes of History*, 2013）和《傾聽創傷：與災難經驗理論及治療領袖對話》（*Listening to Trauma: Conversations with Leaders in the Theory and Treatment of Catastrophic Experience*, 2014）等。1995 年卡魯斯主編文集《創傷：記憶探討》（*Trauma: Explorations in Memory*），序言中開宗明義說，之所以創傷意味著記憶探討，是因為創傷傷痛太甚，難以面對，故而經常是以記憶形式存留；創傷研究近年來崛起而且流行不衰，是因為現代社會創傷多多，當務之急是緩解病人的傷痛，這是一切創傷研究的核心。該書導言中卡魯斯又說：

> 創傷現象似乎已經變得無所不包，但是它之所以發展到這個狀態，恰恰是因為它暴露了我們理解力中的局限：倘若說精神分析、精神病學、社會學，甚至文學，如今在開始相互傾聽創傷研究中的新聲音，那是因為這些學科的傾聽，是發生在創傷經驗的劇烈斷層和溝壑之間。[157]

這段話可以見到創傷研究鮮明的跨學科特徵。文學和創傷的相互傾聽，無疑同樣發生在創傷經驗的劇烈斷層之間。

卡魯斯認為，佛洛伊德舉的唐克雷蒂和克羅琳達的例子，在文學方面的意味其實要深長得多，而遠不止於佛洛伊德所說的重複強制。她說，讓她刻骨銘心的不光有唐克雷蒂無意識的傷害動作，以及這動作在不經意間捲土重來，更有樹木的哭聲。那哭聲悲哀而淒婉，而且偏偏是從傷口發出來的！唐克雷蒂不光重複先時所為，而且在重複之中，他第一次聽到有哭聲傳出，讓他明白自己做了什麼。所以唐克雷蒂心上人的哭聲，見證了他無意中重複的過去。這個故事因此表明，創傷經驗不僅是某人無意之間重複行為的一個啞謎，同樣神祕莫測地釋放了傷口中某種完全不同的人類聲音，這個聲音是自我的他者，那是唐克雷蒂本人無法充分理解的。卡魯斯強調說，對於佛洛伊德來說，無意間的重複傷害行為與見證哭聲並行不悖，這最好不過地表明了他對於創傷經驗的直覺和迷戀。

那麼，這一切對於文學批評又意味著什麼？卡魯斯指出，佛洛伊德求

[157] Cathy Caruth, introduction to *Empirical Truths and Critical Fictions: Locke, Wordsworth, Kant, Freud,* ed. Cathy Caruth (Baltimore: Johns Hopkins University Press, 1995), p. 4.

諸文學來描述創傷經驗，是因為文學就像精神分析，特別關心已知世界和未知世界之間的複雜關係。「正是在這個已知和未知的特定交叉點上，文學語言與創傷經驗的精神分析理論交匯於此了。塔索長詩提供的這個例子，按照我的闡釋，就不只是文學給更為寬闊的精神分析或經驗真相提供了實例，我要說，它是一個更大的寓言，同時喻指著佛洛伊德文本中創傷理論的未盡之言，以及它們的言外之意：文學與理論之不可或缺的連繫。」[158] 唐克雷蒂不知不覺之間，拔劍兩次砍向他心愛的克羅琳達，這一後來方才意識到的莫名可怕事件，在卡魯斯看來，也涉及「創傷」（trauma）一詞的原初語義問題。她指出，在希臘語中 trauma 是指身體上的傷口，但是這個詞的用法到了現代，特別是在醫學和精神病題材的文學中，最典型不過的如佛洛伊德的作品，創傷一語就不光用於身體，而且用於心靈。在《超越快樂原則》中，佛洛伊德就暗示心靈上的創傷尤甚於身體上的創傷，後者或可療癒，前者則時時捲土重來。那麼，什麼是創傷？它的方位在哪裡？卡魯斯的回答是，一如克羅琳達的哭聲，初始不可聞，第二次傷害始得可聞，創傷也是這樣，它不在某人以往的暴力事件裡，而是在之後的日子裡，死灰復燃、陰魂不散，纏繞在當事人心間。所以創傷不僅僅是一種病理，一種受傷害心靈的病症，它是傷口泣訴的故事，泣訴我們舍此無從得知的真相。而在這姍姍來遲的泣訴之中，真相不光勾連我們所知的事實，而且勾連著我們的行為和語言一無所知的東西。

卡魯斯坦言她寫作該書的宗旨是，在精神分析、文學與文學理論文本中，來言說並探究創傷經驗的深刻故事。至於如何言說，卡魯斯的方法不是直接提供創傷倖存者的具體案例研究，或者直接闡明創傷的精神學原

[158] Cathy Caruth, *Unclaimed Experience: Trauma, Narrative, and History* (Baltimore: The Johns Hopkins University Press, 1996), p. 3.

理，而是探究已知和未知事件如何在創傷的語言以及相關故事裡迂迴曲折交纏一體。這就是說，創傷理論作為一種文學批評方法，不可能是直截了當的，而必然是迂迴曲折地層層推進。故佛洛伊德以降，創傷就並不僅僅是一種病理，而是深深涉及心靈與現實的神祕關係。卡魯斯對創傷作如下說明：

> 就總體定義來看，創傷被描述為對某個或某一系列始料不及或巨大暴力事件的反應，這些事件發生之時未有充分理解，但是過後在閃回、夢魘和其他重複性現象中不斷死灰復燃。創傷經驗因此超越了相關受難主體的心理維度，它意味著一個悖論：暴力事件當時一無所知，而矛盾的是，它馬上就變身為遲到的形式。[159]

這個定義是相對的。卡魯斯自己也承認創傷的理解可以因人而異、因地而異，很難確定一個眾望所歸的定義。但是大體來看，創傷指的是一種突如其來的災難事件，它是如此猝不及防，以至於當時都感覺不到它的傷害，唯事後在幻覺和其他外來契機中，時時襲上心來，一如克羅琳達的哭聲。

美國學者羅傑 · 庫爾茲（J. Roger Kurz）主編的文集《創傷與文學》（*Trauma and Literature*），開篇談的也是唐克雷蒂和克羅琳達的這段悲劇情緣。庫爾茲提醒讀者這段插曲應當放到更大的故事背景中來考察，這個背景便是四百餘年前塔索雄心勃勃的《耶路撒冷的解放》。他注意到史詩情節如疾風驟雨，引人入勝，然而有時也不乏過度誇張，特別是涉及愛情、榮譽、武功的描寫，以至於克羅琳達摘下頭盔，露出金髮飄飄的模樣，甚至有些許低成本 B 級電影的風味。不過事關創傷，這段情節最經典

[159] Cathy Caruth, *Unclaimed Experience: Trauma, Narrative,* and History (Baltimore: The Johns Hopkins University Press, 1996), pp. 91-92.

的評論無疑是來自佛洛伊德的《超越快樂原則》。庫爾茲指出，在佛洛伊德看來，塔索的這段描寫，栩栩如生地展示了人們如何在不知不覺之間，重複傷害自己抑或他人。佛洛伊德將之命名為重複強制，這也就是我們所謂的創傷。佛洛伊德從創傷視角來探測文學中的人性，由是觀之，不失為伊底帕斯情結之後的另外一大發明。

《創傷與文學》一書的封面，用的是唐克雷蒂和克羅琳達雕塑的圖片，雕塑現藏於洛杉磯郡立美術館，作者是 18 世紀中葉一位佚名的那不勒斯藝術家。畫面上唐克雷蒂跪在奄奄一息的克羅琳達身邊，一手拉住心上人的手臂，一手扶起克羅琳達靠在樹根上的身體，四目交集，千言萬語，盡在不言之中。恍惚之間，這個封面讓人想起張藝謀的電影《影》。電影裡境州小將楊平刀劈青萍公主的後續畫面中，青萍披掛上陣，卻死在和親對象的無情刀下。當楊公子抬起女孩下巴，突然發現眼前這個氣息奄奄、滿目嬌嗔、淚水漣漣的垂死姑娘，竟是他心儀已久的長公主，我們幾無例外在期待椎心泣血的創痛鏡頭出現，但是轉眼之間，公主將匕首插入了小將腦穴，因為後者曾經信口開河，要她做妾。這個出人意料的反轉，在貌似完成創傷敘述之際，轉向了烈女傳的道路。文學神出鬼沒，殊非讀者觀眾所能預料。

二、不被承認的經驗

唐克雷蒂和克羅琳達的例子或許可以顯示「創傷」（trauma）不是痛苦。痛苦作為偉大文學的不竭泉源，兩千餘年前司馬遷早有恣肆鋪陳，〈報任安書〉言道：「蓋文王拘而演《周易》；仲尼厄而作《春秋》；屈原放逐，乃賦《離騷》；左丘失明，厥有《國語》；孫子臏腳，《兵法》修列；

不韋遷蜀，世傳《呂覽》；韓非囚秦，《說難》、《孤憤》；《詩》三百篇，大抵賢聖發憤之所為作也。」比較來看，創傷作為當代西方前沿文學理論的一個因由，它更多被界定為某種不見天日的被壓抑經驗。卡魯斯的《不被承認的經驗》，引了塔索《耶路撒冷的解放》三句詩作為全書題記：

儘管恐懼得發抖，
他再砍出一刀，
然後決心一睹究竟。

卡魯斯並引佛洛伊德本人的話，重申這個片段是創傷命運「最動人的詩歌畫面」。這段故事的動人之處，卡魯斯強調說，是它引人注目地並列陳述了重複傷害和見證哭聲這些神祕未知事件，最好不過地表達了佛洛伊德本人對於創傷經驗的本能感知和熱情幻想。佛洛伊德之所以求助文學來描述創傷經驗，卡魯斯說，那是因為文學就像精神分析，致力於探究已知和未知世界的複雜關係。

卡魯斯注意到《超越快樂原則》中佛洛伊德談了創傷後壓力症候群的特徵，並和夢展開比較，將創傷的形成由外部刺激傷害轉向病人內部因由的探究。她重申這在創傷研究史上具有劃時代意義。《超越快樂原則》第二章中佛洛伊德指出，有一種狀態是大家熟悉的，它往往發生在強烈的機械震盪、火車事故和其他危及生命的事故之後，這就是「創傷後壓力症候群」。佛洛伊德說，剛剛結束的世界大戰，就造成了這類疾病的大量患者。但時至今日，人們已經不復將此種異常現象歸因於外部機械傷害造成的神經系統損傷，它的諸多病症中有許多相似的重複性運動症狀，這一點與歇斯底里很像。創傷作為戰爭後遺症固然情有可原，但是在和平時期，創傷後壓力症候群一樣是層出不窮，這又當何論？佛洛伊德感慨這個困惑，還未有人做出過完整解釋。

卡魯斯與後續創傷批評家一樣，標舉佛洛伊德一先一後的兩部著作《超越快樂原則》和《摩西與一神教》（*Der Mann Moses und die monotheistische Religion*），為創傷分析的發軔和經典之作。但卡魯斯更願意將創傷界定為歷史事件對心靈的巨大影響。她注意到，兩書分別著於第一次世界大戰和第二次世界大戰之間，都是直接將創傷理論與歷史暴力連繫起來。她指出，第一次世界大戰之後精神官能症頻出不窮，佛洛伊德驚訝地發現一種病症 —— 噩夢連連、戰場事件捲土重來，其體驗像一種精神官能症，但是症狀總是毋庸置疑地直接指向暴力事件的發生。由此佛洛伊德將它和另一種困擾人很久的現象連繫起來：創傷後壓力症候群。戰場後遺症故而可以比較事故噩夢。卡魯斯引了佛洛伊德的這一段話：

> 創傷後壓力症候群患者所做的夢，會反覆將病人帶回到他所遭遇事故的場景當中，這情景再一次讓他驚悸不已，以至於驚醒過來。人們對於這一點是見多不怪了……
>
> ……要是有人以為患者夜間做夢，應該將他們帶回到導致自己患病的場景裡去，認為這是理所當然的事情，那就是誤解了夢的性質。[160]

對此卡魯斯的分析是，佛洛伊德不解創傷噩夢何以頻頻捲土重來，因為它與願望達成毫無關係，而且沒有無意識層面上的意義，而是實實在在原初事件的回歸，即便當事人的意向適如其反，對原初事故避之唯恐不及。所以不像普通的精神官能症病人，創傷後壓力症候群患者身不由己捲入原初不幸事件的頻頻閃回侵擾之中，根本無法理解個中緣由，病人束手

[160] Sigmund Freud, "Beyond the Pleasure Principle", in *The Standard Edition of the Complete Psychological Works of Sigmund Freud*, 24 vols (London: Hogarth, 1953–74), vol. 18, ch.3. See Cathy Caruth, *Unclaimed Experience: Trauma, Narrative, and History* (Baltimore: The Johns Hopkins University Press, 1996), p. 59.

無策、一籌莫展。它是外部事件不經過任何仲介，直接變身為內部創傷。這裡的病因根由是創傷復發本身，而不是精神官能症的錯誤診斷。總而言之，佛洛伊德在創傷後壓力症候群中遇到的問題，不是指向任何恐怖事件，而是反映了倖存者特定的困惑體驗。倘若說夢和創傷事件的幻覺重現由此引起佛洛伊德的格外重視，那是因為它們提供了見證。故而佛洛伊德《超越快樂原則》中對於歷史問題的再思考，其核心處是一個迫在眉睫的未得解決的問題：倖存意味著什麼？

創傷在卡魯斯看來，就是一段未被認領、不被承認的經驗。是以她聲稱《不被承認的經驗》這本書，不是透過意識和原初事件之間彷彿是直截了當的關係，而是透過心理創傷似是而非的間接結構，來探討創傷和倖存者之間的複雜關係。因為在意識層面上，倖存者對於從前殃及性命的創傷事件與其說是耿耿於懷，不如說是在有意迴避和忘卻。

卡魯斯注意到佛洛伊德討論創傷，一開始就在強調心理學中的創傷，並不是來自危及生命的傷害事件。恰恰相反，身體上的傷害，通常對精神官能症病狀的發展起反作用。對於意識來說，病人對於創傷經歷更經常是不知不覺的。假如創傷事件不由自主反覆再現，患者的思維、記憶或夢中反覆不斷湧現與創傷有關的情境或內容，就像清醒時分的記憶一樣，那麼它也只會發生在發病症狀或者夢境之中。她接著援引了佛洛伊德的相關敘述：

有人認為，創傷經歷甚至在睡眠中也在持續不斷對病人施加壓力這個事實，是證明了此種經歷的強烈程度：人們會說，病人固著於他的創傷了……

但是，我沒有發現創傷後壓力症候群患者醒著的時候也經常回憶他們所遭遇的事故。也許他們更在意的是不去想它。[161]

這是說，夢中經歷創傷事件，不是證明當初的身體傷害多麼巨大，而是說明倖存者內在的心理機制受傷害更深，以至於欲罷不能。所以夢見創傷事件，並不意味著原初事件直接維繫著倖存者當下的生活，恰恰相反，它意味著倖存者意欲探究事件發生之初他未能完全理解的內容，是意在克服創傷事件與當下生活並無直接連繫這個事實。創傷之所以成為創傷，由是觀之，不是因為傷口癒合出了問題，而是因為意識層面上，創傷事件對於倖存者來說，始終是一段未被認領、未被承認的慘痛經驗。

現代意義上的創傷概念，一般認為緣起於 19 世紀晚期「神經病學之父」讓－馬丁·沙可（Jean-Martin Charcot）、法國神經病學家皮埃爾·讓內（Pierre Janet）、奧地利精神病學家約瑟夫·布洛伊爾（Josef Breuer），以及佛洛伊德等人的精神疾病治療實踐。1894 年，美國心理學家威廉·詹姆斯在《心理學評論》（*Psychological Review*）雜誌創刊號上刊文，評價布洛伊爾、讓內和佛洛伊德等人的成就時，即將上述幾位歐洲同道所說的「創傷」比作「精神中的荊棘」。這個比喻在庫爾茲看來是恰如其分地揭示了創傷是一種外來的東西，嵌入心裡深處，就像傷口表面彌合，底下潰爛卻在擴展，唯有打開傷口，重新清洗，才能真正得到治療。佛洛伊德本人 1920 年發表的《超越快樂原則》，被公認是創傷理論史上的經典文獻。佛洛伊德視創傷為心理防禦牆面上的裂口，它是如此突如其來，猝不及防，瞬間就突破了心理保護機制的防禦。塔索史詩中的唐克雷蒂和克羅琳達片段，在佛洛伊德看來，就是再具體不過地勾勒出了創傷來襲的畫面。自此以還，這個畫面不但

[161] Sigmund Freud, "Beyond the Pleasure Principle", in *The Standard Edition of the Complete Psychological Works of Sigmund Freud,* 24 vols (London: Hogarth, 1953–1974), vol. 18, ch.3. See Cathy Caruth, *Unclaimed Experience: Trauma, Narrative, and History* (Baltimore: The Johns Hopkins University Press, 1996), p. 61.

成為創傷批評的一個代表性圖像，而且毋庸置疑地將創傷和文學連繫了起來。文學牽連創傷不僅在於理論上闡述詩可以怨的悠久傳統，而且具有鮮明的現實意義。誠如庫爾茲在《創傷與文學》一書的導言中所言，「無論是出於學科外部還是內部的原因，文學似乎是在創傷研究中發現了一系列概念，它們一方面讓文學來回顧自己分析文學文本的觀念和方法，另一方面也讓文學拓展自身，與當今最為緊迫的社會問題連繫起來」[162]。

庫爾茲認為當代社會，特別是 911 事件之後，創傷意識在日漸增強。《創傷與文學》導論中引了美國史學家一篇訪談〈今天我們都是犧牲品〉中的一個資料：1851 年至 1960 年這 110 年間，「創傷」（trauma）一詞現身《紐約時報》的次數總共是 300 次；而 1960 年至 2010 年這 50 年間，「創傷」一語亮相《紐約時報》的次數達到了 11,000 次。[163] 可見創傷這個詞語，在現代日常語言中已經是無處不在。創傷後壓力症候群（Post-traumatic Stress Disorder, PTSD），亦在不斷蔓延。從病理上說，PTSD 是指個體經歷、目睹或遭遇災難、死亡及其威脅後，所導致的延遲出現然而持續存在的精神障礙。當今 PTSD 居高不下的發病率，顯示它已經成為一個公共健康問題。這樣來看西方當代文論中異軍突起的創傷研究，足見它並非無病呻吟、紙上談兵。1939 年佛洛伊德本人的收筆之作《摩西與一神教》，身為創傷批評的先驅，洋洋灑灑不遺餘力來論證摩西不是希伯來人，而是埃及人，是在出埃及的過程中被麾下的以色列人謀殺身死，是以猶太民族背上了揮之不去的原罪。該書的寫作宗旨佛洛伊德本人也交代得清楚明白：它是一部針對世界範圍排猶主義的叛逆之作。

[162] J. Roger Kurz, introduction to *Trauma and Literature*, ed. J. Rogen Kurz (New York: Cambridge University Press, 2018), p. 17.

[163] Thomas Laqueur, "We Are All Victims Now", (Rev of D. Fassin and R. Rechtman, *The Empire of Trauma: An Inquiry into the Condition of Victimhood*), *London Review of Books*, 32 (July 2010), p. 19. See J. Roger Kurz (ed.), *Trauma and Literature* (New York: Cambridge University Press, 2018), p. 1.

三、摩西的創傷記憶

創傷記憶往上追尋，可以上溯到西元前 5 世紀留下著名詩句「畫是無聲詩，詩是有聲畫」的古希臘詩人西蒙尼特斯（Semonides of Amorgos，西元前 556 ？－前 468 年）。據西塞羅《論演說家》（*De Oratore*）記載，有一回，西蒙尼特斯應邀赴宴賦詩，歌功頌德，不料想突然地震，殿堂傾塌，滿座賓客頃刻死於非命，獨有西蒙尼特斯恰巧離席外出，倖免於難。嗣後，死者家屬懇求詩人幫助辨認面目全非的屍首，西蒙尼特斯憑藉回憶賓客座次，居然一一道出了這些血肉模糊的屍身原本是何人。這個例子通常用來輔證記憶術，但它未必不是創世記憶的一個原始示範。它的寓意是，創傷事件發生之際，當事人就像西蒙尼特斯僥倖缺場那樣，經常是不知不覺，唯獨在事後回憶之中，有刻骨銘心的感受。這也是佛洛伊德所說的「創傷後壓力症候群」。

由此追溯「創傷批評」的緣起，佛洛伊德的最後一部作品《摩西與一神教》可謂第一經典。該書分為三部分，分別是《摩西，一個埃及人》、《假如摩西是埃及人……》、《摩西、他的人民、一神教》。前兩部分刊於 1937 年出版的《意象》雜誌，內容是改寫《出埃及記》（*Exodus*），認定摩西不是被埃及公主領養、有幸在埃及王宮長大的希伯來人，反之是土生土長的埃及人。兩文當時就引起軒然大波。1938 年，納粹掀起「排猶」浪潮，佛洛伊德不得不離開故鄉維也納，流亡倫敦。在倫敦，他接續完成《摩西與一神教》第三部分，篇幅蓋過先前兩篇之和，然未作單獨發表，全書於 1939 年交付美國出版。作者在第三部分的「引言」中說，對於納粹德國的入侵，天主教會就像《聖經》中所說的那樣，是軟弱得不能依靠的東西，因為自己的工作，特別是自己的「種族」，他確信會遭到迫害，所以與許多朋友一道，辭別從孩提時代一直生活到 78 歲的故鄉維也納，來到了英國。英國的環境是友好的，但它並沒有妨礙自己繼續思考：為什麼歷史上猶太人一直招致四面八方的仇恨？同年 9 月，佛洛伊德在倫敦與世長辭，適逢希特勒併吞波蘭。該書同年被譯作英語，譯者凱薩琳．瓊斯（Katherine Jones）有幸諮詢過佛洛伊德書中的若干疑問，一定程度上，這個英文文本也算得上是一個權威譯本。

《摩西與一神教》的基本思路是，摩西不是希伯來人，而是出身於埃及貴族家庭，很可能是法老埃赫那頓（Akhnaten）即阿蒙霍特普四世的親信。埃赫那頓篤信一神教，那是古老的埃及太陽神崇拜。西元前 1350 年埃赫那頓去世後，其在世時鼎力推舉的一神教風雨飄搖，日趨沒落。摩西乃力挽狂瀾，煽動客居埃及的希伯來人出走迦南荒野，期望收拾殘局，重整旗鼓，再現當年太陽神教光輝。卻不料希伯來人譁變，殺死了帶領他們離開埃及、回歸故土的恩人。再後來，這群希伯來人與米甸（Midian）的另一個一神教崇拜部落會合，這個米甸部落崇拜的獨一無二至高神是喜怒無常的火山神，名叫亞衛（Avim）即耶和華。結果就是，摩西的太陽神和米甸部落的火山神混為一體，因為偏偏米甸的亞衛祭師也名叫摩西，埃及的摩西和米甸的摩西，也被糅合成了一個人。佛洛伊德認為，這就是《舊約》中《出埃及記》故事背後的歷史真相。這些殺死了摩西的猶太人心生懺悔，於是又造出彌賽亞即救世主的神話。彌賽亞就是摩西，摩西哪一天回來，再次帶領以色列人渡出苦海呢？

佛洛伊德通希伯來語，所以能夠從容考證摩西（Moses）這個名字，追根溯源就是埃及名字的變體。他承認出於對《聖經》的敬畏，不將摩西這樣的偉人想像為希伯來人，本身就是荒誕不經的事情。不過，假若僅僅是埃及人的名字，還不足以判定摩西就是埃及人，那麼憑藉精神分析的方法，佛洛伊德相信他足以提供充分證據，來解開摩西的真實身世。他指出，蘭克（Otto Rank）受他的影響寫過一本《英雄誕生的神話》（*The Myth of the Birth of the Hero*），將幾乎所有古代文明的神話傳說一網打盡。根據他的歸納，蘭克敘述的那些古代英雄傳說當中，大體可以見到一種「平均神話」（average myth）：

> 英雄的父母身居最高位，他通常是國王的兒子。
>
> 他種下胚胎就特別艱難，諸如在禁慾或短期不育期間，再不然他父母因為禁忌或者其他外部阻礙，偷偷性交。在他母親懷孕期間，或者在這之前，會有神諭或者睡夢警告父親這孩子來到世上，對他的安全會有大害。
>
> 故此父親（或者某個代表他的人）下令殺死新生嬰兒，或將他付諸絕境；大多數情況下，嬰兒是給放到籮筐裡，隨波逐流。
>
> 然後孩子被動物或者窮人搭救，如牧人，由雌性動物或者出身卑賤的女人哺育長大。
>
> 長大成人後，歷經千難萬險重新找到他的高貴父母，向父親復仇，得到其民眾的認可，聲名顯赫，成為偉大人物。[164]

我們發現這個「平均神話」差不多是為佛洛伊德本人聲名狼藉的伊底帕斯情結量身定做的，即便佛洛伊德注意到兩者之間並非完全對等，因為伊底帕斯雖然落到牧人手裡，卻是在鄰國底比斯（Thebes）王宮裡長大的。是以佛洛伊德自謂他對蘭克神話敘述的補充，便是大凡英雄，都是挺身而起反抗父親，而且最終取得勝利的人。以上神話是將此一抗爭直接追溯到英雄降生之初，讓他違背父親意願來到這個世界上，而且逃過父親的惡毒心機活了下來。是以籮筐拋棄便是代表出生，籮筐是子宮，河流是羊

[164] Sigmund Freud, *Moses and Monotheism*, trans. Katherine Jones (New York: Vintage Books, 1939), p. 8.

水。當一個民族的想像力將此一神話加諸某個著名人物時，即是表明他已被這個民族認可為英雄，他的生平理所當然也早有天定。

佛洛伊德注意到《聖經》裡的摩西神話與以上模式大相徑庭。首先英雄的父母不是身居高位，連家世顯赫都算不上，希伯來人裡，他不過是出身在專司祭祀的利未部族。反過來撫育英雄長大的通常是卑微貧窮的第二家庭，卻被替代成為埃及王族。他指出，這個既定模式的顛倒敘述，讓許多學者大惑不解。其真相應是法老做夢得神諭孫兒會對自己構成威脅，大驚失色之下，就像伊底帕斯的父親萊瑤斯（Laius），將新生的孫兒扔到了尼羅河中。現在的問題是，摩西是希伯來人的英雄，不是埃及人的英雄，這又當何論？埃及人沒有必要來編織摩西的神話。希伯來人有此需要，可是一個民族的傳說，如何能將自己的英雄說成是外國人呢？對此佛洛伊德的看法是，這兩個神話中一貴一賤的兩個家庭，從精神分析的角度來看是同一的。而在歷史生活中，則是其一為真實，其二為非真實。就摩西的傳說來看，將摩西置於蒲草箱中漂流尼羅河的家庭是非真實的，收養並撫養他長大的家庭，方是真實的。所以結論是：摩西是埃及人，也許出身高貴，神話則刻意將他打造成猶太人。佛洛伊德認為這個結論至關重要，因為它意味著：

> 求助一些假設，指引摩西反常行為的那些動因，就清楚起來了。與此緊密相關的，摩西帶給猶太民族之律法和宗教的許多特徵特點，其背後的可能動機，也明晰起來了。有時候思及一神教總體上的起源，它還激發出許多想法。[165]

不過佛洛伊德也充分意識到這僅僅還是處在假設階段，假如有人準備

[165] Sigmund Freud, *Moses and Monotheism*, trans. Katherine Jones (New York: Vintage Books, 1939), p. 15.

把它作為歷史來讀，那還需要另外的確切證據，方可避免異想天開、信口開河一類的指責。想像終究是想像。不過，這也夠了。

假如摩西是埃及人，以下是佛洛伊德繼續想像下來的故事。有什麼能夠引誘一個顯貴的埃及人——他可能是王子、祭司抑或高官，來充當一群不開化移民的首領，帶領他們離鄉背井呢？這確實叫人費解。不僅如此，摩西不光是定居埃及的猶太人的政治首領，還是他們的立法者、教育家，強迫他們皈依了一種新的宗教。一個人單槍匹馬，能夠創立一種宗教嗎？在這一系列疑問面前，佛洛伊德發現他只能冒昧得出進一步的結論：假若摩西是埃及人，假若摩西將自己的宗教傳給了猶太人，這一宗教只能是阿蒙霍特普四世的阿頓（Aton）神教。阿頓是太陽神的古老名字，對此佛洛伊德的解釋是，早在埃赫那頓的父親阿蒙霍特普三世在位時，埃及人的太陽神崇拜就嶄露頭角。當時古城底比斯的主神名叫阿蒙－瑞（Amon-Re），阿蒙是長著公羊腦袋的城市守護神，瑞是北方長著老鷹腦袋的太陽神。西元前 1357 年左右，輪到阿蒙霍特普四世即埃赫那頓繼位，這位古埃及第十八朝的新任法老無須篳路藍縷另作開拓，接受原來的宗教是明智選擇。不光是照單接受，年輕的國王還在原初阿頓神教中注入新的活力，將埃及本土的一神教，打造成普世意義上的一神教：除了太陽神阿頓之外，再沒有其他的神。怎奈一些老祭司抗拒國教改革，敵意與日俱增。這不但導致阿蒙霍特普四世改名為埃赫那頓，以清除舊國教中阿蒙神的遺跡，而且離開底比斯，遷都尼羅河上游，定名為阿克塔頓（Akhenaten），意為阿頓之光。這是阿頓太陽神教在埃及土地上的最好時光。

埃及的太陽神名叫阿頓在佛洛伊德看來不是偶然事件。這個阿頓（Aton）和希伯來語中的「我主」（Adonai）發音相似，是不是有一種因果牽連？《舊約》中反覆出現的一神教信條 Shema Yisrael Adonai Eloheinu

Adonai Echad（聽啊，以色列人，我們的神是唯一的神）便變成了 Hear, O Israel, Our God Aton (Adonai) is the only God （聽啊，以色列人，我們的阿頓神是唯一的神）。佛洛伊德承認這純屬猜想，異想天開，因為沒有根據。

但是好景不長。埃赫那頓身死之後，繼任法老回歸阿蒙神崇拜，都城也從阿克塔頓遷回底比斯。阿頓神教曇花一現，花開花落，重歸寂寞。現在輪到摩西選擇。摩西帶領以色列人出埃及，佛洛伊德指出，假如摩西是猶太人，那是理所當然。但假如摩西是埃及人，他的行為就莫名其妙了。故只有將摩西生平定位在埃赫那頓在位期間，假定他與這位獨尊阿頓神的法老有某種連繫，後面的故事方才順理成章。對此佛洛伊德的猜想是：

> 我們假定摩西是個貴族、一個名聲顯赫的人，也許確實就是一位王族，就像神話敘述的那樣。他肯定意識到自己巨大的能力、雄心和能量，興許模模糊糊感覺到天將降大任於斯人，他會成為自己民族的領袖、帝國的統治者。法老是新宗教的堅定擁護者，在和法老的密切接觸中，他融會貫通了後者的基本原理，使之變成了自己的東西。國王死後，反對接踵而至，他發現自己的全部希望和憧憬付之東流。倘若不願放棄他如此珍視的信仰，埃及便不足眷戀，他失去了自己的祖國。在這關鍵時刻，他發現了一個非同尋常的解決辦法。好做夢的埃赫那頓已經讓自己疏遠了人民，已經使龐大的帝國搖搖欲墜。摩西活躍的天性中醞釀出一個計畫，他要建立新的帝國，找到一個新的民族，將埃及人不齒的宗教傳給他們。[166]

這樣推演下來，便是摩西找到了定居在埃及的一些閃族人部落，當上他們的首領，帶領他們完成了出埃及的大遷徙。故佛洛伊德的結論是，與

[166] Sigmund Freud, *Moses and Monotheism*, trans. Katherine Jones (New York: Vintage Books, 1939), p. 34.

《聖經》的記載完全相反，出埃及是在和平狀態下完成的，也沒有追兵。摩西的權威使之成為可能，埃及處在動亂之中，也沒有哪一支國家力量足以阻止它。

佛洛伊德發現，摩西的故事不光見於《聖經》，猶太人還有許多豐富的經外文學在描述其始祖摩西的高大形象，但是大都空泛含混，反而讓這形象愈發模糊。如不見於《摩西五經》的一則傳奇說到法老抱起三歲的摩西，舉過頭頂嬉戲，小摩西居然摘下法老王冠，戴到了自己頭上，以至於法老大驚失色。由此可見摩西從小就多麼野心勃勃。不僅如此，即便《聖經》中，也每有栩栩如生的神來之筆，如寫到摩西脾氣暴躁，打死了施虐猶太人的埃及監工。佛洛伊德特別指出，當初摩西堅辭亞衛授命，說他自己「笨口拙舌」，但逢法老召見，總是要叫上好口才的哥哥亞倫幫忙，這是另一個有力證據，以生動細節來顯示摩西實有其人。不僅如此，這個細節還有另外一層被訛傳遮蔽的關鍵意義，那就是摩西說的很可能是另外一種語言，跟他的閃族新埃及人無法順暢交流，得有翻譯相助。這一切足以說明，摩西是埃及人而非希伯來人。

然後摩西變身成為米甸的耶和華祭司。佛洛伊德引德國歷史學家邁爾（Eduard Meyer）《以色列人與其鄰近部族》（*Die Israeliten und Ihre Nachbarstämme*, 1906）一書中的說法，提醒讀者按照《聖經》敘述的線索，後來成為以色列人的那些早期希伯來部落，在某個時期接受了一種新宗教。但是發生地點不在埃及，也不在西奈山下，而是在巴勒斯坦南部，西奈半島東端和阿拉伯西端之間一個泉水豐沛的綠洲。就在這裡，猶太人接受了當地流行的亞衛即耶和華崇拜。這個地方就是夸底斯（Qadeš）－米甸。邁爾也好，佛洛伊德也好，上述猜想似也並非空穴來風。《出埃及記》中說：「摩西躲避法老，逃往米甸地居住。一日，他在井旁坐下，米甸的祭師有七個女兒，她們來打水，打滿了槽，要飲父親的群羊。」（2：15-16）這一景觀與摩西先時埃及家鄉的地貌迥異。米甸人係游牧部族，據信是亞伯拉罕跟他第二個妻子基土拉所生的後裔。這樣推算起來，米甸人跟希伯來人，該是有著血親連繫，是以一神教崇拜是摩西傳給米甸人也好，抑或米甸人傳給摩西帶領的希伯來人也好，應能見到一種必然性來。按照《聖經》的記載，摩西居住米甸達四十年。這有《使徒行傳》為證：「摩西聽見這話就逃走了，寄居於米甸；在那裡生了兩個兒子。過了四十年，在西奈山的曠野裡，有一位天使從荊棘火焰中向摩西顯現。」（7：29-30）

佛洛伊德認為，脾氣暴烈的亞衛必定是個火山神。可是埃及沒有火山。西奈半島群山連綿，可是也從來不曾有過火山。有可能有火山活動的，只有阿拉伯半島西端，即米甸東邊。佛洛伊德又引邁爾《以色列人與其鄰近部族》，認為其敘述足以復原上帝亞衛的原初性格：「他是個喜怒無常的嗜血惡魔，夜行晝伏。」[167] 這個新宗教誕生之時，以色列人和上帝之間的仲介人名叫摩西。接下來的故事是眾所周知的，邁爾也好，佛洛伊德也好，都採納了《出埃及記》中的記載，摩西是米甸祭師葉忒羅的女婿，在替他放羊期間，得到了上帝的召喚。但是佛洛伊德注意到邁爾對摩西當年率領以色列人出埃及的英雄事蹟少有興趣，反而強調我們今天熟悉的摩西是米甸和夸底斯祭師們的祖先，跟當地宗教密切相關，總之是神譜中的人物，而不是真實的歷史人物。換言之，早年摩西的全部事蹟，在這個夸底斯－米甸摩西形象面前無足輕重，更像是為編造連貫故事計，後來添加上去的一種補綴。佛洛伊德引了邁爾這一段話：

米甸的摩西不復是埃及人，不復是法老的孫子，而是亞衛向他顯了形

[167] E. Meyer, *Die Israeliten und Ihre Nachbarstämme*, 1906, pp. 38, 58. See Sigmund Freud, *Moses and Monotheism*, trans. Katherine Jones (New York: Vintage Books, 1939), p. 39.

的一位牧羊人，十災故事中他的早期關係不復被提及，雖然它們本可以義薄雲天，殺死以色列頭生子的命令，則被徹底忘卻。出埃及和埃及人遭遇滅頂之災的過程中，摩西沒有發揮任何作用，他甚至沒有被提及。後期摩西身上，他童年故事支撐的那些英雄本色，全然消失不見；他只是上帝的僕人，奇蹟的操演人，亞衛給他提供了超自然力量。[168]

佛洛伊德引的這段話，很顯然是想說明，既然在史學家如邁爾看來，《出埃及記》中青年摩西和成年摩西的敘述判若兩人，那麼，他們是不是可能果真就是兩個不同的人呢？佛洛伊德本人的回答自然是毫不含糊的。用他自己的話說，埃及人摩西與米甸人摩西的差異之大，一如普世神阿頓大不同於西奈山上的凶神惡煞亞衛。

佛洛伊德進而引本國《舊約》學者厄恩斯特．塞林（Ernst Sellin）的考證，指出塞林在記載西元前 8 世紀後半葉同名先知事蹟的《何西阿書》中，發現了關鍵性證據，指明猶太教的創立人摩西，在他執迷不悟的子民們的一次叛亂中，遭到了凶殺。他所創建的宗教，也隨之土崩瓦解。這個傳說不僅獨見於《何西阿書》，還陸陸續續出現在大多數後期先知書中，乃至成為嗣後一切救世主即彌賽亞期盼的根由。到了巴比倫之囚的末期，猶太人開始期望當初被他們冷酷無情殺害的那人起死回生，帶領他幡然悔悟的同胞們，進入永恆的歡樂世界。

佛洛伊德承認他無法確證厄恩斯特．塞林的上述先知書讀解究竟有多少根據。的確我們今天來讀《何西阿書》，要從中讀出摩西被殺的暗示，亦非微言大義的普通考證能力所及。《何西阿書》為小先知書之首，其背景是以色列和猶太南北分裂兩百年後。北國以色列末代君主何西阿，受命

[168] E. Meyer, *Die Israeliten und Ihre Nachbarstämme*, 1906, p. 47. See Sigmund Freud, *Moses and Monotheism*, trans. Katherine Jones (New York: Vintage Books, 1939), p. 41.

於諸王篡位更迭之後的風雨飄搖之際，對是時以色列流行的偶像崇拜，何西阿痛陳悲情，宣告此為北國信仰混亂的根源。我們看到何西阿大聲疾呼：

撒瑪利亞啊，耶和華已經丟棄你的牛犢；
我的怒氣向拜牛犢的人發作，
他們到幾時方能無罪呢？
這牛犢出於以色列，
是匠人所造的，並不是神。
撒瑪利亞的牛犢必被打碎。（8：5-6）

撒瑪利亞是北國都城。果不其然，西元前 722 年亞述攻陷撒瑪利亞，北國以色列遂告滅亡。問題是，無可救藥的金牛犢崇拜熱情，固然可以追溯到《出埃及記》，時當摩西蒙上帝召見，上了西奈山，一去不歸，眾人心焦之餘，乃懇求摩西兄長大祭師亞倫做主，每個人都摘下首飾，打出個金光閃閃的小公犢，說這就是我們的神耶和華，但是要說其中留下多少摩西身死譁變的痕跡，終究還是需要更多訴諸想像力。

但譁變之說也並非空穴來風。摩西上山遲遲不歸，一待就是四十天。這一群好不容易逃出埃及的以色列人群龍無首，滯留在西奈山下，不但焦慮，而且恐懼。唯當經亞倫許可，鑄出金牛犢後，才恢復正常。《出埃及記》說，「次日清早，百姓起來獻燔祭和平安祭，就坐下吃喝，起來玩耍」。可見金牛犢確實平定了以色列人的驚魂。但是根據 11 世紀《摩西五經》著名闡釋家拉希（Rashi）的解釋，回過神來的以色列人不但吃吃喝喝，而且當著他們自以為就是耶和華的公牛玩耍起來，這裡希伯來語中的

「玩耍」（litzachek）一詞，性的含義殊為明顯，實際上是瘋狂淫樂。[169]無怪乎耶和華勃然大怒，賭咒發誓要滅絕以色列人。摩西眼看不對，苦心懇求，道出當年亞伯拉罕和以撒恩情，才叫耶和華收回惡誓。不過摩西回到大營，眼見以色列人載歌載舞，怒火中燒一如上帝亞衛，不但摔碎手裡兩塊留有上帝字跡的法版，更站在營門中喝令眾人：

「凡屬耶和華的，都要到我這裡來！」於是利未人的子孫都到他那裡聚集。他對他們說：「耶和華以色列的上帝這樣說：『你們各人把刀挎在腰間，在營中往來，從這門到那門，各人殺他的弟兄與同伴並鄰居。』」利未的子孫照摩西的話行了。那一天，百姓中被殺的約有三千。（《出埃及記》32：26–28）

一天殺死三千位同胞，這個血腥的數字考慮到是時以色列部落本身的規模，其代表的內亂記憶是駭人聽聞的。假如摩西本人身死其中，一點都不意外。摩西憑什麼號令利未族大開殺戒？《出埃及記》的記載裡，上帝已經收斂雷霆之怒，並沒有責成摩西去收拾他的「弟兄與同伴並鄰居」。摩西基本是假託上帝之言，號令殺戮。摩西上山的這四十天裡，以色列人有所分化在情理之中。我們發現他們的領袖亞倫，在這場偶像崇拜慘劇裡，首先就難脫干係。

美國政治哲學家邁克爾．沃爾澤（Michael Laban Walzer）在其《出埃及記與革命》（*Exodus and Revolution*）一書中，旁徵博引分析了以上悲劇事件。他認為小公牛崇拜是埃及風俗，並引猶太人斐洛（Philo Judaeus）《摩西傳》中的說法，以色列人鑄金牛是模仿埃及人的動物崇拜。言外之意以色列人是在緬懷在埃及的時光，這自然是返鄉途中的深刻危機。不僅

[169] *Pentateuch with Rashi's Commentary*, at Exod. 32:6. See Michael Walzer, *Exodus and Revolution* (New York: Basic Books, 1985), p.55.

如此，首飾原是從埃及帶來的，如今熔化鑄成金牛犢領路，是不是意味著來自埃及，回歸埃及？沃爾澤引西元 1 世紀基督教辯論家的說法，謂上述金牛犢事件足以表明，雖然猶太人有幸成為上帝的選民，可是他們置上帝三令五申的偶像禁忌於不顧，公然鑄造金牛頂禮膜拜，這幾乎是直接拒絕了上帝的恩寵。沃爾澤本人的闡釋，則是出自他的本行政治學視野。他說：

調動利未人，殺死偶像崇拜者，從政治學的角度來看，是在到應許之地的行程中，構成了一個至為關鍵的契機，就像早期現代人們所說的那樣，我將把他描述為第一次革命清洗。[170]

由是觀之，摩西在這裡就是革命家。沃爾澤指出，摩西開殺之前公告他的子民：「耶和華以色列的上帝這樣說：『你們各人把刀挎在腰間……』」可是耶和華事實上並沒有發布這個誅殺偶像崇拜者的號令。這是摩西假傳聖旨嗎？摩西在這裡擔當的角色，是馬基雅弗利式不擇手段的王公，還是以色列人的救星？

但是佛洛伊德關心的不是革命。他認為埃及人摩西給猶太人帶來了一個更崇高的上帝概念。上帝耶和華原是個凶狠狹隘的本地神，許諾給他的信眾流奶與蜜之地，卻要他們興刀兵除卻這塊土地上的原住民。但是摩西帶來的上帝普愛眾生，全知全能而成為唯一的神。所以即便猶太人很可能沒多久就拋棄摩西教誨，更殺害了他，但是摩西的精神長存下來，以至於最終聲望高過了盛名之下其實難副的耶和華。正是對於摩西的嚮往，使得以色列人得以克服千難萬險，生存下來。是以佛洛伊德《摩西與一神教》維也納篇章的結論是，猶太人歷史具有眾所周知的兩重性 —— 埃及人和

[170] Michael Walzer, *Exodus and Revolution* (New York: Basic Books, 1985), p. 59.

以色列人融合為一個民族；這個民族分裂為以色列和猶太兩個王國；原始《聖經》又依上帝的兩個名字耶和華和埃洛希姆（Elohim），分出 J 書和 E 書。現在他願意在這諸多兩重性之上再添加兩種，其一是兩種新宗教的創建，前者為後者驅逐，然後東山再起，獲得勝利；其二是兩位宗教創建人，他們都名叫摩西，雖然兩個人的個性大相徑庭。「而所有這些兩重性都是第一個兩重性的必然結果：這個民族的一部分人經歷了可以適當命名為創傷經驗的階段，其餘人則沒有。」[171]

這個「創傷經驗」不是別的，就是摩西之死在以色列人集體無意識中反覆積澱，終於呼之欲出的慘痛情結。次年移居倫敦之後，佛洛伊德續筆這部令他念念不忘的收官之作，重申上述結論並非他異想天開，而是已有史學家鑑別在先。他的說法是，在《出埃及記》留下或者毋寧說是製造的迷霧中，當代的歷史研究可以澄清以下兩個事實：

> 第一個事實是厄恩斯特・塞林發現的，那就是即便按照《聖經》記載，對其立法者和領袖一樣冥頑不靈、桀驁不馴的猶太人，最終反叛殺死了他，拋棄了強加給他們的阿頓神宗教，一如當年埃及人所為。第二個事實是愛德華・邁爾證明的，那就是這些猶太人從埃及回歸故土之後，在巴勒斯坦、西奈半島和阿拉伯交界處，聯合了與他們關係親近的其他部落，就在這裡，在一塊叫作夸底斯的肥沃土地上，他們在阿拉伯米甸人的影響下，接受了一種新宗教，即火山神亞衛崇拜。[172]

這兩個事實在佛洛伊德看來，可以證明從埃及遷徙過來的猶太人，和夸底斯－米甸本土猶太部落雖然達成妥協聯合起來，但是之間的分歧依然

[171] Sigmund Freud, *Moses and Monotheism*, trans. Katherine Jones (New York: Vintage Books, 1939), p. 65.

[172] Sigmund Freud, *Moses and Monotheism*, trans. Katherine Jones (New York: Vintage Books, 1939), p. 75.

存在。即一方竭力否認上帝亞衛即耶和華是新近的外來神，強化他的至高無上地位；另一方則不願放棄彌足珍貴的記憶，那是出埃及得解放和偉大領袖摩西的記憶。這些記憶潛伏下來，便成為創傷的土壤。

猶太人的創傷因此說到底也是摩西之死的創傷。創傷不是緣起於事件發生之時，而是經過漫長的潛伏期醞釀而出。一如摩西律法一開始無聲無息，但是經過漫長歷史之後，終於奠定了自己的崇高地位。關於創傷的潛伏期說明，佛洛伊德舉過一個後來經常被人援引的火車事故例子：

> 有可能某人在一個驚人事故中，比如火車相撞，雖然驚嚇不小，卻顯然是毫髮無損離開了出事地點。但是，在接下來的幾個星期裡，他產生了一系列嚴重的精神和運動病症，這些病症只會起因於事故發生之際他的驚懼，或者隨便其他什麼刺激。他已經患了「創傷後壓力症候群」。這似乎完全是不可思議的，因此也是一個新的事實。在事故和症狀初次出現之間的那段時間，叫作「潛伏期」，顯而易見指向傳染性疾病的病理學。[173]

佛洛伊德認為，雖然創傷後壓力症候群與猶太一神教完全是兩個問題，但是兩者之間還是具有共通之處，那就是可稱之為「潛伏期」的這一特性。具體來說，便是猶太人同摩西的宗教分道揚鑣之後，有很長一段時間，全無一神教觀念的蹤跡。這段時間，就是摩西創傷的潛伏期。

然而被掩埋的記憶終於甦醒過來。所謂潛伏期，佛洛伊德的解釋是，當猶太人拋棄摩西傳給他們的阿頓太陽神，轉而侍奉耶和華這位與鄰近其他本土神幾無差別的新神時，摩西宗教其實已經在他們的無意識中扎根下來，故而摩西事蹟的傳說代代相續，終於將耶和華變成了摩西神。摩西形象成為原始父親的形象，猶太人將為他們的弒父行為，終身籠罩在負罪感

[173] Sigmund Freud, *Moses and Monotheism*, trans. Katherine Jones (New York: Vintage Books, 1939), p. 84.

裡面。說到底，這也是猶太人流離失所，在世界範圍內處處被歧視排擠的首要原因。

轉折發生於基督教興起之時。佛洛伊德認為，是保羅身為猶太民族的成員，以政治和宗教改革家身分作掩護，創立了基督教這個新宗教，與它的母體猶太教分道揚鑣。他指出，保羅是以猶太人殺死摩西為唯有死亡方能解脫的原罪，凶殺事件本身或已忘卻不現，然而取而代之的贖罪幻想，卻化身為救世主的福音廣為傳布。這個幻想是，清白無辜的上帝的兒子，犧牲自己，由此擔當了世界的罪惡。這個人物必須是兒子，因為罪惡是殺死父親。所以：

> 救世主身為一個純潔無辜的人犧牲自己，這個說法顯然是故意歪曲，很難與邏輯思考協調起來。何以一個清白無辜的人，甘願給人殺死，就能承擔凶手的罪惡？歷史事實上沒有這等自相矛盾的故事。「救世主」不可能是別人，只會是那群殺死父親的兄弟們中罪孽最深的領頭人。[174]

簡言之，基督耶穌身為救世主，與摩西之死有直接關係。救世主不是別人，就是殺死摩西的第一凶手，意圖是取而代之。假若歷史上這個叛亂領袖並不存在，那麼他就是繼承了這個未實現的願望或者說幻想。假若歷史上果真存在這個領袖，那麼基督便是他的繼承人，他的再度化身。即便據信是分食救世主血肉的聖餐儀式中，籠罩著父子關係的以上矛盾，也早有顯現。本來是祈求大神父親息怒，結果卻是將他晾在了一邊。摩西宗教一直是一種父親宗教，基督教卻成了兒子宗教。上帝聖父身居次位，聖子基督頂替了他的位置，就像以往黑暗時代裡每一個兒子都在期盼的那樣。佛洛伊德指出，保羅發展這一猶太宗教走得太遠，反而成了他的掘墓人。

[174] Sigmund Freud, *Moses and Monotheism*, trans. Katherine Jones (New York: Vintage Books, 1939), p. 110.

保羅的成就在於透過救世主觀念宣洩了罪惡感的幽靈，也在於他放棄了猶太人是上帝選民的思想，及其可見的代表性割禮。這是保羅的新宗教能夠包羅萬象，普及世界的原因。而在這個過程中，從前摩西宗教中太陽神阿頓那種無遠弗屆的普適性，也在無意之中榮光再現。

佛洛伊德認為基督教可以說是猶太一神教的倒退。它接納了大批底層民眾，改頭換面引進許多神祇，再也不是嚴格的一神教，並且透過聖母瑪利亞，重新樹立起偉大的古代母性神形象。自此以還，猶太教幾乎就成了一具化石。那麼，為什麼一神教的思想在猶太人中間如此根深蒂固？佛洛伊德的回答是，對於殺死父親這樣原始時代的偉大事件或大奸巨惡，猶太人是心領神會的。他們命中注定必在摩西這位光輝的父親身上故技重演。而這一次是訴諸行動了，而非僅僅駐留在記憶世界，就像精神病人的分析中經常所見的那樣。故而當保羅繼往開來，以另一個偉大人物的慘烈死亡為保羅新宗教的起點，很難說是事出偶然。佛洛伊德指出，摩西的童年事蹟又給附會到耶穌身上，史實上我們對耶穌的了解也並不比摩西為多。保羅成為耶穌的門徒，但是本人並不認識他。這一切，根據佛洛伊德的歸納，都是起因於猶太人當初殺死摩西的罪惡感，在罪惡感的刺激下誕生了救世主的幻想。故而：

> 倘若摩西是第一位救世主，基督就成為他的替身和接班人。於是保羅可以不無道理地對他的人民說：「看哪，彌賽亞真的來了，他千真萬確就是在你們眼前給殺害的。」基督的誕生因此也具有某種歷史真實性，因為他是復活的摩西，也是原始部落中那位太初父親重又歸來——只不過變形為占據了父親地位的兒子。[175]

[175] Sigmund Freud, *Moses and Monotheism*, trans. Katherine Jones (New York: Vintage Books, 1939), p. 114.

佛洛伊德認為由此可以解釋反猶主義背後的歷史因由。猶太人雖然矢口否認，可是已經為殺死他們的父親付出了慘重代價。他們一遍遍被人譴責：「你們殺死了我們的神。」這話未必沒有道理，無論是對於摩西還是對於他的替身基督。還有業已深入無意識的更深層原因，那是嫉妒，妒忌猶太人斷言他們是上帝最受寵愛的孩兒，以及離奇的割禮風俗等。而最後，則是當代反猶尤甚的那些民族，都是晚近成為基督徒的民族，有些還經過血腥洗禮。所以基督教只是一層面紗，這些民族就像他們的祖先那樣，依然保持著野蠻的多神教，對於強加在自己頭上的新宗教怨恨未消，進而投射到基督教的發源處。四部福音書講述的故事發生在猶太人中間，就是再好不過的證明。所以對於猶太教的仇恨，根底上說也是對於基督教的仇恨。

四、讀《摩西與一神教》

應當說，佛洛伊德的上述結論很難說是令人信服的。基督教和猶太教自古勢不兩立，看看莎士比亞《威尼斯商人》（*The Merchant of Venice*）中夏洛克與安東尼奧（Antonio）、巴薩尼奧（Bassanio）和波西亞（Portia）一班基督徒之間的血海深仇，便見端倪。但是佛洛伊德的上述分析，毋庸置疑地開啟了創傷批評的先河。

關於創傷，《摩西與一神教》本身有專門分析。佛洛伊德將創傷定義為我們在幼年經歷過後來又忘卻的印象，認為它在精神官能症病原中舉足輕重。他指出，精神官能症並不是突如其來的，而是逐漸發展而成的。這當中的原委有兩點十分明顯。其一是精神官能症的緣起總是追溯到童年的早期印象，這也是何以精神分析倘若排斥人生的這些早期階段，會變得毫無意義。其二是被甄選出來的「創傷」病例，都是千真萬確地回溯到這一幼年時期的強烈印象。幼年處在嬰兒期記憶缺失時期，但是不時有孤立的記憶插入其間，構成所謂的「螢幕記憶」。佛洛伊德發現兒童在五歲之前處在性活躍階段，故這個時期發生的事情、被遺忘的事情，以及性和衝動，全都攪在一起，創傷可以是身體的經驗，也可以是所見所聞。但是在五歲以後，復歸平靜，進入潛伏期，直到青春期來臨。這一切構成精神官能症的必要條件，用佛洛伊德的話說，精神官能症就像我們身體的某些部分，自古以來就伴隨著我們。故而，所有的精神官能症都可見到一些普遍性特徵來。佛洛伊德指出這裡面同樣有兩點至為重要：

> 創傷具有正反雙重效果。前者在努力復活創傷，回憶被遺忘的經驗，或者更好些，使它成為真實——讓它重複再經歷一遍。倘若它是一種早期情感關係，它便在與另一個人的類似連繫之中復活過來。這些努力可以概括為這兩個術語：「創傷固戀」(fixation of the trauma)和「重複強制」(repetition compulsion)。這些效果可以被結合進所謂的正常「自我」，以持久傾向的形式賜予他一成不變的性格特徵。[176]

這是佛洛伊德歸納的正面效果。與此相對還有反面效果，那就是忘卻一切，什麼都記不得，什麼都不復再現，創傷事件由此構成防禦反應。在這裡，所有相關現象和症狀，以及人格限制和持續的變化，都表現出強迫性特徵來，對外部世界無動於衷，最終走向瘋狂。

《不被承認的經驗》第一章以「創傷與歷史的可能」為副標題，專門就佛洛伊德的《摩西與一神教》展開了創傷分析。作者開門見山點明題意，指出近年文學批評日益關注後結構主義激發的形形色色的認知論問

[176] Sigmund Freud, *Moses and Monotheism*, trans. Katherine Jones (New York: Vintage Books, 1939), p. 95.

題，而這些問題幾無例外讓政治和倫理束手無策。文字被認為作為遊戲遊刃有餘，卻不足以表情達意，是以永遠無法接近他人的甚至自己的歷史和文化。一切給予政治和倫理評價的努力，也都化為泡影。對於這一趨勢，卡魯斯表明她有意來對照一種現象，它見於文學和哲學文本，也見於更為廣闊的歷史和政治領域，那就是似是而非、似非而是的獨樹一幟的創傷經驗。唯其如此，被種種後現代話語消抹的歷史，可望露出真相。本著這一視野來讀佛洛伊德不辭非議、鍥而不捨寫完的《摩西與一神教》，在卡魯斯看來，無疑便是敘述了猶太民族的另一種歷史。

佛洛伊德晚年這部匪夷所思的驚世之作，在卡魯斯看來，是 20 世紀開拓性的創傷作品之一，它一方面透過猶太歷史的虛構描寫，就其歷史和政治地位提出一系列問題；另一方面從創傷閱讀的角度來看，它又深切連繫著我們自己的歷史現實。是以佛洛伊德這部異想天開重寫《出埃及記》的大作，有助於我們了解我們自己的災難時代，明白在這時代之中來書寫歷史是多麼困難。要言之，佛洛伊德在這裡不僅提出了歷史的觀念，而且他的書寫方法本身，也是直面歷史事件，引導我們重新思考歷史的可能性，以及與之相應的倫理和政治關係。

關於佛洛伊德寫作《摩西與一神教》的時代背景，卡魯斯引了佛洛伊德 1934 年寫給德國作家阿諾德・茨威格（Arnold Zweig）信中的一段話：「面臨新的迫害接踵而來，我們再次反躬自問：猶太人如何走到如今這步田地，為何他們招致這等潛在的仇恨？我很快發現了答案：摩西創造了猶太人。」[177] 卡魯斯認為這段話足以表明，佛洛伊德寫作此書是要探究納粹迫害猶太人何以變本加厲，一至於此。探究只能借古鑑今，所以佛洛伊

[177] Freud to Zweig, 30 May 1934, in *The Letters of Sigmund Freud and Arnold Zweig*, ed. Ernst L. Freud (New York: Harcourt Brace Jovanovich, 1970). See Cathy Caruth, *Unclaimed Experience: Trauma, Narrative, and History* (Baltimore: The Johns Hopkins University Press, 1996), p. 12.

德的歷史敘述直追摩西，這位將希伯來人從埃及奴役中解放出來，讓他們重獲自由，回歸迦南本土的大救星。猶太人的歷史因此就是一部回歸的歷史，卡魯斯指出，這對於精神分析來說本不稀奇，因為精神分析的著述就是在不斷探討各式各樣的回歸，諸如童年記憶的回歸、被壓抑記憶的回歸，等等。但是誠如佛洛伊德致阿諾德．茨威格信中的那句名言，「摩西創造了猶太人」，佛洛伊德敘寫的回歸與眾不同，因為它超越了單純的回歸概念。假若摩西果真是透過解救希伯來人出埃及「創造」了猶太人，假若《出埃及記》將先時居住在迦南的「希伯來人」的歷史，轉變成擺脫了奴役的獨立民族「猶太人」的歷史，那麼出埃及就不僅僅是一個回歸（return）行為，更確切地說，它是出發（departure）的起點。佛洛伊德身為一個猶太作家，當他身處這個傳統之內來書寫自己民族的歷史，面臨的問題便是，一種文化的歷史，以及它與某種政治的關係，如何難分難解地維繫著「出發」這個概念呢？

卡魯斯認為佛洛伊德兵荒馬亂之際還有心思來寫這部古代猶太史，是意在重新闡釋《出埃及記》的性質和意義。按照《聖經》中的敘述，摩西是在埃及為奴的希伯來人的一分子，最終成為他們的領袖，帶領他們出埃及回到了故土迦南。而在佛洛伊德，一開始就宣布摩西本人其實不是希伯來人，而是埃及人，是法老的親信及太陽神一神教的狂熱信徒。法老被謀殺之後，摩西變身為希伯來人首領，帶領他們離開埃及，以便將前任法老危在旦夕的一神教香火保存下來。故此，佛洛伊德開宗明義改寫了回歸主題的性質：它主要不再是維護希伯來人的自由，而是維護埃及的一神教；不再是回歸以往的自由生活，而是出發走向一神教的新的未來。這個未來不是過去的延續，而是與過去決裂。如此來讀《出埃及記》所敘述的猶太民族歷史，它就是同時決裂又創立了一段歷史。

按照佛洛伊德的敘述，摩西帶領希伯來人出埃及後，在一次叛亂中被殺身死；希伯來人掩蓋了這個血腥行為，在之後流浪迦南的四十年即兩代人光景裡，將摩西的太陽神同化進了當地一位叫作耶和華的喜怒無常的火山神，與此同時，將摩西解救他們的經過，同化進了偏偏也名叫摩西的一位耶和華祭師名下。這一段敘述在卡魯斯看來，足以說明猶太人歷史中最重要的時刻，不是回歸自由，而是壓抑謀殺以及它的後果。這個後果如佛洛伊德所言，便是：「耶和華得到名不副實的至高榮耀……摩西的功績被記在了他的賬上。不過這個篡位的上帝必須付出代價。他取而代之的那個神變得比他本人更為強大；歷史一路發展下來，異軍突起的神為他始料不及，那是被遺忘的摩西的神。毋庸置疑，唯有憑藉這另一位神的觀念，才使得以色列人克服千難萬險，生存到了今天。」[178]佛洛伊德的觀點歸納起來，是帶領希伯來人回歸迦南的埃及人摩西，和米甸祭師葉忒羅的女婿摩西不是同一個人。《摩西五經》張冠李戴，把兩個摩西的不同事蹟，合併到一個人身上了。同理埃及人摩西通力復興的太陽神阿頓一神教，也給似是而非地移植到了接替岳父成為耶和華祭師的米甸摩西的多神教上面，是以耶和華的名字開始大音希聲，變成了「我主」（Adonai）。當以色列人在西奈荒野裡立穩腳跟，得以重整旗鼓的時候，他們才回過神來，懺悔當初謀殺摩西的血腥行徑，並紀念摩西的事蹟和犧牲，在摩西的影響之下來重建他們的新宗教。用佛洛伊德的話說，這就是倖存者的創傷經驗。對此卡魯斯的闡釋是：

這一能力和回歸，以及猶太人歷史的開始，完全是透過一種創傷經驗方才成為可能。正是這一創傷，即摩西事蹟的忘卻和回歸，連接起了舊神和新

[178] Sigmund Freud, *Moses and Monotheism*, English trans. Katherine Jones (New York: Vintage Books, 1939), p. 62. See Cathy Caruth, *Unclaimed Experience: Trauma, Narrative, and History* (Baltimore: The Johns Hopkins University Press, 1996), p. 14.

神、出埃及的部族和最終成為猶太民族的部族。佛洛伊德的故事聚焦在創傷構成的出走和回歸的性質，將歷史的可能性重新定位在某種創傷性出發的性質之中，因此我們可以說，佛洛伊德最終用來探究歷史及其政治結果的中心問題便是：就歷史成為創傷的歷史而言，它究竟意味著什麼呢？[179]

卡魯斯認為，佛洛伊德在這裡並不是故作高深，用駭人聽聞的創傷策略來抹殺和歪曲希伯來歷史。特別是佛洛伊德書中把希伯來人的創傷歷史比作伊底帕斯情結，認為希伯來人壓抑謀殺記憶，就像伊底帕斯懼怕父親閹割自己，而不得不壓抑指向母親的性慾，這導致很多讀者認定這本書純屬信口開河，說它就是佛洛伊德本人無意識生活的寫照，是始終在糾纏著他的父親情結作祟，是以回歸也好，離別也好，說到底是意在辭別他的父親，辭別他的猶太教信仰。但是，假如細讀下去，事情遠不止那麼簡單。

卡魯斯比較了《摩西與一神教》第三章第一節中佛洛伊德提供的火車事故比喻：假定火車出事故了，有人驚嚇不小，卻沒有受傷，然後他離開了現場。可是之後的幾個星期裡，他精神和運動上出現嚴重病症，這當然是因為他在事故當中受了刺激。所以這人患了「創傷後壓力症候群」。在事故發生和病症第一次出現之間的那段時期，是「潛伏期」。雖然火車事故的創傷性精神官能症和猶太人殺了摩西，然後壓抑忘卻血腥暴行，記憶又甦醒過來，開始懺悔文飾這段歷史，兩者性質完全不同，但是它們有一個共同之處，那就是「潛伏」。對此卡魯斯表示這裡「潛伏期」的概念是最值得重視的。她指出：

火車事故受害人經驗中至關重要的，亦即事實上構成佛洛伊德這個例子裡核心隱秘的東西，與其說是事故發生之後的忘卻時期，不如說在於這

[179] Cathy Caruth, *Unclaimed Experience: Trauma, Narrative, and History* (Baltimore: The Johns Hopkins University Press, 1996), p. 15.

一事實，那就是車禍受害人在事故發生過程中，從未真正體驗到它的慘烈：如佛洛伊德所言，他「顯然沒有受傷」，離開了。因此創傷的歷史力量，不光是它被遺忘以後捲土重來，而更在於唯有在勢所必然的遺忘過程之中，以及透過遺忘，才第一次體驗到它。[180]

這是說，創傷自我意識的生成，與傷害事件本身相比較，潛伏期的因素更為重要，這是一段原始事件被忘卻、同時回憶受外力激發最終被孕育出來的時期。在卡魯斯看來，佛洛伊德對於猶太文化的創傷性理解，正是生成在他一次又一次與世界範圍反猶主義的不斷對抗之中。是以佛洛伊德會不遺餘力來論證摩西的謀殺不是孤例，而是人類遠古歷史上兒子反叛弒父的無意識再現，甚至嗣後基督教與猶太教分庭抗禮，耶穌被殺死後取代上帝成為信仰核心，也顯而易見是沾染上了這個血淋淋的伊底帕斯創傷情結。

五、左拉與火車創傷

美國創傷批評新秀，執教琳賽威爾遜學院（Lindsey Wilson College）的卡洛琳．史蒂文斯（Karolyn Steffens），在她題名為「作為創傷文化煉獄的現代性」的文章中，立足火車意象，分析了左拉（Émile Zola）小說《衣冠禽獸》（*La Bête humaine*）中的創傷寓意。《衣冠禽獸》是左拉《盧貢．馬卡爾家族》（*Les Rougon-Macquart*）小說系列的第十七部，1890 年出版，是一部描寫科學技術迅速發展導致個人心理失調的自然主義作品，當時就迴響巨大，1938 年被尚．雷諾瓦（Jean Renoir）改編為同名電影。

[180] Cathy Caruth, *Unclaimed Experience: Trauma, Narrative, and History* (Baltimore: The Johns Hopkins University Press, 1996), p. 17.

小說標題「衣冠禽獸」指的是天資聰穎的青年火車司機雅克．朗蒂爾。朗蒂爾因有歇斯底里遺傳因數，看到年輕女性每每會不由自主地戰慄起來，然後突如其來又心生殺機。左拉說，這些女性，朗蒂爾根本不認識她們，無冤無仇，但一旦發起病來，他就會失去理智，埋在心底裡的復仇感左右著他的行動，至於他對女性有什麼仇恨，他自己也說不清楚。也許這只能追溯到遠古時代，追溯到那個時期女性對男性的壓迫，甚至追溯到穴居時代女人對男人的欺騙。一次旅途中，車站副站長盧博逼迫妻子塞芙琳娜合謀殺死公司董事長格朗莫蘭，恰被朗蒂爾撞見，案後調查和法庭上，因為塞芙琳娜的一雙美目，朗蒂爾鬼使神差保護盧博夫婦避開了嫌疑。柔情似水的塞芙琳娜讓朗蒂爾欲罷不能，兩人很快墜入愛河，圖謀殺死討厭的盧博。卻不料朗蒂爾舊病復發，反而掐死了塞芙琳娜。小說結尾寫朗蒂爾與被他偷了女友的司爐佩克在時速六十公里的火車上扭滾成一團，最終滾下車去，兩人一起死於非命，被壓得血肉模糊。十八節車廂滿載著快樂高歌的法國炮灰士兵，在無人駕駛的「利松號」瘋狂火車牽引下，駛向普魯士戰場。

史蒂文斯認為《衣冠禽獸》戲劇性地將鐵路、現代性、創傷和左拉力推的科學心理學糾合在一起了。朗蒂爾內心在苦苦掙扎，拚命克制但見女性身體便不可遏制的舊病復發衝動，特別是對他情人塞芙琳娜的嗜殺欲望，結果卻終難逃脫毀滅悲劇。小說情節發生在巴黎到勒阿弗爾之間的鐵路上，左拉為了細節描寫的真實，專門耗時數月深入鐵路考察，以至於朗蒂爾駕駛的那輛火車利松號（La Lison），當仁不讓就成了嗣後「火車創傷」中的範例。史蒂文斯引了小說中的這一段文字：

這麼多人！還是那一群人，那個一望無際的人群，周遭車聲隆隆、火車長鳴、電報嗒嗒、鐘聲噹噹！就像一個巨大的身體，一個巨人頭枕巴黎，脊椎順鐵軌延伸，四肢張開如條條支線，手腳是在勒阿弗爾和其他終點。它向前、又向前，機械刻板、揚揚得意，以數學般的精確一頭衝向未來，一意孤行，視而不見兩旁人類生活的其他部分，那是目不可見然而悠久不息的生活，帶著永恆的熱情、永恆的罪惡。[181]

這段話在史蒂文斯看來，結合了現代性的兩個象徵：人群和鐵路，將之融合進一股乖張任性的邪惡力量，完全無視其他鮮活的個體生命，一筆勾銷時間和空間的限制。是以小說中火車車禍血肉模糊的可怕描寫，也活脫脫就是現代性創傷的一個寫照。誠如左拉透過小說人物之口的評論：這個發明了不起啊，沒什麼可說的，人類在飛快前進，越來越聰明。野獸依然是野獸，不管人類發明什麼先進機器，野獸依然如故。現代性由此見證了血淋淋的殺戮本能，利松號就是它的象徵：

左拉以鐵路來代表他對現代性的客觀觀察，將這觀察同時延伸到個人和社會層面的心理動因上面。故此，利松號的毀滅潛能變成為朗蒂爾謀殺本能的一個象徵，小說高潮他刺殺塞芙琳娜，發生當下正值「巴黎號快車呼嘯而過，狂野不羈、迅疾如風，以至於大地也在震顫；她一命嗚呼，彷彿暴風雨中突遭雷擊」。[182]

史蒂文斯進而的分析是，就像 19 世紀醫學將創傷後壓力症候群歸結為遺傳基因，左拉筆下的朗蒂爾也相信他是父債子還、祖債孫還，是在給酗酒無度的父輩和祖輩償還孽債，是原始的獸性要將他拉回叢林，混跡於專門吞噬女性的野狼之中。所以不奇怪，左拉是佛洛伊德情有獨鍾的小說家之一，左拉對朗蒂爾的心理描寫，這樣來看，就是典型的記憶喪失症和

[181] Karolyn Steffens, “Modernity as the Cultural Crucible of Trauma”, in *Trauma and Literature,* ed. J. Rogen Kurz (New York: Cambridge University Press, 2018), p. 45.

[182] Karolyn Steffens, “Modernity as the Cultural Crucible of Trauma”, in *Trauma and Literature,* ed. J. Rogen Kurz (New York: Cambridge University Press, 2018), p. 46.

精神官能症的個案分析。主人公在人性和獸性之間苦苦掙扎，所導致的不光是個人悲劇，同樣也是社會悲劇。史蒂文斯特別強調了小說結尾的描寫：史蒂文斯跟司爐打鬥，雙雙斃命，無人駕駛的列車繼續奔馳，彷彿煥發了青春，車速快得驚人，茫茫黑夜裡，年輕的炮灰士兵擁擠在車廂裡，如醉如痴，大聲高唱，奔赴普法戰爭。這是一輛魔鬼列車，就像一頭大野豬，橫衝直撞，壓死幾名行人，幾乎撞翻一臺實驗火車，它毫不在乎，像一隻既瞎又聾的野獸奔向死神王國，一次又一次鑽進茫茫黑夜，不知跑到什麼地方去了。

左拉以火車和鐵路為背景來展開《衣冠禽獸》的故事敘述，有其時代背景。19 世紀火車事故頻發，造成的傷害並不止於肉體，更有心理和精神上的持續傷痕。火車創傷後遺症的象徵是鐵路脊椎（railway spine），顧名思義，它指的是火車事故對脊椎和大腦帶來的無可彌補的後遺創傷。鐵路脊椎作為 19 世紀火車事故後遺症的典型症狀，在史蒂文斯看來，它是早期現代性創傷症候群的代表意象。在〈作為創傷文化煉獄的現代性〉一文中，史蒂文斯也整理交代了相關線索。1856 年，丹麥裔英國外科醫生約翰．埃里克森（John Eric Erichsen）出版的《論鐵路和神經系統的其他傷害》（*On Railway and Other Injuries of the Nervous System*），應是第一部有關鐵路脊椎相關症狀的大部頭著作，鐵路脊椎因此也得別稱為埃里克森病。但是埃里克森和 19 世紀醫學家都將火車創傷看作機體傷害，尚未與心理學和精神分析連繫起來。19 世紀不但出產鐵路脊椎，同樣見證了數不勝數的暴力、戰爭、死亡和種種其他事故。只是這些事故的創傷後遺症，初時診斷都還局限在物理和身體傷害上面，其深入探究向社會文化、技術、政治和經濟方面延伸，還有待時日。

鐵路脊椎與心理和精神分析連繫起來，同樣具有鮮明的社會背景。當其時，經常有人找到鐵路部門，說在火車事故中受了傷害，可是身體上沒有傷口。鐵路方面因此拒絕賠償，認為是欺騙作假。所以鐵路脊椎究竟僅僅事關肉體，還是一樣牽連到精神，首先具有臨床的意義。英國醫生赫伯特·佩奇（Herbert Page）和法國精神病學家讓 - 馬丁·沙可，被公認在鐵路脊椎治療由生理向心理側重的過渡中，擔當了領軍角色。1952 年《英國醫學雜誌》（*BMJ*）上刊登了英國心理學家米萊斯·卡爾平（Millais Culpin）的一篇文章〈一些被遺忘的片段〉，作者回顧「一戰」期間士兵的炮彈休克症（Shell-Shock），然後講到有一天他收到赫伯特·佩奇的一封來信，兩人因此見了一面。佩奇 1892 年出版的《鐵路事故》，專門分析火車創傷，但是談到鐵路脊椎的治療問題，卻聲稱他當時對心理學其實還是一無所知。由此可見火車創傷從物理到心理的認知，並不是精神分析家天馬行空、異想天開，而是有著切實的臨床實踐基礎的。佩奇本人是現代創傷理論的開拓者。他認為所謂的鐵路脊椎，實際上是一種精神休克，表達了恐懼因數：

> 鐵路事故導致的這一巨大的精神休克，在導致直接崩潰的因由中，占據了很大部分，許多病例中甚至是唯一因由。鐵路事故的後遺症相當嚴重，一如事故發生之後我們所見，甚至更為嚴重。[183]

精神休克而非身體傷害，是火車創傷的主要因由，這個命題代表著 19 世紀末葉，醫學界終於開始重視起了創傷的精神內涵。讓－馬丁·沙可後來將佩奇的創傷研究引入法國，把火車事故和歇斯底里連繫起來。佩奇認為火車創傷後遺症不是脊椎受傷引起的生理病症，而必涉及深層的精神情緒狀態。沙可改造佩奇的理論，認為歇斯底里就像鐵路創傷，它是如此巨大，有時候，甚至就是直接崩潰的唯一原因，導致病人長達數月的生活失

[183] Herbert Page, *Railway Injury* (New York: William Wood, 1892), p. 36.

調。沙可特別強調了佩奇理論中的恐懼因素，指出它們對於病人的影響，甚至勝過傷口本身。不過在史蒂文斯看來，雖然佩奇和沙可奠定了創傷精神分析的基礎，兩人終究還是主要局限在從生物學和功能方面來定義創傷。現代創傷研究的發軔之作應是佛洛伊德的《超越快樂原則》。再往上推，早在 1895 年，佛洛伊德的《歇斯底里研究》（*Studies on Hysteria*），也已經談及外部創傷的理論因由問題。

史蒂文斯特別注意到《衣冠禽獸》的結尾，認為左拉這部小說，最後站在 1890 年的高度，來回顧診斷普法戰爭的瘋狂起因，將其視為現代社會的一個警示：就像朗蒂爾受困於遺傳疾病，現代社會喪心病狂的戰爭暴力，也都可在人類社會原始時代的本能衝動中去追究因由。故而小說不僅在警告人性的退化，而且預示了無意識的崛起：

> 說到底，《衣冠禽獸》是以文學改編了 19 世紀醫學對遺傳的重視，預演了無意識的崛起。小說最後火車滿載著渾然不知的青年士兵，瘋狂穿越死亡原野的意象，既是第一次世界大戰大屠殺的先兆，也是彩排了佛洛伊德《文明及其缺憾》（*Civilization and Its Discontents*, 1930）中的集體本能解析。[184]

這個現代社會的集體本能無疑是令人悲哀的，它毋寧說就是資本主義文明的一種創傷性本能。從凱西．卡魯斯《不被承認的經驗》這部創傷批評的開山之作來看，無論是作者對佛洛伊德《摩西與一神教》、雷奈（Alain Resnais）和杜拉斯（Marguerite Duras）《廣島之戀》（*Hiroshima Mon Amour*）的作品分析，還是對德曼和拉岡理論的解構閱讀，都清晰顯示了這一點。創傷作為歷史的一種必然，就像德曼當年的著名文章《理論的抵抗》（*The Resistance to Theory*, 1982），表面上是在呼籲抵抗理論、排

[184] Karolyn Steffens, "Modernity as the Cultural Crucible of Trauma", in. *Trauma and Literature*, ed. J. Rogen Kurz (New York: Cambridge University Press, 2018), pp. 47-48.

斥理論、否定理論，實際上恰恰是論證了理論的無所不在、無孔不入。理論如此，創傷亦然。而文學聯姻創傷，便是在可見與不可見、可知與不可知，以及可追憶和不可追憶之間，喚醒一個時代的創痛意識。

六、《科學怪人》創傷分析

1814 年瑪麗．雪萊（Mary Wollstonecraft Shelley）沿萊茵河漫遊德國，一路聽聞許多煉金術故事，後來又跟她的男友，日後的夫君珀西．雪萊（Percy Bysshe Shelley）以及拜倫來到日內瓦，再度聽聞許多電擊肌肉復活的神祕奇譚。三人當時約定構思恐怖故事，看誰有本事寫得讓人魂飛魄散。可惜珀西．雪萊和拜倫動爵詩名太大，終究是意興闌珊，不了了之，唯獨時年十八的瑪麗．雪萊堅持了下來，乃有志怪小說的名篇《科學怪人》（*Frankenstein; or, The Modern Prometheus*）面世。這果不其然就是讓人魂飛魄散的恐怖小說。它表現的雖然不是作者本人的創傷經驗，可是年輕科學家走火入魔，創造出一旦啟動便不復為其主人控制的怪物，在當代創傷批評看來，也是變相預言了一種現代性的創傷。

英國文學批評家、任教樸茨茅斯大學的朱利安．沃爾夫雷斯（Julian Wolfreys）從創傷批評視角，對 19 世紀著名志怪或者說哥特小說《科學怪人》的創傷分析，也引人注目。沃爾夫雷斯在其〈創傷、目擊、批評：意願、記憶與責任〉一文中，分別引了卡魯斯與齊澤克的兩句話作為題記。卡魯斯的話是：

> 歷史成為一種創傷的歷史，意味著它指的恰恰是當其時沒有被充分意識到的東西，或者換一種說法，歷史唯有在無從琢磨其發生之時，方能得以掌握。

齊澤克的語錄是：

為對付創傷，我們求諸符號。[185]

進而視之，沃爾夫雷斯發現，創傷批評見當時之未曾見、言當時之未能言的主題，還與德希達的解構策略有密切連繫。如德希達《另一個航向：反思今日之歐洲》（*The Other Heading: Reflections on today's Europe*）中所說的倫理、政治和責任除非源起「謎點」（aporia）經驗，別無其他可能，所以他們都是不可能的可能性。他還引美國女性主義批評家、創傷批評的另一位旗手肖珊娜·費爾曼（Shoshana Felman）《證詞：文學、精神分析與歷史中的見證危機》（*Testimony: Crises of Witnessing in Literature, Psychoanalysis, and History*, 1992）一書的說法，稱我們是「生活在一個證詞的時代」，換言之，即納粹大屠殺、廣島和越南的時代。自然，還應該加上「911」事件。而牽涉其中的創傷經驗，絕非僅憑理性能夠陳述清楚。

沃爾夫雷斯肯定了卡魯斯對佛洛伊德創傷經驗強制重複特徵的拓展分析。他指出，塔索史詩中唐克雷蒂場景深深打動批評家的地方，不光是唐克雷蒂的絕望覺悟，還有樹幹傷口裡傳出的克羅琳達的哭聲。所以卡魯斯沒有說錯，唐克雷蒂心上人的哭聲，見證了他無意中重複的過去。這個故事因此是表現了雙重的創傷經驗：一方面，誠如佛洛伊德已經認可的，創傷是某人無意之間重複行為的一個啞謎；另一方面，卡魯斯則從中發現了另一種人類聲音，它見證了當事人懵懂無知的真相。故而深入理解創傷閱讀和創傷寫作，我們必須牢記卡魯斯的建議，那就是去聆聽、求知和再現。這是說，涉及創傷主題的批評閱讀，以及相關的文學和電影寫作，就

[185] Julian Wolfreys, "Trauma, Testimony, Criticism: Witnessing, Memory and Responsibility", in *Introducing Criticism at the 21st Century*, ed. Julian Wolfreys (Edinburgh: Edinburgh University Press, 2002), p. 126.

勢必要在挖掘和分析見證的同時，來挑戰和質詢我們的見證。沃爾夫雷斯認為，這和齊澤克的看法也是殊途同歸。他引了齊澤克《論信仰》(*On Belief*) 中的一段話：

> 創傷概念和重複概念之間，有一條天生的紐帶，它見於佛洛伊德的名言，人若記事不清，便注定重複以清。創傷從定義上說，是人記憶不清的東西，即是說，透過使它成為我們符號敘述中的一個部分，來回憶它。如是，它朦朦朧朧地重複自身，捲土重來，魂牽夢縈糾纏住當事人 —— 更確切地說，不斷在重複自身的，恰恰就是這一無能為力，無能為力來準確地重複／回憶創傷。[186]

創傷的原始事件難以確切還原，而這也恰恰致使噩夢莫名、頻頻重複襲來，在沃爾夫雷斯看來，齊澤克上面這段話，正是言中了我們思維中自我與他者之間的劇烈斷層結構。創傷是一段塵封的記憶，它就塵封在我們的無意識裡。

由此我們可以來看沃爾夫雷斯對瑪麗·雪萊 1818 年出版的著名妖怪兼先驅科幻小說《科學怪人》的閱讀。小說的情節是眾所周知的，這是天才姑娘瑪麗·雪萊知名度僅次於《咆哮山莊》的哥德式小說，倘若《咆哮山莊》也可以被歸入這一文類的話。小說是書信體裁，但是敘述人始終如一，他不是別人，就是怪人的創造者、青年科學家維克多·法蘭克斯坦（Victor Frankenstein）。雖然這個名字，後來甚至陰差陽錯，被指代到了怪物自身上面。維克多·法蘭克斯坦出身在那不勒斯的一個日內瓦富貴人家，求學於德國南部多瑙河畔的英戈爾施塔特大學。小說寫他化學出眾，迷醉於生命起源，相信憑藉知識累積，透過屍體最健全部分的嫁接拼合，

[186] Slavoj Žižek, *On Belief* (London: Routledge, 2001), pp. 36-37.

注入科學能量，可以起死回生，創造生命。年輕的科學家夜以繼日，鍥而不捨，終於大功告成，一個高達240公分的科學怪人，活生生矗立在他面前。怪人面目猙獰，心底裡卻在企盼著愛，不料想竟讓大驚失色的造物主維克多心生厭惡。半年後，家鄉傳來消息，兄弟威廉死於非命，僕人又被機巧嫁禍，上了絞架。須臾怪人現身，傾訴孤獨，命法蘭克斯坦再造一異性與其相伴，不然就殺死他所有親朋好友。法蘭克斯坦無奈從命，卻尋思這怪人如此邪惡，再造一個配偶，代代繁衍下來，豈不給人類帶來無窮禍害，乃在成功之際，又肢解了作品。一路跟蹤到英國的怪物目擊之餘，賭咒發誓「婚禮上見」。好友克勒瓦爾再度死於非命後，婚禮上法蘭克斯坦全副武裝，搜尋怪物，卻被怪物尋隙掐死了新娘。可憐的科學家天涯海角追蹤怪物復仇，直抵北極，終因精疲力竭、不抵嚴寒，奄奄一息，被於此探險的沃爾頓船長搭救。法蘭克斯坦講完怪物故事，與世長辭。

沃爾夫雷斯指出，維克多．法蘭克斯坦殫精竭慮造出來的是人又不是人，實際上是一個人形怪物，它是在不斷警醒我們自我觀念內部的一種他異性。是以瑪麗．雪萊處心積慮暗示，她的這個故事並非一派胡言，在科學上也並非全無可能，因為它至少揭示了我們的想像可以達到怎樣一種地步。換言之，這個故事在心理和想像層面上的理解，要比它所提供的科學和現實知識珍貴得多。對此沃爾夫雷斯的評價是，我們在這裡一方面見證了物理與精神世界之間轉移過程的獨特寫照，另一方面也見證了這寫照其實無力表達出認知論的危機。這就是說，《科學怪人》面對當時風起雲湧的「新」科學帶來的認知論危機，打通外部物理空間和內部心理空間，表達出一種創傷的文化經驗。創傷發生在自我與他者之間，兩者的肉身分別是青年科學家法蘭克斯坦和他痴迷科學、走火入魔創造出來的怪物。這個他者原是自我一手炮製出來，然而一旦出籠，便不復為自我能夠制約，反而上天入地噩夢般追蹤起了自我，一如怪物形影不離地跟蹤著他的造物主。這一作為重複強制的創傷情結，在小說的結構上表現得也非常明顯。這是一部以見證人視角且由見證人本人開講故事的作品。不但以第一人稱敘述，而且重複敘述。如怪物不平自己誕生後遭遇的孤獨和歧視，小說就安排了重複敘述的場景，一次是在日內瓦，怪物殺死威廉後向法蘭克斯坦交心；另一次是在北極，小說結尾怪物在法蘭克斯坦死後，對沃爾頓船長作身世交代。你來我往，跟蹤追擊，不為別的，只為創傷復仇。無怪乎沃爾夫雷斯說：

> 維克多·法蘭克斯坦可能擁有科學知識，但是他不明白自己做了什麼；他對自己行為的意義一無所知，所以他被自己製造的怪物幽靈窮追不捨。同樣，小說敘事只有透過形形色色的複製和重複，方能傳情達意。其素材上內部和外部無以彌合的裂縫，其持續不斷在提醒主體的分裂，都在以一個特殊的聲音，宣告著現代性的創傷。[187]

這還是凱西·卡魯斯建構的批評模態：創傷作為無人認領的、不被承認的被壓抑事件，它永遠是我們無意識之中一個無以解開的心結，我們的一切日常語言和日常經驗，將莫不籠罩在它的陰影之下。

沃爾夫雷斯認為，上述現代性的創傷，是敘事人的創傷也是讀者的創傷。身為造物主的敘事人憑藉科學造出他者，一個傷痕累累被棄之如敝屣的怪物，卻無法對他負起責任。讀者也同步為之心悸。這個怪物太不像人類，又太像人類，這都是我們如飢似渴的科學夢種下的創傷嗎？小說的敘事人當時渾然不知，過後頻頻慘食惡果，卻依然未解創傷的根本因由。現

[187] Julian Wolfreys, “Trauma, Testimony, Criticism: Witnessing, Memory and Responsibility”, in *Introducing Criticism at the 21st Century*, ed. Julian Wolfreys (Edinburgh: Edinburgh University Press, 2002), p. 142.

代人的這一創傷困境，沃爾夫雷斯發現甚至在馬克思《資本論》中已經有跡可循。《資本論》的第一句話是，「資本主義生產方式占統治地位的社會的財富，表現為『龐大的商品堆積』」，[188] 這個「龐大的商品堆積」，豈不同樣是個一旦被人類創造出來便不再為其主人控制的怪物？

要之，創傷無所不至，如影隨形地追隨著我們，它究竟可以如何書寫出一個更為清晰的生理和心理譜系來？功名、利祿、商品、資本，乃至今天的智慧，這些一旦出籠便不再為它們的主人隨心駕馭的「怪物」，是不是多少可以讓人們聯想到當年法蘭克斯坦欲罷不能的科學情結？佛洛伊德斷言創傷經驗永遠追隨著我們，似乎不是駭人聽聞。

[188] 馬克思：《資本論》第 1 卷，《馬克思恩格斯文集》第 5 卷，人民出版社，2009，第 47 頁。

第八章 空間批評

一、空間批評的前奏

「空間批評」作為當代西方一種前沿文學理論，本身還沒有得到明確命名。有鑑於此，本書願意借用德希達當年《論文字學》（*Derrida's of Grammatology: An Edinburgh Philosophi*）中給予他的「文字學」的一個學科說明。德希達說，「文字學」（Grammatologie）迄今還是一個沒有影子的東西，但是此刻給它命名，讓它有了一個名字，有名字就有了學科的發展潛能。故而我們同樣可以說，空間批評（spatial criticism）還不是一個約定俗成的術語，但是我們在這裡為它命名，希望空間批評有了名稱，也就能夠開啟自己光明的學科前景。

但是「空間批評」並不是空穴來風，它的理論背景是過去四分之一個世紀裡異軍突起、影響波及人文學科各個領域的「空間轉向」。它的影響是如此之深廣，以至於有人高談現代性的關鍵字是咄咄逼人的「時間」，後現代性的關鍵字則是兼收並蓄的「空間」。雖然後現代話語中這個也標舉轉向，那個也標舉轉向，大有讓人應接不暇之勢，但是自列斐伏爾（Henri Lefebvre）《空間的生產》被譯介到英語世界，空間理論風起雲湧，波及哲學、地理學、都市規劃、文學、建築、社會學等領域，亦為大勢所趨。由此來看文學批評與空間理論的連繫，它顯示的除了文學和文化地理學的聯姻可能，使地方和空間在社會媒介中見到新的意義，還可以有更多的象外之意和言外之音。當現代都市空間經驗從穩定一統向多元流動變遷，文學的理解不可能無動於衷。

一個例子是2008年美國地理學家沃爾夫．巴尼（Warf Barney）和阿麗亞斯（Arias Santa）主編的《空間轉向：跨學科視野》（*The Spatial Turn: Interdisciplinary Perspective*）一書。這部文集收入各家各路學者空間論文計 12 篇。它提醒讀者「空間轉向」如何在後現代社會中占據舉足輕重的地位，因為它早已是一個不言自明的事實，進而抽絲剝繭，不厭其詳，深入解析了空間方法在各個具體學科中的應用。編者序言中引了大衛·哈維的名言以為題記：「地理想像是精神生活中一個無所不在、太為重要的事實，已不可能僅僅是地理學家們的專利。」序言說，人文地理學過去二十年間歷經深刻的觀念和方法論復興，業已成為社會科學中最有創新活力和影響力的學科之一。其直接結果，便是在文學與文化研究、社會學、人類學、政治學、歷史學以及藝術史諸領域內，空間意識愈益突顯出來，而使空間、地方、地圖繪製這類地理學的考量，成為文化生產的一個基礎部分：

> 而在另外一些方面，空間轉向則更具有實質意義，涉及這個術語的重新闡釋和空間性的意義，以提供一個新的視野，其間空間與時間可以一視同仁來解讀人事展開，並且地理學不是被降格為社會關係的一種馬後炮，而是密切參與了社會關係的建構。地理學的重要性，不在於它清楚地表明了萬事發生於空間之中，而是在於發生的「地點」，對於了解它們「如何」發生、「為什麼」發生，是舉足輕重的。[189]

這一空間轉向的方法如何波及人文學科的方方面面，流覽該文集的目錄便見端倪，12 篇文章不但指向社會生活與社會運動，還包括空間與網絡、空間與宗教、空間與社會學、空間與比較政治學、空間與性、空間與民族志後殖民分析等一系列新進話題。要言之，空間已不復僅僅是一個標語、一個口號，空間的分析勢必成為人文學科的一種基礎方法，因而，成為文學批評的一種基礎方法。

[189] Barney Warf and Santa Arias (eds.) *The Spatial Turn: Interdisciplinary Perspective* (London: Routledge, 2008), p. 1.

空間與文學發生勾連早有先例，法國作家布朗肖的理論著作《文學空間》1955 年即已面世。但該書中的「空間」概念主要指作家自己的寫作世界，討論地理和社會空間的部分不多。兩年之後，法國哲學家加斯東．巴什拉（Gaston Bachelard, 1884-1962）出版《空間的詩學》（*The Poetics of Space*），這本書對於今日方興未艾的空間文學批評來說，代表著一個開拓性的先驅時代。巴什拉反對法國源遠流長的孔德實證主義批評，宣稱要用現象學的精神來敘述詩學。該書開篇就說：

> 一個哲學家，如果他的整個思想都是圍繞科學哲學的基本問題而形成的，他曾一度如此堅定不移地追隨主動的理性主義，即當代科學中日益興盛的那種理性主義，那麼當他想要研究詩歌想像力所提出的各種問題時，就必須忘掉他的知識，擺脫他所有的哲學研究習慣。[190]

這個一旦哲學家來談詩，必須首先忘卻的既往知識，即「他所有的哲學研究習慣」，不是別的，就是隸屬於時間的因果關係。因果關係是傳統哲學的基石，但是在巴什拉看來，它不足以擔當「空間詩學」的基礎，因為它阻礙了一個最重要的現實，那就是詩在心理上常新不敗的創新態勢。因果關係作為長期形成的科學思維方式，必要求將一切新見納入已然經過檢驗的觀念體系中去。而詩的哲學恰恰相反，它承認寫詩沒有過去，至少沒有緊密相連的過去可以讓人追蹤它的醞釀和完成過程，一切都是現在。換言之，空間將替代時間，成為這個新詩學的關鍵字。

巴什拉解釋了空間詩學中新穎的詩歌形象，與無意識深處沉睡之原型的關係。他指出，這一關係首先肯定不是嚴格的因果關係，詩學形象不是過去的回聲。正相反，恰恰是因為形象突然亮相的巨大聲響，遙遠的過去

[190] 加斯東．巴什拉：《空間的詩學》，張逸婧譯，上海譯文出版社，2009，第 1 頁。

才傳來回聲。這個回聲可以用現象學的方法來加以考察，同因果律基本無甚相關。詩人並沒有給我們提供他詩歌形象的過去，然而他的形象卻立刻在我們心裡扎下了根。這是什麼緣故？巴什拉的回答是，從哲學上來說明詩歌形象的這一問題，必須背離傳統研究方法，求諸想像力的現象學。簡言之，致力於探討當形象在意識中浮現，作為心靈、靈魂、人的存在的直接產物，如何在它的現實性中被掌握。

巴什拉認為，詩的形象具有一種「跨主體性」（trans-subjectivité），非表情達意的習慣模式可以理解。只有現象學，即在個體的意識中考察形象的起源，方才有助於重建形象的主體性，繼而估價形象的跨主體性，範圍、力量和意義。這絕非一日之功。因為詩歌形象從根本上說是流動不居的，不似哲學概念那樣建構有定。進而視之，在詩歌形象層面上，主客分野被重新界定，彼此映射，來回顛倒。這毋寧說是一種微觀現象學，一方面是轉瞬即逝的純粹主體性，一方面是未必是完整構造的實在性，兩者之間經由形象聯合起來，其間可發現一個充滿無數經驗的領域。對此理性是無法來作充分圓滿解釋的。概言之，形象先於思想。那麼，形象對於批評家來說意味著什麼？巴什拉稱形象是一個邏各斯事件，不應被當作「對象」看待。以往批評家的「客觀」態度，恰恰是窒息了形象的「迴響」，忽略了詩歌現象所由以出發的原處深度。對於心理學家而言，他被共鳴震聾了耳朵，只顧描述自己的情感。精神分析學家要深入一步，他能夠理解和掌握形象。但是理解和掌握又導致理性化，結果就是把形象翻譯成為不同於詩的邏各斯的另一種語言。一如諺語所言：「翻譯就是背叛。」所以事實是，巴什拉強調說，當我們面對一個新的詩歌形象時，我們體會到它的交互主體性，透過重新闡述來傳遞我們的情感。故詩歌形象不屬於因果關係研究，傳統的文學批評，無論是社會學的也好，心理學的也好，精神分析學的也好，都有所偏悖，應當引入哲學思考，特別是現象學的空間思考。所以：

> 我們的探索目標是確定所擁有空間的人性的價值，所擁有的空間就是抵禦敵對力量的空間，受人喜愛的空間。出於多種理由，它們成了受到讚美的空間，並由於詩意上的微妙差別而各不相同。它們不僅有實證方面的保護價值，還有與此相連的想像的價值，而後者很快就成為主導價值。被想像力掌握的空間不再是那個在測量工作和幾何學思維支配下的冷漠無情空間。它是被人所體驗的空間。它不是從實證的角度被體驗，而是在想像力的全部特殊性中被體驗。[191]

擁有人性價值的空間也好，受人喜愛以及受到讚美的空間也好，它們說到底都是詩所推舉的形象的空間。形象因此具有本體論的價值，涉及內與外的辯證法。對此巴什拉所舉的著名例子，便是家居的詩學。

《空間的詩學》第一章討論的就是家居的空間詩學意義。作者第一句話就是，對於內部空間內心價值的現象學研究，家居很顯然是最合適的存在。家居不能只當作「對象」，問題不在於描述家居，分析它的各種面貌和舒適因素。相反應當由表及裡，深入到認同感產生的原初特性。比如，我們常說，家居是我們最初的宇宙。它的確就是宇宙，包含了這個詞的全部意義。從內心角度來看，最簡陋的居所不也是美好的嗎？難道不是多有熱衷描寫「陋室」的空間詩學嗎？但巴什拉認為這還不夠，那是輕描淡寫了。他指出，這些作家大都沒有在陋室裡真正居住過，沒有真正體驗過它的原初性。而這一原初性是屬於每個人的，無論他富有或貧窮，只要他願意夢想。而當我們成年以後，人與宇宙的關係開始疏離，以至於我們不再

[191] 加斯東・巴什拉：《空間的詩學》，張逸婧譯，上海譯文出版社，2009，第 23 頁。

感受到對家居這個宇宙的原初依戀。這就是現代人的悲哀。居住空間的價值，由此成為一個保護著自我的非我。我們在居所之中，居所也在我們之內。我們詩意地建構家室，家室也在靈動地建構我們。由此文學可從中見到一種毋庸置疑的交互主體性。空間不復是沒有生命的容器，而成為人類意識的居所。巴什拉這一空間詩學的思想，對阿圖塞、傅柯、德希達、多明尼克·勒古等一整代法國哲學家，以及布赫迪厄等社會學家產生了廣泛影響。

列斐伏爾 1974 年出版的《空間的生產》中，已經注意到傅柯《知識考古學》（*L'Archéologie du Savoir*）裡也談到了空間。但列斐伏爾寫作此書時，顯然還沒有讀到傅柯後來的空間熱情，稱傅柯沒有解釋清楚他所說的空間到底是指什麼，以及它如何溝通理論領域和實踐領域。傅柯本人早在 1967 年就做過題為「他種空間」（Des espaces autres）的專題講演，雖然講演的刊布已是傅柯去世同一年的 1984 年了。傅柯說，空間在當今成為理論關注的對象，並不是新鮮事情，因為我們時代的焦慮與空間有著根本關係，比與時間的關係甚至更甚。傅柯耿耿於懷於今天我們的生活依然是被一系列根深蒂固的二元對立所統治，諸如私人空間／公共空間、家庭空間／社會空間、文化空間／實用空間、休閒空間／工作空間等。這在很大程度上預言了今日全球城市化過程中出現的種種問題。傅柯還引加斯東·巴什拉《空間詩學》裡的描述：我們並非生活在一個均質的空洞的空間裡，相反我們的空間深深浸潤著各種特質和奇思異想，它或者是亮麗的、輕盈的、明晰的，或者仍然是晦暗的、粗糙的、煩擾的，或者高高在上，或者深深塌陷，或者是湧泉般流動不居的，或者是石頭或水晶般固定凝結的。傅柯認為，巴什拉的分析雖然很深刻地反映了我們的時代，但還是主要涉及內部空間，而我們同樣希望討論外部空間。

傅柯曾嘗試撰寫一部關於空間歷史的「地緣政治學」。但是他的「他種空間」的演講以及其他相關文獻，廣泛影響是在他身後發生的。其結果是空間不再被視作靜態的、中性的、純然由地理氣候因素釋義的外在客體，而被重新認知為社會關係不可或缺的構成部分，關涉資本擴張、權力再造與體制自我維持的至關重要的社會角逐場。在一次題為「空間、知識、權力」的訪談中，傅柯這樣強調過空間的重要性：「空間是任何公共生活形式的基礎。空間是任何權力運作的基礎。」[192] 換言之，空間、知識、權力的三位一體最終與後現代思潮的理性主義批判有著千絲萬縷的連繫。在被問及怎樣看待後現代主義時，傅柯的回答是，從 18 世紀起，哲學與批判思想的中心問題一直是、目前是、將來也將是：我們使用的理性到底是什麼？它有什麼危險和限制？傅柯稱這是一個最重要也極難解決的問題。而假如認為理性是我們的敵人，而應予驅除又是極端危險的看法，那麼這危險充其量不過是批判理性會使我們陷入非理性的同樣的危險而已。對此傅柯指出，非理性其實也是理性的一種形式。如種族主義就是建立在社會達爾文主義的理性上面，後來它變成納粹最持久的非理性的有力支柱之一。故假如說知識分子在這裡可以發揮什麼作用，或者說哲學在批判思想中有什麼作用的話，那麼毋寧說就是清楚認識到理性的必然性和不可或缺性，以及可能帶來的種種潛在的危險。而這一切，毫無疑問都是在空間的基礎上展開的。很顯然，傅柯的空間理論與克莉斯蒂娃、德希達和羅蘭．巴特的相關學說多有交叉，由此形成一個後結構主義的空間轉向。

可以說，傅柯下傳的是與他的本國同胞列斐伏爾迥異其趣的另外一個空間批評傳統。傅柯在《他種空間》、《權力的地理學》，以及《空間、知

[192] 福柯：《空間、知識、權力》，載包亞明主編《後現代性與地理學的政治》，上海教育出版社，2001，第 13 － 14 頁。

識、權力》等文獻中闡述的異托邦（heterotopia）思想，被後來者賦予多元空間的後殖民解讀和性別解讀；《規訓與懲罰》一書中對 18 世紀中期以來刑罰機制現代變革的分析，以及他對圓形監獄全景機制下空間、身體、權力之關係的系統考察，都啟發了對社會空間與主體認同的新認知。

《規訓與懲罰》一書中，傅柯開篇就不厭其詳，細數 18 世紀以降，作為「公共景觀的酷刑」如何慘不忍睹地撕裂肉體。該書第三部分第一章〈馴順的肉體〉中指出，規訓即紀律首先要從對人的空間分配入手。為此，傅柯認為西方現代理性社會的規訓策略，使用了以下數種技術：其一是一個封閉的空間，作為貫徹紀律的保護區。這方面有昭然若揭的對流浪漢和窮人的大「禁閉」，也有更為隱蔽和卓有成效的禁閉措施，甚至修道院模式的寄宿制大學、中學，也被歸入這一類型。其二是根據單元定位和分割原則，以更靈活、更細緻的方式來利用空間，中世紀的修道院密室，是這一模式的原型。其三是將不同用途的空間分門別類，一些特殊空間不但用於監督，而且用於創造新的空間，如 18 世紀末葉法國工廠的現場設計。最後，各種因素相輔相成，達成規訓目的。對此傅柯舉了耶穌會大學效法羅馬軍隊「十人團」編制，將學生在校的座次和位置，學生每週、每月、每年獲得的名次等等，不斷在既定空間中移動的例子，進而評論說：

這種系列空間的組織，是基礎教育的重要技術變動之一。它使得傳統體制（每個學生受到幾分鐘教師的指導，而其他程度不一的學生無事可做、無人照顧）能夠被取代。它透過逐個定位因而有可能實現對每個人的監督並能使全體人員同時工作。它組織了一種新的學徒時間體制。它使教育空間既是一個學習機器，又是一個監督、篩選和獎勵機器。[193]

[193] 福柯：《規訓與懲罰》，劉北成、楊元嬰譯，生活．讀書．新知三聯書店，2003，第 166－167 頁。

在傅柯看來，西方現代世界形成的歷史，同樣也是一部空間轉化的歷史，故而必須在權力、知識和肉體的關係之中，來分析現代社會的轉型。

該書為人引述最多的，無疑是作者轉引的英國哲學家邊沁（Jeremy Bentham）全景式監獄的建築理念。它不妨說是肉體在空間中的一種定位。這個身體為權力所規訓的定位，在傅柯看來無所不在。不僅是監獄，醫院、兵營、工廠和學校亦然。由是觀之，資本主義的現代性空間，不啻是一個規訓和懲罰的大監獄。傅柯的這一思想，直接導致了以史蒂芬·格林布拉特（Stephen Greenblatt）為代表的新歷史主義批評對文藝復興戲劇的重新解讀。格林布拉特本人在莎士比亞《暴風雨》（*The Tempest*）中通力破解權力關係，讀出普洛斯庇羅（Prospero）對卡利班（Caliban）的無情殖民，即為一例。傅柯的權力－空間地緣政治學，後來也演繹為性取向－性別建構的主體性空間對峙。這一方面，大衛·貝爾（David Bell）等的《繪製慾望：性的地理學》（*Mapping Desire: Geog Sexuality*）、R. 朗赫斯特（Robyn Longhurst）的《身體：探索流動的邊界》（*Bodies: Exploring Fluid Boundaries*）、琳達·鐘斯頓（L. Johnston）等的《空間、地方和性：性別地理學》（*Space, Place, and Sex: Geographies of Sexualities*）和喬·潘特（Joe Painter）等的《空間與權力：政治地理學新風貌》（*Political geography: an introduction to space and power*）等一批文獻，都可以顯示傅柯的影響怎樣在性別和地緣政治的每一層面蔓延。

法國哲學、文學和社會學中的空間意識，最終是由列斐伏爾透過改寫馬克思政治經濟學，奠定了新馬克思主義空間理論譜系。列斐伏爾《空間的生產》被譯成英語出版是在 1991 年，與後現代語境中的文化地理學和空間轉向幾乎同步。列斐伏爾的另一部力作《日常生活批判》的英譯，同樣是在 1980 年代末葉姍姍來遲。較之於法國，英語世界對於空間表現出來的巨大熱情可謂是後來居上。其中美國地理學家大衛・哈維、社會學家曼紐爾・卡斯特（Manuel Castells Oliván），以及鼎立鼓吹「第三空間」（Third Space）的都市地理學家愛德華・索亞，可視為後現代空間理論的三個領軍人物。如哈維《希望空間》（*Spaces of Hope*, 2000）一書即強調，當前對全球化的關注，是將空間和文化地理學放到了舞臺中心。實際上，早在哈維 1973 年出版的《社會正義與城市》（*Social Justice and the City*）、卡斯特 1983 年出版的《城市與草根》（*The City and the Grass-roots*）等著作中，兩人就致力於在工業資本主義擴張的過程中，來闡明空間的建構和重建，如何成為一種創造性的社會語境。

大衛・哈維在《空間的生產》英譯本後記中介紹說，在 1960 年代，特別是透過 1968 年風起雲湧的學生運動，列斐伏爾認識到城市日常生活狀況的重要意義，認為它不同於狹隘的工廠裡的政治，是革命情愫與政治的核心所在。巴黎和近郊的學生街頭運動，更使列斐伏爾充分意識到此一類型的政治鬥爭是發生在特定的城市空間之中。都市化過程以全新的方式，將全球與地方、城市與鄉村、中心和邊緣糅合在一起。哈維的這一闡釋，基本上說明了列斐伏爾《空間的生產》一書的來龍去脈。從巴什拉《空間的詩學》到傅柯的權力－空間地緣政治學，再到列斐伏爾《空間的生產》在英語世界的譯介，可視為空間批評的一個前奏譜系。

二、第三空間

愛德華・索亞（Edward W. Soja, 1940-2015）是美國後現代都市地理學家，他 1996 年出版的《第三空間》（*Third Space*）一書，是空間批評形成過程中影響深廣的代表性著作。他本人也因此成為當代西方空間理論的領軍人物。索亞出生在紐約，在雪城大學獲得博士學位後，早年在肯亞從事都市規劃研究。1972 年起他任教加州大學洛杉磯分校，兩度出任該校城市和規劃系主任，為該系的傑出教授。除了《第三空間》，他的著作主要還有《後現代地理學》（*Postmodem Geolmlohies: The Reassertion of Space in Critical Social Theory*, 1989）、《追求空間正義》（*Seeking Spatial Justice*, 2010）、《我的洛杉磯》（*My Los Angeles: From Urban Restructuring to Regional Urbanization*, 2014）等。

索亞在他的《第三空間》中，對列斐伏爾推崇備至，他指出，列斐伏爾的空間既是客觀的又是主觀的，是實在的又是隱喻的，是社會生活的媒介又是它的產物，是活躍的當下環境又是創造性的先決條件，是經驗的又是理論的。索亞引了列斐伏爾《空間的生產》中的這一段話：

> 有一個問題過去一直懸而未決，因為從來沒有誰提出過這個問題：社會關係的存在方式究竟是什麼？它們是具體的、自然的呢，還是只是抽象的形式？空間研究給予了回答，它認為生產的社會關係是一種社會存在，以至於是一種空間存在；它們將自身投射到空間裡，在其中留下烙印，與此同時又生產著空間。如果做不到這一點，社會關係將只能存在於「純」抽象領域 —— 也就是說，再現領域，因此也就是意識形態領域：咬文嚼字、誇誇其談、空話連篇的領域。[194]

索亞對這段文字的解讀是，一切社會關係只有在空間上「烙印」，亦即具體再現於社會空間的社會生產時，它們才是真實具體的，才能成為社會存在的一部分。社會現實不是偶然成為空間的，不是存在於空間之中，

[194] Henry Lefebvre, *The Production of Space*, English trans. Donald Nicholson Smith, (Malden: Blackwell Publishing, 1991), p.129. See Edward W. Soja, *Third Space* (Oxford: Blackwell Publishers, 1996), pp. 45-46.

反之空間是它的先決條件，離開空間，社會現實和社會過程是無從談起的。甚至在波赫士（Jorge Luis Borges）的短篇小說《阿萊夫》（*El Aleph*）中，索亞也讀到了列斐伏爾的影子。據索亞言，將《阿萊夫》的意義與列斐伏爾有關空間生產的理論連繫起來，可以從根本上打破空間知識舊的樊籬，強化「第三空間」的徹底開放性，正所謂一花一世界，一葉一菩提。索亞已經在 2015 年逝世，他的《尋求空間正義》（2010）等一批晚近著述，以理論實踐兩相結合的寫作手法，面對今日城市發展中資源、服務分配的不平等來伸張基本人權，可以說是一如既往恪守他的第三空間路線，秉承列斐伏爾，有意識深入批判全球化語境下空間隔離和空間權力的分布不均。

列斐伏爾的遺產是他的「社會空間」理論。他指出，社會空間是一系列運作過程的結果，所以不可能被降格為某一種單純客體。與科學、表徵、觀念或夢這一類概念相比較，它是一樣真實也一樣平實的：

> 社會空間本身作為過去行為的結果，它迎接新的行為的到來，同時暗示一些行為，禁止另一些行為。這些行為當中，有一些是為生產服務的，另一些則為消費（即享受生產的成果）服務。社會空間意指知識的極大多元化。[195]

那麼，社會空間的確切地位是什麼？它要生產的那些關係、性質又是什麼呢？特別是對於文學批評，它又意味著什麼？這些問題，也是以後空間批評將要回答的問題。

「第三空間」意味著空間具有真實的、想像的雙重維度。索亞承認他是在最廣泛的意義上使用第三空間這一概念，是有意識嘗試用靈活的術語

[195] Henry Lefebvre, *The Production of Space* (Malden: Blackwell Publishing, 1991), p. 73.

來盡可能掌握觀念、事件、表象以及意義的事實上在不斷變化位移的社會背景。在更大的語境上看，20 世紀後半葉空間研究成為後現代顯學以來，對空間的思考大體呈兩種向度。空間既被視為具體的物質形式，可以被標示、被分析、被解釋，同時又是精神的建構，是關於空間及其生活意義表徵的觀念形態。索亞提出的第三空間，這樣來看正是重新估價這一二元論的產物，據索亞自己的解釋，它把空間的物質維度和精神維度包括在內的同時，又超越了在先的兩種空間，而呈現出極大的開放性，向一切新的空間思考模式敞開了大門。

上承列斐伏爾的《空間的生產》，索亞分析了他所說的三種「空間認知論」。第一空間認知論最是悠久，索亞指出此一思維方式主宰空間知識已達數個世紀，它的認識對象主要是列斐伏爾所說的感知的、物質的空間，可以採用觀察、實驗等經驗方法，來作直接掌握，我們的家庭、建築、鄰里、村落、城市、地區、民族、國家乃至世界經濟和全球地理政治等等，便是此一空間認知論的典型考察對象。索亞指出，第一空間認知論偏重於客觀性和物質性，力求建立關於空間的形式科學。人與自然的關係，發展與環境的地理學，因此作為一種經驗文本在兩個層面上被人閱讀：一是空間分析的原始方法，就對象進行集中的準確的描繪；一是移師周邊，主要在社會、心理和生物物理過程中來闡釋空間。

比較來看，第二空間認知論要晚近得多，可視為第一空間認知論的封閉和強制客觀性質的反動。簡言之是用藝術對抗科學，用精神對抗物質，用主體對抗客體。索亞認為，它是假定知識的生產主要是透過話語建構的空間再現完成，故注意力集中在構想的空間而不是感知的空間。第二空間形式從構想的或者說想像的地理學中獲取觀念，進而將觀念投射向經驗世界。精神既然有如此十足魅力，闡釋事實上便更多成為反思的、主體的、內省的、哲學的、個性化的活動。所以第二空間是哲學家、藝術家和個性化的建築家一顯身手的好地方，不僅如此，這裡還是傾情展開論辯的好地方，空間的本質是什麼？它是絕對的呢，還是相對的呢，還是關係的？是抽象的呢，還是具體的？是一種思維方式呢，還是一種物質現實？思想起來都叫人頗費猜測。總而言之，此一空間認知論中，想像的地理學總是蠢蠢欲動地想把自己當作真實的地理學，圖像和表徵總是在企圖限定和安排現實。但索亞也承認兩種空間認知論的界限有時候並不那麼一目了然。他引列斐伏爾的話說，它們有時候彷彿是全副武裝，打算決一死戰，有時候卻又一方包含而且促進著另外一方。而近年來兩種空間認知論邊界上呈現出的模糊性，可以說是與日俱增，諸如實證主義、結構主義、後結構主義以及存在主義、現象學、闡釋學等等思想和方法的融合，更是推波助瀾，促使第一空間分析家更多地求諸觀念，第二空間的分析家，也非常樂於徜徉在具體的物質空間形式之間。

第三空間認知論由是觀之，它既是對第一空間和第二空間認知論的解構又是對它們的重構，用索亞本人的話來說即是：

> 它源於對第一空間－第二空間二元論的肯定性解構和啟發性重構，是我所說的他者化－第三化的又一個例子。這樣的第三化不僅是為了批判第一空間和第二空間的思維方式，還是為了透過注入新的可能性來使它們掌握空間知識的方法恢復活力，這些可能性是傳統的空間科學未能認識到的。[196]

索亞強調在第三空間裡，一切都匯聚在了一起：主體性與客體性、抽象與具象、真實與想像、可知與不可知、重複與差異、精神與肉體、意識

[196] Edward W. Soja, *Third Space* (Oxford: Blackwell, 1996), p. 81.

與無意識、學科與跨學科等等，不一而足。如此而來的一個必然結果便是，任何將第三空間分割成分門別類的知識和學科的做法，都將損害它的解構和建構鋒芒，換言之，損害它的無窮的開放性。故而無論是第三空間本身還是第三空間認知論，都將永遠保持開放的姿態，向新的可能性和去向新天地的種種旅程永遠開放。

索亞的第三空間理論一定程度上反映了當今西方後現代語境中出現的空間和地理學轉向。索亞本人為此貢獻了他的「空間三部曲」：其一是《後現代地理學：社會批判理論中空間的再確認》（*Postmodern Geographies: The Reassertion of Space in Critical Social Theory*, 1989），該書基於傅柯、紀登斯、詹明信和列斐伏爾的理論，宣導整個重新思考空間、時間和社會存在的辯證關係。其二就是《第三空間》（*Third Space*, 1996），作者以第三空間既是生活空間又是想像空間，它是作為經驗或感知的空間的第一空間和作為表徵的意識形態或烏托邦空間的第二空間的本體論前提，可視為政治鬥爭你來我往川流不息的戰場，我們就在此地做出決斷和選擇。其三是《後大都市：城市和區域研究》（*Postmetropolis: Critical Studies of Cities and Regions*, 2000），或如作者所言，它是續寫《第三空間》，主要探討以洛杉磯為範例的當代後大都市，是否已經成為一個大變革、大動盪的轉化場景，由從前因危機生成的重建，轉向因重建生成的危機。恐怕很難找到什麼人能像索亞那樣，對空間學科傾注了如此濃厚的興趣。過去數十年間，現代主義的弊病不斷顯露，不說日薄西山，至少已是危機紛呈，城市大塊大塊被推倒重建的全球化浪潮中，像洛杉磯這樣的大都市，差不多就成了現代主義的實驗場地。這樣一種多少使人顯得焦躁的新情勢下，需要新的城市研究思維方式出現，是不言而喻的。索亞正是在這一背景之中，提出了更為廣闊的學術視野，提倡語境分析和跨學科方法。對此他選中的切入點，便是空間。

索亞本人的第三空間和城市規劃研究，被認為是典型的後現代方法。但縱觀《第三空間》索亞對現代性和後現代性的對峙，採取的立場要平和得多。他指出現代主義和後現代主義之勢不兩立似乎是日益分明。一邊有那些自命為後現代主義者的人，揚揚得意地將認知論批判解釋為摧毀 20 世紀現代主義運動的一切殘餘，彈冠相慶主體與作者的死亡、意識形態和歷史的死亡以及整個社會進步啟蒙工程的死亡，不說死亡至少也是終結。索亞指出，這樣一種已經遍布世界滲透到當代政治之中的不分青紅皂白的反現代主義，說到底是製造神話，將前現代的封建主義塗抹成黃金時代，要麼就是冥頑不靈取最極端的反動的保守主義立場，它們一心要摧毀的不是別的，恰恰是 20 世紀的種種最大的進步成就。

另一個極端可謂鐵桿現代主義，索亞稱這是一支日益壯大的反後現代主義先鋒隊。他們打著保護現代主義自由進步的旗號，將對現代主義認知論的一切批判話語，悉盡斥之為虛無主義、新保守主義權力專制等等。索亞認為這是一種誤解，彷彿人若致力於推進歐洲啟蒙運動的進步事業，就必須抵制種種後現代思想的迷惑，或者對德希達、李歐塔、傅柯和波德里亞（Jean Baudrillard）的文字稍稍表示同情，便成為不可救藥的新保守派。所以假若人們以平常心看待這些論爭，便會放棄非此即彼的兩元論，而來思索亦此亦彼的邏輯可能，允許並且鼓勵後現代性與現代性視野創造性地結合起來。

《第三空間》後半部分是索亞所熟悉的兩個城市洛杉磯和阿姆斯特丹的比較。它很大程度上也見到現代主義和後現代主義城市觀念的異同。論述後現代建築風格的經典是藝術史論家文丘里（Robert Charles Venturi, Jr.）等人的《向拉斯維加斯學習》（*Learning from Las Vegas*）。這部談論後現代建築的名著，被認為展現了李歐塔《後現代狀態》（*La Condition Postmoderne: Rapport Sur le Savoir*）中的精神。1970 年代北美後現代主義崛起，後現代建築和城市觀念直接挑戰源出柯比意（Le Corbusier）乃至包浩斯主義（Bauhaus style）的現代建築運動。這可視為索亞第三空間理論的一個本土背景。索亞稱後現代主義使現代主義者意識到自己根本失敗了，並非言過其實。柯比意和賴特（Nicholas Thomas Wright）的新建築並沒有改變這個世界，也沒有能夠美化後期資本主義製造出來的垃圾空間，洛杉磯就是一個典型的例子。但是另一方面，第三空間概念的提出，特別是在索亞所描述的層層網絡裡，本身應該也是沒有問題的。索亞把第三空間表述為一個虛構的遊戲世界，各方政治和權力力量在此展開角逐，但是在這個虛構世界的外部難道沒有遊戲嗎？難道沒有政治鬥爭嗎？另外第三空間同賽博空間又有什麼關係？這些疑問思想起來，如果不能說明別的，至少可以顯示現代性和後現代性肯定不是一個非此即彼的選擇。

第三空間據索亞解釋，它既不同於物理空間和精神空間，或者說第一空間和第二空間，又包容兩者，進而超越兩者，活像魔幻現實主義小說家波赫士同名小說中那個貌不起眼卻是包羅萬象的「阿萊夫」（Aleph）。一如威廉．布萊克的詩：一花一世界，一沙一天堂。《阿萊夫》是阿根廷著名作家波赫士 1945 年寫的一篇短篇小說。Aleph 是希伯來字母中第一個字母，神祕哲學家們認為它意為「要學會說真話」，在小說中，則活生生是個涵括萬象的微觀世界。小說開篇作者便引了兩段文字作為題記，其一出自《哈姆雷特》第二幕第二場：「啊，上帝，即便我困在堅果殼裡，我仍以為自己是無限空間的國王。」其二出自霍布斯（Thomas Hobbes）《利維坦》第四章第四十六節：「他們會教導我們說，永恆是目前的靜止，也就是哲學學派所說的時間凝固；但他們或任何別人對此並不理解，正如不理解無限廣闊的地方是空間的凝固一樣。」索亞稱他在重讀了《空間的生產》後，再一次為《阿萊夫》這篇小說所傾倒，認為列斐伏爾對具體的抽象的痴迷，其悖論式的唯物主義的唯心主義，以及他對在既是真實又是想像的共時世界中的歷險，都使得他與波赫士聲氣相求。波赫士作品文體乾淨俐落，文字精練，構思奇特，結構精巧，小說情節常在東方異國情調的背景中展開，荒誕離奇且充滿幻想，帶有濃重的神祕色彩。這在一定程度上，或許正可與索亞的第三空間交通。

關於阿萊夫，索亞引波赫士自己的話說，永恆是關於時間的，阿萊夫是關於空間的。在永恆中，所有的時間，包括過去、現在、將來都共時存在。在阿萊夫，則全部宇宙空間原封不動見於一個直徑一英寸許的光閃閃的小球裡。他大段援引了小說裡的有關文字：

我闔上眼睛，過一會兒又睜開。我看到了阿萊夫。

現在我來到我故事的難以用語言表達的中心；我身為作家的絕望心情從這裡開始。任何語言都是符號的字母表，運用語言時要以交談者共有的過去經歷為前提；我的羞慚的記憶力簡直無法包括那個無限的阿萊夫，我又如何向別人傳達呢？神秘主義者遇到相似的困難時便大量運用象徵：想表明神道時，波斯人說的是眾鳥之鳥；阿拉努斯·德·英蘇利斯說的是一個圓球，球心在所有的地方，圓周則任何地方都不在；以西結說的是一個有四張臉的天使，同時面對東西南北。（我想起這些難以理解的相似不是沒有道理的，因為它們與阿萊夫有關。）也許神道不會禁止我發現一個相當的景象，但是這篇故事會遭到文學和虛構的汙染。此外，中心問題是無法解決的：綜述一個無限的總體，即使綜述其中一部分，也是辦不到的。在那了不起的時刻，我看到幾百萬愉快的或者駭人的場面；最使我吃驚的是，所有場面在同一個地點，沒有重疊，也不透明，我眼睛看到的事是同時發生的：我記敘下來的卻有先後順序，因為語言有先後順序。總之，我記住了一部分。

我看見階梯下方靠右一點的地方有一個閃色的小圓球，亮得使人不敢逼視。起初我認為它在旋轉；隨後我明白，球裡包含的使人眼花撩亂的場面造成旋轉的幻覺。

阿萊夫的直徑大約為兩三公分，但宇宙空間都包羅其中，體積沒有按比例縮小。每一件事物（比如說鏡子玻璃）都是無窮的事物，因為我從宇宙的任何角度都清楚地看到。我看到浩瀚的海洋、黎明和黃昏，看到美洲的人群、一座黑金字塔中心一張銀光閃閃的蜘蛛網，看到一個殘破的迷宮（那是倫敦），看到無數眼睛像照鏡子似的近看著我，看到世界上所有的鏡子，但沒有一面能反映出我，我在索賴爾街一幢房子的後院看到三十年前在弗賴本頓街一幢房子的前廳看到的一模一樣的細磚地，我看到一串串的葡萄、白雪、菸葉、金屬礦脈、蒸汽，看到隆起的赤道沙漠和每一顆沙粒……我看到曾是美好的貝亞特麗絲的怵目的遺骸，看到我自己暗紅的血的循環，我看到愛的關聯和死的變化，我看到阿萊夫，從各個角度在阿萊夫之中看到世界，在世界中再一次看到阿萊夫，在阿萊夫中看到世界，我看到我的臉和臟腑，看到你的臉，我覺得眩暈，我哭了，因為我親眼看到了那個名字屢屢被人們盜用、但無人正視的祕密的、假設的東西：難以理解的宇宙。[197]

索亞指出，波赫士寫到這裡，自稱他感到無限崇敬、無限悲哀。但《阿萊夫》的意義可以與列斐伏爾有關空間生產的理論連繫起來，從根本上打破空間知識舊的樊籬，增強他所要說的第三空間的徹底開放性：一切皆見於第三空間，我們可以從任何一個角度去看它，其間萬象無一不是清

[197] Edward W. Soja, *Third Space* (Oxford: Blackwell, 1996), pp. 55-56.

清楚楚，然第三空間又神祕莫測，從來沒有人徹底看清它、理解它，它是一個「無以想像的宇宙」。所以，任何人想運用語詞和文本來掌控這個無所不包的空間，都將終歸徒勞。因為語言和文字都在時間裡流出，此種敘事形式和講述歷史的方式，永遠只能觸及第三空間「阿萊夫」般共時狀態的皮毛。索亞認為這裡列斐伏爾《空間的生產》與波赫士描述的阿萊夫是異曲同工的，表明語言、文本、話語、地理和歷史等，都對完全掌控人類的空間性無能為力。

三、文化地理學

空間理論相當程度上影響到了文學作品的重新解讀。如小說中的城市空間，19 世紀的模式被認為是注重敘述和描寫，而到了 20 世紀，都市生活的時間節律明顯加快，空間的經驗也被認為變得支離破碎。普魯斯特（Marcel Proust）《追憶逝水年華》（*À la Recherche du Temps Perdu*）中的回憶已沒有形式可言，喬伊斯和維吉尼亞．吳爾芙的意識流小說，也使完整的敘述不復可能。對於現代都市空間經驗從穩定一統向多元流動特徵的變遷，文學的理解事實上也是不可能無動於衷的。

英國特勒姆大學地理系的麥克．克朗（Mike Crang, 1969-）教授 1998 年出版的《文化地理學》（*Cultural Geography*）中，以「文學景觀」為題，討論了文學的空間含義。它可視為地理學界對文學批評的一個跨學科再思考。克朗現任英國皇家地理學會社會與文化研究組的組長，並與人合編《旅遊研究》（*Tourist Studies*）、《時間與社會》（*Time & Society*）兩種雜誌。除了《文化地理學》，他還與喬恩．梅依（Jon May）和菲爾．克朗合編有《虛擬地理學：身體、空間、關係》（*Virtual Geographies: Bod-*

ies, Space and Relations, 1999)，與奈傑爾·斯里夫特（Nigel Thrift）合編有《思考空間》（*Thinking Space*, 2000）等有關著作。《思考空間》輯錄的 16 篇文章中，從班雅明、齊美爾（Georg Simmel）、巴赫金（Mikhail Mikhailovich Bakhtin）和維根斯坦開談，一直談到布魯諾·拉圖爾（Bruno Latour）、愛德華·薩依德（Edward Said）和保羅·維希留（Paul Virilio）。該書序言說，這部文集受地理學學科內外發展趨勢的鼓舞，有意討論空間和理論的關係。空間的概念如此深入人心，是不是意味著地理學大獲全勝，其他學科紛紛向地理學俯首稱臣呢？回答是否定的：

> 但是，這一空間轉向並不導致地理學的學科勝利，以為其他學科在向它轉向，因為空間轉向很大程度上壓根就忽視了地理學家，以及作為一門學科的地理學。的確，空間轉向在很多時候，似乎一方面在刻意忽略地理學家，另一方面 —— 以免有人在這學科稱王稱霸 —— 同時表明許多地理學思想是多麼局促。[198]

這個學科反思謙卑而又雄心勃勃。克朗和斯里夫特的觀點是明確的，空間不是地理學的專利，是以大舉引薦哲學和文化理論，論述為什麼同樣可以有語言空間、隱喻空間和寫作空間等等。這一切也都是文學再熟悉不過的拉圖爾所說的「躁動的空間」（agitated space）。

《文化地理學》是克朗跨學科空間思考的一個先期嘗試。作者強調說，文化地理學的通常認知，是研究不同文化在世界各地的分布流行狀態，以顯示人類生活方式的多樣性。但僅僅局限於此是不夠的，因為不同服飾和生活方式固然重要，信仰和價值系統一樣是舉足輕重的。所以他這本書，是要對形成不同文化的思想觀念及其實踐進行考察，以探究這些文

[198] Mike Crang and Nigel Thrift, *Thinking Space* (New York: Routledge, 2000), p. 11.

化是怎樣形成各自的特徵，區別於其他文化。精神與文化、人的實踐活動與地域以及不同文化與地理空間之間的關係，作者說，構成他《文化地理學》的敘述對象。對於文化的定義，克朗借鑑本國文化研究的雄厚傳統，指出文化不僅在於高雅藝術，它也是我們日常生活的組成部分，事實上，文化就是給予生命以意義的東西。而正是在一系列特定的空間形式裡，文化得以再現自身。

《文化地理學》的第四章標題是「文學地理景觀」，這一章的內容，可以代表地理學界對文學的一種跨界批評。作者指出，過去二十多年裡地理學家開始日益關注各式各類的文學作品，視之為探討景觀意義的不同模式。文學諸如小說、詩歌、戲劇、傳奇，各顯神通，展示它們如何理解和闡述空間現象。比如文學作品中的地域描寫，一直被當作是資料和資料使用，相關作品成了地理學的另一個豐富多彩的資料庫。他表示反對將文學作品簡單視為地理景觀的描述，認為文學空間裡的地域描寫意味深長，遠超出其統計學上的意義。關於文學與其外部世界的關係，克朗指出：

文本並不是單純反映外部世界。指望文學如何「準確」地和怎樣應和著世界，是將人引入歧途。這樣一種天真的方法錯過了文學景觀大多數有用的和有趣的成分。文學景觀最好是看作文學和景觀的兩相結合，而不是視文學為孤立的鏡子，反映或者歪曲外部世界。同樣，不僅僅是針對某種客觀的地理知識，提供了某種情感的呼應。相反文學提供觀照世界的方式，顯示一系列趣味的、經驗的和知識的景觀。稱此種觀點是主觀論，實是錯失要領。文學是一種社會產品 —— 它的觀念流通過程，委實也是一種社會的指意過程。[199]

[199] Mike Crang, *Cultural Geography* (London and New York: Routledge, 1998), p. 57.

這是應和了列斐伏爾的社會空間理論，強調空間是社會所生產，同時也生產了社會。這樣來看，文學同樣也是一種社會媒介。一個特定時代不同人眾的意識形態和信仰，由此組構了文本同時也為文本所組構。文本組構了作者想說、能說，甚而感到不得不說的言語，同時又組構了言說的方式。所以文本環環相扣，交織在它們或者是認可、或者是有意顛覆的文化慣例之中。而有鑑於文本必須有讀者的閱讀參與其中，方可實現其價值，故而就意義的傳達、流通和更新而言，讀者的在場和作者的寫作行為一樣是不可或缺的。

克朗因此強調文學不是舉起一面鏡子來觀照世界，而是一張紛繁複雜的意義的網。任何一種個別的敘述，都難分難解地牽涉其他的敘述空間。這些空間未必一定是文學空間，像官方文牘、學術著作，甚至宣傳廣告，都可羅列其中。文本就這樣組成了一張觀念和觀念之間的大網，就在這大網之中，它確立了自己觀照世界的方式。「現實主義」即為這樣一種連接方式，但是它既不是準繩，也不意味著排斥其他方式。而就其寫實的意識形態來說，現實主義毋寧說是都市空間的產物。我們的空間經驗當然不只是都市一種。對此克朗說，地理學的空間的文學方法，每一種都提供了理解一種景觀的特定視域，每一種都吸收了其他方法，每一種都設定了它的讀者群，每一種都有它的修辭風格而求勾勒出令人信服的圖景。他發現地理學家對於文學作品中空間意識的關注，其實是由來已久。例如早在 1948 年，歷史地理學家亨利．達比（Henry Darby）發表在《地理評論》的文章〈湯瑪斯．哈代威塞克斯的區域地理〉，即有如是說：

小說作為一種文學形式，天生就具有地理屬性。小說的世界是由方位、場地、場景邊界、視角和視野構成的。小說人物身處在形形色色的地方和空間之中，敘述人和讀者閱讀亦然。任何一部小說都可以呈現一塊地理知識領域，展示不同的，甚而是互為衝突的地理知識形式，從對地點的感性認識，直到地域和國家的專業觀念。[200]

但是文學和地理學當然有所不同。文學可以虛造想像地點，一如莎士比亞《仲夏夜之夢》（*A Midsummer Night's Dream*）中忒休斯公爵（Theseus）所言，詩人的眼鏡滴溜溜狂放地一轉，可以從天上看到地上，賦形於壓根就不存在的東西，可以給予子虛烏有一個居所和一個名字。但是誰又能否認文學在我們地理想像的形構中，確確實實出演著舉足輕重的角色呢？克朗指出，哈代（Thomas Hardy）不遺餘力描寫威塞克斯的鄉情民俗、俚語方言，可謂展示了一種生動有機的地域文化身分。他毋寧說是在敘寫一曲挽歌，哀悼那一種行將消逝的鄉野景觀和鄉野生活方式。黛絲一家被迫離鄉背井的淒慘命運寫出了社會動盪和鄉村貧困化的過程。而新貴德伯維爾家族則又活靈活現勾畫出了社會分化中的一個層面。

《黛絲姑娘》（*Tess of the d'Urbervilles*）中的景觀描寫由此揭示了金錢的力量如何向鄉村空間滲透，它再明顯不過地展現在阿列克斯對黛絲的控制上面。可憐的黛絲在這樣的社會力量面前，根本就是一隻束手待斃的無助的小鳥。這樣來看，文學對於地理學的意義不在於作家就一個地點作何描述，而在於文學本身的肌理顯示社會如何為空間所結構。事實上大多數人都是透過哈代了解了威塞克斯，哈代小說中的威塞克斯，用亞里斯多德的話說，與歷史之中的那個威塞克斯相比較，沒有疑問是更具有「哲學」意味的。

克朗因此指出，文學中的主體性並不是它的缺陷，相反正是這主體性道出了地點和空間的社會意義。如文學中現代性和後現代性的崛起，就直

[200] S. Daniels and S. Rycroft, "Mapping the Modern City: Alan Sillitoe's Nottingham Novels", Transactions of *the Institute of British Geographers 18*, no. 4 (1993): 460.

接應和了這一時期風起雲湧的體驗世界和組構知識的不同方式。文學和地理學不妨說都是關於地點和空間的文字，文學可以參與物質的社會過程，一如地理學可以啟用想像的方法。故此兩者都是指意的過程，即是說，文學和地理學都是使地點和空間在社會媒介中見到意義的過程。

但是探討文學與地理學的空間連繫，並不是將一張地圖重疊到另一張地圖上面。克朗指出，這樣做誠然很有意思，但是到底是有局限。更好的辦法或許是在文學文本的內部來探究特定的地域和空間分野，這些分野可以同時見於情節、人物以及作家自傳等多個方面，進而在文本裡構建一種家園感，使之成為一個「基地」，由此幫助我們深刻理解帝國主義和現代社會的地理知識。例如旅行故事中，典型的地理學結構就是設定一個家園，不論是失落的家園也好，回歸的家園也好。克朗讀出許多文本的空間故事，都在呼應這個行旅主題，主人公先是出走他鄉，飽受磨難，歷經種種奇遇，最後又回到家鄉。甚至《吉爾伽美什史詩》這樣出自中東文明的人類最古老的史詩，都已經在絲毫不爽地展示這一模式。荷馬的《奧德賽》亦然。而索福克里斯的《伊底帕斯王》，尤其將這個故事敘述得淒慘。克朗發現像童話、騎士故事、民謠以及數百種小說的情節，包括流浪漢小說和更為晚近的旅行見聞，都可以見到類似的結構。

那麼這結構的社會和文化意義又是什麼？克朗認為這裡還牽涉到性別政治的地理學。家園是給人以歸屬和安全的空間，但同時也是一種囚禁。為了證明自身的價值，男性主人公總是有意無意地進入一個男性的冒險空間，就像《奧德賽》裡，奧德修斯不得不離開家園，先是圍攻特洛伊整整十年，然後又是回歸故土整整十年。這缺場家園的二十年裡他被認為歷經考驗證明了自己的文化身分，特別是十年回鄉途中，他憑藉典型的男人的智謀狡計，與形形色色的妖媚女人上床又戰勝了她們。回到故國，則發現他的妻子帕內羅珀抵禦浪蕩子們求婚和兒子的繼位要求，已經幾無招架之功，乃不得不重施權威，再次確立家長地位。此外特洛亞題材的五部史詩，《奧德賽》是唯一一部主人公平安到家的一部，便也足以發人深思。其他如《俄瑞斯忒斯》，阿伽門農回到家裡，迎接他的是妻子與其情夫的合力血腥謀殺。回鄉由此展示出更為凶險的意義層面，表明家園中的男權，同樣可以脆弱得不堪一擊。克朗指出，假如細讀文學作品中這一家園的空間結構，可以發現，起點幾乎無一例外是家園的失落。回家的旅程則圍繞一個本原的失落點組構起來。有多不勝數的故事暗示還鄉遠不是沒有疑問的主題，家園既已失落，即便重得，也不可能是它原來的模樣了。所以，在這一結構中構建的「家園」空間，可視為一種追根溯源的虛構，一種追緬失落之本原的懷舊情緒。這又是從另一個側面，表明文學描寫可以揭示空間如何組構，以及空間如何為社會行為所界定。文學中空間的意義，由是觀之，比地點和場景的意義遠要微妙複雜得多。

文學中的空間一大部分是城市的空間，克朗指出小說描寫城市早有悠久的傳統，但城市不光是都市生活的資料庫，不光是故事和情節於其中展開的一個場景，不論它敘寫得怎樣繪聲繪色。城市景觀同樣也表現了社會和生活的信念。為此他舉的例子是雨果的《悲慘世界》（*Les Misérables*）。他指出，雨果圍繞巴黎來構建小說的中心情節，那些窮人居住的窄街小巷就構成了一種黑暗的想像性空間，那是城市未知部分的一種神祕地理。克朗指出小說採取了居高臨下的全景式視角，可是這視角依然無法覆蓋關於城市的全部知識，城市依然顯得晦暗陰森，凶兆密布一如迷宮。而另一方面，與這窮人的陋巷空間針鋒相對的，是官方和國家的空間。這裡克朗發現雨果是有意識用這些窮街陋巷描寫了那些今日巴黎引以為豪的通衢大道。大道通向迷宮般的窄街小巷，成為軍隊和警察鎮壓窮人的通衢。故此，一邊是開放的、正規的國家控制的地理空間，一邊是晦暗的、狹窄的貧民的空間，兩者適成對照。小說因此可以被讀作利用空間描寫來表示一種知識地理學，揭示國家怎樣應對潛在的市民暴動，所以，它也是一種國家權力的地理學。克朗認為這一說法並不過分，例如 1848 年巴黎起義期間，首當其衝被摧毀的東西之一，就是街燈。因為正是街燈，讓警察看見窮人們在做什麼。這樣來看，巴黎的街燈便是權力的眼睛，勾劃出了監視和控制的公共地理學。這裡光明和黑暗的象徵意義，和我們對這個二元對立的傳統理解，又是多麼不同。

如果我們以 19 世紀的巴黎作為起點，克朗說，那麼我們可以發現都市生活的情感經驗在經歷怎樣的變化。工業化的核心概念即是現代性。城市的現代化導致它無邊擴張，結果是城市的空間大到無法認知。說明這一點，只消將舊時的村莊的概念同今日的城市作一比較。他指出，早在 19 世紀 20 世紀之交，就有社會學家齊美爾等人將村落與城市比較，指出村落的社群裡人與人直接交往，對彼此的工作、歷史和性格都十分熟悉，他們的世界相對來說是可以預知的。反之現代城市則是陌生人的世界，人與人互不相識、互不相知，鄉村的寧靜平和為都市的喧囂騷動所取代。而在文學，波特萊爾（Charles Pierre Baudelaire）的 19 世紀中葉巴黎的「浪蕩子」（flâneur）形象，就是很典型的現代城市的見證人。這個「浪蕩子」別無所事，所好就是在街頭閒晃，將都市的喧囂騷動當作風景來細細品賞。他的目光在新空間裡如林的新商品上一一掃過去，看著街上車水馬龍，物欲交換川流不息，心裡不由得就感到幾分滿足。所謂的新空間，指的是 19 世紀巴黎觸目皆是的拱廊街和百貨公司。克朗提醒人這個「浪蕩子」的性別：他是男性而不是女性。公共場所對於資產階級婦女來說，看來並不是個可以慵懶閒逛的好去處。這個男性的浪蕩子由此和左拉小說裡的婦女們形成鮮明對照。左拉筆下的女人也為琳琅滿目的商品痴迷不已，但是她們逛商場不逛大街。克朗認為，商場這個封閉的空間成為文學的中心場景代表了都市空間從公共空間向私人空間的轉移。它不僅是建築和經濟的移位，同樣也是城市經驗的移位。

在克朗看來，文學參與了這一空間經驗的轉移。「浪蕩子」於波特萊爾和福樓拜這樣的作家而言都具有濃重的自傳性質。文體風格對於城市描寫的影響，也大有不同。是以文學作品不應被看成僅僅是反映或描述了城市，僅僅是種資料庫。事實上以往大多數地理學家讀文學作品，基本也就是奉行以上讀解理念，將作品視為被動的社會科學現成資料，指望它們可以提供清澈透明的資訊。但小說家肯定不是地理學家，克朗指出，我們相反應當細細考察城市如何建構在小說之中，誠如前面雨果的例子所示，以求確認現代性不光是流於字面的描寫，而是城市描寫方式的一個組成部分。故此，波特萊爾的詩作不光是巴黎寫景，其文本自身似乎也滲入了這「浪蕩子」的詭異行蹤，一路遊蕩過無數人等，可是永遠也難以掌控整個城市。因為都市的空間經驗，根本就不會容忍這樣一種居高臨下的掌控模式。

綜上所述，文學與空間的關係不復是再現先者或者表現後者，文學自身不可能置身局外，指點江山，文本必然投身於空間之中，本身成為多元開放的空間經驗的一個有機部分。要之，文學與地理學不是互不相干的兩種知識秩序，所謂前者高揚想像，後者注重事實，相反它們都是文本鑄造的社會空間，文學與地理學攜手，正可以突顯文學的世俗性質和地理學的想像性質。

四、認知圖繪批評

「認知圖繪」（cognitive mapping）不僅僅是一個比喻說法，它的前身是 1940 年代就已出現的認知心理學術語「認知地圖」（cognitive map），意指個人將他的物理環境投射為腦海中的圖像。「認知圖繪」顧名思義，便是在腦海中來繪製個人和社會結構之間錯綜複雜的位置和路線圖。作為當代蔚然成風的空間理論的一個重要支脈，它的宣導人是美國馬克思主義後現代理論家詹明信（Fredric Jameson, 1934-）。

美國左翼批評家、杜克大學文學教授麥克・哈特，在他與安東尼奧・奈格里（Antonio Negri）合作的《帝國》面世的同一年，跟本校的馬克思主義和女性主義批評家凱西・威克斯（Kathi Weeks）合編出版了一本《詹明信讀本》（*The Jameson Reader*）。讀本的封底頭條是齊澤克的美譽：詹明信是活證據，理論領域中奇蹟確實發生了，不可能的事情變成了可能：馬克思主義聯姻了法國結構主義和精神分析的最高成果。這個成就使他成為今日少數舉足輕重的思想家之一。讀本的長篇導論中，兩位主編開門見山，給予他們的杜克前輩如下評價：

> 詹明信表面上看，是蜚聲兩個領域的文學與文化批評家：美國馬克思主義批評領軍人物和最傑出的後現代主義理論家。如是我們似乎立時就面臨著一個悖論意象，因為馬克思主義與後現代主義被認為是當代社會格格不入的兩極。馬克思主義經常攜手社會科學，被認為目標直指某種最終真理和確定性；而後現代主義緊密連繫文化研究，身不由己籲求一種徹頭徹尾的相對主義。[201]

[201] Hardt and Weeks, introduction to *The Jameson Reader*, eds. Michael Hardt and Kathi Weeks (Malden: Blackwell Publishing, 2000), p. 1.

這的確是一個叫人頗費猜測的悖論。雖然在哈特和威克斯看來，對詹明信的這個兩極一元的流行評價簡單化了，不過這個漫畫式的概括肯定不是空穴來風，就過去的 20 世紀而言，以馬克思主義對接後現代主義，環顧這個世界，的確無人能出詹明信之右。

哈特和威克斯介紹的詹明信生平，也帶有鮮明的美國馬克思主義印記。兩人指出，詹明信的馬克思主義和他的思想，雖然受到深厚的歐洲影響，但總體上看是堅定地植根在美國的土地之中。詹明信在紐澤西長大，然後在哈佛福德學院讀法語，一路讀到 1959 年在耶魯大學獲得博士學位。在他的老師當中，有兩位是美國赫赫有名的文學批評家：哈佛福德（Haverford College）的韋恩．布思（Wayne Booth）和耶魯的艾瑞克．奧爾巴赫（Erich Auerbach）。詹明信早期學術生涯裡，有兩個學派對他影響深廣：法國的存在主義，德國的批判理論。詹明信的博士論文寫的就是沙特小說和哲學，1961 年題名為「沙特：一種風格的起源」出版。沙特統攬文學、美學和哲學，並且同步介入政治的獨特風格，無疑是青年詹明信景仰有加的。用哈羅德．布魯姆《影響的焦慮》（*The Anxiety of Influence*）中的術語來說，沙特就是詹明信的米爾頓。

詹明信篇幅夠得上一本小書的著名文章〈後現代主義或晚期資本主義的文化邏輯〉，原載《新左派評論》（*New Left Review*）1984 年第 7－8 月號，後收入 1991 年由杜克大學出版社出版的同名著作，易名〈晚期資本主義的文化邏輯〉，排列為第一章。該文將近結尾處，詹明信嘗試闡述了他後來被論證無數的「認知圖繪」思想。雖然，早在 1983 年，詹明信在名為「馬克思主義與文化闡釋」的會議上即提交了〈認知圖繪〉的論文，但考慮到這篇論文直到 1988 年才發表，〈後現代主義或晚期資本主義的文化邏輯〉這篇宏文，亦可視為詹明信第一次論述他「認知圖繪」理論的出版文獻。詹明信指出，左派文化生產者及理論家，很多是在資產階級文化傳統中成長的，其歷史文化淵源可以上溯到浪漫主義的崇高本能，然另一方面，蘇聯的日丹諾夫主義又流毒未消，政治和黨派介入藝術導致不良後果。是布萊希特（Bertolt Brecht）和盧卡奇，兩人以現代主義和現實主義的不同方式，打開了新的局面。但是畢竟時代不同了：

在以往不同歷史環境和不復是我們今日的困境中經營出來的那些美學實踐，我們是回不去了。同時，本文在這裡所闡述的空間概念，揭示出一個切合我們自己歷史境況的政治文化模式，將勢所必然提出空間問題，把它作為自己的基礎組構問題。因而我將姑且將這個新的（也是假定的）文化形式，定義為一種「認知圖繪」美學。[202]

那麼，「認知圖繪」作為一種新的文化形式，同時作為一種美學，它究竟如何來加以理解？詹明信舉了一個例子，這個例子是美國城市規劃家凱文．林奇（Kevin Lynch）1960 年出版的《城市意象》（*The Image of the City*）。他指出，林奇這本書告訴我們，所謂陌生的城市，說到底是人處在老大的一個空間裡，無法在腦海裡把自己身處其中的位置繪製出來，是以無法給自己定位，無法找到自我。比如紐澤西市的座標位置圖就是這樣，地圖上的歷史古蹟、市中心、自然地貌、建築物等，都已經時過境遷、面目全非了。所以我們需要一個可以操作的信號系統，來對現實地域和景觀作重新掌握，並且讓它在我們的記憶當中生根。在詹明信看來，林奇的方法固然是針對都市研究而言，但同樣可以成為一種普遍的美學原則，雖然它的基礎，肯定不是傳統的模仿再現論。

從林奇出發，詹明信「認知圖繪」的下一個敘述點是阿圖塞和拉岡。他

[202] Fredric Jameson, *Postmodernism, or, The Cultural Logic of Late Capitalism* (Durham: Duke University Press), pp. 50-51.

認為林奇碰到的一些實際問題，跟阿圖塞和拉岡學派對於意識形態的分析有不約而同的巧合處。即是說，阿圖塞將意識形態重新界定為一種表徵，認為它表達了主體與其真實存在境況之間的想像關係，而這一點，恰恰也是認識圖繪的功用之所在。換言之，認知圖繪能使個人主體在特定的境況中掌握表徵，來表達那個外在的、廣大的、嚴格說來是無以表達的都市結構組合的整體性。詹明信認為這不僅僅是一個隱喻，反之「認知圖繪」是實實在在建立在地圖繪製的基礎上面的。從最初畫出綠洲、山脈河流和名勝古蹟的旅行路線圖，到更為完備的航海圖，再到 1490 年地球儀發明，以及幾乎在同一時期面世的墨卡托投影（Mercator projection）之後，突入到代碼層面，可以將彎曲空間轉移到平面圖上的第三階段地圖學，詹明信的感受是，科學的進步，甚至辯證法的拓展，雖然在地圖繪製各個不同歷史階段不斷造成新的突破，但是真正的完美無缺的地圖，永遠是不可能存在的。

關於阿圖塞，詹明信指出，阿圖塞督促我們以社會空間的概念來重新思考特定的地理學和地圖學問題。這是說，在充分掌握了認知地圖的基本形態後，我們便能找出自己跟本地、本國和國際階級現實之間的關係。今天後現代跨國空間帶來了許多困惑，這是事實。所以需要直面困境，以認知圖繪的新方法，應對古典社會階級形態一去不返後新的後現代政治實踐。

關於拉岡，詹明信說，阿圖塞的理論基礎是拉岡學說，回歸拉岡學說來支撐阿圖塞的理論，可以提供新的方法和啟發，是以對於方法論是大有裨益的。它把阿圖塞的理論重新啟動了，故而也是深化了經典馬克思主義對科學和意識形態的兩分，這甚至在今天也是不無價值的。根據拉岡的理論，個體人的自我定位不可能靠抽象知識來加以實現，而只能由某種結構的空位加以展現。阿圖塞將這個結構空位叫作「當去求知的主體」（le sujet supposé savoir），視之為一種知識的主體領域。對此詹明信表示質疑，認為這並不意味著抽象的或者說「科學」的方法對於認識世界及其整體性就是一事無成。而馬克思主義的「科學」，就是為我們提供了這樣一種掌握世界的抽象方法。對此他再次推舉 1972 年比利時經濟學家歐尼斯特·曼德爾（Ernest Ezra Mandel）以德文出版的名著《晚期資本主義》（*Late Capitalism*），認為該書為我們提供了一個博大精深的知識體系來掌握宏觀世界。詹明信本人現實主義對應自由資本主義、現代主義對應壟斷資本主義、後現代主義對應後工業時代晚期資本主義的著名論斷，就是直接來自曼德爾的這個資本主義三階段論。雖然這個論斷在詹明信本人鍾情有加的後工業社會的理論界裡，被認為是機械反映論的典範，而幾成眾矢之的。

詹明信進而指出，拉岡的理論體系是三重性的，不是二元論。對於馬克思主義－阿圖塞主義這樣的意識形態和科學兩分法，拉岡的象徵界、想像界、真實界三界說中，只有想像和真實兩界可以對應。所以地圖學在這裡不是跑題，因為它最終可以揭示一種恰到好處的表徵辯證法，來處理個體語言或媒介的符號和能力，進而提醒我們迄今一直被忽略過去的，正是拉岡的象徵界本身。詹明信這樣概括了他的認知圖繪美學，毫不懷疑它在後現代社會的劃時代意義：

> 認知圖繪美學是一種示範政治文化，它嘗試賦予並強化個別主體在全球體系中的方位感，它將必然且必須尊重這個如今變得極其複雜的表徵辯證模態，發明全新的不同形式，來讓它伸張正義。很顯然，這並不是號召回歸某種舊式機器，某種更為透明的舊式國家空間，或者某種更為傳統守成的視野或模仿論飛地：這門新的政治藝術，倘若它終有可能的話，將必然堅持後現代主義的真理，即是說，掌握它的基本對象 —— 跨國資本的世界空間。[203]

[203] Fredric Jameson, *Postmodernism, or, The Cultural Logic of Late Capitalism* (Durham: Duke University Press), p. 54.

從這段話中我們可以讀到詹明信的後現代主義熱情。它有助於我們理解何以詹明信被公認為第三世界，特別是中國的後現代教父。而後現代主義的新的美學原則，在他看來，便是他本人在這裡鼎力張目的「認知圖繪」。

在他 1988 年發表的著名文章〈認知圖繪〉中，詹明信分析了隨著資本或緩或劇的擴張，資本主義歷經的三種空間，或者說三個歷史階段。他認為有一條線索貫穿了這三個空間，它不是黑格爾的絕對精神，也不是黨派，而是資本自身。他自嘲這不是鼓吹一神教，而是資本天生就跟資本主義盛衰與共，兩者都是無遠弗屆的全面概念。

第一是古典或市場資本主義的空間。詹明信稱分析這一空間，他使用的是一種網格狀邏輯，即是說，將古老的神聖空間重新組合為笛卡爾式的幾何均質空間。這是一個無限均值延伸的空間，某種程度上可視為傅柯《規訓與懲罰》這一類著作的縮影。但是以傅柯為例也不應忘記馬克思主義的忠告：這類空間是建立在科學管理化和勞動過程之中，而不是在幽靈般神祕莫測，被叫作「權力」的傅柯概念裡面。他接著說：

> 這類空間的出現，也許不會捲入資本主義以後階段中如火如荼撲面而來的比喻問題，因為當其時，我們看到的是那個早早就廣泛勾連著啟蒙運動的熟悉過程，即是說，世界的去神聖化，舊式神聖和超驗形式的解碼即世俗化，交換價值對使用價值的殖民化，舊式透明敘事如《唐吉訶德》這類小說的「現實主義」去神祕化，主體和客體的一併標準化，以及欲望的去自然化和它最終被商品化，或者換句話說，被「成功」所替代。[204]

這個叫作自由資本主義的資本主義第一階段，在詹明信看來，就是世

[204] Fredric Jameson, "Cognitive Mapping", in *The Jameson Reader*, ed. Michael Hardt and Kathi Weeks (Malden: Blackwell Publishing, 2000), p. 278.

俗化、去神聖化，用現實主義來解構傳統敘事的神祕內涵，用商品化來替代欲望的生理基礎，總而言之，唯「成功」是瞻。至於修辭比喻這類問題，則將見於後面一個階段，那是市場向壟斷資本過渡，最終進入列寧所說的「帝國主義階段」。

第二種空間是資本主義的帝國主義階段，特別是19世紀末葉到20世紀初葉這個時段。隨著壟斷資本的出現，詹明信指出，一個新的國家空間，一個已經國際化的國家空間出現了。這個時期的作品需要在另外一種空間平臺上來加以分析，傳統的日常生活經驗不再能夠掌握這個新的結構，比喻由此勢所必然登上前臺，文學現代主義水到渠成。意識流、蒙太奇等一系列新的手法，故而都可視為針對傳統表達方式的危機，生發出來的解決之道。用詹明信本人的話說，便是個人生活經驗的現象學描述和作為此一經驗先決條件的專有結構之間，矛盾衝突與日俱增，以至於個人直接經驗，和使之成為可能的社會經濟形式之間，不復似早期市場資本主義時代還能大體吻合，而是不斷兩極分化，本身構成為一系列二元對立，諸如本質（Wesen）和現象（Erscheinung）、內質與外觀、結構與活的經驗等。

在這一點上，詹明信強調說，作為藝術原始素材的個人生活經驗，被擠到社會空間一隅。經驗的真實性不再能夠呼應它所發生的地點。是以倫敦的日常生活經驗，其真實性不是躲在這個城市的哪一個角落裡，而是遠在印度、牙買加。即是說，大英帝國的整個殖民系統，決定了個別作家生活經驗的特質，而且讓這經驗顯得微不足道。有鑑於這個總體結構不是個別主體的思想情感可以掌握，那麼勢必出現這樣的悖論：倘若個別經驗是真正的經驗，那麼它就不可能是真實的；倘若對應於同樣內容的科學或認知模式是真實的，那麼它就必然脫離了個體經驗。這個悖論意味著個別經驗和總體結構不能兩全，這就必然導致語言革命和文體革命的到來。現代主義於是誕生，「比喻的遊戲」（play of figuration）作為這個空間的關鍵概念，乃一路暢行其道。

關於比喻的例子，詹明信舉了 19 世紀末葉所謂的「一元相對論」（monadic relativism）。他指出，在紀德、康拉德、葡萄牙詩人費爾南多·佩索亞（Fernando Pessoa）以及義大利作家皮蘭德婁（Luigi Pirandello）等人的作品中，甚至，在亨利·詹姆斯和普魯斯特的作品中，我們可以發現，每一個人的意識都是一個封閉的世界，所以作家想要表現社會整體，就必須找到一種形式，將這些封閉的世界和它們之間的特定互動包納其中。而實際上這樣一種形式是子虛烏有的，真實世界裡它就像黑暗大洋中的航道，像飛機航線和航班永遠不能交叉的離心運動。對此詹明信解釋說：

> 相隨這一新的形式實踐出現的文學價值，被人叫作「反諷」，其哲學意識形態經常含糊其詞跟愛因斯坦的相對論勾連起來。在這裡，我想說明的是，這些形式雖然內容上通常不過是中產階級生活的私人化，但仍然不失為透過殖民網絡這一陌生的新型全球相對論，洞察中產階級生活經驗之後的徵狀和變形表達。[205]

這是說，即便反諷這一帝國主義時代現代派文學的最典型表達手法，也還是中產階級迷失自身之餘，力不從心、左支右絀的一種自我表現形式。不過，雖然這一時期的認知圖繪必然是由抽象和比喻所主導，但是個體生活經驗和社會總體結構，終究還是處心積慮協調成為生產關係。

第三種空間即是後現代，即曼德爾所說的晚期資本主義全球空間。帝國主義的國家空間具體在什麼時候，以及如何突變進入晚期資本主義全球

[205] Fredric Jameson, “Cognitive Mapping”, in *The Jameson Reader*, ed. Michael Hardt and Kathi Weeks (Malden: Blackwell Publishing, 2000), p. 279.

空間，這個問題似乎不好回答，詹明信自己也稱很難追究清楚。但是他簡要概括了後現代空間的一個顯著特點，那就是壓抑消弭距離，充填塞滿一切空白地方，以至於後現代的身體暴露在鋪天蓋地的火力之下，一切遮蔽和斡旋空間蕩然無存。這也是這一時期空間理論開始崛起的原因。詹明信表示欣賞列斐伏爾的抽象空間理論，因為它將空間看作既是同質的，又是碎片的。對於這個既新又舊、幾乎是不可言喻的後現代空間，比喻顯然是無能為力的。誠如詹明信所言：

> 你應當理解我是將後現代主義的不同空間特徵，視為表達了一個新的又是歷史的本原困境，它使我們作為個別主體，插入一個劇烈斷裂、多元現實的多維度系列，這些現實的框架從倖存的資產階級個人生活空間，一路延伸到全球資本自身無法想像的去中心化。即便是愛因斯坦的相對論，或以往現代主義者的多元主體世界，也無力就這一過程給出任何一種充分的比喻表達。[206]

之所以無能為力，是因為在這個新的空間裡主體死了。或者更確切地說，主體患有精神分裂症，被碎片化、去中心化了。這使得國際社會主義發生危機以來，地方的或草根的政治運動，無論怎樣加以策劃，也難以與國家的和國際的社會主義運動協調起來，這個成為當務之急的政治困境，詹明信認為，構成了當今國際新空間的無比複雜性。

說明這個新空間的複雜性，詹明信舉了美國史學家馬文·瑟金（Marvin Surkin）《底特律：我可不願一命歸天》（*Detroit: I Do Mind Dying*）的例子，認為這本書儘管少有人知，但是在他看來，是最好不過地闡明了政治與空間的關係。詹明信指出，瑟金的這部著作不是小說，而是就 1960 年代美國一

[206] Fredric Jameson, “Cognitive Mapping”, in *The Jameson Reader*, ed. Michael Hardt and Kathi Weeks (Malden: Blackwell Publishing, 2000), p. 280.

個最重要的政治經驗，展開歷史敘述。該書講述1960年「黑人革命工人團」（League of Black Revolutionary Workers）在底特律的興衰。這個運動的政治目標是在工作場所，特別是汽車廠裡奪權。它透過一份學生報，打破了底特律的媒體和資訊壟斷。它還選舉了法官，最後差一口氣就選出市長，接管該市的權力機器。這當然是一個巨大的政治成就。然而同樣毋庸置疑的是，詹明信進而指出，工人團大獲成功的政治策略，只限於城市形式本身。的確，美國這個超級大國及其聯邦構成的一個巨大策略，就在於城市、州、聯邦權力之間的明顯斷續性。倘若你不能讓社會主義贏得某個郡縣，如何就能期望它在美國的哪個城市獲得勝利？外國人也許不知道在這個國家裡已經有了四五個社會主義公社，詹明信說，他本人不久之前就住在其中的一個附近，那是加州的聖克魯斯（Santa Cruz）。這些地方上的成就誰也不容輕視，可是很少有人會認定它們就是走向社會主義的舉足輕重的第一步。是以對於底特律的工人社會主義革命經驗，詹明信的感受是一種反諷：其失敗也是其成功的地方，成功在於表徵——正是這個複雜的空間辯證模態，最終以書和電影的形式倖存下來，所指本身消失了，這也是德波（Guy-Ernest Debord）和波德里亞的讀者願意告誡我們的。所以，《底特律：我可不願一命歸天》這本書裡功敗垂成的革命經驗，給予我們的空間啟示是：

> 但就是這個例子，有助於揭示這個命題，那就是今天成功的空間表徵，同樣可以刻寫在失敗敘事之中，有時候，失敗在它自身背後的鬼影中，甚至能夠更有效地喚起後現代全球空間的整個建構，這鬼影一如某種終極辯證屏障或隱形邊界。對於我下面要來講述的認知圖繪口號，這個例子應也是不無意義的。[207]

[207] Fredric Jameson, "Cognitive Mapping", in *The Jameson Reader*, ed. Michael Hardt and Kathi Weeks (Malden: Blackwell Publishing, 2000), p. 282.

那麼，什麼是認知圖繪呢？詹明信重申那是阿圖塞和林奇的一個綜合。詹明信指出，《城市意象》中林奇列舉的那些疑雲叢生的城市遺跡被封鎖在現象學的邊界之內，是以《城市意象》這部經典著作招來許多批評就在情理之中，比如至少政治因素和歷史過程，就全然不見交代。但是他引證這本書，是作象徵之用，因為林奇探討的城市空間心靈地圖，也可以被推論到社會和全球總體的心靈地圖，那是我們所有的人以顛三倒四的各種形式，儲留在我們頭腦之中的。林奇繪製的是波士頓、澤西市和洛杉磯的市區中心圖，而且透過訪談、問卷調查等形式繪製記憶中的城市，由此暗示都市的異化感，直接按比例來源於城市景觀在心靈中的地圖缺失。

林奇這一從直觀到想像的城市意象圖，在詹明信看來與阿圖塞著名的意識形態理論，在空間上具有很大的類比性。他指出，阿圖塞將意識形態定義為「主體對他或她的真實存在狀況的想像表徵」，不管這個定義有多少問題，阿圖塞這個對於意識形態的正面認知，把它看作一切社會生活形式的一種必然功能，還是具有一個很大的優點，那就是強調了個別主體的地方位置，和他所屬階級總體結構之間的溝壑；這也是現象學感知，與超越一切個別思考和個別經驗的真實之間的溝壑。不過這樣一種意識形態，詹明信強調說，透過有意識和無意識的表徵，是可以給它繪製出一張地圖來的。詹明信就他宣導有年的認知圖繪美學，最終作了如下說明：

這裡提出的認知圖繪這個概念，因此涉及林奇空間分析的一種外推，將它用於社會結構的領域，即是說，在我們的歷史時期，用在全球（或者我應當說跨國）範圍階級關係的總體性之上。第二個前提也保留了下來。那是說，倘若繪製不出空間地圖是不完整的都市經驗，那麼繪製不出社會地圖便是不完整的政治經驗。要之，認知圖繪美學在這一意義上言，便是一切社會主義政治宏圖的一個有機組成部分。[208]

出於對認知圖繪的上述認知，詹明信強調它冒犯了當代所謂後馬克思主義的許多禁區，包括其中三個主要命題：一、階級不復存在了（作為小型社會中一個成分的階級、作為一種文化事件的階級意識，以及作為精神運動的階級分析，均時過境遷了）。二、今天的社會不復是由生產，而是由再生產所推動。三、否定表徵、非難總體性概念和總體思想設計，進而延伸到站邊資本主義還是社會主義和共產主義以及總體性思想等一系列亞命題。

很顯然對於當代流行的以拉克勞（Ernesto Laclau）和墨菲（Chantal Mouffe）為代表的後馬克思主義，詹明信是不以為然的，特別是對階級不復存在等一類時新命題，更是不屑一顧。由是觀之，詹明信的認知圖繪思想絕不僅僅是一種後現代社會的認知美學設計，而如詹明信本人一以貫之的辯證批評思想，始終帶著強烈的政治意識甚至無意識。誠如《認知圖繪》一文最後所言，認知圖繪事關形式，更是社會主義政治學的組成部分，但是它的可能性取決於先有政治開放，然後它將在文化上來擴大這一開放。詹明信感慨這樣一種美學尚未面世，但即便未及問世，我們也可以像想像烏托邦那樣，來想像它的存在。

五、空間修復

「空間修復」（spatial fix）是當代西方空間理論中的一個熱點話題，而它的歷史其實不短了。早在 1970 年代初，它已經出現在了西方人文地理學界。「空間修復」首先是一個馬克思主義的概念，不僅涉及政治經濟學，而

[208] Fredric Jameson, “Cognitive Mapping”, in *The Jameson Reader*, ed. Michael Hardt and Kathi Weeks (Malden: Blackwell Publishing, 2000), p. 283.

且波及文化地理學。總體上看，它揭示出資本主義社會一個無法擺脫的內在矛盾，即為了走出生產過剩的困境，資產階級必然殫精竭慮，尋求地理空間的擴張，以便為過剩資本找到出路。這一點早在 1872 年出版的《共產黨宣言》中已見端倪，馬克思和恩格斯指出，不斷擴大產品銷路的需要，驅使資產階級奔走於全球各地，到處落戶，到處開發，到處建立連繫：

> 資產階級，由於開拓了世界市場，使一切國家的生產和消費都成為世界性的了……這些工業所加工的，已經不是本地的原料，而是來自極其遙遠地區的原料，它們的產品不僅供本國消費，而且同時供世界各地消費。舊的、靠本國產品來滿足的需要，被新的、要靠極其遙遠的國家和地帶的產品來滿足的需要所代替了。[209]

馬克思和恩格斯以上名言「資產階級，由於開拓了世界市場，使一切國家的生產和消費都成為世界性的了」，應該說是「空間修復」的天才預言。這段文字無疑也是今日「全球化」的一段代表性描述。根據大衛．哈維《希望的空間》一書中的敘述，它是在暗示資本主義的內在矛盾必然衝破歐洲中心的邊界，而得到更為廣闊的空間定位。馬克思和恩格斯接著又精闢指出：

> 資產階級，由於一切生產工具的迅速改進，由於交通的極其便利，把一切民族甚至最野蠻的民族都捲到文明中來了。它的商品的低廉價格，是它用來摧毀一切萬里長城、征服野蠻人最頑強的仇外心理的重炮。它迫使一切民族——如果它們不想滅亡的話——採用資產階級的生產方式；它迫使它們在自己那裡推行所謂的文明制度，即變成資產者。一句話，它按照自己的面貌為自己創造出一個世界。[210]

[209] 馬克思、恩格斯：《共產黨宣言》，《馬克思恩格斯文集》第 2 卷，人民出版社，2009，第 35 頁。
[210] 馬克思、恩格斯：《共產黨宣言》，《馬克思恩格斯文集》第 2 卷，人民出版社，2009，第 35－36 頁。

「按照自己的面貌為自己創造出一個世界」，這毋寧說是對於空間修復的一個最為言簡意賅的概括。兩位革命導師的 19 世紀如此，今天的 21 世紀依然如此。

由是觀之，空間修復是一把雙刃劍。一方面，假如說馬克思的時代，資產階級尚是借助血與火的殖民主義實行全球空間的資本和文化擴張，那麼時至今日，它則是假全球化的浪潮，透過無孔不入的意識形態和文化霸權的營造，比如，以一種偽中產階級的符號身分渲染，來消化資本和產品的過剩累積。一個顯著的例子，便是中國取代日本，後來居上，成為西方老牌奢侈品最大的新興目的市場。就在潛移默化之間，令發達國家大眾社會少有人染指的高檔品牌，成為中國這樣的開發中國家的時尚生活，甚至日常生活的必然標配，以至於曾經有某諧星贈送其女徒高仿香奈兒包，惹怒一眾線民群起而攻之，不為明目張膽魚目混珠，只為褻瀆了美好生活的虛假幻相。但是另一方面，誠如葛蘭西分析資產階級文化霸權旨在為無產階級奪取政權提供借鑑，空間修復顯示出的資本和市場的必然邏輯，適用於資本主義，同樣適用於社會主義制度下的經濟和文化形態。

空間修復追究下來，終究還是資本的故事。按照大衛．哈維（David Harvey, 1935-）這位「空間修復」命名人的解釋，如哈維廣為傳布的〈全球化與空間修復〉一文所言，他固然經常在用「空間修復」這個理論術語闡釋全球化，但這裡的「修復」（fix）一語具有多重意義，需要澄清。比如：一、固定。如這桿子被固定在了洞裡；二、解決和修理。如解決了一個問題、修好了這輛車的發動機。還有修理的引申義：這個癮君子該修理一下了。但誠如癮君子的例子所示，這裡問題的解決是暫時的，因為過不了多久，毒癮又會復發。這好比有人會說「技術修復」抵消了人口無度成長而超過資源承受能力的問題。言外之意便是技術進步和生產力的提高，足以防止淒涼慘澹的馬爾薩斯大饑荒和社會崩潰圖景成為真實。哈維接著給他的「空間修復」作了如下說明：

> 主要在這最後一層意義上，我第一次使用「空間修復」這個說法來描繪資本主義貪得無厭的動力，謀求用地理擴張和地理重構來解決它內在的各種危機趨勢。讓它平行於某種「技術修復」的觀念，是經過深思熟慮的。我們可以說，資本主義沉溺於地理擴張，一如它沉溺於技術革新和經濟成長的無窮擴張。資本主義長久以來，無止無休地尋求某種空間修復，來對付它的危機趨勢，全球化就是這一努力的當代版本。[211]

很顯然，在哈維看來，資本主義的空間修復不過是權宜之計，就像技術進步一樣，解決了一時的問題，但是被掩蓋的矛盾衝突早晚還會捲土重來，不可能一勞永逸高枕無憂。要之，當社會主義條件下，我們的空間修復能不能做得更好？這是一個理論問題，同樣也是現實問題。

大衛．哈維出生在英國的肯特郡，1957 年獲劍橋大學地理系文學學士，1961 年獲地理學博士學位，學位論文是《論肯特郡 1800 － 1900 年農業和鄉村的變遷》。1963 年大衛．哈維任教布里斯托大學地理系，講授地理學方法論。1969 年他移居美國，長期任教約翰霍普金斯大學，同年他以地理哲學方法論名著《地理學中的解釋》（*Explanation in Geography*）一舉成名。哈維現為紐約城市大學傑出教授，始終不遺餘力推廣他的馬克思主義空間批判，是當代西方「空間轉向」中罕有其匹的一代宗師。哈維著作豐厚，已被譯成十餘國語言廣為流傳，中文譯本亦有十來種面世，除了早有迻譯的《地理學中的解釋》，其他如《資本的城市化》（*The Urbanization of Capital*, 1985）、《後現代性的狀況》（*The Condition of Postmoder-*

[211] David Harvey, "Globalization and the 'Spatial Fix' ", *Geographische Revue*, no. 3 (2001): 23-24.

nity: An Enquiry into the Origins of Cultural Change, 1989）、《希望的空間》（*Spaces of Hope*, 2000）、《新帝國主義》（*The New Imperialism*, 2003）、《反叛的城市》（*Rebel Cities: From the Right to the City to the Urban Revolution*, 2012）等，均廣為流布。

哈維強調空間修復有著悠長的歷史，它在資本主義社會關係的空間生產中，具有一種必然的延續性。故而空間修復並不是新的話題，一如全球化不是新鮮事物，它至少可以追溯到1492年哥倫布遠航美洲。哈維指出，他使用「空間修復」這個語詞，雖然術語本身多有矛盾，但是可以用它來揭示資本主義地理擴張動力及其潛在危機中的某種要義。特別是以「修復」一詞的第一層意義「固定性」（fixity）來對照資本的流動性，可以發現，既有空間的不斷修復，包括交通運輸網路、工廠、道路、房屋、供水和其他基礎設施的環境拓展，以便透過低成本的運輸交通，來克服空間距離，導致資本的一個核心矛盾：它有的放矢修復好一個空間，只為了稍後在適當時機來摧毀它，因而也賠光了投入這個空間的資本，以為新一代的「空間修復」開闢道路。如此反反覆棄舊迎新，亦是永無盡期。應當說，哈維的這些告誡，對於新時期中國城市發展遍地開花的空間修復工程，是不乏警示意義的。

根據哈維自己的介紹，發表在1975年的《對蹠點》（*Antipode*）雜誌上的〈空間修復：黑格爾、杜能與馬克思〉一文，是他第一次正式使用「空間修復」這個概念，意在重構馬克思的資本累積地理學。馮．杜能（Johann Heinrich von Thünen）是德國19世紀經濟學家、農業地理學的創始人。在哈維看來，馬克思是用注重實際的歷史唯物論，來對抗馮．杜能的邊界唯心論，即以城市為中心，區位上由裡向外，依次發展自由式農業如易腐爛難運輸的蔬菜牛奶、林業、輪作式農業如穀物馬鈴薯、穀草式農業、粗放型農業和畜牧業的邊界生產率學說，認為只要增加投資，就可以使資本增值，還可以提高工資。如杜能所言：「在孤立國的農耕平原邊境，有不限數量擁有的免費土地；資本家的獨斷、或是工人的競爭、或是必要維生方法的數量，都無法決定工資多寡，唯有勞動產品本身是工資的標準。」[212] 這裡的「孤立國」（Isolated State）是杜能的前工業化時代農業土地模式，它假定具備以下條件：城市在某個「孤立國」內部的中心。孤立國周圍是荒野。土地盡為平原，沒有河流山丘。土質和氣候始終如一。孤立國內農人用牛車將自己的產品運往市場，穿過土地，直達城市。沒有道路。農人以理性行為，實現最大利潤。杜能認為，在這樣一個均質的假想空間裡，與城市即市場的距離成為農業生產方式的決定性配置考量。對此哈維指出，馬克思是將資本視為社會關係，而不是像杜能那樣把它物化和神化，故不打破資本和勞工之間的「父權糾結」就能夠消除貧困，在馬克思看來，不但是一廂情願的天真幻想，而且是殘忍的騙局。

很顯然，空間修復不是別的，它毋寧說是馬克思主義政治經濟學和人文地理學的結合，也是資本生存的一種必然之道。簡言之，既有空間讓位給更高層次的社會生產，這也是馬克思主義政治經濟學的一個預言。

六、地理批評

地理批評（geocriticism），是當代西方前沿文論中，受列斐伏爾社會空間思想，特別是愛德華．索亞第三空間理論的影響，法國和美國相繼崛起的空間批評思潮。追尋它的起源，一般認為是始於法國利摩日大學（Université de Limoges）教授貝爾唐．韋斯特法爾（Bertrand Westphal）發

[212] 大衛．哈維：《資本的空間》，王志弘、王玥民譯，臺北群學出版有限公司，2010，第 425 頁。

明的「地理批評」（Géocritique）這個概念。韋斯特法爾的著名文章〈走向一種文本的地理學批評〉（*Pour une approche géocritique des textes*）被認為是這一流派的奠基文獻。之後他的《地理批評：真實與虛構空間》（*La Géocritique: Réel, Fiction, Espace*, 2007）一書，雖則篇幅不算很大，然而很快被譯成多國語言，成為地理批評的經典之作。該書的英譯本係美國批評家羅伯特．塔利（Robert T. Tally）2011 年譯出。比較德希達《論文字學》八年後方見斯皮瓦克的英譯本面世，可見當代美國文論在經過「法國理論」的三十年衝擊之後，理論意識已愈益強化，正在趨於同步。按照韋斯特法爾的解釋，地理批評作為一種跨學科的方法，不僅關注傳統批評的時間維度，如作家生平、文本歷史、情節線索，同樣關注空間維度，是以與地理學、建築學和城市規劃，甚至哲學概念如德勒茲的「解域」關係密切。它的中心概念之一是「越界」（transgressivity）。越界意味著什麼？哈維讀巴爾札克曾有論及。反過來則是「空間」的開放性闡釋，這在索亞《第三空間》亦有表述。故此地理批評的基本意向，可以說是早已經有種種實踐在先。

《地理批評》一書的序言中，韋斯特法爾開篇就說，空間的觀念和空間的表徵並不是一回事，空間的標準不是一成不變的。西方文化的時空觀迄今還徘徊在啟蒙運動和實證主義的傳統裡。一如時間並不是河流這個漸進且矢狀展開的比喻可以概括，空間也不是歐幾里得幾何學意義上的空洞容器。愛因斯坦相對論已經推翻了上面兩種比喻。一切都是相對的，甚至絕對也是相對的。那麼，空間協調的基準，到底又是什麼呢？韋斯特法爾表示欣賞美國人文地理學家段義孚的觀點。他說：

這一兩分法或有簡單化之嫌：我們可以提出兩種關於可見空間的基本方法，其一是比較抽象的，其二是更為具象的。前者可以包括觀念「空間」，後者則為實際「地方」。不過，兩者並非互相排斥的，因為首先兩者之間的界線，就一直在游移不定。段義孚在他《空間與地方：經驗的視角》一書中，視空間為一自由的、流動的領域，地方則是一個封閉的人性化空間：「相比空間，地方是既定價值的一個平靜中心。」這在美國是通常見解。對於段義孚來說，當空間獲得定義，見到意義時，它就變成了地方。[213]

所以地方是一個地標，是我們騷動的心靈可以棲息的一個點。韋斯特法爾強調說，這一空間和地方的區分，已經得到地理學家和社會學家，以及其他人文科學理論家的廣泛關注。不光是理論反思，而且多訴諸實踐運用。韋斯特法爾沒有說錯，我們在紀登斯筆下也見到類似說法。至於實踐，這一理念在全球化如火如荼的城市化熱潮中似也在全面開花，雖然前途遠說不上是一帆風順。

《地理批評：真實與虛構空間》作為新一波空間轉向文學批評的奠基作，很顯然作者採用的是並非沒有爭議的「地理中心主義」跨學科方法，在地域和社會空間視野中探討文學以及電影、繪畫等模仿性藝術。該書從布朗肖、巴什拉到列斐伏爾、薩依德，再到哈威、索亞、安札杜爾（Gloria Anzaldúa），縱橫捭闔，與後殖民批評、生態美學交相輝映，可以說開空間批評一代風習。2007 年該書英譯本的面世，應是再一次見證了從巴什拉、布朗肖一路延伸下來的空間批評「法國理論」假道美國文化霸權，成就其全球化旅程的軌跡。年輕一代學者如任教美國德克薩斯州立大學的羅伯特．塔利，2013 年開始策劃他主編的《地理批評與空間文學研究》（*Geocriticism and Spatial Literary Studies*）叢書，亦是近年空間理論直接用

[213] Bertrand Westphal, *Geocriticism: Real and Fictional Space*, trans. R. Tally (New York: Palgrave Macmillan, 2011), p. 5.

於文學文本分析方興未艾趨勢的一個典型嘗試。總的來看，在種族性別研究、階級分析、倫理學研究的交叉語境下，探討當下西方空間敘事學轉向中鮮明的政治寄託，已為大勢所趨。這一空間轉向的政治權力相關性，以及在文學批評中的直接運用，或將很快得到國內學界充分重視。

羅伯特．塔利身為《地理批評》一書的英譯者，在他題為「地理批評出現正當其時」的譯序中，開篇亦說，近年來像「空間」，以及與此相關的空間性、地圖繪製、地貌學、解域化等術語，已經成為文學和文化研究的關鍵字。19 世紀是時間和歷史話語一統天下，推崇黑格爾傳統目的論發展觀，以及標舉時間、效率和個性的現代主義美學，一如普魯斯特的《追憶逝水年華》所示。但是「二戰」之後空間在批評理論中異軍突起，開始與時間分庭抗禮。是以有所謂的「空間轉向」發生。問題是，這一觀念的變化，究竟是從什麼時候開始的呢？塔利認為歐洲人時空觀念的變革契機，其實是古已有之，至少可以上推到中世紀。他的證據是：

> 尤里．洛特曼在談到中世紀俄羅斯文獻中的地理空間時，注意到「地理學成為一種倫理學，故地理空間裡任何運動，在宗教和道德意義上都是至為重要的」。當然中世紀是具有這一傾向的。聖奧古斯丁界定了早期中世紀的時間觀念，認為它標注了人類走向上帝的旅程，而上帝主導了他的精神，限定了他的靈魂。至於中世紀的空間，誠如朱塞佩．塔第奧拉所言，「顯然是本體論的、心理學的、確鑿無疑的，就像時間，它成為符號表徵和宗教活動的領域」。[214]

尤里．洛特曼（Yuri Lotman）是蘇聯符號學家，朱塞佩．塔第奧拉（Giuseppe Tardiola）是以中世紀研究著稱的義大利學者，在塔利看來，他

[214] Robert Tally, introduction to *Geocriticism: Real and Fictional Space*, trans. R. Tally (New York: Palgrave Macmillan, 2011), p .1.

們都充分意識到了空間在中世紀意識形態中的重要地位。這樣一個古已有之的譜系，一下子把空間批評的歷史上溯到中世紀，誰還能對它掉以輕心？按照塔利的說法，地理批評強調文學和世界的互動，同時也在探討何以我們應對世界的一切行動也都具有文學性。故此，地理學家不光是波德里亞《擬像與模擬》（*Simulacra and Simulation*）開篇引述的波赫士筆下那位帝國版圖的繪圖師，他同樣還是作家，因為他在地球上面寫作。反過來，一切作家也必然是地理學家，因為任何故事，必有其發生空間。這樣一種「文學地理景觀」，我們發現，同樣是早有實踐在先了。

地理批評的譜系，整理起來頗為可觀。如前所述，麥克・克朗 1998 年出版的《文化地理學》一書中，便強調文學不是舉起一面鏡子來照世界，而是一張紛繁複雜的意義的網。任何一種個別敘述都難分難解地牽涉其他的敘述空間，這些空間未必一定是文學空間。是以文學與空間的關係，不復是前者再現後者，文學自身不可能置身局外來指點江山，反之文本必然投身於空間之中，本身成為多元開放當代空間經驗的組成部分。克朗借鑑雷蒙・威廉斯的「情感結構」概念，認為小說、電影、電視等文學性文本中富於個人情感、經驗的空間地理描寫，應該被看作重要的社會實踐文本，與地理民族志中的客觀文本建立起互動關聯。克朗與奈傑爾・斯里夫特合輯的《思考空間》，更溯源齊美爾、巴赫金、德勒茲、愛蓮・西蘇、拉岡、布赫迪厄等人的空間批評論述，考察「空間」在這些前衛理論家的文字中，怎樣與文學文本互動起來。相沿這一脈絡，相關文本還有詹明信的《地理政治美學：世界體系中的電影與空間》（*Geopolitical Aesthetics*）、義大利批評家法蘭克・莫瑞蒂（Franco Moretti）的《歐洲小說地圖，1800 — 1890》（*Atlas of the European Novel 1800-1900*）、薩依德的《文化與帝國主義》（*Culture and Imperialism*）、索亞的《後現代地理學》，以及塔利的《地理學探索：文學與文化批評中的空間、地方和地圖繪製》（*Geocritical Explorations: Space, Place, and. Mapping in Literary and Cultural Studies*, 2011）、《全球化時代的烏托邦》（*Utopia in the Age of Globalization*, 2013）等一大批經典和新近著作。如薩依德《文化與帝國主義》便認為現代小說的興起和現代資本主義相連繫，重構了文學空間的帝國主義擴張的語境。空間政治中的東方主義於是產生。也許，一旦認知地理學、空間政治學的闡釋視角被引入文學批評，今天正在經歷大規模社會空間重組的文學和批評敘事，就能夠迎來它們由表及裡的新的地圖繪製模式。

第九章

解構批評

一、從「耶魯學派」說起

Deconstruction 作為德希達自稱從海德格那裡求得靈感而發明的一個新詞，時至今日，「解構」已是它的不二中文譯法。但是它作為以德希達為代表的一種哲學思潮，由邊緣向中心挺進，如今大體已無異於批判分析的文學批評方式，單單以漢語裡更多是用作動詞的「解構」來對譯，往往不符合我們的閱讀習慣。解構主義這個稱謂雖然可以挑剔，卻也名正言順暢行至今。是以 deconstructive criticism，本書固然大多譯作解構批評，假如咬文嚼字的話，它盡可以理解為動賓結構，作者也時而會以解構主義批評轉譯。這裡並不是張揚得魚忘筌、得意忘言的所謂邏各斯中心主義之道，而是有意重申意義見於語境，而語境多有變化的這一從索緒爾到德希達均認可的語言表情達意基本原則。同理，為敘述方便，deconstruction 事實上根據不同語境和語感，也分別對譯為解構、解構理論及解構主義。

解構批評在 1980 年代末和 1990 年代初，曾經遭遇過一段危機，被認為是天馬行空沉溺於文字遊戲，對知識分子的社會批判使命置若罔聞。但幾乎與此同時，德希達以《馬克思的幽靈》和《友誼政治學》等一批著作，完成了他的「政治學轉向」或者說「倫理學轉向」。他對於當代社會的倫理學與政治學問題抒發己見，不斷激發出新的熱點。那麼，對於自己早年盤根錯節的解構主義形而上學，即鼓吹沒有中心、沒有權威、沒有確定意義的解構主義基礎理論，德希達本人又作何論？晚年德希達難得地未置一言質疑自己的早期思想，而是殫精竭慮將它們納入了一個新的人文系統。如以「正義」（justice）替代「延異」（différance），成為解構理論的新的標識。無怪乎保羅·弗萊認為德希達在他去世的 2004 年之前，迎來了他的學術聲譽第二春：

晚年的德希達跟義大利哲學家吉奧喬·阿甘本（Giorgio Agamben）等人一道，在文學和大多數當代社會其他問題的理論方法中，跟所謂的「倫理學轉向」連繫在了一起。是以德希達雖然在1980年代後期，時當解構主義在學界內部（不再僅僅是報章雜誌的大批判）多多少少遭遇理論攻擊時，名聲一時受損，卻因為他最晚近的一批著作，今日重又如日中天。[215]

解構主義作為一種文學批評模態，在它反客為主、從邊緣走向正統之前，議及它的首先是美國化，然後是全球化的旅程，曾經的「耶魯學派」代表著一個許多論者念念不忘的黃金時代。之所以為耶魯學派打上引號，是因為無論是當時還是之後，在文學批評史上是不是存在這麼一個學派，一直存在爭議。爭議甚至見於這個「學派」的內部。1979年，耶魯大學哈羅德·布魯姆、保羅·德曼、傑佛瑞·哈特曼（Geoffrey Hartman）和希利斯·米勒這四位文學系的名教授會合，加上巴黎過來的雅克·德希達，出版了一部文集《解構與批評》（*Deconstruction and Criticism*）。這正是美國文學批評迷茫失落、徘徊低谷的時期。這部收入四位耶魯本土教授和外來的德希達一人一篇長文的大作一出，彷彿雲遮霧罩的天空豁然開朗，一道陽光突然照射下來，本土尚且壁壘重重的解構主義，卻在它故鄉的彼岸與文學批評結下不解之緣，在偶然和必然之間，開啟了一個名傳一時的「耶魯學派」。

《解構與批評》被認為是「耶魯學派」正式誕生的宣言。但即便是宣言，它所宣布的其實也不是一個學派的誕生。傑佛瑞·哈特曼所寫的序言開篇便說，這本文集既不是要挑起爭端，也不是一般意義上的宣言。假如說這五篇個性鮮明、風格各異的文章有心要宣示任何東西，那麼毋寧說是有意突顯影響當今文學批評的兩個問題：第一是批評本身的情景和功能，

[215] Paul H. Fry, *Theory of Literature* (New Haven: Yale University Press, 2012), p. 123.

第二是文學的問題。就前者而言，哈特曼指出，批評並不僅僅是作品的跟班，它是文學世界的組成部分，具有自己的融合哲學與文學、反思與形象的複雜特徵。就後者而言，文學的力量是如何構成的？它怎樣表現自己？有沒有可能發明一種理論，描述也好，闡釋也好，最終是照亮了藝術作品，而不是讓它更加混沌？正是基於這一理解，哈特曼談到了「解構」：

> 解構，就像大家已經習慣這樣來稱呼這個術語那樣，拒絕將文學的力量等同於任何給定的意義，而要闡明，這類邏各斯中心或者說道成肉身一類的視野，是多麼深刻地影響了我們對於藝術的思考方式。[216]

由此可見，「耶魯學派」推崇的解構主義，主要還是提倡文學批評能夠見人所不見，避免人云亦云。哈特曼的解釋是，我們通常以為憑藉作品的魔力，語詞的在場就相當於意義的在場。但是反其道行之又怎樣？即是說，語詞能不能表現意義的某種空白和不確定性？這樣來看解構批評，它的離經叛道意味迄至此時，其實還是被限定在一個我們並不陌生的範域之內，這個毋寧說就是英美新批評的「細讀」傳統。誠如哈特曼所言，解構批評揭示意義與語言並不是契合無間的，而在這不一致的間隙之間發掘驚世駭俗的力量，從來就是文學的魅力所在。

所謂的「耶魯學派」，曾經有過一個與中國連繫密切的諢號「四人幫」（gang of four）。這個諢號至少能夠顯示，這個「學派」的形成和影響傳布時期，正是中國結束「文化大革命」，學術園地一片荒蕪，振聾發聵的 80 年代尚有待時日的那一段特殊空白時期。這段無可奈何的空白，令是時的中國學界對於突然出現在地平線上的這個批評「學派」表現出巨大熱情，除了不遺餘力予以推介，凡言及解構主義在文學批評方面的實踐，

[216] Geoffrey H. Hartman, "Preface", in *Deconstruction and Criticism*, by Harold Bloom et al. (New York: The Continuum Publishing Company, 1979), p. 6.

言必稱這個「耶魯學派」。一切似乎順理成章。從 1975 年開始，德希達便穿梭在大洋兩岸，出任耶魯大學英文系的訪問教授。《解構與批評》面世之時，德希達至少已經有五本書被譯成英語，它們分別是《〈聲音與現象〉兼論胡塞爾符號理論》（*Speech and Phenomena: And Other Essays on Husserl's of Sign*, 1973）、《論文字學》（*Of Grammatology*, 1976）、《寫作與差異》（*Writing and Difference*, 1978）、《胡塞爾〈幾何學起源〉導論》（*Edmund Husserl's Origin of Geometry: An Introduction*, 1979），以及《馬刺：尼采的風格》（*Spurs: Nietzsche's Styles*, 1979）。其他日後相繼被譯成英語的《播撒》（*Dissemination*）、《哲學的邊緣》（*The Margins of Philosophy*）、《喪鐘》（*Glas*）和《繪畫中的真理》（*The Truth in Painting*）等著作，也均已面世。所以毫無疑問，當時的「耶魯學派」中，著述最為豐厚、名聲傳布最為廣泛的是德希達。假如斷言德希達是這個團體的領袖和靈魂人物，恐怕很少有人會提出異議。但迄至此時，德希達事實上一直遭受本土哲學家的排擠，他在母校巴黎高師哲學系的職稱始終是副教授，就是例證。哲學與文學結盟，看來遠非一路坦途。結盟的結果通常是文學受益於哲學，反過來哲學卻受累於文學。

德希達收入文集的〈活下去〉一文，再一次展示了他《喪鐘》一書分別以黑格爾和熱奈特（Gérard Genette）為題，同時來寫兩本書的雙管齊下手法。但這一次是落霞與孤鶩齊飛，正文與注釋並立。題為「邊界線」的一條注釋，如影相隨自始至終伴隨正文，講述了另外一個故事。德希達是幸運的。在他初涉文學批評之際，就結交了美國最好的英文系中四位最傑出的文學教授。不但結交，而且他的「解構」理論能夠得到認同並被奉為圭臬。但即便如此，對於「耶魯學派」是不是成其為一個學派，它本身的「成員」內部，事實上也始終未有共識。

多年之後，因出版《西方正典》、呼籲回歸審美再次蜚聲的布魯姆，在接受媒體採訪的時候回憶說，《解構與批評》這個書名就是他起的，但是他的意思是其他四人是在解構，而他則是進行批評。布魯姆斷言他從來就不喜歡德希達的作品。這麼來看，首先當年布魯姆身為耶魯學派的一員主將，是不是就有點陰差陽錯的味道？此外保羅·德曼（Paul de Man, 1919-1983）這位被認為是將德希達解構主義全面用於文學批評的領袖人物，毋寧說是借著解構的名義，來深化他擅長的修辭學批評。德曼闡釋步驟中那種幾近數學般的精確，以及思緒裡那種班雅明式的憂鬱，也都與唯以犀利一馬當先的正統解構批評格格不入。哈特曼看重的是語言本身的隱喻和顛覆性特徵，雖然與解構批評可謂異曲同工，但他本人對解構主義並不熱心推崇，更多的是一種冷靜分析態度，一如他對德希達《喪鐘》的評論。哈特曼收入《解構與批評》中的華茲渥斯專論提到了拉岡，但是通篇未提及德希達與「解構」一語。

對解構主義顯出格外熱心的是希利斯·米勒。米勒 1973 年從約翰霍普金斯大學移師耶魯，這兩所大學都是美國解構主義批評的重鎮。1966 年約翰霍普金斯那次迎接法國結構主義，被認為由此開啟「法國理論」美國旅程的盛會上，米勒就在聽眾席上見證了德希達對李維史陀的發難。米勒收入《解構與批評》的〈作為寄主的批評家〉一文中，高度推崇德希達的解構主義批評理式，指出如雪萊長詩〈生命的凱旋〉（*The Triumph of Life*）那樣的作品，誠如以往批評家所言，是隱居著一連串的寄生物，那都是在先文本的回聲、暗示、訪客以及幽靈。它們或被肯定、或被否定、或被昇華、或被扭曲又展平。米勒進而拉進哈羅德·布魯姆，認為這一切都很像他「影響的焦慮」理論所闡發的景象，後者在米勒看來，正是解構主義批評的一個前奏。反之他以艾布拉姆斯為字面義闡釋的代表人物。這樣來讀雪萊的〈生命的凱旋〉，究竟是滿足於一詞一解的字面義的讀法抑或雲譎波詭的解構主義讀法更為適當，讀者當是一目了然。米勒對解構主義的認知不同於德曼，他毫不掩飾解構主義背後的虛無主義傳統，認為這個傳統其實是西方形而上學之必然。故此對於批評來說，米勒指出，不管我們身處何方，必出於寄生和被寄生的中間地帶。這個神祕莫測的領域，是一切形式主義難以破解的，因為它就是我們的生存狀態，也是一切文本的旨趣所在。但是：

> 只有在對該文本作一種極端闡釋，即殫精竭慮將作品提供的條件用到極致的情況下，此一洞見方能顯現出來。此種形式的闡釋，也就是闡釋是其所是，此時此刻，我們給予它的一個名字，就是「解構」。[217]

這當然是一個非常樂觀又自信的解構主義批評定義。簡言之，它不是別的，就是盡心盡力將文本提供的可能性用到極限。無怪乎米勒不但將解構主義回溯到尼采，而且直接上溯到古希臘哲學的智者學派，甚至，柏拉圖本人，蓋因柏拉圖的《智者篇》裡，就充滿了一種自我解構意識。

中國對「耶魯學派」的介紹始於 1980 年代，幾乎與解構批評傳入中國同步。但是相關著作的譯介，卻是姍姍來遲，遲得在大家對於解構批評已經意興闌珊的 21 世紀第八個年頭，才見面世。面世的這四本書是保羅·德曼的《閱讀的寓言》（*Allegories of Reading*）、希利斯·米勒的《小說與重複》（*Fiction and Repetition*）、傑佛瑞·哈特曼的《荒野中的批評》（*Criticism in the Wilderness*），以及哈羅德·布魯姆的《誤讀圖示》，朱立元主編，天津人民出版社2008年出版。20世紀解構主義算是出盡了風頭，90年代初始，曾有人斷言解構主義已成明日黃花，新歷史主義坐上了前衛

[217] Hillis Miller, “The Critic as Host”, in *Deconstruction and Criticism*, by Harold Bloom et al. (New York: The Continuum Publishing Company, 1979), p. 189.

批評的第一把交椅。可是終究新歷史主義來得快捷，去得也迅速，多少像是曇花一現，雖然餘緒今日尚可從容品味。反之解構主義此起彼伏，從邊緣走向了人文話語的中心。誠然，當時為中國新潮批評趨之若鶩的耶魯學派，早已風流雲散，可是假如我們認定解構主義是文學批評一種行之有效的方法，假如我們願意深入鑽研除了德希達之外，解構主義可以怎樣被用於文學作品的分析，以及怎樣被誤讀，那麼這個言人人殊的「耶魯學派」留下的著述，就也還是值得認真研讀的。

說起來，這四本著作雖然近年批評論述中徵引不計其數，完整的中文譯本，卻都還是第一次面世。其實它們早在二十多年前，就應該付梓出版的。因為這樣那樣的原因，這個早在 1990 年代初葉就告完成的小譯叢被束之高閣。這一耽擱，就是二十年。四本書當中，德曼的《閱讀的寓言》，強調一切語言都是建構起來的。這似乎是一個典型的解構主義命題，也是一個典型的後現代命題，但是德曼更願意強調的是他一如既往鍾情有加的修辭學。故文學批評的使命，即是解構語言，揭示語言修辭背後的東西。《閱讀的寓言》有一半篇幅是解構盧梭，特別是揭示《懺悔錄》中盧梭嫁禍女僕瑪麗永偷絲帶，表面上是痛心懺悔，實際上是文過飾非一節，差不多成為解構批評的經典，被人頻頻援引。德希達的《論文字學》，幾乎也是用了一半篇幅解構盧梭。盧梭何以引起解構主義持久不衰的興趣？是他口口聲聲譴責文字，偏偏自己的文字若行雲流水格外自在呢，還是他《懺悔錄》言不由衷，用漂亮的語言掩飾了並不漂亮的行為和動機？按照德曼本人的解釋，他分析盧梭，詳盡闡述和分解了各種修辭手法的轉換系統。換言之，他的著眼點依然還是修辭。對此德曼說：

結果就是這樣一個閱讀過程，其中修辭四分五裂地將比喻和見解，或者說，將認知語言和行為語言糾纏交結起來，兩者自然並不全是一回事情。這個結論的種種涵義並不容易澄清，也不能離開具體閱讀的複雜語境，三言兩語概括出來。[218]

我們不難發現，德曼的修辭學閱讀計畫，說到底還是秉承了作品的「細讀」傳統，注重後來叫作「互文性」的文本的言外之音和象外之意。實際上德曼對於「解構」的認知，也是基於這一視野。故此他感慨「解構」這個術語已經招致太多誤解，不是被視為無傷大雅的文字遊戲，就是被斥責為恐怖主義者的武器。

傑佛瑞．哈特曼的《荒野中的批評》，反思更多的是文學批評自身的定位問題。它在歷代的批評文字當中遊走，所以是一種典型的「元批評」。作者引 T. S. 艾略特的話說，批評就像呼吸一樣不可或缺，強調批評和文學理應是共生的關係，而不是寄生在文學身上。他進而比較文學批評的兩大流派，哲學的批評和實用的批評，納悶何以哲學的批評在歐陸大行其道，反之實用的批評則孤零零佇立在英美教授們的著述之中。由此可以反觀這本書的書名：「荒野」一語係借用馬修．阿諾德《批評的功能》（*The Function of Criticism*）一書中的說法，它指的是《聖經》裡以色列人流落西奈荒野中的意象。批評如何像《出埃及記》一般走出荒野，如何建立它自己的王國，批評家肩負的神聖使命，由此可見一斑。

希利斯．米勒無疑最為中國讀者所熟悉。他數度來訪中國，講述全球化語境下文學研究面臨的新挑戰，以至於幾度誤讀誤解下來，差不多成了文學解構主義的代表人物。可是米勒對文學其實是一往情深，自謂向來未敢移情別戀。《小說與重複》中，米勒分別解讀了 19 世紀以降的七部小說，康拉德的《吉姆爺》（*Lord Jim*）、艾蜜莉的《咆哮山莊》（*Wuthering*

[218] Paul de Man, *Allegories of Reading: Figural Language in Rousseau, Nietzsche, Rilke, and Proust* (New Haven: Yale University Press, 1979), p. 9.

Heights）、薩克雷的《亨利．艾斯芒德》（*The History of Henry Esmond*）、哈代的《德伯家的黛絲》和《心愛的》、吳爾芙的《達洛維太太》（*Mrs. Dalloway*）和《幕間》（*Between the Acts*），進而以「重複」為小說萬變之中的不變內核。這個立場可以說是解構主義的，同樣也可以說是新批評傳統的延伸。其是非得失見仁見智，就一如我們今天回過頭來，重讀從前的「耶魯四書」。事實上米勒是是時四位耶魯教授中認同學派存在的唯一一人。無論在耶魯還是後來到加州大學厄灣分校，以及有一陣身居現代語言協會（MLA）主席要職，他都堅持為解構主義辯護。真是難能可貴。

就在《解構與批評》問世的第二年，批評家鄧尼斯．多納休（Denis Donoghue）在《紐約書評》上發表〈解構解構〉的文章，稱像哈羅德．布魯姆和保羅．德曼這樣的才俊給解構主義吸引過去，完全是因為它「認認真真說胡話」[219]。這是把解構主義用於文學批評看作一場精緻的文字遊戲。德希達本人經過 1990 年代的「政治學轉向」，最終確立了其公共知識分子的形象。今天我們重讀彼時那個也許壓根就沒有真正存在過的「耶魯學派」又有何感想呢？我們能夠滿足於將它僅僅視為「法國理論」的一個美國版本嗎？

二、《論解構》三十五年

喬納森．卡勒的《論解構：結構主義之後的批評與理論》1982 年面世，時值玄之又玄的前衛理論暢行其道的大好時光。在中國，百廢待興的 1980 年代充滿理論的飢渴，一旦打開國門，西方一百多年間各路叛逆思潮，從尼采、海德格、佛洛伊德到結構主義和後結構主義，令人目不暇接

[219] Denis Donoghue, “Deconstructing Deconstruction”, *New York Review of Books* (June 1980), p. 38-41.

地撲面而來，幾乎就是在一眨眼之間，完成了從現代性到後現代的過渡轉型啟蒙。有鑑於這一切大體上是發生在文學批評和美學領域，《論解構》裡卡勒的這一段話不失為一個形象概括：

> 文學理論的著作，且不論對闡釋發生何種影響，都在一個未及命名，然而經常被簡稱為「理論」的領域之內密切連繫著其他文字。這個領域不是「文學理論」，因為其中許多最引人入勝的著作，並不直接討論文學。它也不是時下意義上的「哲學」，因為它包括了黑格爾、尼采、伽達默爾，也包括了索緒爾、馬克思、佛洛伊德、厄文·高夫曼和拉岡。它或可稱為「文本理論」，倘若文本被理解為「語言連接成的一切事物」的話，但最方便的做法，還不如直呼其為「理論」。[220]

卡勒沒有說錯，《論解構》這部德希達解構主義相關論著中的經典之作，基本上就是在講述「理論」的故事。解構主義自從 1976 年斯皮瓦克譯出並作長序的《論文字學》出版後，在美國一路風行，不但進入大學課堂，而且論者蜂起。但是即便德希達本人，1982 年之前毋寧說還是處在天馬行空的方法論布局階段，即便 1982 年之後，有關德希達和解構主義的著作前赴後繼不斷更新面世，卡勒的這本《論解構》，還是當仁不讓坐定了解構主義文學批評論著中的經典地位。2007 年，《論解構》出二十五週年版，封底就印著英國資深小說家和批評家大衛·洛奇（David Lodge）的評論：「伴隨閱讀事業中的解構主義和人文主義方法之爭，學院派文學批評依然是為『理論』所主導。喬納森·卡勒的《論解構》是一部細緻耐心、深思熟慮、卓有啟迪的著作，典範性地闡發了德希達的觀念及其在文學研究中的運用。」

[220] Jonathan Culler, *On Deconstruction: Theory and Criticism after Structuralism* (Ithaca: Cornell University Press, 2007), p. 8.

德希達鍾情文學自不待言，而且孜孜不倦以文學的靈動和凶險來顛覆他名之為邏各斯中心主義的西方理性主義的哲學傳統。但是德希達從來沒有掩飾過他根深蒂固的哲學家身分認同。早在 1970 年代中期，他就參與了抵制法國政府擬在公立高中取消哲學課程的教改方針。中學如此，大學亦然。今日大學的人文課程普遍被邊緣化，人文傳統當然可以解構，但是解構以後大學何去何從？是不是馬上會有其他力量乘虛而入？德希達的回答是：

> 如果說今日的法國害怕哲學，這是因為推廣哲學教育涉及兩類威脅力量的前景：一類是想要改變國家的力量（比方說，左翼黑格爾主義的時代），它們試圖讓國家擺脫當前的主掌權力；另一類是意在解構國家的力量，它們可以和前一類力量同時發力，可以結盟也可以不結盟前一類力量。這兩類力量無法歸納到現有的那些個門類之中。[221]

在德希達看來，在大學周邊的其他力量，正在虎視眈眈，樂觀大學的人文傳統消失讓位，以圖取而代之。要之，誰害怕哲學？資本主義的政府害怕馬克思主義哲學的潛在顛覆力量。這是問題的關鍵所在，它也清楚地表明瞭德希達本人的哲學立場。但是德希達在法國哲學家中的地位一開始並不顯赫，而且普遍認為是偏離從笛卡爾到胡塞爾的歐洲正統哲學，好高騖遠、天馬行空，接近比較文學一類。德希達的解構主義很長時間被人視為洪水猛獸，甚至他的母校巴黎高等師範學院，都沒有最終把他很好地接納下來。1982 年德希達告別巴黎高師這個哲學家的搖籃，轉而供職法國高等社會科學院，一個原因就是當時已名滿天下、令全世界都在言必稱解構的德希達，還不是正教授。有段時間德希達自嘲是一個奢侈的邊緣人，這該是一個生動的寫照。

[221] Jacques Derrida, *Who's Afraid of Philosophy*, English trans. Jan Plug (Stanford: Stanford University Press, 2002), p. 149.

但是解構主義在美國一路坦途。以德曼的學生斯皮瓦克 1976 年譯出德希達早年代表作《論文字學》為代表，德希達與羅蘭·巴特、傅柯、拉岡、德勒茲等人先後進入美國大學課堂，一時眾星閃耀，匯合成聲勢浩大的「法國理論」。德希達從 1975 年開始出任耶魯大學英語系的兼職教授，頻頻穿梭於大洋兩岸，形成集結了四位教授德曼、布魯姆、米勒和哈特曼的「耶魯學派」。進入 1990 年代之後，雖然宣布解構主義壽終正寢的聲音時有出現，可是由於德希達本人始終孜孜不倦地往返歐美授業寫作，在批評界不斷掀起新的熱點，以至於反傳統起步的解構主義，終於成為傳統本身的一個部分。因為解構的核心如德希達本人一再強調的，說到底是批判、揚棄，而不是盲目服從權威。2004 年德希達去世後，當時的法國總統席哈克致辭說，因為德希達，法國向世界傳遞了一種當代最偉大的哲學思想，這也並不言過其實。

解構主義的美國之旅主要盯住它對文學發生的以及可能發生的影響，這一點《論解構》同樣方方面面敘說得非常清楚。雖然，嗣後以德希達和解構作為書名的著作紛紛出現，但是在介紹解構主義的基本理論和這一理論可以怎樣用於文學方面，迄至今日堪稱經典的，依然毋庸置疑是卡勒的這本《論解構》。它可以說是美國解構批評理所當然的學院派代表，清晰而不晦澀、深入而不故作高深。很難設想，在 1970 年代和 1980 年代初新批評、結構主義、女性主義、解構主義等各路軍馬紛至沓來的理論爭鋒中，除了像喬納森·卡勒這樣本人全方位參與其中的實踐型批評家，還有誰能描畫出這樣一幅結構主義之後的批評與理論全景圖。誠如該書開篇所言，「在 1980 年代初來敘寫批評理論，不再是介紹陌生的問題、方法和原理，而是直接參與一場生機勃勃、難解難分的論戰」。[222] 論戰的結果，是

[222] Jonathan Culler, *On Deconstruction: Theory and Criticism after Structuralism* (Ithaca: Cornell University Press, 2007), p. 7.

卡勒通力闡述德希達的二元對立解構主義方法論，並身體力行，標舉它為當代最有活力、最有意義的批評模態。

卡勒論解構，應是身體力行實踐了解構主義批評的最一般理路。就解構批評來看，卡勒分別轉述了德希達讀索緒爾、讀盧梭，以及讀柏拉圖、約翰·奧斯丁、佛洛伊德、柏拉圖、康德、拉岡等著名的解構主義閱讀案例。卡勒談到解構不同於實用主義哲學：固然，有如羅蒂筆下的實用主義，解構視表徵為指涉其他符號的符號，而其他符號又指涉其他符號，如此意義環環延伸了無盡期；但卡勒表明，解構之道既不同於實用主義「可被證明的主張」這一真理觀，其對反思的態度，也有別於實用主義。故解構閱讀實際上面臨著一個似是而非的局面：

> 其中一方面邏各斯中心主義的立場包含了自身的瓦解，一方面邏各斯中心主義的否定又在用邏各斯中心的術語展開。就解構堅持這些立場而言，它似是一種辯證的綜合，一種更優越的完整的理論。然而，這兩種立場結合之時，並未產生一個連貫的學說，或更高一級的理論。解構主義並無更好的真理觀。它是種閱讀和寫作的實踐，與說明真理的努力中產生的困惑交相呼應。它並不提供一個新的哲學構架或解決辦法，而是帶一點它希望能有策略意義的敏捷，在一個總體結構的各個無從綜合的契機間來回遊轉。[223]

這毋寧說也是解構批評的一個哲學綱領。解構主義並無更好的真理觀，解構是一種閱讀和寫作實踐，呼應著真理闡述中的諸多困頓。這不失為一種謙卑的理論品格描述。

涉及卡勒本人的解構批評嘗試，一如他對德希達解構理論深入淺出的

[223] Jonathan Culler, *On Deconstruction: Theory and Criticism after Structuralism* (Ithaca: Cornell University Press, 2007), p. 155.

闡述，卡勒同樣樂於旁徵博引，娓娓而談引述他人的成果。他分別推舉了華爾特・麥可斯讀梭羅（Henry Thoreau）、芭芭拉・強森（Barbara Johnson）讀梅爾維爾、德曼讀普魯斯特、約翰・布蘭克曼讀奧維德（Ovid）《變形記》（*Metamorphoseon libri*），以及納爾・赫茲（Neil Hertz）《佛洛伊德與撒沙子的人》（*Freud and the Sandman*）中的互文閱讀等，以它們為以子之矛，攻子之盾的「解構批評」範式。根據卡勒的歸納，解構批評可以落實到六個基本步驟，具體是：一、在對象文本中找出一系列二元對立概念，諸如真理／虛構、言語／文字、字面義／隱喻義，如此等等，然後顛倒它們的等級秩序；二、尋找一個詞作為突破口，例如以「藥」來解構柏拉圖，以「附飾」來解構康德，以「補充」來解構盧梭；三、密切關注文本自相矛盾的其他形式；四、特別是關注令文本自我解構的修辭結構；五、將文本的內部衝突引申為文本不同闡釋之間的衝突；六、關注邊緣成分，從邊緣向中心突進。這六個解構批評的基本策略，也許千篇一律演繹下來會顯得刻板，就像我們今天回過頭來再讀《論解構》，已經有所覺察的那樣。但是毋庸置疑，它們都具有非常實在的可操作性，這一點與德希達本人早期理論天馬行空式的文字遊戲形而上學，適成對照。

《論解構》在 2007 年出二十五週年紀念版時，卡勒還專門寫了一個長達 14 頁，卻沒有標注頁碼的「二十五週年版序言」。序言開篇作者就舉 2007 年 6 月《紐約時報》體育報導的例子：「邦茲在芝加哥的閒暇時光跟傑西・傑克遜一起禱告，拜訪了家人，解構了他的揮桿錄影帶。」由此說明「解構」這個詞已經進入日常語言，成為分析的近義詞。此外著名導演伍迪・艾倫拍過一部電影《解構哈利》（*Deconstructing Harry*），這裡的「解構」，與前面邦茲「解構」揮桿動作以求改進，又有什麼關係？而且即便兩個「解構」之間毫無關係，那又有什麼相干？按照卡勒的說法，《解構哈利》中的解構，意在消解圍繞哈利的不祥之兆。這可見「解構」這個詞的奇崛命運，早已不限於文學批評和哲學領域，它已經從無到有，成為我們日常生活中最為活躍的用語之一了。

卡勒說，《論解構》這部著作出版二十五年之後，依然熱度不減。過去的四分之一個世紀裡，「解構」這個術語是批評和文化論爭中的光點，也是誤用濫用的代名詞。由此得名的解構主義不僅深刻影響了理論文字，同時也是 20 世紀一個更廣泛思想運動的名稱。而在這個世紀的思想裡，一千年來哲學、文學以及批評傳統各種天經地義的種種假設和推測，變得形跡可疑。但是，解構的形跡從來就不是一目了然的。卡勒引德希達的話說，解構不是一個學派或一種方法、不是一種哲學或一種實踐，而是正在發生的東西。故而就像「解構」（déconstruction）這個德希達在海德格文字中翻譯 Abbau 和 Destruktion 這兩個表示分解和破壞的術語時靈機一動發明的法語詞，不但有了自己的鮮活生命，而且逃脫作者的控制，來指涉一個更為廣泛的知識過程或運動。它雖然隨著德希達的去世，終結於 20 世紀，然而卻薪火相傳，開闢了一個屬於它自己的獨立思考傳統。

卡勒認為，在文學與哲學之外，「解構」的影響主要表現在兩個方面。其一，它不是首先關注一個文本說了什麼，而是首先來看它如何維繫與其所言的關係，解構突顯活躍在一切話語和話語實踐中的修辭結構和行為效果，以其為特殊方式的話語解構經驗。這一思想應該可以比照傅柯《詞與物》中的相關論述。其二，解構思維作為基礎二元對立的批判探究，同時試圖干涉和改變附著於特定術語上的價值，它不僅影響到如何閱讀文本，而且影響到了一個學科的目標設定。為此卡勒指出，解構在 1970、1980 年代聲譽如日中天，隨著之後在人文學科和社會科學廣泛傳播，它在最寬泛的意義上說，已經成為挑戰既定成見的不竭動力，即便其結果不是解決問題，反而是惡化局勢，激發出更多的疑雲。

這或許可以說明時至今日，何以解構主義作為正統哲學可能依然面臨著多重抵制，作為文學批評的基本理路，卻絲毫不爽地完成了反僕為主、反客為主，由邊緣挺進中心進而占據中心這一歷史使命。誠如卡勒本人在《論解構》二十五週年紀念版序言中所言：「在文學研究內部，解構今已廣為傳布，是以同解構相關的概念（比如，有機形式理念的批判，以及文學的文字觀念應當探討如何以其人之道還治其人之身等）同樣是四面八方傳播開來。除了德希達關於文學的浩瀚文字尚未及被批評實踐充分吸收，保羅．德曼的一批扎扎實實的著述 —— 一大部分作者身後方才出版 —— 也變得唾手可得。這些文章鞏固了《論解構》中勾勒的一個獨樹一幟的解構傳統，或者說，文學作品的修辭閱讀傳統。」這是說，解構批評以反傳統起家，然而半個世紀下來，它最終成為傳統本身的一個組成部分。

《論解構》二十五週年紀念版序言中，卡勒分門別類歸納了是書 1982 年出版之後，解構在文學批評之外發生的影響。總體來看，以下三個方面值得關注。

其一是女性主義／性別研究／酷兒理論。卡勒指出，雖然女性主義一直對解構主義疑神疑鬼，覺得它是種典型的男性抽象消閒，讓思想千篇一律，實際上是刻意否認女性經驗的權威性，但是許多女性主義思潮始終支持解構男人／女人這個二元對立，支持批判身分的本質主義概念。這當中固然有斯皮瓦克等人始終在強烈呼籲將解構與女性主義及其他熱點問題連接起來，但是最傑出的相關成果，還是朱迪斯．巴特勒，她將德希達與傅柯拉進了她性別與身分的理論工程。為此卡勒推崇巴特勒的《性別麻煩》、《至關重要的身體》（*Bodies That Matter: On the Discursive Limits of "Sex"*）等一系列著作，認為作者提出的性別和性認同的操演概念，先是師法 J. L. 奧斯丁的行為句概念，同樣也借鑑了德希達有關行為句重複性的論點，在界說當代男女同性戀研究以及女性主義方面，功不可沒。

其二是宗教／神學。卡勒指出，解構作為形而上學的批判，特別是作為在場的形而上學和邏各斯中心主義的批判，似乎注定是反神學的。但是這一揭示西方哲學之隱祕神學結構的心志，也導致將解構理解為否定神學的一個版本。一些學者如約翰．卡普托（John Caputo），在德希達思想中高揚彌賽亞概念，試圖發掘一種德希達式的神學概念，將延宕的母題與等待彌賽亞降臨連繫起來，進而論證一種「無宗教的宗教」和「無彌賽亞的彌賽亞式」。在這裡，解構展示的不是宗教的不可能性，反之是一種具有否定性的宗教，一種沒有真實宗教種種缺陷的宗教。

此外，討論解構與宗教，似乎是兵分兩路，一路將宗教引入德希達與解構，闡明解構最終是具有它自身結構和擔當的宗教；另一路則將解構引入神學，以使它更具有哲學的複雜性，更為精緻也更有責任感。是不是解構非得標舉無神論，否則無以為繼？抑或它是不是能在神學語境內部展開，以生產一種能夠「逃避」哲學的神學？德希達收入他與吉亞尼．瓦蒂莫（Gianni Vattimo）合編的《宗教》（*La Religion*）一書中的長文，並非全然將神學視為宗教本身，而更多地視之為某種社會和精神現象，表明用解構來談宗教問題，確實是有所不同的。

其三是政治、法律、倫理學。這也許是解構主義近年走向最令人關注的部分。解構與政治的關係又當何論？比如，解構是否擁有一種政治學，抑或它是一種可以隨心所欲，採用政治的一切不可能性來加以推動的思想？卡勒引述美國批評家傑佛瑞．班寧頓（Geoffrey Bennington）〈德希達與政治〉一文中的看法，指出由於德希達的哲學著作如此激進，以至於英語世界中有一種觀點，認為它可以催生一種同樣激進的政治或解構主義政治學，如是讀者可以挑剔德希達，指責他辜負了某些人的期望，未能政治與現實一視同仁。[224] 對此卡勒不勝感嘆，感慨德希達其實在許多政治問題上立場鮮明，可是即便如此奮不顧身投身左派，或扮演左派，卻還是讓許多追求另一種激進政治秩序的人失望。畢竟，闡釋世界和改變世界是兩回事。卡勒指出，德希達關於政治的著述廣博，一方面有直接的政治話題，諸如種族隔離、移民法、死刑、歐洲一體化；一方面又有最廣泛意義上的政治理論，如《友誼政治學》（*Politiques de l'amittié*），即是透過敵友問題，來深入政治和民主。

在法律領域，卡勒認為研究法律教義內部原則與反原則之間的衝突，與解構多有類似。卡勒本人 1988 年發表過題名為「解構與法律」的文章，指出近年興起的法律批評運動，熱心批判公共與私人、本質與偶然、內容與形式等一系列同樣是法律基礎的二元對立，同時有意表明法律教義意在掩蓋矛盾，這與解構主義的理路不無相似。但這一領域裡德希達本人的文字又有不同，它們更多從哲學角度來探討法律和正義的問題，如為什麼根本意義上的暴力和正義問題，是無法解決的。《法律的力量》（*Force de loi*），便是典型的例子。

如前所述，「正義」在德希達後期著作中替代早年的「延異」，成為解構主義的新標識。卡勒認為這裡涉及倫理學問題。有鑑於解構總使人聯想到蔑視既定規範與傳統，擁抱不辨善惡的尼采軌跡，與倫理學似乎最是遙遠。倫理學概念本身，連帶法律、責任、義務，以及決定等概念，都是來自形而上學，解構如何獨能繞過這些問題，不作詰難？這裡運行的是哪一種必然、哪一種義務或承諾，是倫理學的抑或不是？卡勒的回答是，就解

[224] Geoffrey Bennington, "Derrida and Politics", in *Interrupting Derrida* (London: Routledge 2000), pp. 18-19.

構的例子來看，倫理學問題直達其方法論的核心。我們為什麼關心解構？他引美國解構主義哲學家西蒙．克雷奇利〈交錯：列維納斯、德希達與解構的倫理要求〉一文中的話，「因為我們別無選擇，統治著解構的必然性來自整個的他者，命數女神阿南刻，在她面前，我斷無拒絕，凡我自由心願，皆為正義拋棄。作如是言，我相信我是追隨德希達了」[225]。所以很清楚，除了直面解構，我們別無選擇。這毋寧說也是一種倫理學的必然。

三、翻譯的必然性與不可能性

卡勒沒有說錯，德希達對於宗教表現出來的濃厚興趣，在他那一代後現代大師裡也許是罕有其匹的。1996 年他在和法國哲學家伯爾納．斯蒂格勒（Bernard Stiegler）合著的《電視掃描》（*Échographies de la Télévision: Entretiens Filmés*）一書中，稱自己是「最後的、最卑微的猶太人」，甚至，是一個「馬拉諾」（Marrano）。這個語詞指的是中世紀一批因為逃避迫害等這樣那樣的原因，不得不皈依基督教的猶太人，可是他們心底，念念不忘的依然是自己的猶太宗教。身為「馬拉諾」，德希達回答採訪他的斯蒂格勒說，他喜歡看電視上的宗教節目：「每個星期天上午，已經成習慣了，從 8 點 45 分到 9 點 45 分……宗教節目對我吸引力極大。倘若我有時間，我就來跟你說一說究竟。」[226]

所以不奇怪，德希達英譯本《宗教行動》一書的編者，哥倫比亞大學宗教系教授吉爾．阿尼加（Gil Anidjar），在該書序言中稱德希達的講演和

[225] Simon Critchley, “The Chiasmus: Levinas, Derrida, and the Ethical Demand for Deconstruction”, *Textual Practice 3*, no.1 (1989).

[226] Jacques Derrida et Bernard Stiegler, *Échographies de la Télévision: Entretiens Filmés* (Paris: Galiée-INA, 1996), p. 155.

著述議及宗教，至少關涉到以下主題，如上帝、神學、否定神學、「新無神論者話語」、耶穌、割禮、天使等不一而足。他注意到德希達論述宗教的文字，是多面出擊，一次次有力地提出了傳統、信仰和神聖的新問題，以及它們與哲學和政治文化的關係。所以：

> 這些文字不僅僅是在探討我們熟悉的那些神學問題、揭櫫語言與社會的被遮蔽的宗教維度、激發和復興殫精竭慮的釋經工程，無論它們是「傳統」的也好，「異端」的也好，以及紋身儀式，同樣它們並不僅僅是在宣布，事實上是預言信仰的復興。毋寧說，但凡德希達言及宗教，那必是亞伯拉罕宗教。[227]

亞伯拉罕是當今世界上猶太教、基督教、伊斯蘭教這三大一神教的始祖。他下傳的並不是歐洲中心主義的傳統。亞伯拉罕的兩個孩子以實瑪利和以撒，分別也是阿拉伯人和猶太人的先祖。身為出生在阿爾及爾這塊法屬阿拉伯土地上的猶太人，這是不是意味著德希達在期望一種「阿拉伯－猶太」的共生關係？抑或誠如今日阿拉伯人和猶太人遠談不上和平共處，它終究是預設了一個雲詭波譎的闡釋陷阱？

由此我們來看德希達 1980 年發表的〈巴別塔〉一文。此文公認是他影響最大的一篇《聖經》解讀文獻，文章的主題是翻譯的不可能性；但是翻譯不可能的同時，又是翻譯的不可或缺的必然性。〈巴別塔〉（Des Tours de Babel）這個標題，本身被認為就暗藏了許多玄機：首先，des 固然是冠詞，可是德希達為什麼選擇用複數形式，複數形式對應後面「塔」的複數形式？我們都知道當初以色列人統共造過一座巴別塔，而且因為上帝干涉，半途而廢了。所以這裡德希達用複數來指巴別塔，意思就不僅僅

[227] Gil Anidjar, “Introduction: ‘Once more, Once more’: Derrida, the Arab, the Jew”, in *Acts of Religion*, by Jacques Derrida, ed. Gil Anidjar (New York: Routledge, 2002), p. 3.

限定在《舊約》的語境中，它是不是說巴別塔無所不在？其次，tours 固然是塔，固然這裡德希達可以使用這個詞的叫人頗費猜測的複數形式，就算是巴別塔的故事無所不在吧，可是 tour 同時還有車床、櫃子、圓周、環繞、措辭等無數種釋義。就算車床和櫃子沾不上邊，可是兜圈子、迂迴說法等涵義，是不是多少也跟本文的主題有一點關係？不僅如此，〈巴別塔〉一文的英譯者葛拉漢（Joseph F. Graham）指出，法語中冠詞 des 和塔 tours 這樣兩個複數形式的詞，讀音上和兜圈子 détour 這個詞是一樣的。正是基於翻譯當中的詞義迷失問題，他沒有將德希達這篇文章的標題英譯為 The Towers of Babel，而是將法語標題 Des Tours de Babel 原封不動搬了過來。的確，假如堅持以解構來對解構的譯法，恐怕到頭來只會叫人雲裡霧裡，不知所云。如今〈巴別塔〉這個再通俗不過的中文譯名，如何傳達作者也許是再幽深不過的玄妙心機呢？

〈巴別塔〉文風晦澀，而且極盡糾葛，雲遮霧罩的程度在德希達的著述中亦屬少見。一如此文的主題是論述翻譯的不可能性，這篇文章本身恐怕就是見證翻譯無能為力的一個範式。德希達一路解構下來，上帝也幾乎成了一個解構主義者，一方面無情摧毀了猶太人試圖創建世界語言的努力，一方面也在巴別塔的消解中迫使猶太人屈從翻譯的規律。這一切我們可以從頭談起，德希達的〈巴別塔〉是以這一段文字開篇的：

「巴別」：首先是一個專有名詞。但是今天我們說「巴別」，我們知道我們所指何物嗎？我們知道所指何人嗎？如果我們考慮到巴別塔故事或者說神話這樣一個文本遺產的倖存意義，那麼它就並非僅僅是構成了眾多喻格中的一種。它至少表明一種語言和另一種語言並不等值，百科全書裡一個地方和另一個地方並不相干，語言與其本身以及意義也並不相同，如此等等。它還表明我們需要比喻、神話、修辭、曲裡拐彎的晦澀，需要固然不足以補償歧義紛呈令吾人不知所云的翻譯。[228]

就此而言，巴別這個名詞倖存下來的意義，就是神話起源的神話、隱喻的隱喻、敘述的敘述、翻譯的翻譯。它本身就像任何一個專有名詞，是無法翻譯的。「巴別塔」的意義當然不僅僅是勾劃了語言無以化解的多元歧義性。德希達指出，它還顯示了一項未竟的工程，那就是理論創建、建築結構、體系設計一類東西，是無從終結、無從飽和的，其總體也是無從掌握的。

不過我們還是從巴別塔本身談起。巴別塔是《創世紀》裡的著名典故，主要語出這一段文字：

那時，天下人的口音言語都是一樣。他們往東邊遷移的時候，在示拿地（Shinar）遇見一片平原，就住在那裡。他們彼此商量說：「來吧，我們要做磚，把磚燒透了。」他們就拿磚當石頭，又拿石漆當灰泥。他們說：「來吧，我們要建造一座城和一座塔，塔頂通天，為要傳揚我們的名，免得我們分散在全地上。」耶和華降臨，要看看世人所建的城和塔。耶和華說：「看哪！他們成為一樣的人民，都是一樣的言語，如今既做起這事來，以後他們所要做的事就沒有不成就的了。我們下去，在那裡變亂他們的口音，使他們的言語彼此不通。」於是，耶和華使他們從那裡分散在全地上，他們就停工不造那城了。因為耶和華在那裡變亂天下人的言語，使眾人分散在全地上，所以那城名叫巴別。

從《舊約》上文的記述來看，「巴別」的本義就應該是「變亂」。上帝不願意人類有一樣的語言，乃至無所不能，所以變亂人類的語言，使各言其言，無以溝通，這樣人類就不至於有朝一日不知天高地厚，來同上帝一

[228] Jacques Derrida, “Des Tours de Babel”, in *Acts of Religion,* trans. Joseph F. Graham, ed. Gil Anidjar (New York: Routledge, 2002), p. 104.

爭高低。所以這裡的核心問題是語言。德希達指出，語言這個核心問題，當是無論如何不能閉口不言跳了過去的，就像維根斯坦所謂的說不清楚的東西，就保持沉默那樣。而且這裡關於翻譯的討論，也還是給轉譯成了語言，事實是我們的一切離經叛道的思想，都是用語言來表達的。所以追根溯源，還得從語言說起。進而視之，上面這段巴別塔的記述中，本身已經出現了翻譯的問題。「他們就拿磚當石頭，又拿石漆當灰泥」，這當中物質的轉換，是否已經就是一種翻譯的隱喻或者說翻譯的翻譯？

德希達首先提出的問題是，建構和解構巴別塔的是哪一種語言？對此他的回答是，建構和解構巴別塔的，是一種在其內部「巴別」這個專有名詞可以給陰差陽錯譯成「變亂」的語言。「巴別」這個專有名詞，既然它是專有名詞，那麼理應是不可翻譯的，但是由於某種浮想聯翩的變亂，我們自以為有一種獨特的語言可以把它轉述，轉述的結果就是一個普通名詞「變亂」。德希達發現伏爾泰在他的《哲學詞典》裡，已經對此表示了他的驚訝。他轉引了伏爾泰的如下文字：

> 我不明白為什麼《創世記》說「巴別」（Babel）是指變亂，因為 Ba 的本義是指父親，Bel 則是指上帝；巴別指的是上帝之城，指的是聖城。古代人如此來命名他們所有的都城。但是毋庸置疑，無論是因為建築師把塔造到八萬一千猶太尺那麼高後就不知所以了，還是因為到那時眾人的語言就變亂起來了，巴別的意思就變成了變亂。很顯然，從那時候起德國人就聽不懂中國人說話了；因為根據學者波夏爾（Bochart）的說法，漢語和高地德語最初分明就是同一種語言。[229]

德希達當然明白伏爾泰只是開了一個玩笑。但是他指出伏爾泰不動聲

[229] Jacques Derrida, “Des Tours de Babel”, in *Acts of Religion*, trans. Joseph F. Graham, ed. Gil Anidjar (New York: Routledge, 2002), p. 105.

色的揶揄顯示了「巴別」這個詞的真正的意思，那就是它不僅僅是一個不可傳譯的專有名詞，即一個純粹能指對某一個個別事物的專門所指，而同時也是一個關涉某一類泛指的普通名詞。這個普通名詞指的並不僅僅是變亂，因為即便如伏爾泰所見，這裡變亂至少也有兩重意義，其一是語言上的變亂，其二還是塔造不下去時的不知所以狀態。但是說到底，德希達指出，「巴別」同時還是父親的名字，更確切地說，它是聖父上帝的名字。

上帝自己的名字就叫作「巴別」也就是「變亂」，這意味著什麼？這意味著巴別是混亂之城，也是聖父上帝之城。上帝以他自己的名字開闢了一個公共空間，一座語言不復能夠溝通理解的城池。所以上帝就是語言的起源。只有專有名詞，理解無有可能；沒有專有名詞，理解同樣無有可能。而這不可能的根源就在於上帝，上帝給萬物命名，他理所當然也就是語言的本原。

巴別塔代表著上帝變亂挪亞子孫的語言，懲罰他們建塔崇拜自己、「傳揚我們的名」這一驕傲自大情緒。但巴別塔同樣還意指人類自亞當偷食禁果而墮落之後，世俗之城巴比倫的第二次墮落。「巴別」即希伯來語中的巴比倫，其本義為「眾神之門」。Babel 是組合名詞，如德希達上引伏爾泰語所見，Ba 是父親，Bel 是上帝。所以巴別乃是上帝之名，巴比倫的名稱也是上帝的名稱，是為聖城。語言本來是上帝賜給人類的禮物，上帝以「巴別」為「變亂」，變亂了巴比倫城的語言，也變亂了整個人類的語言，所以在德希達看來，上帝是語言的本原也是變亂的本原。他指出，上帝一怒之下取締了人類的語言稟賦，或者至少是攪亂了它，在他的子孫中間播下了變亂，所以上帝扼殺了人類的語言稟賦，扼殺了他賜予人類的禮物。

毫無疑問，語言的變亂也是語言的開始，正是從這裡開始，各地的母語開始起步了。那麼，以「巴別」即「變亂」為上帝之名，這是不是意味著所有的語言分支、所有的語言時代，換言之語言譜系的全部歷史，都是閃族語言的歷史？對此德希達的答覆是，在巴別塔的解構之前，大閃族正在建立它的帝國，帝國希望雄霸天下，其語言便也一樣希望加諸天下。德希達分別援引巴別塔文本的兩種法文翻譯版本，指出，上帝將自己的名字賜予造塔的閃族人，是要懲罰他們的什麼過失呢？是因為他們要造通天的高塔，還是因為他們要給自己揚名，以造塔為凝聚力來吸引分散在各地的流民，由此來給自己命名？很顯然，上帝懲罰造塔人是因為他們欲藉此高塔張揚自己，張揚他們那一個獨一無二的、遍及世界的譜系。那麼，這是不是出於上帝的妒忌呢？

假如我們認可上帝是在嫉妒人類，那麼上帝透過把自己的名字「巴別」即「變亂」強加給造塔人，便是開啟了巴別塔的解構，也開啟了普世語言的解構，了斷了猶太人期望普天之下都說閃族語的大一統夢想。德希達認為這裡上帝表達了翻譯之必須又禁止了翻譯。故語言離散混亂呈多元化狀態，悉盡發生在上帝用自己的名字來為巴別塔、巴別城命名之後。這就像因誤譯而約定俗成的上帝之名耶和華，其希伯來原文中的表達方式YHWH，原是無以發聲的，因為裡面根本就沒有母音。所以即便更正「耶和華」，改稱「亞衛」，也還是不得要領。而如一些文本譯上帝名為「雅威」以示其又雅又威者，則基本上是南轅北轍，與上帝名不可名的宗旨背道而馳。這裡涉及翻譯的問題。德希達這樣表達了他由巴別塔典故聯想到的翻譯哲學：

翻譯因此是必然的又是不可能的。這就像兩個絕對專有名詞之間，雙方爭著占用該名的結果，翻譯是勢在必行又無從實現。上帝這個專有名詞是上帝自賜，在上述語言中已經分歧顯見，足以混亂地來表達「混亂」。

故上帝所宣之戰，首先在他自己名字內部展開，模稜兩可、分崩離析。上帝在解構。[230]

為說明上帝發動的這一場翻譯之戰，德希達從詹姆斯．喬伊斯的小說《為芬尼根守靈》（*Finnegans Wake*）中拈出了一句話來加以論證，這句話是 And he war。三個詞裡面，and 和 he 不消說是英文，但是 war 既是英文也是德文，在英文它是戰爭，在德文則是 sein 的過去式，意為是、成為、存在等。如是這句話固可以譯為「他開戰」，同樣也可以譯為「他存在」、「他是他所是」，如此等等，不一而足。德希達認為這個例子足可表明翻譯的不可能性，因為任何翻譯都只能把它翻成一種語言，即便譯文妙筆生花，能夠窮盡本身的所有語義，可是由於它不能譯成「一種」語言，致使 he war 的多重涵義，還是消失殆盡。由此可以見到各種翻譯理論通有的一個局限，那就是它們往往太注重一種語言向另一種語言的傳譯過程，而沒有充分顧及一個文本裡有可能牽涉到兩種以上的語言。要之，一個同時用多種語言寫出的文本該如何翻譯？文字多元性的效果該如何「處理」？而同時用多種語言來作傳譯的翻譯，還可以叫作翻譯嗎？

德希達以他一以貫之的閃爍重複風格，論述了翻譯面臨的兩難窘境。他指出巴別塔的故事敘述了語言混亂的起源，交代了各種種族語言無以化解的多元性，以及翻譯使命的必然性和不可能性。即是說，翻譯一方面勢在必行不可或缺，一方面根本就沒有可能。但德希達同時也承認，我們忽略了這樣一個事實，那就是我們恰恰是在翻譯之中，讀到這個巴別塔故事的，恰恰是翻譯，使巴別塔故事的傳播有了可能。德希達稱在此一翻譯中，巴別這個專有名詞保持下來一種獨特的命數，因為它並沒有被譯作專

[230] Jacques Derrida, "Des Tours de Babel", in *Acts of Religion,* trans. Joseph F. Graham, ed. Gil Anidjar (New York: Routledge, 2002), p. 108.

有名詞的形式。故如此這般的一個專有名詞，永遠是不可翻譯的。這個事實導致人得出這樣的結論：巴別和其他語詞一樣，嚴格意義上說並不屬於語言，或者說語言的系統，無論是在翻譯之後還是在翻譯之先。然而即便如此，「巴別」作為某一種語言裡的一個事件，由此而形成了一個「文本」，同樣還具有一個普通意義，此即為它在此一語言中，何以可以被理解為「變亂」的意思，至於這意思是事出雙關還是出於變亂混亂的聯想，則無關宏旨。自此以還，一如巴別既是專有名詞又是普通名詞，變亂也一樣變成既是專有名詞又是普通名詞了。

那麼，我們如何來翻譯「巴別」這個名可名非常名的上帝之名？德希達轉引了美國語言學家羅曼．雅各布森（Roman Jakobson）1959 年的文章〈論翻譯〉裡三種翻譯的分類法。其一是「語言內部的翻譯」（intralingual translation），即同一種語言內部用一些符號解釋另一些符號的翻譯；其二是「語言之間的翻譯」（interlingual translation），即用另一種語言來傳譯語言符號的翻譯；其三是「符號之間的翻譯」（intersemiotic translation），即用非語言的符號解釋語言符號的翻譯。對於這三種翻譯，德希達的看法是第一種「語言內部的翻譯」和第二種「語言之間的翻譯」，其前提是人必須精通一種或數種語言，深曉它們的本質、統一性和局限性。第三種「符號之間的翻譯」則是符號之間的轉換，它與語內翻譯相似，都可視為「翻譯」的翻譯，也就是通常定義上的闡釋。

三種翻譯當中，德希達更關心的是雅各布森稱之為「正式」（proper）翻譯的第二種，即「語言之間的翻譯」。他指出，這是普通意義上的翻譯，也是後巴別塔時代各種語言之間的翻譯，但是雅各布森沒有再把它翻譯或者說解釋一遍。因為誰都知道此種翻譯指的是什麼，誰都體驗過它，大家都應該知道什麼是語言，一種語言與另一種語言又是什麼關係，尤其知道語言事實的特性和差異。假如說果真存在未經巴別塔汙染的清澈透明狀態，那麼它顯而易見就是指這樣兩種狀態：各種語言的多元性經驗，以及「翻譯」這個詞的「真正」的意義。故比較「翻譯」一詞的「正式」用法來看，這個詞的其他用法是處在語言內部翻譯和不充分翻譯的地位。隱喻以及「正式」翻譯的特殊形態，都屬於這一類型。由此我們見到了翻譯的兩種形態：其一是專門意義上的「正式」翻譯，其二是比喻意義上的翻譯。

德希達認為雅各布森的上述翻譯三分法看似可信，其實是大可質疑的。這是說，我們一旦開口說出「巴別」這個詞，他馬上就感覺到他無從確定這個詞是不是確確實實屬於哪一種語言。他指出，閃族人造巴別塔希望同時可以確立一種普世語言和一個獨特的譜系，這就是將世界帶入了理性。但此一理性可以意指一種殖民暴力，蓋閃族人要將自己的方言普世化，同時它又意指人類社會的一種清澈澄明狀態。反過來看，上帝以自己的名字為塔命名，同時又拒絕言說自己名字的做法，則是同時打破了理性的清澈澄明，又粉碎了閃族人的殖民暴力或者說語言帝國主義。上帝注定閃族人要依賴翻譯，注定了他們要臣服於既是必然，又不可能的翻譯的規律：

> 如是上帝以他可譯又不可譯的名字，發布了一種不復受制於特定民族規章的普遍理性，而同時偏偏又限制了這一普遍性：語言的明澈被取締，單一的意義無從尋覓。翻譯變成了律法、責任和債務，可是這債務我們已不復能夠清償。這一無能為力的狀態恰恰見於「巴別」這個名稱之中：它同時在翻譯自身又不在翻譯自身，屬於又不屬於某一種語言，且令自身欠上一筆無力償付的債務，於自身於其他語言都是這樣。這就是巴別式的行為。[231]

[231] Jacques Derrida, "Des Tours de Babel", in *Acts of Religion*, ed. Gil Anidjar, trans. Joseph F. Graham (New York: Routledge, 2002), p. 111.

德希達稱這個巴別式行為的例子是原型也是寓言，它可以給一切所謂的翻譯理論當作一篇導言。

正是上帝之名可譯又不可譯的詭異和困頓，德希達稱導致他聯想到沃爾特．班雅明。班雅明 1916 年寫過一篇文章〈論如其本然的語言與人的語言〉，德希達讀的是法文譯本，譯者是莫里斯．岡迪亞克（Maurice de Gandillac），他注意到這篇文章引用了巴別塔的典故，同樣也討論了專有名詞和翻譯的問題。不過看來誰都更喜歡讀清晰明白的文字，特別熱衷於布陷阱、兜圈子的德希達本人也不在例外。德希達說，班雅明那篇文章雖然內容極為豐富，可是它太高深莫測了，所以他還是以後再聊彼文，先來讀一讀班雅明的另一篇文章〈翻譯家的任務〉吧。這篇文章係同一譯者譯成法文，而且收入《神話與暴力》（*Divine Violence: Walter Benjamin and the Eschatology of Sovereignty*）同一卷書中。雖然一樣也是莫測高深，可是德希達發現它的結構稍微緊湊一點，主題也更集中一點。而且這篇論述翻譯的文章，本身是班雅明自己所譯波特萊爾詩集《巴黎風情》（*Tableaux Parisiens*）的序言。所以這裡的首要話題，就是翻譯。

班雅明的文章〈翻譯家的任務〉當時寂寂無聞，經過德希達的闡發之後，一夜之間成為解構主義翻譯理論的經典文獻。翻譯家的任務是什麼呢？德希達指出，所謂「任務」（Aufgabe），總是指由他人派定給自己的一種使命、一種職責、一種債務、一種責任。它是譯者必須擔當起來的一種命令、一種律法。譯者既然欠了債，那麼他的任務就是還債。還什麼債？還意義傳達的債務。但誠如前文所見，德希達要說明的，恰恰是這是一筆無法償還的債務。他指出，班雅明的標題就說得明白，這是翻譯家的任務，不是翻譯的任務。事實上作品的生命比作者的生命更長，作者的名字和簽名倖存下來，但是作者並不是這樣。作品不但較作者長命，而且較作者活得要好，這是說作品的意義超越了作者的意向。這樣來看，譯者是否便成為一個接受者，受命在另一種語言裡傳達作品的意義呢？非也。德希達發現他在班雅明的文章裡至少讀出以下四種啟示：

首先，翻譯家的任務並不追隨「接受」。翻譯理論從根本上說，並不取決於任何接受理論，即便它可以反過來構建或解釋此類理論。

其次，翻譯對於「交流」也沒有必然義務，對於原作亦然。原作和譯作的絕然兩分是沒有道理的。德希達認為班雅明感興趣的是詩和神聖文本的翻譯，而這兩者正是翻譯的要旨所在。而對於詩文本和神聖文本來說，交流都不是關鍵所在。關鍵並不在於語言的交流結構，而在於這一假設：有一個可以交流的內容，它嚴格區分於交流的語言行為。德希達認為這一點班雅明在他 1916 年的文章〈論如其本然的語言與人的語言〉裡，已經表達得很清楚了。

再次，即便譯出的文本和被譯的文本之間果真有一種原作和譯作的關係，那麼它也不可能是「再現」或者「再生產」的關係。翻譯既不是影像，也不是摹本。認可以上三個前提，即翻譯既不是接受，也不是交流，同樣還不是再現，那麼譯者所欠的債務如何構成？譯者究竟是欠了誰的債？翻譯究竟又是什麼東西？對此德希達的看法是，當班雅明挑戰翻譯是接受這一觀念時，班雅明並不是說接受在這裡全不相干，而是說，我們能不能不再緊盯住接受者和譯者來看所謂的「原作」，反之應深入探究「原作」在被譯介過程中，是不是在確立一種法則，這個法則將會表明，對於文學文本，或者更確切地說詩性文本，翻譯的法則在這裡是無能為力的。

由此到達最後一個啟示：如果說翻譯家承擔的債務既與作者沒有關係（作者死了，文本活著），又與它哪一種非得再現的模式了無相干，那麼他對什麼負責，對誰負責？欠債的誠然是他，但是他欠的是誰的債，又是以怎樣的名義欠下的債？對此德希達的回答是，這裡至為關鍵的是專有名詞的問題，雖然在翻譯裡鮮活的作者沒有作品長命，可是作者名字的簽名卻理應在合約或者說債務中彰顯出來，不要讓它輕易湮沒無聞。所以我們不要忘記「巴別」這個上帝的名字。

所以翻譯其實是不可或缺的。德希達說，巴別塔高高在上監督著他的閱讀，而且時時讓他驚詫不已：他在翻譯，他在翻譯岡迪亞克的翻譯，而岡迪亞克翻譯的班雅明的文本，又是一部譯作的序言。這一奇怪的處境，德希達自謂使他感覺到殊有必要走出旁觀者的身分，就翻譯來說幾句肯定性質的話：

> 沒有什麼比翻譯更嚴肅的事情了。我更希望說明這個事實，那就是每一位譯者都處在言說翻譯的狀態之中，這狀態較之任何一種非二手的、次等的位置都更為重要。因為如果說原作的結構刻上了被翻譯的需要，那麼原作在制定法律的同時，便欠下了自己也欠下了譯者一筆債務。原作是第一個債務人、第一個訴求人；它一開始就欠缺翻譯，需要求諸翻譯。這一必須不僅適用於巴別塔的建造者，他們要為自己揚名，想建立一種自己翻譯自己的普世語言；它一樣也約束了塔的解構者：上帝賜下他的名字，同樣需要求諸翻譯。[232]

原作是第一個債務人，從一開始就欠缺翻譯，需要申求翻譯的說法，與傳統原作／譯作這個二元對立的理解似乎背道而馳。翻譯歷來講究信、達、雅。而這信、達、雅的前提，便是原作先已具備了豐富的內涵即雅，後到的翻譯則必須殫思竭慮，將原作的優秀品格在另一種語言裡轉達過來，此即為信和達。現在德希達的邏輯一如他反僕為主的種種解構主義先例，原作和譯作這個二元對立的傳統等級分明被顛覆過來，雖然這並不意

[232] Jacques Derrida, "Des Tours de Babel", in *Acts of Religion,* ed. Gil Anidjar, trans. Joseph F. Graham (New York: Routledge, 2002), p. 118.

味著譯作可以不知天高地厚，跑到原作前面去，但是原作誕生之初先已潛伏在自身內部的翻譯之需，正好似一個延異的契機，它顯示純而又純的本原，總是先已窘相畢露了。

這可見翻譯委實又是勢在必行。對此德希達指出，上帝求諸翻譯不僅見於突然變亂起來的各種語言之間，而首先見於他的名字，上帝宣布了他的名字巴別，而此名當作變亂解，這意味著上帝的名字根本就無從翻譯，也無從掌握。故而上帝也對他的名字一籌莫展，需要求諸翻譯的申求人，一樣也欠下了債。即便他禁止人言說他的名字，他也在申求翻譯，因為「巴別」原是不可譯的。上帝只能對著自己的名字哭泣。上帝的文本是最神聖、最有詩意、最有創意的文本，因為他創造了一個名字，由此自我命名，但是他如此大能，卻一樣對這名字無能為力，只能求諸翻譯。就班雅明給翻譯的三種定義來看，上帝加諸人類的律法，同樣也需要翻譯和闡釋，蓋因非此不足以發生效力。但既然上帝之名不可譯，既然語言已經變亂，那麼翻譯事實上也就成了永遠無以清償的債務，即便對上帝本人而言。德希達最後用這樣的話結束了他這篇極盡艱澀、令一切譯者和讀者望而生畏的著名文章：

> 你怎麼來翻譯簽名？不論是亞衛、巴別還是班雅明，當他緊挨著他最後的語詞簽下名字，你如何能夠無動於衷？但是說真的，字裡行間已經有了岡迪亞克的簽名，我最後來引用一下以提出我的問題：人可以引用簽名嗎？「因為，一定程度上看，一切偉大的著作，最高點上便是《聖經》，字裡行間都包含了它們的真正的翻譯。《聖經》文本的這一行與行之間的翻譯模式，乃是所有翻譯的模式和理式。」[233]

至此德希達的意思應該是相當清楚了：翻譯就存在於閱讀時分的字裡

[233] Jacques Derrida, "Des Tours de Babel", in *Acts of Religion,* ed. Gil Anidjar, trans. Joseph F. Graham (New York: Routledge, 2002), p. 133.

行間；翻譯就是闡釋，翻譯之不可能一如一勞永逸的闡釋之不可能；翻譯之必須也一如文字非經解讀無以達意的闡釋之必須。而原作和譯作這個二元對立，其間的關係便也平添了種聞所未聞的詭譎色彩。甚至，有沒有可能在原作和譯作的兩分之先，就有了一種原創的翻譯？這似乎也並非就是駭人聽聞。

或許我們可以說，「巴別」（Bable）的一詞多義，正如德希達本人耿耿於懷的柏拉圖的「藥」（pharmakon）的例子所示，它揭示了德希達《耳朵自傳》（*Otobiographies*）中所說的「一個語言系統內部，或許有數種語言或言語」[234] 的著名論斷。但另一方面，同樣也是在《耳朵自傳》中，德希達提出過正是在翻譯的過程中，語言的這一無以定斷的變亂性質有可能失落不見。事實上巴別塔就是一個例子，今天有多少人還記得「巴別」這個詞上面那許多雲譎波詭的重重涵義呢？所以上帝在為他的名字哭泣。德希達也在為他的巴別塔哭泣，哭泣語言之「同時可譯又不可譯」[235]。語言的困頓也是翻譯的困頓，所以翻譯既是勢在必行，又是無有可能，按照德希達的解構主義邏輯，也是順理成章的事情了。

對於翻譯本身，德希達的文章又有什麼啟示？翻譯歷來講究的是信、達、雅。但是翻譯理論當中的「文化學派」既出，嚴復宣導的信、達、雅原則，變成了「淺層次」的明日黃花。在一心引進新的文化觀念，進而重構，其實是殖民本土語言的宗旨下，譯文的可讀不可讀變得無足輕重。這樣來看被翻譯界引為笑談的當年趙景深把 Milky Way 譯作「牛奶路」的例子，一夜之間就變成了經典。Milky Way 是銀河，這在中國小學生都知道。可是中國的小學生並不知道在希臘神話中，Milky Way 是奧林匹亞山

[234] Jacques Derrida, *The Ear of the Other: Otobiography, Transference, Translation* (New York: Schocken Books, 1985), p. 100.
[235] Jacques Derrida, *The Ear of the Other: Otobiography, Transference, Translation* (New York: Schocken Books, 1985), p. 115.

上眾神到人間的唯一通道，更不知道它是天后赫拉的乳汁滴灑而成。兩相比較，中國人說銀河，是取其外形，西方人說 Milky Way，則不但照顧到外形，而且指涉內涵。要之，是不是我們言及西方文化中的銀河，就應當譯作牛奶路，以便時時提醒讀者中國銀河文化裡並不具備的這一赫拉滴奶的希臘典故呢？那好像也並非匪夷所思。這或許正是德希達所說的語言之「同時可譯又不可譯」的情狀。

當今學術中，翻譯或許是最吃力不討好的活計。它一般不算學術成果，菲薄的稿酬對於譯者的生計基本上可以忽略不計。但是其中的甘苦，只有譯者自己知道。要說甘，無非是譯做出來有人說一聲好；要說苦，那就只有上帝知道。今天一方面是英語大普及，一方面翻譯粗製濫造、不知所云者比比皆是。這也許正可以見到翻譯的尷尬。語言表情達意的功能，是在本土文化的框架中，約定俗成發生的。除非譯者存心考驗讀者的耐心，或者自己雲裡霧裡反過來故作高深，嚴復的信、達、雅未必就是明日黃花。特別是假如譯者打著文化直傳的名號來與信、達、雅較勁，那真無異於邯鄲學步。翻譯課灌輸的都是新潮理論，這些理論跟譯文的信實通暢練達，大體上沒有關係。反之作為翻譯基本功的大量文史哲閱讀，在急功近利的指導方針之下，變得可有可無。所以德希達是對的。以上帝超乎人類一切理解極限的大能，都不得不依賴翻譯來傳達他命名的深意，我們芸芸眾生又有什麼資格來故弄玄虛、炫耀學問？所以我願意認同德希達對於翻譯的這一表達：「翻譯承諾了一個不同語言彼此和解的王國。這許諾是一個實至名歸的符號事件，它連接、匹配、聯姻兩種語言，就像一個更偉大整體的兩個部分，進而訴求一種真理的語言。」[236]

[236] Jacques Derrida, "Des Tours de Babel", in *Acts of Religion,* ed. Gil Anidjar, trans. Joseph F. Graham (New York: Routledge, 2002), p. 130.

四、無宗教的宗教

作為解構批評的後續，如前所言，在卡勒看來一些學者如美國哲學家約翰·卡普托，在德希達思想中高揚彌賽亞概念，試圖發掘一種德希達式的神學概念，將延宕的母題與等待彌賽亞降臨連繫起來，進而論證一種「無宗教的宗教」「無彌賽亞的彌賽亞」。在這裡，解構批評展示的不是宗教的不可能性，反之是一種具有否定性的宗教，一種沒有真實宗教各種缺陷的宗教。這個命題，可以從當年的卡普里島會議說起。

1994 年，由義大利後現代哲學家吉亞尼·瓦蒂莫發起，在羅馬附近的卡普里島上舉辦了一個以「宗教」為題的小型研討會。到會的有七位哲學家，三位是瓦蒂莫的本國同胞，一位來自西班牙，還有大名鼎鼎的伽達默爾，不過會議的明星是德希達。兩年後聚會的發言由德希達和瓦蒂莫編輯以法文出版，德希達本人的篇幅就占全書三分之一強，題為「信仰和知識：單純理性限度內的宗教的兩個來源」，但是在他洋洋灑灑的文字裡，理性一如既往如墮五里霧中。瓦蒂莫在給該書所作的背景介紹中說，他特別感謝伽達默爾，他像巴門尼德（Parmenides of Elea）和柏拉圖一樣，從不畏懼越過邏輯的海洋。這是在恭維當年堅持闡釋學立場，為此與德希達展開過論爭的伽達默爾。這些話很顯然就不必與德希達講，邏輯的海洋於德希達豈止是不在話下呢！德希達這篇引起學界極大興趣的長文照樣是他典型的玄機莫測式跳躍式文風，全文是格言式的片斷集錦，片斷分別標以數字，一共是 52 段，而且前面 26 段是斜體，後面 26 段又變回了正體，叫人頗費猜測，很是茫然。

〈信仰和知識〉（*Foi et Savoir*）中，德希達一開篇提出的一系列問題，當可解釋這次研討會的緣起，這些問題是：

如何「言說宗教」，探討宗教，特別是今天的宗教？我們如何能夠無所顧忌、無所畏懼地來談論今天的、單數形式的宗教，而且談得那麼簡單且直截了當？誰敢膽大妄為聲稱今天這個問題既可確認無誤，且又新意不敗？誰敢武斷給出幾個警句，就草草打發過去？[237]

為了鼓足勇氣，心平氣和地守住面子，也許我們此時此刻不得不來裝模作樣抽象一下，把什麼東西都抽象一下。這是德希達的開場白。問題雖然鋪天蓋地，用意應該是清楚的。這就是德希達有心言說普遍和抽象意義上的宗教，而不是具體哪一種宗教，並不專門指向基督教抑或是佛教、印度教。

問題是抽象的宗教不容易明白言說，那麼就退隱荒漠，退隱到孤島上去吧。卡普里就是這樣一個孤島。對此德希達本人作如是描述：日期是 1994 年 2 月 28 日，地點是卡普里島的一個旅館裡，我們朋友般地圍著一張桌子交談，沒有先後次序，沒有時間限制，也沒有指令約束，只有那個最清楚又是最模糊的語詞：宗教。而且大家相信彼此是心照不宣，自信能夠用彼此的不同語言，來就這個「宗教」達成共識。德希達注意到卡普里島離羅馬不遠。而既不在羅馬，又在離羅馬不遠的地方來思考宗教，這就很是意味深長了。因為「宗教」（religio）這個詞是歐洲血統，它最早是拉丁文，羅馬就是它的故鄉。這裡德希達面臨一個跨文化的問題：「宗教」遠不是一個普世性的範疇，而毋寧說是羅馬帝國以降，產生在希臘－羅馬－基督教的知識和制度傳統裡。這個話題在卡普里島為時兩天的聚會上自然不屬陌生，因為在場的七位哲學家有著共同的文化背景。對此德希達自己也說得明白，他們在說四種不同的語言，但是有一個共同的文化背景，這就是基督教，勉強可以說是猶太－基督教文化，因為德希達本人是

[237] Jacques Derrida, “Faith and Knowledge: The Two Sources of Religion at the Limits of Reason Alone”, in *Acts of Religion,* ed. Gil Anidjar, trans. Joseph F. Graham (New York: Routledge, 2002), p. 42.

猶太人。看來，這個宗教的話題再怎樣演繹下來，還是德希達本人耿耿於懷的白種男人的霸權話語。

德希達的宗教思想明顯是受了康德的啟發。不但〈信仰和知識〉一文副標題中「單純理性限度內的宗教」一語出自康德的同名著作，而且康德宗教的精義不在於信仰和崇拜，而在於道德向善這一著名思想，也給他全盤接受下來。那麼，如何解釋康德哲學中讀出的「上帝死了」的命題？德希達指出康德「反思的宗教」概念將純粹道德和基督教信仰難分難解地定義為一體，究其實質是要人在道德上行善事時，不要考慮上帝在或不在，即是不是有一個至高無上的神在監督我們，而完全依憑我們善良意志的絕對律令，出於自覺來為人處世。故此誠如康德所言，基督教只有在世俗現象的歷史中忍受上帝之死，並且超越耶穌受難的前提下，才能適應道德義務，反過來道德也才能適應基督教義務。

德希達在闡釋康德的時候，沒有忘記顯示他那反僕為主的解構主義典型作風。他指出在《單純理性限度內的宗教》（*Religion within the Bounds of Bare Reason*）這本書裡，每一部分結尾都有一個「附釋」（Parerga），定義「反思的信仰」，就出現在四個附釋的第一個之中。這些附釋並不是《單純理性限度內的宗教》這本書的組成部分，但是它們蟄居其中，到了要害時刻就出來發聲。進而視之，馬克思的宗教批判理論，未始不是像康德反客為主的「反思的信仰」一樣，是源出理論體系的邊緣部分：「當馬克思把宗教批判作為任何意識形態批判的前提時，當他把宗教視作不折不扣的意識形態，甚至視作任何意識形態和偶像崇拜運動的主要形式時，他的言論——不管他是否願意——是否系於這樣一種理性批判附帶的框架呢？」[238] 在德希達看來馬

[238] Jacques Derrida, "Faith and Knowledge: The Two Sources of Religion at the Limits of Reason Alone", in *Acts of Religion*, ed. Gil Anidjar, trans. Joseph F. Graham (New York: Routledge, 2002), p. 52.

克思便是以這一典型的解構主義策略，解構了從根本上說是基督教色彩的康德公理。

因此在德希達看來，當代人面前擺著兩種神學。一種是黑格爾式將絕對知識規定為宗教真理的本體神學，本體神學不同於信仰、祈禱和犧牲，它摧毀宗教，另一方面則在神學和教會，甚至宗教方面造就信仰，這是一個悖論。另一種是海德格式的神學，它超越了本體神學，而致力於使一種神聖的啟示之光顯現出來，這是一種原始的啟示之光，喚醒了神聖、聖潔和安全的純潔經驗，它獨立於一切宗教啟示，也較一切宗教更接近始源。而有鑑於一切始源都具有雙重性，德希達嘗試用兩個名詞來給這一世人翹首以盼的啟示之光命名。這兩個名詞一個是「彌賽亞性」（messianique），另一個是「場域」（khôra）。

關於第一個名詞，我們看到德希達堅持了他一貫的立場：彌賽亞不是別的，就是正義。但是正義雖然好比世人翹首期盼的彌賽亞，卻不是任何亞伯拉罕系統的宗教的專利，無論是猶太教、基督教，還是伊斯蘭教。所以毋寧說它是種無彌賽亞的彌賽亞性。在德希達看來正義與法律是兩個概念，法律有具體的語境，可以修正，可以解構，但是正義是絕對的，它是法律的法律、制度的制度，超越了一切語言，一切教義和文化的語境，所以一切皆可解構，獨獨它不可以解構。正義事先棲居在一切世俗希望之中，它一樣也為信仰所珍視。德希達強調說，唯有在正義這樣一種先於一切他者、先於理性／神祕等一切二元對立的普世文化裡，來言說宗教的理性限度，才具有普遍意義。而由於這一彌賽亞式的正義給剝離了一切具體的教義，它便是行進在險象環生的絕對黑夜中的信仰，是荒漠中的荒漠，雖然它向我們展示著信仰、希望和未來。

第二個名詞「場域」（khôra）說來話長。Khôra 語出柏拉圖的《蒂邁歐篇》（*Timaeus*）。德希達 1993 年寫過一本小書，書名就是 khôra。Khôra 的意思是場域、地點，拉丁文譯作 locus，法文譯作 lieu，英文譯作 field。但是德希達賦予該詞以不同尋常的解構意義，認為它最是精彩地預演了他本人的「延異」之道。唯其不同尋常，德希達以後每議及 khôra 這個希臘語，總是採用不作翻譯的做法。《場域》一書中引人注目的是德希達對柏拉圖「哲學」和「文本」的兩分：前者是化繁為簡的一個抽象體，後者則是一個異質的、多元的複雜體，具有多不勝數的重重線索和層面。德希達指出，柏拉圖的文本生產了無數「效果」，包括語義的、句法的、陳述的、行為的、文體的、修辭的等等，不一而足，而其中僅有一種，是它的「哲學內容」。所以「柏拉圖主義」是一個人工製品，是將柏拉圖的文本砍頭去尾，修剪齊整，把暗礁漩渦一概避開以後，精煉而成的一個效果，這個效果就叫作柏拉圖的「哲學」。長久以來，柏拉圖文本的諸多效果中，這一效果獨霸天下，可是它總是與柏拉圖的文本背道而馳。文本是什麼，文本是事件的集合，它是沒有邊際的，事實上它的特徵，就是越界和越軌。哲學由此便成為對文本的一種監視和規束，用德希達的話說，它是「根據一種道地的純然哲學的模式，主宰了思想的其他主題，而這些主題同樣是運作在文本之中」[239]。

哲學和文本的上述區分一定程度上正可見到德希達對宗教這個詞在一般意義上和理想意義上的不同見解。〈信仰和知識〉中德希達一如既往地重申了他的「場域」哲學。他指出，「場域」是柏拉圖的遺產，但是柏拉圖本人沒有很好地透澈領會這個概念的精義。事實是但凡一個文本、一種體系，語言或文化的內部被打開時，「場域」就表現為抽象的空間，將一切可能性安置其中。比如基督教和希臘的傳統，就在這一天邊之外的「場

[239] Derrida, *Khôra* (Paris: Galilee, 1993), p. 82.

域」中結合了起來。「場域」不屈服於任何神學、本體論和人類學的統治欲望，它沒有年齡，沒有歷史，比所有的二元對立都要古老，它甚至不沿襲否定的道路，把自己界定為「存在之外」。因此「場域」永遠是種不可超越的異質的經驗，它永遠不會進入宗教，永遠不會被神聖化、聖潔化、人道化或者歷史化。而且，由於「場域」永遠不表現為它原來的樣子，它既不是存在，不是善、上帝，也不是人和歷史。對於這個在柏拉圖《蒂邁歐篇》中為天下母又無從定義的 khôra 即場域，德希達的「定義」則是：

> 這個希臘名字在我們的記憶中說的是那些不可擁有的東西，即使是透過我們的記憶，甚至我們的「希臘」記憶；它說的是在荒漠中的一片荒漠的不可記憶性。[240]

這似乎又是延異在又不在的老話，「場域」也在場也不在場，什麼都不是又什麼都是。但是，這一荒漠中的荒漠的經驗，難道本身不值得尊重嗎？難道它不是多多少少維繫著信仰自由的信念嗎？沒有宗教的宗教，僅以「場域」這個隱喻，至此便初露端倪了。

德希達以數位文化、噴射機和電視三個詞來概括今日世界的資訊自動化、資本和權力密集化的生存現實。他提請人注意，今天我們在說宗教的時候，我們是在說拉丁文，最經常不過的是透過美國英語來說的拉丁文，如在卡普里島上聚會的命題 religio，就是拉丁文。拉丁文是不是意味著文化侵略？今天的全球化是不是又是一種文化殖民？德希達認為這一疑問揭示的就是世界的西方化過程，它由來已久，且以特別敏感的方式，強加到國際法和世界政治理論上面。而此種霸權機制出現在哪裡，哪裡就有宗教的話語發生。世界的拉丁化也是拉丁的世界化，今天的世界裡有些人呼吸

[240] Jacques Derrida, "Faith and Knowledge: The Two Sources of Religion at the Limits of Reason Alone", in *Acts of Religion*, ed. Gil Anidjar, trans. Joseph F. Graham (New York: Routledge, 2002), p. 59.

得自在，有些人卻感到窒息。而宗教說到底是基督教的概念。這是為什麼？我們如何在今天來思考宗教，又不隔斷哲學的傳統？這些問題，恐怕並非德希達有意說明宗教和理性同出一源的意圖可以解決，宗教即便成為沒有宗教的宗教，成為理性的道德的宗教，指望它像彌賽亞那樣給我們的世界帶來正義，恐怕多半還是一種奢望。

關於卡普里島聚會的主題「宗教的回歸」，德希達認為有兩個前提需要澄清。首先，宗教的回歸是種複雜的現象，它不是簡單的回歸。因為今天世界錯綜複雜，電信、技術、媒介、科學、資本、政治、經濟，都在顯示前所未有的創造力。所以宗教回歸必然涉及宗教的解構，即國家一神教的徹底解構，在解構之中宗教來創新肯定自身，實現普遍的博愛與和解。如是宗教成為理性的鄰居、光的影子、信仰的保證，以及一切知識的可靠的預設經驗。其次，宗教與科學密不可分。德希達稱，啟蒙運動應該啟動一種不可還原的「信仰」，一種捨此言語交流不復可能的信仰，這只會是宗教。而宗教作為基礎信仰行為，德希達認為它是支持科學和資本的合理性的，它與今天的電子媒介、技術資本並非不能相容。宗教是世界化的，它製造、連接和挖掘電子媒介化的資本和知識，如教皇出行之舉世報導行蹤等，都可見到宗教與傳媒的密切連繫。德希達將之稱為「全球拉丁化」。很顯然這裡面一方面可以見到羅馬傳統的宗教概念明顯帶有霸權傾向的普遍化過程，一方面無疑也是顯示了後工業社會中經濟和科學獨大，不僅與宗教攜手並進，甚至大有取而代之勢頭的生存現實。

瓦蒂莫的文章題名為「蹤跡的蹤跡」，這是典型的解構主義標題。瓦蒂莫開篇就說，人們常說宗教的經驗是逃亡的經驗，但事實是在我們的生存狀態，即基督教的西方、世俗化的現代性，以及為聞所未聞的災難威脅所困擾的世紀末精神狀態等之中，宗教被體驗為一種回歸。回歸意味著追尋業已銷聲匿跡的蹤跡，重新聆聽我們肯定曾經聆聽過的聲音。宗教的剋星曾經是哲學，但是現在哲學也分崩離析，不知所云。所以不奇怪，瓦蒂莫認為宗教在今天煥發出來的活力是基於這樣一個事實，哲學和一般的批判思想，由於將拋棄了基礎的概念本身，不（再）可能賦予生存以意義，因此這種意義要在宗教中尋找了。它們的基礎概念被棄之如敝屣，已不復可能為存在賦予意義，由此尋找存在的意義，很自然轉向了宗教。而重新對宗教進行哲學思考，必須首先明確今天宗教的回歸是發生在我們現代性的特定的生存條件之下，而且回歸宗教並不意味著在這一生存條件之外另闢蹊徑。所以一切在於立足於現實。

瓦蒂莫感慨宗教經驗的積極方面有時候並不是我們的理性語言可以表達，比如我們對於寬恕和對於原罪的感覺，就不是一回事情。換言之，今日之需要寬恕，遠甚於原罪體驗。而宗教今日之所以重新展現出從哲學角度來看是可信的深刻需求，是因為現代主體的理想主義信念在全面瓦解。宗教的積極內容不是出自對自身的抽象反思，而是回歸到《聖經》的文本，即用猶太－基督教的語言來闡釋我們存在的哲學主題，而這也是闡釋學的傳統。我們的哲學在努力超越在場的形而上學，但是超越形而上學不等於虛無主義，比如，脫離了《聖經》中宣告的道成肉身的救贖啟示，超越的思想有可能發生嗎？瓦蒂莫認為，這正是今天的闡釋學最終應該回答的問題。

伽達默爾提交的文章不長，標題是「卡普里的對話」。他說他是在讀過了瓦蒂莫和德希達的文章之後，才提起筆來的。伽達默爾首先向研討會的兩位主持人表達敬意，謙稱德希達如此出色和忠實地使他們的對話氣氛熱烈且友好，以至於他絕對沒有什麼可補充的。然而思考下來，德希達和瓦蒂莫之間的對話對他來說委實是太重要了，所以他很樂意引出更進一步的閱讀經驗來。

耐人尋味的是伽達默爾的觀點與德希達和瓦蒂莫也相當接近，即肯定宗教的問題在當代世界中已經成為中心問題。他指出，當代社會的工業化特徵有時候給人的感覺是世界經濟就是宗教。他稱他對此並不感到驚奇。因為早在韋伯，就把資本主義的發展與清教倫理連繫在了一起。問題是今天商業的利潤追求，科學技術的種種進步，其內在的發展規律已經脫離了我們的控制。歐洲人不知道什麼辦法可以對抗這一命運，美國又何嘗不是如此。伽達默爾認為工業化制度從一開始就應該為貧困化和工業無產階級的出現負責，這也是馬克思和恩格斯無情揭露的事實。問題是，今天現代國家面臨的是各式各樣的新問題，比如勞工階層和雇主的競爭、失業者的社會保險問題以及如何阻止失業率成長等等，這就導致建立無孔不入的官僚體制，導致生活方式的全面變革，「生活素質」的概念，相應也在已開發國家呼之欲出。

伽達默爾承認啟蒙在基督教歐洲的現代性裡確實占有一席之地，但是今天歐洲人開始意識到，像中國和印度這樣的偉大文明，只是在最近才開始與現代歐洲的啟蒙對話。所以，當人反問為什麼基督教啟蒙是在歐洲，而不是在世界的其他地區和文明中獲勝時，他對西方命運的認識就會更進一步。更進一步是指更高層次的思考，即是不是還有其他宗教和文化世界，可以最終給予科學啟蒙的普遍性以不同於世界經濟宗教的答案？伽達默爾承認，這個答案歐洲人可能是始料未及的。

宗教回歸並不是回歸某一種形而上學或教會的學說，這是德希達、伽達默爾和瓦蒂莫的共識。但瓦蒂莫宣導的回歸精確的文本研究，由此來避免神學的形而上學，卻未獲伽達默爾首肯。他認為這是用實證性來取代神祕主義，有點像用謝林（Thomas Schelling）來取代海德格。而說到底這還關牽到黑格爾藝術、宗教、哲學一路演進的美學思想，他引黑格爾的話說，藝術和宗教緊密連繫，美的藝術只會在宗教中獲得位置，因為宗教說到底就是具體的、自身自由然而尚未成為絕對的精神。對於德希達的發言，伽達默爾指出德希達明顯是發揮了康德《單純理性限度內的宗教》中附釋部分的思想。如此宗教一方面被界定在我們的意識之外，一方面又和康德的實踐哲學有著千絲萬縷的連繫。伽達默爾尤其沒有忘記德希達圍繞「場域」（khôra）展開的論述，他將此稱為德希達的「心靈遊戲」。也許這個遊戲到底是玄乎了些，伽達默爾稱他甘願冒著被人指責為形而上學，也要來對它闡釋一下。怎麼闡釋？伽達默爾說他的理解是「場域」給出空間和方位，然而又不對它們做出任何規定，故此，用它來理解新柏拉圖主義的「太一」或者「神」，倒是適得其所。再往上看，它還是畢達哥拉斯（Pythagoras）嘗試用數來掌握真理的傳統，正是數學的發展促使柏拉圖有了井然有序的造物思想，而柏拉圖則是以「場域」來講述了一個混沌然而有序的悠長的故事，這就像我們今天在科學、三角和多面幾何中發現了存在的完美領域。這真是一場充滿智慧的遊戲，它的象外之意，就得讀者來仔細品味了。

至此可以作如下結論：在卡普里島上德希達、瓦蒂莫和伽達默爾三位哲學家所鼎力呼籲的沒有宗教的宗教，說到底是致力於從道德的角度來闡釋宗教，這大體也反映了康德以降，經尼采和海德格一路演繹下來的西方現代哲學對於宗教的一貫態度。就德希達的文章來看，其主旨是知識和信仰，即他所說的單純理性限度內的宗教的這兩個來源之間的矛盾。首先這是理性的矛盾：矛盾一方面是深深植入到科學、技術和神學之中的理性的透明力量，一方面則是此一理性完好無缺的「信仰」，而後者不可能以理性自身作為基礎，必然有涉某種非理性的行為，說到底也就是宗教的行為。其次它又是道德的矛盾：一方面如康德所言，宗教特別是基督教神學是以道德向善為最高目的，另一方面同樣誠如康德不經意之間虔誠地殺死了上帝，這一道德向善的行為到其最高層面上，便是設定上帝並不存在。這個兩難，或許並不是獨獨道德一因可以解釋的。

五、無信仰者的信仰

西蒙·克雷奇利（Simon Critchley, 1960-）未必是一以貫之的正統解構主義者，但是卡勒引述他的話來表達解構批評的倫理學後續，並不是沒有來由的。克雷奇利 1960 年出生在英國赫特福德郡的一個工人階級家庭。1988 年在埃塞克斯大學（University of Essex）獲博士學位。在博士論文的基礎上，1992 年克雷奇利出版了他的第一本書：《解構倫理學：德希達與列維納斯》（*The Ethics of Deconstruction: Derrida and Levinas*）。1989 年開始，他任教於埃塞克斯大學，擔任過人文與社會科學理論研究中心主任。2004 年開始在紐約新學院任哲學教授，並多年擔任哲學系主任。其他著作主要有《很少……幾乎沒有：死亡、哲學、文學》（*Very Little...Almost Nothing: Death, Philosophy, Literature*, 1997）、《論　幽　默》（*On Humour*, 2002）、《無盡的索求：承諾倫理學、抵抗政治學》（*Infinitely Demanding: Ethics of Commitment, Politics of Resistance*, 2007）、《哲學家死亡書》（*The Book of Dead Philosophers*, 2008）、《無信仰者的信仰》（*The Faith of the Faithless: Experiments in Political Theology*, 2012）和《悲劇、希臘人、我們》（*Tragedy, the Greeks, and Us*, 2019）等。克雷奇利一直是德希達解構主義的堅定辯護人，發表過〈解構與實用主義〉等許多相關文章，並主編過文集《解構的主體性》（1996）等。

《解構倫理學》是克雷奇利的處女作也是他的成名作。此書出版的時候，正是德希達遭遇左翼右翼兩面夾擊的時光，被相當一部分批評家指責為沉溺於形而上學文字遊戲，鼓吹價值虛無主義。克雷奇利針鋒相對指出，德希達不是虛無主義者，他的思想當中有一個倫理觀念，而這個倫理觀必須連繫列維納斯的「他者」，以此來質疑自我和自我意識問題，才能見到端倪。七年之後，克雷奇利在給《解構倫理學》寫的再版序言中又說：「我讀了德希達 1992 年之後出版的著作，更對解構主義的政治可能性確信無疑。」[241] 該書開篇提出的問題是：為什麼要為解構操心？為什麼要讀解構主義的文字？為什麼要用解構的視野來讀文本？為什麼解構是必須的，甚至是至為重要的？《解構倫理學》據克雷奇利的交代，便是為上述問題提供了一個倫理學的回答。

克雷奇利也嘗試效法安貝托．艾柯路線，寫過暢銷書，這就是他 2008 年出版的《哲學家死亡書》。但不同於艾柯殫精竭慮構思情節、布局迷陣的小說創作，克雷奇利的這部死亡哲學的大眾讀物版，主要是把道聽途說的哲學家死亡故事收羅起來，娓娓而談，給讀者集中轉述一遍。全書的宗旨也淺顯明白，如他引用的蘇格拉底的話：學習迎接死亡；以及，笑著死亡。所以這本書不是供人念經超度靈魂的，如《埃及度亡經》（*The Egyptian Book of the Dead*）和《西藏度亡經》（*The Tibetan Book Of The Dead*），而是在通俗讀物的層面上，重申從蘇格拉底、西塞羅到蒙田（Michel de Montaigne）以降的西方哲學的不怕死傳統。該書導論中作者介紹說，他這本書緣起於一個簡單的假設：界定此時此刻這個星球角落上人類生命的，不僅是死亡的恐懼，更害怕的是一切化為烏有。這使我們期望

[241] Simon Critchley, *Ethics of Deconstruction: Derrida and Levinas* (West Lafayette: Edinburgh University Press, 1999), p. 12.

在宗教裡得到拯救，也讓巧舌如簧的術士暢行其道。因為我們追求的，要麼就是此生的一時安慰，要麼就是不可思議的來世救贖。

克雷奇利強調他的這部《哲學家死亡書》，寫的不是哲學的歷史，而是哲學家的歷史。即是說，他寫的是一個長系列的有著血肉之軀、有著種種局限的凡人，如何面臨他們的最後時刻，無論是視死如歸還是神志迷亂，是尊嚴高貴還是噩夢盜汗。所以他的方法完全不同於黑格爾。黑格爾將哲學史視為絕對精神的邏輯展開，以西方當代哲學為其一路發展過來的最高峰。所以哲學史只要是西方的，就是最好的，至於哲學家生平雞零狗碎的日常瑣事，與它了無相干。哲學史的唯一功效，便是舉起一面鏡子，來鏡鑑我們自己和我們自己的世界。克雷奇利指出，他的觀念恰恰相反，希望表明他敘述的這許多哲學家的生生死死，能切斷通向「絕對精神」的道路，來對哲學本身提出一點疑問。在他看來，哲學對於哲學家的生生死死不但長久忽視，而且態度傲慢甚至於狂妄。一如海德格 1924 年在一次談亞里斯多德的講座上所言，哲學家的生平，其意義僅僅在於：他生於什麼什麼時候，他工作，他死了。這一倨傲姿態，克雷奇利指出，忽略了哲學家首先也是活生生的人，是暴露在一切疾病禍害面前的肉體的人。

克雷奇利引西塞羅的名言：學習哲學就是學習怎樣去死。又轉述蒙田《隨筆集》（*Les Essais*）裡渲染的埃及人風俗：在宴飲高潮中，主人經常會抬出一具死人骨架，一邊有人高聲嚷道，盡情喝吧，等你死了，就是這個模樣。他引蒙田的話說：於是我形成了跟死亡做伴的習慣，不光是在我想像世界裡，而且在我嘴裡。即是說，不妨多多念叨、時時念叨死亡。唯其如此，克雷奇利發現，對於虛無的恐懼，或者可以稍有緩解。他自稱這也是他寫作此書的目的。是以他選取哲學史上從西元前 6 世紀的泰利斯（Thales of Miletus）開始，直到最後開一個玩笑把他自己包括在內的 190

位哲學家，每個人平均頁許篇幅，交代他們的生平和死亡故事。如泰勒斯就是年邁之際，在看競技比賽的時候熱死渴死的。材料來源應是他引述的第歐根尼．拉爾修（Dīogénēs Lāértios）的這兩句詩：

泰利斯節日裡看體育競技，
烈日難當可憐他一命歸西。

即便像傳奇人物如畢達哥拉斯，克雷奇利認同學界當前的共識，那就是很可能這個人物壓根就沒有存在過，是義大利南部後來叫作畢達哥拉斯學派的那一群人，為他們的信仰發明了這麼一位「創始人」。但是這沒有妨礙他根據傳說，排列出他的多種死法。

值得注意的是他寫的德希達篇章，克雷奇利一如既往給予德希達崇高評價。他指出，德希達博聞強記，是最好的哲學讀者，他的閱讀耐心、細緻、開放、質疑，充滿了無盡的創意。他的著作總是給人出乎意料的驚喜，當初他陰差陽錯命名的「解構」，如今也成為閱讀和寫作的一種氣質。德希達篇章的結語是：

雖然德希達拒絕古典死亡觀，即哲學思考就是學習怎樣死亡，但1994年出版的《友誼政治學》的題記中，西塞羅終究露了一面。德希達援引了他的話：「……更不好說的是，死者活著。」（et, quod difficilius dictu est, mortui vivunt.）這是說，死去的人依然活著，他們活在我們中間，騷擾著我們的自鳴得意，同時在警策我們，邀請我們進一步來思索他們。我們可以說，只要哲學家有人來讀，他或她就沒有故去。倘若你有意與死者交流，那就讀書吧。[242]

這一定程度上呼應了德希達當年的預言，今天所有的人都是解構主義

[242] Simon Critchley, *The Book of Dead Philosophers* (New York: Vintage Books, 2008), p. 243.

者。至少西蒙‧克雷奇利，是不齒於這個名號的。

我的博士生王曦2016年在紐約新學院曾經為克雷奇利作了一個題為「克雷奇利談『他律倫理』」的訪談。所謂「他律倫理」（heteronomous ethics），是克雷奇利針對康德的絕對道德律令提出的，主張一種倫理的主觀性，強調即時即景的倫理經驗，主張在悲劇和喜劇劇場，以及愛等具體倫理情境中，來探討人與他人關係展開之際的各種道德情感，進而倫理主體的自我生成。對此克雷奇利的解釋是，他試圖描述的倫理的他律性是內在於主體的，17世紀以來，自律的原則似乎成為倫理生活和政治生活領域唯一具有合法性的形式，但這一傳統值得質疑，是以他嘗試在審美、政治、倫理等領域重新思考他律維度的意義。關於自律性，從歷史上來說是政府、國王在公民身上施加強制性的影響，然後把這種外在的強制宣稱為一種內化於公民的自律。這也是自宗教改革運動以來運作於歐洲政治領域的主導邏輯，它的確是有效的。他並不主張拋棄自律的維度，而是說人際交往中的他律性關係是個體自律的基礎，也就是說，你必須在與他人的關係中考慮自身的要求與選擇。在康德和後康德的譜系中，自律性似乎是政治德行中毋庸置疑的善，但實際情況要複雜得多。在《無盡的索求》中，他論證的出發點便是反對康德倫理學。對康德而言，自律和理性是倫理學的兩項基本原則，兩者相互關聯，自律是理性的運用。但是對他而言，倫理學應該是一種情感性關係，它起始於與他人展開關係時產生的道德情感。它可以被合理化，但合理化是後續的步驟。在這個意義上，他認為我們與世界展開關係的最基本方式是情感性的，它必須透過情緒和感受傳達，對這些情緒的表達是極其必要的。

克雷奇利就他的「悲劇倫理觀」有過一個專門闡釋。在克雷奇利看來，悲劇劇場提供了一種倫理情境，在這個情境裡，與「悲劇意識」

（tragic consciousness）相連的他律維度作為悲劇劇場的構成性原則被反覆展演。克雷奇利認為，悲劇劇場提供了我們和自身拉開一段距離，觀察、審視自身的場合。悲劇最無法預測的是觀眾會從劇場景觀中拿走些什麼。對此他所作的詞源學追溯是，觀眾在古希臘語中是 theoros，從這個詞衍生出 theoria 即理論。理論又和動詞觀看（theorein）相關，指的是在劇院（theatron）中發生的觀看行為。故而倘若如亞里斯多德所言，將悲劇定義為對行動和實踐的模仿，那麼它就是從理論的視角看到的東西，儘管行動本身仍然是個謎。或者換一種說法，劇場展現了理論和實踐的問題，兩者的斷裂首先在劇場中被揭示出來。我們是正在展開的這齣戲劇的觀眾，在這齣戲劇中，或者說在劇場空間中，我們身為旁觀者看到我們的行動，人類的實踐從內部分裂開來，被理論性地引入質疑。觀眾在悲劇劇場中，得以隔開一段距離觀看臺上展演的他們自身的社會實踐，隔開的這段距離，精確地說，是旁觀者的、理論的距離，在悲劇的劇場政治中，他們實際演練著這種對待政治生活的方式。故而與其說悲劇是一種藝術形式，不如說它更接近一種社會實踐：

悲劇為何有趣？為何具備政治教義？這基於悲劇並非是個人性的敘事，悲劇真正的主角首先是城邦，政治空間才是悲劇表現的主體。它是古希臘城邦中公共機制的關鍵一環，城邦的社會政治制度正是在劇場中以景觀的形式自我展演。我尤其關注作為一種城邦創制實踐的悲劇，如何將城邦展演為自我分裂的，具有汙染與亂倫根底的，它如何揭示了暴力、戰爭的奠基性力量。[243]

這是說，悲劇完全打破了透明的、自律的主體觀念，展現的正是在自

[243] 王曦、克雷奇利：〈克雷奇利談「他律倫理」〉，《社會科學家》2017 年第 6 期。

身內部拉開一定距離的倫理主體。克雷奇利進而指出，古典政治多半基於一種孔武剛健、具備男子氣的主體觀念，這種政治主體才能做出裁斷。而在古希臘悲劇中過度的哀悼，一直和女性角色相連，與之相連的是一種脆弱的、依附性的主體形象。在這種觀念論下，哀悼的主體是虛弱無力的，是處在依附關係中的被質疑的主體。而如果以相互依存的、有限的、脆弱的主體觀念重建我們的政治，將帶來什麼樣的改變？克雷奇利認為，這其實也是女性主義和情感理論近年來一直在探索的核心問題之一。

《無信仰者的信仰》的副標題是「政治神學實驗」，該書出版後為多方關注，為作者解構主義倫理學路線上的重鎮。克雷奇利並不是基督徒，他呼籲從政治角度來重拾信仰，在美學和信仰之間，建樹一種政治哲學的信仰倫理。本著這一宗旨，他分別闡述了盧梭、巴迪歐（Alain Badiou）、聖保羅、海德格等人的信仰觀，並反駁齊澤克的批評，堅持了自己的非暴力主義立場。該書導論中，克雷奇利首先給讀者講了一則王爾德（Oscar Wilde）的故事。那是奧斯卡・王爾德 1897 年因猥褻罪坐牢兩年之後釋放出獄，同一天他最後一次告別英國，去了法國。在那裡他遇到老友羅伯特・羅斯（Robert Ross），交給他一部密密麻麻寫了 80 頁的手稿，洋洋灑灑達 5 萬言。手稿是寫給他出爾反爾的情人阿爾弗萊德・道格拉斯（Alfred Douglas）的，1905 年出版，根據《詩篇》（*Poems*）第 130 篇語「耶和華啊，我從深處向你求告」，題名為〈自深深處〉（De Profundis）。克雷奇利說，王爾德這封長信的宗教意味，特別是寫信人對基督形象的闡釋，使他發生了濃厚興趣。因為王爾德的這個文本再精彩不過地闡釋了政治與信仰之間的兩難選擇，而這也是他這本書的寫作線索。

克雷奇利指出，王爾德雖然身敗名裂，傑出的才華毀於一旦，可是這個文本平靜堅毅，作者沒有屈服於某個至高無上神的外在掌控，反之將苦難視為反躬自省的良機。對此克雷奇利評論說，這樣一種自我實現的行為，在王爾德看來既不是宗教，也不是道德可以相助的，因為它們都需要外部的仲介。道德對於王爾德來說只是外部強加的法律，必須拒絕。理性讓他意識到將他定罪的法律不公正。但是要掌握自己遇難的究竟，王爾德在理性上又無法將這一切簡單歸咎於外在的強制不公。是以他不得不從內心來開釋苦情，這就是理性無能為力，唯有求諸藝術了。是以王爾德將監獄裡的種種苦難轉化為一種心路歷程的敘述，完成了精神分析學家所說的熱情「昇華」。

克雷奇利認為這就是王爾德的宗教觀，它涉及政治和信仰的主題。別人的信仰是目不可見、至高無上為知識不可企達的，但是王爾德的信仰具有美學意味，是可以觸摸、可以看見的，是一種感性的宗教。他特別看重王爾德的這句話：萬物為真者必成宗教。所以不信教的人、沒有信仰的人，一樣可以有信仰和宗教。王爾德的原話如下：

> 當我思及宗教，我感到似乎想給那些無法信仰的人創立一種秩序：我們或者可以叫它無信仰者協會，那裡的祭壇上沒有蠟燭燃燒，那裡的牧師內心並不寧靜，他可能用未經祝福過的麵包和空空的酒杯來讚美。萬物為真者必成宗教。不可知論應當具有自己的儀式，它並不遜色於信仰。[244]

這就是無信仰者的信仰。它並不比虔誠教徒的信仰遜色。克雷奇利認為無信仰者的信仰這個概念，有助於走出政治和信仰的兩難困境。一方面無信仰者似乎依然需要一種信仰經驗，一方面這信仰經驗又非傳統宗教所能提供。如果說政治生活的目的即是避免犬儒主義，那麼因地制宜樹立信仰，也就是當務之急。一如王爾德是在監獄裡面，闡釋了他的無信仰者的信仰。至此，什麼是無信仰者的信仰，就很清楚了。克雷奇利說：

[244] Oscar Wilde, *De Profundis and Other Writings* (London: Penguin, 1954), p. 154. See Simon Critchley, *The Faith of the Faithless* (London: Verso, 2012), pp. 3-4.

這一無信仰者的信仰，其對象不能是任何外在於自我或主體的東西、任何外在的神聖律令、任何超驗的真實。誠如王爾德所言：「無論它是信仰也好，不可知論也好，它必不能外在於自我。它的符號必是我自己的創作。」[245]

克雷奇利認為這裡展示的是一個悖論：一方面萬物為真者必成宗教，要不然信仰缺失權威性，另一方面這權威性的作者不可能是任何外人，只能是我們自己。故而無信仰者的信仰，便必然是一部集體自我創作的大著，我們的靈魂只能由自己來加以鑄就。正是在這一意義上，克雷奇利讚賞王爾德 1891 年寫的〈社會主義下人的靈魂〉一文中，稱基督為「具有奇妙靈魂的乞丐」、「具有神聖靈魂的麻風病人」，是「在痛苦中實現了他的完善」。在一個世俗的時代裡，如何重拾宗教，如何重建信仰，特別是當神學衝突裡不斷有政治動因溢出，哲學家的倫理關懷能夠在多大程度上，借用德希達《馬克思的幽靈》（*Spectres de Marx*）中引用的《哈姆雷特》中丹麥王子的臺詞，來「重整乾坤」？克雷奇利以王爾德為例的以上闡述，一定程度上說，可以視為延續彰顯了解構批評倫理學轉向的理論和現實意義。

[245] Simon Critchley, *The Faith of the Faithless* (London: Verso, 2012), p. 4.

第十章

新歷史主義批評

一、新歷史主義的緣起

新歷史主義批評發端於 1980 年代，盛行於 1990 年代。有鑑於它是緊銜著解構主義走紅文壇，而且時當解構主義遭遇來自左右兩翼的批評，新歷史主義有一段時間被認為是後來居上，替代解構主義，成為後結構主義文學理論中的第一範式。新歷史主義的方法，在保羅．弗萊看來，雖然它的研究對象是「早期現代」英國文學，但影響很快波及其他領域，甚至可以說在今天也還餘音未絕。他這樣歸納新歷史主義文學批評的一個方面：

> 新歷史主義事實上自己用「早期現代」這個詞取代了「文藝復興」。實際上它近年來在許多領域或時代，都在改名換姓，如用「漫長的 18 世紀」替代「新古典主義」,「後期 18 世紀與早期 19 世紀」替代「浪漫主義」等，意在提醒學者們，這些時代充滿動盪，多元並存，抵消了這樣那樣的主導知識潮流。[246]

弗萊認為，以上變化反映了歷史研究近年來的大勢所趨，故而這裡當可見到歷史研究，而不僅僅是歷史主義，對於文學研究產生的總體影響。

「新歷史主義」一詞算來並不很新，早在 1972 年，美國批評家威斯利．莫里斯（Wesley Morris）就出版過一本《走向一種新歷史主義》（*Toward a New Historicism*），之所以取名為「新歷史主義」，作者說，是因為他發現 20 世紀美國文學批評的很大一部分，從根本上滲透著一種歷史主義態度，他不想從編年史角度逐一羅列，而寧可來對歷史談談哲學。該書從美國史學家弗農．帕林頓（Vernon Parrington）到當代批評家莫瑞．克里格，整理了美國文學理論的主要脈絡，認為當前的語言學、人類學、精神

[246] Paul H. Fry, *Theory of Literature* (New Haven: Yale University Press, 2012), p. 247.

分析和接受美學，都可以組合進他所說的「新歷史主義」文學理論。這本書用今天的眼光來看，還是屬於「舊曆史主義」一類。

總體上，新歷史主義批評可視為一種語境主義的文學研究方式。比較早期將歷史留作背景資料，獨讓文學走向前臺的所謂舊曆史主義批評，新歷史主義批評反過來讓歷史登臺亮相，文學文本反主為客變成了它的注腳。早期的新歷史主義批評家如格林布拉特，很大程度上受惠於是時風靡一時的後結構主義「語言轉向」，被認為同時也受到本國前輩史學家海頓・懷特（Hayden White）等人的影響。懷特不同於後來的新歷史主義批評將目光緊盯住文藝復興文學，他專攻 19 世紀歐洲意識史，早在 1973 年就出版了名著《元史學：19 世紀歐洲的歷史想像》（*Metahistory: The Historical Imagination*），在該書序言中開宗明義刊布了他此書宣導的「元歷史」方法論，他說：

> 在展開本書歷史想像的深層結構分析之前，我先有一個方法論的導論。在這裡我試圖開門見山，來系統陳述作為本書理論基礎的闡釋原則。我閱讀 19 世紀歐洲歷史思想的經典著作，感到顯而易見願將它們視為形形色色的再現形式，來再現歷史著作的形式理論所要求的歷史反映。[247]

我們可以一目了然地發現，海頓・懷特的這個方法論的要義，便是將歷史重新定位作敘述和再現形式。這對於很快崛起的新歷史主義批評，啟示非同小可。

後來蔚為大觀的新歷史主義文學批評，則公認是發生於加州大學柏克萊分校的一批「表徵派」。這個學派得名於史蒂芬・格林布拉特等人在 1983 年創辦的《表徵》（*Representations*）雜誌。雜誌是跨學科的人文刊

[247] Hayden White, *Metahistory: The Historical Imagination in Nineteenth-Century Europe* (Baltimore: The Johns Hopkins University Press, 1973), p. 1.

物，對於文學、歷史和文化研究，都有涉及，加州大學出版社出版。它是新歷史主義的大本營。過去如此，現在亦然。史蒂芬・格林布拉特 1943 年生於波士頓，1969 年在耶魯大學獲博士學位。在 2000 年移師哈佛大學之前，他在加州大學柏克萊分校執教二十八年，是 1980 年代和 1990 年代西方文論從文本分析到語境分析，進而走向「文化詩學」這一新歷史主義批評的領軍人物。他長期從事莎士比亞和文藝復興研究，主要著作有《文藝復興時期的自我塑造：從莫爾到莎士比亞》（*Renaissance Self-Fashioning: From More to Shakespeare*, 1980）、《莎士比亞式談判：文藝復興英國的能量循環》（*Shakespearean Negotiations: The Circulation of Social Energy in Renaissance England*, 1988）、《學習詛咒》（*Learning to Curse: Essays in Early Modern Culture*, 1990）、《煉獄中的哈姆雷特》（*Hamlet in Purgatory*, 2002）、《世界中的威爾：莎士比亞如何成為莎士比亞》（*Will in the World: How Shakespeare Became Shakespeare*, 2005）、《暴君：莎士比亞論政治》（*Tyrant: Shakespeare on Politics*, 2018）等。格林布拉特 1982 年在《文類》（*Genre*）雜誌專題號上為〈文藝復興中形式的力量〉作導論，導論中他首次使用「新歷史主義」這個詞，這篇導論可以說是新歷史主義文論的起步標識。當其時，格林布拉特和他的一批同道，目光盯住文藝復興時期。如女性主義批評家南西・威克（Nancy Vickers）編的《重寫文藝復興：早期現代歐洲的性別差異話語》（*Rewriting the Renaissance: The Discourses of Sexual Difference in Early Modern Europe*, 1986），格林布拉特等人所編的文集《表徵英國文藝復興》（*Renaissance Self-Fashioning: from More to Shakespeare*, 1988）等，以及一批 19 世紀浪漫主義文學研究的新成果，特別是 1989 年哈羅德・阿拉姆・魏瑟（Harold Aram Veeser），1989 年出版他主編的文集《新歷史主義》（*The Hew Historicism*），1993 年又增加篇幅，易名為《新歷史主義讀本》（*The New Historicism Reader*），廣為流布。加之《美國現代語言學會會刊》（*PMLA*）1990 年春季號專門推出一期新歷史主義批評專輯，新歷史主義批評的風光正好似旭日東昇，光輝燦爛。

但是此歷史不是彼歷史，M. H. 艾布拉姆斯在給他 1993 年新版《文學術語詞典》撰寫題為「文學與批評現代理論」的補編時，正值新歷史主義如日中天的大好時光。該補編的「新歷史主義」條目中，艾布拉姆斯將新歷史主義崛起所受到的影響，主要歸結為四個方面：第一是阿圖塞的意識形態理論，如他在《列寧與哲學》（*Lenin and Philosophy and Other Essays*）等文章中所言，一個時代的意識形態，必以各種方式將自身顯示在該時代的每一種半自主的慣例話語之中，同時想方設法誘使讀者參與它的話語，換言之，使讀者認同統治階級利益。第二是米歇爾·傅柯的權力－關係圖式理論，強調這些圖式在任何一個時代、任何一個社會，都在建構其話語的概念、等級，以及理性／感性、文明／癲狂這一類二元對立，如是來確定什麼是知識和真理，什麼是人文規範，進而以此來排斥所謂的犯罪、瘋癲、性越軌等等。第三是解構批評的核心概念，它認為文本是一系列永遠在互相碰撞的符號，並結合巴赫金主張的許多文學文本皆有「對話」性質的理論，即是說，這些文本表達了既是獨立的，又經常是互為衝突的聲音。第四是以克里弗德·紀爾茲（Clifford Geertz）為代表的文化人類學。紀爾茲認為文化是由各種獨特的指意系統構成，故而宣導以「厚重描述」（thick description）來突出其歷史語境，以便發現一個特定社會的產品或事件中的慣例、代碼、思維模式及其對文化發生的作用。這與美國批評從新批評到解構批評的「細讀」傳統，可以說是一脈相承。「厚重描述」事實上並非百靈百驗，假如一部作品中的「歷史」成分，偏偏十分稀薄呢？以上四種影響中，首當其衝的，是傅柯的權力理論，或者說話語理論。

艾布拉姆斯自己表示贊同美國批評家路易．蒙特羅斯（Louis Montrose）經常被人引用的一句話，那就是新歷史主義批評關注文本中的歷史性、歷史中的文本性。他作闡釋如下：

> 這一歷史模式立足於這些概念，那就是歷史本身並不是一系列固定的、客觀的事實，反之就像跟它互動的文學一樣，同樣是一個需要闡釋的文本；故不論是文學的文本，還是歷史的文本，都是一個話語，雖然它可能旨在表現、反映外部的真實世界，但事實上卻是由所謂的「表徵」（representations）組成的，即是說，作為一個特定時代「意識形態產品」或「文化建構」的言語組構。而文本中這些文化的和意識形態的表徵，其主要功能便是在於再生產、確認以及傳播一個特定社會中，特定主導與從屬關係的各種權力——結構。[248]

所以不奇怪，海頓．懷特和路易．蒙特羅斯，後來也都當仁不讓成為新歷史主義批評的領軍人物。

二、文化詩學

史蒂芬．格林布拉特是美國著名的莎士比亞專家和文學批評家、《諾頓莎士比亞》（*The Norton Shakespeare*）和《諾頓英國文學選集》（*The Norton Anthology of English Literature*）的主編。格林布拉特把他自己的著述稱為「文化詩學」。事實上「文化詩學」概念的提出，一定程度上還

[248] M. H. Abrams, *A Glossary of Literary Terms* (Fort Worth: Harcourt Brace College Publishers, 1993), p. 249.

早於他的「新歷史主義」。1988年他出版的《莎士比亞式談判》（*Shakespearean Negotiations*）有個副標題：文藝復興英國的能量循環。該書中格林布拉特呼籲重新審視藝術形式和表達形式兩種文化之間的邊界，打破美學自律論，不是拋棄它，而是探究它如何為權力染指，揭示它的客觀條件，因而發掘其背後的社會動因。

該書第一章〈社會能量的循環〉中，作者開篇就告訴我們，他很有一種欲望想跟死人說說話。這個欲望人所周知是文學研究的動力。雖然文學教授都是領著薪水的中產階級巫師，但是他從來就不相信死人會聽到他說話，而雖然他知道死人不會說話，他依然確信能夠與他們重啟一場對話。

> 我只能聽到我自己的聲音，但是我自己的聲音就是死者的聲音，因為死者設計留下了他們自己的文本蹤跡。這些蹤跡讓他們自己出現在活人的聲音裡面。許多蹤跡少有迴響，雖然每一條蹤跡，即便是最細微最乏味的，也包含著逝去生命的若干殘篇。還有一些似乎是處心積慮，充滿了讓人聽到的強烈意志。當然，來探究小說中死去人物的活的意志，在沒有生命的地方來尋找生命，這是一個悖論。[249]

這段自白可視為格林布拉特與歷史進行重新對話的一個注腳。過去的故事過去了，但是文學的愛好者偏偏要在過去故事的蛛絲馬跡裡，讓死去的人物重新開口，敘述他們自己的故事。而在所有這些人物當中，莎士比亞的人物尤其是踴躍爭先。

那麼，什麼又是「社會能量」呢？格林布拉特指出，這個語詞指的是某種可度量的東西，但是他手邊沒有現成可靠的方法，圈出單獨一例來作定量分析。所以只能間接言「能量」，考究它的效果，看它怎樣顯現在言

[249] Stephen Greenblatt, *Shakespearian Negotiation: The Circulation of Social Energy in Renaissance England* (Berkeley: University of California Press, 1988), p. 1.

語的、聽覺的、視覺的蹤跡裡，來生產、形構和組織集體經驗，既是肉體的也是精神的集體經驗。它密切連繫著反反覆覆的個人情感，焦慮、痛苦、恐懼、心臟的跳動、憐憫、歡笑、緊張、鬆弛、好奇等，一切悲歡喜怒，將被納入各式各樣的美學模式之中，從個人到社群，從社群到社會。這樣一種新歷史主義的批評，故而也是一種文化的詩學，誠如他所言：

> 我的總體規劃是研究那些特定的文化實踐是如何集體形成的，進而探究這些實踐之間的關係，我將這個總體規劃命名為一種文化的詩學。對於我來說，這個研究是跟我對審美權力文藝復興模式的特殊興趣，緊密連繫在一起的。[250]

此種文化的詩學，便是致力於揭示文化對象與實踐，如莎士比亞的劇本以及它們首次演出的舞臺，是怎樣為社會強制力量所染指的。

一個顯而易見的範例，便是莎士比亞晚期代表作《暴風雨》中普洛斯庇羅和卡利班之間的對話，在格林布拉特看來，這個對話場景完全是以入侵者和一個聽憑宰割的土著居民之間權力話語和反抗話語模式展開的。這與描寫美國早期開發的歷史著作一樣，作者不自覺地站在殖民主義的立場上說話。他進而在《亨利四世》（*Henry IV*）的對話和事件中也發現類似結構：一方面觀眾不難看出主權建立在掠奪、欺詐、偽善之上，另一方面劇作又毫無顧忌地大肆描寫福斯塔夫和伊莉莎白時代下層社會充滿顛覆意義的不和諧音。問題在於，莎劇中的這些對抗性話語，其功用恰是在誘使觀眾接受甚而美化彼時的權力結構，因為觀眾本人已身不由己地步入了這個結構。格林布拉特因此認為，任何一種政治和文化秩序，只要此勢力被置於既定的秩序中，便可由它成功地「包容」進來。這裡「權力」，就是

[250] Stephen Greenblatt, *Shakespearian Negotiation: The Circulation of Social Energy in Renaissance England* (Berkeley: University of California Press, 1988), p. 5.

新歷史主義批評重新審度文學與社會關係的核心。對此艾布拉姆斯給予的評價是：

> 格林布拉特總的立場是，一切持續的政治和文化秩序，為了維護它的權力，不僅在某種程度上允許，而且在培植顛覆因素和力量。然而正是以這樣一種方式，它有效地將這些挑戰「收編」進了既定秩序。顛覆力量被全面而勝利收編，新歷史主義者將其指責為「悲觀主義」和「溫情主義」，相反他們堅持看好顛覆性觀念和實踐的潛能 —— 包括他們自己批判性文字中的內容，以促進社會劇變。[251]

這一切可以表明，新歷史主義的批評觀，同樣是一種多元的批評觀。作家和批評家理應大力伸張被壓制的顛覆性觀念及其實踐，以最終顛覆權力結構的既定秩序。

現執教於紐約城市學院的哈羅德．阿拉姆．魏瑟，1989 年出版他主編的文集《新歷史主義》。該書收入 19 篇新歷史主義批評文獻，其中第一篇便是格林布拉特的〈走向一種文化詩學〉。魏瑟在文集的導論中，一開頭就轉引了格林布拉特《莎士比亞式談判》中的開場白：我且從我想跟死者說話的欲望談起。魏瑟說，這是第一位用「一種新歷史主義」來命名近年文學和美國文化研究的學者最近一本書的開場白。這位作家的欲望是清楚明白、毫不掩飾的，那就是衝破學科樊籬來重會故人的寫作熱情。傳統的學者畫地為牢、坐井觀天，但是：

> 「新歷史主義」作為數十年來第一次成功的反擊，反擊此種不可救藥的反智主義情愫，它給予學者們新的機遇，來穿越歷史、人類學、藝術、政治、文學、經濟之間的分隔界線。它打破了不干預的教義，這個教義禁

[251] M. H. Abrams, *A Glossary of Literary Terms* (Fort Worth: Harcourt Brace College Publishers, 1993), p. 253.

止人文學者涉足政治、權力問題，涉足一切深切影響到人們實踐生活的問題。[252]

這些問題在魏瑟看來，過去是只向那些抱殘守缺，卻為統治階級信得過的，一心維護既定秩序和穩定的專家們開放的。而新歷史主義，由於威脅到這個半僧侶式的秩序，被傳統主義者視為大敵，勢所必然。魏瑟的這個新歷史主義宣言，反傳統的意味今天看來還是豪情十足。魏瑟也將格林布拉特「文化詩學」的定義，回溯到前面《莎士比亞式談判》中所說的「研究那些特定的文化實踐是如何集體形成的，進而探究這些實踐之間的關係」。

格林布拉特在他的文章〈走向一種文化詩學〉中，追憶了新歷史主義的緣起。他回憶說那是在多年以前，《文類》雜誌請他就文藝復興編一個專輯，他答應下來，輯錄了一組文章，交給刊物，為了早點交付導論，他別出心裁說那一組文章代表了一種「新歷史主義」。他一向不長於做廣告，這個語詞後來引起的爭議和關注，也出乎他的意料。但是就他本人而言，提出這個概念也是有緣由的。那就是一方面，過去數年文學研究中理論熱情不減，正是理論的熱情，使他的新歷史主義區別於早期 20 世紀的實證主義史學。同時傅柯在他人生的最後五六年中，多次訪問柏克萊，加上歐洲特別是法國人類學家和社會理論家的影響，一併幫助他形成了自己的文學批評實踐。另一方面，則是因為歷史主義批評家，總體來說不願意捲入當代火熱的理論陣營裡來。所以他的理論最終是建立在馬克思主義與後結構主義的基礎上的。

[252] Harold Aram Veeser (ed.), *The Hew Historicism* (London: Routledge, 1989), p. 9.

三、知識考古學

新歷史主義也好，文化詩學也好，如上所言，在阿圖塞、傅柯、巴赫金、紀爾茲四個影響源流之中，首當其衝的是傅柯的權力和話語理論。關於傅柯對新歷史主義的影響，保羅．弗萊的闡述是，傅柯的權力理論是新歷史主義的前奏。在傅柯影響下，文學身上所披掛的特殊光彩消失不見，變回更廣泛意義上的普通「話語」，因為正是透過總體話語，權力在傳播知識。雖然我們可以說：

> 新歷史主義修正了傅柯，因為我上面講到的文學訓練，即便被不屑一顧，它也培養我們來關注意味深長的細節，這些細節不但揭示形式，而且揭示文類，而根據複雜的馬克思主義批評（sophisticated Marxist criticism）的通行理解，形式與文類皆為權力使然。新歷史主義要我們回歸真實世界固然是事實，但必須承認，這一回歸受制於語言。正是透過語言，真實世界構造了自身。[253]

「正是透過語言，真實世界構造了自身。」這是傅柯也是新歷史主義的歷史觀。傅柯今天享有的一個頭銜是觀念史學家，這意指他的歷史敘述更多傾向於哲學、社會學和文學，而有別於以往實證為上的正統史學。傅柯哲學的一些基本概念，早在他 1966 年出版的《詞與物》和 1969 年出版的《知識考古學》中，已有系統表述。《詞與物》的副標題是「人文學科考古學」，據作者言是旨在測定文化中，人的探索從何時開始，身為知識對象的人又從何時出現。闡釋這個主題，就需要一種「考古學」的方法：重新發掘知識和理論成為可能的基礎是什麼，知識又是在什麼樣的秩序空

[253] Paul H. Fry, *Theory of Literature* (New Haven: Yale University Press, 2012), p. 250.

間中構成，以什麼樣的前提為基礎。這一切，都為新歷史主義的誕生提供了獨樹一幟的理論引導。

在《詞與物》中傅柯指出，特定歷史時期的權威理論，都根植於某種「知識型」（episteme）。從該書起筆敘寫的 16 世紀初葉開始，他認為每一個時代都代表著一個確定其文化的潛在外形，一個使一切科學話語成為可能的知識框架。它是一個時代文化結構之下的深層先驗基礎，是以名之為「知識型」。傅柯用這個他新造的名字，來命名特定秩序中未經闡發的經驗，而這個秩序是借助它的基本文化代碼，來支配語言、觀念、交換模式、科學技術、價值和實踐。事實上，差不多每過數年，傅柯對他的知識型就有新的界說。知識型因此既指一個時期的知識總體，又指其基本構成原則；既指包括了所有斷層的西方知識總體，從文藝復興直到當代，又指不同時代不同的話語構造。是以文藝復興有一個知識型，古典啟蒙時期有一個知識型，19 世紀又有一個知識型。誠如傅柯所言：

> 在一個特定時刻的一種文化裡，永遠只有一種知識型，它界定著所有知識可能性的條件，無論它是顯見於一種理論之中，還是默默地潛伏在某種實踐之中。[254]

格林布拉特等一批新歷史主義批評家所針鋒相對的，用傅柯的話來說，無疑首先便是文藝復興時期的「知識型」，換言之，文藝復興時期的「文化詩學」。

但傅柯更願意強調話語的斷續性特徵。他指出他反對兩種流行的話語分析動機：其一是追根溯源，令話語的歷史分析去尋找並且重複某一個跳出一切歷史規定性的本原。其二是闡釋既往的故事，令話語的歷史分析環

[254] Michael Foucault, *Les Mots et les Choses: Une Archéologie des Sciences Humaines* (Paris: Gallimard, 1966), p. 179.

環延伸下去沒有窮盡，因為既往的故事當中總還是潛伏著其他的無窮故事。傅柯認為這兩種話語分析法都旨在保證話語的無限連續性：它們使話語被重複，被知曉，被遺忘，最終掩埋在書籍的塵土裡邊。故他將致力於撼動讀者心安理得的閱讀習慣，說明話語並不是自然而就，而是某種建構的結果。要考察和驗證這種建構的規則，就要運用「考古學」分析的方法。

《知識考古學》第四章〈考古學的描述〉中，傅柯對他就書和作品之類傳統話語單位產生疑問而提出的考古學這個新方法，作了詳細交代。他指出他的考古學是針對「思想史」提出。傅柯自稱他是一個不自量力的思想史學家，然而他也是一個決心徹底更新他的學說的思想史學家。固然，描述思想史此類學科的特徵殊非易事，因為它的對象既不確定，使用的方法也東拼西湊，沒有固定，但傅柯發現思想史還是有兩個特徵清晰可辨，其一是它講述鄰近的和邊緣的歷史，如它不講述化學史講述煉金術史，不講述生理學史講述動物智能史和顱相學史，不講述文學史而講述轉瞬即逝故而從未得入文學之列的街頭作品史，如此等等。總而言之，它在一些話語的重大建樹的間隙中間，揭示出這些建樹的脆弱地基，它是觀點、謬誤和心理類型的分析，而不是知識、真理和思想形式的分析。其二，思想史的使命是通貫現時流行的學科，來對它們進行重新闡釋。故與其說它構成了一個邊緣學科，不如說是構成了一種分析的方法和視野。它一手遮蓋了科學、文學和哲學等歷史領域，試圖發現話語記載的直接經驗，關注理論體系和作品的直接起源。因此思想史是一門起始的也是一門終了的學科，是連續性的一種模糊描述，是在歷史的線性發展中的一種重建。總之，起源、連續性、總體化，這些就是思想史的重要主題，也正是由於這些主題，它才與現在看來已屬傳統的某種歷史分析形式重新連接起來。但是，考古學的描述恰恰是對思想史的摒棄，傅柯指出，考古學將對思想史的假設和程式作系統拒絕，它將創造出另外一種已知事物的歷史。

傅柯將他的考古學與思想史之間的區別，主要歸結為以下四個方面：

首先，考古學所要確定的不是思維、描述、形象和主題等明露暗藏在話語中的東西，而是話語本身。考古學探討話語但是並不將話語視為材料，視為它的符號和那些本應當是透明的所指。相反考古學要穿透話語的混沌象障，直達它的深層本質。故考古學不是一門闡述性質的學科，它無意尋找隱藏得更為巧妙的「另一種話語」，它不承認自己是一種隱喻。

其次，考古學並不試圖發現連續的、不知不覺的話語過渡，即話語怎樣在它的不同語境中游刃自如，相反它要確定話語的特殊性，沿著話語的外部邊緣追蹤話語以便更為清楚地確定它們。換言之，對話語方式做出差異分析。

再次，考古學並不對作品持主宰姿態，它不是心理學，不是社會學，也不是人類學。考古學確定話語實踐的類型和規則，而這些通貫著個別作品的話語實踐既可以無一遺漏地支配作品全部的方方面面，也可以僅僅支配作品的某一個部分。所以，創作主體這一層次，對考古學來說並不相干。

最後，考古學並不想重建人在說出話語一瞬間的所思所想，並不想去搜集這個作者和作品互換身分的瞬間。這是說，考古學並不是旨在透過在已知事物本身中找出這些事物的方法來重複它們，因而讓自己消失在閱讀的遙遙無期的追根溯源之中。考古學不是別的，它不過是一種再創作，即在外在的固有形式中，對已知事物作調節轉換。它不是向哪一種祕密的本原回歸，而是對特定的話語對象作系統描述。

傅柯自稱他從未把考古學當作科學，甚至把它當作一門未來科學的最初的基礎來加以介紹。他強調考古學這個詞沒有任何的超前價值，它指的只是詞語性能分析中某一條研究線路，即詳細描述話語中檔案和陳述等層次，確定某些範圍並且加以闡釋，運用諸如形成規律、考古學派生、歷史先驗知識等概念，但是，考古學的分析又與種種科學密切相關，所以它同樣也是科學，是對象，就像解剖學、語文學、政治經濟學和生物學等已經成為科學的對象一樣。傅柯這一毫無疑問是將他的考古學視為一門新興科學的信心，同樣可以與德希達《論文字學》中以文字學為一門新興學科的信心作一比較，是時德希達套用索緒爾描述符號學的話，稱有鑑於這門學科還不存在，所以我們說不出它將會是什麼樣子。但是它有存在的權力，有一個先已確定了的地位，而語言學不過是這門總體學科的一個組成部分。

所以不奇怪傅柯提醒我們考古學在它的過程和範圍之中與其他學科的連繫。如當考古學試圖從話語自身當中來確定主體的不同位置時，便與精神分析學提出的問題交叉起來；當考古學試圖揭示概念的形成規律，言語的連續、連貫和並存的方式時，就牽涉到認知論的結構問題；當考古學研究對象的形成，研究它們出現和被限定的範圍和話語的適應條件時，就溝通了社會形成的分析問題。總而言之：

> 如果說我把考古學置於如此眾多的已經構成的其他話語之中，這不是為了透過鄰近和接觸使它享有它本身無力賦予自己的地位，並不是為了給它在這靜止的人類精華中最終地提供一個確定的位置，而是為了透過檔案、話語的形成、實證性、陳述、陳述的形成條件來展現一個特殊的範圍。這個範圍還沒有成為任何分析的對象，總之，考古學也許只發揮某種

工具的作用，這種工具能使人們比以前更準確地連接社會形成的分析和認知論的描述；或者它有助於把主體位置的分析與科學史的理論連繫起來，或者它還能使人們把交叉的地點置於生成的一般理論和陳述生成的分析之間。因而，這最終表明考古學，便是為理論領域，即今日的理論領域的某個部分所取的名字。[255]

傅柯並沒有說語言學是考古學的一個組成部分。與德希達相比，傅柯理論建構的雄心似乎並不急於彰顯自身。有意思的是，就考古學和德希達的「文字學」（grammatology）方法比較下來，倫特里奇亞在他的《新批評之後》（*After the New Criticism*）一書中，反覆強調傅柯和德希達是殊途同歸的：

也許有必要回過頭來看德希達和傅柯，不是如薩依德最近所概括的那樣，是一對哲學論敵，而是兩個互為合作的哲學探究者，他們敢於用認知論的權威來言說他們探究的主題。「快樂」「自由」和「活動」以及生成了它們的天真的自由政治學，不是德希達和傅柯信奉的價值。問題在於，什麼是他們的權威的泉源，兩人都作否定的一個回答是，它是一種「中性的、免除情緒侵擾的唯執著於真理的歷史意識」。事實是，德希達和傅柯的所為，是擺脫主導著自柏拉圖至今日之意義生產的邏各斯中心的逼迫，它的規則和二元對立。[256]

換言之，兩人將捨棄自我在場的「存在」的視野，從內部發難來顛覆西方根深蒂固的歷史意識結構。就此而言，兩人與後來居上的新歷史主義批評，未必不是殊途同歸。

[255] 福柯：《知識考古學》，董樹定譯，生活．讀書．新知三聯書店，1998，第 267 － 268 頁。
[256] Frank Lentrichia, *After New Criticism* (Chicago: The University of Chicago Press, 1980), p. 208.

四、文必有所為

美國批評家莫瑞．克里格 1991 年應臺灣「中央研究院」美國研究所之邀，在臺北作過一個後來集結發行的系列講演，其中〈一個老問題的兩面：美國批評的歷史主義和形式主義之爭〉一文，講解傅柯傳統的新歷史主義批評，多有啟發性。之所以說是老問題，是因為歷史主義和形式主義，或者說從作品外部還是內部來入手進行批評的論爭，委實是說來話長。1940 年代以來，這個二元對立在美國曾經表現為舊曆史主義批評和新批評的對抗。到 1980 年代以來，則演繹為新歷史主義和解構主義的對峙。克里格說，要弄清今日美國文學批評這兩大主潮之間的分歧，首先需要澄清新歷史主義和舊曆史主義、解構批評和新批評的不同。

按照當時流行的理解，解構批評被認為是以永無止境的開放性否定在一個封閉結構內部來演示多彩世界，新歷史主義的來龍去脈則還需要作一番交代。按照克里格的說法，舊曆史主義視歷史為一系列事先存在的客觀事實，本身無須闡釋，也不依憑闡釋者的意志發生變更。相反文學文本則充滿疑問，需要闡釋，是以文學批評便成為用已知的東西，來求解未知的，至少是未被充分理解的東西，簡言之，用歷史來求解文本。但是後結構主義勃興之後，這個被認為是太為天真的歷史觀產生了危機：假如歷史並非僅僅是某種外在的「客觀的」事實集合，那又怎樣？難道歷史說到底不也是一種話語形式、一種敘事文本、一系列本身已經是種闡釋的所謂事實嗎？換言之，歷史和任何一種其他話語一樣，本身是一個問號而不是句號，只不過它也許更能迷惑人罷了。所以歷史自身亦是一個需加闡釋的文本，在與「現實」的關係之中，它並不享有特權，彷彿可被用來闡釋不那麼「現實」的其他文本。此一後結構主義的歷史觀，便是傅柯傳統的新歷史主義。

亞里斯多德《詩學》中判定詩高於歷史低於哲學。其實文學的地位固然難望哲學項背，也罕見高過歷史，哲學是真理，歷史是真實，文學只是閉門造車、空中樓閣，供人閒暇之時聊作消遣，它向來是哲學，也是歷史的僕從。可以毫不誇張地說，到了後結構主義時代，文學才真正開始同哲學和歷史比起了高低。對此克里格用了一個有趣的比喻，稱讀者閱讀各式各類的文本，這情形就像一個雜技演員不斷向空中拋球，其中的一個球也許叫作文學，一個球也許叫作歷史，或者是所謂「人文學科」名下許多其他學科的球。很顯然，這些球中，沒有哪一個球能夠享有特權，或者說，比別的球更加穩定一些。所以一切文本都被同樣閱讀，皆是極不穩定須作闡釋的語言系列，談不上孰先孰後。要之，歷史便不再是不言自明的事實，不復可能以此為據來評說文學文本的優劣高下。新歷史主義立場，將同時閱覽一個時代形形色色的各類文本，考察此與彼的關係，以見到其間的共通要素，如隱喻、敘事結構等，簡言之，即傅柯所謂的「話語形式」，進而視這些不同門類的文本為一個特定文化中同一話語運動的不同組成部分，看它們如何相互閱讀進而構成首尾相銜的「循環圈」——這是格林布拉特從生物學中借用來的比喻。

假如僅僅於此止步，新歷史主義的話語理論與德希達一切皆在文本之內的解構理論，似乎還很難見到太大的區別。克里格認為，兩者的根本差異，在於新歷史主義不像解構主義經常閃爍其詞，而是十分明確地提出最終超越話語，來開掘造就此一話語特徵的社會政治力量：展示於各類文本之中的一種特定話語形式。在這一話語形式中，我們可以發現共通的比喻和敘事結構，而這些結構拐彎抹角表達了一種偏狹的判斷，袒護社會中的一些成員，壓制另外一些成員。換言之，它揭示了造就話語的一個特定時代的社會結構涉及種族、階級、性別等的權力等級關係。什麼人使用權力，統治什麼？什麼人被權力排斥，付出了什麼代價？由此設定的話語有什麼局限？它為誰的利益服務？諸如此類問題，毫不奇怪將為歷史塗上鮮明的政治色彩，使它與位居邊緣的久被壓抑的聲音共鳴，圖謀取代統治話語，哪怕它自身同樣很難說是不帶偏見。從這一點上來看，新歷史主義強調一個社會中的權力關係（階級關係可視為其中的一個組成部分），雖然這關係最終被認為是話語形式，而非「事實」的產物，這與傳統批評中的所謂「舊曆史主義」，到底還是有著千絲萬縷的連繫。或者可以說，新歷史主義可視為後結構主義和舊曆史主義之間的一個折中。至於「話語」和「權力」兩者究竟孰輕孰重，孰先孰後，認真推敲起來也似乎有點雞生蛋還是蛋生雞的味道，頗有些撲朔迷離。

值得注意的是，M. H. 艾布拉姆斯也一度積極呼應了格林布拉特的新歷史主義批評。艾布拉姆斯是解構批評的堅決反對者，他的〈解構的安琪兒〉、〈建構與解構〉等一系列文章，早已被視為反解構文獻中的經典。當新歷史主義有聲有色地與解構批評較起高低之時，艾布拉姆斯步入這個與人文主義傳統更為親近的陣營，是十分自然的事情。艾布拉姆斯 1989 年出了一部文集《文有所為》（*Doing Things with Texts*），這個書名得於收入該書中的一篇文章〈論文有所為〉（*How to Do Things with Texts*）。如前所述，這個書名是師法約翰．奧斯丁的《如何以言行事》，強調文本必須有所作為，以能夠「以文行事」，而不是一味誇誇其談，不知所云，任由能指墮落為鬼符幽靈一般、與世隔絕的白紙黑字。這部文集中的最後一篇文章〈論《抒情歌謠集》的政治批評〉，就是一篇典型的新歷史主義批評文獻。奧斯丁《如何以言行事》主張重視言語的行為功能，德希達則指責奧斯丁借用語言的外部力量來解釋言語行為，未能跳出「邏各斯中心主義」傳統。針對早年解構主義強調意義在無限延宕，永無可能指向現實世界的激進觀點，艾布拉姆斯很顯然更願意強調文本的行為功能。這個「文必有所為」的思想，是他本人的一貫批評立場，包括他的新歷史主義批評思想：新歷史主義批評就是政治批評。〈論《抒情歌謠集》的政治批評〉中，一開始他就作了以下聲明：

> 我的討論旨在全盤鋪開今日叫作新歷史主義的運動，這個術語相當廣泛地傾向於稱呼自身為「新歷史主義者」，以「權力」為其母題。另一翼更為明顯地位居馬克思譜系，其實施者有意稱其所為為「政治批評」，以「意識形態」為其母題。我的興趣與其說是在傅柯的子女一邊，不如說是在馬克思的兒子們一邊。[257]

艾布拉姆斯所說的政治批評，是否便是傳統華茲渥斯研究的翻版，即分析詩人如何從早期的革命傾向轉向後期的托利黨保守立場？非也。對於格林布拉特一心改寫歷史的新歷史主義批評，艾布拉姆斯的態度其實是矛盾的。他認為格林布拉特指責文學批評傳統的歷史方法是把歷史當作外在於文本的客體，由文本中的符號來加以指示的說法，過於簡單化而一筆勾銷了許多歷史主義批評家的成就，但是另一方面，他又十分讚賞格林布拉特緊接著提出的歷史就在藝術作品的內部，組成作品的條件、力度和意義的觀點。簡言之，使文學作品及其意義成形的，並不是作者，而是歷史。艾布拉姆斯認為，這是傳統歷史批評向新歷史主義和新政治批評過渡中的一個關鍵點。

身為新歷史主義兩翼之一的新政治批評，在艾布拉姆斯看來，亦未出當代批評發展的大勢所趨，這個大勢就是細讀。區別在於新批評把詩視為孤立的、自足的語詞結構，排斥政治來進行細讀；解構批評宣導一種更為

[257] M. H. Abrams and Michael Fischer (eds.), *Doing Things with Texts: Essays in Criticism and Critical Theory* (New York: W. W. Norton & Company, 1989), pp. 364-365.

細緻的讀法，視文本同時在進行自我指涉和自我分解兩種活動，故而沒有可予確證的意義，這同樣是將政治擋在了門外。而新的政治批評不光是一種閱讀模式，而且是一種「新閱讀」，這是說，它像它取代的近數十年來的許多批評理論一樣，旨在顛覆被認為是作者所言、文本所言，以及其他讀者令作者所言的東西，因而宣示作品的顯見意義，不過是其真實意義即政治意義的一個面具、一種置換、一種「諷喻」。所以它是理論，而非僅僅是種閱讀的模式。這也如格林布拉特所言，它可以證明所謂文學藝術能夠反映或激發一種超時代、超文化的普通人性的觀點，純屬奇談。

新歷史主義的批評立場，據艾布拉姆斯的歸納，雖然五花八門，各持其說，但是歸納起來，大致可以分為四種類型。對此他的介紹是：

> 但是底下這四種主張，經常出現在他們的文字之中，有時候是走極端形式，有時候又言之諄諄。所有這四種立場，在新歷史學家們看來，都是針鋒相對地對抗著傳統文學批評中意識形態建構的核心觀念。有一些史學家將這些傳統觀念的形成時期，定位在 17 世紀和 18 世紀的早期資本主義時代。[258]

這四種批評立場的第一種是，文學並沒有占據一個「超歷史」的美學王國，而獨立於經濟的、社會的、政治的條件之外，只能由亙古如斯的「藝術標準」度量之。相反文學文本只是五花八門的各種文本之一，與宗教、哲學、法律、科學文本等並無二致，皆是獨特時空的產物。文學並非二等公民，但也並不享有特權。對文學作品僅僅追求審美快感和藝術解決的理論，故而是種誘使讀者流連於作品表層意義的騙局，掩蓋了尚未獲得解決的權力、階級和性別衝突。

其次，歷史並非一個同質的、穩定的、由眾多「事實」構成的模式，

[258] M. H. Abrams, *A Glossary of Literary Terms* (Fort Worth: Harcourt Brace College Publishers, 1993), p. 249.

可以作為「背景」來解釋一個時代的文學。相反歷史是異質的、多元的，歷史具有斷層，文學鑲嵌在自己的歷史語境之中，與慣例、信仰、文化權力關係及其產物等等，共同形成所謂的歷史。是以文學與非文學文本的界線，亦不過是文藝復興以降意識形態的一個結果而已，之所以沿用至今，不過是策略所需，圖個方便。進而言之，在界域之間，不論是同一文本中不同話語模式之間，還是不「交易」等關係，這些術語不僅僅是隱喻，更有著它們在經濟和貨幣話語中的原初的意義：現代消費資本主義的運行機制和價值觀念，不也深深滲透進了文學和藝術嗎？

再次，文學作品的作者、作品中的人物以及作者為之寫作的讀者，他們所分享的那種純粹人文性質的人文主義概念，是另一種廣為流傳的意識形態幻覺。在許多新歷史主義者看來，那主要是資本主義文化生成的。他們還給這個本質主義的資產階級人文主義作了新的貢獻，提出文學作品是自由且自足的創造，作者擁有統一的、獨特的、持久的個人身分。難怪格林布拉特在他《文藝復興時期的自我塑造》一書的後記中說，在寫作此書的過程中，他本來對自己的「人文自律角色」信心滿滿，可是後來這信心蕩然無存，因為他發現人文主體開始變得極不自由，它不過是一個特定社會中權力關係的產品而已。

最後，如同生產了文學文本的作者，作品的讀者亦是為他們自己時代的意識形態所影響的主體，故對文學作品的一切所謂非功利的純客觀的闡釋，只能是空中樓閣。這一點上，新歷史主義批評家並不諱言他們自己也像作者一樣，具有「主體性」，其批評文字與其說是旨在發現現成的文本意義，不如說是一種建構，是讓過去和現時跨越斷層進行「談判」，因為非此不足以洞察權力關係的本相。也許我們可以說，這本相究竟能本真到何種程度，本身還是次要的。文學對意識形態可以做出它自己的反應，而正是這一反應的特殊性，使它有別於哲學，也有別於政治和歷史。

事實上，新歷史主義批評從一開始，就強調文學對於歷史的反作用。或者更確切地說，文學與歷史的相互作用和互動效果。當年格林布拉特為《文藝復興中的形式力量》（*Power of Forms in the English Renaissance*）寫的導論中，就以女王伊莉莎白一世在埃塞克斯叛亂前夕對《理查二世》的激烈反應，來論證「文學與歷史的相互滲透性」[259]。多年以後，保羅．弗萊在他的耶魯課堂講演系列中，講解「新歷史主義」這篇經典文獻時，就提醒我們格林布拉特開篇引用了伊莉莎白女王的這句話：「我就是理查二世，你們不知道嗎？」時當埃塞克斯叛亂迫在眉睫，女王風聞莎士比亞的《理查二世》正在上演，女王相信，不但在大街上演出，而且在私人府邸裡演出。不管有沒有煽動暴亂，不管她的子民是不是要站在埃塞克斯伯爵那邊，推翻她的統治，反正《理查二世》是在演出了。伊莉莎白熱愛戲劇，也無意跟莎士比亞為敵，可是她知道《理查二世》講的是一個國王，有很多好特質，可是也有性格缺陷，很快未來的亨利四世將要改朝換代，取而代之。是以女王覺得她的敵人是藉著這個劇作，把她和理查二世比較，準備剝奪她的王位，甚至她的性命，以換取國家的安定。女王害怕了，怕的居然就是一部劇作！保羅．弗萊對此的評論是：

> 所以文學也傷害！文學具有一種影響到歷史進程的話語介質。因為劇場，格林布拉特指出，被認為具有一種調節效果，平息或至少緩解了動亂的可能性。人們用一種客觀態度在劇場裡看文學表徵，或者在既定邊界之內接受任何種類的文學，這與利益攸關方面拿起劇本，編排上演以醞釀暴亂，是完全不同的。簡言之，文學影響歷史的進程，一如歷史影響文學。[260]

---

[259] Stephen Greenblatt, *The Greenblatt Reader* (Hoboken: Wiley-Blackwell, 2005), p. 1.
[260] Paul H. Fry, *Theory of Literature* (New Haven: Yale University Press, 2012), p. 251.

這果然是文有所為。只是文學影響歷史一如歷史影響了文學，這個保羅・弗萊表示無條件認同的新歷史主義命題，對於文學的歷史功能估計，似乎多少還是過於樂觀了一些。

五、後殖民批評

將後殖民批評（postcolonial criticism）和新歷史主義放在一起敘述，中國學界不是沒有先例，如王岳川的《後殖民主義與新歷史主義文論》。雖然它們是兩撥人馬，兩種潮流，但是兩者有一個共同的理論來源，那就是傅柯的權力理論。後殖民批評這個概念本身亦非沒有問題，因為它所涵蓋的不同領域和不同文化太為廣泛而且互相多有衝突，用「後殖民」一語來概括它們的特徵，似乎未必周全。甚至，「後殖民」這個術語中的「後」，是不是就來得理所當然？保羅・弗萊談到後殖民批評時，就提出了這個問題。他說：

比如你們完全可以問：誰講的「後殖民」？誰說我們現在就脫離了殖民？正因為外省總督收拾行李回到歐洲並不意味著所謂的殖民場景就此洗心革面，所以我們說「殖民研究」也一樣在理。[261]

這是說，後殖民研究換個名稱叫它殖民研究，也一樣合情合理。我們今天未始不是照樣生活在一個殖民時代。

言及後殖民文學批評，其經典可推愛德華・薩依德的文集《文化與帝國主義》。薩依德的《東方主義》（*Orientalism*）出版是在 1978 年，《文化與帝國主義》面世則是在 1993 年。該書導論中作者明確交代，他之言「文化」，專門指兩個層面。首先，它指所有諸如此類的實踐，就像描述、交

[261] Paul H. Fry, *Theory of Literature* (New Haven: Yale University Press, 2012), p. 285.

流和表徵的藝術，相對獨立於經濟、社會、政治領域，並且經常是以審美的形式出現，其主要目的之一，即是快感。包括其中的不消說既有流行的也有專門的知識體統，後者如人種學、歷史學、語文學、社會學以及文學史等。而由於他這本書講述的是清一色的 19 世紀和 20 世紀裡西方帝國中的故事，所以他特別關注的文化形式不是別的，而是小說。對此薩依德相信在西方帝國主義態度和經驗的形成過程中，小說發揮了舉足輕重的主要作用。重要的當然不單單是小說。但是小說這一審美對象，與英法的社會擴張的連繫，委實是有奧妙可以探究。要之，現代現實主義小說的原型，笛福的《魯賓遜漂流記》講述的是一個歐洲人在海外孤島上創建殖民地的故事，就肯定不是偶然之筆了。甚至國家（nations）本身，也就是敘事（narrations）。敘事在文化與帝國主義的連繫當中，舉足輕重。而最重要的是，解放和啟蒙的宏大敘事鼓舞殖民地人民奮起推翻殖民統治，與此同時，這些故事和主人公的形象亦打動了歐美讀者，鼓舞他們來追求平等和人文的新敘事。其次，薩依德說，我們幾乎察覺不到：

> 文化這個概念包含了一種精緻的引人向上的成分，它是每一個社會所知道、所思想到的最好的東西的儲存庫，誠如馬修・阿諾德 1860 年代所言。阿諾德相信文化能緩解現代都市生活種種肆無忌憚、充滿銅臭、血腥殘暴的惡行，如果說不是整個將它們中和抵消的話。你讀但丁或莎士比亞以便跟上所知所思的最好的東西，同時也在它們的光輝之中，來觀照你自己、你的民眾、社會以及傳統。有時候，文化經常是以咄咄逼人的態勢，同民族或國家連繫起來；這樣就把「我們」和「他們」區分開來，幾乎總是帶有某種仇外傾向。文化在這一意義上來說就是一種身分資源。[262]

[262] Edward Said, *Culture and Imperialism* (New York: Vantage Books, 1993), p. 8.

將文化定義為所知所思的最好的東西是阿諾德的傳統。但是，現在薩依德想要說明的是，文化作為所思所言的最好的東西，作為甜美和光明，換言之作為藝術和啟蒙教育，不過是帝國主義殖民擴張的遮羞布罷了。

薩依德認為，文化在這裡就是形形色色的政治和意識形態力量較量的一個舞臺。文化遠不是溫文儒雅的那個阿波羅主掌的藝術的王國，而是一個戰場，各路大軍你來我往，互不示弱。對此薩依德舉例說，比如美國、法國、印度的學生，都被教以先讀他們自己的民族經典，然後再讀其他，目的不消說，是要他們無保留不加批判地忠於自己的民族和傳統，同時貶斥和抵制其他文化。在薩依德看來，上述排他主義的文化認同立場再清楚不過，就是「文化帝國主義」。薩依德認為阿諾德的文化觀念，就其本身而言是力求將實踐提升到力量水準，將對國內同樣也有國外叛逆力量的意識形態壓迫，從世俗的歷史的提升到抽象的普世的絕對高度。阿諾德所說的所知所思的最好的東西，由是觀之，便成為放之四海而皆準的普遍真理。什麼最好？誰最好？當然是出產了但丁和莎士比亞的歐洲傳統。

獨尊自己的文化傳統並不是文化帝國主義的專利，第三世界的文化認同一樣具有與發揚光大民族精神息息相關這一特徵。薩依德在這一點上並不糊塗。對此他的看法是，此一文化觀念導致獨尊自己的文化倒也罷了，問題更在於它把文化看得高架在日常生活的世界之上，像個幽靈，根本就與後者脫節失去了連繫。這導致大多數職業人文學者無法將奴隸、殖民主義、種族壓迫、帝國主義這些曠日持久的骯髒暴行，與詩、小說和哲學這些所謂的純文化形態連繫起來，而在我們的社會裡，兩者本來是互為融合的。故此《文化與帝國主義》這本書裡他發現的這些艱難真理之一，即是他所崇拜的英國和法國藝術家中，關注這些「臣服」或者說「下等」種族題材的，有多麼稀少，而在印度或阿爾及利亞的殖民統治官員之中，這些原本都是稀鬆平常的事。

當「海外領土」的意象出現在小說家筆下，又是什麼模樣？以狄更斯的《遠大前程》（*Great Expectations*）為例，薩依德認為它基本上是部自欺欺人的小說。主人公皮普本是一個貧苦的孤兒，一心想躋身於上流社會，可是既沒有任勞任怨的苦幹事績，又沒有與紳士角色相匹配的不菲家產。他早年幫過一個逃犯馬格維奇，此人流亡澳洲後，出於感恩贈予皮普一筆鉅款，因為經辦律師未告知款項來源，莫名其妙過上了上等人生活的皮普還以為他的恩主是老太太郝薇香小姐。後來馬格維奇潛回倫敦，竟遭皮普冷遇。不過，小說最後皮普終於接受了馬格維奇，拜他為父，雖然馬格維奇又遭追捕，病得奄奄一息，而且是來自那個流放犯人的澳洲。

薩依德感興趣的是澳洲。他指出澳洲有似愛爾蘭，是英國的一塊「白色」殖民地。而馬格維奇和狄更斯在這裡相遇，肯定不是事出偶然，乃是可以映照出英國與其海外領地至今的悠久歷史。澳洲作為英國罪犯的流放地始於 18 世紀末葉，正可替代北美殖民地的丟失。而到狄更斯的時代，澳洲一路追逐利潤，經營帝國，景況已經相當不錯。薩依德引羅伯特・休斯（Robert Hughs）《致命的海岸》（*The Fatal Shore*）中的分析說，狄更斯對待馬格維奇的態度，與大英帝國之對待流放澳洲的罪犯如出一轍：他們可以成功發財，但是鮮能回來。他們可以贖清罪孽，前提是只要老老實實待在澳洲：他們永遠是出局的人。如此來看《遠大前程》，薩依德不滿狄更斯既不似休斯那樣敘寫澳洲當地住民的艱難史，又對此時已初露頭角的澳洲本土文學傳統熟視無睹。而加諸馬格維奇的禁令不光是法律的禁令，它同樣也是帝國的禁令：只要他待在澳洲，盡可以發達，但是他絕不可以「回歸」都市空間。這當中的等級秩序，相差自不可以道理計。簡言之，身為小說家狄更斯並沒有像學者休斯那樣在 19 世紀英國原本稀少的有關文獻中發掘澳洲自己的歷史，而為 20 世紀它脫離英國獨立做出鋪墊。反之狄更斯對待馬格維奇的立場，顯然也是大英帝國對待它的「多餘人口」流放終點站澳洲的態度。

薩依德將他的文學批評稱為「文化批評」。對此他以自己的切身體驗作如是說：盡可能聚焦具體作品，首先將它們讀作創造和想像力的偉大作品，然後揭示它們在文化和帝國的關係之中的地位。他說他並不相信作家機械受制於意識形態、階級，或經濟史，但是他相信作家既生存於他們的社會歷史之中，自然就在以各不相同的方式，於營構此一歷史和社會經驗的同時，也為這歷史和社會經驗所營構。這是說，文化及其審美形式來源於歷史經驗。但他稱早在寫作《東方主義》的時候就已發現，光靠範疇羅列無以掌握歷史經驗，即便把網撒得再大，也總會缺漏一些著作、篇章、作家以及觀念。故此相反，他試圖探究他所認為的重點和要點，綜述和概括並舉，事先承認他的工作並不完全。這樣，讀者和批評家就自然可以順藤摸瓜，進而深入下去了。

薩依德認為單一的文化實際上並不存在，西方帝國主義和第三世界民族主義相互支援，既不是彼此絕緣，也不是彼此決定。故文化既不是西方也不是東方的專利，同樣不是為男人和女人哪一些小團體所專有。他發現通覽大體從五百年前開始的歐洲人與其「他者」的交流，有一個觀念幾乎始終不變，這就是總是有一個「我們」，一個「他們」，兩者界線分明，不言自明。他在《東方主義》一書裡即已提出，這一分野可以上溯到古希臘人對野蠻人的態度，而到 19 世紀，無論就帝國主義文化還是試圖抵制歐洲蠶食的那些文化而言，它都成了文化身分的標識。

薩依德指出，《文化與帝國主義》是一本流亡者的書。因為種種不為他左右的原因，他生在阿拉伯，受的則是西方教育。他說他自打有記憶起，就感到他同時屬於這兩個世界。但是阿拉伯世界他感到最親切的那些東西，要麼因為內亂和戰爭變得面目全非，要麼就乾脆不復存在了。他說有很長一段時間他感到他是美國的一個局外人，特別是當美國與遠談不上完美的阿拉伯世界的文化和社會交戰之時。但是他並不以「流亡者」為悲哀，反之此一獨特身分，使他對帝國的兩邊了解起來都能駕輕就熟。或者說，幸運也好，不幸也好，像薩依德和斯皮瓦克這樣身處權力中心的「邊緣人」身分，對於大多數批評家來說，似也只能望洋興嘆了。很顯然，薩依德不遺餘力發難阿諾德的啟蒙主義文化觀念，認為那不過是老牌帝國主義國家血腥殖民的遮羞布。故而文學批評不可能是四平八穩的描述，而必然背靠理論，無論它是女權主義還是精神分析，是保守主義還是激進主義等。在薩依德看來，這理論是文化帝國主義。

但是，為什麼像加拿大、澳洲這些已開發前殖民地國家，在霍米・巴巴和斯皮瓦克緊緊跟上的後殖民主義批判中實際缺場？同時何以印度後來居上，成為後殖民批評的第一祖國？印度的發展在美國並沒有得到特別重視，印度裔後殖民批評家對於祖國的現實問題，事實上也很少關心，這與薩依德對巴勒斯坦解放事業的熱情關懷相比，相去甚遠。這是不是也暗示了理論與實踐之間的反諷？

斯皮瓦克早在她 1985 年的著名文章〈底層人能說話嗎？〉中，就顯示了女性主義與後殖民主義批評的雙重立場。該文援引傅柯、德勒茲和德希達的理論，在此典型的西方語境中將印度駭人聽聞的寡婦自焚殉葬惡習推向前臺。底層人能夠說話嗎？知識分子對此能夠有何作為？斯皮瓦克發現：

在這個語境中「婦女」的問題似乎是最有問題的。顯然，如果你是窮人、黑人和女性，你便在三方面有問題。然而，如果把這個公式從第一世界的語境移入後殖民（並不等同於第三世界）的語境，「黑人」或「有色人」的描述便失去了說服力。[263]

這或者可以解釋何以從斯皮瓦克關注第三世界女性命運、貝爾．胡克斯（bell hooks）立足黑人身分以溝通視野來重構女性主義，到錢德拉．莫漢蒂（Chandra Mohanty）以非殖民化來命名她「無邊界的女性主義」（2003），再到莉拉．甘地（Leela Gandhi）將酷兒視野引入後殖民主義批評，可以說已經形成一個所謂的女性主義後殖民批評傳統。它不是性別批評和後殖民批評的簡單拼合。像印度裔批評家斯皮瓦克、莫漢蒂，拉美裔批評家貝爾．胡克斯等一大批近年活躍的批評家，都具有女性主義者與後殖民主義者的雙重身分。其實背後的哲學和理論背景也大同小異。如葛蘭西霸權理論、阿圖塞意識形態理論、傅柯權力話語、拉岡精神分析、德希達解構主義等。

斯皮瓦克嗣後的批評文字表現出全球化、後殖民和跨文化研究融合視野。《後殖民理性批判：邁向消失當下的歷史》（*A Critique of Postcolonial Reason: Toward a History of the Vanishing Present*, 1999）中她對詹明信後現代理論的批評，包括對波拿文都拉飯店（Bonaventure Hotel）的再次解讀，對梵古〈農夫鞋〉（*A Pair of Peasant's Shoes*）和沃荷〈鑽石粉鞋〉（*Diamond Dust Shoes*）的再度闡釋等，很顯然都是延續了德希達解構主義的文脈。2006 年 3 月斯皮瓦克在清華大學作了題為「底層人能說話嗎？」的講演，回顧當年寫那篇同題文章，曾力圖不讓自己被傅柯和德勒茲迷倒，因為她認為對底層民眾作語義分析會把所有的一切都變成美國式的粗製濫造。如今，她願意效法德希達從文字形而上學到關注社會正義的「政

[263] 佳亞特里．斯皮瓦克：〈底層人能說話嗎？〉，載陳永國等編《斯皮瓦克讀本》，北京大學出版社，2007，第 114 頁。

治學轉向」，轉向她自己的階級 —— 孟加拉中產階級，將目光投向故鄉。同時她發現，追蹤「底層人能說話嗎」這條線索，在今天也還依然有用。因為所有的殖民主義都沒有終結，甚至老牌帝國主義和國家恐怖主義依然存在，如變成肉體炸彈的孩子們。故文學想像在當代的任務，毋寧說便是對語言、母親、民族這類形象作堅持不懈的「去超驗化」。

以英國批評家羅伯特．揚（Robert J. C. Young）為線索，我們或者可以一瞥後殖民批評的發展脈絡和是非得失。揚的《白色神話》（*White Mythologies: Writing History and the West*, 1990）應是為後殖民批評成為獨立理論的正名之作。該書引斯皮瓦克所謂歐洲是透過將其殖民地定義為「他者」，而將自己鞏固為君主主體的說法，評論道，這種在今天正在得到解構的歐洲君主自我，表明歐洲的他者只是一個自戀的自我形象，歐洲透過他者構建自己，卻不允許他者達到一個合適的地位。作為撥亂反正，在歐洲王國鄭重接納他者的結果，揚這位正宗歐洲血統的白人批評家，毫不猶豫地將薩依德、霍米．巴巴和斯皮瓦克等有色族裔作者納入是書，接續了從盧卡奇、沙特、阿圖塞，到傅柯、詹明信的高大上批評譜系。

2004 年《白色神話》再版，霍米．巴巴為該書寫了一個序言，對揚的這部《白色神話》讚不絕口，認為雖然十多年過去，但這本書的魅力一如既往，它給後殖民思考確立了一個歷史譜系，並且將殖民與後殖民的經驗，置於道德、文本與現代性政治經濟學的中心。他指出，揚的《白色神話》嘗試走一條險象環生的道路，來揭示黑格爾、沙特、阿圖塞、傅柯這些大名鼎鼎的人物獨立解放名言中的歐洲中心主義。不錯，黑格爾對非洲的看法愚蠢不可原宥；不錯，沙特離開歐洲中心歷史觀寸步難行；不錯，阿圖塞從來沒有充分闡述過構成資本主義矛盾「相對自主」的多元分離認同及歷史，如性別、種族和性的認同和歷史。不用說這一切都是政治不正確。巴巴說：

但是馬克思是農民革命的堅定朋友；但是沙特激勵了法農；但是傅柯對南亞賤民歷史的學者們產生了巨大影響。這一切都顯示了批評家的堅定性格，顯示他或她應當加入這個「不錯－但是」辯證思想運動的複雜性中來，進而創造一種歷史理解與政治行動語言，在不同路徑上，它可以既是解放的語言，也是囚禁的語言。這就是今天我從《白色神話》中讀出來的挑戰性企劃。[264]

在霍米．巴巴看來，《白色神話》揭示了一種自由和盲目之間的辯證結構，鼎力創導多元的而非一元論的歷史觀。這個多元新歷史觀當然需要理論闡釋。是以巴巴序言的結論是，誠如不存在所謂的「政治之後」（after politics），同樣也不會存在「理論之後」（after theory）。

2001 年，揚的《後殖民主義歷史導論》（*Postcolonialism: An Historical Introduction*），將馬克思甚至毛澤東農民運動也拉入後殖民主義理論的框架之中。這是出於一種歷史主義判斷，還是發揚光大了霍米．巴巴的「雜糅」傳統，似也三言兩語難以定奪。2016 年此書再版前言中，揚再一次強調後殖民主義遠遠超越了讓人殫思竭慮的認同和差異問題，所以他這本書並不是簡單歸納被認為是後殖民「理論」的各種觀念，而是追溯後殖民理論的譜系，目光盯住它與早期抵抗帝國主義和西方文化主導的各種政治與知識運動的關係，進而在以往的反殖民主義鬥爭中來找尋這一理論的根源。揚明確表示後殖民研究是馬克思主義的傳統。他說，很多人反對將後殖民思想歸入馬克思主義，即便是那些自命為「唯物主義者」的後殖民批評家，也是如此，但是他反對這一立場，堅持後殖民主義是馬克思主義，因為：

[264] Homi K. Bhabha, "Foreword, "*White Mythology*, by Robert J. C. Young (New York: Routledge, 2004), p. 10.

> 它認為資本主義和帝國主義之間根深蒂固的殘餘關係有著廣泛基礎，同時又聚焦意義表達的特殊問題，諸如種族歧視，來喚醒那些處在帝國主義意識形態接收端的人們，不光是工人，而是一切少數族裔和被連續不斷殖民結構打上「底層」標記的人們，不論是在西方還是非西方。[265]

很顯然，揚在這裡是期望透過他的後殖民敘述，來建構另一種另類宏大敘事。早在他 2003 年出版的《後殖民主義簡論》（*Postcolonialism: A Very Short Introduction*）中，揚就將性別、語言、發展、生態和本土權利等一併納入後殖民批評的理論框架。這是顯示了後殖民主義理論中的白人倫理，還是理論多元化發展之必然，似乎尚需時日驗證。而這一切，對於文學批評又意味著什麼呢？

[265] Robert J. C. Young, *Postcolonialism: An Historical Introduction* (Malden: Blackwell, 2016), p. 12.

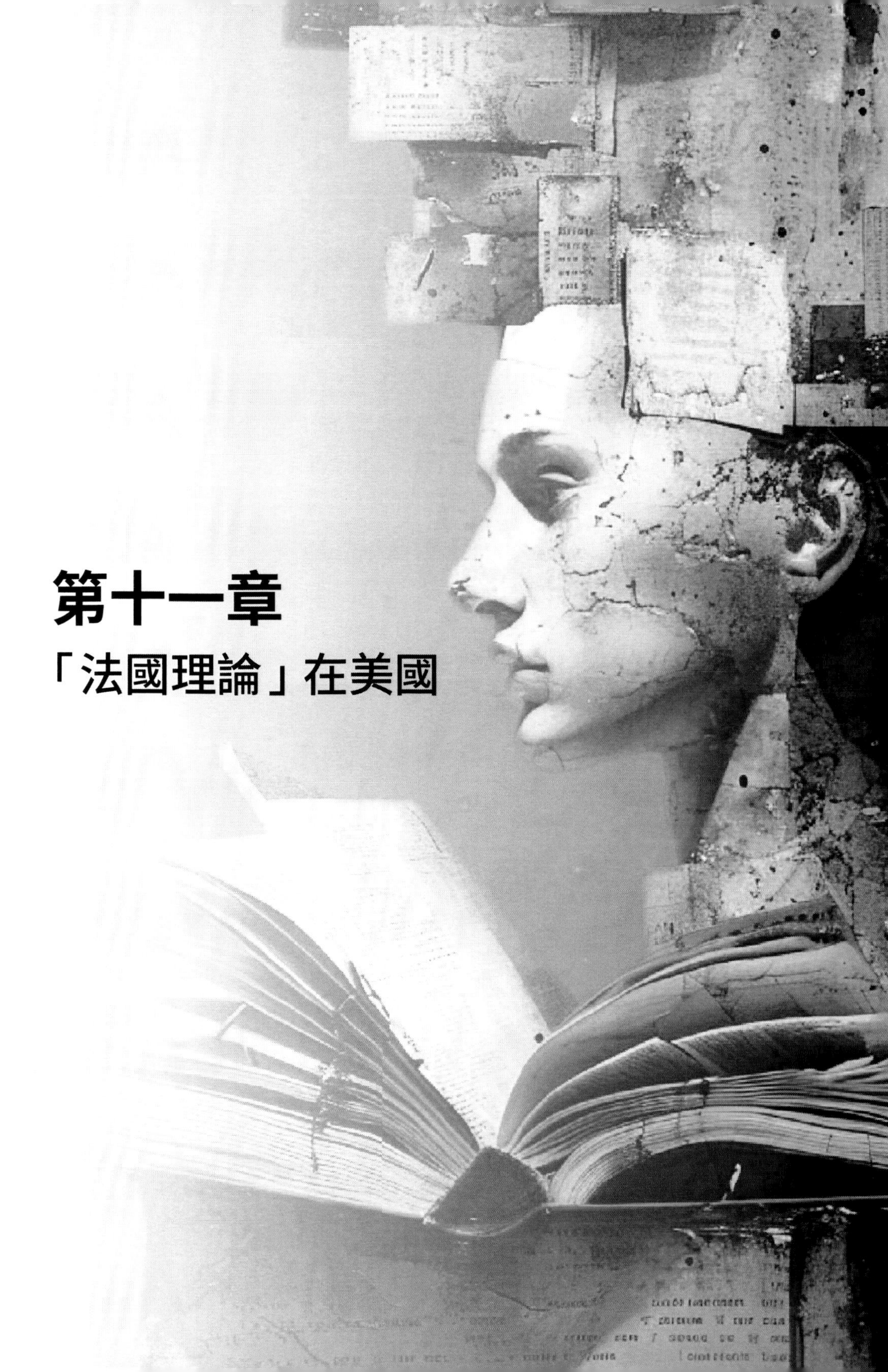

第十一章

「法國理論」在美國

一、作者之死與話語的崛起

如前所述，「法國理論」，這個語詞的原文不是法語 théorie Française，而是美國化的 French theory。2011 年 10 月 21 日朱立元及本書作者等一行復旦中文系教師，赴巴黎第八大學參加了雙方合作主辦的「文學理論／法國理論」（Théorie de la littérature / French theory）研討會。我們可以發現，這個擬題中的「文學理論」是法語，「法國理論」則是英語。到會的有巴黎八大、巴黎高師、巴黎四大、蒙特婁大學和復旦大學的文學教授們。所以研討會的副標題，很自然也就是「『法國理論』在法國、美國和中國的現狀和接受」。研討會上朱立元發言的題目是「當代中國文藝學概要」，我事先做好 PPT，用英文作了題為「『法國理論』在中國」的報告，迴響頗為熱烈。熱烈之餘也讓人不勝感慨，感慨終究是英語背靠大洋彼岸美利堅的國家力量，成為當今世界毋庸置疑的國際語言，即便在最以自己的語言為自豪的法國首都，也不能免俗。巴黎第八大學與文學理論的因緣，似乎可以與巴黎高師與哲學的天然紐帶相比較。李歐塔、德勒茲、拉岡、傅柯和德希達，都曾在這裡教過書。誠然，這些業已過世的大師們，究其身分都應該是哲學家，可是過去半個世紀裡，文學理論與哲學的甜蜜血親，以及蜜月背後的恩恩怨怨，誰又能說得清楚呢？

主人方面發言的有巴黎高師文學系的多明尼克．貢布（Dominique Combe）教授和巴黎第四大學米歇爾．穆拉特（Michel Murat）教授等人。復旦大學的留法博士黃蓓教授作即席翻譯。貢布認為理論不能反客為主，它不能替代文本批評。而理論處在多中心狀態，今天所謂的「法國理論」，它的真實面貌依然是有待廓清的。在法國之外，它主要是指 1960 年代以來的文學理論，關注語言、符號學、心理學等，旨在從總體的角度來掌握文學理論。如英語國家每從巴特（Barthes）講起，一直延伸講到布赫迪厄（Bourdieu），從 B 開始，又回到了 B。從這兩個 B 來看，羅蘭・巴特近年重又成為熱點，影響一直沒有消失。貢布說，如今更被看好的是巴特本人的文學思想，而不僅僅是他鼎力開拓的結構主義和後結構主義批評模式。有鑑於此，我們可以從羅蘭・巴特 1966 年發表的著名批評文獻〈作者的死亡〉（*The Death of the Author*）談起。

羅蘭・巴特（Roland Barthes, 1915-1980）的批評生涯典型地演示了結構主義符號學走向後結構主義的路徑。早在 1957 年，巴特以廣告、時尚和摔跤等大眾文化形式為分析對象的文集《神話學》，就陳述了兩級符號系統的闡釋模式。以第一級符號為能指表達所指；第二級符號中，則是被表達的所指進一步充當能指，影射象外之意。但巴特身為結構主義批評的旗手，影響最大的莫過於他 1967 年寫的一篇小文章〈作者的死亡〉。文章開篇說，巴爾札克在小說《薩拉辛》裡，寫了一個閹人歌手，其中有這樣一段話：

> 「她是個女人，時而驚恐不安，莫名其妙地任性、本能地恐懼、毫無緣由地虛張聲勢、拒人於千里之外，卻又多愁善感，煞是迷人。」誰在作如是言？是小說的主人公嗎，既然他寧可無視「女人」背後的閹人真相？還是巴爾札克本人，既然他的個人經驗已給他提供了種女人哲學？還是身為作者的巴爾札克，在坦陳關於女性氣質的某種「文學」觀念？它是種普世智慧呢，還是浪漫心理學？[266]

巴特的回答是，這些問題永遠無解，因為寫作就是摧毀每一種聲音，每一種本原。寫作是中性體，作家的身體，我們的主體，都在其中消失不見了。

[266] Roland Barthes, “The Death of the Author”, in *Critical Theory Since Plato*, ed. Hazard Adams and Leroy Searle (Boston: Thomson Wadsworth, 2005), p. 1256.

巴特認為「作者」這個概念是中世紀才開始出現的，是受了英國經驗主義、法國理性主義和宗教改革的影響，是以人文意識高漲。文學方面它則是實證主義與資本主義意識形態的產物，賦予作者「本人」以極大重視。今天「作者」依然頻頻見於文學史、作家傳記、雜誌訪談之中。文學愛好者更熱衷於考察作者的私人生活。批評家習慣於說，波特萊爾的著述是波特萊爾這個人的失敗紀錄，梵古的畫顯示了他的瘋狂，柴可夫斯基的作品則是記錄他的惡行。總之作品的解釋總是上追到其生產者本人，好比透過虛構小說或明或暗的寓意，最終是「作者」這一個人，在吐露他的「隱私」。但是，巴特指出，雖然作者的帝國依然十分強大，尤其是號稱無視作者的新批評，反過來時常恰恰是強化了它，但我們知道有一些作家已經在嘗試顛覆這個帝國。在法國有馬拉美（Stéphane Mallarmé）、瓦萊里（Paul Valéry）和普魯斯特，他們都在質疑作者的概念，或者強調是言語活動在說話，或者伸張文學的語言學的功能，或者不遺餘力談論作家與其人物的關係。更有超現實主義，走火入魔之餘秉筆疾書，作家自己都不知道在寫什麼，這便是所謂的自動寫作。作者形象的神聖意味，至此已蕩然無存。

作者不足道，那麼文學從何說起？巴特的著眼點是文本。他指出，文本並不是由一行行語詞組成，釋放出一個單一的「神學般」意義，是作者－上帝的資訊。相反它是一個多維度的空間，其中有多種寫作結合在一起，相互競爭，沒有哪一種是本原。或者說，文本是一千種文化資源的引文交織起來，構成了一張錯綜複雜的大網。而一旦作者遠去，來「解碼」文本，便也是白費心機。為文本配上一位作者，好比給它裝上剎車，為它配備一個超級所指，因而也終結了寫作。那麼寫作又是什麼？巴特給予寫作的定義是：

一個由多重寫作構成的文本，它們源自多種文化，相互對話、相互戲擬、相互對抗。但是有一個場地讓這一多元性集聚起來，這個場地不是迄今為止人們聲稱的作者，而是讀者。正是讀者，為寫作得以構成的所有引文，提供了一個無一遺漏刻寫其間的空間。文本不是統一於它的起點，而是統一於它的終點。然而這個終點不復是個人的了：讀者是一個沒有歷史、沒有傳記、沒有心理的人。他不過是某個將構成寫作的所有痕跡集聚起來，集聚到同一場地的人。[267]

讀者誕生了。讀者的誕生必須以作者的死亡為代價。羅蘭．巴特的這個著名結論，是結構主義時代傳布最廣的口號之一。它固然是對法國19 世紀以降傳記批評傳統的反駁，但是半個世紀過去，我們重讀此文，也還是懷疑巴特是不是從新批評同樣耿耿於懷的作者中心「意圖謬誤」（intentional fallacy），一下子躍進到了讀者中心的「感受謬誤」（affective fallacy）呢？無論如何，巴特宣布作者死亡的這篇短文，不失為「法國理論」中最為正統的代表性文獻之一。

無獨有偶，羅蘭．巴特發表〈作者的死亡〉兩年之後，傅柯也於 1969 年 2 月 22 日，在法國哲學學會發表了題為〈什麼是作者？〉的長篇講演。傅柯後來捨棄他早年的考古學觀念，改從尼采《道德譜系學》（*Zur Genealogie der Moral*）中借來「譜系學」一語，用來命名他的思想。譜系學意味著發展和變化，這也是格外垂青歷史和事件的傅柯有意關注的。後期的傅柯興趣所向更多是威權體系中無所不在的權力的運行方式，進而強調真理是權力話語內部的產品，而話語本身沒有真偽可言。權力系統發生變化，真理也隨之變化。權力本身沒有本原，而且無處不在地滲透到社會系

[267] Roland Barthes, "The Death of the Author", in *Critical Theory Since Plato*, ed. Hazard Adams and Leroy Searle (Boston: Thomson Wadsworth, 2005), p. 1258.

統之中。所以老的認知論主體以及客體，隨著歷史的發展，在與時俱進的譜系學意義上來說，就不復是真理了。

傅柯的〈什麼是作者？〉與羅蘭·巴特的作者死亡宣言基本上是殊途同歸，但是論證的方式大有不同。如果說巴特的核心命題是讀者的誕生以作者的死亡為代價，那麼在傅柯，便是堅持作者是話語的一種功能。所以傅柯論作者的核心命題毋寧說便是，話語的誕生以作者的消失為代價。傅柯這樣開篇他的講演：什麼是作者？

> 提出這個有點奇怪的問題，我意識到有必要來作一個說明。直到今天，「作者」無論就其在話語內部的總體功能而言，還是在我自己的寫作中而言，都還依然是個開放性問題。即是說，這個問題讓我回到我自己著作中現在看來欠考慮和導致誤解的一些方面。就此而言，我希望提出一種必要的批評與重估。[268]

什麼是批評與重估？傅柯舉他的《詞與物》為例說，他寫這本書的目標是分析作為話語層次的語詞類聚，這跟我們熟悉的書、著作或作者一類範疇沒有關係。但議及「自然史」、「財富分析」、「政治經濟學」這些通行術語時，他忘了對作家作品作同樣的分析。也許就是因為這一疏忽，通貫全書，他提及作者名字的方式顯得天真又粗魯。他談了布豐（Comte de Buffon）、居維葉（Cuvier）、李嘉圖（David Ricardo）和其他一些作者，然而卻沒有意識到，他讓這些作者的名字變得語焉不詳了，由此遭來非難。比如有人指責他對布豐和馬克思的討論不充分，又有人責怪他將法國博物學家布豐和瑞典植物學家林耐（Karl von Linne）這兩個本不相干的人物扯在一起。對此傅柯指出，他其實無意將作者分門別類，而是要確定話

[268] Michel Foucault, "What Is an Author?" in *Critical Theory Since Plato*, ed. Hazard Adams and Leroy Searle (Boston: Thomson Wadsworth, 2005), p. 1260.

語的實踐的功能條件。這跟作者的個人生平其實沒有太多關係。

有鑑於此，傅柯認為有必要重申當代寫作的一條基本倫理原則。它包括言語也包括寫作，雖然大家耳熟能詳，卻從未被充分付諸實施過。這裡涉及兩個主題。

第一，今天的寫作已經擺脫「表達」之必需，它只指涉自身，然而又不是被囚禁在內在性領域，相反我們是在它的外在調度中與它相識。由此寫作變成了符號的相互遊戲，與其說受制於它指涉的內容，不如說聽命於能指本身的性質。這樣一種寫作，它的基礎就不在於相關於創作行為的情感昇華，或主體如何嵌入語言。相反，它第一關心的是開闢一塊空地，讓寫作主體永無止境地消失。

第二個主題我們更為熟悉，那就是寫作與死亡之間的血親關係。古希臘以降的傳統寫作是克服死亡恐懼。主人雖然英年早逝，但是其生命因為死亡而得到昇華，由此永垂不朽。阿拉伯傳統裡，《一千零一夜》的主題就是戰勝死亡，是故王后山魯佐德（Scheherazade）講了一千零一夜的故事，終於讓國王回心轉意，打發死神滾蛋。但是在我們的文化裡，這個觀念顛倒了過來。寫作連繫著犧牲，犧牲的是生命本身：它心甘情願消抹自我，自我沒有義務見於作品裡，因為它發生在作家的日常生活之中。作品的使命本來是創造不朽，如今它卻成了殺手，來謀殺它自己的作者。像福樓拜、普魯斯特和卡夫卡，都是這一逆轉的顯著例子。不僅如此，寫作與死亡的連繫，還見於這一事實，那就是作家的個性特徵被整個消除，作家與其文本之間的衝突與對抗，一筆勾銷了他特有個性的標記。這一切在哲學中同樣也在發生。問題是，作者的死亡或者說消亡，其後果該如何評估呢？

傅柯的評估是從作品開始的。他指出，既然批評的任務並不在於重建作者與作品之間的紐帶，或者透過作品重構作者的思想和經驗，反之批評應當關注作品的結構，研究其不同構造形式之間的內在關係。那麼，作品本身又是什麼呢？簡言之，假如作品並不是一個叫作「作者」的人寫出來的什麼東西，它的構成要素又是什麼？倘若個人不算作者，那麼他所說的那些東西我們又該如何處理？如何將它們同他的文書或同他們交往的文字區分出來？難道那不就是一部作品嗎？比如說薩德（Sade）侯爵在被尊崇為作者之前，他那些文章又是什麼東西？大概充其量不過是監獄裡他沒完沒了紓解他性幻想的雜亂文書罷了。

那麼作者又當何論？對此傅柯的問題是，是不是他的一切所言所書，以及他留下的一切東西，都該歸入他的作品？這個問題既是理論問題也是實踐問題。比如說一部尼采全集，邊界在哪裡？我們自然會收入尼采本人公開發表的全部文字，以及他的著作手稿、他的格言警句規劃、他的頁邊旁注和修正。但是，倘若我們在他一本寫滿格言警句的筆記本裡，發現一個參考書目、一個約會提示、一個位址、一份洗衣帳單，我們該如何處理？是不是也要收入他的文集？不收的話，理由何在？諸如此類的實際問題，傅柯認為足以顯示，光是重複一些空洞的口號，諸如作者已經消失，上帝跟人一道死了，是無濟於事的。相反我們應當重新考察作者消失之後留下的那個空白的空間，考察這個空白重新分界和重組的可能。總之：

> 我們可以說，在我們的文化裡，作者這個名稱是一個變體，它只相伴某一些文本，以排除其他文本：一封私人信件會有一個署名，但是它並沒有作者。一份合約會有簽約方，但是沒有作者。同樣，牆上一張匿名的廣告會有撰寫人，但是他談不上作者。就此而言，作者的功能，便是來概括一個社會中某些話語的存在、流通與運作。[269]

[269] Michel Foucault, “What Is an Author?” in *Critical Theory Since Plato*, ed. Hazard Adams and Leroy Searle (Boston: Thomson Wadsworth, 2005), p. 1264.

作者是什麼？在傅柯看來作者不是別的，它就是話語的功能。作者作為話語的功能，限定討論對象為有作者的書和文本。傅柯認為它們有四個特點應當予以說明。

第一，它們是版權對象。傅柯指出，作者以版權形式確定下來還是不久以前的事情。歷史上作者的概念是模糊的，只有當作者被定罪或者他的話語被判定為越軌的時候，言語和書籍才會給派到真實作者名下，以顯示它們並不是神跡或者那些宗教要人的作品。所以話語最初並不是一樣東西、一個產品、一筆財產，而是介於神聖與世俗、合法與非法、宗教與褻瀆兩極之間。很久以後，作者才從風險標記演繹成為版權財富的擁有人。但是也正是現代的所有制體系與嚴格的版權規則，最終在 18 世紀與 19 世紀之交，讓寫作行為原來的越軌懲罰標記成了文學之必須。

第二，「作者－功能」並非普遍見於所有話語，亦非一成不變。即便在我們的文明裡，同樣類型的文本也並不是總是需要作者。今天我們叫作「文學」的那些文本，包括故事、傳說、史詩與悲劇，有一陣不管作者是誰也照樣傳布不誤。傅柯指出，在 17 世紀和 18 世紀，發展出了一種全新的觀念，那就是科學文本因其自身價值被人接受，給安置到了既定真理和論證方法的一個清晰統一的匿名概念系統裡。這些文本的權威性無須生產了它們的個人來做背書，作者的角色作為真實性象徵，消弭不見。與此同時，「文學話語」卻非要有個作者方能被讀者接受，每一個詩歌或文學文本必得交代其作者和寫作的日期、地點和背景。文本的意義與價值就有賴於此一資訊而得以生成。假若一個文本碰巧或者有意作者缺場，那麼它之所以引人注目，恰恰也就在於去發現作者。是以今日的文學作品，完全是為作者所統治。這和在科學中的作者境遇，是大有不同的。但近年來情況有了轉機，文學批評已經注意到一個文本的某些方面並不完全取決於有或沒有一個作者，此外對於文體的研究，以及對於不斷重現的文本主題及其變體的分析、規範比起作者來，顯然也重要得多。

第三，所謂的作者功能，不是簡單將某個文本歸在某個人名下，就能自動形成的。它是一套複雜運作的結果，此一運作的目的，便是建構我們叫作作者的這樣一個理性實體。當我們說他的意圖或者寫作中的靈感多麼「深刻」或者多麼具有「獨創性」，那麼這個建構便被認為是有了「現實主義」的維度。但是說到底，這一切不過是我們處理文本的方式而已，最終取決於話語而不是個人，是以這一構建過程會隨著話語時代和形式的變化而發生變化。構建「詩人」與構建「哲學家」的方法，不盡相同。18 世紀小說的作者構建方式，也有別於現代小說家的構建方式。在傅柯看來，現在批評家孜孜不倦為作品「找回」作者的方式，與《聖經》的傳統詮釋方法極為相似，後者正是透過賦予其作者神聖光彩，來確定哪些文獻可納入經典，哪些文獻該排除在外。

最後，作者的功能並不是根據作為被動材料的文本中的事實，來簡單重構作者。因為文本總是帶有指向作者的多重符碼。從語法上看，這些符碼是人稱代詞、時間和地點副詞、動詞的變化。但是殊有必要注意到，這些因素對於有作者的文本和沒有作者的文本，意味是不一樣的。我們都知道第一人稱敘述的小說裡，無論是第一人稱代詞，還是現在直陳時態，抑或方位符號，都不直接指向作家，也不指向他的寫作地點和寫作行為，反之它們代表了一種「第二自我」，他與作者的相似程度從來就不是固定的。甚至，分辨出一個第三自我，也是輕而易舉。所以作者功能在這裡，不妨說就是同時分布這三個自我的話語運作。傅柯最終這樣概括上述作者功能的四種特徵：

當然，進一步的考察還可以揭示「作者－功能」的其他特徵。但是我姑且只談這四種看來是最明顯也最重要的特點。它們可以概括如下：「作者—功能」連繫著法律的和制度的體系，這一體系圈定、確定和連接著不同話語的領域。它並不是以單一方式運行在所有話語、所有時代，以及所有文化之中。它的界定不在於將一個文本自然歸屬到其創作者名下，而在於透過一系列精確又複雜的程式。它不是單純且簡單指向一個真實個人，因為它同時激發出許多不同自我，激發出一系列主體位置，那是任何等級的個人都可以來占據的。[270]

傅柯承認以上概括是對「作者」一語作狹隘理解了，即把它限定在單一的個人上面，進而在話語領域來展開分析。但是即便在話語領域裡，一個人也可以成為書本之外其他許多領域的作者，諸如理論、傳統或學科。在這些領域裡，新的書本和作者可以不斷湧現。就此而言，我們可以說此類作者占據了一個「跨話語」的位置。像荷馬、亞里斯多德，以及早期基督教教父們，就擔當了這一角色，一如最早的數學家們與希波克拉底傳統的創建人。

傅柯的結論是，所謂作者的功能，無疑只是主體的許多可能專長之一，它從來就不是一成不變的。我們完全可以設想出一個話語無須作者就能流通的文化。所以最終是話語，不論它們地位如何、形式和價值如何，不論我們如何應對它們，都將以一種無所不在的匿名性質展開自身。是以誰是真正的作者，他的真實性與原創性證據何在，這類問題業已不足道。取而代之的新問題是：這一話語有哪些存在模態？它從哪裡來，如何流通，誰在控制它？如何安置可能的主體？誰能實現主體的不同功能？[271]回答這些問題，很顯然，誰在說話已經無足輕重了。

[270] Michel Foucault, "What Is an Author?" in *Critical Theory Since Plato*, ed. Hazard Adams and Leroy Searle (Boston: Thomson Wadsworth, 2005), p. 1266.
[271] Michel Foucault, "What Is an Author?" in *Critical Theory Since Plato*, ed. Hazard Adams and Leroy Searle (Boston: Thomson Wadsworth, 2005), p. 1269.

二、從結構主義到後結構主義

「法國理論」認真來說，有一個確切的誕生日期和地點。這個日期是1966年10月18日至21日，地點是美國約翰霍普金斯大學巴爾的摩校園。還有兩位助產士，他們是約翰霍普金斯大學的兩位教授理察・邁克希（Richard Macksey）和尤金尼奧・多納托。兩人籌備召開的「批評語言與人的科學」研討會，今天看來，見證了「法國理論」的正式誕生。會議的初衷是當此結構主義時代，向結構主義大師李維史陀致敬。雖然斯特勞斯的著作數年之前才被譯成英語出版，但是他是法國結構主義當仁不讓的代表人物。他的結構主義人類學，也被公認是一種科學，是以有這次會議的標題。但這次劃時代的研討會上，出盡風頭的還是兩位結構主義新星：羅蘭・巴特和雅克・德希達。巴特的演講是「寫作：一個不及物動詞？」。德希達的發言「人文科學話語中的結構、符號與遊戲」，則更以破解結構主義為人矚目。此文有一個明確的靶子，它就是李維史陀的結構主義人類學。結構意味著有一個中心，但李維史陀本人的文字，據德希達言，又恰恰可以證明這個中心並不存在。德希達說，他之所以選定李維史陀來作解構，不僅僅是因為人類文化學在人文科學中占據了特殊重要的位置，更因為李維史陀的著作中，有一種明顯的自我解構的傾向，而這一傾向直接關係到對傳統語言的批判，也關係到此一批判的語言在社會科學中的地位。德希達並非信口開河，這次研討會的議題，如上所見，就是「批評語言與人的科學」。

據保羅・弗萊言，2009年以百歲高齡辭世的結構主義人類學大師李維史陀，晚年對這次會議之後，自己著作的影響被隨之興起的所謂後結構主義替代，非常心酸，不能釋懷。弗萊說：

譴責德希達的講演是容易的（我沒聽說李維史陀指責過德希達），但是思及這次講演，以及德希達的總體著述，就此而言，念及解構理論千百萬的看法當中，其中之一，便是判斷它的起點多麼決然地真正建立在結構主義的著作之上。[272]

弗萊指出，雖然德希達一次又一次引用李維史陀自己的話，以證明斯特勞斯不能自圓其說，但是〈人文科學話語中的結構、符號與遊戲〉這篇文章並不是全盤否定結構主義，甚至不是對李維史陀大張撻伐。反之，德希達意識到了，他是踏在李維史陀的肩膀上，成為一個思想家的。

2004 年德希達去世的時候，國內國際的影響遠大於李維史陀的謝世，但是即便在德希達晚年，解構主義很大程度上已經擺脫虛無主義的嫌疑，滿世界都在言必稱解構的時候，環顧法國思想界，當得上泰斗稱號的，也還是獨有李維史陀一人。李維史陀生在布魯塞爾，長在巴黎，父親是畫家。巴黎，我們可以想像波特萊爾的「浪蕩子」（flâneur）視野，以及班雅明《單行道》（*Einbahnstraße*）中的那個聲色犬馬、紙醉金迷的花花世界。可是對於巴黎的時尚李維史陀似乎無動於衷，他在巴黎四大攻讀的是法律和哲學。1935 年，在數年執教中學之後，李維史陀幾番猶豫之下，做出了將影響他一生的深遠選擇，他帶著他的第一個妻子蒂娜，赴巴西聖保羅大學社會學系做訪問教授。蒂娜的身分，是文化人類學訪問教授。

李維史陀堪稱現代人類學之父。正是在巴西的四年，年輕的李維史陀夫婦奉行民族志田野調查方法，僱了嚮導，攜帶槍枝，深入亞馬遜熱帶雨林，考察印第安部落原始生活，累積了他 1955 年的名著《憂鬱的熱帶》（*Tristes Tropiques*）的豐富素材。《憂鬱的熱帶》人見人愛，愛不釋手，以

[272] Paul H. Fry, *Theory of Literature* (New Haven: Yale University Press, 2012), p. 124.

至於龔固爾文學獎（Prix Goncourt）的評委恨它如何就是一部學術著作，不是小說呢，要不然，非常願意頒一個獎給它。2000 年，我應譯者周昌忠之托，將臺灣時報文化公司出版的皇皇四卷本《神話學》中譯本，送給作者李維史陀。在法蘭西學院二樓圖書館和三樓之間的一個亭子間，李維史陀的辦公室裡，我見到了這位是時九十三歲的結構主義大師。限於我的閱讀經驗，我們談得最多的還是《憂鬱的熱帶》。老人笑著回憶當年南比夸拉部落的印第安人怎樣捏著樹枝，在沙地上畫道兒、畫圈兒，老人說，他們以為自己是在寫字，可是那壓根就是不知所云，沒有一點意義的。李維史陀這裡指的是德希達以其人之道還治其人之身引述過的《憂鬱的熱帶》中的一段插曲：南比夸拉部落本來沒有文字，李維史陀兩口子帶進部落的文字，讓土著居民目瞪口呆，覺得神祕不可思議。由共時推及歷時來考察原始人的生活習俗和心理狀態，這是人類學研究的一個共識，雖然，在全球化無遠弗屆、少有原生態能夠倖免的今天，這個共識怕是已經在走向窮途末路。是以我們推想倉頡造字，天雨粟，鬼夜哭，以及倉頡四目的神祕傳說，便也屬情有可原了。

就結構主義作為一種自覺的思潮來看，李維史陀也是當仁不讓的結構主義之父。在他看來，結構主義就是堅信在一切人類活動形式中，都能找出潛在的思想模式。他不但將索緒爾的結構主義語言學方法用於人類學研究，而且認為是時小說、電影等批評中流行的追根究柢、舉一反三的結構主義方法，同樣可以用來解釋作為符號交流體系的整個文化。如早在 1958 年，他的結構主義代表作《結構人類學》（*Anthropologie Structurale*）就提出，神話一方面是無稽之談，無奇不有，一方面世界各地這些形形色色的荒誕故事，內容上又具有極大的相似性。這是為什麼？無疑這裡就有一種普遍性的規律。由是觀之，不同文化之中的不同神話，不過是普遍規律的個別案例罷了。故此從結構人類學的角度來研究神話，用他後來《神話學》第一卷〈生食與熟食〉中的話說，便是將表面上雜亂無章的材料歸納為某種秩序，因而在自由不羈的各色幻想之下，達成一種必然性。結構主義的這一宗旨毋寧說是一種科學主義，它使知識擺脫任意專斷的主觀色彩，而可望具有一種客觀恆久的結構形態，即便這客觀性是烏托邦也罷。

談到結構主義，李維史陀自嘲道，結構主義，在那些年輕的思想家看來，它早就過時啦。「年輕的思想家」是指突然之間異軍突起的後結構主義。可是當年後結構主義的三駕馬車拉岡、傅柯、德希達，都早已先後在李維史陀之前，辭別了這個世界。人的生命來無消息，去無蹤跡，對此李維史陀的感受也許是最深切的。讀他的《憂鬱的熱帶》和《神話學》，我們發現作者兩度感嘆了生命的轉瞬即逝：世界開始的時候人類本不存在，當我們這個星球終有一天衰老不堪，歸於寂滅的時候，人類想必也已經寂滅在先，所以人類應與我們的自然母親和諧相處，而不是想著來做主人。這是預言嗎？它毋寧說是對人類命運的一種哲學思考。人類末日的流行文化版本，已經由好萊塢電影《2012》作了淋漓盡致的演繹，火山肆虐、地殼崩裂、海嘯滔天的驚心動魄場面，勝過以往的任何一種災難片。挪亞方舟不過是浪漫的幻想，沒有上帝來拯救我們。一切始生於無，終歸於無。或許，唯人類的善良和親情，可望飄蕩在寂寥的空虛之中。

但是從結構主義到後結構主義，堪稱里程碑的著作，當數羅蘭·巴特 1970 年出版的《S/Z》。關於此書的書名，同年 5 月 31 日法國《快報》記者採訪羅蘭·巴特，後者對此也有過一個說明。首先 S 對應這部著作文本分析對象、巴爾札克中篇小說《薩拉辛》中的青年男主人公薩拉辛（Sarrasine）名字的首寫字母，Z 則是羅馬歌劇舞臺上變性女歌手贊比內拉（Zambinella）名字的首寫字母。可是這兩個演繹出瘋狂故事的人物原本有什麼相干？他們原本毫不相干。是以 S 對 Z，意義只會是出自差異而不是同一。不僅如此，巴特又談到巴爾札克（Balzac）名字裡有一個 Z，自己名字 Barthes 裡則有一個 S。這似乎出於偶然，但是意義非同尋常，因為如此來讀《*S/Z*》這個書名，便也意味著巴特在讀巴爾札克。有鑑於《薩拉辛》是一個關於閹割的故事，故而無論是薩拉辛狂追贊比內拉，抑或巴特解剖巴爾札克，都被捲進了一個令人恐懼的閹割過程。巴特在該書題為「寫下閱讀」的開場白中說，他選取巴爾札克《人間喜劇》中這個不起眼的中篇來展開解剖，既不打算分析作品微觀方面的文獻、自傳和心理因素，同樣也不關心這部作品的作者是處在怎樣一種巨大的歷史空間裡。相反是要說明，文本字面義的組合，無論我們做什麼，都不會是雜亂無章的，而總是以代碼、語言，以及某些定型的清單標好了價目。故而最為主觀的閱讀，也不過是依憑規則展開的遊戲。這些規則出自何處？必定不是作者指定的規則，作者只是以自己的方式運用它們。規則來自古老的敘事邏輯，來自甚至我們出生之前就將我們構織其中的符號形式，簡言之，規則來自廣袤的文化空間。

《*S/Z*》開篇便說，有些佛教徒依憑苦修，可以在芥子當中見到須彌。這也是最初敘事學家的意圖所向：在某一個結構裡，見到世間浩瀚如恆河沙數的全部故事。他們覺得我們可以從一個單一的結構裡抽繹出它的特有模型，然後根據這些不同模型，造就一個包羅萬象的超級宏大敘事結構，反過來試用於一切敘事作品。很顯然，這裡諷刺結構主義的意味已昭然若揭了。羅蘭．巴特進而開門見山，分出此書中代表性的五種代碼，將巴爾札克的《薩拉辛》文本從頭到尾整理一遍，按圖索驥納入他的五種代碼闡釋框架。

第一種是「闡釋（hermeneutic）代碼」，它指的是以各種各樣方式提出問題、回答問題；以各種各樣方式或者形成問題，或者拖延解答問題，甚至故布迷障來解答問題的一切單元。從標題說起，薩拉辛。巴特指出，這個標題提出一個問題：Sarrasine 是什麼東西？是一個名字？一樣東西？一個男人還是女人？這個問題一時無解。一直到故事後面，方有名叫薩拉辛的雕刻家的傳記，交代了答案。又如《薩拉辛》中「沒人知道朗蒂一家是從哪裡來的」，這便是一個闡釋代碼，據巴特言，作品利用這一類代碼提出問題，製造懸念，然後隨著故事的進展，將問題逐一澄清。

第二種是「語義（connotative）代碼」或者說「內涵代碼」。巴特指出，Sarrasine 這個名字有一層格外的女性內涵，因為法語中用字母「e」結尾的名字，是女性專有。特別是法語中本來有 Sarrazin 這個陽性名字，為什麼巴爾札克非要用 s 換 z，再加上用於女性名字詞尾的 e ？這無疑是暗示了這個故事後面的狂波巨瀾。對此巴特指出：「女性氣質的內涵是一個能指，它將在文本中數度出現。它是一個游移不定的元素，可與其他類似元素結合起來，創造出人物、氛圍、形狀和標記。雖然這裡我們提到的每一個元素都是能指，這個能指卻與眾不同，它之所以出類拔萃，是因為它的語義功能。」[273]

第三種是「象徵（symbolic）代碼」。巴特引《薩拉辛》開篇第一句話，「我沉浸在那一類深沉白日夢裡」，白日夢出現在這裡一點也不突兀，它跟我們最熟悉的修辭語句攜手並進，表現為一系列對照：花園與沙龍、生與死、冷與熱、外部與內部。上文鋪墊了一個基礎，是一個龐大象徵結構的導引。因為它可以有許多變形和變體，透過老人的神祕行徑，以及容光煥發的朗蒂太太，將我們從花園引向被閹的歌手，從沙龍引向敘事人一見鍾情的女孩。故而在象徵的層面上，出現了一個巨大的對照王國，由此構成故事的第一個敘述單元，集中見於「白日夢」一語。

[273] Roland Barthes, *S/Z*, trans. Richard Miller (Malden: Blackwell Publishing, 2002), p. 17.

第四種是「行動（proairetic）代碼」。巴特指出，亞里斯多德的實踐（praxis）概念，就連繫著行動（proairesis）這個詞，後者是指理性地確定行動後果的能力，故而可以名之為行動或者行為代碼。但是，在敘事中，確定行動的是話語，而不是人物。行動產生序列，故不論什麼人閱讀作品，都會在某些表示行動的概括性標題下，如散步、謀殺、聚會等，將材料聚集起來，這個標題就囊括了序列。行動的基礎是經驗的而非理性的，它展現的只是「已經做完」或「已經讀完」的邏輯。即是說，行動代碼只需分門別類排列出來，便可以揭示其間盤根錯節的多元意義。如《薩拉辛》中這句話，「但突然間我被一個年輕女子的竊竊笑聲驚醒了」，這便是一個行動代碼，交代了敘事人停止沉思和年輕女子的笑這兩個行動。

最後是「文化（cultural）代碼」。這可由「白日夢」下面的話來作說明：「它讓最虛榮的人也震撼不已，在這頂熱鬧不過的晚會上。」對於《薩拉辛》中這標題以下的第二個語義單元，巴特的說明是，「有個晚會」這個事實，以及接踵而至的其他資訊如聖奧雷諾的一處私宅，構成了相關能指，那就是朗蒂家族的財富。就像有句諺語所說的「頂熱鬧不過的晚會：深沉白日夢」，揭示了人類傳統經驗的一種集體無意識。巴特認為像這一類牽涉到知識和智慧的格言式代碼，可以在極廣泛的意義上，稱之為「文化代碼」，即便所有代碼不妨說都是文化代碼。或者說，有鑑於這些代碼是給話語提供了科學和道德權威的基礎，所以也可以名之為指涉代碼。

巴特很滿意他打開《薩拉辛》，三言兩語就解釋清楚了他的五種代碼。而這五種代碼，最終構成了一個多元性的建構網絡。他說：

> 正是好運氣（可是運氣又是什麼？），最初三個語義單元——標題和第一個句子——已經為我們提供了文本所有能指可以歸在它們名下的五種主要代碼：我們無須應變，通貫這個故事不會有其他代碼，只有這五

種，每一個語義單元，都將歸入這五種代碼中的一種。……五種代碼創造了一種網絡，一種主題，整個文本就貫穿其中，或者說，因為貫通，所以成其為文本。故此，如果說我們沒有努力來建構每一種代碼，或者五種代碼的相互關係，那本是我們有意所為，意在確認文本的多元價值，它一定程度上的可逆性。事實上，我們關注的不是去彰顯一個結構，而是來生產一種建構。[274]

建構不是既定的結構，它是一個過程。甚至，與其說是結構的過程，莫若說是反結構的過程。用巴特自己的話說，這個過程中分析的盲點與鬆散特徵，標出了文本的脫逃蹤跡；因為文本雖然受某個形式的制約，這個形式卻不是完成了的建築有序的統一體，相反它是碎片，是殘垣斷壁，是破碎的或者說被抹除的網絡，說到底，它是一個巨大「消解」的運動和變形，而令資訊相互重疊，又消失不見。很顯然，巴特對於這個「建構」的描述，再清楚不過地顯示了從代碼設置的結構主義符號學，到以消解意義為圭臬的後結構主義的必由之路。

三、為什麼奢談「理論」？

法國楠泰爾大學（Université Paris Nanterre）思想史教授佛朗索瓦·克魯塞（François Cusset），2003年寫過一本《法國理論：傅柯、德希達、德勒茲公司怎樣改造了美國的知識生活》（*French Theory: How Foucault, Derrida, Deleuze, & Co Transformed the Intellectual Life of the United States*），就「法國理論」在美國的三十年旅行作了起伏跌宕的精彩描述，在20世紀末葉開始出現的「法國理論」大合唱中嶄露頭角。所謂三十年，

[274] Roland Barthes, *S/Z*, trans. Richard Miller (Malden: Blackwell Publishing, 2002), pp. 18-20.

是將起點定位在1966年的霍普金斯大學會議，終點標記為1996年的「索卡爾事件」。這個由美國物理學家兼小說家首先布下圈套，發難《社會文本》（*Social Text*）雜誌的反後現代事件，一時間幾乎成為美國和法國文化對壘的導火線。但是對壘終究也是曇花一現，如德希達便因成功完成「倫理學轉向」，順理成章迎來他的學術「第二春」。而在從前傅柯、德希達、德勒茲這些「法國理論」的父親們逐漸謝世，「理論」彷彿時過境遷之際，以巴迪歐、洪席耶（Jacques Rancière）等人為代表的新法國理論，轉瞬之間就東山再起，這一回甚至無須借道美國，而在新馬克思主義，或者說後馬克思主義的批判語境中，重振雄風。前後「法國理論」對於中國學界當代的影響，同濟大學歐洲文化研究院主編的《法蘭西文化系列》，在2016年改名為《法國理論》，即為一例。主編張永勝曾這樣交代刊物改名的權衡考量：

> 眾所周知，「法國理論」（French Theory）是法國思想家如德希達、傅柯、李歐塔、德勒茲、波德里亞等人的思想在1960年代逐漸傳播到美國後所得到的闡釋和應用，所以「法國理論」這個概念的最初的形式是英文而不是法文。但正是透過美國學術及文化界的譯介，才使「法國思想」產生了更為廣泛的影響，成為更具闡釋性和應用性的「法國理論」。實際上，我國近年來對法國的這些思想家的關注和熱衷，最初也大多是透過美國的英語仲介展開的。顯然，使用漢語來研究「法國思想」這一行為本身，就意味著對其進行一種新的闡釋和應用。[275]

簡言之，作為第一種用「法國理論」來命名的中國刊物，用漢語來談「法國理論」，既不同於法國本土的法語理論陳述，也不同於美國化的英

[275] 陸興華、張永勝主編：《法國理論》第六卷，商務印書館，2016，第438頁。

語的理論轉述，而是一種「法國理論」在中國的現狀描述，也是一種對未來的期許。

克魯塞也著重談了刊物在「法國理論」傳布美國過程中的關鍵作用。他認為這方面的第一功當推法國哲學家西爾維爾．羅特林格 1974 年在哥倫比亞大學創辦的《符號文本》雜誌。這本後來發展成出版名牌的大刊，首先刊物的名字 Semiotext(e) 就有講究，它是將「符號學」（semiotics）與「文本」（text）兩個詞對接，尾碼加上一個括弧中的 e，顯示雜誌最初的雙語性質。說到底，這個別出心裁的刊名，顯示的還是一種符號學的解構態勢。羅特林格 1970 年到美國，1972 年在哥倫比亞大學法文系得到終身教職。哥倫比亞大學的里德講堂（Reid Hall）接待過羅蘭．巴特、德希達、西蒙．波娃等法國名家，向以法美交流的橋頭堡著稱。在此授課的羅特林格本人，也親自邀請過瓜塔里、熱內和拉岡來作講演。這一切都使《符號文本》的面世變得水到渠成。草創之初的雜誌班子共有十人，大都是羅特林格的學生。十個人每人湊了五十美元作為啟動資金。經過籌備，1975 年圍繞監獄和癲狂話題，以「精神分裂症－文化」（Schizo-Culture）為題的第一次「法國理論」研討會拉開帷幕，德勒茲、瓜塔里、傅柯和李歐塔均到場演講。這些已故的大師們，如今都是 Semiotext(e) 出版社重版目錄中的主幹。

羅特林格推廣「法國理論」的時代背景，一般認為是 1960 年代法國馬克思主義的熱情消退之後，理論界不再從階級鬥爭中獲得靈感，轉而向資本主義內在機制中尋找顛覆動因。在致力於系統引進「法國理論」的羅特林格看來，美國正是實踐此一理念的最好場地。羅特林格曾經在紐約的西村與約翰．凱奇對弈，後者的《4 分 33 秒》一類前衛實驗性作品，其離經叛道肯定不下於後來的「法國理論」。對弈中他感覺到梭羅、尼采和後結構主義息息相通。在不滿法蘭克福學派餘波以及美國左派之餘，羅特林格決定獨立引進流動不居、如根莖般蔓延的法國新銳思想，故而早在雜誌創辦之前，羅特林格先是介紹了德勒茲、瓜塔里和傅柯，然後又將文化理論家維瑞里奧的「速度學」（dromology）概念和波德里亞的消費文化理論，引進了美國的政治話語。

《符號文本》第一期是索緒爾專輯。但重點是羅特林格在日內瓦圖書館發現的一篇索緒爾晦澀手稿《回文字謎》（*Anagrams*）。如此讀者實際上看到兩個索緒爾。一個索緒爾是語言學大師，另一個索緒爾卻在引誘人一頭鑽進文字遊戲，進而來懷疑語言符號。1976 年起，它又分別出過巴塔耶（Georges Bataille）、《反伊底帕斯》、尼采，以及「精神分裂症—文化」專輯。就像《析辨》（*Diacritics*）和《潛姿態》（*SubStance*）雜誌一樣，《符號文本》也成就了一個完美的德勒茲與瓜塔里轉向。1983 年，羅特林格聯手自治傳媒（Autonomedia）出版社，開始出版他取名為「外國代理人」（*Foreign Agents*）的「小黑書」叢書。叢書第一輯推出的《模擬》、《純粹戰爭》、《線上》三書，當時就一路暢銷，大獲成功。其中《模擬》是羅特林格編譯波德里亞《象徵交換與死亡》（*Symbolic Exchange and Death*）及《擬像與模擬》（*Simulacra and Simulation*）兩書而成，《純粹戰爭》係羅特林格與「速度哲學家」維瑞里奧的長篇訪談，《線上》則係德勒茲與瓜塔里的文集。尤其是《模擬》，它成為 1999 年基努．李維經典電影《駭客任務》的直接理論後援。這套叢書以後源源不斷生產出來，當仁不讓成為「法國理論」介入美國的第一通衢。

但是《符號文本》與自治傳媒的合作也有局限。主要是後者大體屬於一個比較鬆散的出版草根聯盟，缺乏穩定性。它的圈子主要是軍事愛好者、工會網路，以及所在地紐約布魯克林區的一些社會活動家。其習慣做一次性買賣的作風，也與羅特林格念念不忘的長久之計相牴觸。所以到2000年，《符號文本》與自治傳媒分道揚鑣，轉而移師西海岸的洛杉磯，加盟麻省理工學院出版社，這個經營「法國理論」的美國第一號媒體品牌，終於修成了圓滿功德。克魯塞給予羅特林格這樣的評價：

> 因此，西爾維爾·羅特林格在法國理論的傳播方面，也許就是衝鋒陷陣的第一人，任何其他人等都望塵莫及。他時時遭受著滅頂之災的威脅，在支持和諷刺的夾縫當中艱難生存，同時頂住了雙管齊下的制度化巨大壓力：其一是走向一個豐富多彩的美國路線生活世界，其間理論動因與生活經驗永遠和諧共鳴；其二是走進遊戲者與賭徒的輕鬆天地，內心裡只覺得天降大任於斯人，可是壓根就無法成功。[276]

羅特林格之所以得到克魯塞的高度評價，一個重要的原因是他終究是周旋下學院抑或遊戲的兩難選擇。羅特林格一直保留了他在哥倫比亞大學的教職，同時始終與後來被哈羅德·布魯姆叫作「憎恨學派」的敵視經典立場保持了相當距離；他是「法國理論」在美國的第一批傳播者，可是一轉眼又來譴責鋪天蓋地的新概念過度闡釋。由此可見，「法國理論」在美國必走學院路線，否則它不成其為「法國理論」。

克魯塞的《法國理論》2008年被譯成英文，此書藉此譯本回傳法國本土，再度聲名鵲起，成為巴黎學界持續有年的一個熱門話題。克魯塞為他的英譯本專門寫了一個序言，標題是「為什麼奢談理論？」，為什麼再來操心理論？在如今這個技術革命、休閒產業時代，當此西方民主和全球地緣政治的今天，整個世界普遍處在前景不明的社會轉型時期，再來言說

[276] François Cusset, *French Theory: How Foucault, Derrida, Deleuze, & Co. Transformed the Intellectual Life of the United States*, English trans. Jeff Fort (Minneapolis: University of Minnesota Press, 2008), p. 75.

「法國理論」，是不是太晚了一些？特別是「今天」，克魯塞認為這個詞語委實叫人百感交集：現時永遠在延宕，前途晦暗不明，後共產主義、後殖民主義、宗教恐怖主義、國家恐怖主義、新型全球化帝國的崛起，更讓你無從確認誰是它真正的敵人，以及如何來確認，更不用說來接納它的「公民」。在動盪喧囂的今天，誕生在瘋狂的 1970 年代，被叫作「理論」的這個稀奇古怪的美國化的文本對象很叫人納悶，這個由法國流行文化和美國學院政治聯手炮製出來的雜交產品，究竟有什麼用處？

理論如前所述，它從來沒有「死亡」，既然沒有死亡，也就談不上重生。對此克魯塞說，理論今天被定義為學術市場規則的產物、法國或者更廣義上說歐洲大陸的觀念、立足大學的認同政治，以及追風時尚的大眾文化。經過三十年理論洗禮，克魯塞的感覺是大洋兩岸已經在開始異口同聲共商理論。傅柯、德勒茲甚至德希達，都已經在被一併用來嘗試解決今日彌漫全球的混亂無序狀態。甚至傅柯的「生物政治學」譜系、德勒茲的「控制社會」批判，以及德希達的「無條件的款待」，儘管早已成為老生常談，也彷彿正是針對我們當今社會的忠告。

但是理論的熱情在 2001 年「911」事件後再度發生巨變。克魯塞指出，過去數十年對西方帝國主義的修辭質問、對美國權力的解構、對第一世界新殖民主義的妖魔化，以及學院派裡形形色色的激進話語，突然噤聲。昨天的終身教職知識分子今天在寫曲裡拐彎的小文章，只為闡明世界與文本、理論與「現實」、知識閒暇與全球當務之急問題之間，存在不可逾越的溝壑。被認為無所不能的理論，被認為與現實密不可分的理論，經歷了「理論死了」「理論之後」的理論，再度在一大堆盲點面前陷入危機，似乎只能偃旗息鼓，收縮勢力範圍，退回到高牆之內的學院派專業辯論中去。

在此背景下，克魯塞強調說，切莫忘了理論還有另外一面。換言之，斷言理論結緣現實展開自身已成明日黃花，為時過早：

> 理論並不僅僅是特定學科和歷史語境中大學教師們的工作，比如說，始於 1990 年代初葉前後在常青藤聯盟文學院系的現象。不論是認同政治還是文本策略，過去 30 年裡，美國大學裡以傅柯和德希達為代表的這兩大主潮，都還沒有窮盡迄今飄忽無定、未見定論的我們所謂的「法國理論」。這還僅僅是表達了閱讀的兩種可能性。事實上，「法國理論」在它美國本土化的過程中，被忘卻、被忽略的東西，依然存在無疑並運行在文本之中，雖非一目了然，卻也有跡可循。[277]

這是說，理論並沒有時過境遷。理論不是懷念過去的美好時光，也不是一個更美好世界的模糊展望。理論作為一種文本政治學，永遠具有它的真實世界指向。在克魯塞看來，當年解構主義與馬克思主義的碰撞，可以說改變了美國的學院生活。它使「法國理論」不再僅僅是一種前衛話語，一種時尚堆積，或者文學研究中的某一種奇蹟工具，而成為意識形態的眾矢之的，說到底，它是一個用新潮話語鋪設的政治舞臺。今天理論的熱情和圍繞理論的爭執逐漸淡化，理論潛移默化進入了大學的體制和規範之中，這也為批評家擺脫高談闊論，用冷靜平和的、歷史的眼光審視它提供了新的契機。就此而言，克魯塞對「法國理論」的樂觀展望，與本書開頭喬納森．卡勒的理論批評設想，可謂是殊途同歸。

[277] François Cusset, *French Theory:* How Foucault, Derrida, Deleuze, *& Co. Transformed the Intellectual Life of the United States*, English trans. Jeff Fort (Minneapolis: University of Minnesota Press, 2008), p. xii.

後記

既然本書的名稱又是「當代」，又是「前沿」，我就想以 1990 年為界，專門來寫解構主義旋風過去之後，西方形形色色的新進批評和理論。在找尋資料的過程中，我發現這樣一種大一統的寫法似乎已經時過境遷。今天敘寫文學批評和文學理論，作者大抵都會選定一個專題，旁徵博引展開論述。追求面面俱到，那是文選的風格。而且寫到後來就發現這個 1990 年的邊界，作為一部專著來說，肯定是守不住的。就像美國批評家朱利安・沃爾夫雷斯主編的文集《21 世紀批評導論》，裡面照樣收入了《德勒茲批評》和《列維納斯與批評》這樣未必專屬於 21 世紀的話題。在最後審校期間，我在芝加哥的德保羅大學做訪問教授，備課上課，更要盯住在林肯小學讀一年級的女兒補上語文，甘苦自不待言。所幸我終於在暖氣時斷時續的十一樓上寫完此書，且蒙評審專家美意，給了我一個優等。就在德保羅的圖書館裡，我看到耶魯大學保羅・弗萊教授 2012 年出版的公開課文稿《文學理論》，此書避開文學是什麼這類形而上問題，從形式主義和新批評開講，講到酷兒理論和文學制度論，加上專門談理論生生死死的兩個導論和一個結語，一共二十六講。這個構架給了我不少啟示，是以本書的論述同樣也是始於理論，終於理論。

書稿的編校亦頗費周折。在整整半年裡，編輯與我無數次斟詞酌句，拾遺補缺，正本清源。值此新冠疫情反反覆覆的特殊時日，感念出版人的友愛和苦辛，心有戚戚，乃於拙作付梓前夜，書此以為後記。

陸揚

當代西方前沿文論：

PTSD、女性主義、酷兒理論、第三空間……結合哲學與心理學，探索文學流派的興起與嬗變

作　　者：陸揚
發 行 人：黃振庭
出 版 者：崧燁文化事業有限公司
發 行 者：崧燁文化事業有限公司
E-mail：sonbookservice@gmail.com
粉 絲 頁：https://www.facebook.com/sonbookss/
網　　址：https://sonbook.net/
地　　址：台北市中正區重慶南路一段六十一號八樓 815 室
Rm. 815, 8F., No.61, Sec. 1, Chongqing S. Rd., Zhongzheng Dist., Taipei City 100, Taiwan
電　　話：(02)2370-3310
傳　　真：(02)2388-1990
印　　刷：京峯數位服務有限公司
律師顧問：廣華律師事務所 張珮琦律師

定　　價：699 元
發行日期：2024 年 01 月第一版
◎本書以 POD 印製

國家圖書館出版品預行編目資料

當代西方前沿文論：PTSD、女性主義、酷兒理論、第三空間……結合哲學與心理學，探索文學流派的興起與嬗變 / 陸揚 著 . -- 第一版 . -- 臺北市：崧燁文化事業有限公司, 2024.01
面；　公分
POD 版
ISBN 978-626-357-926-2(平裝)
1.CST: 西洋文學 2.CST: 文學理論
810.1　　112022193

電子書購買

臉書

爽讀 APP